谱写华夏史诗

构建华夏神系

弘扬华夏精神

華夏民族系列神話英雄史詩

# 華夏龍魂

莫言

第一部

## 女媧之歌

牧文 著

作家出版社

图书在版编目（CIP）数据

华夏龙魂 / 牧文 著. -- 北京 : 作家出版社，2014.4

ISBN 978-7-5063-7370-8

Ⅰ. ①华… Ⅱ. ①牧… Ⅲ. ①诗集 - 中国 - 当代 Ⅳ. ①I227

中国版本图书馆CIP数据核字（2014）第071583号

华夏龙魂

作　　者：牧　文
总 策 划：徐忠志
责任编辑：罗静文
装帧设计：许世杰
出版发行：作家出版社
社　　址：北京农展馆南里10号　　　　邮　　编：100125
电话传真：86-10-65930756（出版发行部）
　　　　　86-10-65004079（总编室）
　　　　　86-10-65015116（邮购部）
E-mail:zuojia@zuojia.net.cn
http://www.haozuojia.com（作家在线）
印　　刷：青岛星球印刷有限公司
成品尺寸：152×230
字　　数：1100千
印　　张：96
印　　数：001-100000
版　　次：2014年4月第1版
印　　次：2014年4月第1次印刷
ISBN 978-7-5063-7370-8
总 定 价：189.00元（全七册）

癸巳宜蘭

作者牧文在『大禹封国 三贤故里 莫言家乡』前留影

# 《华夏龙魂》序

莫言

我的家乡有一条胶河，流量不大，在分省地图上只是细细一条线，但她是高密东北乡的母亲河。胶河大多时候是一条涓涓细流，近年来更是经常断流，但她发起威来，也有浩浩荡荡、奔腾咆哮的景观和声势。在我童年的记忆中，胶河是世界上最大、最壮观、最美丽、最神圣的一条河。

后来，我看到了黄河、长江、珠江、密西西比河、莱茵河、塞纳河等著名江河，但这些江河留给我的印象都不如胶河深刻。那些都是别人的河，唯有胶河，才是我的河。这条河已经成为我的高密东北乡文学地域的重要组成部分。

青年诗人牧文也是高密东北乡人，他的家距我童年时住过的小屋很近。牧文到北京出差，只要时间允许，总会到我家坐坐，聊一聊家乡发生的新鲜事，叙一叙家长里短。家乡能有这样一个后起之秀，我感到很高兴。

有一年，我回到老家过春节。除夕之夜，牧文携妻带子，驱车赶到高密东北乡看我。回去后，写了一首诗《致莫言》。那首诗把我神化了，我不敢当。我建议牧文把这首诗献给我们的

胶河。

后来，牧文将他创作的长篇神话史诗《华夏龙魂》送给了我，让我有时间看看。我虽然读过一些唐诗宋词，但对现代诗读得不多，对神话史诗更是知之甚少，印象里，古希腊有《荷马史诗》，古印度有《罗摩衍那》和《摩诃婆罗多》，我国的藏族有《格萨尔王传》，蒙古族有《江格尔传》等几部神话史诗，但作为中华民族最大主体的汉民族却没有一部神话英雄史诗，只是有一些呈散珠状的神话片段，保留在一些典籍，如《山海经》、《淮南子》、《搜神记》、《述异记》、《聊斋志异》等文本和父老乡亲的口述史中。这，确乎是中华民族的一个遗憾。

牧文倾心我国古代神话传说的搜集、整理和再创造，耐得住寂寞，沉得下身心，积20年之功，著成了长达两万余行的《华夏龙魂》七部曲——《女娲之歌》、《黄帝之歌》、《女娃之歌》、《大鲧之歌》、《大羿之歌》、《大舜之歌》、《大禹之歌》，填补了我国汉民族长篇神话英雄史诗的一项空白，被中国作协列入2013年重点扶持作品。作为牧文的老乡，我为他的追求而高兴，为他的业绩而欣慰。

德国著名哲学家康德说过："有两种东西，我对它们的思考越是深沉和持久，它们在我心灵中唤起的惊奇和敬畏就会日新月异，不断增长，这就是我头上的星空和心中的道德定律。"不知牧文有没有受到康德的影响，他却是在真诚地仰望星空，思考星空。在《华夏龙魂》的献诗里，牧文热情洋溢地写道：

"当我再次仰望灿烂的古华夏的星空，

有多少英雄事迹震撼着我们的心灵。
纯洁女神嫦娥如月华流泻的温柔，
射神大羿和嫦娥凄美的爱情让人感动。

俯看长满白玉碧石的沃野，
有多少大神气贯长虹。
坚强之神白马大鲧为人民献出了生命，
治水之神大禹是华夏亘古绝今的英雄。”

牧文仰望星空的日的，似乎在于寻找、讴歌、弘扬曾经使华夏民族光耀世界、笑傲千古的远古神话人物。英雄和爱情是神话史诗的两大主题，牧文在《华夏龙魂》中，以灵动飞扬、细腻流畅的想象和点化之笔，串联、补缀、创造、生发了那些存留在我国古籍典册中和传诵在村野乡夫口耳间的众多神话英雄，以及他们身上所洋溢的“力拔山兮气盖世”、“贫贱不移、威武不屈、富贵不淫”的英雄气概和普渡众生、舍身为民的济世情怀，他们对美好、纯真、炽烈爱情的呼唤和追求。如许情节和描写，在《华夏龙魂》这部长诗中可谓俯拾皆是。例如，在《大鲧之歌》中，牧文描述了英雄大鲧从天庭盗来息壤，为民治水，又带领万民向帝喾的暴政发起抗争，后被帝喾施以日复一日、年复一年的残酷的刑罚。但大鲧永不屈服，他慷慨作歌：

“酷刑酷刑！
能奈我何？

我心坚固，
苦中作乐！

“凿凿凿，且凿且乐！
灼灼灼，且灼且歌！
蜇蜇蜇，且蜇且坚！
痛痛痛，且痛且倔！”

大鲧的这种拯民于水火，不畏暴政，敢于抗争的精神，不禁让人想起了希腊神话中为人类盗来火种，得罪了众神之王宙斯，被关押在高加索山上天天受刑的普罗米修斯，想起了我国神话中与颛顼争帝不胜，怒而触不周之山，使天柱折、地维绝的英雄共工。

再如，在《大禹之歌》中，牧文将三过家门而不入，胫毛磨光，专注治河的大禹写得气韵飞升，态度坚定，干劲十足。治理长江时，面对鳄鱼、蛟鱼、黄色大鱼的恶意挑战，神船剧烈晃动，随时可致倾覆的危险，牧文这样描述：

“唯大禹镇定自若：
‘我竭力为万民忧劳，’大禹笑谈：
‘若生，是天性；若死，是命定。’
大鱼们无不被大禹神定如山的气概震撼。”

唯大英雄才有真气度大气魄。这寥寥几笔，即勾勒出了大禹“泰山崩于前而色不变”的英雄本色。

在《华夏龙魂》中，牧文对纯真爱情的歌咏和描画，是一以贯之的，而且成为长诗中神话英雄与恶势力抗争主线之外的又一条叙事线索。牧文运用袅娜、细腻、生动的诗笔，对黄帝和嫘祖的一见钟情，美神女娃和战神夸父的生死相依，射神大羿与纯洁女神嫦娥的相亲相爱，坚强之神大鲧和华夏女神姣女用爱和生命孕育大禹，等等，进行了不遗余力的刻画，是整部神话史诗不可分离的组成乐章，使阳刚、雄壮的主旋律有了阴柔、细嫩的和弦的衬托和滋润，可谓相得益彰，相濡以成。

牧文在神话史诗的艺术特色方面，也进行了积极的探索和大胆的尝试。如四行一节的排列方式，不落痕迹、琅琅上口的韵脚设计，似江河回曲、流转不断的气韵铺排，描摹刻画的通透、灵动、细腻，叙事与抒情的紧密结合，整体结构的和谐对应，等等，都有一定的追求所在和相当的表现力。

牧文在这部长篇神话史诗中，对大禹与高密的关系作了一个诗化的插叙：

> “四方传来歌唱：鼻梁如泰山耸立乃为‘高’，
> 天庭饱满五官端正乃为‘密’。
> 高密啊，大禹！大禹啊，高密！
> 两个伟大的名字激荡天地。”

恰好，我读到一点史料，唐朝司马贞《史记索隐》称：“鲧娶有莘氏女，谓之女志，是生高密。宋忠云：‘高密，禹所封国。’（《世本》）”新编《中国通史》称：“禹，字高密。”可见，牧文将

大禹跟高密相连带，是有所本的。

可以说，牧文用他的诗人的灵性和多彩多姿的笔触构筑了一座神话人物大厦，异想天开地将盘古、女娲、黄帝、大鲧、大羿、大舜、大禹等华夏众多神灵请进高密东北乡文学王国，虔诚地涂抹着一幅幅带有神秘宗教色彩的远古神话历史画卷，其追求之执着，其气魄之雄阔，其造诣之特出，令我惊异。

牧文让我为《华夏龙魂》题词，我略加思考，提笔写下："华夏龙魂，源远流长；生生不息，维德维芳；诗书继世，千古馨香。牧文小民，其志大矣；牧文小友，长诗万行。"

是为序。

2013 年 9 月于北京

# 精彩点评

牧文巧妙地以华夏神话传说为蓝本，展开想象的翅膀，以整个国家和民族文明发展史、整个国家和民族著名的上古历史人物及整个国家和民族在历史上所创造的神学、神话进行综合，以神话叙事诗的形式记录下来，三十年后，三万行的长篇神话叙事诗《华夏龙魂》(七卷)结集出版，这在中国恐怕是史无前例的。认真阅读可知，书中凝结了牧文的点滴心血，也清晰看到他的目标——创作华夏长诗、构建华夏神系、弘扬华夏精神。

——谢玉堂

牧文呕心沥血，完成《华夏龙魂》，可喜可贺！这是他一个人的文学大工程，也是高密文坛的大工程。远古的史诗用神话的方式呈现，近代的史诗用传奇的方式呈现，当代的史诗用写实的方式呈现。愿牧文和高密的文友们发奋努力，共创高密文学的辉煌，力争在不久的将来，使高密成为中国文学版图上的重镇！

——莫言

牧文的这部诗稿，展现出恢弘的气势、博大的胸襟，以及顽强的追索能力。它不太像这个消费时代的一个青年人的所为，但它确实是发自底层的夺人心魄的长吟。

——张炜

牧文《华夏龙魂》是一个诗学的成果。这样一个篇幅浩大的作品，填补了中国当代新诗对中国古代神话这个重要宝库的发掘，给我们提供了一个可供大家了解中国古代文化、了解中国古代长诗创作的一个重要的具体的范本。

——叶延滨

文学为什么要有艺术，我们就是要探问：我是谁？我从哪里来？我要到哪里去？我觉得《华夏龙魂》追寻的就是这三个问题。我们从哪里来？我们从远古走来，我们华夏儿女有共同的根脉、共同的传统。我是谁？我们是几万、几千年来这块土地上的人们，生生不息，长途跋涉，就这么走过来的。我们要到哪里去？我们要去寻找幸福，要找到自己的自强和自信。我觉得《华夏龙魂》就探讨了这些问题，跟我们的历史文化联系起来，跟齐鲁大地的文化传统紧密联系起来的，跟我们中国人坚忍不拔、自强不息紧密联系起来的。

——梁鸿鹰

牧文能把神话和传说变成他心中的一种形象……带着这样一种敬畏来讴歌我们伟大的英雄。牧文带着我们从上古传说中来汲取一种力量，用这种正能量来灌输到我们的文学中来。

——张陵

牧文在为我国汉民族神话诗意的再现，做着不懈的努力。

——林莽

青年诗人牧文集三十年之功创作完成了《华夏龙魂》，以华夏民族上古时期的先祖们开辟蛮荒、繁衍生息、战天斗地的英雄故事为主线，以先祖们不屈不挠的精神为胫骨，以丰厚至诚的情感为血肉，塑造了一个个栩栩如生的神话英雄人物。这部作品用诗歌的形式，精致地建构了一座中华民族宏大的意识神器，构成了中国古代文明发展史的缩影，是一曲对中华族邦的亲情礼赞。

——李军

长篇叙事诗《华夏龙魂》是潍坊市精品创作工程中涌现出的优秀典型代表。作者牧文以华夏民族的神话传说为蓝本，以恢宏开阔的气势、流畅新颖的笔调，为读者显现出波澜壮阔的上古历史，堪称华夏民族神话英雄史诗。《华夏龙魂》里的史学、文化和美术价值受到广泛关注……必将为潍坊文化艺术创作产生直接的

带动作用，必将提升和扩大潍坊文化的影响。

——初宝杰

《华夏龙魂》是牧文同志二十年笔耕不辍的倾心之作，填补了我国长篇神话英雄史诗创作领域的一项空白……高密历届市委、市政府高度重视文化建设。今天，中国作协重点扶持作品《华夏龙魂》成功结集出版发行，既是高密深厚文化底蕴的一次闪亮展示，更是我们推进文化大发展大繁荣的新起点。

——范福生

# 目　录

**附录**

# 献　诗

当古华夏的历史女神在清澈的月光下展现，
我惊叹高贵的英雄和华夏民族一脉相连。
这是多么地荣耀和幸福呵，
我荣幸地把祖先的神话高声颂赞！

颂赞绿色的星球是一颗伟大的灵魂，
他让众神游弋在自己神性的心田；
他指引我步入雄伟的昆仑山呵，
望见那云开峰立，金光闪闪！

昆仑山呵，巍然高耸气象万千，
八千丈的雄峰巍峨直达九天，
山顶矗立着九重黄金神殿，
神殿四周环绕着洁白莹润的白玉栏杆。

黄金铸就的神殿在山顶熠熠生辉，
金光普照海洋大地蔚为壮观；
神殿正门面向东方一马平川，
我呵，心怀虔敬要到里面去仔细看看。

呵，我看见创世之神盘古正开天辟地，
他太阳般智慧的头颅呵光辉灿烂；
我看见育人之神女娲正炼石补天，
她高贵圣洁的灵魂如栀子花芳香鲜艳。

我看到天梯建木昂然挺拔直达蓝天，
东望泰泽波涛汹涌浩淼无边；
我看到招摇山的迷谷在黑暗中闪耀光华，
吉祥之神九尾狐毛色金赤带给人类美好祝愿。

我看到千年的石荷花漂浮于流沙的波涛，
随风起舞，曼妙如诗般美轮美奂；
我看到观水中白头红嘴的文鳐鱼，
成群结队飞翔在夜晚的静谧九天。

我看到神农炎帝品尝百草，
他的玲珑玉体内跳跃着生命的火焰；
我看到众神之王黄帝雄才大略，
雄赳赳气昂昂地登上了华夏的万神殿。

我看到华夏心胸辽阔的疆域广袤无边，
雷神在碧绿的稷泽畔流连忘返；
我看到华夏紫气腾腾光辉灿烂，
驳马、驺吾等诸多神兽在寰宇显现。

我看到气宇轩昂的战神夸父，
他头戴橄榄枝编织的和平花环；
我看到美神、诗神女娃呵，
她头戴贤惠、温柔、美丽的桂冠。

我看到北帝颛顼少年英俊，威武英明，
将天地治理得美丽如画静如家园；
我看到大力神阿黎、巨力神阿重绝天地通，
水神共工为冲破桎梏而勇触不周山。

我看到俊仪绝伦的帝喾，
意气方遒指点如画的江山；
我看到俭朴、贤明的人间之王帝尧，
与民同乐将十大吉兆降临人间。

当我再次仰望灿烂的古华夏星空，
有多少英雄足迹震撼着我们的心灵；
纯洁女神嫦娥如月华流泻般温柔，
射神大羿和嫦娥凄美的爱情让人感动。

俯看长满白玉碧石的沃野，
有多少大神气贯长虹；
坚强之神白马大鲧为人民献出了生命，
治水之神大禹堪称华夏亘古绝今的英雄。

当我如海啸般的激情汹涌澎湃之后，
我的心灵渐渐趋于清潭般的安静；
我站在泰山脚下仰望挺拔苍远的山巅，
山巅托起众神遨游紫气腾腾的苍穹。

呵，华夏龙魂将众神一一颂扬，
华夏精神在九州激荡起猎猎雄风；
为了民众为了理想为了荣光，
华夏众神为真理自由甘愿奉献鲜活的生命！

天地间的众神呵，我高贵的祖先，
我斗胆向你们奉献我浅薄的心声。
你们自强不息的精神是华夏的根脉，
天地间必将永驻你们的伟业及英名！

# 第一章　天地神思

东方、华夏、建木、泰山，
被华夏的神灵照耀得熠熠发光。
众神啊，你们将驰向何方？
前行的方向能否将思想的深夜划亮？

且看这博大浩渺的宇宙，
旋转的沉思丰满世界的遐想。
一切的存在形式，
是人类诗意栖居的故乡。

万物的起源，
是谁做的记录？
天地未分，
何以凭证考量？

如屈子一般向天长问，
混沌是否宇宙原始的故乡？
他和盖亚有何血缘？
是否与尼克斯、俄瑞波斯根系相傍？

盘古一声怒吼，
混沌天地訇然开放；
是盘古心中充盈伟大的理想，
还是他身上充满神奇的力量？

盘古为何成为创世之神？
女娲为何成为母神？
伏羲为何成为父神？
宇宙的真谛又如何延伸？

黄帝为何成为众神之王？
炎帝为何成为太阳神？
颛顼为何成为理智之神？
帝喾为何成为英俊之神？

牙生为何成为恶神?
难道他生来就是恶的化身?
忧郁之神为何如此忧郁?
难道他的意志原本如此消沉?

女娃为何成为美神?
夸父又为何成为战神?
大羿为何成为射神?
嫦娥又为何成为智慧女神?

大羿为何如此勇猛?
他的神功是否盖过赫拉克勒斯?
大鲧为何如此执着?
他与普罗米修斯英明齐震?

刑天为何为复仇之神?
大鲧为何成为坚强之神?
大禹为何成为平凡之神?
他们的伟大意志为何在天上人间永存?

东方文化和西方文化为何不能融合?
难道语言的障碍能隔膜真诚的心?
全世界的语言一统人类便走向毁灭?
难道是文明为罪恶歌吟?

为何巍巍高耸的神山泰山,
散发着宇宙智慧的光芒?
为何心境高远的众人步入九天,
心灵如泰山云海一样联翩浮想?

迷神犹豫,
为何见人便假装死去?
难道他害怕人心险恶,
竟没有勇气面对那些嘴脸的伪虚?

仇恨女神为向灌输仇恨的思想?
她为何问罪于战争的恐怖和血腥?
她把善良的人变成牺牲品,
谁能分开在正义和邪恶面前视死如归?

睡神让我们短暂咱死去？
死神让我们永远死去？
睡神和死神这对孪生兄弟啊！
请让我对待死亡如睡眠一样安详！

为何释迦牟尼佛祖没有梦蝶？
为何庄周未曾逍遥游于菩提间？
宙斯、赫拉登泰山为何没有留下神谕？
伏羲、女娲是否在阿尔卑斯山为美景留恋？

御凶之神天狗，
为何“榴、榴”地叫喊？
全身覆盖着鳞甲的人马，
为何对人类依恋？

酒神为何豪饮千杯不醉？
为何就能摆脱社会的规矩束缚？
呵！为什么我们饮酒千杯后，
如神灵一样无拘无束，逍遥自在？

为何有鸟头人身的神仙？
为何有龙头马身的神仙？
为何有马头人身的神仙？
为何有人头龙身的神仙？

招摇山的迷谷为何闪耀光华？
媚草又为何能让人绽放笑颜？
文鳐鱼为何能在天空飞翔？
为什么看到狌狌便心生爱怜？

广袤的宇宙中，
众生与诸神，
难道人即是神？
抑或神即是人？

其实，诸神起先，
都是些赫赫有名的人，
他们轰轰烈烈死后，
感激不尽的人民给他们戴上神的光环！

众灵无法解答这些，
思考之神独在华夏神殿徘徊，
诗神在阅读心灵中的宝石诗歌，
或许她能将无穷的神谜揭开！

莽莽乾坤低头不语，
我独在东北乡文学王国徘徊，
但我坚信一个真理：
高贵的理想和勤奋能将无穷的神谜撷采！

# 第二章　开天辟地

谁探视过奥妙无穷的宇宙，
谁就拥有浩渺无垠的心境；
谁的心灵饱含浩瀚博大的智慧，
谁就会不断仰望布满星辰的苍穹！

呵！苍穹呵，苍穹！
我们伟大的心灵！
苍穹呵，苍穹！
我们崇高的神灵！

现在，让我们回到宇宙诞生之前，
没有时间，没有空间，没有光明，
全被黑暗包围得密密严严，
唯有那混混沌沌的宇境。

没有四季，没有太阳，没有月亮，
黑暗包裹整个宇宙；
没有星辰，没有山河，
唯有一团混沌之气萌动。

难以想像的黑暗，
比死亡，比地球上一切的寂静都沉重。
而这虚空充斥着所有，
这最最纯粹的“无”，却是最最纯粹的“生”。

这样的状况不知持续了多少万年，
却始终浸润着压抑的激情。
忽而，这混沌如鸡子的空间一亮，
七彩的灵光照出一个人形的精灵。

这光亮只是一闪，
一切又复归无光无声，
仿佛黑暗眨了一下眼睛，
混沌的世界倏然回归平静。

这样，又不知过了多少年，
人形在跃跃闪动，
闪动得那么真切那么频繁，
预示即将诞生一位伟大的神灵。

这闪动的光是紫色的，
多像紫色的闪电；
这闪动的光是蓝色的，
多像蓝空中的乐声。

这闪动的光是赤色的，
多像华夏巨龙的眼睛；
这闪动的光是橘色的，
多像初恋少女温暖的酥胸。

这光一闪一闪，
整个宇宙为之惊醒；
这光一闪一闪，
恍若婴孩欢喜的心动。

不知多少年过去了，
这光伴随着轰隆隆的响声，
最后化为红色的火焰，
呵，整个宇宙为之欢腾。

忽然又阵阵巨响，
轰隆隆！轰隆隆……
无底的暗渊回声轰鸣，
一个巨大的婴儿竟熟睡在宇宙中。

呵！在神圣的古华夏的四万一千年前，
浑沌天地像一对孪生兄弟身心相连，
在他们体内，婴儿盘古——这颗伟大的灵魂，
像偎依在慈母怀里一样体态安然。

你这位宇宙尊敬的先祖——盘古，
你带给宇宙独立与尊严，
你看——我们是不是和你一样，
睡懒觉的样子也特别香甜？

每当静静的黄昏垂下黑色的帏幕，
每当星星眨着她那调皮的眼，
天下的有情人是多么幸福啊！
我们激荡年轻的心驶向爱的彼岸——

我们愿意枕在洁白酥软的胸脯上睡懒觉，
愿意躺在柔软温馨的秀发上浮想联翩，
愿意枕在圆润灵巧的纤足上放飞梦想，
给温柔细腻的素手戴上纯美的金色指环。

而今，亲爱的朋友们，请苏醒吧——
当我们还没有弹响生命激昂的心弦，
让我们像先祖盘古一样，
心怀开天辟地的伟大宏愿。

一万八千年匆匆如白驹过隙，
盘古终于长得虎背熊腰，气壮如山，
浓眉下的双眼放射出如炬的闪电，
他的心中充满开天辟地的期盼。

天地混沌不清，盘古眼前朦胧，
他心中燃烧着改天换日的激情，
只见他双手擎天，双脚踏地，
用尽全身力气向上猛地一撑——

伴随着“我是大丈夫”的巨大吼声，天地訇然分开，
盘古猛然长高到九万九千九百九十九丈的苍穹！
天地间喷薄的激情绚丽奔腾，
盘古的身体变化成高达十万丈的巨龙！

他艰难地矗立腰身，
黑暗的宇宙却向他逞凶，
他不服输地再次挺立，
风起云涌，雷声轰鸣。

天边的黑暗滚滚袭来，
挤得他的肋骨咯咯作声。
被他撑破的每个缝隙在瞬间拢合，
试图将他重新裹围在庞大的黑暗中。

他愤怒地伸出手臂，发出旷世的吼声，
“喀！”黑暗的壳壁被震动开无数裂缝，
光亮进来了，
呵，这是宇宙的第一缕光明！

长着太阳般灿烂的头颅，
——这就是我们智慧的英雄！
目光坚定，通体光明，
——这就是英雄独有的神性！

他甩甩手臂，
手臂长得比黑暗的边缘还长；
他踢踢双腿，
双腿比裂开的缝隙更长。

他讨厌这彻头彻尾的黑暗，
内心的愤怒让无光的世界更加冰冷。
他开始变化，变成风，变成云，变成泪水，
一天九变，世间的万物在他身上一一显灵。

一会儿变成了龙身人头，
一会儿变成了鸟身龙头，
一会儿变成了马身牛头，
一会儿变成了龙身鸟头。

他双手撑天，天高一尺，
天空挂起绚丽的彩虹；
他脚跺大地，地增厚一寸，
大地一片宝石晶莹。

大神盘古掀开了宇宙神秘的眼睛，
混沌宇宙终因他的壮举而苏醒。
所有的神话，所有的生命，
都挤到宇宙的窗口变幻成精灵。

袅袅婷婷，婀婀娜娜，浮浮游游，
这是伟大的阳气在上升。
他代表着伟大生命的粒子，
他代表着博大、尊严、公正。

他将所有的神力赠与智者，
他的胸怀接受着一切生灵。
阳气亲如兄弟，结成一片，
形成了空旷辽远的天空。

湲湲潺潺，温温柔柔，淙淙流淌，
绵绵而伟大的阴气在凝聚生命。
这，蕴含着她伟大生命中的博爱，
这，代表着她容忍的胸怀、挚爱和真情。

呵！肥沃而又坚忍的大地由此形成，
大地上由此万物欣欣向荣。
盘古时而欢喜，时而沉思，
因为天地由他开辟诞生。

盘古心生怒气，天空乌云翻滚，
盘古欢欢喜喜，天空万里旖旎，
盘古忧伤哭泣，天空倾盆大雨，
盘古愁眉叹气，大地遍野凄迷。

可天地是刚刚诞生的孩子呵，
他们腿很软，还很淘气，
他们在时光悄然流逝中相怜相惜，
呵，不知不觉，渐渐又拥抱在一起。

于是盘古右手变为一把凿子，
左手化为明晃晃的板斧，
把天地相连的地方轻轻一凿，
并告诫天地从此不要相恋相依。

天被撑高了，地长厚了，
盘古因劳累也需要休息了。
他弯下身子刚想蹲下，
天地相恋，又想连在一起！

连在一起？盘古苦想冥思，
忍着巨痛吐出自己的牙齿，
他左手拿着玉牙，右手擎天，
把蓝天钉得牢牢实实！

盘古用牙齿辛勤地钉牢蓝天，
有颗牙齿却暗暗哭泣心生卑鄙，
他惧怕被钉在蓝天失去自由，
遂忘记责任偷偷脱离盘古身体。

钻入阴冷黑暗的地府，
他向幽冥中遁去，
那里没有恶鬼没有生灵，
盘古的这颗牙齿成了地府的霸主。

他就是以后撞击大地的恶神牙生，
他边舞边发出歌声：
收留我吧，我的地府，
让我沉浸在你黑暗的怀抱中。

收留我吧，黑暗的地府，
我是多么熟悉，多么留念往昔，
作为一颗盘古的牙齿，
作为他的附庸，我的存在能有何意义？

我是恶神，
我就是黑暗的主使；
我是恶神，
所有光明都将是我的敌人。

呵，让无边黑暗吞噬那呈现的光明，
让天与地重新连在一起。
牙生在地府歌唱，
他在永不见天日的黑暗里欣喜。

突然，一个奇异的景象让他苏醒，
苏醒后的他竟大哭不已。
原来，盘古拔牙后流出的鲜血染红大地！
这时宇宙一片澄净，霞光万里！

他被这壮观的景象感动，
跪在盘古面前忏悔！
盘古将这颗掉队的牙齿钉上蓝天，
忏悔的灵魂在蓝天更美！

清风吹拂盘古坚毅的脸庞，
天空如一面纯洁的镜子清澈明亮。
那些钉在天空的牙齿变为星星闪烁，
盘古流出的鲜血化作美丽彩虹绽放。

芸芸众生，生生息息，
大自然永恒轮转。
就连我们的先祖——盘古啊，
也要瓜熟蒂落，逝去不可避免。

那辉煌和悲壮的时刻来临了——
我们宇宙伟大祖先，
望着他开辟的辉煌事业，訇然倒下，
盘古用身体谱写了辉煌诗篇。

盘古倒下时又诞生了一位神灵，
他是西北海之外赤水北面的神烛龙。
人脸蛇身眼睛眯成一条缝，
身子长达千里全身红彤彤。

他睁开眼睛是白天，
黑夜来临是他闭上眼睛。
他吹气乌云密布，吸气烈日炎炎，
一呼一吸便令天地动容。

他在盘古即将倒下时照亮大地，
同时亦照亮九泉之下的幽冥。
大地因他变暖，水汽为他涌动，
他是让未来世界感动的神灵。

# 第三章　盘古化生

盘古终于累了，
我们创世的伟大祖先！
胸怀未完成的心愿，
訇然倒下，仰面朝天。

有歌赞曰：首生盘古兮，
垂死化身；
气成风云兮，
声为雷霆。

左眼为日兮，
右眼为月；
四肢五体为五岳兮，
血液为江河……

盘古呼气为云，
在天空飘荡如朵朵美丽莲花；
盘古清咳一声，
轰隆隆的雷霆响彻天下。

江河湖泊涌动着
盘古热烈的血液；
雄伟的山川展现着
盘古雄壮的骨骼。

盘古皮肤上的汗毛儿
化为大地上的森林；
身上流出的汗水
化为滋润万物的甘霖。

他的头部高高隆起，
变成气势雄伟的东岳泰山；
他的右脚翘起足尖，
变成群峰壁立的西岳华山。

他的肚腹高挺，
变成风景秀丽的中岳嵩山；
他的左臂微微一曲，
变成重峦叠嶂的南岳衡山。

他的右臂振臂挥舞，
变成气象万千的北岳恒山；
他的左脚变为西南神圣的
云蒸霞蔚的昆仑山！

盘古逝去，大神显现，
万山高耸，
万河奔流，
万物诞生。

大神显现，盘古的灵光射向天地，
这些瑰丽的灵光在天地间飘荡；
灵光纷纷与天地万物融合，
孕育众多大神在天地间飞扬。

烛阴的神力照亮九重泉壤的黑暗，
二十八颗神星闪着耀眼的光芒，
雷泽的雷神全身电光闪烁，
常羊山的神龙在天地间自由翱翔。

光山上的计蒙出没漳河深渊，
骄山上的橐围散发闪闪金光，
开明神兽分管天界一域，
大神蚩尤动天地之气全身闪亮。

西王母在玉山上种植晶莹的玉树，
九天神女在绚丽的九天徜徉；
华胥女神在神圣的天地间播洒精灵，
天地间充盈着金灿灿的灵光。

天地灵光诞生了龙身鸟头的神仙，
龙身人脸的神仙，
人脸牛身的神仙，
羊身人面的神仙。

全身鹅黄色嫩芽的春神，
全身开满烂漫鲜花的夏神，
高高举着金澄澄冠冕的秋神，
还有头顶皑皑白雪的冬神。

盘古的一声吼叫化为了雷神，
盘古呼出的气体化为了云神，
盘古流下的眼泪化为了雨神，
盘古呼吸的气流化为了风神。

盘古的左眼化为太阳神，
盘古的右眼化为温柔的月神，
盘古的美好愿望化为希望之神，
盘古的大脑化为智慧之神……

高贵的众神啊，高贵的众神！
天地万物都将膜拜你们崇高的灵魂！
在浩渺无穷的天地间，
你们灵性的奇迹万世弥珍。

东方还诞生了灵感之神、想像之神，
他们伟大的思想无限延伸；
遥远的光芒辉映着坚强的信念，
他们看见了伟大的西方之神。

西方众神之王宙斯，
为东方神系的繁荣而无比欣慰；
美丽的神后赫拉，
亦献来了无限的温馨。

众神头戴着橄榄枝编织的花环，
为伟大的融合欢呼歌唱。
宇宙必将归于统一的安静，
汇入一片和谐的海洋。

且看东西方众神的合一，
让无际的想像照亮人类的航向。
那是宇宙最伟大的神性，
他的光辉让我们飞翔。

万山耸立：泰山、招摇山，
华山、钱岳山、槐江山，
鸟山、求如山、泰长山，
鹊山、玉山、三衢山……

群山群峦呵，美丽的群山群峦！
我在这里歌唱你圣洁的容颜。
伟大的泰山、昆仑山崛起人类宏伟意愿，
他们巍然屹立，金光闪闪。

万河奔流：漓水、汉水、丽水，
赤水、吉水、丹水，
洛水、泾水、区水，
溴水、苕水、渭水……

大江大河呵，滔滔的大江大河！
我在这里称颂你们温柔的肢体。
伟大的黄河、长江源源不息，
流淌着滋润华夏生命的乳汁。

呵！激荡、雄伟、澎湃、刚劲的江河，
欢唱着母亲般温暖沧桑的歌。
伟大的华夏民族繁衍生息，
宇宙万物生机勃勃！

蜿蜒九曲从古至今的黄河，
浮载着天上人间美丽的传说；
华夏神灵孕育着文明之源，
让自由圣洁的人们世代共享欢乐。

万物诞生：体形如马会唱歌的鹿蜀，
烈烈如火的九尾狐，
展翅飞翔的天马，
还有乘着云雾飞行的龙鱼。

凌空飞翔防御火灾的赤鳖，
非练实不吃非醴泉不饮的良雏，
在天愿作比翼鸟的蛮蛮，
不畏惧天雷的橐巴夏天蛰居……

奇异的万物呵，奇异的万物！
你们兴高采烈地来到这片热土，
把美好的愿望向世界倾注，
把理想的话语向天地倾吐。

万木葱荣：治疗耳聋病的文茎，
结着红色果实的丹木，
开着黄花能防御火灾的沙棠，
放射光华照耀四方的迷谷……

枝叶茂盛的万木呵，枝叶茂盛的万木！
我在这里赞扬你挺拔柔韧的身骨。
你繁茂着华夏广袤的大地，
你带给人类一片花香鸟语。

万神共同吟唱：
祝福你呀祝福你——盘古！
有你才有永恒的天空，
永恒的神州，永恒的万物！

感谢你呀感谢你——盘古！
有你，
才有神灵的境界！
才有生命之路！

盘古高贵的灵魂继续在天地间飘荡，
西方的神话相继诞生。
他们高贵的神脉发达而又完整，
繁衍着无数伟大的生灵。

东方的神系博大而又深远，
我的笔端无法将这茁壮的根系理清。
大自然高贵的血液都在神系里汩汩流淌，
幸运的生灵在神的旨意里诞生。

经过时间之神的洗涤、锤炼，
天地生有天国、神居、鬼国、冥间。
天国是神仙及高尚灵魂的居所，
他们了民居住在昆仑山。

一碧万顷的广袤沃野，
人类世世代代在这里安居乐业；
东海度朔山上坐落着鬼国，
冥间地曹里的卑鄙灵魂夜夜悲怯。

别了，开天辟地的盘古，
你是人类尊敬的先祖。
在长满甘橘、寻木、香草的沃野，
高尚的灵魂给沃野带来祝福。

遍野熊熊燃烧的激情为你澎湃，
姑瑶山上的云雨因你哭泣，
大地为你而瑟瑟颤栗，
九天为你落下层层云翳。

云雾翻腾，
记住开天辟地的英雄；
森林汹涌，
悼念为宇宙奉献的精英。

众神鸟在鸟神凤凰的带领下，
迎着微微的清风轻轻呼唤盘古的姓名。
她们在蓝天上排成绚丽的图形，
永远祝福盘古有一颗安息的魂灵。

兽神麒麟率百兽在广袤的原野上列队目送，
一齐发出惊天动地的沉痛吼声；
龙王率领海洋家族，将悲痛的心情
化为波浪汹涌澎湃、澎湃汹涌。

呵！列列山川化为古往今来雄壮的诗篇，
滔滔巨河在大地上弹拨着悲怆的琴弦。
呵！朋友们，请听大河请听高山，
他们组成了纪念伟大先祖的交响乐团。

# 第四章　女娲诞生

在华夏广袤无垠的大地上，
美丽的传说源远流长，
从神秘的浮玉山到雄伟的密山，
哪儿才是母亲尊贵的产床？

在银杏、碧桃掩映的深处——
女娲，宇宙的又一位先祖，
像一朵出水芙蓉，
慢慢地从盘古的右耳里走出。

是啊，在盘古悲壮地倒下时，
头颅中同时诞生了两个神国。
右耳诞生了女娲神国，
左耳诞生了华胥神国。

我不知用怎样的语言来赞美女娲，
她健美的身躯白玉无瑕，
她及足的黑发秀美如纱，
那回眸一笑灿若红霞。

嗬，小巧玲珑的酥胸在微微起伏，
她黑灵灵的眼睛面对万物，
闭上眼睛，也能感觉到她
充满深情，顾盼流苏。

美丽深情而又温柔的女娲，
她袅袅婷婷曼歌曼舞，
飞翔在长满白玉的沃野上，
与灵性的万物共诉心语。

甘甜的怯尘风吹拂着长满白玉的沃野，
沙棠花欢快地来了，琅龙花微笑着来了，
玉树花烂漫地来了，璇树花愉快地来了，
金银花朴实地来了，白玉花抖擞着来了。

呵，我们美丽的女神呵，
我是多么荣幸地讲述你的传说！
你是天空，
你给大地带来美好生活。

呵，美丽的你，
拥有无数的爱，
用颜色、声音和香气围拥灵魂，
用心灵的爱延伸未来。

清晨来了，
你右手提着金篮，
戴着美的花环，
静静地替大地加冕。

黄昏来了，
你越过从未有人涉足的荒滩，
穿过最为洁净的小河，
金子般的胸怀里带着欢乐安闲。

纯白的光辉，
覆盖着为灵魂翱翔的无际的天空。
那里无昼无夜，无形无色，
贫乏的语言永远无法说清。

呵，我们最为美丽的女娲，
一日七十变，
越变越让世上所有美好的事物，
彰显迷人的容颜。

你的目光照射到大地，
大地上便开满了花朵；
你的笑声在原野回荡，
如花开的声音丝雨般诉说。

你在九天漫游，
发丝变成霞晖；
香汗滴下，
变成最为绚丽的虹晕。

你喜爱地将云带缠围在星胸之上，
绕成花式的纹褶无比秀美，
还染上变幻无穷的色彩，
夜晚被你的神采辉映得无比奇瑰。

# 第五章　伏羲诞生

我要永记那美妙的瞬间，
我看到伏羲坚毅的眼神，
如同昙花一现的梦幻，
如同纯真之美的化身。

我要为你歌唱，
我热烈的诗行随风飘荡。
一个粗犷的声音回响在耳旁，
伏羲的身影总在我梦中散发光芒。

要我讲述伏羲的功绩，
我得昼夜不停向你诉说。
像风暴吹散无凭的幻想，
你的光芒让华夏上空神光烁烁。

十二年孕育多么艰难漫长，
你在黑暗中寻找光明。
伴着轰隆隆的雷鸣，
华胥女神诞下你让天地震惊。

我们伟大的伏羲来自遥远的华胥神国，
华胥神国诞生于盘古的耳朵。
这里的生灵火烧不化，水淹不死，
像神仙一样在大地上快乐地生活。

伏羲的母亲就是华胥女神，
她生在雷泽旁一处美丽的地方。
华胥姑娘总在雷泽的沙滩上行走，
说起那雷泽当年可是另一番模样。

那时的雷泽边长满了参天建木，
曲卷的文茎在山坡上闪着光亮，
文鳐鱼在天空飞舞，
天马跃出蔚蓝的水面自由翱翔。

风姿绰约的曼陀罗开满沃野，
她的神性随风飘荡。
笑着采来酿成酒，饮了令人笑靥如花，
舞着采来酿成酒，饮了令人起舞呈祥。

雷泽啊，就是今天的菏泽，
如今这里盛开着牡丹，
硕大的花朵依然绽放古老的灵性，
那是华胥女神神性的显现。

黄河冲积的平原伸向远方，
人们在黄河边上看着雁阵飞走又返至，
云朵之上七彩的虹影描画着苍穹，
雨季人们像鸟儿一样躲在宽大的叶荫里。

阳光透过云层展露笑脸，
人们便在太阳下伸伸腰，
草间蹦跳出肥硕的兔子，
这将是人们一天的食物佳肴。

人们祖祖辈辈就这样生活，
然后安安静静地死去。
他们的尸骨被埋在黄河滩，
过去多少年，所有的人们都化为泥土。

餐风饮露，原野卓卓，
初始的生活没有波澜。
在伏羲还未诞生前的黑夜，
这样的日子延续了多年。

可是，我们美丽的女神华胥出现的一刻，
所有平凡都将被改变。
在菏泽的大地上，
自由的华胥女神展开笑颜。

亲爱的朋友们，
我分明看见了华胥在雷泽的沙滩上行进。
在金黄的沙滩上，
华胥姑娘看到了一个巨大的脚印。

这只脚印宽厚地印在沙滩上，
那清晰的脚纹让人看了心中激情四溅。
盘古的脚印也应该如同这般模样，
难道伟大的盘古再次来到了人间？

华胥是多么好奇，
她大胆地踏在了脚印上。
不料她刚想抬起脚掌，
脚掌即被大地粘住，身上顿时失去力量。

陡然一条长虹自天而降，
七彩炫光缠绕在她的身上。
不知不觉，她的心中大动，
她如痴如醉地好一晌。

就是十二年，她感觉温暖异常，
这一刻让华胥如同进入另一个领地。
她在七彩绚丽的宇宙间神游，
这遥远的旅途陌生而离奇。

这预示又一位大神降临东方，
但见东方露出红霞千丈，
忽听，一声巨响——
圣洁的女神华胥腹中闪着一道金光。

天庭上的大神都被金光惊醒，
一时显得手足无措慌里慌张。
太阳神也俯下高贵的身躯，
向着人间远远地瞭望。

这时华胥腹中那金光却如汹涌的海浪，
那海浪气势如虹浩渺苍茫。
这苍茫的金光一跃而出，瞬间化为金龙，
周身无不散发着炽热的光亮。

那金龙昂首挺胸，
大地顿时无比辉煌，
天地飘满奇异的芳香，
铛啷啷，天空中传来一声巨响。

雷神已经站在了云端，
雷神的笑脸充满惊喜：
华胥呵我亲爱的妻子，
当你踏上巨大的脚印我们便结成永远的夫妻。

我们的孩子就是这条金龙。
说完此话金龙即吞云吸日化为人形，
一位英俊的少年啊跪在华胥与雷神的面前。
但见这少年呵，面如满月、虎目龙睛。

“呵，母亲，伟大的先祖，
父亲，我刚毅的榜样。
我是你们的儿子伏羲，
此刻我的心中无比欢畅。

我生长在盘古的左耳，
那是一条漫长的旅程。
在那里，我慢慢思考了整整十二年，
是神意让我选择了您温暖的子宫。”

壮丽的晚霞为伏羲披上金色的霓裳，
初生的伏羲跪拜在大地上，他庄严地
向父亲致词：雷神啊，我高贵的父，
您是我的源泉，我是您的水珠儿在大地流淌。

我将继承您的理想，
我将像您那样为了民众终生奔忙，
我将拥有您一样的胸怀与胆量，
我誓将每一寸暗黑的世界点亮。

雷神抚摸着伏羲宽阔的额头，
拉起他闪着神光的手掌：
“亲爱的孩子，我们如此相像，
我们都要把为民造福的信念烙在心上。

孩子呀，你的身体刚刚成型，
那随风增长的灵魂呵刚刚诞生，
你尚需不断积累自己的本领，
那样你的前途才会无限光明。

苍天在日夜轮回，岁月在时刻更迭，
时间将会赋予你排山倒海般的潜能。
但你要经得起刀山火海般的锤炼，
才会成为继往开来的英雄。

孩子呀，只要你心地坦荡堂堂正正，
只要你始终心怀天下黎民苍生，
只要你不断为了正义磨炼意志，
你就会永远被民众传诵。”

# 第六章　太皞伏羲

伏羲记住了此刻，
也记住了父亲雷神的嘱说。
他奔向大地，
所有的事物都在等待他去一一识别。

伏羲记住了每一缕春风与花香，
记住了每一株草木，
记住了所有的鸟儿，
还有水中嬉戏的游鱼。

呵，他是多么高兴，
想起远方的女娲，
这位从盘古耳中诞生的女神，
他真想与女娲终生相伴共逐彩霞。

他飞过青丘山，
飞过亶爰山，
黄河在眼前蜿蜒如女娲柔美的容颜，
伏羲站在河边遐思，太阳隐现。

这时一只白龟浮出水面，
它向伏羲点头致意。
白龟背上的纹理若隐若现，
伏羲跳到白龟背上仔细察视。

噢，多么奇妙的图案，
多么美丽的预言。
伏羲坐在白龟的背上沉思不断，
白龟载着他游向天边。

伏羲忘记了喝水，
也忘记了吃饭，
不停地推算着龟背上的图案，
这奇妙的图案让他忘记了时间。

伏羲在认知所有奇异的事情，
宇宙万物除了学识什么也不能把他制胜，
无论是滴着水珠的花蕊，
无论是沧海桑田谱写的虔诚宁静。

即使是那来自上苍神族的神圣的传言，
都不能激起他心中的慰藉的美梦。
但是他想知道为什么，
要去了解世间任何奇妙的事情。

那随风摇摆的无尽的森林，
那草原上凄清冷漠的沉静，
都让伏羲感动得心潮翻滚，
似汹涌的河水奔腾。

他用缓慢的目光透过那苍茫的夜色，
思想里却想着龟背上奇异的图腾。
他画了又画，
却不知不觉画出象形文字的雏形。

呵，他是多么兴奋，
他真想马上就向别人告知他的发明！
经过了九十九天的苦想，
伏羲终于在龟背的图案上发现重大秘情。

伏羲发现了世间万物阴阳交互，
有天即有地，
有水即有火，
有土即有木。

他坐在高高的土台上，
八面之风吹来，
伏羲黄金的面容被清风抚摸，
他自在地冥想于自己创造的世界。

头顶是苍茫的天空，
脚下的大地是无边的原野。
他分别以龟背图推算出八卦的原理，
天、地、雷、风、水、山、火、泽相生相克。

呵，我们伟大的先祖，
我们伟大的神族，
他们以自己的智慧开辟了新的纪元，
从此华夏民族的文字得以初具。

是伟大的伏羲建起了一座华夏文明的里程碑，
人们走向那里的小径永远不会荒旧。
它将自己坚定不屈的头颅高高昂起，
高过世间所有高山上的石头。

文明永远不会绝迹，
文字的出现闪烁着神的旨意，
它将比所有的光传播得更快，永不消亡，
不管我的诗歌多么蹩脚，依然要歌唱你的功绩。

整个伟大的华夏都会听到我的传唱，
各种各样的语言都会呼唤伏羲的姓名，
无论上古的先民，
还是今天走在繁华闹市上的当代百姓。

伏羲将长时期地受到人们的尊敬和爱戴，
因为是你用文字记下了人类第一缕感情。
你那闪动着金光的字迹，
怎么能让我不为你的创举歌颂。

呵，我伟大的先祖伏羲！
我向你致敬！在我眼前
我看见你刚毅的面容在金光下出现，
你那骄傲的阳刚之美闪烁壮观。

噢，我听到你宽阔的胸膛，
发出海浪拍打礁石的声响。
你遍野神迹的倾诉，
是对华夏民族泣血的希望。

呵，我将你比喻成大海！
常常地，在你的岸上
我静静地，迷惘地徘徊，
苦思着我那珍爱的愿望。

啊，我多么爱听你的回声，
那低沉的声音如晨钟唱响；
我享受你黄昏时分的幽静，
和你偶尔任性时的沉默与倔强！

渔人渺小的帆，
凭着你喜怒无常的保护，
在两齿之间大胆地滑过。
但你若汹涌起来，无法克服，

成群的渔船就会覆没。
直到现在，我还不能别离
这令我沉思的凝固的石岸，
我多想热烈地拥抱你，伏羲！

是你让我的诗情涌起波澜，
随着你的激荡跑开！
你在期待，呼唤……身体却被缚住，
心灵却奔向未来。

是强烈的感情把我迷住，
于是我在岸边留下到处顾盼，
有什么可惜的？而今哪里
能使我奔上华夏神族的宫殿？

在你的宫殿中，
我要静静地把心灵洗涤。
峭壁之上是满目的金碧辉煌，
那里，有巍峨如山伟大的回忆。

噢，在我香甜的梦里，
我和你在一起。
我们促膝长谈，
亲密得如同兄弟。

转眼伏羲已经长到十九岁，
他再次回到雷泽，回到母亲那里。
这时华胥女神已经为伏羲生下了妹妹，
她们正用树枝在河中叉鱼吃。

伏羲走上前去大喊：
“母亲呀，我多么愚蠢，
我没有将我的发明传授给人们，
以致于您也靠石块与树枝才能生存。”

华胥扭转过头来，
看到自己的儿子意气风发。
伏羲马上为母亲结绳为网，
一会儿就网到了许多鱼虾。

华胥高兴地将儿子向所有的族人介绍，
同时，伏羲将结网技术传授讲明。
人们很快就捕到了许多大鱼，
大家高兴地将伏羲高高举过头顶。

伏羲又教人们用树皮做成鱼篓，
鱼儿可以用鱼篓装盛。
这种鱼篓在菏泽一带叫“鱼误”，
如今的人们还在使用伏羲的发明。

伏羲教会了人们许多事物，
他把蚕儿吐丝的道理向人们讲清，
用野蚕的丝儿为人们缝制了兽皮衣裳，
呵，人们从此不再害怕冬日的寒冷。

还有，还有，
还有那么多的发明都被伏羲使用。
他的发明都无私地传授给人们，
人们永远缅怀伏羲的丰功。

# 第七章 女娲伏羲

伏羲发明了文字，
还学会了种植耕耘，
渔猎也十分内行，
还用马尾做了世界的第一把竖琴。

他将所有的技艺都教给了人们，
华夏神族的人普遍得到赐恩。
报知鸟儿将伏羲的问询送给女娲，
幸福的女神呵思念伏羲情似海深。

可是，他们两人实在太忙 ：
天河的大水喜怒无羁，
世间的万物又毫无规矩，
野兽亦常常把人类袭击。

女娲也在苦思对策，
看着受苦的子民，
她呀，那颗母亲慈善的心，
好比刀砍火侵。

女娲正在愁思，
伏羲已经在她身后站立。
看着女娲忙碌的身影，
伏羲看在眼里痛在心里。

我的爱人，
你那柔柔的眼神，
你那颗菩提般善良的心，
真叫人感动万分。

我的内心常常震荡着
悲欢的余音，
在苦与乐间踯躅，
尤其当寂寥无人的当今。

我的爱人，女娲！
我们将不再分离，
蜜语、拥抱与欢歌，
让生生世世的岁月里没有孤寂。

伏羲乘着怯尘风飞到了女娲身边，
女娲的脸儿羞红得如同晚霞。
他们手拉着手走在草地上，
蝴蝶纷纷围在他们周匝。

当他们在夜里独对灯火，
呵，此时林间的鸟儿不叫，林静夜深。
苍茫万物都在沉默，而女娲的心湖，
因脚镯的轻响增添了更多波纹。

呵，让我们去倾听那美妙的足音，
树叶不摇河水静止像熟睡的哨兵膝上的刀剑；
呵，少女的心开始真正狂跳，
爱情来了而她现在就坐在英雄的身边。

女娲娇柔的声音让伏羲垂下眼睑，
夜悄悄地来了，云片儿轻轻滑过繁星；
他俩紧紧地拥在一起，
这份爱情犹如珍宝放出光明。

女娲与伏羲来到了盘古的家园，
在那里，人们为他俩摆下了庆祝的盛宴；
乐神把大鼓敲击，
豪放的汉子把羊头舞跳得如同燃烧的火焰。

小小女神们亦轻披长发，
让众神的舞蹈歌颂这旷世绝恋；
女娲禁不住吹响柳笛，
伏羲亦动情地拨动着马尾琴弦。

人们为他俩斟满深红的美酒，
女娲与伏羲虔诚地将玫瑰酒杯掬在手间；
人们在大乐之中载歌载舞，
华夏神民们的欢乐妙不可言。

朋友，让我再次把你的酒杯斟满，
来吧，让我们共同举杯为了美好的明天。
豪放的声音充溢于天地之间，
那来自于上古的豪言呵让整个宇宙震撼。

夜深了，伏羲深情地看着睡得正酣的女娲，
她那又黑又亮的秀发如一团乌云翻卷，
那白净的脸盘像一轮皎洁的明月，
那长长的睫毛将她的俊美增添！

第二天，伏羲与女娲来到湖边，
那轻柔的风儿吹过绸缎一样的水面，
草坡碧绿野花多得数不清，
他们的欢乐从乌黑的眼眸中飞出就像鸟儿飞向湖面。

倦意还逗留在黎明的眼上，
露珠儿尚在叶尖上睡眠，
湿草的嫩味轻轻融入地面的薄雾里，
女娲被太阳神照得羞涩满面。

刚毅的大神伏羲则轻轻擦拭自己的宝剑，
飘飞的柳絮被宝剑的寒气割成碎片，
满天的流霞亦被那神剑的光芒所伤，
呵，好一对华夏大神立地顶天。

伏羲与女娲的内心爱意绵绵，
但是此刻他们没有任何语言；
宛如归巢的鸟儿在密叶中歌唱，
丹树绽开着繁花，蜜蜂在花丛中盘旋。

他们散步在原野田间，
女神横斜的影子伴月光让着河水涟涟。
布谷鸟进入梦乡，
而他们步态轻盈，心中没有倦念。

低垂的树荫盖住水边的杂草，
有人在杂草丛中将虾蟹捕捞。
女娲的钏镯叮咚放出音乐，
伏羲向人们讲述种植的门道。

人们见到神奇的种子在发芽，
兴奋得如同醉酒般奔走相告，
不断将女娲与伏羲的名字传颂，
连同他们的爱情都已家喻户晓。

他们的爱情像云朵一样优美单纯，
如那月亮橙黄色的面纱让人陶醉。
女娲为伏羲编的茉莉花环使人们心灵震颤，
伏羲为女娲制作的马鞭让人们觉得无比珍贵。

少年间的情愫让他们发出真挚的微笑，
他们颇为娇羞却十分甜蜜。
如月华初上的圣洁的女娲与伏羲呀，
将所有初世的快乐全部展示。

# 第八章　女娲造人

女娲与伏羲一相逢，
便脉脉相望，热流涌动，
只用眼神就迷醉了对方，
所有话语都无法描述一见钟情。

伏羲女娲成了宇宙间一对活泼的精灵，
给沃野增添了青春灵动；
他们早晨迎朝阳对歌，
夜晚择芬芳花床共枕相拥。

女娲伏羲幸福地生活，
与大自然的美丽万物亲情对话；
女娲听懂了树叶欢快的笑声，
伏羲听懂了阳光正在发芽。

伏羲与女娲坐在河边休息，
幻想有更多的生灵嬉戏于天地；
女娲无意抓把河边湿润的软泥，
捏起来感到了顺心如意。

女娲首先捏了一个牲畜，
头上的角向上生长弯曲，
四肢结实，蹄分两半，拖着长尾，
眼睛很大充满忠厚善良淳朴。

女娲捏完吹了一口气，
没想它从女娲的手掌走到大地，
女娲高兴地说："叫你牛吧，
愿你为大地繁衍兴旺添力。"

看着牛走向大地，
女娲心中产生无限畅想，
她又捏了马、羊、鸡、狗、猪，
六畜就这样奔向了四方。

一天，伏羲女娲坐在玉潭边休息，
一片树叶飘落池中泛起涟漪。
伏羲女娲的影子像神灵在玉水中闪闪晃动，
向他们传达出创造生命的信息。

女娲顺手抓起一把潭边的黄泥，
照自己的模样捏成了一个娃娃。
这个泥娃娃模样的小东西，
刚放到地上蹦着跳着就会讲话。

她亲切地叫女娲：
“妈妈！妈妈！”
女娲欢喜又惊讶，
她的脸上浮现幸福的红霞。

女娲找来白色的土壤，
黑色的土壤，
黄色的土壤，
捏了一行又一行。

捏得时间一长，女娲便感到劳累了，
她让微风拂去了她的汗水；
微风细长的裙裾将汗水吹落，
汗水化为粒粒珍珠将大地点缀。

女娲采集白藁洁白柔软的枝条，
再点缀嘉荣含笑的花蕊，
用温柔的璎芋把他们连缀，
搓成一枝花绳又长又美。

呵！又长又美，花绳蘸黄河的泥浆抡动，
抡出的泥土变成了一个个小人。
男男女女在女娲身边又跳又唱，
人类的海洋向四疆拓伸。

世界上的灵长啊！
无论是黄色的人种、褐色的人种，
无论是黑色的人种、白色的人种，
我们都拥有一个正义纯洁的神话。

我们共同生活在纯洁的蓝天之下，
请让我们真诚的心拥抱和平的梦想，
请让我们白色的手紧握黑色的手，
请让我们黄色的胳膊搂紧褐色的臂膀。

虽然我们肤色不同，请让我们相亲相爱，
虽然我们语言不同，但我们追求一致。
白、黑、褐、黄都是兄弟，
自由、真诚、奉献就是我们的真理。

我总相信未来的欢乐，
宇宙将划为一统。
我们是华夏的子孙，
也是世界的孩童。

我们的世界没有国度，
我们国家的名字就叫蓝色的星球；
我们将跨越任何一个民族，
拥有同一片清澈的天空。

我们将消除那些没有必要的争斗，
共同分享着同一片阳光。
我们也将共同分享着苦难，
也将分享着温柔的月亮。

无论是黄皮肤还是白皮肤，
无论是褐皮肤还是黑皮肤，
我们都是一家人啊，
生生不息，不挠不屈！

伏羲女娲为他们的孩子欢天喜地，
向孩子们传授着生存的技艺，
向孩子们讲授天文地理，
也讲述着盘古开天辟地辉煌的历史。

一天，伏羲女娲在一片土地驻足，
他们远远地看到了一棵相思树。
女娲伏羲、小动物们跑到了树前，
在相思树下他们边歌边舞。

红色的相思树啊，
红色的相思树！
你是爱情的结晶，
你是快乐的祝福！

红色的相思树有多么大的诱惑啊！
他们不约而同地将摘下的爱情果捧住，
刚刚放进了嘴里，
馨香便沁入了他们的肺腑。

“红色的相思树啊，
红色的相思树！
你给伏羲女娲带来羞涩，
你给伏羲女娲带来身心相融的礼物！”

原来小鹿斑比在唱歌祝福，
在一刹那，伏羲突然感到女娲变了样：
她那柔美的秀发拨动心弦，
她那洁白的胴体让人臣服。

在一刹那，女娲也看到伏羲变了样，
他那坚强的头颅，
他那健壮的体魄……
“怎么了？怎么了？”他们面面相觑。

温柔的女娲仓促地，
穿上鲜花织就的彩衣；
坚强的伏羲仓促地，
穿上树叶连缀的衣裤。

“红色的相思树啊，
红色的相思树！
你给伏羲女娲带来甜蜜的礼物，
你给相爱的人们带来温馨的祝福！”

在玉花铺缀的银色沃野上，
迎着芬芳纯净怯尘风的吹拂，
伏羲女娲追逐嬉戏，
恰似一对活泼可爱的小鹿。

动物们把爱情的甜蜜欢呼，
鲜花把他们的爱情拥簇。
朋友们，请让我们一同祝福，
祝福我的爱情也把你的爱情祝福！

# 第九章　华夏良缘

女娲呵，你的目光射到我的心上，
我怎么会感觉不到你的存在？
我愿永远为你歌唱，
如一只夜莺不知倦怠。

我将爱缠围在你的酥胸上，
绕成无数的形式和褶纹，
还染上变幻无穷的色彩，
将永远地将你温柔地依偎。

像轻柔、美奂的梦一样，
飘扬、温软、泪如丹霞，
你会发自肺腑地珍惜，
呵，女娲啊，后世谁都会敬佩你的庄严无瑕。

这是生命的泉水，
我的爱呀，日夜澎湃，纯洁如花，
开遍每一个角落，
和着你吹响的柳笛起舞天涯。

“我是我们最初的果园中那只青果，
我将我的爱呀挂满枝丫。
它们在阳光下蜜汁欲滴，
饱满的情意在原野上发芽开花。

我的女神，请骄傲地走进我们的果园，
坐在树荫下，从枝头摘下熟透的果子，
让它们尽量把甜蜜的蕴涵，
化解在你的嘴里。

噢，女娲呀，我的心上人，
当我们立在高大的建木林中，
看着蝴蝶在阳光中飞舞，
我们的爱呀也将成熟！”

听了伏羲的独白，
女娲情不自禁地拉着伏羲的手，
相对无语心贴心，
就像花草贴紧大地一样相偎守。

女娲紧紧依偎在伏羲身边，
天上传来了祝福的消息。
大神们纷纷自天空降落，
将无数的花朵撒向他们的身体。

此刻，恋人之神人马驾乘祥云而至。
他全身覆盖大片鳞甲，
人之面容体如鱼，
他的光临使人们更加欣喜。

众神民按照恋人之神的启示，
要为女娲与伏羲举行世界上首场婚礼。
人类的母亲女娲和大神伏羲的婚礼，
让亿万民众喜笑颜开奔走欢喜。

九曲之歌在天空响起，
祝愿如月的美人吉祥如意；
万神在天庭欢快舞蹈，
让时光永远把这美好的一刻记忆。

女娲与伏羲双双进入玫瑰花房，
鸳鸯双双紧紧相依。
扶桑和扶桑并茎，
女娲呀将永远和伏羲在一起。

纯洁的月亮要绽开深情的花蕾，
圣洁的光辉伴随着处女的深情；
火热的玉液汹涌澎湃地向花蕾灌注，
鲜红的花蕾将爱的圣果孕成。

呵，多么欢愉，
世间一时充满喜气。
一切都在歌唱幸福，
伏羲禁不住高歌一曲：

“女神呀我的爱，
是你引领我步入华夏的天堂。
我看到你如羔羊般圣美的心灵，
细腻的肌肤散发诱人的芳香。

你一直在我心灵中飞翔，
你的眼神让我流浪的心安详；
酥胸流淌着乳汁洁白的光泽，
柔柔秀发裹不住美瞳散发的清香。

你一直在我心灵中飞翔，
你将引导华夏龙魂飞向远方；
你的眼神为何让我丢魂失魄，
原来我一看到你就进入了心灵纯美的故乡。

你一直在我心灵中飞翔，
你灵巧的足下是一片浩瀚的大地。
肃穆圣洁的光晕熏染宇宙，
安详的神色透出神谕的坚毅。

你一直在我心灵中飞翔，
你让我滋生美丽的幻想。
即使我步入坟墓也将为你歌唱，
脚踏实地孜孜不倦追求伟业荣光。”

女娲羞涩地看着伏羲，
她的内心充满欢愉。
人们跳起群舞，
女娲也将心声表露：

“有位男神像一颗太阳，
在我心中散发耀眼的光芒；
他是我心中的指路灯，
指向爱情的方向。

有位男神像一颗太阳，
他的身材如建木高大粗壮，
他的臂膀是我休憩的港湾，
他的胸膛是我安睡的眠床。

有位男神像一颗太阳，
狮子般的头颅散发光芒；
他的心灵饱含博大的智慧，
划开长天迸射智慧的海洋。

有位男神像一颗太阳，
他的美德和才华将神民喂养；
他的意志执着坚忍，
带领华夏民族走向荣光。”

这一夜所有的人都在欢庆，
清晨的阳光照在神民的脸庞，
光辉的朝阳依然精神抖擞，
但更美丽的月亮还沉睡在英雄的眠床。

翌日万神为祝贺女娲的婚礼齐聚华夏上空，
大神们威武雄壮，
脸上散发着和悦和吉祥，
像华夏上空亿万颗星星闪亮。

女娲的姣容如灿烂的鲜花，
像沃野上出现一万个月亮。
众神相聚的场面何等宏大，
他们将整个天空照得亮亮堂堂。

雷神统领一百条神龙，
急流澎湃如长江滚滚流淌；
雪神统领着万千凤凰，
翻飞而来如黄河的波浪。

雾神率一万只羽翼的神鸟，
一下子盖住了雷泽山的脊梁；
风神率万千白色精灵，
给琼林玉树披上了银装。

万千神女佩戴红色郁金香，
彩带似练在天空飞飞扬扬；
怯尘风轻轻吹来，
欢乐的歌声将人们的喜悦激荡。

# 第十章　恶神牙生

大地载着四方万物，
四海之内，日月闪耀，星辰烁烁；
春夏秋冬轮回四季，
伏羲女娲在采撷爱的圣果。

歌声传达出人类美妙的心声，
连静坐的石头也为之感动；
生命的爱永远不息，
人类对人类的爱呵，是永恒。

历史的脚步永远由爱组成，
任何一位巨人都对爱憧憬。
啨！那烧尽了的死灰啊，
也有清风拂动美丽的爱情。

我永远对爱充满感情，
母亲女娲赋予了人类这种禀性。
爱与被爱都是奉献，
奉献啊便最为神圣。

大地上的智慧生命，
对爱早就产生了朦胧，
赤裸裸的爱情请大加赞颂，
玄天黄地为天下有情人的姻缘作证。

伏羲女娲早就有了爱情的结晶，
生命在女娲纯洁的体内跃跃欲动；
伏羲轻轻地趴在女娲的肚皮上，
多乖呵！里面有擂鼓之音嘭嘭声。

阵痛似狂涛巨浪汹涌，
豆大的汗珠在女娲额头滚动；
绿草地早已被女娲湿透，
俏皮的孩子啊还在体内逗留。

无痛神柢鸟送来一朵芙蓉，
想用花汁来为女娲止痛；
女娲坚强地摆摆手，
她要享受做母亲的苦痛。

产前的阵痛永远是一种欢乐，
这正是天下做母亲的心情；
生命的蠕动便是血精的奉献，
这便是天地间爱的彩虹。

十天十夜过去了，只听得“哇”的一声，
诞生了一位可爱的小精灵。
伏羲把她捧在掌心，
“好乖呵！灵魂和肉体相融的生命。”

青要女神看到这一情形，
心中充满无限的心痛——
她和女娲说，她要永远为处女，
因为生育孩子的阴影已留在她心中！

虽然女神不愿经历分娩，
一个心愿埋在他的心中：
她要做分娩女人的保护神，
让天下女人安详地诞生生命。

朋友们，请看吧！
光荣的时刻！生命的诞生！
人类呵，神灵和所有的生命，
都和着宇宙之歌在澎湃跃动。

大海呵，潮涨潮落，
天空呵，或热或冷，
心灵呵，黑暗或光明，
都为新生的生命而欢呼跳动。

只见她粉红色的肉身，
柔软的小脚在蹬呀蹬，
小嘴张着好像要说些什么，
两只眼睛如黑星星一般晶莹。

女娲轻轻地把她搂在怀中，
心中充满无限深情。
女娲的眼睛噙着幸福的泪珠，
这是女娲和伏羲爱情的结晶。

女娲用甘美的乳汁将她喂养，
甘美芳香的乳汁无比充盈；
乳汁如泉水汩汩流出，
又缓缓升上蓝天化为银河滋养天空。

银河灌溉着天空灿烂的悬圃，
悬圃顿时万里鲜花欣欣向荣；
芳香甘美的银河九曲回旋，
云彩呈现绚丽生机，在天空飘荡轻盈。

女娲用嘴轻轻地吻着初生婴儿的肌肤，
手掌在她身上轻轻滑动。
她是多么地爱她啊！
因为她也是一位可爱的女性。

感谢女娲，
她是一位崇高的女性，
她带给人类的不仅是收获，
更把一位可爱的女孩相赠。

天空飘来朵朵祥云，
这是欢乐之神美丽的歌声；
大地盛开烂漫的鲜花，
这是等待期盼已久的生命。

海洋森林同唱高贵的希望，
他们要把幸福共同分享。
给孩子起名叫“腓腓”吧！
名字的含义是多么的深长。

腓腓带着父母殷切的期望，
轻盈而又愉快地飞向远方。
玄鸟在她身边轻轻地歌唱，
凤凰在她身边愉快地飞翔。

她黑色的头发在清风中飘拂，
灰色、棕色的头发也在飞扬，
瞧！连同那金黄色的秀发呵，
也在快乐中同腓腓歌唱！

女娲看到孩子这样地高兴，
她的心里涌起阵阵暖流：
何不让他们配对成双呵，
让他们传宗接代而无烦忧！

我们这位智慧的母亲呵，
为了我们情愫初开的爱，
成了我们人类的婚姻之神，
延续着我们欢乐的未来。

女娲观察天气景象，
大雁随着时令北返南迁，
飞则成行，落则成列，
她决定让婚姻有礼有节百世繁衍。

女娲呵！万物的婚姻之神，
你使太阳月亮万里结缘，
即使摸不到的时光，
白天黑夜也拥抱相伴。

生生不息的世界呵！
人类得以繁衍，
历史得以繁衍，
天下展现着一幅太平诗篇。

女娲又驯服野牛，弯木为犁，
在广阔的沃野上教人们开垦荒地，
并教人们春耕夏锄秋收冬藏，
从此人们载歌载舞、丰衣足食。

欢乐的人群涌向伏羲女娲，
是生生不息的爱给他们生命；
大地上涌起欢乐的海洋，
森林、群山一齐欢动。

那颗曾经主宰地府的钉天牙齿看到大地欣欣向荣，
他对人间的繁华产生憧憬。
“我为什么高悬于这苍茫的天宁，
我为什么身边这么孤单冷清？”

是啊！欲望在牙齿的心中滋生，
滋生的欲望让他心中不再平衡。
牙齿拼命地摇晃着他的身子，
忘记了钉住蓝天的光荣使命。

一旦把自私留在了心中，
邪恶就会马上滋生。
牙齿终于狂妄地折断了牙根，
摆脱了束缚，他要自称英雄。

自称英雄！脱离了星群脱离了天空，
这颗牙齿只能成为天地幽灵。
他如无头苍蝇向下坠落，
他因恐惧发出凄厉的叫声。

愈往下降落愈感到苦痛，
苦痛中却没有反悔的心灵。
他绝望地撞击善良的大地，
并发出撕心裂肺的惨叫声。

撞击大地带来了旷世悲痛，
大地一片震颤并为此东倾。
惨叫声中诞生了恶神牙生，
恶神下到了地府，并不断带给人类灾难苦痛。

恶神辩才过人，诡计出众，
地位超群，聪明绝顶，
诡诈狡猾无人能出其右，
擅长抓住每一有利时机为己所用！

盘古的牙齿撞击东方的大地，
大地上出现了一道深深的裂缝。
深深的裂缝化为了长长的海峡，
海峡的东边一个新的岛屿诞生。

新的岛屿化为秀美的台湾！
呵，台湾，台湾！玲珑剔透的台湾！
女娲的一颗悲伤眼泪化为了日月潭，
从盘古的牙齿里长出了雄壮的阿里山。

啊，我们心中挂念的美丽台湾！
你与祖国大陆一脉相连。
总会有那美满的一天，
华夏一统的旗帜在阿里山顶招展。

# 第十一章　寻找水神

盘古的牙齿挣脱，天空出现裂缝，
裂缝嘣蹦作响迸发火星；
火星碰撞激烈诞生火神水神，
矛盾对立，水火不容。

水神的原型是人脸蛇身，
满头都是红色的头发；
火神的原型是人面兽身，
常骑两条龙在天上遨游格外潇洒。

裂缝间闪动起紫色的光环，
那是最初划破夜空的闪电；
银河之水四溅，
奔流在天宇，奔流在人间。

在昆仑的山上，
有位大神居在高高的宫殿。
宫殿里长着高高的紫水晶，
玉石台阶金色栏杆。

台阶下开满了白色的茉莉花，
粗壮的文茎高大的建木夹在花丛中；
七彩的霞光映照出这宫殿的雄伟，
每天早晨都有天神将晨钟击鸣。

这里就是水神的宫殿，
他主管着天河与地界的水源。
后来他的灵魂附在共工身上，
天下所有的水滴都由他的统管。

他将九天的露水串成项链，
将黄河水甩向九天；
天河的水倾泻到雷泽，
将雷泽的水送到太阳神的宫殿。

清晨，水神以水的力量，
击溃了牙生曾经主持的鬼魂军帐。
那些鬼魂像利箭一样散布在原野上，
水神用水将其重新冲回地府中再不能把好人伤。

当幽暗的长夜降临，
晚霞失去了光辉，
大雾遮没了原野，
夜莺也啼啭着入睡。

水神还沉浸在自己清凉的世界里，
沉浸在水的快乐舒适之中；
大川与河流开始由西向东流，
水神突然觉得这规矩的水流缺乏激情。

天空破裂大地一片汪洋，
七彩的河流始终挂在天上，
天河的大水一日也在七十变，
天空的鱼儿在天地间如鸟儿般飞翔。

女娲忧伤的泪水滚滚而来，
为世界理水她要找到水神。
让世上所有的水都归他主宰，
并且让他熟悉一切水脉。

女娲顺着河流走去，
河水冲刷着她清秀的面目，
水中的鱼儿在她长长的秀发间穿梭，
水草轻拂她如玉肌肤。

女娲找不到水神万分焦急，
双眼流出清澈的泪水，
如两条小溪从她美丽的双目汩汩流出，
长长的睫毛上星星般闪烁的泪光令人迷醉。

水神此刻在云之间看到了女娲倩影，
只见女娲长发披肩，亭亭如松，
双眼如秋水般清澈透明，
浑身无不散发出女神的剔透玲珑。

水神对眼前的女神一见钟情，
他脸庞羞红，
胸中激情翻滚，
水光荡漾，泛起漫漫蓝色的晶莹。

共工畅言：我，我是水神，
我的宫殿在西方的崖山山顶，
宫殿外长满了美丽的紫水晶，
还有参天的建木与文茎。

之前这一切在我眼中是那么美丽，
一切都让我心生宁静；
可是，见到你纯净的容颜，
我嬉戏的心布满惆怅的落英。

一种见了秋天落叶飘零的伤感让我无所适从，
你的美貌，让我如见到太阳般无限崇敬。
你动听的声音，
好比我主宰的水流般叮叮咚咚。

女娲露出芙蓉般的笑容，
水神羞涩的表白让她高兴；
他身边不断变幻的水影，
让她感到好奇莫名。

女娲向水神说道：
尊敬的水神，
我来找你有一事相求，
请你帮我治理天地洪流。

水神哈哈大笑：
我也有一事相求，
看到你我就爱上了你，
能否为我在昆仑山永久驻留。

女娲淡然一笑：
尊敬的水神，
我早已有了爱人，
他是我永远的爱神。

水神的眼中放出焦躁的目光，
他的心一刹那变得冰凉；
这愤怒的情绪变成了一股水流，
一下子将女娲冲向远方。

# 第十二章　火神取火

女娲被水神清凉的大水冲向天空，
飞鸟在她的身边盘旋哀鸣，
彩虹将女娲缠绕，
水中的大鳐鱼与她一起飞行。

女娲闭月羞花般娇容，
乌黑的秀发犹如西山上的水晶，
娇嫩的肌肤如春天刚刚绽放的桃花花瓣，
她在水中仰望天空。

阳光温柔地亲吻着她圣洁的玉体，
女娲安静地入睡小憩。
她梦见天空中飞满了吉祥的大鸟，
鸟儿们都在歌吟嬉戏。

七彩的河水载着美丽的女娲流向远方，
一直漂向大海的正中。
太阳神的宫殿就建在那里，
每天太阳神都会赶着他的马车升上天空。

在女娲诞生之前，
太阳神主管着天界的火种。
世间一片汪洋，
地球宛若包裹在鸡子里如此黑暗空濛。

太阳神只是每天匆匆乘着马车在空中溜达一圈，
然后就回到宫殿喝酒睡觉，
于是天地顷刻间又归于黑暗。
有一位大神对此早就心怀不平，胸中愤懑，发出长啸。

他就是火神，后来他的灵魂附在祝融身上。
火神跑入太阳神的殿堂，
太阳神正躺在他那张巨大的白玉床上睡觉，
火神的到来也没有惊动他的梦想。

太阳马在太阳神旁边焦急地踢着脚，
大声地打着响鼻。
火神俯身向太阳神看去，
但见他浓眉高鼻，鼾声如雷，惊天动地。

火神用笔在太阳神的脸上画了个大叉，
太阳马乐得咴咴嘶鸣。
太阳神翻了个身，
继续做着他的美梦。

火神将一块赤炼石，
还有太阳马耳朵后的火红发鬃，
都盗了出来，
这两样东西研磨即可成为火种。

火神曾在太阳神喝醉的时候，
听到了这个秘密。
为了世间的光明，
他才去太阳神的宫殿冒险一试。

这是世间的第一枚光明的种子，
也是盘古开天后第一缕世间的温情；
火神高兴地捧着火种向大地飞去，
大地被火光照得一片通红。

水神所发出的一条大水正载着美丽的女娲，
赤热的火种一下子将那条大水烤干；
女娲从睡梦中醒来，
火神看到了这女神如此美丽柔曼。

呵，她多么迷人，
明月一样的肌肤，
惺忪的眼睛好比秋夜的星空！
火神顷刻间感到心跳加速。

世间所有的声音仿佛都停滞不动，
多么美妙的感觉，多么神奇的感情！
火神手持赤炼与马鬃，
爱情的烈焰比火光还红。

女娲也紧盯着眼前的这位神灵，
只见他双眼如炬，
似九天上的星子亮亮闪闪，
一看即是盘古家族的后起神族。

怯尘风缓缓吹起，
火神身边燃起赤色的大火，
宇宙所有的光明都充溢在他的身边，
连正在熟睡的太阳神都被惊醒，不禁有些失色。

他揉着睡眼向外观看，
奇异的光芒使他心头发颤，
他忽然明白发生了什么事情。
火种被盗同时也使另一个人心惊胆寒。

他正是恶神牙生，
是的，他一直在暗处不愿消停。
他咬牙咒骂，
将每一位大神都数落一通。

他痛恨所有大神，
惧怕爱的种子在大神的胸中萌生。
当太阳神发现了火种被盗，
牙生这时从地府中窜出，伴着一阵云烟朦胧。

他将火神描绘得十恶不赦，
还挑拨火神与太阳神的感情。
被恶神这么一说，
太阳神竟相信了牙生。

他驾起自己的马车，
冲向火光的发出方向，
怒气冲冲地讨伐火神，
而火神此时面对女娲，心旌摇荡。

火神因情窦初开，
竟羞得满脸通红；
溪水静静流淌，
玫瑰花儿开遍天空。

树丛间太阳光影炫目，
小鸟的欢唱清脆动听。
鸟声祝福伟大的神族，
爱情永远活在纯洁的心中。

火神正要表达自己的深情，
正要鼓足勇气诉说自己的心声，
突然太阳神闯到面前，
手持大戟怒火冲冲。

“大胆火神，
竟然跑到我的宫殿盗取火种！”
火神正要辩解，
太阳神的火戟直捣火神的前胸。

正要击中火神的瞬间，
火戟自手中脱窜。
只见太阳神突然双眼发直，
原来是内心刹那骤变。

# 第十三章 火神示爱

为何太阳神的火戟自手中脱窜，
原来太阳神被女娲的美貌震撼。
正当太阳神欣赏女娲美丽之际，
火神趁机拉着女娲飞上高天。

火神拉着女娲飞过东海飞过泰山，
飞到哪里火神就将火种撒向哪边，
这样世间便布满光明，
太阳神亦无计施展。

后来火神用赤炼石锻造一把吴刀，
赠给了继承人祝融。
祝融和吴刀的故事，
后人大加传颂。

火神和女娲飞过雷泽，
但见眼前白茫茫一片汪洋，
大地被一片大水包围，
女娲禁不住心生悲凉。

他们在历山降落，
山间飘荡着洁白的云朵，
青绿色的翠鸟从水面飞过，
山间的竹林在秋风中哀鸣瑟瑟。

火神和女娲静静地坐在山石上，
火神被激情包裹张扬，
真是既幸福又伤心，
浪漫呵，爱情激荡他的心房。

浪漫呵！浪漫之神兕神来到历山，
他通体黑色长长独角晶莹透明；
他常站在绝壁山崖听泉水秋风直到天明，
然后大白天数星星，真是浪漫到顶！

火神只听到自己怦怦的心跳，
那浪漫的爱之声，
让火神品尝到了从未有过的甜蜜，
他静静看着女娲——女神在他心中。

看到她乌黑的长发随风飘散，
衬着她的脸庞如花好看。
他的眼光盯着她的脖颈，
恨不得将她嫩滑的肌肤吻含。

火神对女娲倾诉："噢，我伟大的女神，
你的光彩照亮了夜空；
你高贵的灵魂比火种还要赤热，
让我无比尊敬。

我是如此激动，
甚至痛苦不停。
一切都似乎在这音乐中，
好像都在表露我的隐衷。

从我的眼泪里，
迸发出瑰丽的花朵；
而我的叹息，
变成了夜莺之歌。

尊敬的女神呵，如果我在你心中，
我将奉献我的生命；
而且在你的面前，
将响起最为好听的歌声。

等我盈盈的泪滴，
滴入这熊熊的火里，
等我双臂抱紧了你——
我情愿为你而死！

太空中的星辰，
亿万千年来运行不紊。
它们彼此面面相对，
对爱情忠贞。

它们说着同一种语言，
有着共同的内涵。
可是任何语言学家，
对这种语言都感到茫然。

我倒曾把它钻研，
而且铭记心间。
可在你面前，
我显得如此绝望怅然。

这是爱情的烦恼吧，
这烦恼现在正折磨我的心灵。
我不知道，爱比苦是否更深？
我只知道，这二者都深埋我心中！

你那娇柔而美丽的面容，
我多想永远凝视不停。
我要将我的心切开，
让你看看我的爱如我的心脏一样鲜红！

我爱你，我的女神，
请饶恕我的爱，
像一只迷路的鸟，
想躲进你的心怀。

当我的心颤抖的时候，
请你用怜悯来遮住。
我不知应该如何述说，
女神，请饶恕我不能说得清楚。

如果你不能爱我，
女神，不要远远地斜视我，
请饶恕我的痛苦，
我将偷偷地躲到角落，静静地想你在心窝。

我将用双手掩起我爱的赤裸，
回过脸去。
我的女神，
请饶恕我的痛苦。

如果你爱我，
女神，请饶恕我的快乐。
当我的心被快乐的洪水卷走的时候，
不要笑我汹涌地退却。

当我坐在宝座上，
用我暴虐的爱来表示真心的我，
女神，我会快乐！
饶恕我的骄傲吧，女神，也饶恕我对爱的执著。”

女娲忧伤地听着火神的倾诉，
她不知如何来回答这份突如其来的爱情诉说；
女神呀，你也如此犹豫，
后世的女子都继承了女娲柔情的羞涩。

此时女娲禁不住一阵阵抖颤脸红，
一阵阵羞愧又心事重重，
泪水在眼眶内莫名地打转，
她向火神吐露了她的忧心忡忡……

“尊敬的火神，
感谢你对我的真情。
我已有了爱人，
我将对他坚贞一生。

那不安分的牙生挣脱了天空，
给天空带来了裂缝；
银河的水不断向大地倾泻，
涂炭天下民生！

我想请水神理水，
但他对我产生了感情。
人民的苦痛在我们眼前，
请暂忘儿女私情，让我们还天下太平！”

火神听后被女娲精神感动，
他爽快地答应女娲的请求。
他要去说服水神，
共同成就治水的伟功。

# 第十四章　水火不容

火神与女娲为寻找水神来到青丘之国，
他们受到了人们盛情款待。
人们和着乐曲欢歌，
歌声在天空中，荡涤着尘埃。

人们围在女娲与火神的身边，
巨大的橡树亦被歌声陶醉，
树叶儿沙沙啦啦，小鸟儿啾啾啁啁，
忽然间，阴云密布，狂风怒号，大雨倾盆。

江河咆哮，
巨浪涌卷，
洪水喧哗着漫上原野，
无尽的人群哭喊着挤成一团。

道路泥泞，
河水汹涌，
到处是弥漫无际的洪水，
田地也全部不见了踪影。

女娲赶紧抽出玉石宝剑，
大水暂时被宝剑分开，人们才免于遇难；
火神取出火种，
让人们坐在火种四边。

谁也不知道为何大水涌现，
女娲伤心得泪水涟涟。
女娲和火神都知道原由，
是水神为了爱情闯下祸端。

原来自女娲离开，
水神即陷入了深深的失恋。
恶神牙生出现，
他鼓动口舌挑拨离间。

正被爱情拒绝的水神，
对牙生的话语深信不变。
当他得知火神和女娲在一起，
更是气得红了眼。

水神匆匆赶到青丘之国，
一见面就兵戎相见，
水神拔出引水神刀，
火神立刻抽出赤炼火剑。

“火神啊火神，
我要让你看见，
你骄傲的心让你完蛋！
为了女娲，我要与你决战。

我要捍卫我的尊严，
你妄图拥有女娲，
如今看我如何取下你的首级，
如何挖取你的心肝！”

火神手持赤炼火剑："水神请你冷静，
不要被你的单相思所迷。
女娲的心事你可曾探究，
她温柔的叹息你可曾听知？

你不要羞辱我们的友谊，
女娲找你是为解救天下苦难，
你这样鲁莽难耐，
怎称得上天下英雄好汉？"

水神早已被爱欲冲昏了头脑，
"我的引水神剑不会对你宽容！"
话刚说完水神已升上天空，
因暴怒变得浑身通红。

水神将引水剑一甩，
一条冰清玉洁的水龙出现在了天空；
火神拿赤炼火剑画出一道虹影，
虹影立刻化为一条火龙。

两条巨龙相互缠绕，
轰隆隆的大音响彻苍穹。
火神将太行山一剑劈开，
水神也一剑将三峡刺中。

火神腾空而起，
但见飞沙走石青云滚翻；
他展翅冲向九天，
手中赤炼如同太阳的万条光线。

水神亦顿舞手足，
气浪随着神人的遁化起舞。
水影中映出水神这翩翩少年，
真是雄姿英发，气宇不俗。

火神手中火剑一挥，
火光让世间万物唏嘘连连；
水神的宝剑也正从高空砍下，
兵刃相接，火星四溅。

不周山随之一颤，
大地出现一条深不见底的裂痕，
狂风卷动风沙，
飞鸟自高空跌沉。

火神与水神战在一起，
但见火神身形一转，
赤炼从引水宝剑的侧面直刺而去，
水神一扭腰身，灰尘与砂砾激荡喧天。

宝剑横扫而至，
火神一缩身子，转瞬即到水神身下；
火神挺起身子，将火剑向水神的后心猛插而去，
水神猛然转身，剑尖已刺入他的肩胛。

水神紧咬银牙，
回手一举宝剑卷着残云向火神袭来；
火神暗暗为水神叫好，
躲闪宝剑如闪电一样疾快。

女娲看到此情此景，
她的心中无比悲痛：
“尊敬的两位大神，
为天下民生，请放弃这场无意义的争斗。”

水神被女娲的喊声所分神，
火神的长剑趁机横扫向前，
剑背正击中了他的腰际，
水神如一颗流星射向流霞似的西天……

此时千丈扶桑托起红彤彤的朝阳，
酣战完水神的火神心中竟充满惆怅和伤感，
他仰头向天，
禁不住打了个冷战。

水神悲伤愤怒地站在云端，
他怒视着火神，咬牙切齿，
牙生的身影也若隐若现，
火神忽然意识到水神或许中了牙生的诡计。

水神因战败而失去理智，
他咬着牙关羞愤地撞向不周山，
啊！轰隆隆，
不周山轰然塌陷！

水神因撞倒不周山而清醒，
浑身鲜血，站起来又和火神决战。
真是水火不相容啊，
不知他们没完没了地战到哪一天？

女娲万分焦急，
焦急中有了顿悟，
她决定创造一种音乐，
将他们失控的情绪安抚。

# 第十五章　笙簧之母

女娲从泰山脚下最温暖的溪水边取来竹子，
用花绳和木框将竹管编排。
还在竹管里面加上了竹制簧片，
竹管上钻出小孔呵，多么让人喜爱。

一个漂亮的葫芦，
巧妙制成笙斗，
用楠木制成吹嘴，
再把几根竹管通透。

几根长短不等的竹管，
呈马蹄形状，排在笙斗上面。
呵，一支完美的笙簧就这样诞生！
女娲的乐曲吹响，世间的美乐响彻苍天。

笙簧音乐清凉甜美：

高音清脆透明，

中音柔和丰满，

低音丰厚幽清。

笙簧声让星星眼睛停止眨动，

让鸟儿们从巢中飞升，

纷纷落在女娲身边的草丛，

与女娲共享这美妙的乐声。

伏羲被这宁静的音乐打湿了眼睛，

迷人的旋律让他感到宁静。

他飞到了女娲的身边，

虔诚地向心中女神致敬。

正在酣战的火神和水神，

听到笙簧如醍醐灌顶，

他们丢下手中的兵器，

傻傻地呆在云中。

听完女娲的演奏，
两位大神步下云层，
特别是英俊的水神，
脸上露出惭愧之情。

伏羲女娲水神火神走在一起，
相互吐露自己神性心声，
他们决心共同治理洪水，
让天下回归太平。

# 第十六章　勇战大鳌

想当初，伟大的先神们驾驭着月亮神船，
在悠远而漫长的华夏银河里流连；
银河水在夜空中奔泻万里，
犹如银白色的丝带飘在九天。

在那遥远的地方，
天与地紧紧相连，
那里是天上洪流与地下河水汇合的天堑，
而此时的银河啊，却把整个天地泛滥。

洪流乃天下冤屈的灵魂所聚，
那滔滔不绝的雨滴正是他们苦痛的泪水。
惟有一颗普渡众生的高贵之心，
才能为他们把冤屈洗褪。

不周山是一根支撑天地的大柱，
因为水神震怒，不周山被撞断，
半边天塌了下来，
天上的漏洞迅速扩延。

这一切都在恶神牙生的计划当中，
银河水喧嚣奔腾，
大地陷入一片混乱，
到处游荡的牙生暗自高兴。

人们四处奔逃，
大地随之抖颤。
水神羞愧万分，
跪拜在女娲伏羲面前：

“尊敬的大神，
因我的私欲使天水泛滥，
大地被大水淹没，
人们陷入灾难。

我的内心懊悔万般！
女娲啊，我尊敬的大神，
是你创造了世间的万物，
可是我却为情爱埋下了祸根。

我愿意跟随你们前去制服大鳌，
让大鳌的四脚撑起苍天。
随之出现的恶兽呵，
我们要一起迎战！”

说起这只大鳌的确不一般，
银河的生灵曾被它主管，
它是银河的主神，
可它太过任性，常常引来祸端。

女娲曾将它锁于银河的龙眼，
如今天河泻流，洪水泛滥，
它却逃到了人间，
在大地上作恶不断。

女娲被水神的真情打动，
她伸出玉手将英雄扶搀：
“请起来吧，水神！
让我们团结起来共克险关。”

看那东方的朝阳，
太阳神的马车依然驰向蓝天；
听那海浪的潮涌，
昆仑山上王母的歌唱快乐地回荡在人间。

四位英雄即刻踏上了征程，
四脚大鳌正在玉盘山下为害百姓。
水神挥起引水宝剑将大水引走，
大鳌顿时现出了原形。

伏羲一挥宝剑，
用八卦图将其锁在玉盘山中。
可是大鳌巨大勇猛，
用力挣脱了伏羲的掌控。

大鳌仰起头来，
利齿闪现着宝剑的寒光，
一张嘴就有万丈冰屑射来，
英雄们赶紧躲避，火神还是被射伤了臂膀。

水神将宝剑扔下，
他捡起地上的矛杆，
双手紧紧握住长矛的一端，
一抬手，长矛射向大鳌的巨眼。

大鳌只是一扭头，
那长矛即被咬成了两半。
火神的赤炼宝剑砍向大鳌，
它坚硬的龟背毫发无伤。

大鳌冲破了伏羲的阵营，
它冷笑着喷出万道水流。
英雄们被大鳌轻易地击上了天空，
这时他们才看见大鳌的背上竟站着牙生。

第一战，他们便败了，
每一个人都受了伤。
伏羲将惆怅的竖琴弹起，
天空中的鸟儿也停止了歌唱。

牙生的出现让英雄们有些气馁，
女娲想到了盘古的牙齿。
不周山倒后，
沉入洪流中的石柱让女娲陷入了沉思。

女娲将石柱举起，
大浪随之上下翻滚。
巨鳌仰起头颅，
嘴里正叼着好几个活生生的人。

牙生站在巨鳌的背上微笑，
阴冷的笑容将整个天空冰封。
女娲将石柱狠狠砸下，
牙生带着大鳌沉入了深水之中。

火神将石柱从水中捞起，
水神用他的宝剑将石柱削成一把石剑，
伏羲则在水上画出八卦大阵，
一切只等牙生与大鳌出现。

此时天空中传来牙生的笑声，
他站在大鳌的背上面对四位英雄。
女娲将手中的玉石宝剑一挥，
大鳌立刻发出恐惧的叫声。

牙生站立不稳，
顷刻间坠入他那幽冥的地府中央；
大鳌还想向水中逃遁，
女娲的宝剑将它牢牢钉在大地上。

火神水神把大鳌的四只脚砍下来，
当作四根柱子支起了倒塌的半边天。
于是，人们纷纷从躲藏的地方涌来，
欢呼与雀跃声在山谷激荡回旋。

# 第十七章　血杀黑龙

夜晚的风儿吹拂上古的木槿花，
乌云在天空低低垂压，
太阳神与他的马儿都独自睡去，
人们纵情歌唱，围着火把。

女娲的内心却充满伤感，
牙生的出现让她不安。
她不知将要发生什么事情，
死者的灵魂与生者的气息让她彻夜难眠。

这份比死亡还激烈的宁静让女娲阵阵心烦，
她披上羽衣，林中的风呵吹拂不闲。
星儿不见，夜鸟的啼声不闻，
这样的黑夜，是谁遮住了星星的双眼。

女娲轻轻抽出宝剑，
铮铮作响的玉石剑锋告明大战；
这时举着火把的伏羲与火神等人赶来，
他们似乎对要出现的事情也有预感。

是的，小小的胜利不能自满，
大水还在汹涌泛滥，
还有那么多挣扎在水灾中的人们在哀号，
女娲那母亲的心中充满疼痛，感慨万千。

人们只听得到汹涛狂澜，
海鸥哀鸣，晚风悲叹；
巨大的黑夜吞噬了所有的光明，
一切都看不见。

所有人似乎一下子明白了现在处境危难，
有一个传说，因天地相合时的混沌才有这巨大的黑暗，
而这混沌的根源皆来源于大恶的始祖。
对这可怕的传说，现在人们不得不信然。

黑暗裹挟天地的忧郁，正在蔓延，
传说这一刻的来临是注定的命运，谁也无法逃难。
巨大的黑暗甚至吞噬了地狱，
而且，即使人们死了，灵魂也不会在黑暗中得到息安。

这一刻，人们纷纷逃离，
哪怕最终不能避免黑暗的追击。
被魔障遮蔽了心灵的牙生啊，竟将邪恶的黑龙唤醒，
不除掉黑龙水害势必难以平息。

黑龙不停地在黑夜里游动，
让每一个英雄心中都充满了不平。
英雄们抽出武器，
却只能横在胸口茫然而停。

黑龙呀，身长千里，
其口阔大无比。
它的使命即是吞噬一切，
包括万物，包括我你。

黑龙现在正在吞噬着大海，
吞噬着大海中的生灵。
驾太阳车的大神还有他的战马，
也在不知不觉中落入了黑龙的口中。

火神将赤炼宝剑向空中劈下，
光耀四射的火光刮破黑暗的包笼，
那带着响声的火光立马又遁入虚无，
从很远很远的地方，传来一丝水声。

那是火剑滑落入水的响声，
大家一时无可奈何地面对这庞大的黑龙。
女娲将手中的宝剑挥动，
高山随剑锋而起升上太空。

黑暗中传来滚滚雷鸣，
高山被闪电劈中。
人们看见黑龙那血盆大口在空中浮现，
高山被“咯咯”咬碎吞并。

碎石如血肉的残渣，
纷纷向大地坠落而下。
那巨大的冲击，
使大地也随之变化。

黑龙在天空中大笑撒欢，
目光幽黯，黑色的大嘴冒着浓烟。
一时间众大神鸦雀无声，
但镇定的大神们并未惊慌胆颤。

神性的光环围绕着这些威严的大神不动，
天地间弥漫着一片寂静。
女娲将宝剑再次举向头顶，
慷慨作声：黑龙你要听清。

一切选择都在你自己的掌握当中，
现在，请你马上收拢巨口，
将你圆滚滚的头颅旋转，
朝向在地球之外的那颗白色星星。

那里才是你的天宫，
那里的一切都将听从你的命令。
你可以吞噬光，
吞噬时间吞噬真空。

在那里你将坐在宏大的宫殿里，
自由自在地呼吸。
地球绝不是你的家园，
这是我们华夏神民的天地。

黑龙呀，任你的巨口多么庞大无边，
任你欲望多么贪婪，
我们大神们也誓将与你奋战，
直至将最后一滴鲜血滴干。

黑龙听得此言在天空中露出它可怖的嘴脸，
那阴森的长牙高度堪比昆仑山，
那带着钩子的舌头如燃烧的火焰，
它青色的眼睛闪烁如狼眼。

黑龙“轰轰”吼叫势不可拦，
卷动舌头把大地拱翻。
山峰迅速倒向两边，
河水瞬间四处漫延。

女娲举起手中的宝剑，
伏羲将卦盘罩向黑暗，
火神将手中赤炼宝剑抡圆，
黑龙的舌头被击出火焰。

那舌头却如钢石般坚硬如河水般柔软，
而对宝剑处之泰然。
女娲的剑被舌头卷走，
伏羲的卦盘被黑龙的牙齿咬断。

而水神还没有出手，
手中的宝剑就“唰”地一声升上九天。
顷刻之间众位大神已经手无寸铁，
眼看着黑龙的舌头又频频出现。

女娲和大神一起跳向一边，
可是，那黑龙的舌头只是轻轻一舔，
几位大神立刻被卷入它的口中，
黑龙巨大的牙齿欲将众神的头颅嚼烂。

女娲与众神赶紧举起双手，
黑龙的牙齿刺穿了他们的掌面。
鲜血如盛开的花朵在黑暗中点燃，
那如火焰的鲜血所到之处立即盛开出光明一片。

大神们的鲜血将黑龙的魔力阻拦，
鲜血神圣不可侵犯，
黑龙的血肉随之融化，力气衰减，
它嗥叫着费力将众神徐徐吐向蓝天。

尚未落到地上的大神们赶紧把鲜血抛染，
一道道七彩的虹影在天空出现，
将天空映得多姿多彩，
黑龙如一团熄灭的浓烟向西逃窜。

火神忙上前追击，
欲让黑龙彻底完蛋，
可是被伏羲一把拽住衣衫，
黑龙趁机远逃西天。

太阳升起于澄碧的蓝天，
太阳神不愠不怒，打着呵欠，
他似乎刚刚睡了一觉，
尚不知刚刚脱离黑龙嘴间……

# 第十八章　积芦止水

我仰望星空，
在众多大星的中间，
清晰地看见女娲的星座，
正在闪烁着紫色的诗篇。

那是我们华夏祖先的祝愿，
她美好、温柔、慈爱无限，
她忧天下乐天下，
她的精神，闪耀九天。

黑龙逃走天下平息，
天河的水要马上治理，
几位大神各尽所能，
但终究无济于事。

天河之水依然泛滥恣意，
大地上的子民还浸在冰冷的水里。
女娲看在眼里急在心里，
赶紧行动事不宜迟。

虽刚刚激战黑龙时大伤元气，
玉手呵红红地肿起。
她哪能停下休息，
立即来到了天河末端察视。

女娲将磁石在河岸定置，
就好比在堤坝上打下了坚实的桩子。
她又将七彩的神土运来，
伏羲协助迅速治理。

大水果然停息，
大地恢复了生机。
人们在大地上欢叫，
纷纷歌颂女娲与伏羲。

人们在各自的家园开始定居，
伏羲用神奇的种子教会人们种植，
水神教会人们怎样捕鱼，
火神则教会人们用火来煮食。

神话般的都广之野属大地的东南之土，
阳光明媚，微风和煦。
这是宽广大地的中心，
众神在这美丽的圣地居住。

四季顺畅五谷丰登，
米黍麦豆光滑白腻如脂如玉。
飞禽走兽在百花盛开的原野上玩耍嬉戏，
五彩缤纷的鸾凤在绿草地上尽情歌舞。

草木四季常青大地如画，
原野上长着碧绿的青竹，
山坡上开满芬芳美丽的花朵，
青城山上流出玉水汇成玉湖。

无声无息的都广之野的正中间，
矗立着雄伟壮阔的泰山。
泰山上的天街广阔千里，
天街全用白玉铺垫。

平滑如镜的天街中央处，
矗立着高耸入云的神梯建木。
清澈的阳光照在大树上没有一点影子，
大吼一声，声音立即隐匿于大树。

细长的枝干笔直耸入云霄，
两侧不生半点枝条。
树的顶端犹如玉般光滑的树叶，
形成一把玉伞在天宇上空飘摇。

女娲与伏羲翩然从建木而降面带喜悦，
建木软绵绵的玉叶随之飘落。
看到人们快乐地生活他们心中充满欢乐，
一切劳作在爱的结果下美得无法述说。

女娲深情地望向伏羲，
伏羲则紧紧地握着女娲的玉手不愿分离。
只见人们在太阳下劳作，
汗水滴落形成一颗颗美丽的宝石。

忽然，女娲心中掠过一丝不宁，
她仰头向天，看到的是万里碧空，
可是，天河的水声竟在耳边分明，
伏羲也是这样焦灼，大水冲开了土层？

正在迷惑间，大雨倾盆，雷电闪闪，
原来恶神牙生竟将神土凿穿。
人们在大地上纷纷奔走，
惊慌再次袭击了人们的心田。

这时飞来成群的喜鹊，
每只喜鹊都将芦苇紧衔。
它们不断飞向天河，
以芦苇堵住了天河水患。

女娲来到浩瀚的大泽，
采集到粗壮的芦苇。
她和民众一起把芦苇捆扎，
筑成河堤制服大地洪水。

女娲看到天河的水不再为害，
她激动得流下了眼泪。
伏羲紧紧地握着她的手，
眼光中充满了无限欣慰。

这一天正是七月初七，
华夏民族情人们的节日。
喜鹊们到这一天仍然会将芦草衔到天河，
那是为了纪念女娲形成的佳节习礼。

恶神牙生不断制造祸端，
不惩治牙生人们的生活就得不到宁息。
众神低头沉思，
铲除恶鬼事不宜迟。

# 第十九章　大战恶神

众神为铲除牙生及其恶鬼团伙来到了地狱的第一层，
炎热之鬼肥䗪驻守其中。
火神首先出战，
肥䗪叫嚣着迎向赤炼宝剑的剑锋。

火神将赤炼宝剑朝前刺下，
正中肥䗪的肩胛。
肥䗪回首向外喷吐火焰，
水神的神水将大火融化。

火神再用剑向肥䗪前胸连击，
借机一脚踹倒肥䗪。
火神两眼冒着火光，
用脚踏住肥䗪使之无法挪移。

水神动手拔来些树枝柳条，
织出一根绳袢，
约有一丈长短，
仔细地从一头编拧至根端。

然后把肥𧔥的四脚捆绑起来，
扛上肩背，绕了一圈，
将肥𧔥扔到了地上，
众神马上将肥𧔥吊在高大的文茎树干。

众神继续前行，
地狱的第二层里面守卫着四只黑熊。
众神举手将黑熊杀死，
黑熊死后黑烟腾腾。

众神在林中把火把点燃，
刺耳的鸟叫使人们阵阵心烦。
伏羲用卦网将鬼鸟网住，
它们哭号着表示再也不敢为害人间。

众神坐在林间烤火，
边吃着鹿肉边发出轻叹。
这时林间响起低沉的话语，
这是地狱第三层传出的鬼魅之言：

“我的朋友们，不要哀叹，
你们还不至就此陷入
牙生的谋算——
因为你们还不到命定的期限。

来吧，只有尽情享乐和吃喝，
才能抗拒饥饿，才是生之快事。
如果你们还不满足，
就应该将所有的人类奴役。

有人侍奉才有大神的尊严，
你们应该永远高高在上，俯视世间；
只有美食与美酒才能成为你们的朋友，
所有的苦难与你们无关。”

女娲大喊："不要听信这些狂言！"
她将宝剑轻轻一指，
林间就传来了撕心裂肺的叫喊，
这第三层的守卫溃败不堪。

众神继续用餐，
直到太阳完全西落，
黑夜把大地蒙罩，
众神平身躺下，在静谧的林间睡着。

整整一夜没有谁来打扰冒犯，
众鬼早就逃跑了大半。
牙生见到众神的力量也开始胆寒，
他使用计谋将众神暗算。

黎明，女娲召集了一次会议：
"让我们赶快开动脑筋，集思广益，
想想牙生会生出怎样的阴险之计，
千万不要吃林中任何一个果实。

林中任何一处泉水都不要喝，
任何求救的叫喊都不要理。
同时要注意，
牙生会将恨意和愤怒，植入我们的头脑里。”

人们纷纷点着头表示同意，
这时地狱的第四层出现在大家视野里。
这是一片很咸的水，
独岛一样的地狱之眼就在这里。

众神纷纷跳到岛上面，
大地开始倾陷，
树木开始倒塌，
电闪雷鸣不断。

众神冷静地等待着恶鬼的出现，
终于看到一只巨大的黄皮鬼露出狰狞的脸。
他的手臂极长，
一伸手就将星星摘到胸前。

带着火焰的星星被黄皮鬼抛来，
众神赶紧向右躲闪。
但是，水神趁乱绕到了黄皮鬼的身后，
一剑将他刺穿。

然而，这正是牙生的奸计，
黄皮鬼的血液全是毒素，四处飞溅，
众神立刻僵住了身体，
女娲娇柔的容颜马上赤红如焰。

伏羲清楚关键的时刻到来，
他笑了笑，看了女娲一眼，
然后努力从肉身中挣脱，
他的灵魂赶紧把解药端。

羽化的伏羲飘飘飞起，
他无法靠近众神的身体，
可是，他以大神的坚毅，
用尽最后一丝力量将解药送到众神的嘴里。

吞下解药，众神醒来，
女娲悲伤地扑向伏羲的身体。
这时，伏羲从空中传出声音：
牙生的宫殿他已经寻至。

众神先回到都广那边，
他自己将会向牙生出战。
牙生对羽化的伏羲不放在心上，
他的轻敌会使他彻底消失在阴间。

众神心怀悲楚，
他们抬起伏羲的身体向林外走去。
众神看到了吊在树上的肥鳢，
并用肥鳢的眼睛做成了红烛。

伏羲的灵魂在和牙生激战，
一连战了七十二天。
牙生最后终于失败，
但他的愤怒还没有真正体现。

那时，羽化的伏羲成长迅速，
他身体越来越壮健，
他的宝剑更加锋利，
八卦的威力更是难以预见。

牙生变成飞鸟被伏羲的宝剑击落，
牙生变成游鱼被伏羲的神网围缠，
牙生变成黑雾被伏羲的眼睛驱散，
牙生变成水滴被伏羲的呼吸吹干。

命定的时刻已经到来，
牙生化做一团漂泊游荡的火焰，
口里念着咒语，
咬牙切齿地飞向天边。

他凭着内在的邪恶力量滚滚向前，
他再没有固定的行程和疆域界限，
苍穹里他是一个妖气冲天的畸形儿，
九天外他是一股兴风作浪的飓风狂澜。

伏羲累了，他只好睡下。
牙生还心怀不甘，
在他身上所有的力量都是邪恶的源泉，
伏羲将他打败，他却要用最后的力量证明自己的本事非凡。

众神得到了伏羲胜利的消息，
可是谁也没有露出笑脸。
巨大的预感使众神心中不宁，
大家知道考验会更加艰难。

伏羲睡去，
他托梦送给女娲深表思念。
梦里两位恋人紧紧相拥，
他们的话儿说也说不完。

女娲醒来后泪流满面，
伏羲也惊醒了，一时无言，
他忽然发现自己将愚蠢的错误轻犯，
牙生的逃跑预示着祸事将降临世间。

伏羲赶紧四处追赶牙生，
可是，一切都是寂静。
人们根本没有意识到大祸就要来临，
每个人都在林野地头将伏羲与女娲的创举传颂。

这时的牙生跑到哪里去了呢？
朋友们，牙生当然不会安闲。
他跑到了钉天的牙齿们面前，
他痛哭，向同是盘古牙齿的弟兄们献言。

“兄弟呵，我在世间受尽了欺辱。
同为盘古的牙齿，你们是否能发现，
在天地之间，
只有我们才是真正的英雄好汉。

可是，伏羲女娲他们根本不把我们放在眼，
仿佛他们才是大地的主人要说了算。
而我们为什么整日为他们扛着青天？
并要忍受着日晒雨淋和孤单？”

心中的不平让牙生膨胀邪念，
他变成一团巨大的火团，
拼尽全力一头撞向太空，
一个巨大的窟窿在太空立刻出现。

# 第二十章　女娲补天

伏羲女娲苦苦冥思，
牙生重新撞破的残缺天空如何补齐？
他们决定用七彩石来修补，
可是火种要到哪里去采集？

伟大神圣的伏羲！
他有着高远的理想和坚忍的意志，
他高昂的头颅仰望热情的太阳，
他要以羽化的身躯换回可以燃烧的矿石。

伏羲踏上了采取星星的历程，
他踩着彩云心情万分轻松，
他迎向热情奔放的太阳，
太阳那儿储存着亿万颗火热的星星。

伏羲轻飘飘升上缥缈太空，
他看到大地一片欢腾。
他心中升起了一种信念，
他要化为恩惠世间的火种。

愈靠近太阳愈感到幸福，
幸福如激流在他心中欢呼。
他越来越有一种执着的信念：
我死去，我快乐；我死去，我幸福。

伏羲伟大的信念瞬间变为永恒，
在亲近太阳的一刹那羽化成火种。
那火种轻飘飘飞向大地，
大地上燃烧着伏羲崇高的生命！

呵！紫气蒸腾的火种！
你燃烧着一颗伟大的心灵！
这崇高的心灵代表着热烈和希望，
能把天下所有的坚石化融。

呵！火种！跳跃着音符的心灵！
你给勤劳的人类带来美丽的憧憬；
你燃烧着红色不屈的意志，
将人类野蛮的历史铸造成文明。

生活中永远有这样伟大的生命，
生生不息的世界奉献就是永恒！
坚贞的女娲没有再次滴落晶莹的眼泪，
为幸福献身是她心中的梦。
:
女娲从昆仑山中采来七彩石，
七彩石闪耀着绚丽的生命。
灵性的烈火熊熊燃烧，
七彩石化为石浆吐露奉献心声。

美丽女孩总把秀发当作爱情和生命，
女娲把一缕秀发剪去与七彩石浆相融。
七彩石浆带着秀发的温馨，
飞奔天宇把天洞补缝。

灵魂燃烧如烈火腾腾，
七彩石在翻滚汹涌。
女娲手掬盛满七彩浆的玉盘，
轻盈地飞上了天空。

我时常仰望天空，
想看一看母亲女娲的眼睛。
她和星星的心灵一样皎洁明亮，
她永远对人类充满希望和憧憬。

女娲用玉勺浇灌着天空的裂缝，
掬碗清水把浆汁结凝。
女娲的心是多么让人感动呵！
她的汗水与石浆化为天上的彩虹。

人们兴高采烈跳入七彩石浆，
心中充满着美好的愿望——
一个黄皮肤的人跳入石浆：
愿未来的人类充满自强不息的希望！

一个白皮肤的人跳入石浆：
愿未来的人类美丽健康！
一个褐皮肤的人跳入石浆：
愿广袤的沃野变为和平广场！

一位黑皮肤的人跳入石浆，
他义无反顾无任何愿望！
人们都争先恐后融入石浆，
他们美好的愿望化为现实的理想。

充满希望的人化为希望之神，
愿人类美丽健康的人化为健康之神，
愿和平的人化为和平之神，
义无反顾的人化为勇猛之神。

时间过去三百六十五天整，
终于要迎来补天工程的竣工：
天空中的裂缝快要补好了，
只剩下一块巴掌大的漏洞。

这时，女娲遇到了一件严峻的事情：
补天的七彩石已用净，
要把天空补好，
将很难最后完工。

天河的水在汩汩地往下流，
渐渐地冲大了漏洞。
补天的功绩呵，
眼看就要尽弃前功？

女娲刀割般心疼，
望着正在繁衍的万千生灵，
望着这秀美的山川大地，
她决心用玉体来修补太空。

有了美好的理想就会有升华的心灵，
女娲洁白如桅子花的玉体升上苍穹。
温馨修长的秀发在清风中蜿蜒飘展，
仿佛一阵怯尘风飞翔在纯洁的天空。

大理石般完美的玉体堵住了漏洞，
天河的水从此更加清澈晶莹。
女娲每天晚上放出千万个祝福，
祝福的话语就是满天的星星。

伸臂补天的形体像闪闪的十字架，
十字架是宇宙最为耀眼的星星；
十字架向宇宙传达着信息，
那是寰宇伟大的神灵。

让我们每天仰望星空，
让我们怀着无比的恭敬，
我们会得到女娲丰厚的馈赠，
女娲是天空中那颗最灿烂的星星。

女娲补天的一瞬是最壮美的情景：
天空被震颤出一片惊天雷声，
鸾鸟凤凰停止了歌唱，
露珠降落人间，万物眼泪晶莹。

无数的凤凰和鸾鸟前来送行，
拍动着翅膀与清风轻轻和鸣；
群山、扶桑、建木在摇曳撼动，
再见了，伟大的补天英雄！

你温柔的语言在天空中缭绕，
和着清悠的天乐奏鸣；
你的心灵在沃野上依依不舍，
金光闪闪的雷车将你恭迎。

你美好的情操在蓝天上闪烁，
如一颗闪闪的恒星；
你的灵魂在天空中飞扬，
永远指引着我们奋进的心灵。

你如那轮光辉灿烂的太阳，
永远温暖着我们的心胸；
你如那轮皎洁的明月，
永远装扮着我们美丽家园的夜空。

你的柔韧、坚忍，
让我们懂得了爱；
你的奉献的殊功，
抚育并延伸着华夏美好的时代。

再见了，母亲，女娲！
我们将记住你灿烂的音容。
我们将诗歌和音乐化作天籁之声，
歌颂你给我们带来的希望和憧憬。

# 第二十一章　女娲之歌

圣洁的女娲用玉体把苍天填补，
蓝天上白云飘飘，纯洁万里。
鸟儿鱼儿虫儿兽儿跳舞欢唱，
美丽的都广之野重现勃勃生机。

都广之野上繁衍着数不清的生灵，
从而演绎出多少浪漫传奇。
女娲呵，母亲，
是你创造了华夏的灵魂还有亿万后裔。

朋友们，请不要为母亲伤心泪落，
在上古的时刻，
在最为宁静的天庭，
女娲终于可以与伏羲长相依同欢乐。

呵，女娲，你的柔臂缠绕着我，
在这温柔的臂弯里我多么幸福快乐，
如同在梦里华丽而珍贵，
这一切呵，怎能付之一笑不再记着？

呵，女娲，我的母亲，
假如音乐真切感人，
而所配的词不足为信，那么
你也该心满意足倾听我将长诗向你轻吟。

呵，女娲，我的母亲，
你像湍急而曲折的小溪流奔。
当你载歌载舞，轻快地向前奔流，
我仿佛听到了你欣慰的呼吸和喜悦的内心。

呵，女娲，我的母亲，
划破惴惴不安的黑暗之心，
你像纤长而犀利的闪电，
用你慈母的电光照耀着我不断前进。

呵，女娲，我的母亲，
是你让我宁静如处子一样做事谨慎勤敏；
是你补天的执着精神，
每天提供促我生长的甘汁补品。

噢，女娲，我的母亲，
是你把火焰注入生命之骨髓，
从繁花，从百鸟歌唱，从情人的摩挲，
从深爱的承诺，提炼为最圣洁的精神。

呵，女娲，我的母亲，
是你摇撼散发我情愫的子因，
打倒羞辱的喝斥、忐忑不安的窘迫，
用全部的力量将生活重重压力忍耐承受。

大德之花在抗恶扬善，
如澎湃了灵魂的波澜；
激情把一切贪婪的意念，
送还给奉献的祭典。

呵，这千古以来可感而不可见的语意，
使华夏神民巍峨屹立于东方大地，
在苍鹰盘旋的天地之间，
在雄狮怒吼的山岗之砥。

女娲啊，我的母亲，你的大音时刻萦绕，
正如千古而至的圣德之花香气四溢！
你圣洁的品格让多少小情小我的人们羞愧，看看吧——
旷世胸怀的女娲呵，依然在历史和天空中光彩熠熠！

# 尾　诗

谁探视过奥妙无穷的宇宙，
谁就将拥有浩渺无垠的心灵；
谁的心灵饱含无限博大的智慧，
谁就会不断仰望布满星辰的天空。

呵，请放眼观望整个无际的苍穹，
华夏龙魂的神民们心胸如大海一样起伏不停。
渺小的我呀要将万千众神请入我诗歌的草棚，
顿时呵，上古文茎清香弥漫东方紫气腾腾。

我无意让自己的诗篇插上灵动的翅膀，
以我的诗行飞越汹涌澎湃的太平洋；
天照大光，普射华夏八荒，
我要以沙哑的歌喉将众神的颂歌传唱。

更无意横越昆仑山神圣的殿堂，
将美神女娃的诗歌嫁传到异国他乡 ；
我将华夏龙魂的精髓歌唱，
泰山的竖琴也定然为龙魂的精神奏响。

我将古老圣洁的神话缀成项链，
将她戴在我女儿牧歌的脖颈上。
我的诗篇如女儿咿呀学语的单纯，
那是我眼含喜悦之泪编织成敬意的诗章。

坚强的先祖如我们高贵的父亲，
美丽的女神如我们母亲般慈祥。
我眼含热泪激情澎湃，
抑止不住要为我们高贵的血统歌唱。

亲爱的朋友呵，自强不息坚忍不拔是我们的脊梁，
华夏诸神已点燃中华伟大复兴的太阳。
让我们携手把上古九州的英雄颂扬，
伟大的中华将永远屹立于世界东方。

亲爱的朋友，请你不要为我担忧，
担忧现世没有人会捧读这部诗章；
更不必对我辞不达意的诗歌进行表扬，
我的心呵，无怨无悔地为祖先歌唱。

也许，泱泱华夏天国的祖先圣灵，
无需赞美依然璀璨荣光。
在苍苍茫茫变幻莫测的宇宙里，
让我们沿着圣灵的足迹走向远方……

# 附录

在中国作协重点扶持作品牧文长诗《华夏龙魂》首发式上的贺词与致辞

## 谢玉堂贺词

各位来宾、各位朋友：

大家好！

悉闻牧文长诗《华夏龙魂》（七卷）首发式今日举行，未能亲临表示遗憾。借此机会，我谨代表山东省大舜文化研究会全体人员向牧文表示热烈祝贺，向在百忙之中莅临首发式的各级领导、各位嘉宾表示亲切的问候，向长期以来关心、支持文化发展的各位朋友表示衷心的感谢！

翻看上古神话，不难发现，华夏民族的血统相当珍贵——“盘古用身体开辟世界，女娲用身体补天等都是在用生命创造历史。”然而闻名世界的《伊利亚特》、《奥德赛》和《罗摩衍那》、《摩诃婆罗多》等都是外国的神话史诗。为什么有着五千年文明史的华夏民族在史诗方面一片空白呢？

牧文是个有心人也是个勤奋的人，带着这个疑问他广泛搜集典籍，走访专家，自费到济南、北京、杭州等地大学图书馆查阅资料，考据和查证，将上古神话传说梳理得相当清晰。他巧妙地以华夏神话传说为蓝本，展开想象的翅膀，以整个国家和民族文明发展史、整个国家和民族著名的上古历史人物及整个国家和民族在历史上所创造的神学、神话进行综合，以神话叙事诗的形式记录下来，三十年后，两万七千行的长篇神话叙事诗《华夏龙魂》(七卷)结集出版，这在中国恐怕是史无前例的。认真阅读可知，书中凝结了牧文的点滴心血，也清晰看到他的目标——创作华夏长诗、构建华夏神系、弘扬华夏精神。

《华夏龙魂》(七卷)是以中国神话为主题的长诗，从盘古一直说到了尧舜禹。相关专家学者一致认为，该长诗填补了我国文学史上的一项空白，被诗歌界、评论界誉为华夏民族第一部神话英雄史诗。中国首位诺贝尔文学奖获得者莫言曾这样评价："华夏龙魂/源远流长/生生不息/维德维芳/诗书继世/千古馨香/牧文小民/其志大矣/牧文小友/长诗万行。"2012年，该书被中国作协列为重点扶持作品。

今天，长篇叙事诗《华夏龙魂》(七卷)举行首发式，是作者牧文多年坚持不懈创作的结果，希望牧文继续努力，也希望大家继续支持、帮助牧文。

最后，预祝牧文长诗《华夏龙魂》(七卷)首发式圆满成功！祝各位领导、嘉宾身体健康、工作顺利、万事如意！

(谢玉堂：山东省人民政府原副省长、山东省大舜文化研究会会长、山东省慈善总会会长。)

在中国作协重点扶持作品牧文长诗《华夏龙魂》首发式上的贺词与致辞

# 叶延滨致辞

各位领导、各位嘉宾：

非常高兴能参加这样一个首发式！

《华夏龙魂》的出版发行是中国作家协会重点扶持工程，高密红高粱文化项目和中国作家协会中的作家出版社共同完成的一个文化创举。我到这来首先祝贺这个成果的完成，这个成果摆在大家面前，同时也向我们推出一个优秀的青年诗人，他叫牧文！牧文三十多年来的中国古代神话和古代英雄的史诗创作，是一项非常艰难的工作。这让我们看到两个非常优良的诗人的素质：一个就是他十分重视在创作中间发掘、整理、发现、勘掘中国文化那些以我们自豪，以我们能够建立我们民族自信心的古代的英雄史诗的断片和碎片，这是一项非常艰巨的工作。他在这个过程中间不断的向传统学习，不断地向我们的历史学习，不断地增强诗人的自豪感；第二，他的创作，是一个非常艰难的长诗创作，而且这长诗创作中间,他的第一部诗曾经在我们的 2003 年的《诗刊》中，就刊发了第一部的片段，从这些不断的努力中间，终于今天摆在我们桌上的七部长诗组成的中国古代的神话和英雄的传说，让我们看到了一个优秀青年诗人给我们提供的他的心血成果，在这里我向他表示祝贺。

《华夏龙魂》的出版，我认为是值得大家欢欣的，同时我看到今天在潍坊在这样隆重的一个场面上，为一部诗集的出版，也感到了潍坊各级领导对文化建设的重视。这部诗集我觉得，首先它是文化建设上的一个成果，在世界上不乏这种英雄传说和历史史诗。在中国的历史上，在中国各民族的文化保护中间，也有许多优秀的古代英雄的长诗，而恰恰是华夏民族的汉民族，其古代英雄的历史和传说像珍珠一样散在各个不同的诗集典籍中间，牧文用他的长诗把散落在各个典籍中的珍珠串成一个项链，我觉得这是文化的一个非常重要的成果；第二，牧文《华夏龙魂》是一个诗学的成果，这样一个篇幅浩大的作品，它填补了中国当代新诗对中国古代神话这个重要宝库的发掘，给我们提供了一个可供大家了解中国古代文化、了解中国古代长诗创作的一个重要的具体的范本；第三，我觉得今天，我们振兴中华，实现中国梦的共同实践，这是一个非常形象的教材。谢谢山东、潍坊和高密的各级领导，你们为中国诗坛提供了一个非常优秀的诗人！同时，你们也为中国的诗界提供了一部可供大家研究、可供大家思考的长诗。

谢谢大家！

（叶延滨：著名诗人、《诗刊》原主编）

在中国作协重点扶持作品牧文长诗《华夏龙魂》首发式上的贺词与致辞

# 梁鸿鹰致辞

各位领导、各位嘉宾：

大家上午好！非常高兴参加这个齐鲁大地的发布式。大家都知道我们现在迎来了一个文化大发展、大繁荣的美好时代，我们一踏进山东的大地，就感受到强烈的文化气息。首先我们了解到山东文化潍坊风筝的历史悠远，今天早晨我被叫进一个展馆里面看了，是全国的一个山水文化展览，接着我们又回到这个会场，为牧文的这个煌煌巨著举办一个发布性的研讨。我觉得一个好的时代，一个文化发展的时代，它毕竟是一个文化多样化、多元化、丰富多样的时代。山东以及潍坊呈现这样一个文化多样、富有影响力的生态。在整个文化发展当中，我觉得，文学是带有基础性的、源泉性的这样一个载体。好多地方把文化发展定位为要搞一个大的电视剧，要举办几场大晚会，比较的是长短，但是更多有远见的地方在文化的这种涉及发展当中是把文学放在一个突出的地位上，山东在这方面是树立了一个很好的榜样。山东省历来注重文学的发展，齐鲁大地这块土地上也确实是走出了一辈一辈的思想家、文学家，从孔子到 2012 年获得诺贝尔文学奖的莫言，就说明了这一点。在文学发展的生态当中，我觉得诗歌具有一个不可替代的地位，诗歌是我们民族精神的眼，是我们民族的精神生活的重量。诗歌的创作，直接关系到我们民族精神生活的深度。能够孕育出伟大诗歌的这种土地，她毕竟是一片神奇的土地，她是经得住我们去探访、经得住我们反复去欣赏的这样一块土地。

我觉得《华夏龙魂》的诞生跟我们齐鲁大地有关，跟我们这个传统国家这个诗的国度有密切的关系。我们讲文化艺术的创作有三个重要的主题，我是谁？我从哪里来？我要到哪里去？这是创作过程中三个重要的议题，多少年来，实际上我们是在追问这三个问题。

文学为什么要有艺术，我们就是要探问：我是谁？我从哪里来？我要到哪里去？我觉得《华夏龙魂》追寻的就是这三个问题。我们从哪里来？我们从远古走来，我们华夏儿女有共同的根脉、共同的传统。我是谁？我们是几万、几千年来这块土地上的人们，生生不息，长途跋涉，就这么走过来的。我们要到哪里去？我们要去寻找幸福，要找到自己的自强和自信。我觉得《华夏龙魂》就探讨了这些问题，跟我们的历史文化联系起来，跟齐鲁大地的文化传统紧密联系起来的，跟我们中国人坚忍不拔、自强不息紧密联系起来的。所以写这个诗的时候，牧文是自信的，他认为自己做的是一个高贵的事业，他传承的是一个不灭的话题。他在诗里面是这样说的："坚强的先祖如我们高贵的父亲 / 美丽的女神如我们母亲般慈祥 / 我眼含热泪激情澎湃 / 抑制不住要为我们高贵的血统歌唱。"他为中华民族高贵的血统歌唱。他写了三十年，三万多行，呕心沥血，他觉得这样的作品一定会传扬，一定会被大家所接受。最后他这样说："亲爱的朋友，请你不要为我担忧 / 担忧现世没有人会捧读这部诗章 / 更不必对我辞不达意的诗歌进行表扬 / 我的心呵，无怨无悔地为祖先歌唱。”他最后说：“也许，泱泱华夏天国的祖先圣灵 / 无需赞美依然璀璨荣光 / 在苍苍茫茫变幻莫测的宇宙里 / 让我们沿着圣灵的足迹走向远方。”确实是，这部诗就是激励我们寻找我们的来路，探寻我们未来的方向，然后让我们沿着圣灵的足迹走向远方。因此，我衷心祝贺这部诗集的诞生，也祝愿我们山东的文学也一如既往地进入澎湃、崇高、自强而发展得更好。

谢谢大家！

（梁鸿鹰：《文艺报》总编）

在中国作协重点扶持作品牧文长诗《华夏龙魂》首发式上的贺词与致辞

# 张陵致辞

女士们、先生们：

上午好。非常高兴能参加牧文的这个《华夏龙魂》的这本书的首发式，诺贝尔奖得主伟大的莫言先生的这种文气应该得到传承。这种文化影响带动了地方文化的发展，凝聚了一种力量。在这样一种历史进程中，出现了这样一部大作品《华夏龙魂》，我认为是必然的。

因为有了作家的努力，在伟大作家莫言的外力下，牧文作为一名青年诗人，除了能学习传统文学的精神外，更重要的是能建立一种个性。在跟牧文交流的时候，这个青年作家能把神话和传说变成他心中的一种形象。我国古代的一种神话传说，就是先人对生活的一种表现，作为我们青年作家表现的一种对象，在创作的基础上再创作，很有气魄。我跟牧文交流的时候，他说对古代神话和传说有一种敬畏，带着这样一种敬畏来讴歌我们伟大的英雄，牧文带着我们从上古传说中来汲取一种力量，用这种正能量来灌输到我们的文学中来。

说实话我们今天文学正能量已经比较弱了，都是因为资本的运作在文学里纵横，我今天讲的文学衰弱，讲的就是牧文带来的正能量来充实我们的今天。牧文就是提供这样一个大的空间，从里面汲取文学的正能量。所以这本书我们决定要好好出版，我们出版社的编辑做了非常大的努力。最主要的还是我们这片土地，文学生态很重要。也就是说当地的领导、政府的支持，所以我在这不仅要感谢牧文创作了这么好的作品，也要感谢当地人民的力量孕育出这么好的作品来。

希望今后他能以这部作品为起点，创作出更好的作品来。虽然他经过艰苦的努力取得这样一个成果，到底这部作品的艺术造诣怎么样，我们还需要阅读者的检验。不管怎么说，先把作品搬出来让大家来看一看。我也希望能有更多的像牧文这样的诗人创作出与我们这个伟大的时代相称的作品。

谢谢大家!

（张陵：作家出版社总编辑）

在中国作协重点扶持作品牧文长诗《华夏龙魂》首发式上的
贺词与致辞

# 李军致辞

尊敬的各位领导、各位嘉宾、同志们、朋友们：

大家上午好！非常荣幸参加长诗《华夏龙魂》首发式。

首先，我代表山东省作家协会对青年作家牧文的长诗《华夏龙魂》的出版表示热烈的祝贺。借此机会向长期以来关心支持山东文学事业和省作协工作的各位领导、专家和新闻媒体的朋友们表示衷心的感谢！诗歌是重要的文学题材，在文学宝库中闪耀着独特的艺术风采。山东是一个诗歌大省，一代又一代的诗人创作出了大量的具有广泛影响、脍炙人口的诗作，在我国文学史上占有重要的地位。新世纪以来，山东诗人以其独特风格的创作，形成了富有齐鲁风格的诗人群体，在全国诗坛产生了重要影响。有人说，中国诗歌看山东，这从一个侧面说明了山东诗人的影响和地位。去年6月，中国作协创研部、中国作协诗歌委员会和山东省作家协会，联合在北京召开了山东青年诗群研讨会，今天，中国作协重点作品扶持办公室和作家出版社又参与主办《华夏龙魂》首发式，充分体现了中国作协领导和有关单位对山东文学事业的关注、支持，对山东青年诗群的肯定和厚爱。

青年诗人牧文集三十年之功创作完成了《华夏龙魂》，以华夏民族上古时期的先祖们开辟蛮荒、繁衍生息、战天斗地的英雄故事为主线，以先祖们不屈不挠的精神为胫骨，以丰厚至诚的情感为血肉，塑造了一个个栩栩如生的神话英雄人物。这部作品用诗歌的形式，精致地建构了一座中华民族宏大的意识神器，构成了中国古代文明发展史的缩影，是一曲对中华族邦的亲情礼赞。

整部诗作提高了发自肺腑的对中华民族灿烂历史和灵秀山川的自豪感。品读这部优秀作品对我们提升文化自觉、增强文化自信、实现文化自强是非常有益的。

最后，预祝牧文以这次发布会为契机，创作出更加优秀的新作品。

谢谢大家！

（李军：山东省作家协会纪委书记）

在中国作协重点扶持作品牧文长诗《华夏龙魂》首发式上的
贺词与致辞

# 初宝杰致辞

尊敬的中国作协创作联系部主任、中国作协重点作品扶持办公室主任梁鸿鹰先生，尊敬的山东省人大常委财经委主任马金忠先生，各位领导、各位嘉宾、女士们、先生们，大家上午好：

今天我们大家欢聚一堂隆重举行长篇叙事诗《华夏龙魂》七卷首发式，在此我代表潍坊市委、潍坊市人民政府对首发式的举办表示热烈的祝贺，对出席首发式的各位领导各位嘉宾表示诚挚的欢迎和衷心的感谢。潍坊历史悠久，文化底蕴深厚，是知名的世界风筝之都，也是中国著名作家莫言的故乡。近年来我们认真贯彻中央和省委省政府关于推动文化大发展大繁荣的部署要求，把文化建设摆在重要位置，提出建设文化的创意，履行积极的建设步伐，文化发展呈现出旺盛生机和巨大活力。特别是我们牢牢抓住精品生产这个核心，大力实施文艺精品工程，加大优秀文化人才和文化精品著作扶持力度，打造一批重量级文艺作品。自去年就先后有 12 件作品荣获泰山文艺奖，并有多部作品荣获中国广播影视大奖、文化奖。

长篇叙事诗《华夏龙魂》是潍坊市精品创作工程中涌现出的

优秀典型代表。作者牧文以华夏民族的神话传说为蓝本，以恢宏开阔的气势。流畅新颖的笔调，为读者显现出波澜壮阔的上古历史，堪称华夏民族神话英雄史诗。《华夏龙魂》里的史学、文化和美术价值受到广泛关注，成为中国作协重点扶持作品，必将为潍坊文化艺术创作产生直接的带动作用，必将提升和扩大潍坊文化的影响。

潍坊文化的发展离不开在座的各位领导、嘉宾的关怀和帮助，希望大家为潍坊的文化艺术创作给予更多的关注和支持，同时我们热情欢迎各位领导、各位嘉宾和各位朋友多来潍坊考察指导工作，多提宝贵意见，最后预祝长篇叙事诗《华夏龙魂》七卷首发式圆满成功，祝各位领导、各位嘉宾、各位朋友身体健康、工作顺利，谢谢大家！

（初宝杰：中共潍坊市委常委、宣传部部长）

在中国作协重点扶持作品牧文长诗《华夏龙魂》首发式上的贺词与致辞

# 范福生致辞

尊敬的各位领导、各位嘉宾，女士们、先生们、朋友们：

在这繁花似锦，诗意盎然的季节，我们欢聚一堂，隆重举行中国作协重点扶持作品《华夏龙魂》（七卷）首发式，这不仅是牧文同志个人的荣耀，也是高密文化艺术界的一件喜事。在此，我谨代表中共高密市委、高密市人民政府，向莅临首发式的各级领导、各位嘉宾及新闻界的朋友们表示热烈的欢迎和衷心感谢！

高密位于潍坊市东端，东与青岛接壤，版图面积1526平方公里，辖7个镇、3个街道、1个省级经济技术开发区、960个行政村（居），人口87.6万，是全国科技进步先进市、全国义务教育发展基本均衡县、中国金融生态示范城市、全国集约节约用地模范县、中国家纺名城、首届山东省文化强省建设先进市。一季度，全市实现地方财政收入9.66亿元，增长18.5%；完成固定资产投资58.3亿元，增长16.8%。全市经济繁荣、政治稳定、社会和谐、生态优化，呈现出转型跨越、科学发展的良好态势。

高密历史悠久，文化底蕴深厚，是龙山文化、海岱文化、齐鲁文化的发祥地之一。据考证，大禹字高密，封国高密。春秋时期齐国名相晏婴、汉代经学大师郑玄、清代大学士刘墉诞生在这里，被誉为“高密三贤”；当代著名作家、2012年诺贝尔文学奖获得者莫言先生，著名书画家张建忠、单应桂等一批文化名流也是高密人。勤劳智慧的高密人民，在长期的劳动生活中，创造了种类繁多、富有地域特色的民间艺术，其中茂腔、扑灰年画、剪纸、泥塑被称为民艺“四宝”，已列入国家非物质文化遗产保护名录，我市先后被命名为“中国民间艺术之乡”、“中国扑灰年画之乡”和“中国扑灰年画保护基地”，“大禹封国、三贤故里、莫言家乡”已成为高密最靓丽的文化名片。

诗歌，是中华民族成长的精神家园，诗人词家灿若群星，名篇佳作传之久远。《华夏龙魂》是牧文同志三十年笔耕不辍的倾心之作，填补了我国长篇神话英雄史诗创作领域的一项空白。作为土生土长的高密东北乡人，牧文同志自幼酷爱文学，先后在全国各级各类报刊发表诗歌、散文300余篇，作品曾荣获山东省“五一文化奖”一等奖。

高密历届市委、市政府高度重视文化建设。今天，中国作协重点扶持作品《华夏龙魂》成功结集出版发行，既是高密深厚文化底蕴的一次闪亮展示，更是我们推进文化大发展大繁荣的新起点。我们将以此为契机，大力发展文化事业，加快推进东北乡文化旅游区、潍河东岸生态农业观光区、红高粱民意民俗村、胶河湿地公园、青檀植物园、文化会展中心、三贤园等一批重点项目，全面提升先进文化引领能力、服务能力、竞争能力和创新能力，着力实现经济、文化和社会互动发展，为建设富裕文明新潍坊做出更大贡献。

最后，祝牧文长诗《华夏龙魂》首发式圆满成功！祝各位领导、各位嘉宾身体健康、工作顺利、万事如意！

谢谢大家！

（范福生：中共高密市委书记）

# 评牧文《华夏龙魂》

林　莽

诗人牧文带来了他厚厚的诗稿，他说他努力用诗体再现中国神话，他的这种探索精神让我佩服。虽是第一次见面，我们谈了许多相关的话题，并坦诚地提出了我的一些不成熟的思考与建议。以后为出版这部作品，又见过几次面，在我的印象中，牧文是一位在文学上有着远大目标的青年诗人。

神话传说，是一个民族精神的产房。从神话传说中，可以触摸到一个民族幼年时期的精神状态，可以了解这个民族在上古岁月走过的曲折的道路。正如马克思所说——神话是“在人民幻想中经过不自觉的艺术方式所加工过的自然界和社会形态”。

我国汉民族的神话传说内容极其丰富，可惜，完整流传下来的不多，后人只能从《山海经》、《庄子》、《楚辞》、《淮南子》、《搜神记》等史籍中寻找到支离破碎的有时又极具奇情异彩的片断。这一特点，与享誉世界的荷马史诗《伊利亚特》和《奥德赛》，印度的《罗摩衍那》和《摩诃婆罗多》等，以及我国某些少数民族保存下来的规模宏伟、气势磅礴、篇幅浩瀚，具有鸿篇巨制和史诗性质的神话传说，如藏族的《格萨尔》，蒙古族的《江格尔》，柯尔克孜族的《玛纳斯》，明显不同。这不能不说是一个遗憾。

青年诗人牧文广泛搜集典籍，又从屈原、普希金、郭沫若等诗人的著作中汲取营养，倾十年之功，以华夏民族的神话传说为蓝本，展开想像的翅膀，进行了再创造，写成了这部两万余行的《华夏龙魂》五部曲。他在为我国汉民族神话诗意的再现，作着不懈的努力。

当然，任何文学作品都期待着读者的指认，面对这样一部宏大的作品，我们会有更高的期望值。作者给我们带来的也许还不能完全满足我们的所求，但这部作品探索与追寻的精神向度是十分鲜明的，它值得我们认真地阅读。在此，衷心地向作者表示我的感谢与敬重。

2003 年于北京

（林莽：著名诗人，《诗刊》编委）

# 史诗精神写龙魂

## ——读牧文万行长诗《华夏龙魂》的片段随想

蓝　野

快餐时代使一切变得小巧了，连本该具大气象、抒大情怀的诗歌也鸡零狗碎地去表现小爱情、小痛苦、小猥琐，诗歌被雕琢成了小工艺品。青年诗人牧文积十年之功，孜孜以求，整理创作的长篇神话叙事诗《华夏龙魂》得以出版，为我们提供了一种摆脱小情绪和由此带来的平庸的可能。

著名诗人林莽在《华夏龙魂》的序言里说，“神话传说，是一个民族精神的产房”。是的，汉民族就是靠着上古神话蕴含的华夏精神，一步步走来，历经的大苦难在民族精神面前失去了它可怕的力量。《华夏龙魂》所做的正是要重塑民族精神。

其实，《华夏龙魂》是完全可以题为史诗的，而作者牧文无论在文字或口头中提及自己的这部呕心沥血之作时，总谦逊地说它是“长篇神话叙事诗”。美国诗人庞德给史诗下的定义非常简单：“史诗是一首包含历史的诗。”而在我们的印象里史诗就是荷马的《伊利亚特》、《奥德赛》。汉语文学有强大的抒情诗传统，神话、历史一般由诗歌之外的其他文体完成，这种包含了英雄叙事的诗歌形式在汉语诗歌里较为少见。《华夏龙魂》的写作，凝结了作者牧文的胆识、智慧和心血，应该说《华夏龙魂》的创作成功，具有文本建设的意义，打破了汉语文学无神话和英雄史诗的说法。

中国神话有独特、奇异、零乱的形态，怎样用诗歌来表现这种特定的情景，这对于身处基层的诗人牧文来说，他踏上的是一条遍布荆棘的险途。十多年来，牧文走访专家，到各地大学图书馆查阅资料，细致地考据和查证，梳理出上古神话传说的头绪，以自己的诗性和气度，用波澜壮阔、舒卷自如的笔法，历尽艰辛，几易其稿，《华夏龙魂》终于得以出版。

由于远古时代文字没有形成，口口相传的神话故事难以系统完整地保留下来。虽然华夏大地的上古神话五彩缤纷，但得以流传下来的仅仅是些碎片。因而，牧文的贡献就在于他糅合贯通了这些碎片，使它们具有了史诗的规模和质地。

在对上古神话人物的把握和诗意的再创造中，牧文所用的诗歌形式可以说是独特而成熟的。全诗每章开头都以极富诗性的一或二节对全章所叙进行归纳、提升；在诗歌正文中，四行一节的分段方式和不落痕迹的韵脚安排极具匠心。例如在长诗的第五章《女娲补天》中，作者这样写道：

有了美好的理想就会有升华的心灵，
女娲洁白如栀子花的玉体升上苍穹。
温馨修长的秀发在清风中蜿蜒飘展，
仿佛一阵怯尘风飞翔在纯洁的天空。

大理石般完美的玉体堵住了天洞，
银河的水从此更加清澈晶莹。
女娲每天晚上放出千万个祝福，
祝福的话语就是满天的星星。

诗人的笔触朴实中有精致，由衷地抒发了作者对神话人物的理解，对华夏先祖的尊崇和赞美。全诗基本上从始至终贯穿保持了这种沉实、舒缓和从容的语调，使《华夏龙魂》具有了传统意义上浪漫主义的抒情美。

抛开民族精魂的重塑、神性的张扬书写这些大的诗歌理念，长诗《华夏龙魂》还站在人性的歌咏台上做着丝绸般柔软的歌唱。这部长诗是对人性的探究和赞美，在神性与人性的交错书写当中，深入地对日常的凡俗的情感、欲望、真、善、恶等进行感悟与挖掘，具有较为厚实的人性深度，既保持了传统文学艺术中的诗性，也有现代观念的渗透。比如多次写到的上古神话人物的爱恋，细致、朴实而又满含深情，人性美的光芒生动地闪现在其中。如作者在长诗的第八章“战神夸父”中写道：“女娃依在了夸父的胸膛／柔嫩的手臂像青藤缠住了夸父的脖颈／她鲜嫩的嘴唇吻着夸父的胸膛／抬起头来便看到了夸父火辣辣的眼睛。”

在《华夏龙魂》第七章里，作者对女娃的刻画中有一节是这样写的：“女娃有一双水葡萄似的眼睛／只要她望月亮一眼月亮便停止转动／她有一个白茶花似的又白又嫩的脸庞／只要太阳看到她便满脸通红。”这是作者既口语又诗化的语言创造出的意象魅力，非常贴切动人，深刻传神地刻画出神话人物的精神气质。

最能引起读者、评论者注意的其实应该是这部作品的形式美，在长诗的整体构架下，色彩、线条、声音在整齐的有规律的组合中美得极为和谐；再是叙事与抒情的结合自然、完美，依靠叙事，我们看到了有血有肉的丰满的神话人物，诗人将神话人物当作他的抒情载体，使读者深切地感受到中华上古神话人物流传下来的巨大的精神财富。

《诗刊》2003 年 9 月下半月刊在“诗选读”栏目里刊登了《华夏龙魂》选章、长诗和作者简介。对《诗刊》来说，能拿出专门版面，特辟栏目，面向基层作者，面向这种具有积极探索意义的独特文本敞开大门，这还是第一次。《华夏龙魂》能在出版过程中，就被号称国刊的《诗刊》选登，这正是因了《华夏龙魂》所具有的史诗精神！

《华夏龙魂》给我们的诗坛带来了许多有益的启示：我们的文学对民族精神熟视无睹，对传统文化进行简单的批判与粗暴的疏远，都是一种短视行为；当个人的思考与情感同人类经验合拍时，文学作品的高度就具有了史诗的意义。

牧文创作勤奋，正处于创作上升期，相信诗人不会辜负了诗歌的期待。

2003 年于北京

（蓝野：著名诗人、《诗刊》编辑）

# 精心打造中国的史诗

## ——长篇叙事诗《华夏龙魂》读后

王存玉

中国没有史诗。尽管有藏族的《格萨尔传》、蒙古族的《格斯尔传》、柯尔克孜族的《玛纳斯》等英雄史诗流传于这些少数民族地区，但我在这里还是要说，中国没有史诗。我说的中国没有史诗主要是指有着十亿多人口的汉民族没有严格意义上的史诗。同为文明古国，古希腊有荷马史诗《伊里亚特》和《奥德赛》，古印度有《罗摩衍那》和《摩诃婆罗多》，而有着同样悠久文明史的中国却没有一部可与之比肩的作品流传于世。这不能不说是我们民族文化的一大缺憾。

中国不缺少神话传说，中国的神话传说中不缺少古希腊特洛伊战争那样的壮阔场面和古印度王子罗摩那样的动人故事。我们有开天辟地的盘古，有人类的始祖伏羲，有追赶太阳的夸父，有奔向月球的嫦娥，有头触不周山的共工，有炼石补天的女娲，有衔石填海的精卫，有神通广大的八仙，有驱邪斩祟的钟馗，有刑天反抗天帝，有黄帝大战蚩尤，有……不乏构筑一部甚至多部雄伟史诗的素材，但惟独缺少的是雄伟的史诗。

我们每一个人都曾经生活在神话里，都是在神话中长大的。我敢说，古今中外没有哪一个身心健全的正常人从未接触过神话。神话是幻想的结晶。神话是在人类还不能科学地认识世界时的愚昧产物，神话同时又是帮助人类认识世界的力量源泉。回过头来想一想，我们哪个人的少年没有幻想像孙悟空那样奋起千钧棒澄清万里埃？没有像大羿那样射掉九个太阳造福天下老百姓？没有在秋夕卧看牵牛织女星向往美好的爱情？……神话传说给了我们美好的精神享受，给了我们心灵的熏陶净化，给了我们战胜艰难困苦的无比勇气，给了我们追求理想世界的无穷力量……神话集中代表着民族精神。每一个民族都有自己的神话，每一个人都在自己的神话中长大。

牧文就是在汉民族神话中成长起来的青年诗人。当我接过他的新作《华夏龙魂》时，我眼前的他又和12年前的那个小青年叠印在一起了。那时，他送来的是一个18岁的中学生的处女作《女孩，请听我说》。按说他那时正属充满幻想的年龄段，不过他说的并不是神话，而是当时少男少女们共有的话语，共同的话题。12年过去了，这个本应走向现实的青年却又回到充满幻想的神话里，用诗的语言讲起了古老的神话。他要用自己的作品来填补几千年来历史留下的空白，精心打造属于中国的史诗。

牧文就是抱有这样一种宏伟的志向怀有这样一个远大的目标来进行长篇叙事诗《华夏龙魂》创作的。摈除涌动的经济大潮卷来的金元世界的喧嚣市声，平息社会性的一个时代共有的急功近利的浮躁情绪，这个当年的中学生义无反顾，心无旁骛，一头钻进华夏古老神话的王国里，寻寻觅觅，多方搜求；孜孜矻矻，细心研读；反反复复，精心建构；认认真真，埋头创作。功夫不负有心人。废寝忘食，披星戴月，数易寒暑，历时十载，牧文终于完成了他的长篇叙事诗《华夏龙魂》五部曲的创作，写出了洋洋洒洒一万余行的鸿篇巨制。此诗一出，几可与《荷马史诗》比肩，使得我国《诗经》中被认为是周民族史诗的只有六七十行的《生民》、《公刘》等似乎减轻了分量。翻开现已出版的第一部，我们便跟诗人进入上古神话时代。诸神的社会、诸神的谱系、诸神的家族、诸神在华夏大地上演的一幕幕波澜壮阔的英雄活剧，又通过诗人生花妙笔展现在读者面前。于是，盘古开天，女娲造人，夸父逐日，精卫填海，炎黄之战……一一饱蘸激情奔涌而来，为炎黄子孙留下了生生不息、追求理想、勇敢顽强、坚忍不拔、勤劳善良的民族精神。

值得一提的是，当许多诗作者争学西洋诗恨不能抛掉母语写新诗且又远离了现实生活时，牧文创作的神话诗却继承中华民族的优良传统让作品贴近了现实生活。如他写盘古的牙齿撞击大地出现裂缝形成台湾海峡从而诞生了台湾岛时，诗人这样唱道："女娲的一颗悲伤眼泪化为了日月潭，从盘古的牙齿里长出了雄壮的阿里山。"还用多说么，宝岛台湾自古就是与祖国大陆血肉相连的神圣领土啊！任何将台湾从祖国版图上分裂出去的企图都是不能得逞的。"总会有那美满的一天，和平的旗帜在阿里山顶招展。"

自然，牧文还年轻，我们有理由期待他的后几部作品锤炼得更加生动，更加气象万千，语言更加凝重，更加大气磅礴，精心打造出代表中国水平的史诗来。

2003 年于风筝都

（王存玉：著名诗人、高级编辑、潍坊作协顾问）

# 中国神话的诗意构想

## ——读牧文的英雄史诗《华夏龙魂》

张　毅

中国历史的神话传说如同星辰一样布满东方的天空。青年诗人牧文的神话史诗《华夏龙魂》系列，以其庞大的诗歌序列填补了中国汉民族神话史诗的空白，也让我们看到一个“精卫填海”的诗人形象。功莫大焉。

在历史上，神话传说本身有它的诗歌元素，无论古今中外。史诗是一种文学体裁，多以口头流传的形式世代相传，随着时间而增添情节，最后被整理、加工，以文字记载成为一部统一的作品。这类叙述英雄传说或重大历史事件的叙事长诗，多以古代英雄歌谣为基础，经集体编创而成，反映人类童年时期的具有重大意义的历史事件或者神话传说。

“大禹治水”是中国古老的神话传说之一。

水是人类生存的自然因素，“水”又代表了中国古老的哲学思维，是中国阴阳五行中与“火”“土”相生相克的一种元素。在中国古老璀璨的文化河流中，“水”的意象反复出现。中国文人历来对“水”充满敬畏。《山海经》中的许多神话传说里就提出了人与水的关系。水滋润着人的生命，水也给人带来灾难。因此，人在与水的相依与相克之中，磨砺了自己的智慧，成熟了审美所必备的主观条件。在古代，人们择水而居，水成了古代人可亲可依的生活环境，成了古人最主要的自然对象之一。纵观中国古典诗歌可见：“水”是中国诗歌艺术中运用频率最高的一个客观物象，它不仅滋养了中国诗人的生命，也滋润了中国诗歌的艺术生命。“水”的意境蕴含的中国传统文化，“智者乐水，仁者乐山”；万物始于水，而复归于水。中国古典诗歌中“水”的形象无处不在：春水、秋水，江水、河水，波平如镜的水、怒涛拍岸的水，一泻千里的水、曲似柔肠的水，汩汩作响的水、脉脉无声的水……水在诗文中形态万千，在诗人心目中引起的联想也是复杂多样的。水难以跨越，水是阻隔，宋代词人晏殊“欲寄彩笺兼尺素，山长水阔知何处”（《蝶恋花》），就是对这种阻隔的感叹。远在晏殊一千多年之前，一位不知名的诗人发出更为深沉的慨叹，他的慨叹穿越时空，感动着无数后人：

> 蒹葭苍苍，白露为霜。所谓伊人，在水一方。
> 溯洄从之，道阻且长；溯游从之，宛在水中央。
>
> ——《诗经·秦风·蒹葭》

远古时期，天地茫茫，宇宙洪荒，人民饱受海浸水淹之苦。“大禹治水”的传说既记载了我们的先人与自然的抗争，也呈现了中国古老哲学的思辩。牧文的神话史诗《华夏龙魂》第五部之《大禹之歌》以诗歌的形式讲述了“大禹治水”的神话传说。

禹是传说中夏代的始祖。他的主要业绩是治水。古籍载，帝尧之时发生洪水，帝命鲧去治理。鲧治水失败，被杀于羽郊，其子禹继承父业，经 13 年终于平复水患。后舜禅位于禹，夏王朝由此建立。此外，传说中还有他逐共工，杀相繇，以及应龙助其治水等情节。禹的传说，原含有较多的神话因素，在长期流传中，有关他的神话传说被“历史化”，出现了更多政治性活动的情节，如他派人度量大地、召集臣民开会议事、赏功罚罪、求贤任能等，并为他制造了显赫的家谱世系。这就使禹这个传说人物逐渐脱离了本来面目，成为符合儒家观念的帝王典范。然而在民间，大禹仍然主要是一位具有神异色彩的治水英雄。有关禹治水的传说，常与地方景物相附和。如传说他从泰山担了 99 担石头筑堰挡水，这些石头后来变成山东的九节长白山。中国的许多地区都有大禹治水的传说。牧文的《大禹之歌》着重表现他不畏艰险、为民造福的伟大精神。

他在第十一章“禹治黄河”这样写道：

“看，北方的土地一片汪洋
黄河之水被恶神侵占；
你我怎能坐视等闲，
让华夏神民的生命如蝼蚁被大水任意踏践？”

我的故乡高密史属夷莱，地名也与大禹有关。故乡有一条河，我曾在《怀念一条河》里写过：胶河是条季节河，高密段上游源于一个水库，下游出高密境汇入胶莱河。我羡慕奔流到海的大河，比如长江、黄河，但每条河都应该有自己的生命历程，即是没有名字，就像那些逐渐远离森林的树木。我不希望胶河流到海里，即是没有河，海还是海，而河一旦入海就不称其为河了。很早的时候，河里有座木桥，是村民用当地的灌木搭建而成。走上去晃晃悠悠、“吱吱咯咯”地响。人们细碎的身影在水里迅速聚合又分离，然后随水声流远了。后来，那座年久失修的木桥塌掉了，厚重的木板落到水中，被沙土覆盖。这是我在北方唯一见过的一座木桥。也许在更早的年代，大禹也曾经站在这条河边，发出过他自己的感慨。

牧文在《大禹之歌》第三章“高密之歌”这样写道：

“繁茂秀美的梧桐啊，
你根植于古老高密的大地上；
婆娑的树叶随风飘荡，
引来吉祥神鸟万千凤凰……

《大禹之歌》运用艺术虚构手法，塑造了大禹这一著名的英雄形象，结构宏大，充满着幻想和神奇的色彩。这让我想起阿来和他的《格萨尔王传》。阿来说他要写的《格萨尔王传》不是一部文人作品，而是一部在民间流传很广很久的口传文学作品。故事的主人公格萨尔本来生活在天界，看到人间的纷乱与痛苦，发大愿来到人间——不是电视剧中那样直接地驾着祥云下来，而是投生到人间来，像凡人一样成长，历经人间各种艰难苦厄而后大功告成，最后又回归天界。这部作品不是一部正经的历史书，但研究这部史诗的专家们得出了一致结论，相信这个故事还是曲折反映了西藏一些历史事实。但在民间，老百姓的兴趣往往不是真实的历史，而是艺术化的历史。

《大禹之歌》是牧文用他的理想和热情，以至于整个生命所熔铸而成的宏伟诗篇，其中闪耀着诗人鲜明的个性光辉，这在中国文学史上也许还是第一次出现。《大禹之歌》的创作，既植根于现实，又富于幻想色彩。诗人通过极其丰富的想像和联想，并采取铺张描述的写法，把历史、人物、神话交织在一起，把地上和天国、人间和幻境交织在一起，构成了瑰丽奇特、绚烂多彩的幻想世界，从而产生了强烈的艺术魅力。

庚寅年之春于青岛

華夏龍魂

谱写华夏史诗

构建华夏神系

弘扬华夏精神

華夏民族系列神話英雄史詩

# 華夏龍魂

莫言

## 第二部

## 黃帝之歌

牧文 著

作家出版社

图书在版编目（CIP）数据

华夏龙魂 / 牧文 著. -- 北京：作家出版社，2014.4

ISBN 978-7-5063-7370-8

Ⅰ. ①华… Ⅱ. ①牧… Ⅲ. ①诗集－中国－当代 Ⅳ. ①I227

中国版本图书馆CIP数据核字（2014）第071583号

## 华夏龙魂

作　　者：牧　文
总 策 划：徐忠志
责任编辑：罗静文
装帧设计：许世杰
出版发行：作家出版社
社　　址：北京农展馆南里10号　　　　邮　　编：100125
电话传真：86-10-65930756（出版发行部）
86-10-65004079（总编室）
86-10-65015116（邮购部）
E-mail:zuojia@zuojia.net.cn
http://www.haozuojia.com（作家在线）
印　　刷：青岛星球印刷有限公司
成品尺寸：152×230
字　　数：1100千
印　　张：96
印　　数：001-100000
版　　次：2014年4月第1版
印　　次：2014年4月第1次印刷
ISBN 978-7-5063-7370-8
总 定 价：189.00元（全七册）

癸巳宜蘭

《华夏龙魂》系列插图之《伏羲女娲》 殷瑜 绘

作者牧文在『大禹封国 三贤故里 莫言家乡』前留影

# 《华夏龙魂》序

莫言

我的家乡有一条胶河，流量不大，在分省地图上只是细细一条线，但她是高密东北乡的母亲河。胶河大多时候是一条涓涓细流，近年来更是经常断流，但她发起威来，也有浩浩荡荡、奔腾咆哮的景观和声势。在我童年的记忆中，胶河是世界上最大、最壮观、最美丽、最神圣的一条河。

后来，我看到了黄河、长江、珠江、密西西比河、莱茵河、塞纳河等著名江河，但这些江河留给我的印象都不如胶河深刻。那些都是别人的河，唯有胶河，才是我的河。这条河已经成为我的高密东北乡文学地域的重要组成部分。

青年诗人牧文也是高密东北乡人，他的家距我童年时住过的小屋很近。牧文到北京出差，只要时间允许，总会到我家坐坐，聊一聊家乡发生的新鲜事，叙一叙家长里短。家乡能有这样一个后起之秀，我感到很高兴。

有一年，我回到老家过春节。除夕之夜，牧文携妻带子，驱车赶到高密东北乡看我。回去后，写了一首诗《致莫言》。那首诗把我神化了，我不敢当。我建议牧文把这首诗献给我们的

胶河。

后来，牧文将他创作的长篇神话史诗《华夏龙魂》送给了我，让我有时间看看。我虽然读过一些唐诗宋词，但对现代诗读得不多，对神话史诗更是知之甚少，印象里，古希腊有《荷马史诗》，古印度有《罗摩衍那》和《摩诃婆罗多》，我国的藏族有《格萨尔王传》，蒙古族有《江格尔传》等几部神话史诗，但作为中华民族最大主体的汉民族却没有一部神话英雄史诗，只是有一些呈散珠状的神话片段，保留在一些典籍，如《山海经》、《淮南子》、《搜神记》、《述异记》、《聊斋志异》等文本和父老乡亲的口述史中。这，确乎是中华民族的一个遗憾。

牧文倾心我国古代神话传说的搜集、整理和再创造，耐得住寂寞，沉得下身心，积 20 年之功，著成了长达两万余行的《华夏龙魂》七部曲——《女娲之歌》、《黄帝之歌》、《女娃之歌》、《大鲧之歌》、《大羿之歌》、《大舜之歌》、《大禹之歌》，填补了我国汉民族长篇神话英雄史诗的一项空白，被中国作协列入 2013 年重点扶持作品。作为牧文的老乡，我为他的追求而高兴，为他的业绩而欣慰。

德国著名哲学家康德说过：“有两种东西，我对它们的思考越是深沉和持久，它们在我心灵中唤起的惊奇和敬畏就会日新月异，不断增长，这就是我头上的星空和心中的道德定律。”不知牧文有没有受到康德的影响，他却是在真诚地仰望星空，思考星空。在《华夏龙魂》的献诗里，牧文热情洋溢地写道：

“当我再次仰望灿烂的古华夏的星空，

有多少英雄事迹震撼着我们的心灵。
纯洁女神嫦娥如月华流泻的温柔，
射神大羿和嫦娥凄美的爱情让人感动。

俯看长满白玉碧石的沃野，
有多少大神气贯长虹。
坚强之神白马大鲧为人民献出了生命，
治水之神大禹是华夏亘古绝今的英雄。”

牧文仰望星空的目的，似乎在于寻找、讴歌、弘扬曾经使华夏民族光耀世界、笑傲千古的远古神话人物。英雄和爱情是神话史诗的两大主题，牧文在《华夏龙魂》中，以灵动飞扬、细腻流畅的想象和点化之笔，串联、补缀、创造、生发了那些存留在我国古籍典册中和传诵在村野乡夫口耳间的众多神话英雄，以及他们身上所洋溢的“力拔山兮气盖世”、“贫贱不移、威武不屈、富贵不淫”的英雄气概和普渡众生、舍身为民的济世情怀，他们对美好、纯真、炽烈爱情的呼唤和追求。如许情节和描写，在《华夏龙魂》这部长诗中可谓俯拾皆是。例如，在《大鲧之歌》中，牧文描述了英雄大鲧从天庭盗来息壤，为民治水，又带领万民向帝喾的暴政发起抗争，后被帝喾施以日复一日、年复一年的残酷的刑罚。但大鲧永不屈服，他慷慨作歌：

“酷刑酷刑！
能奈我何？

我心坚固，
苦中作乐！

“凿凿凿，且凿且乐！
灼灼灼，且灼且歌！
錾錾錾，且錾且坚！
痛痛痛，且痛且倔！”

大鲧的这种拯民于水火，不畏暴政，敢于抗争的精神，不禁让人想起了希腊神话中为人类盗来火种，得罪了众神之王宙斯，被关押在高加索山上天天受刑的普罗米修斯，想起了我国神话中与颛顼争帝不胜，怒而触不周之山，使天柱折、地维绝的英雄共工。

再如，在《大禹之歌》中，牧文将三过家门而不入，胫毛磨光，专注治河的大禹写得气韵飞升，态度坚定，干劲十足。治理长江时，面对鳄鱼、蛟鱼、黄色大鱼的恶意挑战，神船剧烈晃动，随时可致倾覆的风险，牧文这样描述：

“唯大禹镇定自若：
‘我竭力为万民忧劳，’大禹笑谈：
‘若生，是天性；若死，是命定。’
大鱼们无不被大禹神定如山的气概震撼。”

唯大英雄才有真气度大气魄。这寥寥几笔，即勾勒出了大禹“泰山崩于前而色不变”的英雄本色。

在《华夏龙魂》中，牧文对纯真爱情的歌咏和描画，是一以贯之的，而且成为长诗中神话英雄与恶势力抗争主线之外的又一条叙事线索。牧文运用袅娜、细腻、生动的诗笔，对黄帝和嫘祖的一见钟情，美神女娃和战神夸父的生死相依，射神大羿与纯洁女神嫦娥的相亲相爱，坚强之神大鲧和华夏女神姣女用爱和生命孕育大禹，等等，进行了不遗余力的刻画，是整部神话史诗不可分离的组成乐章，使阳刚、雄壮的主旋律有了阴柔、细嫩的和弦的衬托和滋润，可谓相得益彰，相濡以成。

牧文在神话史诗的艺术特色方面，也进行了积极的探索和大胆的尝试。如四行一节的排列方式，不落痕迹、琅琅上口的韵脚设计，似江河回曲、流转不断的气韵铺排，描摹刻画的通透、灵动、细腻，叙事与抒情的紧密结合，整体结构的和谐对应，等等，都有一定的追求所在和相当的表现力。

牧文在这部长篇神话史诗中，对大禹与高密的关系作了一个诗化的插叙：

> “四方传来歌唱：鼻梁如泰山耸立乃为‘高’，
> 天庭饱满五官端正乃为‘密’。
> 高密啊，大禹！大禹啊，高密！
> 两个伟大的名字激荡天地。”

恰好，我读到一点史料，唐朝司马贞《史记索隐》称：“鲧娶有莘氏女，谓之女志，是生高密。宋忠云：‘高密，禹所封国。’（《世本》）”新编《中国通史》称：“禹，字高密。”可见，牧文将

大禹跟高密相连带，是有所本的。

可以说，牧文用他的诗人的灵性和多彩多姿的笔触构筑了一座神话人物大厦，异想天开地将盘古、女娲、黄帝、大鲧、大羿、大舜、大禹等华夏众多神灵请进高密东北乡文学王国，虔诚地涂抹着一幅幅带有神秘宗教色彩的远古神话历史画卷，其追求之执着，其气魄之雄阔，其造诣之特出，令我惊异。

牧文让我为《华夏龙魂》题词，我略加思考，提笔写下："华夏龙魂，源远流长；生生不息，维德维芳；诗书继世，千古馨香。牧文小民，其志大矣；牧文小友，长诗万行。"

是为序。

2013 年 9 月于北京

# 精彩点评

牧文巧妙地以华夏神话传说为蓝本，展开想象的翅膀，以整个国家和民族文明发展史、整个国家和民族著名的上古历史人物及整个国家和民族在历史上所创造的神学、神话进行综合，以神话叙事诗的形式记录下来，三十年后，三万行的长篇神话叙事诗《华夏龙魂》(七卷)结集出版，这在中国恐怕是史无前例的。认真阅读可知，书中凝结了牧文的点滴心血，也清晰看到他的目标——创作华夏长诗、构建华夏神系、弘扬华夏精神。

——谢玉堂

牧文呕心沥血，完成《华夏龙魂》，可喜可贺！这是他一个人的文学大工程，也是高密文坛的大工程。远古的史诗用神话的方式呈现，近代的史诗用传奇的方式呈现，当代的史诗用写实的方式呈现。愿牧文和高密的文友们发奋努力，共创高密文学的辉煌，力争在不久的将来，使高密成为中国文学版图上的重镇！

——莫言

牧文的这部诗稿，展现出恢弘的气势、博大的胸襟，以及顽强的追索能力。它不太像这个消费时代的一个青年人的所为，但它确实是发自底层的夺人心魄的长吟。

——张炜

牧文《华夏龙魂》是一个诗学的成果。这样一个篇幅浩大的作品，填补了中国当代新诗对中国古代神话这个重要宝库的发掘，给我们提供了一个可供大家了解中国古代文化、了解中国古代长诗创作的一个重要的具体的范本。

——叶延滨

文学为什么要有艺术，我们就是要探问：我是谁？我从哪里来？我要到哪里去？我觉得《华夏龙魂》追寻的就是这三个问题。我们从哪里来？我们从远古走来，我们华夏儿女有共同的根脉、共同的传统。我是谁？我们是几万、几千年来这块土地上的人们，生生不息，长途跋涉，就这么走过来的。我们要到哪里去？我们要去寻找幸福，要找到自己的自强和自信。我觉得《华夏龙魂》就探讨了这些问题，跟我们的历史文化联系起来，跟齐鲁大地的文化传统紧密联系起来的，跟我们中国人坚忍不拔、自强不息紧密联系起来的。

——梁鸿鹰

牧文能把神话和传说变成他心中的一种形象……带着这样一种敬畏来讴歌我们伟大的英雄。牧文带着我们从上古传说中来汲取一种力量，用这种正能量来灌输到我们的文学中来。

——张陵

牧文在为我国汉民族神话诗意的再现，做着不懈的努力。

——林莽

青年诗人牧文集三十年之功创作完成了《华夏龙魂》，以华夏民族上古时期的先祖们开辟蛮荒、繁衍生息、战天斗地的英雄故事为主线，以先祖们不屈不挠的精神为胫骨，以丰厚至诚的情感为血肉，塑造了一个个栩栩如生的神话英雄人物。这部作品用诗歌的形式，精致地建构了一座中华民族宏大的意识神器，构成了中国古代文明发展史的缩影，是一曲对中华族邦的亲情礼赞。

——李军

长篇叙事诗《华夏龙魂》是潍坊市精品创作工程中涌现出的优秀典型代表。作者牧文以华夏民族的神话传说为蓝本，以恢宏开阔的气势、流畅新颖的笔调，为读者显现出波澜壮阔的上古历史，堪称华夏民族神话英雄史诗。《华夏龙魂》里的史学、文化和美术价值受到广泛关注……必将为潍坊文化艺术创作产生直接的

带动作用，必将提升和扩大潍坊文化的影响。

——初宝杰

《华夏龙魂》是牧文同志二十年笔耕不辍的倾心之作，填补了我国长篇神话英雄史诗创作领域的一项空白……高密历届市委、市政府高度重视文化建设。今天，中国作协重点扶持作品《华夏龙魂》成功结集出版发行，既是高密深厚文化底蕴的一次闪亮展示，更是我们推进文化大发展大繁荣的新起点。

——范福生

# 目　录

# 献　诗

当古华夏的历史女神在清澈的月光下展现，
我惊叹高贵的英雄和华夏民族一脉相连。
这是多么地荣耀和幸福呵，
我荣幸地把祖先的神话高声颂赞！

颂赞绿色的星球是一颗伟大的灵魂，
他让众神游弋在自己神性的心田；
他指引我步入雄伟的昆仑山呵，
望见那云开峰立，金光闪闪！

昆仑山呵，巍然高耸气象万千，
八千丈的雄峰巍峨直达九天，
山顶矗立着九重黄金神殿，
神殿四周环绕着洁白莹润的白玉栏杆。

黄金铸就的神殿在山顶熠熠生辉，
金光普照海洋大地蔚为壮观；
神殿正门面向东方一马平川，
我呵，心怀虔敬要到里面去仔细看看。

呵，我看见创世之神盘古正开天辟地，
他太阳般智慧的头颅呵光辉灿烂；
我看见育人之神女娲正炼石补天，
她高贵圣洁的灵魂如栀子花芳香鲜艳。

我看到天梯建木昂然挺拔直达蓝天，
东望泰泽波涛汹涌浩淼无边；
我看到招摇山的迷谷在黑暗中闪耀光华，
吉祥之神九尾狐毛色金赤带给人类美好祝愿。

我看到千年的石荷花漂浮于流沙的波涛，
随风起舞，曼妙如诗般美轮美奂；
我看到观水中白头红嘴的文鳐鱼，
成群结队飞翔在夜晚的静谧九天。

我看到神农炎帝品尝百草，
他的玲珑玉体内跳跃着生命的火焰；
我看到众神之王黄帝雄才大略，
意气方遒指点如画的江山。

我看到华夏心胸辽阔的疆域广袤无边，
雷神在碧绿的稷泽畔流连忘返；
我看到华夏紫气腾腾光辉灿烂，
驳马、驺吾等诸多神兽在寰宇显现。

我看到气宇轩昂的战神夸父，
他头戴橄榄枝编织的和平花环；
我看到美神、诗神女娃呵，
她头戴贤惠、温柔、美丽的桂冠。

我看到北帝颛顼少年英俊，威武英明，
天地将治理得美丽如画静如家园；
我看到大力神阿黎、巨力神阿重绝天地通，
水神共工为冲破桎梏而勇触不周山。

我看到俊仪绝伦的帝喾，
他和儿子们在治理壮阔的河山；
我看到俭朴、贤明的人间之王帝尧，
与民同乐将十大吉兆降临人间。

当我再次仰望灿烂的古华夏星空，
有多少英雄足迹震撼着我们的心灵；
纯洁女神嫦娥如月华流泻般温柔，
射神大羿和嫦娥凄美的爱情让人感动。

俯看长满白玉碧石的沃野，
有多少大神气贯长虹；
坚强之神白马大鲧为人民献出了生命，
治水之神大禹堪称华夏亘古绝今的英雄。

当我如海啸般的激情汹涌澎湃之后，
我的心灵渐渐趋于清潭般的安静；
我站在泰山脚下仰望挺拔苍远的山巅，
山巅托起众神遨游紫气腾腾的苍穹。

呵，华夏龙魂将众神一一颂扬，
华夏精神在九州激荡起猎猎雄风；
为了民众为了理想为了荣光，
华夏众神为真理自由甘愿奉献鲜活的生命！

天地间的众神呵，我高贵的祖先，
我斗胆向你们奉献我浅薄的诗篇。
你们自强不息的精神是华夏的根脉，
你们的伟业及英名必将永驻人间！

# 第一章　阪泉大战

看，铜色的天幕垂悬天空，
四野沉寂灰蒙蒙的苍穹。
太阳车驶离的一刻，
林间是什么在发出响声？

风，吹自九霄天庭，
那锦绣的水面展现众神的笑容；
雷鸣与闪电，
撕扯着广袤的太空。

夜又进了一步，
刚才，万物似乎还在聆听；
此刻，已阒然无语，
一切在逃亡或藏匿在寂沉之中。

所有生命、存在和思想，
都在焦急关注即将到来的战争。
尽管冥冥寂静走向森林，
白马轻甩尾巴踱向草坡显得如此平静。

此刻，在云霄，
显露出预言中要发生的事情；
世间的万物明显感到，
一场浩大的战争就要发生。

黄帝率领着身披战甲的神民，
长发披肩在狂风里疾行；
沿昆仑一路奔驰，
迎着太阳的光辉与火焰的气息行进如风。

山麓边，在那一片浩漫的平芜，
他面对疲乏的神民和喘息的士兵，
让他们暂且躺在地上入梦，
唯有自己不睡，在山边心事重重。

他猛然间抬头，在凄戚的长天底，
他看见火光冲破夜空。
这眼睛在黑暗中深深地看着，
内心却隐隐作痛。

黄帝急忙唤醒入睡的神民、疲倦的士兵，
一起快速向东方飞行。
走了三十夜，走了三十天，
越来越接近那片燃烧的天空。

他带领着风后、力牧与朱厌，
没有休息，没有睡眠，他们一刻不停。
在那自盘古始有的国土之海滨，
终于看到大火如愤怒的蛟龙。

这朱厌乃兵乱之神，
头白脚红类似猿猴之形；
他和凫徯一样，
能知道战乱在哪里发生。

黄帝紧锁眉头，
大火已经将海洋沸腾；
海里的鲸鱼惊恐地跃出水面，
飞鱼慌乱中冲向天空。

黄帝仰天长叹：
炎帝啊，为什么火神蒙蔽了你善良的心胸？
黄帝吩咐众人扑火，
自己也奋不顾身地跳入火中。

黄帝说道："炎帝啊炎帝，伟大的神农，
为了耕种，你竟抛弃天地的生灵：
你纵容火神焚烧森林与草原，
将鹿、黄羊、白虎与鹰都逐出家园，可谓鸡犬不宁。

你将大地化为火海不停燃烧，
将生长了万年的迷谷与青梧文茎，
都化为一堆尘埃，
就为了将你神奇的种子撒进烧过的黑土之中？

你要将天地之间都播撒上你的种子，
让你的庄稼长到连太阳车也被拦阻难行；
要用你吃不完的粮食，
酿造和制作连天神也要迷惑的食物和酒精。

你的野心有多大，我的弟兄，
作为神族，作为盘古血脉相连的生灵，
我怎能忍心看着——
你对万物任意践踏以及对恶的纵容？

我自私的兄弟，
我要和你开战，趁你疯狂的大火还未烧断女娲的天擎。
就在这里，在这阪泉之野，
在鲜花开满了山间的大地与你分出个输赢。”

黄帝拔出自己的寒冰宝剑，
他将剑锋指向遥远的雪山。
江河之水便滚滚而来，
昆仑以东土地上顷刻间就平息了烈烈火焰。

但是，还有南边、西边和北边，
那些方向并没有雪山。
因为没有水源，
黄帝宝剑的作用根本不能施展。

这时，力牧走上前，
他将黄河之水轻轻一卷，
但见大浪滔天，浊水一片，
顿时一条水龙升上九天。

美神女娃也飞来，
她来自西山，
烈焰炙烤着她美丽的玉衣，
她秀丽的面容显露着雨露的容颜。

且说女娃，炎帝的大女儿，
她的美貌让山川都为之惊叹，
太阳亦低垂自己圆睁的双眼，
甚至春风都始终不肯离开她的身边。

炎帝这调皮的女儿可非同一般，
我曾用一本书的空间来奉献我的诗篇，
妄想着终有一天她会出现在我的梦里面，
可一连几天只有一只闪着星光的鸟儿在我的梦里出现。

她轻轻地吻了吻我的额头，
我看到她白色的唇闪烁着和悦的光环。
噢，她就是女娃，
正是魂牵梦绕的女神来到我身边。

可是，她是炎帝的女儿呀，
她怎么会站在了要与炎帝开战的黄帝一边？
朋友们，女娃那时正在东海上空飞翔，
周身的灼热使她忐忑不安。

她升向高空，
看到发鸠山上滚动着烈焰一片。
她赶紧飞向那里，
此时的黄帝正在与火海作战。

女娃降落在黄帝的身边，
“尊敬的黄帝，我向您请安！
我亲爱的叔叔，
我愿与您一起阻止人间的这场劫难。”

黄帝向女娃微笑，
大火映红了他们的容颜。
黄帝内心升起一种莫名的矛盾，我那可敬的兄长呵，
你怎么会做出如此的事情残害人间？

黄帝忧郁地将黄河之水指向南边，
目前他的心思只有消除火患。
黄河之水如激射的箭镞，
怒气冲天地升上九天。

女娃随即赶上大水，将其引领向前，
力牧与女娃协力并肩。
狂倾的大雨霎时便笼罩住了天地人间，
枯焦的树木发出噼啪的响声不断。

大地焦渴地吞饮着来自黄河的甘甜，
南方大地慢慢失去烈焰，
招摇山上的刺桐绽放串串辣椒般的花朵，
丹山泉水自石缝里汩汩涌现。

但是，西边三百里牡山上的火势却难以阻挡，
山上的箭竹纷纷爆响，燃成一片。
那射上高空的火光，
使太阳都不得不合上眼帘。

赤鷩与羬羊纷纷逃到黄帝的身边，
黄帝看着无家可归的生灵禁不住泪花闪现：
我主宰的万物啊，
我痛惜的臣民，我要保护我们共同的家园。

此时，黄河水已经被取干，
风后飞向黑水东岸，
力牧与女娃飞向海边，
黄帝则挥动手中宝剑同人们一起与大火决战。

上古的天地，此时正在经受着水与火的磨难，
黄帝的神民日夜奋战，
风后将黑水运往宜诸山，
力牧将海水运往宣山。

女娃且飞向会稽，
在那里她将歌声送上九天，
她的歌唱使云朵都驻足观看，
让惊雁忘记了失去家园的心酸。

黄帝与大火奋战了七七四十九天，
火势越来越小，直到被完全阻拦。
胜利马上就在眼前，
欢乐的鹓雏自南海飞到英雄的身边。

她歌唱着欢快地降落在黄帝身边，
她站在梧桐花盛开的青山，
将浑身的金光洒向黄帝年青的容颜，
鹓雏将练实的所在指向人间。

那么，此时，炎帝到哪里去了呢？
其实，此次大火并非神农炎帝本愿，
火神祝融为取天火未曾想到铸成劫难，
炎帝与他的子民正在火势最猛的西南。

那里是苗族人的祖先，
高大的扶桑树直插云天，
还有许多巨杉，
大火首先从这里点燃。

炎黄大帝正以相同的姿态与火海开战，
他们各自灭火，奋勇争先，
心里却都以为是对方引起的事端，
愤怒的烈焰同时在两个人的胸中点燃。

我们可敬的祖先，
你们是兄弟血脉相连，
是一棵玉膏流灌的丹树上的两枝，
树上开满的黄色小花即是你们数不清的子孙繁衍。

我们神圣的祖先呵，
你们注定要在阪泉相见，
长矛林立，剑戟无边，
长风顿起，大地黯然。

因为愤怒，
黄帝与炎帝在战场上相见；
因为误会，
兄弟两人竟相对无言。

两军列队，
英雄们互相以眼还眼；
战鼓轰隆隆，
刀剑之光闪动如电。

为黄帝掌管玄圃的大神英招首先出战，
但见英招马身人面，
周身披着猛虎秀丽的条纹，
一看就骁勇善战。

他从槐江山赶来，
嘴里喷吐着辘轳抽水般的语言，
展开羽翅便如雄鹰高旋。
他走出阵容，慢慢来到炎帝面前：

“我尊敬的炎帝，
我代表英明的帝王黄帝，与您谒见。
以我的勇敢与忠诚，
请您派出您的先锋前来应战。”

炎帝向英招点头致意，
将农耕神剑横在胸前。
炎帝胯下骑着人面牛身的飞翔之神，
四足一臂，全身金光闪闪。

火神祝融轻轻向炎帝施礼，
他向炎帝请战：
“我圣明的帝王，
是您不辍辛劳为万民建立家园。

是您发明了犁铧让人们免于皮肉的劳损，
是您将所有果实尝遍，
让子民的病痛得以救治。
如今，您的兄弟却要与您对阵阪泉。

作为您忠实的仆人，
作为上天正义者的代言，
我万能的炎帝，请您准许我，
首先与这槐江山上的虎人作战。”

炎帝准许了祝融的请战，
两军阵前鼓声震天，
长矛举向高天，
黄帝刚毅的面容被夕阳映现。

他好久没有看到自己的这位兄弟，
现在，他们却要以这种方式相见，
炎帝禁不住仰天长叹。
祝融已经冲锋向前。

大神英招腾空而起，
但见飞沙走石乌云翻转；
他展翅冲向九天，
手中已经多了一把青铜宝剑。

祝融顿抖身形，
气浪随着神人的遁化呈现。
祝融转眼间已经转换为翩翩少年，
真是雄姿英发，气宇不凡。

祝融手中执着一柄长戟，
长戟的寒光让炎黄两阵唏嘘连连。
英招的宝剑从高空砍下，
两兵相接，火星四溅。

阪泉之野随之一颤，
大地出现一条深不见底的裂瘢，
狂风卷动风沙，
飞鸟自高空跌落深渊。

英招与祝融战在一起，
但见英招身形一转，
宝剑从长戟的侧面直刺而去，
祝融一扭腰身，灰尘与砂砾激荡不断。

长戟横扫而至，
英招一缩，转瞬即到驳马身后边，
长剑向驳马的后心猛插而去，
祝融猛然转身，长剑已刺入他的肩胛间。

祝融紧咬银牙，
长戟卷着残云向英招猛砍，
英招暗暗为驳马叫好，
两军的呐喊声震彻九天。

这时遥远的天际传来神曲，
来自天宫的大乐使太阳慢慢张开了眼帘。
人们纷纷仰头观看，
一只金色的鸟儿在天空盘旋。

她是精卫，是女娃的化身，
她要阻止这场无意义的争端。
她把太阳之神请来，把月亮女神请来，
把海的母亲请来，让大家在阪泉之野将战争阻拦。

英招稍稍分神，
祝融的长戟趁机横扫向前，
正击中了他的腰际，
英招如一只流星般射向落霞翻涌的西天……

英招战败，炎帝的部族扑上前，
黄帝却擂得夔牛鼓槌震天，
大鼓八十回，一震五百里，
连震四万里，顿时风云滚滚遮地盖天。

这夔牛鼓自有一番来历：
华夏东海中有流波山，
山中有兽如黄牛，
身青黑头无角，生一蹄立于石间。

它有双日月一样光芒的眼睛，
在大海浩渺的岛屿之巅。
夔牛常常仰天而歌，
呵，它的歌声呵，有如春雷前明亮的闪电。

此时，当你正在大海中航行，
会误以为大雨就在眼前。
黄帝伐蚩尤时九天玄女捉夔为鼓，
历经了九十九夜，潜入海底三十天。

终于制成了这威武之鼓，
大鼓啊，金光闪闪，
用雷兽骨作成的鼓槌，
更加使鼓声威震九天。

炎帝部族为鼓声所震，
忙退回阵前，
黄帝见英招战败也自收兵回帐。
此阪泉之战第一天。

# 第二章　轩辕出世

我尊敬的华夏神族万年，
就在那威仪的昆仑山东面。
闪动着神光的轩辕山下，
居住着我们伟大的祖先。

附宝与少典正当少年，
他们却早已深情相恋。
他们是初世的神民，
徜徉在遥远广袤的天地间。

他们在东海之滨游玩，
他们在青丘之山探险，
他们在泰山之巅恣意呼喊，
他们在都广之野流连往返。

他们手挽着手肩并着肩，
他们站在大海边看太阳车驶离天宫久远。
两位恋人呵，心贴心紧紧相拥，
他们在美好的幸福时光中情绵。

洁白的鸥鸟将他们围绕，
五彩金凤亦飞到他们身边。
附宝仰天长歌，
使星光都要坠落在碧绿的大海间。

附宝依偎在少典的怀里，
她那如玉的小手轻轻抖颤。
她为少典采下一枝迷谷，
少典也将文茎的美枝插在附宝的发间。

他们在寿丘山上慢慢地走着，
夜晚就在花丛中卧睡安然。
梦见女娲向他们眨动双眼，
梦见盘古将手臂向他们伸展。

呵，江河，山川，大地，
都在他们的梦乡中生长、增高、变宽。
这远古的天地正如年青的母亲，
幸福的爱恋正孕育在她的心田。

高大的建木为他们搭起舒适的荫凉，
多情的大地是他们下榻的宫殿。
恍惚间他们已经度过了千万年，
千万年来，他们的样子从未改变。

他们两人多像一对雪雁，
在绿草湿地的边缘；
他们又像一对金色的蜜蜂，
手拉手，嗡嗡地飞行在花瓣间。

他们没有亲切的拥吻，
只有彼此感受心底的缱绻；
他们没有蜜语甜言，
只有自然地守望与相伴。

直守到太阳落山，
星光消融黎明之前；
当他们在第一缕晨曦中醒来，
总会凝望对方的双眼。

少典的下巴刚刚长出些许胡须，
附宝的腰身比玉膏还要柔软。
姬水河滋润着附宝的肌肤，
她光滑如水的额头没有岁月留痕半点。

在华夏广袤的天地间，
总会见到他们携手相牵。
华夏神族的人们见到他们，
都向他们致以最为真挚的祝愿。

秀气浓郁的青莲花，
也向他们展露笑颜。
他们生活得多么自在，
将爱播撒在天地之间。

那时的天地，
在少典与附宝生活的轩辕山，
常有黄熊出现，但是，
少典能够带领他的神族将其赶向海边。

海边沙滩上成堆的鸟蛋，
成为熊的美餐，
熊们乐得其所，
人们再不惧怕有熊出没的夜晚。

这一天，附宝偎在少典的怀里睡了，
她的脸现出圣洁的光环，
她半张乖巧的嘴巴，皓齿亮光闪闪，
她轻轻咬着圆润的唇儿楚楚可怜。

附宝躺在芬芳馥郁的花床上，
星星将宝石的光泽送向天边。
少典轻轻一挥手，
七彩的长虹就挂上了天穹的边缘。

这时，天空中忽然划过一道闪电，
大光围绕着北斗旋转。
附宝被这炫目的大光惊醒，
顿感腹中忐忑如高山坠石般。

少典紧紧将她揽入怀中，
她还在瑟瑟抖动。
爱的暖流遍布她的全身，
温暖的阳光将她温柔地围拢。

“少典，这种感觉多么奇妙，
我感到我的腹中怀了一颗炙热的太阳，
他在我的胸口跳动，
用他的小手轻轻将我的子宫拨动得滚烫。

甚至，甚至我听到了他喊我‘妈妈’一声，
我好像看到他的小嘴鲜红，
手臂圆润，小模样
真是有如小小太阳般圣明。”

少典抚摸着附宝的脸颊，
呵，另一位大神就要诞生！
他们惊喜地彼此相望，
永远的爱意呵，不用海誓山盟。

他们必将拥有自己神圣的儿子，
在这开满白羊花的寿丘之城，
在广袤的天地间，
他们要为自己的孩子用轩辕取名。

他们是太阳的子民，
对太阳的崇拜让他们充满豪情。
在那黄熊出没的时代，
他们要拥有比熊更加强大的英雄。

圣洁的恩泽长势葱茏，
附宝的腹部日增月隆。
人们纷纷前来祝贺，
把蜂蜜与羊肉送到附宝的屋中。

夜晚，大家围在她的身边守护，
在篝火边歌唱爱情。
人们将羚羊的双角系在附宝的发梢，
将美酒送到少典的手中。

十个月过去了，
第十二个月更是匆匆，
附宝却一直没有临盆的吉征，
这顽皮的儿子还在附宝腹中神闲气定。

别人怀胎十月就满期，
附宝却整整怀胎两年，
她为此整日愁眉不展，
少典却乐呵呵地极力逗她露出欢颜。

附宝忽然感到一阵腹痛，
少典忙将她扶入屋中，
这一日，正是三月初三，
但见茅庐之中忽然紫气充盈。

女娲将七彩石送至附宝的帐中间，
盘古将昆仑之玉置放在他们的面前。
这些开天辟地的大神，
满脸的愉悦、自豪与骄傲毫无遮掩。

人们都围在附宝帐前，
少典也忙上前去拜见我们共同的祖先。
盘古与女娲送给他们最高的祝福，
一一在空中展现自己真实的容颜。

这时，天空中忽然升起七色彩虹，
附宝喜悦地领着一个少年出现在人们面前。
美丽的附宝抚摸着少年的头发：
“这就是我和少典的儿子，他叫轩辕。”

轩辕向人们深鞠一躬，
盘古与女娲也将他们的共同祝愿送给少年。
人们惊讶得哑口无言，
但见少年高挑双眉道出自己的感言：

“尊敬的女娲、尊敬的父母，
是您将我带到天地之间，
让我拥有血肉与灵魂，
让我在大地上将人类的梦想实现。

尊敬的盘古，
没有您就没有湖泊山川，
没有您更没有天地，
没有您人们只能活在混沌与黑暗之间。

你们都是我可敬的祖先，
我，小小轩辕，
附宝与少典赋予我生命和为梦想而奋斗的尊严，
我将从今天开始为华夏神民把我的神力奉献。

我将惩治一切丑恶，
及时将善良的美名远传，
我将把贫困与饥饿之神，
统统关进幽冥的地府阴间。”

人们发出阵阵欢呼，
小小少年刚刚出生就出口不凡，
但见他额头高大、眉骨突起、眼眶平正，
这是新的华夏之神诞生在人们的面前。

人们大奏清角之乐，
纷纷向少典与附宝送去美好祝愿，
远方的神族也得到信息接踵而至，
一时万神同贺，鸣鹤翱翔，凤凰蔽天。

# 第三章　赤松求战

且说炎黄之战第一天已经结束，
祝融取胜，英招败战，
丹女来到炎帝面前，
还未开口已经泪流满面。

“我英明的父亲，
我万能的神农祖先，
您怎能为了农耕，
为了将您金色的种子播撒而放火烧山。

黄帝是您的兄弟亲如手足，
你们是血脉相连的神族，
恰似天上的两颗大星，
为什么非得分出谁胜谁输？”

炎帝看着自己的女儿心中喜欢，
可愁云笼罩了女儿月亮般的双眼，
苍白的脸色让人心痛连连，
好比万把尖刀剜动着炎帝的心肝。

“我可爱的孩子，
我每天都将你梦见。
为了华夏神族的明天，
我竟抽不出时间去将你照看。

今天你来到父亲的面前，
我多么高兴，多么喜欢。
可是，看到你今天这样的容颜，
我呀可有多么辛酸。

说起黄帝，
我们的血肉相牵，
我们的父亲都是少典，
童年的时光让我无比怀念。

丹女，我可爱的女儿，
这场大火不是父亲的事端，
而是你的叔叔造成，
他为了扩大疆域而将万物点燃。

昨天我们在战场上短兵相见，
他的面容已经不是从前的小轩辕。
野心已经蒙蔽了他明亮的双眼，
他要在华夏大地称王专行独断。

这是他多年的梦想，
没想到竟使出这种手段，
一边与我开战，
一边还将你我父女离间。

这样的兄弟我怎能原谅，
我宠爱的女儿，你应明断，
怎能将你的父亲误判，
怎能如此轻易相信轩辕的谎言？”

丹女将泪水擦干，
她有些惭愧地看了父亲一眼：
父亲明显老了，
皱纹爬上他坚毅的脸。

她多想还像从前一样，
撒着娇，紧紧地依偎在父亲胸前。
父亲那些装满种子的口袋，
是否还有那么多神奇出现？

但是，大战当前，
丹女想阻止这场战争的心思刻不容缓，
她要赶到黄帝的帐前，
把她敬爱的叔叔的野心阻拦。

这时，大地传来一阵抖颤，
滚滚雷声与汹涌的江河相伴，
刹那间涛声震彻耳畔，
炎帝禁不住一阵喜欢。

“呵，我的勇士归来，
我亲爱的孩子我正想与你见面，
快让我看看你，
你也看看是谁在我的身边。”

丹女好奇地向外张望，
但见东边升起一片如骏马奔腾的尘烟，
呵，那不是赤松吗？
丹女的脸上禁不住升起一片红颜。

赤松也看见了她，
他们竟四目相对默默无言。
“我心爱的姑娘，
我们是否已经分别了千年？

噢，我思念的人儿，
你的样子怎么变得如此让人心酸？
看吧，岁月的影子在你脸上留下磨难，
而我们，为了华夏神族只能天各一边。

此刻，我们不能拥抱，
哪怕是在我敬爱的父亲面前。
我们也不能显露我们的心事，
只以目光之吻祝福彼此的平安。

我的姑娘，
你瘦了，哀伤爬上了你的脸面。
别怕，丹女，只要有赤松在你身边，
谁也休想侵犯你的尊严。”

他们彼此用目光问候着，
炎帝却拉着赤松的手看了又看：
“我勇敢的英雄，
你来了，我们更不在乎狂妄的轩辕！”

其实我们伟大的祖先，
对一切都早有预见，
此次赤松的到来，
也绝非偶然。

原来赤松已经去过黄帝阵前，
他曾因放火之事对黄帝质问不断。
但黄帝正为失败内心忧烦，
对赤松的质问置之漠然。

他知道赤松是炎帝的大将，
他把向炎帝重新宣战的战书放在了赤松面前；
赤松起身，向黄帝鞠躬施礼，
以沉默的目光接受了黄帝的挑战。

赤松将事情的始末向炎帝述说，
随后，他请求炎帝允许他第一个阵前应战：
“炎帝啊，我尊敬的神农，
我要在明天太阳刚刚升起时与黄帝开战。

为华夏神民战斗原本就是我的职责，
是你们兄弟之间的血脉相连，
制约了我迫切战斗的欲念，
如今您决心一战，我必须一马当先！”

# 第四章　阪泉二战

阪泉，鲜花开满山谷的时候，
太阳神驾起他的车辇登上高空，
雄鹰自巢中飞起，
猛虎亦从林中向山下猛冲。

大战即在眼前，
人们纷纷擦亮自己的矛头，
披上自己的甲胄，
再一次与至爱的亲人拥抱分手。

昨天，赤松怒气冲冲来到军中，
然后又怒气冲冲离开大营。
这位平日里让人喜爱的英雄，
为何显得这样义愤填膺？

黄帝与炎帝之战刚刚开始，
赤松一定是承担着使命。
可是，作为炎帝的大将，
赤松临战至此，显得是多么不冷静？

此时，黄帝正满怀心事地坐在帐中，
赤松的质问让他感到心痛：
这场大火让一切颠倒了阵容，
为了耕种，炎帝竟欺骗民众。

更可气的是，还将此次罪果，
嫁祸给自己的弟兄！
我喜爱的赤松呵，
单纯的思想蒙蔽了你年轻的眼睛。

看你这样决绝地离开，
我真是又气又痛。
如果华夏神民失去了土地与森林，
鲜花再也不会开放在山中。

我残忍的哥哥，
我的话你可不听，
我们只有开战，
不惜让我们弟兄的鲜血将大地染红。

这时昌意走进帐中，
他向父亲鞠躬：
“敬爱的父亲，
我听说赤松刚刚来过您的帐中？

他曾是您器重的英雄，
他的品德也让我们对他特别地尊重。
但是，他不能代表炎帝来质问您的圣明，
神农氏，我的伯父已经被欲望占据了心胸。

看到您是如此地烦恼，
我是多么为您心痛。
赤松的轻浮不过是水面的枯叶，
只需一瞬它就会无影无踪。

乌云总会消散，事实总会澄清，
过不了多久人们就会心底洞明。
我听说赤松已经向您挑战，
父亲，明天就让我与他一决雌雄！”

黄帝向昌意点了点头，
这是夕阳已经没入草丛，
归鸟从河面上飞入林中，
那些神圣大星就要升起在茫茫夜空。

“我那被晨露迷惑的哥哥，
太阳真正出来的时刻，
您将怎样忏悔今天的过错，
我们的神民将怎样将你我的争斗述说？”

这一夜，黄帝没有吃晚饭，
本来“烹谷为粥”是他发现，
而且，是他发明了瓦甑，
让跟随他的人民都吃上了熟谷饭。

人们身体一天比一天强壮，
子子孙孙不断繁衍。
可是今天黄帝却没有吃饭，
他要到人民中间去看一看。

有的士兵还在包扎伤口，
黄帝的内心升起一阵愧疚；
他看到人们纷纷在准备战事，
禁不住仰天长叹，眼泪横流。

他默默地走过一个个营地，
月亮正慢慢升起并跃上山岭。
黄帝看到北极的大星异常闪烁，
她似乎要向自己把预言讲清。

士兵们正在燃起篝火，
长矛却一直抱在怀中，
瓦罐里的水一直在沸腾，
战马在林间不停地嘶鸣。

黄帝看到一个长发的孩童，
他的身高尚不及矛柄。
他赤裸着，
也学着大人的样子在身上把黄熊的颜色涂弄。

他抚摸着少年的头皮，
“孩子，你这么小怎么就扛起了武器，
两军对垒呵，
这可绝不是游戏。”

“尊敬的黄帝，
我随父亲来到这里，
他说您是我们神族的大帝，
如果没有您我们将不能休养生息。

黄帝呵，
我曾单独捉到一只猴子，
我已经非常强壮，
炎帝的士兵不见得能与我相比。

再说了，我身边还有父亲，
父亲身边有您伟大的黄帝，
我们一点也不担心受伤，
我们肯定会取得胜利！”

孩子仰起稚嫩的小脸，
目光里闪烁着兴奋与刚毅。
黄帝说："可是，孩子，
我们第一仗输得清清晰晰。"

"呵，我尊敬的黄帝，
那是英招太大意。
再说了，那天我们的夔牛鼓，
我们的大鼓，震起来时多么威武有力！"

黄帝笑了，他回到了自己的大帐，
灯下嫘祖正在纺织。
纺环"嗡嗡"而鸣，
宛如为大战挥舞的军旗。

嫘祖将晚饭重温，
端到黄帝面前冒着热气：
"哦，英明的丈夫，
请您把自己的身体爱惜。

即使繁琐的事情再多，
即使大战前形势紧急，
也不会影响星月的光辉洒落，
甚至连花开花落的规律都不会错乱更替。

太阳神的车辇是您亲手制作，
您应该为之自豪和快乐。
而您，为何这样愁眉不展，
还不爱惜自己的体魄？”

黄帝把饭吃上，
感到浑身舒畅，
以至于第二天清晨，
室内还充满着诱人的谷香。

文茎枝子插在他的床头，
青丘之玉已经挂于他的甲胄上，
远处传来战马的叫声，
号角从远处的兵营传入营帐。

昌意已经整装待发，
嫘祖为她连夜赶制衣裳，
她微笑着亲吻儿子的发髻，
并亲手为儿子穿上。

嫘祖希望他不要失去神族的光荣，
嘱咐他不要伤及无辜的生命，
同时更要善待自己，即使败了，
也应明白上苍终究公平。

嫘祖将光辉的铜针送给儿子，
昌意将铜针别进发际。
他的战马前蹄刨地，
阪泉的青草染绿了马蹄。

黄帝乘上车辇，
飞在空中的丹女哀声长叹。
大军向南缓缓行进，
战事如箭在弦她已无法阻拦。

但见赤松身骑驳马，
银色的盔甲反射着太阳的光线，
手握一把日月之剑，
早已等在阪泉河边。

昌意亦为赤松意气风发的雄风激动，
他向赤松举起长矛致敬，
赤松也将青铜宝剑横于胸口问候，
他们是童年的伙伴，同是神族的英雄。

夔牛鼓响声如雷不息，
炎帝一方助威声亦响彻天际。
昌意轻驾白马跑上前去，
赤松亦让驳马踏着小步迎战昌意。

昌意的长矛横向一拦，
但见两条青龙自阪泉河冲向九天。
扑来的水龙发出怒吼，
赤松一分手臂，两只白虎化为两道赤练。

但见青龙与白虎混战一团，
一时阪泉之野流沙漫天，
大雨狂倾，
冰雹袭面。

这是一场大战，
焦急的人们围作一团。
丹女一会儿升上高空，
一会儿小心地靠到近前。

可是，谁也分不清胜负，
巨大的搏击声盖过了双方的呐喊，
只见飞石乱舞，
水柱四溅。

黄帝看到山石崩裂心有不甘，
炎帝看到江河枯竭亦有些汗颜。
战争呵，让宁静的日子增添忧愤，
让妻离子散的悲惨场面出现。

可是，他们谁也没有出面制止这场灾难，
任凭赤松与昌意战斗了七天，
他们坚韧的性格使他们保持沉默，
惴惴不安的人们一直在阵前观战。

后来，暴风雨终于停止，
但见大地一片狼藉，
赤松的身上已经没了战衣，
而昌意却倒在了阪泉之地。

昌意败于赤松，
人们将他抬回营中。
他一句话也没有说，
脸上露出平静的神情。

# 第五章　游历四方

让我们再次回到寿丘山，
此时的玉珊瑚正把山岗开满。
附宝刚刚生下轩辕，
这小小孩童竟一出生就能开口而言。

小小顽童生得气宇不凡，
那坚定的目光让人赞叹。
少典亦觉得十分惊奇，
禁不住要将小轩辕的意识试探。

“我从未见过出生就说话的孩子，
并且长得如你这般高健。
我不知在你身上发生了什么，
希望你向父亲解释一番。”

小轩辕向父亲深鞠一躬，
“亲爱的父亲最圣明，
您是我前世的英雄，
关于我出生的状况，您应该向我的母亲打听。”

附宝高兴地笑意盈盈，
她骄傲地抚摸着轩辕的头顶，
“呵，我亲爱的丈夫，
听听我们孩子的话，多么入理入情。

那天，我忽然感到一阵腹痛，
报喜女神早就将喜讯托于我的梦中，
我知道我即将分娩，
快乐与担忧同时占据了我的心胸。

但是，我怎能为了自己的苦痛，
而拒绝我们的孩子诞生？
我躺在床上，
虔诚地接受福祉的降生。

这时我看到一束紫色的光线，
渐渐转化成一条橙色的小龙。
这条可爱的小龙在我身边飞舞，
我感到浑身惬意轻松，恍若在梦。

如朝阳沐浴在开满鲜花的谷中，
忽然，我眼前出现一团耀眼的光明，
这条小龙也被光芒吸引，
这圆形的光团倏然分裂，眼前出现一位美少年英雄。

原来，这光芒就是我分娩的孩子，
是我二十四个月的孕程。
轩辕奇迹般地降生，
少典呵，我的丈夫，我是多么地激动。”

少典听到这里，
却将眉头紧绷，
自己的儿子一出生就显现这么多征兆，
他一时无法看清未来吉凶。

他板着脸，转向轩辕：
“小小孩童，
你如此非凡，
你怎样规划你的一生？”

小轩辕撅了撅嘴，
叹气一声：
“父亲，华夏大地还是一片混沌，
人们还生活在水深火热之中。

我们饮着盘古的血脉，
沐浴着日月和斗星，
黄河从我们祖辈的身边流过，
华夏神民的生息让我思索不宁。

我栖身于母亲的腹中想了很多天，
看到许多让人忧虑的事情，
我愿以我的力量，
带领大家寻找光明。”

“好了，小小孩童竟口出狂言，
我们现在的天地处境，
比先古蛮荒时期不知好过几倍，
你竟一出生就抱怨不停。

初始黑熊作乱，
我们已将它赶向海中；
人们缺衣少穿，
我让大家用兽皮抵御寒风。

我还教会人们打猎，
用合围的方法很实用；
将野猪赶下山坡，
山下的陷阱是我们的发明。

新鲜的血肉明亮了我们的眼睛，
女人生孩子再也不用心惊，
我们还学会了捕鱼，
锋利的鱼叉让我好比鱼鹰。

华夏神族的子民个个健壮，
我们的生活出现从未有过的安宁。
今天你刚刚出生就大喊不停，
我看你简直就是在白日做梦！”

父亲的嘲讽并未让轩辕生气，
他稚嫩的脸上一直挂着笑意。
他是初生的祥神，
愤怒在他的胸中没有位置。

他请求父亲让他到民间去看看试试，
少典对他的狂妄置之不理。
附宝却为此骄傲，
对轩辕的想法大力支持。

“我们的孩子一出生就显出神迹，
这一定是上苍的旨意。
他愿意为民所思，
救民于苦难，为何不让他试试？

不过，孩子，虽然你的身形如同少年，
可是，毕竟你是刚刚出世，
你还不能十分清楚人间万物，
会有很多困难艰辛等你尝试。

为何你不留在我们身边，
让你的父亲作为你的老师，
让时间将你的头脑填满知识，
那时，再实现你的抱负也不迟。”

“不！”少典说，“让他走，
我倒要看看他有多大能力，
扬善抑恶，博识万物，
还能将我们的疆域治理？”

就这样刚刚出世的轩辕走上世间道路，
他告别慈母严父，
离开寿丘，
向远方走去。

小轩辕首先走向东方，
向着太阳升起的方向，
呵，这世界是如此新鲜，
一切都带有盘古后裔的模样。

小轩辕首先去认识植物，
他在荎山上嗅到了丹木的芳香，
它那圆形的叶子如月亮，
红色的果实带有星星的光芒。

丹木下的泉水向西流去，
注入稷泽反射着七彩的阳光；
白色的玉石流出玉膏，
灌溉得丹木啊越发茁壮。

小轩辕一一记下，
并将这一切仔细端详。
他还获取荃山的玉华，
种植在钟山向阳的坡上。

从此以后，钟山即生出瑾瑜，
纹理细腻的玉石常常幻化出轩辕的面庞。
小轩辕用去三百天的时间，
将这些好的植物一一画出图样。

小轩辕又用去三百天的时间，
将那些果实和植物一一品尝。
那些毒草让他受尽折磨，
却让后世的人民免受了损伤。

小轩辕一路上认识了许多朋友，
并将千万植物的药性传遍四方。
人们因轩辕如此年纪即胸怀至善，
对他的贡献大加赞赏。

人们整日围在他的身旁，
并将好多甜蜜的果实装满他的行囊。
但是小轩辕也苦恼不堪，
他所画下的植物越多越让他迷茫。

太多相似的植物，
有的让他分辨不出模样；
成千上万种植物的记录可以想象，
药理却让他不能记得细详。

那时文字还未出现，
人们告诉他应该到洧水去走访，
那里有个叫仓颉的人，
据说记载东西是他的擅长。

小轩辕听后高兴万分，
他告别大家即赶往洧水河旁。
太阳正在升起，
七彩的阳光映红了轩辕的面庞。

小轩辕将刻在树皮上的图画展开，
晾晒后的图案在树皮上流动着金色的阳光。
在洧水旁捕鱼的人们围上前来，
小轩辕便向人们讲解这些植物的药性及用量。

有人伸出手来，
但见此人皮肉发黑的手指已经肿胀。
这是被蝮蛇所咬，
那时，人们尚无法治疗蛇伤。

小轩辕便从行囊中取出聚肉，
这是轩辕自昆仑山寻到的良方。
昆仑山方圆八百里，
高有三万三千丈。

昆仑山上最高的地方长着一株神稻，
这株大稻比大树还要强壮，
一粒稻米可以满足三个壮汉一年的食量，
在稻子的南面是生长绛树的地方。

绛树上居有雕鸟，
它的利爪一伸就可以让人断骨断肠；
树下生有蝮蛇，
蝮蛇的信子在口中滋滋作响。

小轩辕看到这些不敢向前，
这是他出世以来第一次遭遇阻挡。
绛树中间便居着聚肉，
远远的轩辕便闻到了聚肉的芳香。

这聚肉非常神奇，
没有四肢，生成一副牛肝形状，
在肉团中间聚肉长有一对小眼睛，
小眼睛一直盯着雕鸟飞来的方向。

原来这聚肉的生命力极强，
吃了不见少，而且可以疗伤。
这雕鸟与蝮蛇即为聚肉而来，
可是谁也不敢轻易靠近聚肉的身旁。

小轩辕发现了他们的关系，
用木棒将蝮蛇挑向一旁。
雕鸟俯冲而下，
爪子却被蝮蛇的毒液射伤。

雕鸟和蝮蛇战在一起，
小轩辕赶紧爬到树上。
他将聚肉揣进怀里，
雕鸟与蝮蛇的嘶鸣仍在山谷回荡。

小轩辕将聚肉的故事向人们讲述，
同时取出聚肉让所有人品尝。
被毒蛇咬伤的人瞬间痊愈，
那些没有受伤的人食后顿感舒畅。

人们将小轩辕高高举起，
欢呼着他的名字将他赞扬。
那位受了蛇伤的人就是仓颉，
他自愿将他创造的文字向小轩辕献上。

呵，轩辕多么高兴，
仓颉的文字一下子解决了他的困惑迷茫。
后世的人们呀，
有谁没受过《黄帝内经》的滋养。

# 第六章　烹谷制甑

小轩辕告别大家怀揣理想，
他还要去往很多未知的地方。
仓颉也与轩辕拥抱，
并把自己最好的竹笔送上。

小轩辕越过黄河，
东面是浩渺的海洋，
他涉过汶水，
到大海里就能像鱼儿一样。

沿途他学会了很多知识，
当然，也看到许多事情不尽如人意：
人们将猎物分割，
大块的兽肉很难烤熟而食。

还有那些烧制的谷饼，
味道焦糊，实在难食。
如果有个东西可以盛上这些食物，
用水一煮那滋味肯定比现在好吃。

他首先凿制了一个木碗，
呵，煮熟的兽肉味道鲜美无与伦比；
他又做了一个石碗，
因为木碗很快就被烧坏，仅能用一次。

小轩辕整整用了一个月之久，
为做这个碗费了心思。
鲜血模糊了他的双手，
他不断用石斧钻磨凿制。

一个东夷人伯高走上前来，有些发笑，
对他的这个傻劲觉得好奇。
小轩辕用清水将手一洗继续凿石
对伯高的好奇置之不理。

伯高觉得轩辕使用石碗将食物煮制，
简直愚蠢无比。
因为石碗太脆，
燃烧后骤然遇冷就会炸裂得破碎支离。

伯高用火烤了一块石头，
然后让轩辕浇上冷水试试。
果然石头炸开，
上面还冒出一团团蒸气。

伯高向轩辕传授了许多秘密，
这些都是自然界的奇迹。
上苍早已将事物的属性向我们透露信息，
就看我们肯不肯不断寻思。

伯高说，地上有丹沙，地下就有黄金，
上有赭石，下就有铁存，
上有陵石，下就有铅锡，
地上有磁石，地下就会有铜金。

上有朱砂，下就有黄银，
昆仑多铜，岷山多金，
荆山多铁，
美玉藏在章山之阴。

轩辕听到这些喜不自已：
上苍竟为我们安排了这么多惊喜，
我们不去研究，
就永远不会揭开谜底。

“伯高啊，伯高，
你真是一名难得的智士，
我愿拜你为师，
共同为华夏的安康富裕尽我的微薄之力。”

伯高赞同轩辕的美意：
“我们应该举行仪式，
让上古的神族永驻心里，
让我们能创造与神一样的奇迹。

你的想法正合我的心意，
我也在制作一种容器来将食物煮制。
你用的方法我也用过，
我们遇到了上苍留给我们相同的难题。

如此看来，我们思路要灵活，
哪怕寻遍世间的每个角落，
用遍所有的材料，
也要将煮熟食物的容器制作。”

轩辕佩服伯高的智慧和气魄，
毕竟他与自己志同道合。
苍茫天地间，
令人心服的还有少典的执着。

话说轩辕出生第一天离开父母后，
附宝便将少典的鲁莽数落：
“他才是个孩子，
世间还有那么多凶猛险恶。

你为了自己的固执，
竟将我们带有神迹的孩子赶走离别。
万一他有个不测，
作为母亲，我怎么不心如刀割？”

少典长叹一声：“附宝呵，我的爱人，
你说的这些我当然想过。
我们拥有一个如此神奇的儿子，
我也骄傲得无法言说。

他的志向也正是我的志向，
他小小孩童的梦想，
多年来我也在默默坚持，
没想到轩辕一出世就点破我的心思和理想。

我的喜悦呵，
如同看见早晨刚刚升起的灿烂的阳光。
正因如此，
我才让他自己去世间逛逛。

小轩辕的想法一点没错：
不去世界逛逛，
我们哪能知道世间还有那么多饥饿困苦，
我们哪能知道还有那么多人需要用爱心去帮？

但是，我怕你舍不得，
也怕自己舍不得，
所以故意把小轩辕训斥，
故意让他远离我们的居所。

我们的儿子更是华夏的儿子，
他的荣耀是我们一生的自豪与解脱。
我们不能自私，
不能为了私欲将孩子的自由剥夺。”

呵，这正是天下父母的心思，
这正是少典赶走轩辕的道理。
伯高对此早已心知肚明，
但是，他并不急于向轩辕解释。

他们一起翻过云山，
渡过泗河，
一路他们收集了许多矿石，
可是，他们并没有熔化矿石的熔锅。

一路上，好心的人们把食物送给他们，
把酒装进他们的囊裹，
甚至还有一个美丽的姑娘爱上了轩辕，
轩辕哪懂这些，伯高却心中偷乐。

伯高向多情的姑娘把轩辕的身世述说：
眼前的这位少年其实刚刚出世几月，
上苍来不及在他心里种下爱的蜜果，
漂亮的姑娘呵，你可愿意等待这个未来的小伙？

姑娘早羞得面如红霞，
青草地里有几只野鸭正在垒窝，
它们也乐呵呵地扇动翅膀，
这真是美丽的误会、悸动的季节。

一天，他们来到姣河，
但见山青水绿，人民丰衣足食无比快乐，
这里的人们都彬彬有礼，
红色的高粱长满山坡。

女人们捧出高粱酒招待他们，
他们欢舞放歌，
纵情畅饮，
他们真是心中舒畅好不快乐！

轩辕与伯高都醉了，
梦中他们还互相拽着手指笑着。
第二天，轩辕醒来了，
姣河清爽的气息让他心神愉悦。

朝雾的湿气让他充满活力，
他从河滩上随手抓了一块河泥。
孩童，永远喜欢泥巴的年纪，
轩辕只随手一捏，呵，一只泥碗便诞生在手里。

轩辕的心头一震，
柔软的泥巴让他想起火的威力。
他赶紧将伯高叫醒，
他们将高粱秸和谷草堆放在一起。

然后，他们把泥碗放在草堆中，
虔诚地将圣火点起。
当柴草烧尽的时刻，
轩辕即将把制陶的先河开辟。

他们用这只陶碗蒸食了谷物，
还将兽肉煮熟，
甚至还有蔬果，
呵，那美味呵，简直难以描述。

后来，人们将此种宝器称之为甑，
并将轩辕的圣像刻在陶器正中，
将欢乐的场面画满甑体，
在轩辕的身边还画上日月的图样特征。

# 第七章　轩辕造车

英勇的华夏祖始，
你们是我崇敬的神帝！
在太阳的光照下，
我就会看到你们不朽的功绩。

从我童年的河流小溪，
到夕阳光下的彩霞云衣，
无论在哪里，
一直陪伴着我的是你们的足迹。

让我们乘上时间的快船，
五千年，和我相随相依。
再次回到黄帝身边，
小轩辕已长到十六岁年纪。

他越来越健壮，
越来越显露大神的英明慧智。
这一天轩辕来到苗地，
骸首统治着这里。

骸首见陌生人侵入了他的领土，
他命人去将轩辕驱出他的疆域。
苗地的族人去了，
见轩辕正在教苗人如何烧制陶具。

轩辕带来的金石令大家感到奇妙，
他还带来了可以止血的草药。
苗人被眼前少年的学识倾倒，
纷纷拥上前去讨教。

就连前来驱逐轩辕的兵士，
也忘记了任务，纷纷拥上前去学习。
骸首知道了这件事情后大发雷霆，
他命人去将轩辕捉进牢里。

可是，竟没人愿意执行他的命令，
骸首气愤地独自前往探个究竟。
他扮成一位远徙者来到轩辕身边，
轩辕正在为百姓医病。

他亲自将神草熬制，
然后又把草药送给百姓。
久卧病床的人喝下汤药后竟马上下地，
患有瘟疫的人吃了他的药马上产生效应。

骸首觉得此人一定是位巫师，
以此人的法力肯定会动摇自己的位置。
于是，他心生一计，
脸上显现出忧郁和谦卑：

“尊贵的远方的神，
你的法力真是让人称奇。
如果你要更加让人信服，
那么你该将天气控制。

如今已好几个月没有降雨，
我们的谷物就要枯死，
神树的叶子也已经卷曲，
以你的法力这点小事应该不成问题。”

轩辕一眼就看出骸首的身份，
也猜出了此人的心思。
轩辕故意低头不语，
脸上露出一副为难的样子。

骸首暗暗高兴，
他马上显露自己：
作为部落的首领，
我命令你明天前求得大雨降至。

如果你做不到，
明天你即会被处死，
你就会被当作妖人，
正好我们拿你的鲜血向雨神献祭。

轩辕却问骸首：
“北面的山是不是名曰浑夕？
嚣水从山下流出，
其中有蛇，一首两体，整日鸣叫不已？”

骸首只知浑夕与嚣水，
却不知还有蛇一首两体。
轩辕告诉他这蛇名叫肥遗，
它是旱神，正是因为它的出现才几月未见雨滴。

轩辕带着大家去浑夕山，
路上竟瓢泼大雨下起。
人们欢叫着，把轩辕高高举起，
骸首也加入到欢乐的队伍里。

人们冒着大雨爬上浑夕山，
雨中青石上果然横卧着蛇一首两体。
大蛇粗如树干，蛇首张着的大口如血盆，
人们吓得不敢向前，禁不住倒吸凉气。

轩辕却笑着将蛇拖起，
蛇身软绵绵毫无力气。
原来，轩辕来时正路过浑夕，
发现旱神，轩辕已经除掉了肥遗。

旱神既除又天降大雨，
轩辕还把百姓疾病诊治，
大家推举轩辕作为他们的首领，
苗人们高兴得不能自已。

所有的苗地都归轩辕治理，
骸首也同意这个建议。
他对苗地的统治，
真的有些不尽人意。

骸首走上前去：
“尊敬的远方的轩辕神帝，
你有着智慧神般的气质，
请您同意做我们的主子。

而我，还有很多理想未能实践，
我的能力实在有限，
苗地的事务繁多，
请您为了百姓的生计，答应百姓的心愿。”

于是轩辕带着骸首来到一片场区，
地上堆放着许多圆木，
圆木被制成的形状古怪稀奇，
轩辕说：“我发现了圆周的规律。

如果能将这些圆木组合，
加上一个手把固定住，
我们就能通过它运送许多东西，
可是，我们没有能将如此巨大的木料切割的工具。”

普通的工具切木头不锋利，
轩辕带领大家很快就找到矿石，
他想起伯高说起的铜金，
然后他将矿石放置进陶内熔化并制成一把刀子。

这些事情说起来简单，
但在上古的天地，
我们伟大的祖先经过多少次尝试、多少次失败，
神性的指引让他们才如同高山般坚毅。

他们拥有鹰一样的翅膀，
星空般宽广的胸膛，
和闪电般迅捷的头脑，
他们懂得自然，与万物亲近不离。

于是，他们成功了，
铜制工具的出现是文明进步的一大标志。
骸首捧起刻刀献给轩辕，
轩辕割破手指，用滚烫的鲜血向天地献祭。

大家生起篝火，
让轩辕坐高高的树桩子，
有人将花冠戴上他的头，
有人敬送红色的宝石。

人们头戴着羊角围在一起跳舞，
将鲜美的果子向月亮女神献祭，
大家还将神树浇灌，
让生向九天的大树更加茂密。

轩辕指导人们使用刻刀切割木头，
呵，锋利的刻刀下，木屑雪花般落地。
经过几番周密的测试，
一台精美的木轮车诞生在大家手里。

这是人类制造的第一台车子，
人们为了纪念木车的诞生，
将车子赋予轩辕的名字，
并将造车家族称为轩辕氏。

# 第八章　初遇嫘祖

青铜器的出现让轩辕有所警惕，
人类历史如长江之水，永不止息，
狩猎工具的革新，
必将发展为人类互相杀戮的利器。

轩辕陷入从未有过的沉静，
星空悬于头顶，
虫鸣始于耳畔，
风儿沙沙，泉水叮咚。

这世界是如此静谧，
轩辕却分明听到凄泣，
还有地底夜鬼的哀号，
他感到从未有过的怵悸。

轩辕坐立不安起来，
伯高从远方赶来，
骸首推着新制的木车跑来，
人们用陶器将美酒送来。

大家是如此快乐心情，
人们沉浸在发现的愉悦当中。
独轩辕在忧郁，
他为自己的猜想而焦虑不停。

他仿佛看到青铜器寒光闪动，
似乎听到兵刃砍动骨骼的响声。
年轻的轩辕汗流满面，
无人知道他现在痛苦的心情。

第二天，他辞别了众人，
他要去远行，
尽管他分明知道远方的答案已然注定，
谁也不能阻止人类发明的进程。

他渴望人心的善意，
让和平与爱主导苍生；
他渴望神性，
让团结在华夏大地升腾。

太阳在迷蒙的晨曦中，
轩辕已默默踏上征程。
晨露打湿了他的脚踝，
荆棘刺痛了他的前胸。

他全然不知，
他感到从未有过的忧恐。
当太阳从东海跳出，
他在黄河边的青石上痛哭放声。

这是他第一次真正的哭泣，
他知道谁也阻止不了战争。
人类内心的贪婪与私欲让他忧急，
而青铜器的发明，只能让战争更严重。

太阳神将太阳放在半空，
他降落于天空中，
他满头汗水，
脸庞如太阳般赤红。

他被轩辕的哭声惊动：
“亲爱的孩子，轩辕你听，
不要悲伤，
打起精神立场坚定。

你看我每日将太阳驮到空中，
炽热的烈火让我痛不欲生。
可是，除了我，
还有谁能为人们送去恒久的光明？

我们的职责，或许早已注定，
我们的苦痛不正是我们的光荣？
孩子，记住每一位神，
都担负着将苦难扛在肩上的使命。”

太阳神说完这些擦擦满脸汗水，
匆匆升向天空，
他向轩辕挥挥手，
他的一席话让轩辕感动。

神的使者牺牲自己，
带给人类光明，
他只管日落日升，
从不在意命运对待自己是否公平。

他才是真正的英雄，
他的痛苦才正是神族应该承受的苦痛。
轩辕擦干眼泪，
黄河在身边咆哮如万马向大海奔腾。

轩辕在黄河岸边生起炉火，
他放进熔炉最好的铜。
他赤裸着身体，
不断将炭火向炉内填充。

他整整用了九十九天，
才将一辆精美的马车铸成。
这时，远处传来“咴溜溜”的嘶鸣，
几只昆仑山的天马奔来向轩辕致敬。

轩辕为天马套上缰绳，
将铜车的每个部件擦拭干净。
太阳的光芒在青铜器上反射，
九只鸾鸟刻在车身栩栩如生。

“呵，真是神奇的东西。”
耳畔忽然响起娇柔的赞叹声。
轩辕寻声看过去，
只见一位少女站在不远处的草丛。

呵，这位少女的装束真是美妙，
她浑身披着雾般的白纱绸一层。
流水一样的衣裳，
更显出少女体态的玲珑。

少女的心思溢于言表，
岂不知轩辕也激动得满面通红。
黄河温柔地流向东方，
风儿也放慢脚步侧耳聆听。

世界倏然一片安静，
天马都听到了少男少女急速的心跳声。
彩蝶围绕着他们飞舞，
蒲公英飞向明亮的天空。

这时，太阳神降落九天，
他欣慰地望着少女少男。
他是来感谢轩辕的，
感谢轩辕为他打造了太阳的车辇。

太阳神以后再也不用驮着太阳奔腾，
有了车辇的他快乐得像个孩童。
他拉起少年少女的双手，
让他们打破羞怯，尽吐心声。

原来少女名叫嫘祖，
她穿的衣服是丝绸织成。
抽丝纺纱，
正是嫘祖的发明。

他们同是创造万物的始祖，
神性的感召让他们志趣相通。
少女乌黑的长发轻拂微风，
如宝石般的双眸将热情抚动。

她若隐若现的双乳，
在薄纱下如鹿儿般奔跳高耸。
轩辕不敢直视少女的目光，
少女眼睛里的火焰如烈火熊熊。

那时用兽皮遮着御寒，
简单的工艺缝不出精美的造形。
见到少女的这身装束，
经历广博的轩辕也瞪大了眼睛。

少女羞怯地走到他的身边，
伸出葱白的玉手将马车抚弄。
轩辕被她的美貌征服，
胸中禁不住升起无比柔情。

他们彼此望着，
一下子就读懂了对方的心声。
少女的脸上升起一片红霞，
樱桃般的小嘴饱满晶莹。

他眉宇间的英气尽显潇洒，
眼前的这位少年让她心动。
看着他凌乱的长发，
她多想为他梳整。

看到他因劳作而受伤的大手，
她多想为他包扎消除伤痛；
看到他宽厚的胸膛，
她多想依偎抚慰他动之以情。

他们很快就打破了陌生，
看着太阳神驾着车辇远行，
少男少女慢慢走向林中，
嫘祖要教轩辕辨认桑蚕的行踪。

这些白胖的宝宝
卧在桑叶上多么安宁，
桑叶儿是它们的眠床，
侧耳，你会听到它们沙沙的咀嚼声。

秋天一过，
蚕儿们即开始吐丝成蛹，
洁白的丝线一层一层，
慢慢地它们就把自己裹进茧中。

造物主为我们创造了神奇的财富，
我身上的衣裳正是蚕茧制成。
我们在尽情享用的同时，
总要为子孙后世有些创造和发明。

# 第九章　济世授衣

轩辕见到嫘祖即一见钟情，
智慧的荣光将她包笼，
哪怕是她那随风飘逸的长发，
也拂动着圣洁与贤惠的微风。

可是，他们什么也没说，
目光交会的时刻，
两人的心跳使树上的鸟儿都感到羞怯，
就这样他们慢慢走进嫘祖的部落。

嫘祖部落的人们都披着纱衣，
洁白的丝绸包裹着人们干净的躯体，
男人、女人脸上都带着骄傲的笑意，
孩子们也穿着衣裳，一切都显得那么神奇。

嫘祖把轩辕介绍给大家，
大家对穿着兽皮的他显出些许敌意；
只有嫘祖的父亲，部落的首领，
对轩辕的到来施之以礼。

他盛情地款待了这位远方的客人，
并马上命人送给轩辕一套精美的绸衣。
轩辕深表感激，
这是嫘祖部落给予客人最高的礼仪。

嫘祖的父亲让轩辕坐在自己身边，
亲手为轩辕斟上一杯酒：
“孩子呀，见你第一面，
我就感到你身上有不凡的表现。

你注定是神族的后裔，
你的到来让我惊喜，
这在我的梦里已经预示，
我想把你留下，而且将我的女儿嫁给你。”

轩辕听到这里感到又忧又喜，
喜的是自己可以和这美丽的姑娘在一起，
忧的是自己不可能留下，
他志在整个华夏大地，怎么可以答应留在此地？

这时，宴席上一个男子忽然站起，
他向首领施礼：
“尊敬的族长，
将他留下我没有意见可提。

但是，不能将嫘祖嫁给他，
我们根本不知这个陌生人的来历，
也不知他有何本事，
我愿意与他一比高低。”

嫘祖的父亲微笑着点头，
一旁羞红了脸的嫘祖却暗暗着急：
说话的人名叫力牧，
一使劲能将一棵橡树连根拔起。

他抛出的巨石能砸死黄熊，
大吼一声能让天上的飞鸟落地。
看着年少轩辕的样子，
嫘祖禁不住心底着急。

为了心爱的姑娘能与自己长久，
轩辕勇敢应战，眉头不皱。
嫘祖的父亲命人擂动战鼓，
并赐给两人一杯美酒。

部落的人们围成一圈，
轩辕与力牧对视而战。
战鼓擂过三遍，
力牧迫不及待地扑到前面。

轩辕轻轻一闪，
力牧反身扣住轩辕的腰间。
两人的力气竟不分上下，
如钢钳般抓紧对方原地旋转。

谁也没有办法将谁摔倒，
他们只能稍事休息，准备再战。
既然武力不分胜负，
嫘祖的父亲便让两人比试预言。

谁能将明天的天气预先弄清，
那么谁就会得到嫘祖的爱情。
这时的空气清新而舒爽，
野花绽放，绿叶扶疏，春风悠悠。

一看，明天肯定是个晴天，
力牧胸有成竹地向首领说出了自己的先见；
而轩辕却十分肯定地说，
明天将大雨狂倾，黄河暴满。

轩辕向首领进言，
今晚大家就应该动迁，
去往西边的昆虞之丘，
只有那里才不会被大水所淹。

嫘祖的父亲呵呵一笑：
"力牧的预言一直非常灵验，
而且，生活在黄河岸边的我们，
每一个人都经历过很多水患。

即使真有大水冲来，
我们有历次战胜洪水的经验。
如果上苍要惩罚我们，
即使我们爬到天上也是枉然。"

轩辕焦急地走上前来：
"我尊敬的首领请看，
我正是上苍的信使，
即使我没有爱上您的女儿我也会告诉您我的预言。

大家看，黄河中的大鱼，
正在水中翻腾不安，
那急湍的水流正在冲向岸边，
水鸟向北方飞走，灵性的鹿已经跑进西山。

万物已经向我们预示，
一场滔天浩劫就在眼前。
请您动用您无上的权力，
让人们免于灾难。"

嫘祖也劝说固执的父亲：
西去昆虞之丘不过十余里之远，
权当我们部落的人们前去集体狩猎，
以确保族人的安全。

首领沉思冷静，
他缓缓下达了命令，
大家现在即动身迁至昆虞！
力牧却请求留下把预言验证。

轩辕对力牧也产生了敬仰，
他是轩辕遇见的第一个神力英雄。
英雄呵，从不会为了一时名利，
而失去正义的相惜相敬。

他劝说力牧一起到山上去，
谁胜谁负，明天自然会弄清。
可是不能为了一场比试，
就将自己置身于危境。

力牧却执意留驻，
他要照看部落的房屋，
还有他们种植的土地，
而且，神树也在林中，他不能离去。

轩辕妥协于他的固执，
他愿意留下来和力牧在一起，
嫘祖也愿意留下，
三人合力或许能阻挡洪水的袭击。

嫘祖圣体发出的灵气神秘而崇高，
两位少年被她炽热的情怀激励。
他们送走了部落的人们，
但见西天的彩霞流光熠熠。

他们走进树林，
发现树林发生的变化很吓人：
树林中的路忽然消遁，
地上满是盘根错节的树根。

更加诡异的细节：
树叶儿不再是普通的青绿色，
而全变成令人心惊的灰黑色，
所有的树枝全都纠缠扭曲，树身上长满瘤节。

力牧与嫘祖为眼前的现象迷困，
天色将晚，忽然乌云滚滚，
雷电之神敲响天幕，
黄河的怒吼声如万马千军。

力牧后悔于自己的固执，
轩辕跑到黄河边上将水情探视，
他伐倒树木，
然后用沙石筑高岸堤。

嫘祖与力牧也前来帮忙，
大家正忙得不可开交之际，
大雨倾盆而至，
黄河咆哮着冲上岸堤。

轩辕赶紧拉着嫘祖与力牧，
向树林中跑去。
他们折断树干和树杈，
用藤条捆扎了一只木筏准备河渡。

黄河已经决堤，
大水铺天盖地。
他们三人紧紧抓住筏子，
大水将他们冲向天际。

巨大的冲力冲击着他们的四肢，
雨像鞭子一样抽打着他们的躯体，
泥沙从山上涌下，
天地顿时一片狼藉。

他们只能随波逐流，
木筏不知漂了多久，
他们都累了，
渐渐在各自的梦乡中畅游。

第二天醒来再看这里，
呵，眼前的景色十分秀丽：
青山上鸟儿欢唱，
七彩的神鹿在树下休息。

一群嬉闹的孩子发现了他们，
他们来到的地方就是雷泽之地，
眼前的大山是历山，
黄河的大水将他们送到这里。

轩辕在这里发现了许多肥美的药草，
力牧在这里发现了大量的铜锡，
嫘祖发现这里的蚕儿更大，
吐出的丝儿更加粗壮神奇。

轩辕说，我们且在这儿住下，
雷泽的人们纷纷前来探视，
见到三位穿着七彩霓裳的神人，
人们惊奇地摩挲着他们的神衣。

轩辕为他们中间的病人采来草药，
嫘祖即教会了他们如何抽丝制衣，
力牧则教会人们种植，
他们的美名，从此由雷泽传遍九州大地。

越来越多的人们知道了轩辕的名字，
他是黄河送来的福祉。
于是人们开始暗暗称颂轩辕，
称轩辕为“黄帝”。

多么响亮的称呼，
呵，“黄河之帝”——黄帝！
人们一边在美丽的雷泽劳作，
一边唱着动听的乐辞：

“你若问我谁当家，
我们的首领是黄帝；
你若问我首领来自哪里，
黄河送来我们的黄帝。”

# 第十章　炎帝出访

我们将如何遥想当年的时空，
在上古那静止河面的微波之中，
在雷泽的大地直入云天的文茎树下，
“黄帝”的名字随着风儿飞到很多人的耳中。

在姬水的炎帝也听到了他的名字，
轩辕也被他的事迹惊动，
炎帝那时正在带领着民众造田，
他驯服的牛马为人类劳作耕种。

但是，此时的姬水流域已经洪涝成灾，
连年的大水将炎帝的良田猛冲。
他的民众流离失所，
牛马重新跑回了山林中。

炎帝站在姬水河畔，
他看到水面翻滚着浑浊的气泡，发出阵阵吼声，
泡得发白的种子在水中打旋，
还有那嫩绿的稼禾也淹没在大水之中。

赤松飞临姬水河畔，
炎帝的女儿丹女站在赤松的旁边。
他们个个愁眉不展，
泱泱洪水让人无比心烦。

终于，炎帝开口说话，
他转向赤松与丹女一边：
“孩子们，
东方雷泽出现了一个神人叫轩辕。

他一出生即能说话，
神力在他的身上显现，
那是你们的叔叔，
我的父母都为他感到惊讶心羡。

如今，风带来远方的消息，
说他带领的民众已经富甲万里，
他们过着神族的生活，
痛苦与饥饿早已远离。

孩子，我决定亲自到我的弟弟那里看看，
将他的经验带回这里。
我将乘着木筏前往，
无论前方的大水如何汹涌，我也要坚定不移。

因为只有如此，
我们的民众才可能有生的希冀，
大地上的良田才可能重新露出水面，
我们的庄稼才能有饱满的颗粒。

黄帝这个名字是如此高贵吉祥，
相信他的人品定如我们流淌的血液一样滚烫，
也相信我到达雷泽的时刻，
就会找到解救我们民众的良方。”

赤松与丹女不住地点头，
他们深深理解炎帝心中的隐忧，
看到他的双腿因为奔劳而肿胀，
白发在随风乱舞，赤松与丹女也为之怅惘。

“从姬水远去雷泽，
遥遥万里将会有很多险恶，
我们也决定一起前往，
有我们的照顾，总比您一人要好得多。”

炎帝同意他们前去，
即刻，他们就踏上了征途。
开始，他们的小筏非常平稳，
丹女坐在赤松的身边轻轻唱着小曲。

炎帝睡下，
水鸟儿在他们的身边像找到了自己的家，
大鱼沉入河底，
被水淹没的树木摆动着枝杈。

赤松撑着篙，
在一片大水中进发，
太阳高悬于蔚蓝的天空，
丹女解开长发，清凉的河水呵，映现出一幅美丽的图画。

但到了夜里，
他们的木筏遇到了风暴令人害怕，
直到黎明开启了眼睑，
风暴才最终停下。

他们在大水中迷失了方向，
只好沿着河水的流势向下，
其间他们也遇到了险滩，
过了三天，他们才把黄河抵达。

漂过滹沱河，
路过空桑山下，
赤松与丹女以神力战胜了槐水，
经过北流沿大淯进发，

其间他们吃的枥果令人难忘，
这种果实让他们的身心倍感舒畅，
在空桑山上，他们看到夏天飘雪，
在路上，他们还看到许多不同的景象。

可是，走到哪里似乎都有被大水吞噬过的痕迹，
民众在山林里躲藏，
野兽卧在河石上嚎叫，
满目的疮痍使炎帝的心情无比惆怅。

炎帝已经将双眼紧闭，
丹女投向父亲忧愁的目光，
赤松只知撑着篙，
他们三天连一点东西也没尝。

度过最后的一夜，
他们在歌声中起床。
黎明的阳光洒遍山野，
他们像是在梦境中饱览美不胜收的景象！

一行三人将木筏撑到岸边，
岸边的居民将他们扶到树旁。
呵，人们穿着七彩的霓裳，
皮肤光洁如同刚用牛奶洗过一样。

炎帝开口问道：
“这里是不是天堂？”
人们呵呵地笑了起来，
还送给他们自己的衣裳。

人们告诉炎帝，
这里就是黄帝治理下的雷泽之地；
他们穿的衣裳，
正是黄帝的恋人嫘祖纺制的蚕衣。

炎帝听到黄帝的称号，
一下子从树下跳起，
赤松和丹女也高兴地笑着，
经过无数磨难，他们终于到达历山脚底。

# 第十一章　炎黄相遇

炎帝与黄帝的人们站在一起，
赤松与丹女早就按捺不住跑向田野里。
但见这里的庄稼长得粗壮高大，
谷穗垂着沉重的头颅一直长到天际。

人们手里握着奇怪的工具，
推着从未见过的车子，
提着他们也未见过的水罐，
一切都那么让人惊奇。

黄帝得到哥哥到来的消息，
他以青铜般刚健的身体，
远远地领着嫘祖与力牧跑来，
炎帝一眼就认出了这个弟弟。

他们一下子就拥抱在一起，
抱住了所有的情感与惊喜，
抱住了所有的沉默与笑意，
呵，巨人的拥抱是多么有力！

我们清楚，
此刻的沉默是一种巨大的欢喜，
沉默的背后，
有着所有要相互询问的信息。

黄帝将嫘祖介绍给哥哥，
嫘祖的脸云朵般白皙，
那是夕照下带着水气的云朵，
霞光之下，炎帝绽放出开心的笑意。

黄帝马上通知人们准备最好的酒菜，
将渠猪山上采摘的植楮送及，
还有可以治疗瘦弱病的黄棘花冠，
炎帝坐在黄帝身边，人们纷纷奉品献礼。

赤松与丹女坐在嫘祖身边，
力牧将最好的青华酒为炎帝斟满，
人们用上好的青铜鼎盛上食物，
下面以火红的木炭将肉食煮烂。

这一切让炎帝好奇不已，
他不断地询问着弟弟，
黄帝都一一向炎帝解答，
赤松与丹女为他们献上了祝福舞姿。

在上古雷泽的大地，
我们的祖先暂时将忧愁忘记。
炎帝禁不住要高歌一曲，
黄帝奏响青铜编钟，但闻大乐响起。

炎帝的歌声响彻万里，
一种奇妙的喜悦传入每一个人的心底；
黄帝亲自为炎帝奏乐，
那美妙的钟声响彻天地。

休息了的太阳神从大海的宫殿到来，
昆仑山上的女娲也来到他俩这里，
伏羲自商洛而来，
盘古自泰山而至。

大神们纷纷送来祝福，
兄弟俩将最好的琼酒献祭。
大神们要兄弟俩和睦相处，
为了华夏的荣光永远在一起。

要高贵，将华夏神族的大任担当，
要坚强，将所有的苦难品尝，
要自信，将所有挫折经受，
要果断，将所有的伤害遗忘。

人们纷纷为大神的祝福而祷祈，
天空现出霞光一片，
太阳恰巧刚刚升起，
圆圆的脸庞大而红艳。

泣露的清晓也刚刚离去，
双颊绯红的丹女与赤松早早地随着力牧来到山谷，
他们向力牧学习如何采铜，
然后，还要向嫘祖学习抽丝的解数。

嫘祖将美丽的丹女看了一遍又一遍，
忍不住道出心底的赞语：
“你多美呵，地上百卉因你失色，
再美的飞鸟也会为你的美丽而驻足。

造化还给予你智能，
使你俊秀聪颖，
你是我见过的最美的女子，
万物都不会忍心伤害你的性命。”

丹女也向嫘祖表露：
“呵，嫘祖，
看看你温柔的面容，
看看你高贵的气质，谁人能如。

请到这永无嘶嘶蛇鸣的草地上坐下，
让我靠近你那被聪慧充盈的身体，
我要送你一朵红艳的鲜花，
尽管，那花儿还比不上你一根发丝的美丽。”

# 第十二章　黄帝即位

莲花开放的日子，
唉，我不自觉地心魂荡起涟漪。
我诗歌的花篮空着，
花儿我也没有去采集。

不时地心中泛起崇敬之意，
我在梦中欣喜，
觉得南风里有一阵奇香的芳踪，
呵，我们五千年前的始祖，在那遥远的天际。

炎帝他们从遥远的地方来到这里，
人们为他们举行了盛大的欢迎仪式。
风后、力牧将远方的族人们请来，
他们心中正有一个潜藏了许久的秘密。

他们来到炎帝身边，
一起将心中的秘密讲起：
“炎帝呵，你是远方我们帝王的哥哥，
我们敬爱的大帝。

你耕种的庄稼长到了天边，
你的德行传播了千万里，
你培育的种子比金子还要珍贵，
你手下的大将也都值得我们学习。

可是，炎帝呵，你的弟弟，
虽然他在我们心中早就是我们的黄帝，
他却一直忙于事务，
对于这个帝号，他却一点也不在意。

请你来劝说他吧，
我们尊重的炎帝，
让他来带领着我们将自己的国家建立，
人们的富足与安康，都将得益于他的神力。”

炎帝听到这里笑了，
他招手将赤松与丹女叫至，
他将自己心中的妙计向赤松与丹女传授，
他让风后与力牧先回去准备。

到了第二天，
清晨，凤鸟早早飞下梧桐树枝，
天空一片澄碧，
青草在微风中点头致意。

炎帝与黄帝走在一起，
人们在历山脚下聚齐。
大家向两位大帝鞠躬祝福，
赤松与丹女满脸笑意。

当走到人们近前，
黄帝看到眼前的景象惊奇，
但见人们将黄色的土涂抹在身上，
每一个人都将美丽的花环套上脖子。

人们纷纷下拜，
口中大呼着“黄帝！黄帝！”
喊声响彻天宇，
大地上呈现出一片欢天喜地。

丹女与赤松邀请的大神们自云端而来，
他们微笑着站在云际，
点头对黄帝即位表示赞意，
天空中的大乐响彻在华夏大地。

大神盘古首先开口说话：
“华夏神族的子弟，
时间为你们选择了一位明君，
是他将人民的家园建立。

每一束忍饥挨饿的眼神，
每一个流浪者的苦历，
每一声疼痛的呻吟，
每一颗伤心的泪滴。

他都要忍受着同样的煎熬，
他会为每一位不幸者祈祷，
他要比饥者更饿，
他要比忧心者更加苦恼。

他是你们的领路人，
他会把你们疾苦领替，
他是代你们服侍造物主的仆人，
他会像蜜蜂一样辛勤努力。”

盘古的一席话语忽然让黄帝热泪盈眶，
他不禁向天空中的大神们敬礼。
怀揣着华夏大爱的祖先呵，
关注最多的是民众的苦痛与福祉。

炎帝与弟弟手挽着手，
幸福的泪水如雨落地，
一股大爱正在兄弟两人的心中流淌，
人们欢呼着将花环抛向空中，将兄弟两人高高抛起。

人们早早地献上琼浆美酒，
黄帝请盘古女娲及其他大神坐到草地。
风后与力牧生起青铜之火，
鼎内的焰火冲上天际。

黄帝头戴美丽的花环，
将杯中的美酒向盘古献祭：
“我尊敬的先祖，
请饮下我这杯满满的敬意。

如果华夏神民可以生活得幸福，
如果我们的子孙从此不再经受寒饥，
如果人们需要我的智慧，
那么领导大家创造财富排除万难是我的心意。”

盘古微笑着向他点头，
目光里充满赞许和满意。
人们跳起欢快的舞步，
召唤的号角响起。

黄帝向盘古躬身请示，
然后才慢慢站起，
他首先授命云瑞大神主管雨水，
并且引可以灌溉的河水到达干旱的土地。

他又授命金光大神，
让他来主管收获与四季，
所有的粮食分发给大家，
让每一个家庭都能得利。

他又授命白寒大神，
让他来主管冬季狩猎的律纪，
要让年轻的男子走出家门，
把女人和孩子留在有火炉的屋里。

他又授命灶神，
由他来帮助人们的生计，
他要时刻观察人们的疾苦，
定时向黄帝本人报告民情民意。

他最后授命风后与力牧，
要扶正祛邪坚定不移。
盘古与女娲都看在了眼里，
对黄帝的英明做出赞许的表示。

人们在这片欢快的海洋中陶醉，
大家互相祝福施礼，
可是，谁也没有在意，
黄帝的哥哥炎帝，却悄悄地离开了此地。

赤松与丹女跟在炎帝的身后，
身后高高燃起的焰火映红了天地。
他们谁也不说一句话，
来到了黄河边，他们的船，还在那里……

他们谁也没有回头，
身后欢乐的笑声让他们心中充满敬意。
眼前的良田让他们对家乡的人们更加思念，
他们要回到自己的土地。

# 第十三章　黄帝治法

雷泽之地，
历山这里，
万民欢呼，
吾王黄帝。

风后建起九层之台，
力牧在神坛上摆满礼器。
黄帝祭祀了上苍，
为华夏大地祈祷福祉。

然后，黄帝转过身来，
人们满含期望的目光让他感动不已，
他沉默了一会儿，
柔顺的风从他的耳边吹起。

“我心怀梦萦万民，
现在，我，黄帝，
开始将世上第一部法律颂布，
请万神为这一刻见证并降福祉。

我们要节约财物，
矿藏将敬事，
敬事稼禾，
渔猎同样将敬事。

我们要知星辰日月的运行，
知季节交替，
要知人事，
别男女，异雄雌。

我们要制作用具，
建筑屋子，
畜牧兽禽，
驯服受益。

我们要知土地，
播百谷丰衣足食，
大力植草木，
养蚕缫丝制衣……”

他每颁布一条法律，
人们就一阵欢喜。
子民们跳起欢快的舞蹈，
摆下盛大的宴席。

黄帝建立了全部法律，
其他部族的人们纷纷送来祝福。
人们将黄帝的英名传颂，
并且编成了歌曲。

“有我帝兮曰轩辕，
锄我禾兮当午，
吃我食兮帝之德，
披我衣兮思嫘祖。”

哦，那上古时代的先民，
你们是这样快乐幸福，
那片丰美的大地，
留下了你们欢快的音符。

我们先祖的心灵像天空，
它也有日夜更替交互，
有时它遮上了乌云闪过雷电，
无情肆虐变得昏暗光无。

可是一旦被烧灼、刺破、撕裂，
险恶的云雾会化为雨雪；
由眼睛流出了血滴，
这往往由于恶神佞鬼的为非作孽。

雷泽上空，女神在空中歌唱，
她们将自己的恋歌撒向田野：
“上古的天地呀，战争与和平同存，
谁也不会不珍惜宁静与和谐。

伟大的黄帝胸怀宽广，
你那胸中充满爱意的乐章，
当你在九层之台弹奏竖琴，
你的爱意正流向东方。

那曲调多么动听，
华夏的人民慢慢聚集到你的身旁。
你只把辛劳献给自己，
把爱却播撒进所有你亲近的人们心上。

东方起伏的山峦，
那一眼望不到边的松杨，
还有活泼的动物，
他们都在感知这一刻来临时的荣幸与欢畅。”

黄帝眺望着滚滚黄河，
他高高地坐在九台之上。
千万只船舶在河岸停靠，
那些船只，都是他带领着人们首创。

远处的夕阳流出浓红的血液，
我们可敬的黄帝呵，心中竟升起一丝丝忧伤，
忧伤？在这极盛的时刻？
居安思危怀揣远大理想。

呵，我们英明的祖先，
没有被欢愉冲昏头脑，并非凡辈那样，
再激昂的颂歌在他们的心中也会沉寂，
英雄并不会因颂歌盈耳而失去理想。

# 第十四章　东夷蚩尤

呵，我们终于要说到这位大神，
蚩尤是东方另一位了不起的神人。
在那遥远的时代，
他的部落拥有世上最为锋利的兵刃。

他们拥有勇猛的战士让周边的部族闻之失色，
就在雷泽的北侧，
在大海的旁边，
他们骁勇善战攻无不克。

早期他们在海岸线上游荡，
常把鲸鱼捕获，
还有海豹与海狮，
他们整日与大海拼搏。

汹涌的海浪造就他们坚硬的骨骼，
海上的红日晒得他们拥有古润的光泽，
他们一出生性格就粗犷，
注定要抗争到底战胜一切。

他们是上苍指定的海的儿子，
是命定的漂泊者，
他们一出生就经受着腥咸的海风，
所以，他们也将与海浪共死活。

那是黄金时代我们的先祖，
我多想将他们一一赞誉，
将他们的眼神一一领会，
将他们的脚印一一记录。

我要将他们的事迹写成诗行，
要将他们的面容一一牢牢记住，
要弹起我心爱的六弦琴，
将我胸中激荡的爱河倾注。

呵，正是那段悲壮的历史，
正是我们先祖所向无敌的业绩，
让他们开始扩张，
大海的汹涌再也不能满足他们的斗志。

蚩尤，我们伟大的先祖之一，
首先发明了弓箭之器，
他们用来射杀海豹，
那利箭仿佛能射穿高天厚地。

那时，他们也开始使用青铜，
还将青铜铸成面具，
胳臂上套着保护自己的甲胄，
手里拎着的长矛足有三丈三尺之余。

他们多么雄强，
开始向大陆扩张。
他们排着长长的队伍，
把歌声唱得非常雄浑激昂。

他们是一群铜头铁臂的勇士，
扩张到哪里，哪里就成为他们的领地；
不愿臣服的人们开始反抗，
可是，蚩尤的部族实在是所向披靡。

不愿做奴隶的人们开始如候鸟一样迁徙，
华夏大地上，悲歌不断响起，
将蚩尤部族的罪行一件件泣诉，
人们呼喊着死去的亲人的名字。

可是，蚩尤有多强大呀，
胜利让他不曾忏悔得失，
所有成功的虚荣他已得到，
但他的欲望依然不可止息。

在那极端阴暗的生活里，
是否曾闪烁过一个美丽的清姿？
我的众多女神呵，
是否为人类的战争眼泪轻滴？

孩子们处境黑暗，
常常觉得惴惴不安，
他们总是高声唱歌，
试图把那恐怖驱散。

别哭，别哭呵，
再哭蚩尤可真的来啦，
别哭，别哭呵，
那蚩尤可是专吃小孩呀。

蚩尤呵你不要糊涂，
看看人们对你的恐惧，
你该羞惭，
让自己沉思和醒悟。

可是，英雄有时在虚荣面前也会迷茫，
他迎着落日的万道金光，
享受征战四方的荣耀，
谁的疾苦也不会让他迷惑的脚步彷徨。

哎，想起这些，
我的思绪禁不住飞翔；
遥望我们的祖先，
暮色徐徐沉降。

太阳已经远遁，
长庚最早起航，
光辉柔美晶莹，
万象摇曳彷徨。

此时在那东方，
该有朗朗月光，
梦中的思愁也似柳丝，
嬉戏在清溪上。

柳荫随风摆动，
月影轻盈跳荡……
多么和谐的一切呵，
可是就有人要将其毁伤！

# 第十五章　赤松惩凶

走在路上的炎帝看到了人们成群逃难，
他赶紧让赤松与丹女停船靠岸，
炎帝下得船来，
来到一位老者面前。

“我可怜的老人家，
你们这是遭遇了什么灾难？
为何不守住自己的家园，
而将天涯的泥土粘满您老人家的鞋面？”

老人泣不成声：
“哎，我的妻儿都已离开人间，
家里的粮食也被抢光，
我已经几顿没有吃饭。

我这身老骨头倒算不得什么，
可是，看着自己的仇人就在眼前，
那杀害了我全家人的凶手呀，
近在眼前我却无法除去仇怨。

他没有一点羞愧之意，
还要将我的人格诬陷，
让我在先祖面前无颜抬头，
我怎能不逃跑流浪，怎能不沦落天涯品尝苦难？”

护卫炎帝行进的赤松听后大怒：
“是谁这样霸道横行民间？
他有什么资格欺压上苍选定的华夏子民？
快点告诉我，我要找他彻底清算！”

老者看了看浑身正气的赤松，
又对娇柔的丹女看了又看，
他叹着气，
把头摇来摇去表示遗憾。

“年青人呀，
你们不知道他的可怕凶蛮，
这人叫蚩尤，
头戴铜盔，身着铁甲，凶猛超凡。

一把长弓能将月亮射中，
他还有八十一个弟兄跟班，
个个都是铜头铁臂，
都以石头铁块当饭。

更厉害的是，他还有风伯和雨师两员猛将，
妖术绝不一般，
一个行风，一人行雨，
呼风唤雨恣意与民为难。

他们是不可战胜的野兽，
没有人见了他们不胆战心寒，
夜里婴孩啼哭，
只要一听到他们的声音马上就不敢哭喊。”

赤松一阵冷笑：
“老伯呵，没有正义压不倒邪恶我永不留在人间！
他们的罪恶，
肯定还是要他们自己承担！”

赤松一挥手，
驳马嘶鸣一声来自九天；
丹女呼叫一声，
凤鸟也聚集如云来自八方四面。

赤松与丹女向炎帝请求，
要与蚩尤决一死战。
炎帝点头称是，
他又呼来了自己的坐骑赤龙陪伴。

炎帝觉得这样还是不够，
他又将大神祝融招至助战。
这火神一听东方的蚩尤如此作乱，
气得两眼喷火，浑身抖颤

他们一齐来到蚩尤的领地，
蚩尤的八十一个弟兄每人都扬着长鞭，
但见一群一群的人带着枷锁日夜劳作，
我们的华夏神民身上遍布伤残。

赤松将手中的宝剑一扬，
青光顿显，
大地一阵抖颤。
蚩尤的兄弟帝哥一跳，来到了赤松面前。

“呵呵，青年住手，
你真的是不知天高地厚?
你不知道我们是大帝蚩尤的臣民，
是永不可战胜的大神的弟兄?”

赤松冷笑着看着眼前的这家伙扬着长鞭，
他的目光冷淡，
神情淡定，
帝哥轻蔑地看了一眼这位英俊的美少年。

帝哥将手中的长矛一挺，
向赤松刺来，如电光火石般；
赤松用星云宝剑只轻轻一挡，
漫天飞起无数光环。

人们惊讶地仰首目睹，
顿见无数条巨龙在天空飞舞，
帝哥的头颅飞向云端，
赤松轻易地取下了帝哥的头颅。

受苦的人们一阵欢呼，
一时惊醒了蚩尤的其他弟兄，
他们从四面八方跑来，
远远地拉满弓箭，就要射向赤松。

丹女一挥手中的丝线，
但见千丝万缕的光芒将来者紧缠，
弓弦顷刻间全部折断，
他们四肢无力地颓坐在田间。

祝融也挥刀猛杀，
大火立刻升上九天。
一场骚乱惊动了蚩尤，
他知道来者绝非等闲。

他将风伯和雨师唤至，
呵，立时天地间狂风骤起，
大雨滂沱，
整个世界为之颤栗。

蚩尤在天空哈哈大笑：
“炎帝呵炎帝，
我还没有找你，
你自己倒寻上门来送死。

正好，正好，
我今天要将你打得一败涂地，
还要娶你那世界上最为美貌的女儿为妻，
你的尸首我会让人送到你的兄弟那里。

赤松与祝融，
你们不要离开此地，
我的刀箭早已干渴，
就用你们那充满神力的鲜血来祭奠我的武器！”

说话间，天空中飞下无数箭，
人们来不及躲闪。
赤松与祝融赶紧举起神谕，
他们的身边笼满了金色的光环。

但是，他们还是受了伤，

丹女的肩上也中了一箭，

炎帝的面颊也被冷箭划破，

赤松赶忙保护着大家撤退，避开危险。

# 第十六章　帝威初现

炎帝带领大家去向东南，
那里正是黄帝的领地雷泽的岸边。
黄帝其实早已知道了蚩尤的暴行，
他也在思考是否应该为民出战。

可是，这些华夏神族的仙人，
我们英明的祖先，
他神族的血脉也是一时蒙垢，
他们知道蚩尤是一时被欲望蒙蔽了双眼。

黄帝期望蚩尤的醒悔，
事情总会这般：
没有哪个暴徒会一生作恶，
也没有哪个神民一生不把错犯。

这时，受伤的炎帝与丹女呵，
已经降落到黄帝的身边。
看着自己心爱的长兄受伤，
黄帝的心呵，如同自己也在伤痛一样受难。

黄帝大怒，
他将风后与力牧召唤，
他要为自己的哥哥雪耻。
他先为炎帝他们治疗疮眼。

然后，他带领着人们前往蚩尤的领地。
蚩尤见自己打败了炎帝，
正在与自己的兄弟庆祝，
黄帝的到来并未引起他的重视。

黄帝引领着自己的车队，
他冷峻的面容显露神威。
他指向北方，
战车即向北方排成一队。

蚩尤将风伯派出，才来应战，
自己已经喝得大醉，
天地顿时一片黑暗，
黑色的大风扬起，一时沙飞石坠。

黄帝的战马因受惊吓咆哮，
咴溜溜挣脱了缰绳四处奔跑。
力牧将青铜之剑举起，
与风伯混战，狂风怒号。

风伯体力下降，
他摇身一晃，
自天而降的大风将力牧吹向天边，
但力牧站稳脚跟，又杀将上来，斗志昂扬。

混战，在上古的天地上演，
战车一片，风沙无边，
人们在雨水中滚打，
血肉将天空渲染。

黄帝看到眼前的景象心伤惊讶，
华夏的神族们为何要相互残杀？
他挥剑来到蚩尤的面前：
“蚩尤，让你的人全部退下。

我们来一场两个人的战斗，
我也让我的人退下，
只有我和你，
让我们各显身手一试高下！”

正笑着的蚩尤，
他何尝不想进行这么一场战斗，
能跟黄帝轩辕这样的勇士来一场厮杀，
这正是他的所求。

他哈哈大笑不已，
让他的士兵们全部退避，
黄帝的战士也回到阵中，
大风停下，大雨止息。

两个英雄头一次面对面地盯着对方，
这是怎样的勇士？
两人心中禁不住这样自问，
呵，彼此都在暗暗称赞对方身上的豪气。

黄帝点了点头发出心声：
“蚩尤呵，你也是个千古英雄，
是什么迷惑了你宽广的心胸，
是谁蛊惑了你明亮的眼睛？

你让人们生活在水与火里，
陷入毫无自由的处境；
你让妻子失去丈夫，
导致多少失去父亲的孩童！

你让老人失去家园，
你让女人失去温暖的支撑！
你不再是华夏神族的英雄，
你必须为此偿还以清。”

蚩尤喊道："轩辕，不要以为你称了大帝，
我蚩尤就会对你膜拜和尊重！
我是大海的儿子，
大海才是我最敬仰的英雄。

你们来到我的领地，
难道不是对我最大的欺凌？
我有八十一个兄弟，
现在只剩下七十二个弟兄。

都是你那自以为是的长兄，
他的冒犯破坏了我的安宁！
我不会放过任何挑战，
我只会为我的弟兄讨个公平！"

黄帝知道他已陷入怒火之中，
仇恨让人是非不明。
既然这样，
一场决斗可能才会使他清醒。

黄帝慢慢抽出自己的青铜宝剑，
两条金龙立即在剑尖闪现；
蚩尤也抽出他的宝剑，
剑光将迎面的风沙斩为两半。

人们屏住呼吸看着两位英雄，
天地间霎时变得如同死亡的气息般寂静。
谁也不敢说一句话，
谁也不敢发出半点声。

蚩尤腾空而起，
剑光已经掠到黄帝的头顶；
黄帝轻轻把宝剑迎对，
泰然处之，巍然不动。

蚩尤立刻感到两条黄龙如烈焰扑面，
吓得他在空中胆战心惊，
宝剑也差点脱手，
人们发出一阵惊呼声。

蚩尤清楚了黄帝的实力，
他再不敢贸然出动，
只将他的金箭搭上弓弦，
“嗖”，一枝冷箭飞向黄帝前胸。

黄帝一抬手，
那在空气中燃烧的箭镞竟被黄帝抓在了手中。
人群中爆发出一阵欢呼，
人们开始高呼黄帝大名。

蚩尤将宝剑指向南方，
没想到天地忽然一片黑洞。
谁也不知谁在自己眼前，
人们再也看不清发生了什么事情。

祝融赶紧点燃天火，
可远处的景物还是朦胧不明。
黑暗中人们只听得到剑与剑的碰撞，
骏马儿咴溜溜的一片叫声。

黄帝高呼一声，
天地一片金光，顿显金龙。
人们看见蚩尤向北边逃去，
他败了，逃跑时十分惊恐。

# 第十七章　备战涿鹿

人们见黄帝将蚩尤战胜，
无不发出阵阵欢呼声。
大家将黄帝高高抬起，
并以欢乐的歌声相庆。

正在养伤的炎帝也向黄帝表示祝贺，
这蚩尤的失败是必然的结果，
只有爱才是真正的种子，
这些种子要在华夏大地开花结果。

嫘祖羞涩地将她刚刚纺好的战衣送给黄帝，
黄帝看着自己的爱人微笑着向她表达爱意。
丹女亲了亲叔叔的脸庞，
赤松在一边乐得笑嘻嘻。

风后与力牧在高台上摆上酒，
炎帝与黄帝高高地坐在上首，
人们分别坐在下方，
鸣鼓咚咚地响过，人们为庆功交错觥筹。

大家沉浸在喜悦中忧愁全无，
遭受了蚩尤战害的人们，纷纷向黄帝臣服。
人们围在黄帝的身边，
觉得是那样的安宁与幸福。

一切都以最为美妙的形式展现，
一切都用最为美好的语言表述。
黄帝看了看身边的人们，
他站起身来向人们致礼祝福。

这时寓鸟突然飞来，
人们正围坐在火堆旁跳舞歌呼，
黄帝与炎帝看了一眼台下的人们，
只有赤松的目光有些迷糊。

寓鸟呵，寓鸟，
你知悉一切情报，
你的到来，
寓意着下一场战争即将来到。

黄帝知道发生了什么事情，
蚩尤的战败只是暂时的遁消，
以他们智慧推测，
战争犹如海水退潮涨潮。

蚩尤是位勇夫，
他的英勇让黄帝赞许；
可他那些兄弟各怀心思，
他们使蚩尤的心智被雾霾迷住。

黄帝站起身来目视远方，
远处徂徕山的怯尘风吹来花香，
文茎的气息让他安定，
嫘祖走向前来为他披上衣裳。

她默默地依靠在黄帝的身后，
黄帝则握着她的小手不放。
她的手因为纺线而布满老茧，
指甲被丝线儿磨得灰暗无光。

她的嘴唇分外娇红，
她的眼睛却分外明亮，
她芬芳的秀发也柔软，
她通体都是那么从容瑞祥。

黄帝不喜欢战争，
可是，他又将征战远方。
战争从来没有中断，
有战争就有死亡。

他转向人们，
力牧早就站起身来，犹如一座高山一样，
黄帝向他点了点头，
英招也来到他的身旁。

赤松、风后、金甲都站起身来，
这些都是他的大将。
有了他们的拥护，
黄帝心中感到非常舒畅。

“寓鸟带来了信息，
蚩尤的兄弟们正在涿鹿准备，
他们在华夏大地上烧杀抢掳，
蚩尤对此却熟视无睹沉住了气。

我听到了人们的呐喊声，
感到了百姓遭受的疼痛。
作为华夏子民的保护神，
我不允许大地上出现这样的事情。

英招喷吐出一腔怒火，
他摇摇晃晃地展开身形，
他的部下马上跟在他的身后。
力牧的人也在行动。

黄帝将手中的旗子摇晃，
所有的臣民全部准备好行囊。
人们纷纷与家人告别，
大军即刻出发，一路尘土飞扬！

炎帝带领着赤松与丹女回到姜水，
他也要奔赴这场战争疆场，
可是，他受伤了，
他的百姓还在忍受饥荒。

黄帝让他先养伤，
要让他的士兵先强壮，
要让他的臣民先富足，
战马也要得到好的喂养。

炎帝知道弟弟说的是对的，
丹女在赤松的怀里虚弱地睁开眼睛望，
呵，她的眼睛还是那么明亮，
黄帝拍了拍丹女的头顶，丹女笑声荡漾。

# 第十八章　大战蚩尤

带领大军浩浩荡荡向涿鹿前进的是黄帝，
蚩尤早就得到消息。
常先首先请战，
蚩尤允许了他的请示。

在鲜花开满的山谷，
万千神军同时涌向涿鹿大地。
常先立于马上，
还是英招首先出击。

他们怒视对方，
青铜长矛在朝阳下闪动火光。
万众为他们呐喊，
牛皮鼓敲得很响亮。

常先驱马上前，
矛头直刺英招眼前；
英招乘风而起，
天空雷鸣电闪。

常先以九阳之火射向大地，
英招立即以水灭之。
两人的长矛在天空相碰，
震动的气流将人们的衣袂掀起。

林中的鸟儿惊飞，
树上的猿儿悲泣，
虎豹逃离，
大地苦凄。

这一战，就战了三天三夜，
让双方力竭筋疲，
浑身的鲜血让他们只能停下，
他们虚弱地怒视对方，约好下一次。

蚩尤的大将旱魃与黄帝的助手风后再战，
竟与英招常先大战结果相似。
这是一场怎样的战争？
人们开始为黄帝的胜败怀揣心事。

以后的几天都是这样，
蚩尤与黄帝都开始有些着急。
黄帝将他心爱的坐骑唤来，
驳马咴鸣不已。

它早就等不及要真正与主人参加一场战斗，
像个真正的男人那样在战场上杀厮。
黄帝明白它的心意，
他的宝剑黄龙也早就有了这个意思。

黄帝跨上战车的时刻太阳正在升起，
太阳神在高空向他致礼，
他的车辇将太阳拖向空中，
太阳神告诉黄帝一定要注意蚩尤的黑雾奸计。

还有蚩尤那如闪电般迅疾的箭镞，
还有蚩尤手下那几个心黑手辣的兄弟，
蚩尤的英明正是被他的这帮兄弟蒙蔽，
两位华夏英雄的战争是上苍注定之。

太阳神将手指向东方，并且嘱托：
“在大海上升起明月时，
那里有位九天玄女，
当你遇到困难可以去请求她的助力。”

太阳神向黄帝挥手作别，
黄帝向天空拱手致谢意。
驳马已经等待不及了，
黄帝大喝一声，大军再次出击！

黄帝将战车驱往山谷的时候，
蚩尤早就等在那里。
他向黄帝点头，
黄帝也将宝剑横在胸前向他点头行礼。

黄帝看到蚩尤浑身上下散发着奇异的光芒，
远远看去笼罩着一团明亮的祥光熠熠，
即使在黑夜中，你也能看得清，
那是华夏大神们特有的荣耀神力。

蚩尤也看到了黄帝身上的神迹。
但是，他们只将手中的宝剑举起，
谁都没有说话，
这一次，蚩尤没有直接和黄帝搏击。

蚩尤将剑一指，黄昏款款而来，
天地似乎一下子进入了黑暗的境地。
人们只听到汹涛狂啸，海鸥悲鸣不止，
什么也不见，这浓浓的迷雾再次将天地笼起。

黄帝与蚩尤在黑暗中看得十分清楚，
他们身上的圣泽只有拥有神谕的人才看得清晰。
他们互相注视，
忽然感到两人仿佛是一对兄弟。

黄帝怕蚩尤部落的人们发放冷箭伤及无辜，
他挥动神剑，命令撤离，
人们在黑暗中调转身体，
蚩尤的一位兄弟却在这时发出了射箭命令再次出击！

铺天盖地的冷箭如雨，
蚩尤赶紧下令停止，
那个发号施令的兄弟被他流放西域，
没有得到他的命令即放箭的士兵被处死……

# 第十九章　玄女相助

黄帝带领他的子民从黑暗的山谷撤出，
被箭射伤的人们无数，
他们却并不喊疼，
他们咬着牙与黄帝同行一路。

这些都是我们敬仰的祖先，
他们刚毅、纯洁、英武，
他们幸福、充实、赤诚。
黄帝看着受伤的子民，忽然想到太阳神的话语。

“九天玄女呵，九天玄女，
我正需要你的佐护！”
他向大家告别，
告诫大家千万不要被蚩尤蒙住。

驳马啊，飞吧，
飞向天边去，
在东海的岛屿上住着神女，
就在大海的深处。

飞过高山，
越过泰泽，不知不觉，
大海强劲的风吹在他们的脸上，
海鸥围在他们身侧。

驳马用马尾将它们驱赶，
高声的咴鸣直接把它们震得头晕目眩。
黄帝坐在驳马身上，
看到自己的疆域越来越远。

他们来到流波山，
这处于东海中的小山真是秀美难言。
看，清澈的河水从山上流下，
七色的鸟儿在树上鸣啭。

天空中传来动听的歌声，
那婉转的歌声黄帝从未听见。
阴天时这歌声可以将太阳唤出，
冬季可以唱得山野花儿开遍。

一位少女正坐在草地上低吟，
黄帝寻着歌声来到林间。
少女有一双水葡萄似的眼睛，
只要望一眼月亮，月亮也会坠天。

瀑布似的长发又黑又亮又浓，
她细长的眉毛啊真是妙不可言，
只有清清的潭水配作她的梳镜，
那妙美的面容，让黄帝怦怦心动不安。

呵，这一定就是九天玄女，
看，她这瑶瑜一样美的内涵，
白玉兰般端丽的姿容，
肤体细如软沙一般。

黄帝惊动了玄女的沉思，
她吓得赶紧向树后藏闪，
但是，她见到黄帝的样子，
慢慢地将脸朝向黄帝一边。

这是多么英俊的男子，
看他那沉思不语的容颜，
还有他巍然不动的身躯，
还有他电光闪现的双眼。

呵，他浑身闪耀着金光，
只有大神才可能拥有这样的光芒，
这是神谕带来的吉兆，
可是，他竟如此少年模样。

看到这位少年，
玄女有种似曾相识的景象，
噢，在梦中，
他无数次出现在她的梦乡。

玄女羞红了脸，
轻轻垂下眼帘，
少年向她走近，
他说他的名字叫轩辕。

轩辕！黄帝的名字！
玄女抬起头注视，
即使在大海中间也听说过他的名字，
他的美名在天地间传遍。

黄帝将他的来意说明，
玄女却羞怯地陷入沉静。
他们走在碧波万顷的大海边，
清风吹拂着他们年青的面容。

就在此刻，
玄女已经怦然心动；
黄帝的心也砰砰直跳，
他仿佛看到了玄女圣洁的心灵。

此刻，他们的眼睛碰在了一起，
脸庞儿都泛起了绯红。
顷刻间他们已经相爱了，
彼此一见钟情。

“美丽的玄女呵，
我愿是你窗前的竹藤。
请将你爱情的窗儿打开，
我愿守望着你的风采直到永恒。”

“就像花儿一样，
我愿意将我的心扉开放。
我梦里思念了无数次的黄帝呵，
我永远在你的面前散发芳香。”

两人紧紧相拥，
相互看着，彼此用最热烈的目光，
他们依偎在大海边，
让爱情天久地长，就像无边无际的大海一样。

九天玄女轻轻地慨叹：
“我知道总有一天我们会相见，
我心目中无比崇敬的人儿呵，
我知道你会来到我的身边。

我们相互心有灵犀，
你遇到的困难我早就预见，
我已经做成了一面克除蚩尤的大鼓，
它就放在我们来时的山涧。

此鼓一震五百里，
连震四万里，天地抖颤。
是我历经了九十九夜，
潜入海底制成的神鼓，时间恰好三十天。

为了我们爱情的见证，
让它永远陪在你的身边，
我要将这鼓送给你，
永远和你一起征战。”

黄帝深情地看着玄女，
他请玄女与自己一起回去：
“尽管我已经有了妻子嫘祖，
尽管我们深情爱意如故。

我们要永远在一起，
忠贞的爱情会让我们更好地奉献华夏民族。
我们的使命是为了人民，
上苍早已注定了我们有机缘相遇。”

玄女摇头慨叹，
她的使命是驻防流波山，
这里才是她真正的家园，
如果我们有缘，上苍会安排我们相见。

最后，玄女又拿出一本木皮书，
书上记载了怎么将野兽驯服，
这些勇敢的兽族，
也会给你一些帮助。

黄帝点头示应，
再次看见了玄女那多情的眼睛。
他们的胸中充满了至爱，
可是，谁也没有言声。

两人惜惜而别再见，
西天流霞一片。
上古的英雄呵，
你们也有儿女情长的一面。

# 第二十章　有北之乡

黄帝依依不舍地与玄女告别，
他赶回涿鹿之野，信心坚定。
风后与力牧首先来到他的面前，
他们向黄帝禀报了军情。

蚩尤发现了他弟兄们的兽行，
接连几天都处死为恶的弟兄；
蚩尤部族的士兵不再向百姓搜刮钱财，
许多俘虏也被解绑放行。

人们纷纷谈论蚩尤的转变，
对他众口赞颂。
他的弟兄使他的英名受损，
作为大神，他以前并不知情。

黄帝点了点头，
他知道会有这样的事情，
他也知道蚩尤是华夏的英雄。
黄帝马上派出伯高与蚩尤议和实现安定。

伯高高兴地领命走了，
可是，很快又返程，
他摇着头，
这蚩尤，一定要和黄帝分个输赢。

黄帝呵呵地笑了，
这个蚩尤呵，和孩子一样任性，
只管一意孤行，
不能忍受输掉战争。

英雄当该如此，
黄帝为蚩尤的率真而高兴。
他再次派伯高前往，
告诉蚩尤，明早决战谷中。

其实，是牙生蛊惑着蚩尤做下恶事儿，
却将这些事说得入理入情。
他让蚩尤离开大海，
到平原寻找真正的快乐安定。

其实，牙生真正的目的就是要统领华夏，
可仅以自己的力量他知道肯定不行。
蚩尤的天生神力可以给他帮助，
没想到遇见了黄帝，让他阻力重重。

他在屋子里转圈，
恨不得将黄帝碎尸万段，
他不能容忍他一生的追求受阻，
更不能容忍蚩尤发现他心底的黑暗。

他来到蚩尤面前：
“一个小小的轩辕就让你心烦，
我亲爱的兄长，
他怎么能跟你大海的胸怀等量齐观。

他在陆地上生长，
而我们是浪潮的男子汉；
我们是海母的子孙，
他只是一个小人物轩辕。

今天，他不顾一切地向你挑战，
明天，他就会对你嗤之以鼻放冷眼。
你是注定的天神，
而他应做你忠诚的奴仆接受调遣。

从来没有过小人物向天神挑战的道理，
那是你被他吓破了胆，
你所说的是圣洁的勇士，
是你被甘拜下风的胆怯蒙蔽了双眼。

呵呵，我亲爱的兄长，
鼓起勇气决一死战！
否则，你——
将失去人们对你的尊敬和期盼！”

蚩尤拍案而起，
果然中了牙生的激将法，
他大发雷霆，把伯高赶出大营不算，
还表示一定要赢得这一场战争才心甘！

太阳升起的清晨，
雾气让蚩尤好不喜欢，
他早早来到阵前，
牙生露出一脸阴险。

黄帝也带领着队伍来了，
他笑脸相见，
远远地向蚩尤打着招呼，
这一刻蚩尤胸中柔情充满。

两人多像一对亲密的弟兄，
纯洁、坦诚、勇敢，
可是，他却一定要分出谁才是真正的华夏英雄，
要在战场上相见。

蚩尤看了一眼黄帝，
又把牙生看了一眼。
牙生对黄帝怒气冲冲，
他悄悄地说，兄长呵，轩辕是在笑你没有才干！

蚩尤非常天真，
很快相信牙生的谎言。
他挥动宝剑，
将最为黑暗的雾师召见。

天地一片混沌黑暗，
牙生准备好的冷箭早已上弦！
忽闻雷声四起，
黑雾中鼓声震天。

那夔牛鼓一下子就将雾气震消，
同时山上千万大军朝山下奔窜！
啊！那竟是一群群虎豹与熊貔，
它们加入到黄帝的一边！

蚩尤腾空而起，
虎豹也随之而赶；
黄帝赶紧挥手，
熊、罴、貔、貅、貙、虎倏地遁而不见。

黄帝来到了蚩尤的面前，
他下马向蚩尤开言：
蚩尤呵，我可敬的弟兄，
来吧，我早为你准备下酒宴。

让我们像亲兄弟一样喝场酒，
忘记所有的仇怨，
将美好未来看清，
将大爱向所有百姓奉献。

黄帝了解事情的原委，
对蚩尤既往不咎笑容满面。
蚩尤不好意思地跳下马来，
他紧紧地握住了黄帝的手激动万千。

他们走出山谷，
山谷中的竹林发出好听的乐声。
但见竹林中亮光闪现，
那是人们忙碌的身影。

只见，晶莹的大理石圆桌上摆满杯盏，
珍珠酒杯中的美酒鲜艳可见；
白果如玉一样透明，
诱人的鲜果散发出清香一片。

黄帝拉着蚩尤的大手坐下，
举起酒杯，首先把酒干。
蚩尤直接拿起酒壶仰头饮尽：
“我尊敬的黄帝，您在我的心目中尊贵永远！”

黄帝爱惜地看着眼前这位大神，
他本应正义向善，
可是，他又是多么容易被坏人利用，
黄帝禁不住心悬。

那个牙生不知跑向了哪里，
如果他再次出现在蚩尤面前，
他还会这么表现吗？
黄帝的忧伤爬上心间。

他站起身来，
将手指指向北边：
蚩尤呵蚩尤，
我可敬的弟兄，你看那北面。

那是我们华夏神民的最北端，
可是，那里却无人理管。
我的许多事务还没有完成，
而你，却是管理那里的最好人选。

我想让你去有北之乡，
到那里，你可以将你的神力施展。
你要让人们生活富足，
要让所有的苦痛离开人间。

蚩尤想都没想就答应了，
他向黄帝使劲点头以示心愿，
一翻身就跨上了黑色的骏马，
向黄帝笑了笑，转眼就飞向了天边。

从此，蚩尤在有北之乡快乐地生活，
他将黄帝所授的律法一一实施兑现，
还将自己掌握的所有技艺向人民传授，
人们将黄帝和他的画像刻入红色的玉石，流芳万年……

# 第二十一章　炎帝效法

朋友们，让我们再回到炎帝的姜水之畔，
我们可敬的先祖与赤松一起回到了家园。
丹女的伤情得到了黄帝的医治越来越轻，
还没有到达他们的家园，丹女已经愈痊。

呵，丹女那苍白的脸色重新有了红晕，
每每她的双目与赤松相见，
总是羞涩地将头扭向一边，
他们是如此相爱，爱驻心间。

炎帝看在眼里：
“我心爱的女儿呵，
赤松与你是多么般配，和谐相依，
回到故土，是否考虑举行你们的婚礼？”

“不，要先将我从黄帝那里学来的技艺实施，
要学会纺织，
要学会猎渔，
要学会种植。

还要学会医病，
要学会铸制，
要学会军事，
要学会律历……

哎呀，要学的东西实在太多，
真不是一天两天就可以实施。
尽管如此，我也要立即操作，
让华夏神民过上幸福的日子。”

夜晚，当我们合上双眼，
呼吸着这来自上古的空气，
我看见幸福的海岸伸向远方，
我们的祖先以他们的神光照得大地一片绚丽。

华夏先祖呵，
你们心胸宽广如天地，
你们将圣洁送给人间，
使华夏精神得到你们的大爱维系。

可敬的炎帝呵，
榕树一样地高大、庄严、挺立，
即使你是从弟弟那里学来的技艺，
也同样展现了你非凡大气。

你谦虚、博爱，
巨臂、宽胸，佩着长弓和宝剑，多么威仪。
如雄狮傲行于人间，
你的一声号召，就可惊天动地。

可敬的炎帝呀，
明月似的洁白，他的言行没有污迹，
那么勇敢又那么高尚，
他回到姜水的第一天就将大地治理。

应龙首先向炎帝表示了敬意，
他带领着人们开垦荒地，
将清水注入田里，
将秧禾植入稻池。

人们唱着欢快的歌声，
炎帝也站在他们的队伍里。
炎帝在向人们传授技艺，
一点一点，好不细致。

丹女与赤松站在一起，
他们也来到田里。
赤松的大脚不小心踩着了丹女的小脚丫，
丹女脸上又红霞飞起。

他们从白天干到黑夜，
当星儿挂上天际才歇息。
人们在树下舞蹈，
将美酒倒进炎帝的杯里。

今夜，丹女显得格外娴静，
月亮陷入沉思，
丹女仰望璀璨夺目的繁星闪闪，
惬意地躺在柔软的草地。

赤松则坐在她身旁，
那澄碧的明月也沉醉于他们的痴情里，
空气送来了丹女胴体的芳香，
四周鲜花开放一派和谐祥吉。

当月亮悠闲地转动，
丹女流下泪滴，
她感到忧愁，
只有赤松的胸膛可以让她思绪停止。

丹女靠在赤松的身边，
她烦忧自己无缘由的哀思。
她不知道为什么，
只有赤松在她身边她才感到幸福安逸。

这时，天边传来哀乐，
隐约有人在天空高歌。
那声音是如此凄凉，
让丹女与赤松听了也禁不住凉意婆娑。

“那些熟透了的果子，
最怕的就是落地；
同样，降生下来的人，
除了死亡所惧无一。

你要先为自己担忧，
为什么要将别人的愁替？
不管你是停下还是走，
你的生命也在消逝。

死同你一起走路，
死同你一起落地，
死同你走很长的路，
死又最终同你一起回家里。

皮肤长出了皱纹，
头发转成了白的，
年纪老了人就要衰弱，
有什么办法去遏止？

太阳落下，人们欢乐，
太阳升起，人们欢喜。
可是人们一点都不知道，
在这当儿生命已经渐逝。

新的季节一个接一个来，
人们送旧迎新心中欢喜。
由于季节的轮流转换，
生物的生命也就消逝。

好像是在海洋里，
一块木头同另一块相遇相识。
它们偶尔碰到了一起，
时候一到他们又会分离。”

丹女与赤松禁不住抱头痛哭，
他们沉迷在这哀伤的歌声里。
胸中的大爱竟让他们绝望，
一切都陷入了巨大的哀思。

飘忽忽天地间降落下一个英俊少年，
呵，他多帅多丽，
清俊的面容，
挺拔的身体。

他那双青色的眼睛如秋水，
还有如高山的鼻翼。
他有意无意地向你观望，
你都会被他的美所惊赞不已。

此人与丹女和赤松面对：
“我尊敬的神族兄妹；
看着你们是如此恩爱，
我的心儿呀也被你们的爱情陶醉。

可是，你看看这个世界多么不公：
你们的父亲整日劳累，
却还不如一个小小轩辕，
他的声名竟如天地之威。

现在你们的土地刚刚得到治理，
马上就会遭遇轩辕的破坏冲击。
你们等着瞧吧，
那个表面仁慈的黄帝呀，他不会让你们富足安逸。

你们的富足就是对他的威胁，
你们的强大就是他的不利，
你们的幸福就是他最大的苦恼，
你们的快乐就是他的哭泣！

你们看那东边，
那与海岸相连的大地，
看吧，大火正在漫延，
你们的叔叔开始放火，要烧毁所有的家园福祉。”

# 第二十二章　炎帝出征

“看吧，那天边熊熊的大火不熄，
还有沸腾的海洋、炽热的土地。
那就是他轩辕恶毒的火焰，
你们要快快禀告炎帝。”

赤松赶紧上前示请：
“这位尊敬的神兄，
你是如何得知这些事情，
又是谁让你将火情述明。”

俊秀的男子露出羞涩的面容：
“赤松呵赤松，
伟大的爱需要伟大的心胸，
真正的大爱需要真正的宽容。

我是住在望父山的神熊，
黄帝的欲望使我非常不平。
他是你们的叔父，
可是狭窄的心胸让他犯下滔天罪行。

现在大火已经燃烧至此，
你们要快快逃命。
黄帝的作为已经证明一切，
蚩尤的战败已经让他誓要将华夏大地统领。”

赤松怒气冲天，
他誓死也要保卫他们的家园；
丹女流下苦涩的泪水，
她无论如何也不能相信这一切真的发生在今天。

可是，分明她听到了火声，
那大火燃尽一切的噼啪声扰乱她的心田；
她望向远方，
大地上传来阵阵悲切的哭喊。

当摇曳的扶桑将大地撼动，
炎帝的队伍已经浩浩荡荡出战。
赤松与祝融紧紧跟在炎帝左右，
丹女忧伤地飞向九天。

人们一边行进一边灭火，
但见，祝融手执金龙神斩，
后面的人们队伍相连，
烈火炽烤着人们，人们无声地与之奋战。

其实，这场大火，
正是那个自称神熊的人点燃。
他即是那千古恶神牙生，
这颗盘古遗落的牙齿转化的恶神正为害人间。

但是，善良的人们并不知情，
他们只知道与烈火进行征战。
牙生站在高高的云端，
露出他那狰狞的笑脸。

炎帝将虎豹组成的方阵慢慢前推，
黑熊紧紧跟在车辇的后面。
他们寻着黄帝的方向，
他要与自己的亲弟弟开战。

此时正是深秋，
烈火使人们的胸中充满愤怒的烈焰。
“讨伐黄帝！讨伐黄帝！”
人们怒吼着朝着黄帝的方位奋进向前。

炎帝将众神召到中军大帐：
“列位神民多识广见，
听说，如今我的弟弟为了私欲纵火，
誓要烧毁我们的家园。

可是，他毕竟是我的弟弟，
可能他只是一时被恶神迷惑了双眼。
他的德行我十分清楚，
他不会做出这样的事情为害人间。”

众神道：“可是，这大火分明是神人所作，
不是黄帝，谁能点燃这样巨大的火焰？
无论如何我们也要先扑灭大火，
然后再找出真凶把他拦腰斩断！”

炎帝点点头：
“我也是如此判断。
我的弟弟怎么会做出如此行径，
是不是权力让他迷失了双眼？”

丹女与赤松互相看了一眼，
他们知道更加悲惨的还在后面。
这时，人们仰首向天，
看到了一辆车辇带着烈火驶向天边。

人们似乎看到了黄帝驾着驳马，
也只有他才能将太阳车开到世间。
人们惊呼大怒，
在铁证面前，人们更加坚信传言。

其实，那是恶神牙生制造的幻影，
他誓将罪恶嫁祸给黄帝一边。
炎帝相信了自己的眼睛，
他手指黄帝的方向——出战！

牙生将这一切都看得分明，
他在黑云之上变回自己的嘴脸；
“哈哈，这可怜的炎帝，
我的小小伎俩就能让你们兄弟相残。”

这只是普普通通的一瞬，
可是，从历史的长河来看，
对于深受考验的祖先呵，
这样的事情何止千万。

人们一边前行一边扑火，
烈焰烧疼了他们的容颜，
烤红了他们的四肢，
但是，他们依然不停息地奋战。

人们唱着：
“你们看这火焰，
这肆意燃烧的火焰，
烧疼了我的眼。

火是人的朋友，
也是人最为邪恶的敌奸；
为何你来到人间，
带来温暖还要带来灾难？

你看这火，
烧得神树枯干。
没了神树的遮蔽，
我们的家园再也得不到重建。

你看这火，
这漫山遍野的火焰，
为何要听从轩辕欲望的操纵，
烧毁我千辛万苦建造的家园？”

# 第二十三章　恶神牙生

呵，再让我们回到久远的从前，
回到我们敬爱的祖先身边；
在那片广袤的大地上，
我们来回忆一下他们的容颜。

大神们自豪坚毅，
盘古、女娲、伏羲，
赤松与丹女，
更有炎黄二帝。

他们是那么高傲而坚强，
如迷谷般充满魅力；
可是，也有不好的神民，
那是盘古的一颗牙齿。

那牙生原本为盘古的一颗臼齿，
因为不愿承担支撑高天的任务逃离。
来到世上的他立刻积万恶于一体，
后来，他混入蚩尤的队伍成为兄弟。

我们前面已经说过，
那蚩尤大神本是善良的身替，
正是因为牙生的蛊惑而使他神性蒙尘，
所以才产生了蚩尤与黄帝之间的战事。

如今蚩尤已经去了有北之地，
他在那里建造了人类的神奇。
出现了一片从未有过的繁荣富裕，
那是蚩尤治理的功绩。

自己的哥哥明明向大善靠近，
可是牙生却对此十分生气。
向善、和平、繁荣都能使他非常不适，
他无法改变哥哥，就将怒火转向炎黄二帝。

毕竟曾为盘古的一颗牙齿，
这牙生长得英俊无比。
但见他鼻梁高耸，浓眉秀目，
五官端正显出一脸英气。

这牙生比赤松还要俊秀三分，
而且拥有伶牙俐齿蛊惑人心的魔力，
施恶纵淫是他成为恶神的“荣誉”，
投机取巧是他的拿手好戏。

所以，他可以轻易骗过赤松与丹女，
又用障眼法使人们相信是黄帝驾车烧毁了大地。
他站在高高的云端，
心里比吃了蜜还要甜蜜。

“呵呵，炎黄二帝呀，
看着彼此心怀怨怒的兄弟，
我的心里多么欢愉，
你们手足相残，这才是我忙碌的意义。”

牙生面向他统领的群鬼：
“呵呵，黄帝呀你有功在千秋的伟志，
我们却在炼狱里受罪，
如今倒要看看你有没有扭转乾坤的神力。

我，最好是和丹女交上朋友，
要让她爱上我的潇洒俊逸，
要以真才实干取得她的信任，
然后，让赤松痛苦地去死。

丹女当然也会死去，
在我露出真实面目的前夕，
她已经难以逃脱我的手掌心，
又一场灾难即将华夏神民的命运奴役。”

牙生焦虑地在炼狱里踱步，
幽怨的胸中冒出一股股黑气；
炼狱内的众鬼也好不兴奋，
他们大声漫骂，乱飞唾沫星子。

牙生霍地站起身来，
他逼向众鬼神色威仪，
左一脚右一腿，
众鬼被他赶去人间做尽坏事！

# 第二十四章　丹女之死

自从大火烧遍了华夏辽阔的土地，
美丽善良的丹女呀，常常为此哭泣。
她在为自己的父亲焦虑，
在为华夏神民着急。

赤松始终在与大火奋战，
他跑到黄河边将黄河水吸干，
然后，再喷向山林，
可是，火灾实在是太大了，大得无法遮拦。

赤松焦急得已经三天三夜未睡，
丹女一边流泪一边与大家奋战。
这时牙生幻化成一英俊的少年立在她的身边，
他挥舞起手中宝剑，但见剑光一片。

牙生的寒光剑气顿时将眼前一片大火止燃，
丹女向他投去目光深表赞叹：
呵，他多么英俊，
他多么有才干！

丹女被牙生的障眼法所迷惑，
而牙生对丹女说话比蜜还甜：
“我是多么忧郁，
为了这场大火我坐立不安。

我日夜奋战在这里。
黄帝呵，你原来多么友善，
现在为何要让我们遭受如此悲惨的遭遇，
为何要让我们神族失去家园？”

丹女泪眼朦胧，
她不敢去看牙生那俊美的双眼；
她一时失去理智
在牙生面前，她显得那样缠绵。

“我为何如此忧郁，
为什么面对着牙生我非常想哭？
一切物品，一切生灵，
一切理想，一切努力，竟然都可以为牙生失去？”

丹女也心知肚明，
她的爱人应该是赤松。
只有赤松才是她心中的真爱呀，
但是，她今天怎么对牙生产生了爱情？

面对牙生此时，
丹女非常忧凄。
牙生恰在这时开口，叹息道，
如果能将大海里的水取来就可以把大火灭熄。

这也正是丹女在考虑的事情，
丹女见不谋而合高兴得差点扑进牙生的怀里：
“太好了，如果我们有这种力量，
就一定能扑灭大火拯救大地！”

他们说走就走，
没有向谁道别施礼。
我们纯真的丹女呀，
竟是这样轻易上当受欺！

丹女走向大海，
她要在海中让自己清晰。
大海却起了一阵狂澜，
原来牙生一直躲在暗处，忘形得意。

他将大浪卷上苍天，
顷刻间天昏地暗。
狂涛汹涌，扑向丹女，
好像座座险峻、突兀的高山。

丹女奋力抵抗着巨浪，
压向丹女的巨浪像一堵高墙。
五彩的鱼儿围了过来，
海豚将她的胴体托举往上。

那海浪一时忘情恣肆，
把鱼儿、海豚、鲸鱼统统卷入海底。
然后，牙生将黑压压的巨浪，
扑向了丹女圣洁的胴体。

丹女呵！这位美丽的纯洁女子，
她倔强地与巨浪进行着搏击。
渐渐体力不支，被一个巨浪
卷入了罪恶的海底。

就在此刻，就在我们惊诧的时刻，
突然一只美丽的小鸟从平静的海面飞起，
犹如一颗黑色的流星，
轻轻划向天际。

“丹女、丹女”，
小鸟轻轻地呼唤着丹女的名字；
“雨露、雨露”，
小鸟低低地吟唱自己的名字。

这使人们禁不住想到女娃，
想到幻化成精卫的精灵呵。
丹女的玉体得到升华，
她的灵魂呀与女娃一样伟大。

# 第二十五章　阪泉三战

这消息不胫而走传遍四方，
这恶讯家喻户晓令人悲伤，
年轻的丹女已经去世，
美丽的少女已经身亡。

赤松则心碎如冰，
他跑向太阳落山的方向。
他并不知道他在追逐什么，
他只是跑着，忘记了山川河流，忘记了流淌的时光。

已变成小鸟的丹女紧紧地跟在他的身旁，
丹女为赤松的爱情哭泣忧伤。
她紧紧跟随着赤松，
劝其不要因为失去了她而哀凄失望。

“我在梦中暗自落泪，
我为自己一时的糊涂而忏悔。
我最爱的赤松的呀，
请回到炎帝的身边，他需要你的神威。”

炎帝与黄帝
他们的这场荒唐的战事，
于是拉开序幕，
我们的祖先呀，有时也要受到恶神的蒙蔽。

那天阴云密布不见太阳光线，
天边常有电光闪现；
沉闷的鼓声鸣震大地，
呜咽的号角声声不断。

黄帝带领着将领在前面开道，
他手里举着青铜宝剑，
炎帝也是这样，
他们都身披氅袍，头戴鹖冠。

他们都梳着椎髻穿着嫘祖所纺的衣衫，
他们奋不顾身，气宇不凡，
误会的仇恨又在他们心间纠缠，
这一战，是我们祖先躲不过去的劫难。

请你记住，当惶惑的黎明
迎着阳光打开了它迷人的宫殿；
请你记住，当沉思的黑夜
在它银色的纱幕下悄然流散。

当我们的祖先在战场上厮杀的时刻，
当血流成河，
当战火遍野，
当人们痛苦的呐喊声还在天地间响彻。

我真为我们的祖先担心，
他们青色的长矛刺伤了谁人？
谁在夜里长久地叹息？
那是母亲。

战士们勇敢地挥动手中的利器，
他们在伤害着母亲们慈爱的心；
英雄唱着歌子凯旋，
战死的弟兄却永不再醒来，他们身上带着伤痕。

这就是世间的命运，
这就是人类的悖论。
请你记住，当那孤寂的花
在坟墓上放出光晕。

我再也不能看见，
但祖先不朽的灵魂
却像一个忠诚的天使来到我们身边，
在他的抚慰下我才能入睡安神。

这是一场怎样的搏杀，
这场战争为何那么复杂？
在战争中，人们似乎并未意识到
恶神心里乐开了花。

牙生在高高的黑云上站立，
他自喜，
他骄傲，
他兴奋不已。

最早发现他的是赤松，
赤松在追逐风雨的时刻停下步子，
他仰头向天寻找丹女的身影，
却看到了牙生的幸灾乐祸之卑鄙。

一切都已分明，
一切都可以重新梳理得清。
赤松明白了一切，
他知道炎帝与黄帝正在进行一场荒唐的战争。

他来不及处理这个恶神，
他要去阻止悲剧的发生。
驳马儿呀，快跑，
不要让炎黄手足相残，悔恨终生。

可是，赤松到达阪泉的时刻，

战场上一片宁静，

战争已经结束，

炎帝败了，悲剧已成……

# 第二十六章　大爱无疆

黄帝终于得知了事情的缘故，
当他得知丹女已经死去，
黄帝流下了痛苦的泪水，
他被牙生的邪恶所激怒。

黄帝要亲自惩罚牙生，
这场荒唐的战争让他清醒；
他亦开始对自己的行为进行思索，
开始审视自己内心的天平。

“万能的大神们！请让我清醒，
不是权利、欲望与虚名，
更不是索取与占有，
而是，奉献与包容。

现在，牙生如此施恶，
我不能再不看清。
作为华夏神族，
我们应该看清要做的事情。”

他似乎听到丹女凄绝的歌声，
这让黄帝如此不安和惊恐。
他与嫘祖告别，
再次去了九天玄女的宫殿。

他们依然亲密，
却不能永远厮守在一起；
他们依然相爱，
却只能将爱语吞进心里。

黄帝与九天玄女分手了，
他要去往牙生的府地，
进行人类原罪的清除。
这一刻，他的心中没有丝毫惧意。

多年的征战与劳累使黄帝成熟，
他已经不再是少年般天真稚气。
他来到了青梧山下，
必从这里通往府地。

智慧女神向黄帝讲明：
“黄帝呵，伟大的神族必须有伟大的爱意，
你杀死牙生，
不如把仇恨忘记。

从这里就可进入牙生的府地，
共有九千九百九十九里，
有很多坎坷请你多加提防，
而真正难倒英雄的可不是路途的距离。

前行的路上还有九十九条罪恶的大河等着你，
鹅毛在水面上都难以浮起；
还有九十九座大山耸立，
飞鸟从山顶飞过都会窒息。

你都会轻易过去，
这些都不是问题。
而牙生的俊美是你的敌人，
你不要中了他的奸计。”

黄帝点头称是，
他已经有了自己的主意。
他毅然走向地府，
地府里吹来阵阵寒气。

他却并不为之所动，
他坚强的目光让所有鬼魂都为之所悸，
鬼怪纷纷避让，
将光明的道路让给黄帝。

牙生站在道路的尽头，
他英俊的面容让黄帝不禁叹息：
“牙生呵，你本是华夏神族的一员，
是什么让恶念充满了你的心里？

是什么让你的胸中充满黑暗？
华夏大地需要治理，
华夏龙魂需要光明，
华夏民族需要神力的支持。

可是，你却反道而行，
我亲爱的兄弟！
难道真的让我手中的宝剑将你除去？
我不忍伤害你。”

牙生闻言哈哈狂笑，
他抽出宝剑直砍黄帝；
黄帝轻轻一挡，
牙生的宝剑便应声而断，一截落地。

牙生又使用意念去侵占黄帝的内心，
但大爱的烈焰让他魔力消失得无踪无迹；
牙生又挑拨黄帝周围的人们，
但经过大火的洗礼，没人再相信他的诡计。

牙生忽然间感到空虚，
面对着黄帝，
牙生想大声哭泣，
他已被天地抛弃。

当四周逐渐暗淡，
华夏龙魂希望的火烛摇曳不熄。
我们应该自问理性的光线，
而我们却依然徘徊在茫然里。

在没有星月的午夜，
让我们的心灵展开激烈的搏击。
弱者绝望，冷漠者离去，
而我们却要把大爱的圣火传递。

牙生呀，乌云飞过你的头顶，
你统领下的疆域也笼罩在黑暗里；
你听那些凄厉的悲啼，
还有万世的仇恨就要淹没你。

牙生忽然痛哭起来，
他将手中的一截宝剑弃置于地。
众鬼也哭了起来，
他们都在忏悔自己。

“我尊敬的黄帝，
呵，只有与你在一起，
只有站在你的身边，
我的内心才出现一片澄碧。

曾经积堵在我心中的恶气呀，
让我自己也难以呼吸；
忽然恶气荡然无存，
忏悔让我觉得舒爽无比。”

牙生悔改了，
他主动提出到西方的雪域之地。
在那里，他要将黄帝的德行传播，
要将所有好的东西进行传递。

黄帝点了点头，
将他手中的宝剑送到牙生手里。
牙生高兴地握着宝剑，
众鬼一时也不再哭泣。

牙生的守护使西方终于安定，
他自己也得以休养生息。
在那里，人们自由地生活，
华夏民族的大爱充盈西域大地。

# 第二十七章　泰山封神

神话般的都广之野坐落在东南之域，
阳光明媚，微风和煦。
这是宽广大地的中心，
众神在这美丽的圣地居住。

这里一年四季五谷丰登，
米黍麦豆光滑白腻如脂如玉；
飞禽走兽在百花盛开的原野上自由自在，
五彩缤纷的鸾凤在绿草地上尽情歌舞。

草木四季常青大地如画，
原野上长着碧绿的青竹，
山坡上开满芬芳美丽的花朵，
青城山上流出玉水汇成玉湖。

无声无息的都广之野的中央，
雄伟壮阔的泰山立矗。
泰山上的天街广阔几千天里，
天街完全是一方无瑕的白玉。

平滑如镜的天街正中，
矗立着高耸入云的神梯建木。
清澈的阳光照在大树上没有一点影子，
如果有谁大吼一声，声音立即会被树叶吸入。

细长的枝干笔直耸入云霄，
两侧不生半点枝条。
树的顶端有如玉般光滑的树叶，
形成一把玉伞在天宇上空飘摇。

两位魁梧的大神翩然从建木降下，
建木软绵绵的玉叶随之飘落。
两位身着绚丽彩服的女人也轻盈而至，
身后许多美女俊男在玉叶上端坐。

两位大神高大俊英，
一个身着黄袍目光炯炯，
一个身着红袍威武雄健，
满面红光声如洪钟。

原来大神们在都广之野相聚一起，
飘然而至的两位大神让人惊奇：
一位是居西北神国的轩辕黄帝，
一位是居西南神国的神农炎帝。

还有两位少妇面如粉桃，
肤如凝脂，
黑亮的长发垂落腰际，
轻快的笑声如黄鹂鸣啼。

一位眼睛雾蒙蒙让人感到一片深情，
那是爱神听訞，炎帝的妻子；
一位眼含秋水身着丝绸，
那是衣神嫘祖，黄帝的妻子。

嫘祖的身后有儿子禺号、苗龙、骆明，
女儿神魃，孙子始均、禺京；
听訞的身后有儿子炎居，
女儿瑶姬，孙子祝融、共工。

众位大神落座，
素女引导众神女将山珍海味敬奉。
斟上烧沸的甘甜青城山泉，
泉水里沏有碧螺春茶茗。

黄帝命禺京奉上嘉谷精炼的膏饼，
炎帝令祝融将美丽甘泉敬奉。
大神畅谈各地风物趣事，
孩子们在席间嬉戏欢乐无穷。

不久又来了璀璨的二十八星宿，
还有金光闪闪的烛龙，
应龙展着双翅飞来了，
杯盏交错，众神相互祝福把酒敬。

神宴上欢声笑语，热闹非凡，
此时又传来一阵爽朗的笑声。
大家随笑声望去，
大神伏羲之灵化为人形光临神庭。

伏羲之灵金光闪闪光辉灿烂，
身边围绕着长着双翅的神灵；
伏羲手托着光芒四射的八卦，
众神拜叩在地对伏羲万分崇敬。

伏羲、黄帝、炎帝及诸位大神，
见四海之内，神族安定，
决定按众神的本领将他们分封，
颛顼高歌承云群神欢声雷动。

大神共推伏羲之灵为东方大帝，
伏羲之灵予以推辞。
众神跪拜在地，伏地不起，
伏羲之灵只好勉强予以代理。

伏羲之灵封少昊之子句芒为辅神，
并封句芒为木神，将东方大地管理。
伏羲之灵便驾驶着五彩的云车，
在众精灵的簇拥下飞回天祇。

大神推举炎帝为南方大帝，
但炎帝坚决让位于年轻力壮的黄帝。
黄帝无可奈何，
便让黄帝的辅臣火神祝融将南方管理。

大神推举黄帝的外孙少昊为西方大帝，
少昊的诞生有一段美丽的传奇，
他是黄帝的女儿皇娥与太白金星的儿子，
少昊在归墟立国建立卓著功绩。

少昊封蓐收为辅神，
蓐收是他的儿子。
他让蓐收手拿曲尺，执掌秋天，
治理着广袤的西方天地。

大神又推黄帝的曾孙颛顼为北方大帝，
颛顼是一位雄才伟略的少年才子。
他上通天文，下晓地理，
他弹奏的神曲教化神民，激情澎湃惊天动地。

颛顼的父亲是居住在若水的韩流，
韩流的父亲是黄帝与嫘祖的大儿子昌意。
昌意为非作歹触犯天条，
被贬到西南的若水面壁三思，

颛顼请其叔父禺京为辅神，
禺京是东海之神禺号的儿子。
他请禺京手持秤锤，
执掌冬天的天地。

大神把目光集中到黄帝身上，
雄才大略的黄帝能上通天下入地。
众神围黄帝叩拜呐喊：
“中央大帝！中央大帝！”

黄帝被众大神拥戴为中央大帝，
黄帝神采奕奕。
黄帝封后土为辅神，
令他手持长绳执掌四方天地。

他封玉山大神西王母，
西王母的威名声震天地；
封钟山大神烛阴，
烛阴全身紫气蒸腾不息。

黄帝封夸父以战神之名，
夸父作战异常勇猛；
封蚩尤为兵器之神，
他制造的青铜兵器称霸英雄。

封女娃为美神和诗神，
他的美貌胜过天庭的歌声；
封丽水女神为忠贞之神，
她的痴情让人感动。

封赤松为雨神，
主管人们一年四季稼禾的收成；
封丹女为露神，
与赤松一起滋润万物的心灵。

封禺号为东海之神，
东海粼粼碧波万顷；
封禺京为北海之神，
禺京将北海治理得风情万种。

封不廷胡余为南海之神，
南海平洁如玉光滑如镜；
封合兹为西海之神，
西海万千飞鱼天马行空。

封陆吾为昆仑山神，
昆仑山里汇聚万千神灵；
封帝江为天山山神，
天山上一片黄灿灿的天空。

封青要山女神武罗，
封和山吉神泰逢，
封骄山山神䲀围，
封光山山神计蒙。

封丰山山神耕父，
封平逢山山神骄虫，
封岐山山神涉䲀，
封羸母山山神长乘。

封神石夷掌管日月运行，
封神折丹居大地东极掌管俊风，
封神鹓控制日月出入，
封神因因乎在南极掌管南风。

共封大神八千五百五十五，
受封诸神一片山呼。
封神宴上群情沸腾响震亘古，
他们奋进的事业让后人备受鼓舞。

# 第二十八章　黄帝出巡

入夜，怯尘风在吹，
柔柔的暖花雪在飞。
黄帝与众神在悬圃静静观赏，
呵呵！华夏天地一片壮美——

泰山封神之后天下歌舞升平，
炎帝归隐昆仑极顶娱晚宫。
一日，黄帝与众神在昆仑神宫举行神宴，
赞四海之内吉祥太平。

忽然紫气东来——唧唧、足足，足足、唧唧，
鸣叫声如金属叮呤。
五彩缤纷的大鸟从天而至，
边歌边舞让黄帝震惊。

后土匆匆把嘴巴贴近黄帝：
“大王呵，它的出现会让天下太平，
这便是神鸟凤凰，
它象征着仁爱吉祥贤明。”

它身披五彩的纹理，
头部如矫健的野雉，
后半身如美丽的孔雀，颈部有如游蛇，
尾部如鱼尾在天空中翩跹伏起。

头上的花纹点缀成“德”字，
颈部的花纹围绕成“义”字，
背上的花纹组成“仁”字，
胸部的羽毛组成“信”字。

她威武俊美，
脚踏着“正”字，
尾上系着“武”字，
头上顶着“进”字。

黄帝拜叩而颂：
“凤凰呵！翱翔皇廷，
我有什么德行呵，
感动圣灵？”

众神人也伏地叩拜：
“凤凰呵！翱翔皇廷，
我等有何功绩，
让您亲临显形？”

凤凰拍翅而歌：
“黄帝呵！你威武沉雄，
奇才大略，愿你
与子民们普天同庆。”

黄帝决定巡视天下以扬神威，
因为他知道天下已经太平，
他让夸父、颛顼暂理朝政，
打开神门，万千神兵虎啸龙鸣。

黄帝坐着神象拉挽的白玉辇，
白玉辇散发着洁白的光影；
六条青色的蛟龙跟随左右，
像是飘渺的青云在天上飞行。

黄帝是第一次出巡，
心中万分激动。
他来到地上最大的行宫昆仑山，
昆仑山上怯尘风微微吹动。

昆仑山高达八千丈方圆八百里，
山有四面，每面都有白玉栏杆围层，
每一面有九道雄伟的山门，
每一道门下都有守卫的神兵。

黄帝的行宫层层叠叠、巍峨华美，
是由五座城十二楼宇构成。
行宫有大神陆吾管理，
陆吾人脸虎身九尾相貌威猛。

行宫里珠树玉树璇树满地，
沙棠琅干结出的美玉做成食品供黄帝食用。
这食品如珍珠般晶莹剔透，
黄帝品尝后称赞味道绝顶。

行宫里还有玉树、视肉，
晶莹的玉树环绕着一池淋浴的玉水清澈法净，
行宫里还有不死树，
还有泉水边的圣木曼兑玉立亭亭。

昆仑山向东眺望槐江山上的悬圃，
悬圃上空洁白如云的鸟儿在飞行；
悬圃向东便是钟山，
钟山里住着的大神烛阴颇有神通。

昆仑山向南眺望便是密山，
密山上流淌着玉浆甘洌清澄；
密山的南面便是雄雄浑浑的周山，
荡荡巍巍的周山浑浑雄雄。

昆仑山向西眺望便是玉山，
玉山的西王母正在那里喝着玉水美容；
玉山的南面便是嬴母山，
嬴母山上的大神长乘散发光辉熊熊。

昆仑山上向北眺望一片洁白，
清纯的暖花雪在洋洋洒洒地飞。
暖花雪覆盖了广袤的大地，
大地上一片清纯的绝美。

雄伟的昆仑山下面，
包围着无底的弱水；
弱水的周围是散发炎炎大火的炎山，
灿烂的炎火将行宫照耀得分外壮美。

黄帝在行宫召见了西方诸神，
对西方事宜进行了垂询。
然后一一做了安排，
便命应龙率神军向槐江山的方向前进。

槐江山上大神英招人面鸟身，
背长双翅在悬圃的上空守巡。
他看到西方的天空一片紫气腾腾，
知道伟大的黄帝即将光临。

英招飞到黄帝的面前，
叩谢黄帝的到来。
他亲自载着黄帝，
让黄帝一睹悬圃秀美的风采。

入夜，怯尘风在吹，
柔柔的暖花雪在飞。
黄帝与众神在悬圃静静观赏，
天地一片壮美。

向南望去——
昆仑山沐浴着金色的光辉；
向西望去——
银白色的水光时现时退。

向北方望去——
诸毗山高峻雄伟；
向东方望去——
恒山荡荡巍巍。

第二天，黄帝兴致勃勃地离开悬圃，
命应龙率神军向青要山的方向疾飞。
青要山由女神武罗管理，
女神武罗身上挂满了玉珮。

女神武罗像一朵鲜艳的牡丹花，
在青要山中开放得娇艳羞美。
她明眸皓齿，姿态窈窕，
性情温和，言语轻柔清脆。

黄帝在女神的陪伴下游览了青要山，
青要山的风光因黄帝的光临变得更秀美。
黄帝在碧波中沐浴，在高峰上操琴，
和女神载歌载舞，娱情山山水水。

黄帝命应龙征集百万能工巧匠，
建一座行宫来彰显青要山的壮美。
然后，黄帝和女神依依惜别，
驾云车又向东方出巡守卫。

黄帝游览了雄壮的恒山，
又转道来到东方海滨之水。
东海桃都山上一棵高耸入云的大桃树，
挥挥洒洒千万双手欢迎黄帝临慰。

黄帝率神兵来到冥府幽都，
由幽都大神后土相陪；
后土的身后有两位主管鬼怪的大神，
他们便是神荼和郁垒。

神荼郁垒协助后土掌管幽都，
每日检点那些形形色色的鬼魅，
小鬼阳间做错事成了老虎的美味，
神荼郁垒向黄帝汇报时中矩中规。

黄帝对两位冥神的工作非常满意，
要求他们严格管束各类小鬼。
随后，黄帝让后土驾起五彩缤纷的云车，
兴致冲冲地向南方巡回。

在出巡路上，他碰到了白泽神，
白泽神会说人话且异常聪慧，
他知道一万一千五百二十种精怪神物，
什么水怪龙蛟，什么山精怪鬼。

黄帝大喜，封白泽神为聪慧之神，
命其绘图，让仓颉编辑归类。
后土驾云车继续南巡，
黄帝看到的山河竟如此秀美。

此时应龙来报，青要行宫已经建成，
黄帝在大喜中也感到了出巡的劳累。
此刻他心里还想着一件事呢，
他非常想念女神武罗的温柔娇美。

如云的神兵列齐队伍，
风驰电掣地向西方回归。
不一会儿，千军万马已在青要山上驻足，
黄帝一看，青要行宫恢弘雄伟。

黄帝又看到了女神的娇媚，
黄帝和女神忘情于山水。
黄帝也有凡心呀，
呵，英雄也为美人儿陶醉……

# 第二十九章　黄帝之歌

伟大的先祖，黄帝呵英杰！
我们身上自豪地流淌着你的血液。
你雄姿英发，
大爱如江河不竭。

呵，伟大的黄帝先祖，
你教人们认识道路，
教人们如何制陶，
教人们学会渔牧。

你让人们熟悉山谷，
还让人们拉弓习武，
向着目标，
射出的第一箭尚在远古。

呵，伟大的黄帝多么英明，
我似乎看到你踏上金镫，
在旷野里开始趱行，
黑暗也遮断不了你英武的身影。

夜向你轰鸣着大雷雨，
并让所有的鸟儿惊惧；
还响起了野兽的吼啸，
枭妖蓬松起羽毛发怵。

但黄帝，你率领着将士顽强奔波，
困难面前你奋然不顾，
你只知道担民于水火，
你从不向困难退步。

那时，豺狼在幽谷里嗥叫，
雷雨在天庭咆哮，
山鹰尖声地召唤野兽来衔取骨骸，
狐狸狂吠着那红色的盾牌叫闹。

啊，黄帝，你知道只有真诚，
只有奉献、宽容，
只有无畏、坚强，
才能让华夏民族有一个锦绣前程。

黄帝呵，即使你击溃了邪恶的大军，
你的心里也没有轻松，
不时看到利箭散布在原野上，
经常听到华夏神民痛苦的号哭声。

黄帝呵，你心如刀割，
你用斗篷，
用皮袄，
用你所有的温暖来护佑生灵。

在沼泽和泥泞的地方，
你教会人们铺搭一座座桥梁；
在荒芜的原野，
你教会人们种植稼禾，填充饥肠。

在陡峭的悬崖，
你把可医病的草药采挖；
在桑柘地里，
你与嫘祖一起教会人们纺纱。

呵，我伟大的先祖黄帝，
你将大爱深深植入人们的心里，
用热血点燃起华夏始祖的激情，
我们决不辜负你赐予我们的正义和志气！

黄帝呵，黄帝！
不管过去了多少世纪，
我们都会为你唱起赞歌，
让歌声穿透重重云层在九天传递……

# 尾　诗

谁探视过奥妙无穷的宇宙，
谁就将拥有浩渺无垠的心灵；
谁的心灵饱含无限博大的智慧，
谁就会不断仰望布满星辰的天空。

呵，请放眼观望整个无际的苍穹，
华夏龙魂的神民们心胸如大海一样起伏不停。
渺小的我呀要将万千众神请入我诗歌的草棚，
顿时呵，上古文茎清香弥漫东方紫气腾腾。

我无意让自己的诗篇插上灵动的翅膀，
以我的诗行飞越汹涌澎湃的太平洋；
天照大光，普射华夏八荒，
我要以沙哑的歌喉将众神的颂歌传唱。

更无意横越昆仑山神圣的殿堂，
将美神女娲的诗歌嫁传到异国他乡；
我将华夏龙魂的精髓歌唱，
泰山的竖琴也定然为龙魂的精神奏响。

我将古老圣洁的神话缀成项链，
将她戴在我女儿牧歌的脖颈上。
我的诗篇如女儿咿呀学语的单纯，
那是我眼含喜悦之泪编织成敬意的诗章。

坚强的先祖如我们高贵的父亲，
美丽的女神如我们母亲般慈祥。
我眼含热泪激情澎湃，
抑止不住要为我们高贵的血统歌唱。

亲爱的朋友呵，自强不息坚忍不拔是我们的脊梁，
华夏诸神已点燃中华伟大复兴的太阳。
让我们携手把上古九州的英雄颂扬，
伟大的中华将永远屹立于世界东方。

亲爱的朋友，请你不要为我担忧，
担忧现世没有人会捧读这部诗章；
更不必对我辞不达意的诗歌进行表扬，
我的心呵，无怨无悔地为祖先歌唱。

也许，泱泱华夏天国的祖先圣灵，
无需赞美依然璀璨荣光。
在苍苍茫茫变幻莫测的宇宙里，
让我们沿着圣灵的足迹走向远方……

谱写华夏史诗

构建华夏神系

弘扬华夏精神

華夏民族系列神話英雄史詩

# 華夏龍魂

莫言

## 第三部

## 女娃之歌

牧文 著

作家出版社

**图书在版编目（CIP）数据**

华夏龙魂 / 牧文 著. -- 北京：作家出版社，2014.4

ISBN 978-7-5063-7370-8

Ⅰ. ①华… Ⅱ. ①牧… Ⅲ. ①诗集 - 中国 - 当代 Ⅳ. ①I227

中国版本图书馆CIP数据核字（2014）第071583号

**华夏龙魂**

---

**作　　者：**牧　文
**总 策 划：**徐忠志
**责任编辑：**罗静文
**装帧设计：**许世杰
**出版发行：**作家出版社
**社　　址：**北京农展馆南里10号　　**邮　　编：**100125
**电话传真：**86-10-65930756（出版发行部）
86-10-65004079（总编室）
86-10-65015116（邮购部）
**E-mail:zuojia@zuojia.net.cn**
**http://www.haozuojia.com**（作家在线）
**印　　刷：**青岛星球印刷有限公司
**成品尺寸：**152×230
**字　　数：**1100千
**印　　张：**96
**印　　数：**001-100000
**版　　次：**2014年4月第1版
**印　　次：**2014年4月第1次印刷
**ISBN** 978-7-5063-7370-8
**总 定 价：**189.00元（全七册）

---

癸巳宜蘭

《华夏龙魂》系列插图之《精卫填海》 殷瑜 绘

作者牧文在『大禹封国 三贤故里 莫言家乡』前留影

# 《华夏龙魂》序

莫言

我的家乡有一条胶河，流量不大，在分省地图上只是细细一条线，但她是高密东北乡的母亲河。胶河大多时候是一条涓涓细流，近年来更是经常断流，但她发起威来，也有浩浩荡荡、奔腾咆哮的景观和声势。在我童年的记忆中，胶河是世界上最大、最壮观、最美丽、最神圣的一条河。

后来，我看到了黄河、长江、珠江、密西西比河、莱茵河、塞纳河等著名江河，但这些江河留给我的印象都不如胶河深刻。那些都是别人的河，唯有胶河，才是我的河。这条河已经成为我的高密东北乡文学地域的重要组成部分。

青年诗人牧文也是高密东北乡人，他的家距我童年时住过的小屋很近。牧文到北京出差，只要时间允许，总会到我家坐坐，聊一聊家乡发生的新鲜事，叙一叙家长里短。家乡能有这样一个后起之秀，我感到很高兴。

有一年，我回到老家过春节。除夕之夜，牧文携妻带子，驱车赶到高密东北乡看我。回去后，写了一首诗《致莫言》。那首诗把我神化了，我不敢当。我建议牧文把这首诗献给我们的

胶河。

后来，牧文将他创作的长篇神话史诗《华夏龙魂》送给了我，让我有时间看看。我虽然读过一些唐诗宋词，但对现代诗读得不多，对神话史诗更是知之甚少，印象里，古希腊有《荷马史诗》，古印度有《罗摩衍那》和《摩诃婆罗多》，我国的藏族有《格萨尔王传》，蒙古族有《江格尔传》等几部神话史诗，但作为中华民族最大主体的汉民族却没有一部神话英雄史诗，只是有一些呈散珠状的神话片段，保留在一些典籍，如《山海经》、《淮南子》、《搜神记》、《述异记》、《聊斋志异》等文本和父老乡亲的口述史中。这，确乎是中华民族的一个遗憾。

牧文倾心我国古代神话传说的搜集、整理和再创造，耐得住寂寞，沉得下身心，积20年之功，著成了长达两万余行的《华夏龙魂》七部曲——《女娲之歌》、《黄帝之歌》、《女娃之歌》、《大鲧之歌》、《大羿之歌》、《大舜之歌》、《大禹之歌》，填补了我国汉民族长篇神话英雄史诗的一项空白，被中国作协列入2013年重点扶持作品。作为牧文的老乡，我为他的追求而高兴，为他的业绩而欣慰。

德国著名哲学家康德说过："有两种东西，我对它们的思考越是深沉和持久，它们在我心灵中唤起的惊奇和敬畏就会日新月异，不断增长，这就是我头上的星空和心中的道德定律。"不知牧文有没有受到康德的影响，他却是在真诚地仰望星空，思考星空。在《华夏龙魂》的献诗里，牧文热情洋溢地写道：

"当我再次仰望灿烂的古华夏的星空，

有多少英雄事迹震撼着我们的心灵。
纯洁女神嫦娥如月华流泻的温柔，
射神大羿和嫦娥凄美的爱情让人感动。

俯看长满白玉碧石的沃野，
有多少大神气贯长虹。
坚强之神白马大鲧为人民献出了生命，
治水之神大禹是华夏亘古绝今的英雄。”

牧文仰望星空的目的，似乎在于寻找、讴歌、弘扬曾经使华夏民族光耀世界、笑傲千古的远古神话人物。英雄和爱情是神话史诗的两大主题，牧文在《华夏龙魂》中，以灵动飞扬、细腻流畅的想象和点化之笔，串联、补缀、创造、生发了那些存留在我国古籍典册中和传诵在村野乡夫口耳间的众多神话英雄，以及他们身上所洋溢的“力拔山兮气盖世”、“贫贱不移、威武不屈、富贵不淫”的英雄气概和普渡众生、舍身为民的济世情怀，他们对美好、纯真、炽烈爱情的呼唤和追求。如许情节和描写，在《华夏龙魂》这部长诗中可谓俯拾皆是。例如，在《大鲧之歌》中，牧文描述了英雄大鲧从天庭盗来息壤，为民治水，又带领万民向帝喾的暴政发起抗争，后被帝喾施以日复一日、年复一年的残酷的刑罚。但大鲧永不屈服，他慷慨作歌：

“酷刑酷刑！
能奈我何？

我心坚固，
苦中作乐！

“凿凿凿，且凿且乐！
灼灼灼，且灼且歌！
蜇蜇蜇，且蜇且坚！
痛痛痛，且痛且倔！”

大鲧的这种拯民于水火，不畏暴政，敢于抗争的精神，不禁让人想起了希腊神话中为人类盗来火种，得罪了众神之王宙斯，被关押在高加索山上天天受刑的普罗米修斯，想起了我国神话中与颛顼争帝不胜，怒而触不周之山，使天柱折、地维绝的英雄共工。

再如，在《大禹之歌》中，牧文将三过家门而不入，胫毛磨光，专注治河的大禹写得气韵飞升，态度坚定，干劲十足。治理长江时，面对鳄鱼、蛟鱼、黄色大鱼的恶意挑战，神船剧烈晃动，随时可致倾覆的风险，牧文这样描述：

“唯大禹镇定自若：
‘我竭力为万民忧劳，’大禹笑谈：
‘若生，是天性；若死，是命定。’
大鱼们无不被大禹神定如山的气概震撼。”

唯大英雄才有真气度大气魄。这寥寥几笔，即勾勒出了大禹“泰山崩于前而色不变”的英雄本色。

在《华夏龙魂》中，牧文对纯真爱情的歌咏和描画，是一以贯之的，而且成为长诗中神话英雄与恶势力抗争主线之外的又一条叙事线索。牧文运用袅娜、细腻、生动的诗笔，对黄帝和嫘祖的一见钟情，美神女娃和战神夸父的生死相依，射神大羿与纯洁女神嫦娥的相亲相爱，坚强之神大鲧和华夏女神姣女用爱和生命孕育大禹，等等，进行了不遗余力的刻画，是整部神话史诗不可分离的组成乐章，使阳刚、雄壮的主旋律有了阴柔、细嫩的和弦的衬托和滋润，可谓相得益彰，相濡以成。

牧文在神话史诗的艺术特色方面，也进行了积极的探索和大胆的尝试。如四行一节的排列方式，不落痕迹、琅琅上口的韵脚设计，似江河回曲、流转不断的气韵铺排，描摹刻画的通透、灵动、细腻，叙事与抒情的紧密结合，整体结构的和谐对应，等等，都有一定的追求所在和相当的表现力。

牧文在这部长篇神话史诗中，对大禹与高密的关系作了一个诗化的插叙：

> “四方传来歌唱：鼻梁如泰山耸立乃为‘高’，
> 天庭饱满五官端正乃为‘密’。
> 高密啊，大禹！大禹啊，高密！
> 两个伟大的名字激荡天地。”

恰好，我读到一点史料，唐朝司马贞《史记索隐》称：“鲧娶有莘氏女，谓之女志，是生高密。宋忠云：‘高密，禹所封国。’(《世本》)”新编《中国通史》称：“禹，字高密。”可见，牧文将大禹跟高密相连带，是有所本的。

可以说，牧文用他的诗人的灵性和多彩多姿的笔触构筑了一座神话人物大厦，异想天开地将盘古、女娲、黄帝、大鲧、大羿、大舜、大禹等华夏众多神灵请进高密东北乡文学王国，虔诚地涂抹着一幅幅带有神秘宗教色彩的远古神话历史画卷，其追求之执着，其气魄之雄阔，其造诣之特出，令我惊异。

牧文让我为《华夏龙魂》题词，我略加思考，提笔写下 :“华夏龙魂，源远流长 ;生生不息，维德维芳 ;诗书继世，千古馨香。牧文小民，其志大矣 ;牧文小友，长诗万行。”

是为序。

2013 年 9 月于北京

# 精彩点评

牧文巧妙地以华夏神话传说为蓝本，展开想象的翅膀，以整个国家和民族文明发展史、整个国家和民族著名的上古历史人物及整个国家和民族在历史上所创造的神学、神话进行综合，以神话叙事诗的形式记录下来，三十年后，三万行的长篇神话叙事诗《华夏龙魂》(七卷)结集出版，这在中国恐怕是史无前例的。认真阅读可知，书中凝结了牧文的点滴心血，也清晰看到他的目标——创作华夏长诗、构建华夏神系、弘扬华夏精神。

——谢玉堂

牧文呕心沥血，完成《华夏龙魂》，可喜可贺！这是他一个人的文学大工程，也是高密文坛的大工程。远古的史诗用神话的方式呈现，近代的史诗用传奇的方式呈现，当代的史诗用写实的方式呈现。愿牧文和高密的文友们发奋努力，共创高密文学的辉煌，力争在不久的将来，使高密成为中国文学版图上的重镇！

——莫言

牧文的这部诗稿，展现出恢弘的气势、博大的胸襟，以及顽强的追索能力。它不太像这个消费时代的一个青年人的所为，但它确实是发自底层的夺人心魄的长吟。

——张炜

牧文《华夏龙魂》是一个诗学的成果。这样一个篇幅浩大的作品，填补了中国当代新诗对中国古代神话这个重要宝库的发掘，给我们提供了一个可供大家了解中国古代文化、了解中国古代长诗创作的一个重要的具体的范本。

——叶延滨

文学为什么要有艺术，我们就是要探问：我是谁？我从哪里来？我要到哪里去？我觉得《华夏龙魂》追寻的就是这三个问题。我们从哪里来？我们从远古走来，我们华夏儿女有共同的根脉、共同的传统。我是谁？我们是几万、几千年来这块土地上的人们，生生不息，长途跋涉，就这么走过来的。我们要到哪里去？我们要去寻找幸福，要找到自己的自强和自信。我觉得《华夏龙魂》就探讨了这些问题，跟我们的历史文化联系起来，跟齐鲁大地的文化传统紧密联系起来的，跟我们中国人坚忍不拔、自强不息紧密联系起来的。

——梁鸿鹰

牧文能把神话和传说变成他心中的一种形象……带着这样一种敬畏来讴歌我们伟大的英雄。牧文带着我们从上古传说中来汲取一种力量，用这种正能量来灌输到我们的文学中来。

——张陵

牧文在为我国汉民族神话诗意的再现，做着不懈的努力。

——林莽

青年诗人牧文集三十年之功创作完成了《华夏龙魂》，以华夏民族上古时期的先祖们开辟蛮荒、繁衍生息、战天斗地的英雄故事为主线，以先祖们不屈不挠的精神为胫骨，以丰厚至诚的情感为血肉，塑造了一个个栩栩如生的神话英雄人物。这部作品用诗歌的形式，精致地建构了一座中华民族宏大的意识神器，构成了中国古代文明发展史的缩影，是一曲对中华族邦的亲情礼赞。

——李军

长篇叙事诗《华夏龙魂》是潍坊市精品创作工程中涌现出的优秀典型代表。作者牧文以华夏民族的神话传说为蓝本，以恢宏开阔的气势、流畅新颖的笔调，为读者显现出波澜壮阔的上古历史，堪称华夏民族神话英雄史诗。《华夏龙魂》里的史学、文化和美术价值受到广泛关注……必将为潍坊文化艺术创作产生直接的

带动作用，必将提升和扩大潍坊文化的影响。

——初宝杰

《华夏龙魂》是牧文同志二十年笔耕不辍的倾心之作，填补了我国长篇神话英雄史诗创作领域的一项空白……高密历届市委、市政府高度重视文化建设。今天，中国作协重点扶持作品《华夏龙魂》成功结集出版发行，既是高密深厚文化底蕴的一次闪亮展示，更是我们推进文化大发展大繁荣的新起点。

——范福生

# 目　录

# 献　诗

当古华夏的历史女神在清澈的月光下展现，
我惊叹高贵的英雄和华夏民族一脉相连。
这是多么地荣耀和幸福呵，
我荣幸地把祖先的神话高声颂赞！

颂赞绿色的星球是一颗伟大的灵魂，
他让众神游弋在自己神性的心田；
他指引我步入雄伟的昆仑山呵，
望见那云开峰立，金光闪闪！

昆仑山呵，巍然高耸气象万千，
八千丈的雄峰巍峨直达九天，
山顶矗立着九重黄金神殿，
神殿四周环绕着洁白莹润的白玉栏杆。

黄金铸就的神殿在山顶熠熠生辉，
金光普照海洋大地蔚为壮观；
神殿正门面向东方一马平川，
我呵，心怀虔敬要到里面去仔细看看。

呵，我看见创世之神盘古正开天辟地，
他太阳般智慧的头颅呵光辉灿烂；
我看见育人之神女娲正炼石补天，
她高贵圣洁的灵魂如栀子花芳香鲜艳。

我看到天梯建木昂然挺拔直达蓝天，
东望泰泽波涛汹涌浩淼无边；
我看到招摇山的迷谷在黑暗中闪耀光华，
吉祥之神九尾狐毛色金赤带给人类美好祝愿。

我看到千年的石荷花漂浮于流沙的波涛，
随风起舞，曼妙如诗般美轮美奂；
我看到观水中白头红嘴的文鳐鱼，
成群结队飞翔在夜晚的静谧九天。

我看到神农炎帝品尝百草，
他的玲珑玉体内跳跃着生命的火焰；
我看到众神之王黄帝雄才大略，
意气方遒指点如画的江山。

我看到华夏心胸辽阔的疆域广袤无边，
雷神在碧绿的稷泽畔流连忘返；
我看到华夏紫气腾腾光辉灿烂，
驳马、驺吾等诸多神兽在寰宇显现。

我看到气宇轩昂的战神夸父，
他头戴橄榄枝编织的和平花环；
我看到美神、诗神女娃呵，
她头戴贤惠、温柔、美丽的桂冠。

我看到北帝颛顼少年英俊，威武英明，
天地将治理得美丽如画静如家园；
我看到大力神阿黎、巨力神阿重绝天地通，
水神共工为冲破桎梏而勇触不周山。

我看到俊仪绝伦的帝喾，
他和儿子们在治理壮阔的河山；
我看到俭朴、贤明的人间之王帝尧，
与民同乐将十大吉兆降临人间。

当我再次仰望灿烂的古华夏星空，
有多少英雄足迹震撼着我们的心灵；
纯洁女神嫦娥如月华流泻般温柔，
射神大羿和嫦娥凄美的爱情让人感动。

俯看长满白玉碧石的沃野，
有多少大神气贯长虹；
坚强之神白马大鲧为人民献出了生命，
治水之神大禹堪称华夏亘古绝今的英雄。

当我如海啸般的激情汹涌澎湃之后，
我的心灵渐渐趋于清潭般的安静；
我站在泰山脚下仰望挺拔苍远的山巅，
山巅托起众神遨游紫气腾腾的苍穹。

呵，华夏龙魂将众神一一颂扬，
华夏精神在九州激荡起猎猎雄风；
为了民众为了理想为了荣光，
华夏众神为真理自由甘愿奉献鲜活的生命！

天地间的众神呵，我高贵的祖先，
我斗胆向你们奉献我浅薄的心声。
你们自强不息的精神是华夏的根脉，
天地间必将永驻你们的伟业及英名！

# 第一章　发鸠山歌

“我要随风歌唱，
如同闪电发出的雷响，
甚至比这还要响亮，
雷霆者的歌喉将天地之门开放。

我要随风歌唱，
浊漳河的波浪打湿了我乌云般的翅膀，
击痛我火焰般的双脚，
却更加激怒我燃烧的心脏。

我要随风歌唱，
西山之石重不过我仇恨的目光，
方山的高度高不过我的誓言，
一石一木都是我愤怒的刀枪。

我要随风歌唱，
东海的涛声没有胆量为自己的罪行担当。
他是多么怯懦，
他无路可退，涛声的哀号才如此绝望。

我要随风歌唱，
当年为了爱情共工将不周山猛撞，
祝融与共工啊，感谢你们。
如今，不周山化为发鸠山代言了我的衷肠。

我要随风歌唱，
迎着太阳神指引的东方，
迎着巨大的海风，
命运女神让我为华夏民族日夜传唱。

传唱什么？
传唱女娲补天的神光，
传唱盘古开天辟地的奇迹，
神农尝遍百草，轩辕造车制陶也要传唱。

传唱祝融取来火种，
共工将天水与大河梳理整装。
传唱大爱的花朵，
让神谕的光芒盛开四方。

呵，看看我们如今的天地，
北方大片的稼禾葱葱郁郁长势很旺，
东夷的神弓在夜空划出银亮的翎羽，
南山的文茎曾把多少英雄的身体强壮。

正是槐花烂漫的季节，
我曾在五月的山林迷茫。
白狼跟踪在我身后的草丛里，
我的笑容让它自卑得更加颤栗绝望。

我看到它咬伤下唇的牙齿，
鲜血滴落在草地。
对此它毫不知觉，
完全忘记了跟踪我是为了猎杀我的目的。

我曾经只身一人去往玄水，
登上隐弁山时我遇见了无为谓。
无为谓用他惯有的笑容迎接我，
还为我倒满葡萄酒杯。

我们彻夜都在饮酒畅想，
月色如女娲的目光，
风儿柔顺，
我顷刻间感受了无边大爱的力量。

爱人如同爱己，
这样的道理我的父亲也曾经说起。
经过最初的游历，
我再也没有一丝悬疑。

我亦曾去过黄帝的殿宇，
我的叔叔第一次见到我即充满欢愉，
他送给我他最为心爱的竹笛，
还教会了我如何用笙簧吹奏乐曲。

嬉戏与游历的童年转眼过去，
充满好奇的我还未将华夏大地一一认熟，
天界外的混沌之地，
还有那席卷一切如熔炉般的地狱。

我亦曾到那里尝试毅力，
在嶙峋的岩石与四处蔓延的恶火间游弋。
直至我的衣袂布满雪莲的香气，
幽冥鬼府的浊气无法入侵到我高傲的心里。

在这里我遇见了西王母的儿子岐伯，
岐伯后来与雷公奉黄帝之命将九针制作。
又论证经脉旁通，
问难对答八十，著为难经经典之作。

这是后来的事件，
当时岐伯还是个少年，
他正站在地狱之门的外面冷笑不断，
地狱里的号叫让他绽露出喜悦的容颜。

他举起金光灿烂的旗子，
向四方挥舞不断。
那闪烁着宝石般光彩的旗子，
宛若一颗流星划过长天。

一时间，鬼哭声停止，
而四面八方传来号角声不断。
恶鬼们惶惶地排队向前，
大地被整齐的脚踏声震颤。

岐伯站在阵前，
那出众的仪表如旭日初现。
在鬼魅晦暗的云雾中，
他把众鬼之神牙生呼唤。

牙生没有行动，
他正在蛊惑泰逢。
泰逢的部落正面临战争，
漫漫火海已吞噬了大地的上空。

岐伯怒斥众鬼的行径，
甚至将天上九阳的肆虐也归罪于牙生。
他将旗子挥动，
众鬼的魂魄便如灰尘一样飘散如风。

我顷刻间被岐伯的壮举感动，
他英俊的面容让我的心跳不停。
我走上前去，不经意间看到
他的笑容显得有些慌乱有些飘忽不定。

可是我被爱情冲昏了头脑，
我走上前去主动问候眼前的英雄。
岐伯对我的到来毫不吃惊，
他拉起我的手，瞬间飞上天空。

在空中他试图拥抱我的身躯，
我的圣洁让他不敢触碰；
他试图向我释放甜言蜜语，
可是我洞明的眼睛又让他心神不宁。

我发现他不过是个浮夸的孩子，
他还不知道如何表达洁净的爱情。
可我还是那么喜欢他，
以至于不能拒绝他带我去往东海的邀请。

多么无耻的东海，
多么草率的决定，
来到东海，
没想到竟香消玉殒了我的生命！

就是这个叫做岐伯的少年，
自见到我的第一面就产生了邪念。
他不知道他的邪恶来源于地狱，
这种不自觉的感染成为他贸然闯入的梦魇。

他带领着我飞过苍茫的浓雾，
还有一座座大神的宫殿。
在女娲的圣殿上空，
我们看到她的广场平滑如冬季的湖面。

盘古的宫殿屋檐和墙壁镂刻着精致的浮雕，
屋顶镶着黄澄澄的金子非常耀眼，
门前的建木上悬挂着水晶，
石柱上拴着的天马高大而强健。

我们来到浩瀚的东海，
岐伯说他的家在大海中间。
这时海底迸溅起浪花，
浪花上翻滚着层层火焰。

多情的岐伯并不清楚这正是恶鬼的诡计，
淫欲的上升已经取代了他纯洁的心志，
恶神牙生要让更大的恶将岐伯的灵魂占据，
对此，我早已看得明澈清晰。

被欲火焚烧的岐伯向我提出非分的请求，
我冷笑着揭穿他最后的无耻。
在我的怒斥中羞红了脸面，
这原本高贵良善的天使。

他悔恨地低下头颅，
任波涛纠缠他的身躯。
他还是个孩子，
地狱的欲望让他一时迷失了双目。

这是东海之男，
也从小得到了父亲的娇惯。
东海之神见到自己的儿子遭到我女娃的拒绝，
一时气炸了心肝。

一条毒计已经在东海之神的胸中升起，
他誓要让这个无知的女孩知道东海的深浅。
我已经感觉到了抵挡不住的大风，
疯狂地刺痛我的容颜。

我的心情十分晦暗，
被大风吹动，漫无目的地飞向天边。
大海不住地喧嚣，
岐伯的呼唤我一点也没有听见。

当我惊觉海浪铺天盖地，
我回头只见岐伯焦急地向我挥动双臂。
东海狂笑着将我吞入巨浪，
涌动的水流将我甩入海底。

我意识到被东海的毒计所骗，
他向所有不在意他的灵魂翻脸。
无论如何挣扎，
在他的水流之下再大的力气他都视而不见。

我的头发遮住双眼，
冰冷的水流将我的肌肤刺穿；
我的衣裳被水流剥光，
如玉的躯体顷刻间变得冰寒。

我无法呼吸，
世上的一切在我的眼前变得虚幻。
我还这样年轻，
依依不舍的灵魂在哪里重现？

太阳越来越大，
大得让人睁不开眼；
海浪越来越高，
高得让人黎明都不见。

这炽热的太阳呀，
为何不将海水晒干，
让那东海之神在阳光显露，
将他的每一寸肌肤晒成缕缕青烟。

我的父亲呀，
此刻你是否看到了女儿正在经受熬煎？
女儿从小得到您万千的宠爱，
现在却受着无尽的摧残。

东海啊东海，
我誓要将你的躯体撕烂，
如同撕烂一副低贱的嘴脸，
我的灵魂上升，化为精卫飞上天……

精卫的歌声响彻九霄，
那凄美的音乐萦绕在天地间。
人们纷纷仰头聆听，
任泪水涌满双眼。

精卫的歌声如蓝色的星星，
凤鸟亦为她落泪表示同情。
泪滴化为种子顷刻便有了生命，
生命舒展腰身颂传精卫高歌的激情。

精卫的故事凄美得让人心痛，
多年前炎帝的妻子听訞生下两个女儿都十分聪明，
大女儿取名琼女，小女儿取名女娃，
两个女儿的美颜让世人不敢正视她们的眼睛。

琼女长着一双雾一样的双眸，
秀发如水母的触须，
脸颊如冰上的水滴，
那绛红的唇，又如水流中滚动的泛着光晕的红玉。

而，女娃则生得更加美丽，
她微翘的鼻翼上如落了霜花的蝉翅，
修长的双腿下有一对白鹭般轻盈的足，
茉莉花馥郁的馨香始终缠绕着她的身体。

女娃、琼女，
两人一出生都得到了父母无尽的爱护。
涉过初世的河流，
伴随她们的始终是欢声笑语。

如今，女娃却因为一场阴谋的爱情，
因为东海的傲慢与阴狠而失去生命。
大地轰鸣，飞沙走石，
天地昏暗，江河亦为女娃悲痛。

女娃化为精卫，
日夜歌唱不停。
东海因她的歌声心惊胆战，
岐伯亦因自己的轻浮自私而躲进了山洞。

# 第二章　东海誓水

女娃溺水化为精卫的消息传遍四方，
人们纷纷到炎帝那里诉说心中的哀伤。
炎帝亦早知道了女娃的不幸，
他心痛的眼泪不停流淌。

巨人刑天干戚舞动，
含悲历数大海的无情：
炎帝啊我伟大的头领，
女娃如此圣洁的灵魂您怎能让她如此消融？

她美丽的容颜却化为羽毛，
她娇小的双足竟化为火苗，
那如红玉般的双唇，
竟变成鸟喙尖叫。

炎帝啊炎帝，
我刑天愿为她舍身赴死，
为她忍受羽毛披身的刺痛，
只要您一声令下，我万死不辞。

炎帝的泪水再次流下：
我可爱的女娃呀，
我的愤怒如巨浪滔天，
我的心痛似用刀刮。

“炎帝啊您请听，
女娃的死亡让天地悲恸。
如果她能靠近我的太阳马车，
那么她的灵魂将得到重生。

但她现在是一只可怜的小鸟，
那些柔软的羽毛是守护她的精灵，
她只要靠近太阳车，
会顷刻间羽翼凋零。

不过，如果能够在大海中找到女娃的尸体，
那么，她的灵魂还可能重生。
可是，东海是个巨大的怪物，
找到女娃好比摘下一颗天上的星星。”

刑天听到这里，
再次主动请缨。
炎帝被刑天的忠诚感动，
他准许了刑天的请兵。

这日，刑天带领着士兵出发，
多如细沙的士兵顷刻军容整肃，一片寂静，
刑天屹立阵前，
神军一望无际，如林旗旌。

炎帝开口说道：“众位士将，
在我们的东边是大海的方向，
我的女儿女娃就被东海所杀，
她已经化为精卫在空中飞翔。

她曾是我的骄傲，
所有的天使都为她的死亡悲伤。
今天，刑天将带领你们，
赶赴复仇的战场。

是的，这不是我们喜欢看到的景象，
但东海必须为自己的原罪补偿。
去吧，去往大海的战场，
带回我们的尊严，将女娃的遗体带回故乡！”

霎时间乌云密布、雾尘滚滚，
战士们高举旗帜，喊声在山谷中回响。
嘹亮的号角吹起，
乐声中士兵的斗志更加激昂。

千军万马步伐坚定，
奔向东方，阵容浩荡。
刑天的队伍声震天地，
脚下的高山大河纷纷避让。

此时的精卫亦从西山起飞，
她第一次衔起西山的石块展翅翱翔。
浓雾升起，
遥远的东方被大雾遮挡。

精卫穿过浓雾，
露珠儿在她的翅膀上闪闪发亮。
她越飞越高，
石块硌伤她美丽的喙，鲜血流淌。

从发鸠山到东海，
她飞到第三个早晨露出曙光。
三天三夜的飞翔使她万分疲惫，
小石块在她的喙下闪着血色的光芒。

这小小的石块越来越重，
最后时刻已经重得如同磐石一样。
她无力地垂下头去，
可是誓言令精卫低下的头颅瞬间高昂。

被东海吞噬的那一刻，
女娃的誓言在东海边一遍一遍地回响：
东海啊东海，
总有一天我会让木石填满你的胸膛。

西山的木石即是我的武器，
这些柔弱的武器是我最为有力的标枪。
我会让你慢慢死去，
要将你的海水放逐到不毛的他乡！

女娃的誓言让东海之水瑟瑟发抖，
他却强装着自己充满力量。
他仰天大笑，
向天空掀起巨浪。

精卫向大海内投入第一粒石子，
东海之神鄙夷的笑声在空中回响。
精卫没有停歇，
在大海的笑声中她已经向西山返航。

大海在她的身后狂笑，
巨浪将天空的云朵击伤。
他仿佛是世间的主人，
拥有着永远不可战胜的力量。

精卫头也不回地飞走，
她不停留地飞向远方。
填平东海，填平东海，
为此，她半刻也不会彷徨。

在返回的路上，
她意外地与姐姐琼女遇上。
她哭喊着琼女的名字飞去，
喉咙里竟发出精卫鸟儿的忧伤。

琼女得知妹妹的不幸，
即刻便飞往发鸠山看望。
看到女娃身披毛羽，
琼女心痛得泪水滴满衣裳：

妹妹呀，姐姐愿意代你受过，
让我可爱的妹妹回到父母的身旁。
精卫摇头垂翅，
她尖小的喙儿鲜血流淌：

命运女神让我化为小鸟，
我的誓言也从此不可动摇。
姐姐，我亲爱的姐姐，
只是父母膝下我再无法尽孝。

即使东海浩瀚没有止境，
我也总有一天会将他填平。
我的苦难再久远，
我也不会歇停。

请你不要为我忧伤，
亦要劝告母亲多加保重，
还有父亲炎帝，
不要因为我而忘记天下苍生。

琼女止住泪水，
女娃的誓言让她想起另一位英雄，
他的名字叫夸父，
大地上正在不断传唱他的英名。

宇宙之变瞬息万千，
让我们回到久远的亘古之年，
那时的太阳有如今太阳的九倍，
炽热的火球每天绕行地球七圈。

这肥硕的太阳不停旋转，
日夜不息地将大地烤干，
江河断流无水，
万物死于干旱。

烈焰冲天，
燥热如地狱一般，
朋友们，
我们可以想像一番。

这时信的儿子夸父出生，
夸父自称“大丈夫”，生来力大无穷。
面对如此巨大的太阳他决意一路追赶，
誓要让太阳按人类的心愿运行。

人们纷纷向夸父进言，
太阳高高在上路途遥远，
你赶不到那里就会被累死，
太阳如炬，你赶到那里也会被烤干。

夸父却已经收拾行囊准备启行，
当旭日炎炎太阳东升，
夸父即告别族人，
迈开大步开始了他逐日的征程。

太阳在空中飞快地移动，
夸父在地上奔走如疾风。
他巨大的脚掌击震大地，
大地被他震动得“轰轰隆隆”。

他涉过河流条条，
越过大山重重，
太阳始终在他的头顶，
他并不停歇，脚下的力量更加充盈。

夸父跑累的时候，
就微微打个盹稍作休整。
将鞋里的泥土抖落，
脚下一座座大山旋即高耸。

夸父饥饿的时候，
就摘食路边的野果补充。
他一边奔跑，一边吞咽，
哪管野果能不能食用。

有时夸父也自己煮饭，
他用三块石头将锅支垫，
这三块淬炼为神石，
巍峨成三座鼎足而立的高山。

眼看着夸父的勇敢让太阳变色，
眼看距离越来越短，
扑面的灼热令他焦渴难耐，
强壮的身体冒起了青烟。

他来到汹涌的黄河岸边，
一口就将大河喝干；
他又来到泱泱渭水，
渭水顷刻间干涸了容颜。

夸父伸展双臂，
太阳啊，我马上就会抓到你！
首先对你杖刑三千，
就像骑手惩罚傲慢的坐骑。

太阳啊，有时你却又像个男子汉，
你这金光之箭将我刺穿，
但我还要对你杖刑三千，
让你邪恶的灵魂胆战心寒。

这时天空中飞过一只赤鸟，
她对夸父充满了爱恋：
我尊敬的夸父啊，
你已经变成一条燃烧的赤练。

快快快，在西边有一片大泽，
那里有千万亩的水田。
只有将那里的大水喝干，
才能熄灭你浑身的火焰。

感谢你好心的小鸟儿，
夸父用醉人的微笑染红鸟儿的脸，
他挥手与赤鸟儿再见，
他大步向前，却訇然摔倒在路边。

夸父死了，
他手中的木杖将地下插穿，
木杖瞬间发出青涩的嫩芽，
随后长成一片茂密的桃园。

这片桃园郁郁葱葱，
庇佑四方，绵延不断，
人间须臾，弥广千里，
落英缤纷其美无限。

# 第三章　邓林飘雪

女娃被夸父的事迹感动，
她忧伤的心中仿佛顷刻进入了光明。
她和琼女一起飞到桃林，
那里正鲜花开放，遍野芬芳晶莹。

姐妹俩在桃林里飞翔，
林间桃花芳菲，万里清风。
夸父倒下的地方隆起一座高山，
女娃在高山之下泪水盈盈。

想想年少的无知，
悔恨的女孩羞得满脸通红，
内心的伤痛说也说不清楚，
爱情使得少女的心充满柔情。

琼女陪着妹妹在林间行走，
纷纷落花映红了她们的秀容。
她们是幸福的轻盈的露珠，
如晨曦驱散黑暗时微笑的眼睛。

这一切都被一个人看见，
此人正是在泰逢部落刚刚散布完谣言的牙生。
牙生对女娃的事一清二楚，
她的遭遇正让牙生高兴。

伟大的爱情让牙生生气，
他不能允许美好的事情发生，
世间所有的美好都是他的敌人，
世间所有的伤痛才是他的盟兄。

他此次前来更有不可告人的奸谋，
桃林的茂密已经危及他的处境：
这些桃枝刺穿了他的府地，
恶鬼们被桃根利剑般钉在地府之中。

牙生亲眼看到自己的随从被一个个钉牢，
他却一点办法都不成。
这样的事情还是头一次，
他不知道这忽然到来的桃根缘何而生。

经过多方打探，
牙生才将事情弄清。
他将牙齿咬得吱吱直响，
他恶神的面容终于现形。

夸父啊夸父，
原来是你的灵魂不肯消停，
化作桃林破坏我的行宫，
看我牙生让你此生不得安宁！

牙生的狂言被众多的桃树听清，
他们共同唱出心声：
“夸父啊，我们齐声歌颂您，
您才是善良勇敢的英雄。

您清秀的脸庞闪耀光辉，
万恶的鬼影并没有遮住您的面容；
您洞察人类的疾苦，
并愿以自己的肉身代他们受刑。

我们呼唤您呀，
我们的夸父英雄，
我们高贵的领袖，
我们期待您的重生。”

听到天使们骄傲的歌唱，
牙生咬牙切齿地来到桃林中。
密集的树枝扑向牙生狠狠抽打，
满天的花朵熏坏了他的眼睛。

牙生将恶风神放出，
瞬间漫天漫地狂风轰鸣。
桃花顷刻间被吹散，
一直吹到了万里高空。

暴怒的牙生不依不饶，
嫩绿的树芽在风中飘摇，
劳作的农人被撕成碎片，
大神们的宫殿也被狂风推倒。

还有稼禾、田地、种子，
惊恐的牛马在空中咆哮，
无数的农具飞向天边，
渔人的大船在天上哭嚎。

一切美好都被恶魔驱赶，
高高地卷入空中不断盘旋，
一直飞越过人类的背后，
落在了地狱边缘的地府门前。

牙生要在那里审判美好与亲情，
誓将邪恶传播人间，
将病痛的种子种植在所有的土地上，
让恶魔与灾难永恒地与人们相伴。

大风将精卫与琼女同时吹向高空，
牙生拉开罪恶的大弓，
女娃回头叼住了牙生的箭镞，
姐妹俩飞向远方，将牙生的面貌牢牢记清。

牙生哈哈大笑，
他并未将这两个小女子看在眼中，
更不用说女娃已经化为精卫鸟儿，
姐妹俩的逃走他一点也不心惊。

牙生笑容满面，
看到满眼狼藉，心里万分冲动。
他又将恶雪神放出，
这恶神一脚踢开关押的大门，怒气冲冲。

恶雪神受牙生的统领，
但是他也并不是对牙生言听计从，
而是常常反抗牙生，
不过总是被牙生的爪牙打得鼻青脸肿。

此次牙生终于将他放出，
他二话不说一下子就将大雪狂倾，
他要埋葬牙生，
将这恶鬼之神也冻僵在雪中。

牙生没想到这招，
双脚一下子被恶雪神冻得僵硬。
桃树若再次开花，
当它们结出果子，夸父就会重生。

牙生慌忙露出笑脸：
雪兄呀，我们才是真弟兄，
你怎么忍心冻住我的双脚，
没了双脚我们还是什么弟兄？

雪兄呀，快快放我出来，
众神还不知情，
他们不会对你发难，
再也不会有谁将你关入牢中。

恶雪神知道牙生的阴险，
若真的冻掉他的双脚自己也活不成。
他无奈地将牙生放掉，
牙生转身就将恶雪神打了个两眼发青。

为了阻止邓林的花朵结果，
为了阻止夸父重生，
牙生知道冰封大地无法阻挠季节的脚步，
他还要去做许多重要的事情。

女娃与琼女被大风吹到九天，
两人在黑暗中无助地盘旋。
一道神奇的光线劈开黑暗，
让绝望的飞翔勇往直前。

他们远远地看见，
一座富丽堂皇的宫殿：
大门装饰着黄金，
门廊上的宝石灿烂耀眼。

宫殿旁边是一片湖水，
湖里面亭台楼阁，波光潋滟。
万丈朝霞喷薄东方，
湖光烂漫璀璨。

宫殿的后面是一座高山，
田野、森林跃然眼前，
白色的百合开满山谷，
纯净的音乐时隐时现。

女娲与伏羲走出宫殿，
四人仿佛已相识千年。
女娲拉着姐妹俩的手，
一见如故的友谊比美酒更浓酽。

年轻的女娃闭口不言，
她被女娲的美丽深深震撼：
目光如水，桃花容颜，
青春的女神风采无限。

伏羲则更加年轻，
他的双翅色彩缤纷如梦如幻，
轻轻一震即发出乐声，
这智慧的音乐让人停止慌乱。

“孩子们，
命运的安排让你们得经受磨难，
你们要坚守美德，
好比一座屹立的高山。

大地孕育了万千物种，
他们在大地的怀中生息绵延：
食草动物成群结队，
漫步在原野和林间。

老虎、猎豹则穴居于森林，
飞鸟在崖壁上缠绵，
鱼鳖潜于江河嬉戏。
它们各司其职，世界万物井然。

对于被放逐的灵魂，
你们的前路更加艰险。
但勇敢的心灵能让困难在脚下糜烂，
你们必须挑战自我才能梦想实现。”

女娲的忠言让女娃姐妹俩意志弥坚，
女娃拉住姐姐的手泪水涟涟。
与女娲依依惜别，
胸中涌动着复仇的誓言。

女娃向发鸠山飞去，
飞过邓林的上空她不忍心多看。
邓林上空依然狂风大作，
大雪把春天加上罪恶的锁链。

她飞至发鸠山衔起木石，
毫不停歇地飞向大海那边。
马上就要到达海边时，
她看到了前来挑战东海的巨人刑天。

刑天的军队漫无边际，
人们纷纷呐喊举起手中的武器。
东海之神虚张声势地卷起层层波涛，
刑天抡起干戚雷电挟着狂风升起。

女娃奋力将口中的石头抛向大海之中，
自己眼含热泪降落与刑天相逢。
巨人一下就认出了女娃，
他哇哇大叫，心情更是悲愤难平。

女娃向刑天表达了谢意，
但她不愿刑天加入他们的战争。
她要凭心中坚强的意念，
誓用一石一木将东海填平。

刑天对她的固执不能理解，
巨大的双脚跺得大地颤抖不停，
士兵们更是高声呐喊，
冲天豪气更激起女娃胸中万丈豪情。

女娲现出身形，
她向众人深深鞠躬致敬，
她泪流满面地诉说，
这是她个人的选择，还请大家尊重。

刑天见女娲目光坚定，
明白她心意已决无比心痛。
女娲那娇美秀丽的面容，
连同那圣洁高贵的心灵啊，将如何获得重生？

女娲的坚定让东海胆颤心惊，
掀起巨浪风一样向岸边冲涌。
女娲迎着风暴展翅高飞，
骄傲地冲破遮天蔽日的云层。

坚定的意志是心灵深处高耸的山峰，
需要倾尽所有力量去攀登。
女娲的精神如一盏指路明灯，
让罪恶颤栗，让天地动容！

# 第四章　牙生纵火

女娃送走刑天已是黎明，
她不敢停留，
马上向发鸠山飞去，
她的信念让她不停奔走。

大海呼啸，
他发出的笑声像无章的乐声：
精卫啊，精卫！
你无谓的劳作多么可笑而平庸。

女娃并不和他啰嗦，
她如一把长剑刺向高空，
把纷乱、疑虑和软弱抛弃，
只把坚定留在燃烧的胸中。

潮汐无奈地退去，
太阳车于东方起升，
沙滩上露出一串串无望的贝类，
巨大的火球灼伤了人们的眼睛。

牙生将邓林用大雪包裹，
但夸父那跳动的心音让他不敢放松。
一条毒计已经在他心中生成，
他得马上找到另一位帮凶。

牙生要找的人在北海，
他叫狻猊，是龙所生。
这狻猊生来好火，
世间所有的烟火他都能洞察分明。

但是狻猊生来凶猛，
性情更是让人琢磨不清。
牙生自有牙生的办法，
另一条奸计已经在他罪恶的胸中萌生。

牙生来到北海之城，
他看到泰逢将北海治理得一片繁荣；
他还看到富贵的东夷人脸上洋溢的骄傲，
纯净的目光中透着坚定。

整齐的茅屋排在街道两旁，
人们在纷扰的集市中穿行，
孩子们大声欢笑，
年迈的老人则在阳光下眯着眼睛。

美丽多姿的姑娘从林中走出像是出嫁，
满身洋溢着盛世光华。
她们的脚步轻轻一踏，
草地上便盛开了朵朵鲜花。

牙生被人们的幸福气得不行，
他一刻也没有停留就潜入海中。
狻猊正在玩火，
青色的火焰将海底照得通明。

牙生抱拳向前，
狻猊对他看也不看。
牙生从怀里掏出一颗火焰金珠，
这是盘古化生时留下的髌骨遗件。

狻猊一把夺了过来，
他将珠子用指尖向右一旋，
啪啪的银色火星四溅，
他又将珠子向左一旋，立即发出红色火焰。

狻猊将金珠放入口中，
口中就能喷出火焰。
狻猊哈哈大笑，
想得到这颗珠子的愿望终于实现。

牙生又抱拳向狻猊问候，
这狻猊却仍然视而不见。
牙生只好哈哈大笑：
北方的泰逢正要发动大战。

狻猊一怔，
牙生继续张口放言：
我的神剑无人能敌，
而且，我还拥有燃烧的金箭。

一听到燃烧的金箭，
狻猊内心澎湃着嫉妒与艳羡：
多年来他一直对金珠及金箭耿耿于怀，
如今金珠得到手，还想要那燃烧的金箭。

可是，他知道想得到这金箭绝非易事，
牙生却早就把他的心思洞穿：
泰逢未向你动手，
其实他是在等待夸父再生重现。

如果想得到金箭，
你最好是在夸父重生之前。
如果两人一但联手，
我想世上再也没有人能与他们一战。

狻猊知道牙生说的没错，
可是，他不愿听从牙生的蛊惑。
牙生依然笑容满面，
只说让狻猊去往邓林放一把烈火。

牙生将放火的细节述说得分外生动，
如同那大火真实发生，
在他的眼中，
似乎一下子就可以看到火场熊熊。

人们奔走哀号，
只有浓烈的火烟充斥在空气中，
万水干涸，草木皆无，
只因大火无情。

呵呵，这从未有过的大火将无数生命吞没，
人们千万年后仍然会记住此刻，
连同这爱火的龙之子狻猊，
他的名字将遗臭千古史册。

想到燃烧的邓林烈火冲天，
巨大的黑烟漫漫无边，
蓝色的火苗舔食着大地，
太空也会随之震颤。

狻猊毫不犹豫地一口答应，
他拿起自己的火戟就跃出海面。
牙生狂笑不止，
他紧随其后拖起一溜黑烟。

接下来的事情可想而知，
正在经受冰寒的邓林茫茫一片，
还有那被冰冻着的夸父的肌身，
经过大火的焚烧，一切都要化作云烟。

这正是牙生的毒计，
他定要让夸父不得重生再现。
看到邓林被大火弥漫，
牙生的内心比喝了蜜还甜。

可是，这场大火并不只是烧毁了邓林，
顺势而延的大火似乎要将世界烧烂。
狻猊一看自己闯下了祸端，
他灰溜溜地钻进北海里面。

其实此刻被大山覆盖的夸父正在地底蓄气，
冰封与烈火终于使他有了一丝生力。
邓林花开时他已经预感到此刻，
世间所有不可预知的事情正席卷大地。

夸父躺在山石下愉快地放开喉咙，
他干渴而化为石头的嗓子轰轰隆隆。
重生的时机还未降临，
他焦灼的等待充满悲情。

夸父重新审视自己的一生，
不再急于求成，
不再怒火中烧，
而是如何淡定从容。

深沉的思考让世界静谧无声，
重生的力量在无声的世界里奔涌。
眼前的酒杯倒映着昔日的豪情，
如花儿辉映着邓林明媚的上空。

夸父知道女娃的遭遇，
他看到了这世上最美女子的笑容。
他石头做成的心脏也为这美丽颤抖，
轰隆隆的歌唱穿透他石头的喉咙。

重生和爱情的秧苗，
在等待的襁褓中丰盈。
冷静的思考让夸父变得宁静，
但骨骼苏醒的轰鸣震动天庭。

他看到大火在他的胸前滚动，
万物在他的身体上哀痛。
当最后的河水也蒸发成水汽，
夸父也即将告别惨烈的修行！

他的经络正等待这场烈火，
他的考验在寒风和烈火中完成。
邓林的灰烬在夸父胸中燃烧，
理想的双翼在夸父心中飞翔升腾！

夸父终于发出一声巨吼，
山石开裂，满天霞红！
大火向后面退却，
夸父流下的泪水，变成鲜花而生。

# 第五章　初遇女娃

美丽的邓林变成罪恶的火场，
贪婪的欲望将理性的光辉遮挡，
看桃花在燃烧中绽放死亡的绚烂，
疯狂的烈焰顷刻使邓林灰飞消亡。

牙生的阴谋酿成巨大的灾难和损耗，
就是众神也插翅难逃。
狻猊放纵的大火一时将大地吞噬，
众生陷入了人类从未有过的煎熬。

女娃目睹这场旷古大难无比心痛，
暂时放弃填平大海的初衷，
衔来东海之水洒向熊熊大火，
炎帝与黄帝的子民亦参与到扑救当中。

看到大火侵吞着众生的性命，
女娃的泪水流个不停。
她悲伤的眼泪穿成珠链，
挂上乌云密布的天空。

一时间哀号弥漫角角落落，
那无数的冤魂流浪在无尽的原野。
在七月的阴雨季节，
人们终于等来天神降雨将大火扑灭。

牙生将此次火难嫁祸泰逢，
大神泰逢听到传闻后气愤透顶。
他潜入北海将狻猊擒出，
这龙之子被他抽筋扒皮收拾一通。

当得知一切都是牙生指使派遣，
泰逢来到牙生的地府门前。
众鬼被泰逢的豪气惊破了胆，
纷纷向地底逃窜。

牙生却不以为然，
他倒背双手前来迎战。
泰逢的怒火烧上九天，
不容分说与牙生战作一团。

女娃此时也前来讨伐牙生，
不想，她正看到这情景：
牙生将他的寒剑偷偷刺向泰逢，
正在酣战的泰逢却毫不知情。

女娃将手中的宝剑一砍，
“磞”地一声将牙生的宝剑打偏。
女娃的死与这牙生有着直接关联，
女娃看到他恨得银牙打颤。

泰逢知道女娃救了自己，
向女娃投去感激的一眼。
惊天的美丽让他震撼，
只一眼便让他如坠蜜坛。

泰逢被少女清秀的面容迷恋，
爱神的箭镞将他钢铁的身躯射穿，
他呆若木鸡，
竟然忘记在和牙生交战。

此时女娃的长剑被牙生握住，
女娃手腕一转在天空划出一道光线，
成群的飞鸟从天空飞来，
一串串排着队叼啄牙生的双眼。

牙生不敢大意，
他挥手施放出巨大的黑雾遮日蔽天。
女娃向高空冲去，
大梦方醒的泰逢赶紧放出金箭。

箭镞带着火光，
牙生的黑光剑正劈向女娃的秀面。
泰逢大喊不好，
可是，他已经无力回天。

这时一只巨大的手掌从天空劈下，
牙生那黑光剑被紧紧捏在双指之间。
牙生大喝一声，
宝剑却像冰一样“滋”地一声融化不见。

牙生正在惊愕，
他的面前已经站立一位翩翩少年：
他坚毅的目光如黑夜的闪电，
青色的胡须好比根根利剑。

“夸父之魂！”
牙生大叫一声慌忙逃窜，
他身后拖着一溜黑烟，
此时俊美的牙生啊，丝毫顾及不得体面。

泰逢向牙生射出一箭，
金箭带着一串烈火升上九天，
乌云翻滚电闪雷鸣，
牙生的鲜血飞溅。

泰逢的金箭射中牙生的左肩，
纷纷血雨化为美丽的苔藓。
牙生狂叫着夸父的名字逃窜，
夸父的威名吓破了牙生的鬼胆。

女娃不敢相信自己的双眼，
但夸父已屹立在她的面前。
她仔细打量眼前的英雄，
夸父也一直凝视着她的脸。

他们谁也不说话，
却已彼此相识了一万年。
是的，夸父已经复活，
是女娃的坚定毅力让奇迹出现。

女娃在大海上歌唱，
歌声让东海吓破了胆。
她不停地将木石投入东海之眼，
刺目之痛更让他整日苦不堪言。

邓林的一场大火让女娃暂时忙着救火，
这东海之神乘机向干涸的内陆逃窜。
他要将东海之眼藏起，
哪怕只是休整几天。

可是，他跑到的地方正是大泽，
狰狞的干涸被汹涌的海水驱赶。
夸父的灵魂瞬间得到解脱，
他大喝一声将身上的大山和大河踢翻。

夸父挣脱身体的束缚，
甩了甩被蜗牛爬满了的大脸，
他像新生儿一样颤悠悠地站起来，
太阳高挂中天，刺痛双眼。

他向太阳吐了一口唾沫，
才发现他的口里冒着青烟。
他俯身来到大泽旁边，
那里的碧波使他露出笑颜。

赤鸟在他的身边尖叫，
他听懂鸟儿在述说女娃的处境危险。
夸父搬起大泽，
如同端起一只大碗。

大泽哗哗响着，
东海之神一阵慌乱。
夸父仰头举起手中的“大碗”，
大泽顷刻便被他喝干。

东海之眼也进了他的肚里，
夸父似乎肚子还未填满。
女娃的安危让他挂牵，
其它暂时置之一边。

他苏醒的时刻，
正看到牙生驱使邪恶的黑雾弥散。
牙生罪恶的欲念永无休止，
夸父早就有了要收拾他的打算。

牙生见到复活的夸父仓皇逃窜，
如同遇见了熊熊的火焰。
夸父看透了牙生的无胆，
脸上豪情显现。

他回过头来，
看到了女娃那热烈的双眼。
深厚的爱情无需任何语言，
只要彼此心心相连。

夸父看见女娃秀美的容颜，
紫色的长发披垂到脚边。
可是，精卫鸟的翎羽呀，
有时也将她娇嫩的肌肤刺穿。

夸父感知了女娃不幸的处境，
这不公的命运让他怒火冲天。
他紧紧握住了女娃的玉手，
这小手的毛羽凋零如鲜花败残。

女娃的眼泪流了下来，
英俊的夸父让她一阵心酸。
爱情多么奇妙，
此刻，女娃深知什么是真正的情感。

浊漳河在松枝搭建的桥下扬波，
女娃与夸父的爱情，犹如浊漳河水一样含情涟涟。
众生的祝福在爱情的宁静中响彻，
前世的痛苦都融化成此刻的爱源。

神圣的爱情感动天地，
也迷醉了人类深情的祖先。
他们就这样手拉着手脸对着脸，
竟然忘却了还有泰逢在他们旁边。

受到冷落的泰逢觉得一阵气馁，
可是，大英雄没有自怜，
他大步走向河边，
夕阳西下，万鸟归山。

泰逢手握着利剑来到河边，
慢慢洗着宝剑上的锈斑。
夸父与女娃没有走出他的视线，
他们的幸福掀动着泰逢内心的波澜。

英雄的信念是勇往直前，
英雄的爱情会谱成诗篇，
英雄的幸福是燃烧的火焰，
太阳的光芒也为之黯然。

此时一切都是静止的，
连同太阳都显得不那么耀眼。
一切该来的似乎都来了，
幸福在心底燃烧着火焰。

这火焰成为光明，
使正义降临人间，
使生命蓬勃，
带着圣洁的字眼。

热情和自由，
爱情、正义和信念，
坚守和诚挚，
使他们彼此怀揣着大爱而无言。

泰逢仍在河边擦拭宝剑，
他将目光投向远方的大山。
这时那只美丽的赤鸟又飞来了，
她在他的头上盘旋。

竟化成一位多情的姑娘，
降落在泰逢的身边。
她半垂着透明的眼帘，
樱桃般的小嘴轻声吟念：

“伟大的英雄，
请不要气馁和苦痛。
你有你的归属，
女娃有女娃的爱情。

英雄永远不会因为爱情而消退，
更不会迷失沉沦于爱情。
当别人成为你的榜样，
你自己也成为了大家心慕的英雄。

你的多情不会伤害你，
反而更加让你自尊、大气和坚勇。
你的英名会被记住，
刻成石头留在人们心中。”

泰逢将头一举，
站在他眼前的竟是琼女。
她与女娃的相似让泰逢不禁心动，
可是，他摇摇头将目光投向天际海隅。

是的，英雄之爱并不会轻易，
爱了，绝不会轻易放弃。
琼女懂得泰逢的心境，
她默默地走向夸父与女娃那里。

# 第六章　女娲复活

琼女的到来让女娃无比欣喜，
她欢跳着将姐姐的手儿拉起。
她们坐在草地上，
如同坐上了软软的座椅。

金黄的小爱神探出头来，
他看了看夸父又将目光向泰逢投递。
小爱神摇头不语，
爱情啊，总是让人痛苦又惊奇。

琼女与女娃小声地私语，
她们肩并着肩站在一起，
不时地脸儿相贴，
她们的美丽让草丛中的花儿都躲避。

女娃的遭遇让琼女伤心不已，
她轻轻抚摸着女娃受伤的羽翼，
泪水如珠不停地滴，
灵魂仿佛要离开自己的肉体。

母亲听訞要让琼女去往大泽，‘
因为他知道琼女的心思，
但是，她要化为赤鸟，
到时她会知道母亲的用意。

琼女立刻向大泽飞去，
她还是听从了母亲的建议。
到达大泽的时刻，
正是东海之眼藏进大泽里。

琼女看不明白，
东海之神到底玩什么阴谋诡计。
她刚要飞回家去向母亲禀报，
却在青吾山与无为谓碰到一起。

无为谓正在垂钓，
可是，江河被大火烤干久矣。
无为谓笑而不语，
没有水哪来的鱼儿?

笑意甫落，
轰隆隆大水汹涌而至，
江河顿时恢复了生机，
鱼儿欢跳，一切都那么神奇。

无为谓高声大笑，
他早就看出了东海之神的诡计。
他相信，磨难是成就英雄的阶梯，
如今正是果子成熟的秋季。

琼女禁不住心中欢喜，
她明白了无为谓的用意。
东海之神固然阴险，
却也能创造生命的奇迹。

东海之神也有他的弱点，
所有的脆弱都不堪一击，
聪明的精卫即发现了海眼，
强大的东海之眼，抵不过一粒石子的尖利。

东海之神只有向内陆逃窜，
这样，再干涸的土地也会恢复生机。
看命运女神正将杂乱的世界重新排序，
到时夸父复活也是必然的日子。

琼女一下子明白了母亲的用意：
夸父复活喝干了大泽并不惊奇，
连同那强健体魄的东海之眼，
也被他吞进了肚里。

失明的大海一阵巨痛，
他翻滚着大浪向内地狂袭，
整整干涸了四个月的大地开始苏醒，
嫩芽欢腾着钻出大地。

夸父复活后，
琼女化为的赤鸟飞至。
夸父在危难时刻救下了女娃，
正是因为赤鸟将女娃的险境向夸父传递。

一切都已经清晰，
女娃感动地流下了泪滴。
他们走出密林，
海风吹动了他们的发际。

太阳西下，
夸父与女娃走在一起。
余晖将万物变暗，
往事被他们牢记。

日落总是令人不安，
富丽与贫寒在晚霞中迤逦。
怀抱忐忑仰望长天，
落日的绝望辉煌绚丽。

晦暗的原野锈迹斑斑，
远方是一望无边的地平线。
斜阳的喧嚣自负而野蛮，
要抓住这热烈的光芒是多么的艰难。

所有的幻象都那么灿烂，
却无法照耀将来的黑暗。
恐惧游走在天地之间，
他看见夸父高扬起生命的勇敢和尊严。

这巨大的太阳让他厌烦，
去追赶他要用一生的时间，
哪怕他烈日炎炎高挂中天，
哪怕他不屈不挠要把他烤干。

此刻万籁俱寂，风儿平息，
野兽和鸟儿都进入梦乡里，
点点星光的夜幕低垂，
海洋静静躺着，没有一丝痕迹。

泰逢看到女娃与夸父坐在一起，
他的心里充满了妒嫉。
他不愿继续呆在这里，
琼女却小鸟依人地不愿他去离。

琼女向泰逢打听东夷的风情，
还有，泰逢金箭的神奇来历。
泰逢闷声不语，
可他钢铁般的心脏却已经柔软不已。

夸父捧起女娃的玉手，
精卫的羽毛让夸父再次心悸。
女娃向夸父讲起她的故事，
夸父知道东海的心胸狭窄不值一提。

皎洁的月亮升上九天，
夜晚让爱情浓郁缠绵不已。
闪烁的群星眨着明亮的眼睛，
最耀眼的星星围绕在他们的身际。

乌云黑压压地滚到天边，
让空旷的夜晚更加黑暗；
月亮怜惜英雄的爱情，
穿过云层洒下银色的光线。

英雄的爱情让天地震撼，
连多嘴的虫子都为之感叹。
见到俩人如此甜蜜，
琼女故意地将泰逢带到河边。

夸父的胸膛宽广无边，
让女娃的安睡无比温暖；
夸父却焦急地睁大双眼，
等待第一缕曙光升起在黎明的地平线。

天亮夸父即拉着女娃上路，
他甚至来不及向琼女泰逢说声再见。
他默默无言大步流星，
眼前的风景他视而不见。

女娃没有打扰他的沉默，
她不能让填海的任务成为牵绊。
她跟随夸父疾行如风，
哪怕一路天涯，山高水远。

女娃能感受到夸父心中的波澜，
这预示着有重要的事情就在眼前。
她跟随着夸父来到了沂山，
夸父双手举起大山气冲霄汉。

他迈开大步向东方行进，
轰隆隆的脚步声让大地为之震颤。
女娃不明白夸父的意图，
她好奇地跟随夸父一路向前。

夸父几步即走到了东海面前，
这时女娃恍然悟返。
东海之神跃然跳出水面，
他扑通一声跪在夸父面前。

东海之神已经失去了双眼，
他再也无力兴风作浪，更不敢迎战。
夸父举着大山一动不动，
巨大的力量让东海为之惊叹。

夸父的坚定让东海之神心中恐慌，
他挥动衣袖，掀起大浪滔天，
女娃那美丽的肉体啊，
缓缓升出水面……

# 第七章　女娃夸父

呵，夸父终于看到了女娃的肉体：
光滑的脊背闪烁着大理石的纹理，
微翘的双乳如含苞的莲花，
光洁的额头饱满而瑰丽。

东海托起她圣洁的身躯，
被刺穿的天空洞开在她的光芒里。
一切疑虑和软弱被劈成两半，
宛如红日初升于晨曦。

啊，我的爱人，
让我们一起歌唱胜利！
你那紧闭的双眼，
似乎陷入从未有过的沉思。

看七彩的光芒绕着你，
天庭的仙乐如缕如丝。
你是弦琴，
将火热的天光奏成多情的曲子。

女娃啊，
你的长发垂着水滴，
像一片锦缎映亮天地。
挣脱束缚，我们的前路充满希冀。

啊，女娃，
我的躯体将与你化为一体，
你是我最为亲爱的女神，
爱情的热浪在我们心里荡起涟漪。

夸父轻轻托住女娃，
任东海之神跪在那里。
精卫鸟儿在他们头上鸣叫，
将要重生的幸福使她欢啼。

夸父看眼前失明的东海之神，
欢愉的众人不禁升起一丝惘惜。
夸父知道东海之眼就在自己的肚中，
这宝珠使他神清气爽浑身充满力气。

善恶报应让夸父轻易把沂山举起，
也能让恶毒的东海跪倒在地。
夸父的胸怀如月光一样坦荡，
他吐出宝珠送到东海颤抖的手里。

重获光明的东海之神羞愧难当，
他久久地向夸父施礼。
他为他的自私付出了代价，
为自己的行为生出了无尽的悔意。

夸父不再理他，
东海之神嚣张的气焰已经消失，
他悄悄退回大海，
潮汐将他慢慢带回深蓝的大海里。

此时，精卫鸟儿毫不犹豫地升上天空，
灵魂无所的日子啊，已经远离；
那羽毛刺穿皮肤的遭遇啊，
将成为命运安排的一次经历。

红色血液流动的响声，
自发鸠山传来的悲啼，
还有那孤独无助的恐惧，
一切都变成了黑色的记忆。

阳光穿透乌云，
一切都不再服从恶念的旨意。
精卫在高空盘旋，
小巧的羽翅竟将大风卷起。

灵魂的火焰燃烧了精卫，
这光让夸父禁不住仰望天际。
这光是如此明亮，
生命的复活如春天融化的小溪。

精卫不见了，
没有人知道她去了哪里；
橙色的光不见了，
女娃的身体开始微微颤栗。

啊，女娃，
欢迎你！
看看我，
看看我们是否还是那样熟悉。

女娃似乎正在做着一个长久的梦，
梦里传来了谁的梦呓？
宛如妈妈的温暖的爱抚，
让她的沉睡如此甜蜜。

夸父荡起一叶扁舟，
女娃安稳地睡在其中。
被驯服的大海风平浪静，
微风轻拂，浪涛叮咚。

女娃啊，
像个婴儿般入梦。
这坎坷而漫长的梦境，
你与夸父相遇在微风细雨中。

夸父啊，
慢慢将船儿摇动，
宛如慢慢将琴弦拨弄，
这乐曲轻柔，让人忘记伤痛。

呵，天使们站在岸边歌唱，
女娃与夸父的复活让他们如此欢腾。
他们在晨光中歌唱，
犹如青涩的小草迎接旭阳东升。

女娃揉了揉惺忪的眼睛，
晨光使一切披上了神圣的外衣，
呀，女娃终于从黑暗的海底醒来，
一醒来，她即将热烈的目光传递。

噢，夸父，

你就在我的身边，你就在我的心里！

除了太空还有什么能比得上你宽阔的胸襟？

你刚毅的面容如那轮新日。

噢，夸父，

在梦中想着你！

我是那样渺小，

渺小得如同一颗晶莹的泪滴。

噢，夸父，

我终于遇上你！

这不像在琥珀杯中的美酒，

不会因瞬间杯盏的迸裂而流溢。

噢，夸父，

我们的爱情难道是梦呓？

它清凉纯净如早春的小雨，

这小雨誓要赐福给干渴的大地。

夸父拉起女娃的玉手，
因为激动，英雄流下泪滴：
女娃啊，
你藏在我的心里，从未远离。

我的喜悦啊，
从四面八方奔集。
快乐、自由、爱呀，
不断塑造着我复活后的身体。

夸父与女娃来到草地上，
梅花鹿抬起湿漉漉的眼睛注视，
云霞和森林包裹在薄雾里，
海浪轻柔地诉情表意。

女娃温柔地贴着夸父，
在他宽广的胸膛上偎依：
“我曾胆怯地匍匐在安全的庇护下，
我的心却紧紧贴着海底的礁石。

在黑暗无光甚至失去时间的境地，
我一度陷入巨大的空寂。
没有未来，没有希望，
只有仇恨在我的内心堆积。

想想我的童年，
想想我曾踮足迈动轻盈的步履，
也曾经精心修饰姣好的容貌，
我插金戴玉，熏香涂脂。

而正因这些世俗的表现，
让岐伯对我产生轻浮的邪意；
东海这心胸狭窄的老东西，
竟不问缘由将我葬送海底。

我的爱人，
我的夸父，我永远的伴侣！
想想年轻时的事情，
不禁羞愧得我面红耳赤。”

“不，女娃，
不要如此贬低自己。
正是你的刚毅，
将漫长的岁月重新归还到我的生命里。

将一切给予的，
是你。
而我正是因为有你，
便拥有了爱的权利。

你如此纯洁，
甚至最为洁净的泉水也要追随你；
你是如此美丽，
甚至花朵都要将你的芬芳学习。

你向群鸟歌唱，
群鸟也鸣唱报之以礼；
你创造了你的大地，
以至于大地也从此充满诗意。”

夸父与女娃紧紧挨在一起，
他们走进农家的果园里，
果实成群结队地推推搡搡，
农人笑着将果实摘下树枝。

人们请两位大神吃新鲜的水果，
还将美酒布置。
人们围着两位大神唱歌，
要他们将祝福赐予他们的村子。

女娃去看望了老人，
还为新生的孩子取了好听的名字；
夸父教会了人们如何挖井，
还教会了人们寻找鱼群的信息。

人们向夸父述说了太阳留下的祸害，
夸父向人们保证会亲手脱下太阳那害人的袍子。
他们向村人告别，
人们为他们准备了最为丰盛的美食。

夸父与女娃走向远方，
不久他们进入了一座辉煌的都市。
这里是东莱，
黄帝的助手力牧将这里治理。

夸父与女娃走在繁华的街道上，
人们见面总是彬彬有礼，
老人坐在树下纺制蚕丝，
女人拥着娇儿将渔网编织。

男人们有的在打造木船，
有的在烧制陶器，
还有人在制造弓箭，
为自己准备武器。

夸父看了看这骄傲的太阳，
太阳神的马车在天上显得巨大无比。
可是，凭着世人的能力，
谁也无法对他的高度有所企及。

就连自己，

夸父也曾因鲁莽而在逐日的路上渴死。

但是，这巨大的火球啊，

我不会将你放弃！

# 第八章　风后力牧

夸父与女娃在东莱城暂住了数日，
没有人对他们的身份产生好奇。
人们为他们准备美酒，
还将美食送到他们手里。

女娃将草药的配方告诉女人，
向女人们传授嫘祖制衣的秘密，
还有如何制陶，
如何将水与食物分开煮食。

人们在夸父与女娃面前显得十分谦卑，
看见他们总是首先远远地躬身施礼。
这是一群善良朴实的子民，
已开始明白知识带给他们的无尽创造力。

风后在街上找到这对恋人，
正是他们刚要离开时。
他一手挽着一个，
一定要将他们留在城里。

风后是黄帝的干将，
是他帮黄帝将华夏治理。
夸父与女娃见到风后十分高兴，
原来，他们很久以前就认识。

相传黄帝一日午睡做得一梦，
梦中起了大风。
大风起兮云飞扬，
大风起兮草木惊。

这大风直吹得天昏地暗，
将污浊的大地吹得纤尘不染。
还梦见有人拉动强劲的大弩，
将成群的牛羊赶进大山。

黄帝梦醒后觉得很奇怪，
他意识到有好的执政者将要出现：
风象征着号令，
驱赶牛羊象征着牧民行善。

黄帝随即派人去寻找风姓之人，
没想到风后正等候在大泽边。
风后随黄帝一道远上青丘，
后来还与力牧一起平定了泰逢之乱。

而力牧的出现则有另一段传奇：
智神伏羲为人类寻找可驯服饲养的野兽却未遇见，
竟于群山之中拾到一婴儿，
虽置身荒野，但豺狼饿虎要伤其分毫竟不敢。

伏羲将此子收养爱抚，
教会了他天下五行之术，
还将八卦的道理向他传授，
这个弃婴就是力牧。

力牧有着过人的才能，
七岁便可观天象预吉凶，
十二岁即将济水治理，
十八岁即与黄帝一起经历了黄河的浪涛汹涌。

有着这两个人的帮助，
黄帝的国力才开始昌盛。
现在他们一起款待夸父女娃，
超人的智慧会比国运更加兴隆。

夸父与女娃到来时正是春天，
风后与力牧盛大仪式在高台举行。
祭祀的长号一直吹到天昏地暗，
漫漫白昼与日落却一片润湿不清。

夜里人们在火堆边忧伤地歌唱，
所有人都悬在时间中。
生命只是一瞬，
如白昼的晨光一样短暂，说停就停。

心中的热情比夜晚的篝火更旺，
能让麻木的精神绽放光芒。
所有的忧伤都化为灰烬，
只有圣灵降临的火光。

夜晚漫延，黑暗绵长，
快乐的灵魂在大地上闪光，
湿润的大地为之颤栗，
生命的活力伴着歌声荡漾。

朋友们，
请眺望远方，
请选择你可能选择的路线，
你会发现大神的圣德光芒万丈。

如这初春的花朵一样啊，
爱，勤劳与自强，
在眼睛之上，
还有洪水和干旱定要放在心上。

止水和填沙，
在争斗中似乎谁也不占上。
坼裂的失去元气的泥土，
张目结舌将徒然无益的劳动张望。

朋友们，
放声大笑而没有欢乐和畅想，
我们一不小心，
就进入了大地的死亡。

不，
我们要永远歌唱，
没有忧伤，
没有死亡。

我们不会在乎水和火的嘲弄，
水和火取代了城镇、野草和牧场，
我们拒绝贪生怕死的安逸，
就像水和火也必将腐蚀消亡。

我们不会遗忘圣殿的歌声，
不会遗忘在毁坏的农田里插秧；
我们不会惧怕种子飞走，
果实腐烂前的气味连狐狸都知而不忘。

噢，我们是永远纯洁的部族，
勇敢、欢愉，充满善良。
我们将为爱而保存礼物，
将内心的火热奉献给衷肠。

女娃的泪水在这时滴落，
夸父的歌声让她忘记了忧伤。
风后与力牧则陷入沉思，
他们同时因夸父的豪情引起共鸣畅想。

第二天他们开始对新的东西产生兴趣，
他们开始改进人们烧制陶器的熔炉，
还一起研究用来耕地的犁具，
很快他们改进的东西就走进了千家万户。

其中最让人惊讶的是他们共同发明的大弓，
这弓身比成人的胳膊还要粗，
黑铁铸就的箭镞能将月亮射穿，
人们欢呼雀跃，快乐的叫声震动天宇。

# 第九章　神智迷失

女娃为大弓制做了美丽的翎羽，
弓箭一射出即发出动人的音符。
夸父将大弓留在东莱城，
可是风后一定要将大弓送给夸父。

女娃与夸父将要上路，
西山的凉玉是女娃必须要找到的器物。
人们为他们举行欢送仪式，
孩子们列队为他们唱起神圣的歌曲。

呵，那歌声比鸟雀的歌唱得更悠长，
飞上枝头如迎风飘扬的旗帜。
女娃将神谕赐予孩子们，
愿他们快乐幸福勇敢而充实。

孩子们都和着拍子跳跃，
女神女娃啊真美丽，
你的赐福给我们鼓舞，
成为我们永远的精神激励。

让魔鬼的邪恶的信使，
死神的忠实的信士，
还有那让人气愤的自私，
都与我们远离。

任何专横跋扈的暴徒，
都不容走近我们的心里；
只有鹰，那羽族之王，
勇往直前不断高飞才值得我们学习。

女娃点头笑容微微，
孩子们的歌声让她欣慰，
让她白色的纱裙更显洁白，
黑色的眸子更显深邃。

女娃与夸父上路，
他们手挽着手祝福。
人们向他们微笑致意，
祝福这一对神仙情侣。

可是，另一个人却生活在悲愤里，
他内心焚烧着妒嫉，
因为爱而生出无尽的恨意，
是的，泰逢很心虚。

夸父造大弓的消息已传到泰逢耳里，
那神奇的弓能大过我神箭的威力？
恶念熏心的泰逢，
一刻也不愿相信这样的现实。

自负的邪欲迷失了大神的理智，
他怀揣着满腔的烦闷与妒忌，
举起神箭即向东边奔去，
誓与得意的夸父一比高低。

汹涌的爱欲让他难以平静，
就像熊熊烈焰燃烧在心底。
他梦想赶紧前去紧紧环抱
女娃那纤细的腰肢。

也许，勾起了泰逢的情欲，
正是美神的美丽，
犹如给利刀添刃，
为泰逢找到这个理由才觉合适。

是的，明丽的嫩白与嫣红，
女娃是那样的无与伦比，
纯净、美丽显耀在她的脸上，
泰逢仰慕天穹的心发出一声叹息。

那儿，女娃的星眸，
亮似天国的银星光彩熠熠，
以冰清玉洁的柔辉，
向大地上的美好致意。

只因前一天夜晚，在泰逢的帐幕，
他不该向族人提起女娃的美丽。
他的爱慕让他昏了头脑，
还失去了领袖的理智。

他向族人夸耀他的幸运，
要结成美满的连理，
必须与这美貌的淑女。
口气高傲自负得无法理喻。

说帝王贵胄们尽管威名卓著，
要匹配这旷世的神姝却没有资历。
呵，世间有几个幸运儿，
一睹女娃的容颜即一生欢愉。

“呵呵，
夸父这个莽夫哪里配得上你。
只有我泰逢，
才有资格娶到这样的美妻。”

他喝了酒，
这些酒话连他自己都不明就里。
在骄阳金辉凌迫下，
他越来越觉得得与夸父一比高低。

哎，“美”本身自有威尊，
睽睽众目之下泰逢说出了内心。
是的，女娃是那稀世之珍，
只有他才能拥有这纯洁的女神。

这愿望怂恿了倨傲的泰逢。
所有邪念的不断延伸，
往往源于内心升腾的激愤，
还有他那高傲的自尊。

泰逢部族中善于奉承的属臣，
竟开始夸耀泰逢对女娃的忠贞，
并且武断地认为族长应该享有这个福分。
被爱情冲昏头脑的泰逢马上就开始动身。

路上他竟然遇见了牙生，
这个曾经被他射中的恶神。
牙生笑容满面地等在路上，
向泰逢奉上他最为阴毒的箭身。

牙生向泰逢夸耀夸父的神箭，
说是不用他的箭身泰逢不会打过夸父半分。
决斗有决斗的规矩，
可是，按规矩你不可能接近女娃的娇身。

泰逢知道牙生的为人：
若不是牙生想借刀杀人，
那么就另有非分的念头。
泰逢抽出火箭，露出冷冷的眼神。

牙生还要试图蛊惑，
将泰逢地位、荣誉、亲友一一说真，
可是洞明的泰逢已搭弓上箭，
坚定的目光对着牙生滋滋燃焚。

牙生无奈地转身离去，
泰逢的箭镞向虚空发出一声叹息。
他没有射出此箭，
英雄不会向失败的对手乱击。

虽然他不能没有女娃，
却决不接受牙生的无耻诡计。
他希望通过实力战胜夸父，
女娃才能对他死心塌地。

人人都向往光荣与荣誉，
为了赢得她需要艰辛的努力。
哪怕前路坎坷历经风雨，
英雄自有英雄的正气。

哎，爱在夜深人静的时刻，
已经悄悄来至。
困倦昏沉的睡神，
合拢了众人的眼力。

泰逢一路向前，
天空的星星都已休息，
只有原野上枭啼与狼嗥，
预告即将来临的战事。

他真真切切地预计，
要与夸父开战的种种危机。
在他纷乱的内心，
他反反复复地猜疑。

盘算尝试，
他对自己的能力没有忧戚。
一切胆小、犹豫，
还有那可悲的忧伤都让他鄙弃。

呵，泰逢啊，
你难道将大神的光芒忘记？
倘若真的是这样，
那么，千万不要遮掩你的行迹。

开创，开创！

英雄的战歌唱响。

他的足音为他鼓舞，

他的心跳还是那么激荡！

# 第十章　大战泰逢

泰逢独自走在旷野当中，
四面的风裹挟着他飞奔的身影，
卷起的尘土扑打着他赤红的面孔，
身边大海的波浪撞在山岩上石破天惊。

他的心中充满思念，
还有嫉恨无穷，
可是，他看不到明亮的星子，
也听不到低吟的夜莺。

他脚步不停地追赶着夸父，
一枝一枝燃烧的箭镞照亮他的行程，
他向着女娃那里飞奔，
有时竟忘记了他要与夸父展开的战争。

多么矛盾的心理，
多么迷茫的爱情。
在繁星沉睡的宁静而黝黑的水面上，
女娃的形象如一颗炫目的水晶。

忧郁而美丽的女娃啊，
已越过一万年时空，
你纯洁的光芒淌过这黑色长河，
任你温柔的体香在晚风中一片晶莹。

泰逢的脚步不能阻止他的相思，
他愿意自己变作微风，
去亲吻她的乳房，
把她的长纱巾散成花冠的模型。

呵，冰雪一般美丽！
我洁白的女娃呀，
如果不能陪伴你，
如果不能与你相依，生命还有什么意义。

泰逢趁着星夜前行，
将手中的火弓握得通红如炽。
当黎明到来的时刻，
他将夸父与女娃追及。

他忽然有些羞涩，
看到女娃与夸父的影子，
他竟然不知如何表达自己的情愫，
但是，还有什么能够战胜爱的旨意？

他搭弓上箭，
只听得箭镞燃烧哧哧。
他大喝一声，
那箭羽如飞翔的凤凰升上天空里。

泰逢的愤怒如此强悍，
他一下跃到夸父面前，
他将自己射出的箭镞接住，
一下子横在了夸父前进的道路中间。

夸父看到被烈火包裹的泰逢十分惊讶，
他还来不及向泰逢问好就听到他的大喊：
夸父呀，夸父，
我要向你挑战！

没有什么可以讲和的条件，
英雄从来不会为了爱情退到一边！
现在，你也拿出你的神箭，
我们就在这里为爱情而战！

女娃伤心地摇着头，
她不知道应该如何让伤心的泰逢休战；
夸父却笑了，
为了爱情他无路可走勇往直前。

女娃挡在他们面前：
我们是华夏神族的祖先，
我亲爱的朋友，
我们的职责只有华夏的明天。

我们上路是为了寻找西山上的凉玉，
而不是让你与我兵戎相见。
华夏的子民还生活在苦难当中，
我们不能为了自己的私欲对此视而不见。

泰逢的嫉火正浓，
女娃的话语他根本听不见，
他拉着夸父前行，
誓要将决斗的行动实现。

夸父甩开泰逢的大手，
他向女娃深情地看了一眼：
我纯洁如旷野中清风般优雅的爱人，
守护我们的爱情我无悔无怨。

为了爱情，
为了维护神族的尊严，
请您不要伤心，
也不要将两个男人的决斗阻拦。

女娃伤心地流下了眼泪，
泪水滴落化作片片茉莉花瓣。
女娃摇着头退到高大的建树后面，
她善良的心啊不愿看到他们为了自己开战。

这时天空中响起叮咚的乐声，
飞鸟们寻着乐声飞入山间。
琼女来了，
她怀里抱着琼琴，弹奏的曲子让人心颤。

琼女泪流满面，
她爱着泰逢，
可是，泰逢对她的爱情呀，
怎么会如此视而不见。

琼女知道无法阻止什么，
可她怎么会冷漠地不前来规劝？
这就是爱人的心啊，
泰逢看到她亦发出一声长叹。

夸父轻轻从身上取下大弓，
他将弓弦紧紧缠绕了两圈。
他为黑铁的箭头抹上猪油，
将箭羽用梳子梳理了一遍。

泰逢冷笑地看着这一切，
夸父的心脏似乎已经被他的目光射穿。
他们背向各自走出五百步，
在青草丛中，他们变成渺小的黑点。

可是，他们的形象又是多么清晰，
为了爱，他们就此宣战。
英雄的决斗坦荡而公平，
只有光明的力量才能捍卫爱的尊严。

泰逢向夸父点了点头，
夸父亦回示了对手的挑战。
他们拉起自己的大弓，
原野上顿时响起轰轰雷电。

两只神弓拉满，
如两只圆月在夜空呈现。
两位大神相互盯着对方，
只听“崩”“崩”两声，两箭离弦。

泰逢的箭镞带着赤色的火焰，
夸父的箭镞闪烁着比死亡还要可怕的黑暗。
两只神箭相对而射，
相遇时彼此向对方报以相惜的喟叹。

两把神弓弹射，
声响震天。
地上的沙石飞向天空，
一片天昏地暗。

夸父一动不动，
泰逢也屹立如山。
啪！一声巨响，
女娃和琼女绝望地闭上了双眼。

箭镞深深地插入两位英雄的胸膛，
鲜血飞溅！
玫瑰花儿开遍山谷，
一切静止了，连同那永不停息的时间。

女娃奔向夸父，
琼女亦早早地奔到了泰逢身边，
两个伤心的女神呀，
男人们的选择多么愚蠢可怜。

孤寂寒冷的大地上，
刚才还挺立着两个大汉，
转瞬间你们是如此鲁莽地彼此挑战，
用鲁莽的决斗来安慰你们可怜的尊严。

噢，夜莺婉转而悲切地啼鸣，
他们的歌声唱给伴侣来听。
天穹和田野都荡漾着他们的歌声，
动人的曲调化作凄楚的悲鸣。

女娃发出旷世悲诉，
琼女在一边弹起琼琴伴鸣。
两个自私的男人紧闭着双眼，
鲜血将全身染红。

他们没有醒来，
他们也许以为自己死得光荣。
其实是爱情的醋意杀死对方，
他们还以为自己是伟大的英雄。

# 第十一章　施泽于民

女娃将夸父的身体放平，
琼女也将泰逢放入草丛之中。
这时夸父发出一声叹息，
他睁开了紧闭的眼睛。

他胸口的箭镞燃烧起一层烈焰，
最后只在伤口留下梅花疤容；
泰逢的伤口如夸父一样，
胸口梅花的烙印使他们成为神族的象征。

女娃抚着夸父的伤痕哭泣，
上苍啊，你的惩罚在此验证。
琼女将泰逢扶起，
英雄竟也羞得满脸通红。

两位英雄彼此对望，
女娃悲戚的哭声他们听得分明，
琼女的琴声亦将他们的灵魂唤醒，
一切都是那么澄清。

我们的小爱算得什么，
可是你却把它捧在你的手中。
我在寻求欢乐时搜集了哀愁，
而你却把你的欢乐奉送。

我的种种欲望都被撕成碎片，
而你送给我一串洁白的水晶。
爱人，我感到羞愧，
一种大爱的情怀已在胸中诞生。

夸父走向泰逢，
他拍了拍泰逢：
兄弟啊，
爱情怎会因为恨意而诞生。

看看琼女那哭红的眼睛，
经过死亡的历程，
相信我们将爱情的真谛已经看清，
自私的占有难道不是来自恶神牙生？

泰逢拉着琼女的手，
琼女一副无比娇羞的面容。
看着她那美丽而哀伤的眼睛，
泰逢的心被深深刺痛：

我尊敬的女神啊，
瞧瞧我都做了什么事情。
爱情到来的时候我却不在，
我的爱成了一只爱玩的风筝。

请原谅我的鲁莽，
请聆听我的心声，
我们是神族的后裔，
正义始终在我们胸中。

我们会去往大地，
会去往牛群遍地的田野中，
还有阳光烤焦的干涸的湖畔，
去教会人们生存的技能。

四位英雄点头致意，
是啊，小私小爱的情感让我们脸红，
华夏大地正需要我们为之战斗，
走，让我们踏上征程！

女娃与夸父首先飞向空中，
寻找西山的凉玉才是他们的初衷，
他们向琼女与泰逢告别，
祝福将永远伴随他们前行。

女娃与夸父来到了农田，
人们正面对干涸的大地满面愁容。
夸父教会了人们打井，
还让人们用水车将水运到田中。

女娲与女人们共坐相望，
智慧的目光将女人的眼睛映亮。
她教会如何找到可食的蘑菇，
如何用肉来煮出美味的鲜汤。

他们来到了最为干涸的沙漠，
夸父大喝一声将泉眼震旺。
那晶莹的泉水喷射向天空，
浇灌良田万顷丰收在望。

他们来到多雨的林层，
在鸟兽不断的山间他们艰难地前行。
他们将散居的人们聚集，
教会了人们怎样搭制草棚。

他们来到布满石块的青城，
夸父用青铜的凿子教会人们凿石建城。
还有如何将野兽驯服，
让他们帮助人们放牧春耕。

女娃与夸父是那样的忙碌，
天上巨大的太阳却无动于衷：
人啊，你们多么卑微，
贫贱的像一只只爬动的小虫！

女娃呀夸父，
你们为充饥而画饼，
两个不知深浅的小民，
我才是这个世界的统领！

我只要轻轻抖动我的袍子，
那再青翠的绿叶也会烧净，
再丰沛的河流也会干涸，
再寒冷的冰雪也会蒸腾。

还有你们，
只要我巨大的袍子轻轻颤动，
你们那娇嫩的肉体，
也会化为一缕青烟腾空。

夸父与女娃都听到了太阳的狂叫，
夸父抬起头来怒视苍穹。
女娃却笑了，
她拉着夸父走入林中。

女娃知道还不到时机，
一切都需如寒号鸟儿般忍耐寒冬。
忍耐就是力量，
犹如饥饿时忍受冬眠的黑熊。

这一夜夸父与女娃皆梦见可怕的事情，
他们醒来还陷在巨大的恐惧当中。
他们走出门去，
果然一场瘟疫席卷大地天空。

紫色的茅草刺破天空，
成熟的庄稼竟变成杂草丛生，
家畜成了野兽，
泉水流出黑脓。

人们一夜之间变成厉鬼，
一个个僵尸行走在光天化日之中。
其中一个从泥水中蹿起，
他嘴里叽哩咕噜地怪叫，让人惊恐。

他们的拯救满怀真诚，
女娃将精卫鸟衔来的晶石煮成汤羹，
变化的人们喝下这种药水即回到原样，
浇灌的庄稼却不能变回原形。

夸父到田里察看，
回来时脚底布满了棘荆，
手里扎满了有毒的刺针，
絮叨的干草粘满了他的眼睛。

这些着魔的生灵一直大叫着牙生，
痛苦的景象让人不敢前行。
还有那些愤怒的灵魂，
他们冒着黑气在水底遭受酷刑。

# 第十二章　大战牙生

泰逢和琼女听说了这不幸的事件，
他们马上飞来投入了救援。
他们知道此次牙生不会束手就擒，
曾经的经历，使他不会轻易出现。

如果不将牙生打败，
那么人间就将彻底改变，
地狱的鬼魂将占领人间，
邪恶的烈火将正义燃烧得寸草不见。

女娃轻轻地叹息，
只有再次前往罪恶之地，
通过最为艰险的地狱之门，
牙生此时定是躲藏在那里。

女娲的建议得到大家的赞同，
只有地府才是他的藏身之地。
大家马上披挂好战衣，
赶往他的老穴与他一决高低。

英雄们毫不迟缓，
来到了西域的地府门前。
一条混浊的大河流向地底，
河面上震动的轰鸣响彻两岸。

英雄们放眼望去，
发现水面上数以万计的灵魂正拼命躲闪，
那情形如同漂浮的青蛙发现蟒蛇出现，
他们的到来让众鬼心惊胆战。

愠怒的女娲来到城门前，
她用神杖向黑色的门环一点，
黑色的城门应声大开，
这时看守的鬼徒早已四处逃窜。

女娃站在门前生气地说道：
你们这些被神国驱逐的恶汉，
到了这里还是如此为非作歹，
违背上天的旨意你们难逃天谴。

他们顺利地踏进城去，
眼前的景象让英雄们胆寒。
他们看到一片宽阔的坟场，
林立的坟茔沸腾着旷世的悲惨。

坟墓的盖子都被打开，
里面熊熊烈焰燃烧不断；
凄厉的哭泣声传出很远，
正在受罚的人们痛诉着哀怨。

很快就到了下一个入口，
这时由下而上泛起阵阵恶臭。
英雄们只能以袖掩鼻一路奔走，
他们小心地穿行于这些可怕的坟墓。

越往下走越艰难，
从山顶到平地都被施以鬼咒，
到处都有巨大的石块散布，
英雄的脚掌被割出一道道血口。

英雄们来到一个山路口，
看到一个怪物，相貌丑陋，
它叫朱獳，貌如狐狸，
是个善于吃人的恶兽。

朱獳见到众人便暴跳如雷，
他失去理智般狠狠咬了自己一口。
女娃大声喊道：
快快滚开，你这丑陋的恶兽！

谁知朱獳听完更加生气，
如同受到致命的打击。
他嚎叫着不断地东奔西窜，
石块砸在身上他竟像没事。

女娃拉起众英雄的手：
“只有他暴跳如雷的时候才是时机，
让我们往前奔跑，
与这样的怪物战斗是无谓地消耗体力。”

他们笑着跑过朱獳的关口，
身后山崩地裂的声音如同霹雳。
他们听到了朱獳的嗥叫，
这朱獳竟然与自己斗气。

一条河流又出现在众人眼前，
就在怪石嶙峋的山谷下面，
人们闻到了血腥的臭味，
一条幽灵之河犹如天堑。

女娃向下看去，
只见一队手持弓箭的人马怪站在河边。
夸父与泰逢都搭上弓弦，
女娃忙制止他们射出利箭。

琼女轻轻地弹起琼琴，
乐声一起，众怪的弓箭即已拉满。
可是，他们却只是举着箭镞不动，
琼女的琴声让他们入迷得不知如何射箭。

琼女一直弹着琼琴，
人们小心地走过弓箭手身边。
他们仿佛都已经入睡，
却都挂着一副愚蠢的笑脸。

泰逢走到最后时回身捉住一个怪物，
一下子就将那怪物的脖子扭断。
众怪猛然被惊醒，
英雄们赶紧飞离河畔。

众怪的箭镞雨点般跟在身后，
差一点就将泰逢的鼻子射穿。
众人哈哈大笑，
似乎忘记了身处地府之间。

他们飞过通道，
过不多久一片森林出现。
这片森林里没有一条道路，
灰黑色的树枝也让人心惊胆战。

最为可怕的是所有的树枝都扭曲纠缠，
所有的树身流着脓液，臭气熏天，
所有的脓液瘤节让人作呕，
所有树根尾端更是毒刺一片。

这样的树木已经让人心颤，
可是树身里面的生物还冒着黑烟。
张着大口的怪物向人们张牙舞爪，
口中不断射出利箭。

泰逢张开火弓，
只需射出一条小径。
人们小心前行，
越走越感到热浪不断。

走出森林，
女娃看到了烈火燃烧的沙漠一片，
前面还有一条如瀑布般奔腾着的烈火，
哗哗的大火响声让人心寒。

这时一只巨大的蜥蜴出现，
那怪物在火中游玩，
烈火只在它周围徘徊，
女娃盯着这只怪物一遍一遍地看。

女娃紧紧握住夸父的手，
夸父听到她兴奋的呼吸非同一般。
只见那怪物生着一张和善的人脸，
但它的身体却丑陋不堪。

那是蛇与蜥蜴的混合体，
两爪直至腋下毛发发暗，
通体的长毛纤尘不染，
而且还布满了五彩缤纷的图案。

女娃兴奋地示意人们跳到怪物的背上，
这只不怕火的怪物呀真是让人心颤。
人们一下就跳了过去，
英雄们骑在那怪物的腰间。

它不断扭动身躯，
但是夸父已经按住了他的双肩。
女娃不让泰逢伤了怪物的性命，
人们像驾着骏马一样跑出了沙漠的火焰。

到了沙漠的尽头，
女娃将这头愤怒的蜥蜴捆拴。
然后把蜥蜴的外皮剥下，
如同脱下袍子一件。

这将是一件最为难得之宝，
女娃高兴得不知如何是好。
这时人们听到了牙生的怪叫，
牙生因英雄的胜利而愤怒咆哮！

人们看到牙生极其丑陋的模样如魔鬼一般，
他冷笑着站在英雄们面前，
手里还挥舞着被诅咒过的权杖，
召唤着万千个幽灵立刻赶来助战。

英雄们挥舞手中的武器，
人们刚要有所喘息，
迎面扑来的恶鬼顷刻化为灰烬，
没想到竟中了牙生的诡计。

牙生忽然变成一条六脚蛇，
前脚紧抱着泰逢，
中间的脚抓住了夸父，
后脚将女娃粘中。

尾巴缠住了琼女，
人们正要惊呼，
没想到牙生一使劲，
就将他们抛回了上一层。

英雄们毫无防备，
牙生竟有如此神力。
女娃坐在沙漠边缘，
手里攥着防火蜥蜴的袍子喘息。

夸父知道牙生已经做好了准备，
要想战胜他必须找准时机。
女娃长叹一声，
我们都中了牙生毒计。

人类不幸有多种，
一是骄傲自大放纵自己，
还有嫉妒，
再是满腔怒火一心报复的偏执。

我们所犯的错误相同，
以至于我们有时失败也在情理之中。
现在我们应该忏悔，
用忏悔生发的力量来战胜牙生。

人们在忏悔，
牙生赶来急匆匆，
他手里拿着装满诅咒的瓶子，
幸灾乐祸地洒向众英雄。

英雄们并没有躲闪，
他们在和圣洁的灵魂沟通。
所有诅咒扑向他们，
顷刻都灰飞烟散空。

英雄们感到心情舒畅，
从未有过的幸福洋溢在他们心中。
牙生不知道发生了什么事情，
他举着剑竟忘记了进攻。

英雄们在一心忏悔，
春暖花开的声音占据了他们的心灵。
世间变化的事物开始转化，
蛮荒的家园重新结出的果实鲜红。

牙生气得咬牙切齿，
他将长剑刺向女娃的心胸，
可是，剑却化了，
如滚烫阳光下的一块冰。

女娃微笑着看着眼前的沙漠慢慢退减，
美丽的绿洲又回到眼前。
泰逢与琼女欢声跳跃，
夸父高兴地连连称赞。

英雄们走向繁花的草地，
任牙生留在原地仰天长叹。
世界回归繁荣，
纯洁回到了人们的心田。

# 第十三章　重饮大泽

女娃他们满心喜悦地前行，
与牙生取得成功的是战争，
使人爱，而不与人结仇恨，
心中处处柳暗花明。

呵，空气舒畅，
野花扶影，
绿叶扶疏，
牛羊欢唱。

人们一路欣赏四周美景，
不觉脚下步步生风。
泰逢和琼女告别了女娃与夸父，
他们的部落需要他们的头领。

英雄们挥手道别，

在殷红的霞光里泪光盈盈。

琼女告别了女娃，

女娃将带着对父亲的思念远行。

牙生仍然留在地府之中，

众鬼一齐战战兢兢。

牙生恨得牙根紧咬，

女娃的大爱感化了恶鬼们的心灵。

英雄们目不斜视地走了，

藐视是对牙生最大的尊敬。

牙生手里提着剑柄，

身旁开满七彩的花朵。

地狱之中亦开满了可以结种的花朵，

众鬼酣睡如天使般宁静，

美丽的梦境渗入他们石头铸就的心脏，

雪山融化，莲花开盛。

哈哈，真是讽刺，
地狱之中竟然现出天堂模型！
牙生抖动黑色的斗篷，
将众鬼的美梦用恶毒击中：

“你们这些妄想升天的臭虫，
看看你们流脓的面孔，
除了恶你们还有什么值得发扬？
敲一敲你们的心脏似乎冰冻。

多么可悲与心伤，
除了黑暗遮去你们的脸庞，
还有什么能让你们自信？
还有什么能让你们在黑暗的通道中歌唱？

你们这群傻子，
竟也被女娃那魅人的相貌迷惘，
竟然妄想做人，
还妄想洗却你们一身的肮脏。

哈哈，多么可笑，
你们必须成为恶鬼模样。
你们的职责写满仇恨，
竟然妄想得到爱的奖赏？

多么猖狂的鬼魂，
你们注定要在风中游荡。
柳絮都比你们拥有重量，
浮萍也对你们瞧不上。

要知道我才是你们的头领，
你们才是我亲手创造的死党，
使你们降到人间之外，
使你们靠黑暗的坟墓得到护养。

现在，我必须告诉你们这群傻子，
看吧，一切都将毁灭伤亡，
这世界的恶才是正经，
只有恶能使世间通行流畅。

我要报复，
我不会把爱看作迷惘，
那是谎言，
比恶还恶的名堂！”

牙生伸手将火蜥蜴提了起来，
他用手一甩，
火蜥蜴的皮肉便瞬间炸开，
宛如一片片绸缎温柔多彩。

你这只愚蠢的虫子，
你的失职使夸父他们逃过了刀山火海。
现在你的死期到了！
牙生又是一抖，蜥蜴发出一声惨叫让人惊骇。

这只蜥蜴是欲火的变招，
它的肉身也发出邪恶的火苗。
牙生找来夜枭织鸟，
一会儿的功夫它们即编织了一件闪光的皮袍。

牙生用光线将袍子小心地裹了起来，
他飞向天空发出恶笑。
翻过天山，越过冰原，
直接飞向九宵。

牙生收敛翅膀，
以虚伪遮掩住丑恶的面貌，
小心地行走在天宫之上，
犹如去见他最为尊敬的长老。

他谦逊地躬腰来到一扇门前，
远远地他便开始高歌颂耀：
“太阳神啊，
天使们齐声歌颂您的荣光与功劳。

您是全能的宇宙主宰啊，
万物创造者与光明的向导。
当您坐在宝座之上，
全身笼罩着灿烂的光照。

啊，我全能的太阳神，
没有人能够看清您力量的大小。
当您隐去光辉，
吉祥的云朵就会在您的身旁围绕。

您雄踞宝座之上，
奇异的神光浑身闪耀。
世间最为耀眼的宝石，
在您面前也丝毫不敢骄傲。

啊，我全能的太阳神，
我及我的子民齐声颂耀：
您是一切创造物的源头，
您清秀的脸庞光芒永照。

您洞察世间万象，
怀揣着无穷的想像，
您的这种情怀让我不禁流泪，
我要将您赞美歌唱！”

太阳神听到这迷人的歌声心情舒畅欣然，
他愉快地走出金光闪闪的宫殿。
牙生恭敬地站在门的右侧，
如同做错了事的孩子站在正义面前。

牙生将蜥蜴织就的袍子奉上，
仿佛奉上世上最美的丝缎：
“我尊敬的太阳神啊，
我多么高兴您接受我虔诚的敬献。”

太阳神被牙生的蜜语甜言迷惑，
他高兴地穿上了这件罕见的皮衫。
啊？这欲火的袍子迅速膨胀，
一下子将整个宫殿点燃！

太阳神不解地看着牙生，
不断胀大的袍子喷射着火焰。
穿在身上太阳神却再也脱不下，
炽人的热浪将牙生掀翻。

他连滚带爬地逃出了太阳的宫殿，
可他心里的欢乐是那么的绚烂。
诡计的实现让他大叫不断，
天空啊火海一片。

大地上的植物在迅速枯死，
江河开始枯干，
土地开始燃烧，
人们无处躲闪。

女娃与夸父的预感对了，
他们忧愁地看着彼此赤红的双眼。
脚底的土地正在滋滋燃烧，
他们的心情也焦急到了极点。

女娃将避火衣披在夸父与自己身上，
然后飞去西山。
太阳的光缠绕着他们，
他们周身火红的光晕闪闪。

他们在天梯下面迷失了方向，
不知道是来到了西山。
但是，女娃依靠大星找到了山脚，
他们找到了凉玉是在最为寒冷的北面。

这凉玉是世间最为冰凉的石头，
嫘祖曾用它来冰凉瓜果是在万年之前。
一条流冰的大河从凉玉上流过，
两岸的森林是人类最后的一块绿地空间。

娇艳鲜美的花朵盛开其时，
这里是阳光永远无法照到的山脊。
森林中的树木从枝干渗出琼浆，
醉人的芳香使人留连沉迷。

结在树枝上的金色苹果更是诱人，
金色的山羊在林中嬉戏，
山岩的上方结满紫色的葡萄，
冰河哗哗流向山底。

女娃与夸父没有被美景吸引，
他们潜入寒冷的水底，
去河底挖掘凉玉，
当他们游回岸边，已经变成一对冰雪的身体。

女娃迅速将凉玉制成了鞋子，
这样夸父就不再害怕烈火的袭击。
他们一刻也不再迟疑，
他们飞向高空，向大泽的方向迁移。

流火的太阳在天空飞转，
太阳神知道中了牙生的奸计，
他尽量在海底多呆些时候，
火焰却将大海也烧得沸腾不已。

这件多余的袍子啊让他悔恨，
可太阳神却无计可施。
他的使命不能停止，
每天的旋转是宇宙的旨意。

他拖着滚烫的袍子升天，
周边全是愤怒的火焰。
这是多么让人生气的过失，
太阳神急得跺脚，大地抖颤。

女娃与夸父飞到大泽，
大泽呀，邓林已经干枯不见。
夸父如一匹饥渴的骏马，
他俯下身去，一口将大泽喝干。

# 第十四章　夸父逐日

黑夜终于来到了人间，
迟来的风儿吹进夜晚。
人们从山洞里走出，
干涸的大地让人们哭成一片。

女娲走到人们中间，
将各种食物散落到他们面前。
得到恩惠的人们将食物分给孩子，
还有老人更得到了特别的垂怜。

夸父将这一切看在眼里，
他默默开始准备一刻不闲。
女娲亦知道夸父此次前行的意义，
她走过来仔细地为他整理好衣衫。

是的，他要前往那里，
没有人让他如此鼎力承担。
可是神族赐予他特殊的荣誉，
让他必须坚定勇敢。

是的，夸父知道自己必须勇敢，
向着光明勇往直前。
他与女娃奉献心中大爱，
这里才能变成快乐的人间。

夸父走向大山已是夜里，
他倾身俯视：
这世界被大火吞噬，
滚滚的黑烟在夜空升起。

女娃为夸父披上了避火神衣，
他们久久凝视，
把深深的隐忧压在心底，
是的，明天谁也不知身在哪里。

是的，这一切都是牙生的原罪，
盘古曾给予牙生生命的奇迹，
甚至自由、权力，
还有坚强的意志。

牙生竟因这些生出野心，
甚至让恶来主导自己。
作为恶神的牙生，
看着人间的悲惨是多么的欢喜。

恶毒让牙生将善心彻底摒弃，
每一步都遵循恶的旨意，
对人间悲苦毫无怜惜，
哪里还会唤醒他的良知。

但悲苦的世界从不缺少正义，
看女娲与夸父正将正义的旗帜高高举起。
勇敢的夸父已整装待发，
去撕开牙生无耻的诡计。

夸父拉起女娃的玉手，
深情的拥抱已无需言语甜蜜。
从未有过的坚定在夸父胸中澎湃，
他们一起等待太阳升起。

人们纷纷赶来送行，
女娃在人们中间伫立。
她没有哭泣，
可是内心却悲伤无比。

太阳终于如万箭齐发般升起，
遍地如蝗虫般的光线将人们赶回洞里。
这火光在天空盘旋，
左右跳跃燃烧着大地最后的空气。

夸父没有回头，
他倏地一声迈开步履。
大脚在大地上发出颤音，
烧焦的巨石轰隆隆滚下山体。

夸父大喊一声，
人们在洞中看到了他刚毅的长发飘起，
青铜色的肌肉闪烁光辉，
双腿如箭般向着太阳追击。

夸父已经喝干了大泽，
贮存的水分让他充满神力。
他睁大眼睛紧盯太阳运行的轨迹，
健步如飞一刻也不停息。

英雄心中永远澎湃着旷世的情怀，
宁愿化作凡人来世间伸张正义，
用大爱救赎人类，
哪怕水深火热也在所不辞。

夸父的脚步声在天地间响起，
如天雷轰鸣让大地颤栗；
夸父的汗水挥洒如雨，
干渴的大地立刻接受了他的汗滴。

太阳神在高空将一切看遍，
他抖动着袍子尽量让自己放慢。
可是宇宙风却催促他前行，
在大星之间太阳神脚步蹒跚。

夸父一脚跨过凤岭，
另一只脚已经飞过丸山。
他仰起头来，
烈焰即将他的长发点燃。

他浑身冒着太阳的火焰，
双眼映放着太阳神的容颜。
他在泰山上一跃，
差一点就够到了太阳的衣衫。

可是，太阳跑远了，
夸父的脚步不能间断。
他一跃跳上了石山，
那烧焦了的石头一下被他踏翻。

不一会儿他又快追上太阳，
远远地凝视观看。
如一个孩子在追逐闪光的蝴蝶，
孩子般奔跑的夸父浑身披着闪电！

是的，这闪电是橙色的，
灼热的烈焰映红了他的脸面。
那赤色的火焰又将夸父的血液点燃，
夸父在自燃的巨痛中紧咬牙关。

他没有喊痛，
因为他疼痛的奔跑便是胜利的绵延；
他没有扑灭燃烧的毛发，
那是正义的火炬催他向前！

夸父如奔跑的流星，
一条长长的灰烬在身后绵延。
造物主啊，
你是否要把人间再创造一番？

那觊觎天庭宝座的恶人！
夸父一边奔跑一边大喊，
牙生呀，
你同样要在这炼狱之中熬煎！

停止吧，你这觊觎天庭无主的神魑，
让我脱掉你的袍子，
撕碎你燃烧的衣袂，
还原你的轨迹。

停止吧，你这缺爱的魂魅，
你无视众生的伤悲，
你无情地职守，
成为牙生花言巧语的傀儡。

停止吧，你这燃烧的圆球，
看看你的内心多么可悲。
看看被你炽烤的人们，
他们的家园被你轻易摧毁。

太阳神回过头来，
虚伪的心灵被夸父的指责击溃。
他大吼一声，
烈火更加猛烈地将夸父包围。

这下夸父周身都火烧不已，
他的避火衣已经烧得万缕千丝，
他那硬实的肌肉也鲜血淋漓，
金黄色的骨头上挂着烧烂的皮。

夸父嗅到了燃烧自己的味道，
他却哈哈大笑进行反击：
如果可以逮住你，
我再受些苦难又有什么关系！

太阳神被夸父的惨状吓坏了，
正好有一块乌云翻涌而起，
他一下子就钻进了这巨大的黑幕里，
夸父顿时感到浑身轻松，心情惬意。

他大喊一声，
身体如一只轻盈的燕子飞起。
他伸手去扯太阳的袍子，
一下就扯掉了好大一片火衣。

他将火衣扔进大海，
大海快乐地接住了这片破衣。
火球在大海内翻滚，
大海一下子就将它吞噬。

太阳神愤怒地一甩手，
夸父被轻易地甩出三千万里，
泰山上的巨石拦住了他，
夸父轻轻一蹬，又回头追击。

太阳神继续奔跑，
袍子已破让他显得狼狈无比。
夸父再次一跃，
太阳神又被扯碎了一块火衣。

太阳神累了，
他蹲下来喘息。
夸父一下跃到他的面前，
用尽最后的力气。

太阳神屈服了，
他的袍子被夸父一下剥离。
那燃烧的火衣被他扔向西山，
掉到内海，大海顿时见了底。

那火衣化成一座火焰山，
烧干的大海成为戈壁。
天空轰地一声巨响，
这世界顷刻停止了呼吸。

赤红的世界先是刮起了风，
骤变的气温让天空细雨下起，
接着狂风就来了，
接着暴雨如期而至。

大雨洗尽了天空的灰烬，
干涸的江河被注入了新的水滴。
躲在山洞中的人们兴奋地跑了出来，
女娃迎着风雨飞向夸父那里。

夸父的肉身已经燃尽，
只剩下那被烤干了的身体，
那是坚硬的骨头，
金黄色的骨骼散发出阵阵香气。

太阳神也被大雨灌溉着，
他小心地搀扶起夸父巨大的身体，
拉着夸父表情复杂得无法言喻，
一时激动得不知如何说起。

这时女娃流着幸福的泪水飞来，
她紧紧抱住虚弱的夸父心痛不已。
参天的建木生长起来，
长到了他们脚下将众神托起。

女娃将新生的文茎汁液送入夸父的口中，
夸父立刻觉得气爽神清。
啊，眼前的世界充满生机，
太阳神不好意思地眨动着眼睛。

脱去了袍子的太阳神恢复了面容，
自大的他感到阵阵脸红。
阳光温柔地照耀在他们身上，
太阳车不紧不慢地滑向太空。

夸父拉着女娃的玉手前行，
到处充满了对他们敬仰的歌声。
人们在雨中狂欢，
将冰清的雨水倾倒入干渴的口中。

草原迅速生长，
立刻就有骏马在天空下驰骋。
江河瞬间涨满了甜水，
万河顺流而下不尽奔腾。

江河上漂过扁舟，
落日下传来阵阵渔人的歌声，
鱼儿们在网中欢跳，
炊烟在岸上袅袅婷婷。

女娃紧紧地偎着夸父，
不禁升起了宁静平和的心境。
这时天空传来一声嘶鸣，
一匹天马在夸父与女娃身边现形。

噢，这是一匹驳马，
它有闪电的速度与纯洁的心灵。
夸父逐日的事迹感动了它，
它要相随夸父陪伴一生。

女娃亲手为驳马绣织了饰品，
戴在驳马胸前如太阳花开放在天空。
驳马高兴地跳跃起来，
四蹄之下顿时烟雾腾腾。

人们围在英雄的身边欢呼，
将女娃与夸父高高地抛向空中。
田野里散发着稻谷的香气，
雄阔的琴乐在空中久久不停。

# 第十五章　天作之合

当红灿灿的太阳从东方冉冉而升，
夸父女娃骑驳马升上天空。
他们喜乘旄山温馨的凯风，
翻越了九十九道山峰。

在青要山上女娃品尝了美容的荀草，
平逢山上拜访了蜂虫首领骄虫。
他们采集了无数可以入药的奇草，
赠给了和山上金光闪闪的吉神泰逢。

泰逢捧着草药高兴得手舞足蹈，
将最最美好的祝福送到这对恋人心中。
人们久久将动听的歌儿传唱，
一遍一遍将华夏的英雄们传颂。

他们去往青丘，
在路上他们帮助了善良的应龙。
夸父与应龙结下了友谊，
而女娃则在应龙城留下了柔善的美名。

当雪白的白莲花托起红彤彤的太阳，
夸父女娃骑驳马朝四方而行。
他们造福一方却不曾留下姓名，
百姓们却早就知道他们是哪个英雄。

他们翻过九十九座山崖，
他们飞过了九十九座山岭，
他们飞临驳马的故乡中曲山，
在中曲山上驳马对故乡依依恋情。

他们在美丽的章莪山上拜访了神鸟毕方，
又飞越了风兴云起的符惕山峰。
呵，华夏万里一派繁荣，
炎黄大帝子民无数，富强昌盛。

当雄伟的山峦托起红彤彤的太阳，
夸父女娃来到昆仑山上空。
昆仑山金光四射，
灿烂的神光普照大地，紫色东升。

夸父让驳马溜达在水边兰池，
女娃坐在扶桑树下欣赏风景。
他们这才意识到到达了圣地，
两人忽然间同时得到了大宁静。

夸父女娃面对昆仑默默不语，
他们心中对未来充满了憧憬。
身边围绕鸾鸟凤凰，
他们将驾怯尘风飞升天空。

“我们从浮玉山起程，
历经千辛万险到达久仪的天庭。
请先祖赐予我们神明，
奉献的爱让我们灵魂飞升。”

夸父女娃在悬圃之中纵目遥望，
奇花异草一片芳香。
鸾鸟凤凰漫步闲庭，
花香鸟语沁人心房。

鸾鸟凤凰如浪花冲涌山巅，
在山巅汇成鸟的海洋。
曦嫩的晨光穿透山峦，
请看东方大地一片辉煌。

昆仑之巅俯瞰全世界，
西望奥林匹斯山白雪皑皑；
东望沃野碧绿如镜，
森林苍莽浩瀚如海。

昆仑山白玉石碑上铭传，
万物的兴起、神灵的威严，
众生的灵魂、冥府的幽深，
爱情、战争和先知的预言。

盘古女娲伏羲的容颜一一显现于天庭，
他们奉献的灵魂已主宰着浩渺的天空。
天庭的每一方圣地都刻着智慧和生命，
上苍的雷音将天庭圣语请大家倾听。

当红彤彤的太阳升起在东山，
美丽的钟山映入了他们的眼帘。
悠悠绿带，是大山的裙裾，
清清山河，是大山的银练。

夸父望着女娃不语，
女娃亦望着夸父，
爱，在他们心中，
就像这温柔的阳光在树梢停驻。

此时琼女从远方飞来，
泰逢陪伴左右紧紧守护。
他们身边还有那么多随从，
连同鸾凤也在空中飞舞。

人们围在他们身边歌唱，
将最为珍贵的美酒奉上。
爱呀让人们如此激动，
所有美好的事物一齐在夜空开放。

四海之内，万物复活，
日月闪耀，星辰闪烁，
春夏秋冬轮回四季，
呵，受苦的人们，已拥有爱的圣果。

歌声传达出人类美妙的心声，
连静坐的石头也为之感动。
生命的爱永远不息，
无边无际的爱呵，直到永恒。

英雄的大爱让历史的脚步端正坚定，
巨人精神让平凡的世人无限憧憬。
你看那烧尽了的死灰啊，
也有清风拂动她的爱情。

天空飘来朵朵祥云，
这是欢乐之神美丽的歌声；
大地盛开烂漫的鲜花，
这是等待期盼已久的生命。

海洋森林同唱高贵的希望，
他们要把幸福共同分享。
呵，夸父、女娃呀，
你们的名字将世代传扬。

你们的故事鼓舞着华夏子孙，
你们激昂的歌声响彻乾坤。
真诚的祝福高扬在巍巍昆仑，
生生不息的脚步永远都那么坚忍。

夸父拉着女娃的玉手步入洞房，
那儿连蜂儿都止住了嗡鸣，
他们彼此望着，
噢，此刻多么宁静。

夸父的眼睛闪着电光，
女娃的胸中发出风暴的回应，
那樱红的小嘴，
如清晨的蓓蕾正在觉醒。

他们紧挨着坐在花床上，
所有的祝福都化作了满天的星。
一对盘古与女娲的后人呀，
正在走向爱的灵空……

# 第十六章　女娃之歌

女娃，请听我说，
请饶恕我像一条绵绵爱河，
又像一只坚定的鸟儿，
衔来几千年的云朵。

女娃，你飞跃西山，
你挑战浩波，
你将诗歌奉送，
将美德连同坚定移植给我。

你身披冰寒，
你穿越烈火，
你劈破星云，
你斩首恶魔。

你流泪，
为了华夏古国；
你兴奋，
为了天下众我。

你是如此纯洁，
像春天最早开放的花朵；
你是如此美丽，
像一首永远无法拒绝的诗歌。

呵，我的心，
如钻天的云鹤，
在你的双眼中找到了天空，
在你的秀容下我不再陨落。

我拙劣的诗歌呀，
要在你的双眼中迷失淹没，
只要我在你的天空自由高飞，
可是啊，总会出现指引我的你的光泽。

女娃，请听我说，
你的胸怀是如此辽阔，
让我冲破乌云，
晒干羽翅，为爱拼搏。

女娃，你是大地，
万物的景仰在你的弦琴上闪烁。
而我每走一步，
脚下的足迹都颤栗成爱你的诗歌。

女娃，你是这夜，
从夜的眼睛里流下星河，
还有那湿润的露珠儿，
只要一想到你就会充满喜悦。

女娃，你是这温柔的话语，
他们都将你的旨意诉说。
当所有的恋人坐在一起，
连同你的美德一起被重新翻阅。

噢，女娃，你踏着月色，
伴着一朵红色的月云来过。
我狂跳的内心无法安静，
只好用披风将自己紧紧包裹。

女娃，千百年过来了，
你在我的梦中来过，
在我路过的树下，
在我涉过的小河里的清波。

女娃，虽然你什么也不说，
我的双脚却因为你而迈向纯洁。
在落日的余晖里我高声唱歌，
噢，我华夏美丽的女神，爱人如同爱我。

用最为浓烈的美酒，
女娃，我要用热情的浓墨，
用最为柔软的笔尖诉说，
呵，为你奉上我蹩脚的诗歌。

呵，千百年来，
有多少人像我一样把你讴歌，
把最为美丽的花环奉上，
然后不断在心中将你的秀容勾勒。

我想用最高贵的语言来形容你，
女娃啊，我灵魂的居所，
我多么渴望坐在你的身边，
一遍一遍将我的心声述说。

我的爱点燃了胸中热血，
却在你的眼眸里变得懦弱。
噢，女娃，
你的美啊令圆月失色。

女娃，你是第一个从天国醒来的使者，
你一睁眼即将天空激动得无法述说。
世界以她的热泪将你沐浴，
以她的滚烫染红你的鲜血。

女娃，你站在石莲花上，
那微波荡漾的时刻，
你是否知道爱会成为美丽的传说，
是否知道你就是一首写不尽的歌？

呵，女娃，请听我说，
你仿佛壮阔而宁静的银河，
当恶到来时你才断然倾泻，
将所有都付诸爱的漩涡。

女娃，你是华夏民族最初的青果，
你用你的弱小挑战东海的巨浪银波，
使得天空中的繁星为你跌落，
骄傲的世人也为你欢呼雀跃。

噢，女娃，请听我说，
你像湍急而曲折的小河，
且笑且舞，
一路奔腾唱着小小的歌。

而你又像那山峰，
像那崎岖而峻峭的蜀道峦壑，
噤口无言兀立，
充满深情地凝视着华夏古国。

噢，女娃，请听我说，
死的仁慈潜伏在生命之核，
唯你才能将生命谱写成一曲，
永不停歇的华夏长歌。

噢，女娃，
肆虐的海洋终于不再做恶，
森林的大火，
也在灰烬中熄灭。

梦的眠床上留下你的祝福，
人们一起快乐地生活。
华夏儿女的家园由你庇护，
像一个宽大舒适的居所。

噢，亲爱的女娃，

我的歌曲飞向华美的天阙，

只为追随你芬芳的岁月，

为你唱一首永远的情歌……

# 尾　诗

谁探视过奥妙无穷的宇宙，
谁就将拥有浩渺无垠的心灵；
谁的心灵饱含无限博大的智慧，
谁就会不断仰望布满星辰的天空。

呵，请放眼观望整个无际的苍穹，
华夏龙魂的神民们心胸如大海一样起伏不停。
渺小的我呀要将万千众神请入我诗歌的草棚，
顿时呵，上古文茎清香弥漫东方紫气腾腾。

我无意让自己的诗篇插上灵动的翅膀，
以我的诗行飞越汹涌澎湃的太平洋；
天照大光，普射华夏八荒，
我要以沙哑的歌喉将众神的颂歌传唱。

更无意横越昆仑山神圣的殿堂，
将美神女娲的诗歌嫁传到异国他乡；
我将华夏龙魂的精髓歌唱，
泰山的竖琴也定然为龙魂的精神奏响。

我将古老圣洁的神话缀成项链，
将她戴在我女儿牧歌的脖颈上。
我的诗篇如女儿咿呀学语的单纯，
那是我眼含喜悦之泪编织成敬意的诗章。

坚强的先祖如我们高贵的父亲，
美丽的女神如我们母亲般慈祥。
我眼含热泪激情澎湃，
抑止不住要为我们高贵的血统歌唱。

亲爱的朋友呵，自强不息坚忍不拔是我们的脊梁，
华夏诸神已点燃中华伟大复兴的太阳。
让我们携手把上古九州的英雄颂扬，
伟大的中华将永远屹立于世界东方。

亲爱的朋友，请你不要为我担忧，
担忧现世没有人会捧读这部诗章；
更不必对我辞不达意的诗歌进行表扬，
我的心呵，无怨无悔地为祖先歌唱。

也许，泱泱华夏天国的祖先圣灵，
无需赞美依然璀璨荣光。
在苍苍茫茫变幻莫测的宇宙里，
让我们沿着圣灵的足迹走向远方……

谱写华夏史诗

构建华夏神系

弘扬华夏精神

華夏民族系列神話英雄史詩

# 華夏龍魂

莫言

## 第四部

## 大鯀之歌

牧文 著

作家出版社

图书在版编目（CIP）数据

华夏龙魂 / 牧文 著. -- 北京：作家出版社，2014.4

ISBN 978-7-5063-7370-8

Ⅰ. ①华… Ⅱ. ①牧… Ⅲ. ①诗集－中国－当代 Ⅳ. ①I227

中国版本图书馆CIP数据核字（2014）第071583号

华夏龙魂

作　　者：牧　文
总 策 划：徐忠志
责任编辑：罗静文
装帧设计：许世杰
出版发行：作家出版社
社　　址：北京农展馆南里10号　　邮　　编：100125
电话传真：86-10-65930756（出版发行部）
86-10-65004079（总编室）
86-10-65015116（邮购部）
E-mail:zuojia@zuojia.net.cn
http://www.haozuojia.com（作家在线）
印　　刷：青岛星球印刷有限公司
成品尺寸：152×230
字　　数：1100千
印　　张：96
印　　数：001-100000
版　　次：2014年4月第1版
印　　次：2014年4月第1次印刷
ISBN 978-7-5063-7370-8
总 定 价：189.00元（全七册）

癸巳宜蘭

《华夏龙魂》系列插图之《大禹治水》 殷瑜 绘

史载：大禹，字高密。高密，大禹封国。四千六百年前，大禹曾在高密治水并封国于高密。

作者牧文在『大禹封国 三贤故里 莫言家乡』前留影

# 《华夏龙魂》序

莫言

我的家乡有一条胶河，流量不大，在分省地图上只是细细一条线，但她是高密东北乡的母亲河。胶河大多时候是一条涓涓细流，近年来更是经常断流，但她发起威来，也有浩浩荡荡、奔腾咆哮的景观和声势。在我童年的记忆中，胶河是世界上最大、最壮观、最美丽、最神圣的一条河。

后来，我看到了黄河、长江、珠江、密西西比河、莱茵河、塞纳河等著名江河，但这些江河留给我的印象都不如胶河深刻。那些都是别人的河，唯有胶河，才是我的河。这条河已经成为我的高密东北乡文学地域的重要组成部分。

青年诗人牧文也是高密东北乡人，他的家距我童年时住过的小屋很近。牧文到北京出差，只要时间允许，总会到我家坐坐，聊一聊家乡发生的新鲜事，叙一叙家长里短。家乡能有这样一个后起之秀，我感到很高兴。

有一年，我回到老家过春节。除夕之夜，牧文携妻带子，驱车赶到高密东北乡看我。回去后，写了一首诗《致莫言》。那首诗把我神化了，我不敢当。我建议牧文把这首诗献给我们的

胶河。

后来，牧文将他创作的长篇神话史诗《华夏龙魂》送给了我，让我有时间看看。我虽然读过一些唐诗宋词，但对现代诗读得不多，对神话史诗更是知之甚少，印象里，古希腊有《荷马史诗》，古印度有《罗摩衍那》和《摩诃婆罗多》，我国的藏族有《格萨尔王传》，蒙古族有《江格尔传》等几部神话史诗，但作为中华民族最大主体的汉民族却没有一部神话英雄史诗，只是有一些呈散珠状的神话片段，保留在一些典籍，如《山海经》、《淮南子》、《搜神记》、《述异记》、《聊斋志异》等文本和父老乡亲的口述史中。这，确乎是中华民族的一个遗憾。

牧文倾心我国古代神话传说的搜集、整理和再创造，耐得住寂寞，沉得下身心，积20年之功，著成了长达两万余行的《华夏龙魂》七部曲——《女娲之歌》、《黄帝之歌》、《女娃之歌》、《大鲧之歌》、《大羿之歌》、《大舜之歌》、《大禹之歌》，填补了我国汉民族长篇神话英雄史诗的一项空白，被中国作协列入2013年重点扶持作品。作为牧文的老乡，我为他的追求而高兴，为他的业绩而欣慰。

德国著名哲学家康德说过："有两种东西，我对它们的思考越是深沉和持久，它们在我心灵中唤起的惊奇和敬畏就会日新月异，不断增长，这就是我头上的星空和心中的道德定律。"不知牧文有没有受到康德的影响，他却是在真诚地仰望星空，思考星空。在《华夏龙魂》的献诗里，牧文热情洋溢地写道：

"当我再次仰望灿烂的古华夏的星空，

有多少英雄事迹震撼着我们的心灵。
纯洁女神嫦娥如月华流泻的温柔，
射神大羿和嫦娥凄美的爱情让人感动。

俯看长满白玉碧石的沃野，
有多少大神气贯长虹。
坚强之神白马大鲧为人民献出了生命，
治水之神大禹是华夏亘古绝今的英雄。”

牧文仰望星空的目的，似乎在于寻找、讴歌、弘扬曾经使华夏民族光耀世界、笑傲千古的远古神话人物。英雄和爱情是神话史诗的两大主题，牧文在《华夏龙魂》中，以灵动飞扬、细腻流畅的想象和点化之笔，串联、补缀、创造、生发了那些存留在我国古籍典册中和传诵在村野乡夫口耳间的众多神话英雄，以及他们身上所洋溢的“力拔山兮气盖世”、“贫贱不移、威武不屈、富贵不淫”的英雄气概和普渡众生、舍身为民的济世情怀，他们对美好、纯真、炽烈爱情的呼唤和追求。如许情节和描写，在《华夏龙魂》这部长诗中可谓俯拾皆是。例如，在《大鲧之歌》中，牧文描述了英雄大鲧从天庭盗来息壤，为民治水，又带领万民向帝喾的暴政发起抗争，后被帝喾施以日复一日、年复一年的残酷的刑罚。但大鲧永不屈服，他慷慨作歌：

“酷刑酷刑！
能奈我何？

我心坚固，
苦中作乐！

“凿凿凿，且凿且乐！
灼灼灼，且灼且歌！
蜇蜇蜇，且蜇且坚！
痛痛痛，且痛且倔！”

大鲧的这种拯民于水火，不畏暴政，敢于抗争的精神，不禁让人想起了希腊神话中为人类盗来火种，得罪了众神之王宙斯，被关押在高加索山上天天受刑的普罗米修斯，想起了我国神话中与颛顼争帝不胜，怒而触不周之山，使天柱折、地维绝的英雄共工。

再如，在《大禹之歌》中，牧文将三过家门而不入，胫毛磨光，专注治河的大禹写得气韵飞升，态度坚定，干劲十足。治理长江时，面对鳄鱼、蛟鱼、黄色大鱼的恶意挑战，神船剧烈晃动，随时可致倾覆的风险，牧文这样描述：

“唯大禹镇定自若：
‘我竭力为万民忧劳，’大禹笑谈：
‘若生，是天性；若死，是命定。’
大鱼们无不被大禹神定如山的气概震撼。”

唯大英雄才有真气度大气魄。这寥寥几笔，即勾勒出了大禹“泰山崩于前而色不变”的英雄本色。

在《华夏龙魂》中，牧文对纯真爱情的歌咏和描画，是一以贯之的，而且成为长诗中神话英雄与恶势力抗争主线之外的又一条叙事线索。牧文运用袅娜、细腻、生动的诗笔，对黄帝和嫘祖的一见钟情，美神女娃和战神夸父的生死相依，射神大羿与纯洁女神嫦娥的相亲相爱，坚强之神大鲧和华夏女神姣女用爱和生命孕育大禹，等等，进行了不遗余力的刻画，是整部神话史诗不可分离的组成乐章，使阳刚、雄壮的主旋律有了阴柔、细嫩的和弦的衬托和滋润，可谓相得益彰，相濡以成。

牧文在神话史诗的艺术特色方面，也进行了积极的探索和大胆的尝试。如四行一节的排列方式，不落痕迹、琅琅上口的韵脚设计，似江河回曲、流转不断的气韵铺排，描摹刻画的通透、灵动、细腻，叙事与抒情的紧密结合，整体结构的和谐对应，等等，都有一定的追求所在和相当的表现力。

牧文在这部长篇神话史诗中，对大禹与高密的关系作了一个诗化的插叙：

“四方传来歌唱：鼻梁如泰山耸立乃为‘高’，
天庭饱满五官端正乃为‘密’。
高密啊，大禹！大禹啊，高密！
两个伟大的名字激荡天地。”

恰好，我读到一点史料，唐朝司马贞《史记索隐》称：“鲧娶有莘氏女，谓之女志，是生高密。宋忠云：‘高密，禹所封国。’（《世本》）”新编《中国通史》称：“禹，字高密。”可见，牧文将

大禹跟高密相连带，是有所本的。

可以说，牧文用他的诗人的灵性和多彩多姿的笔触构筑了一座神话人物大厦，异想天开地将盘古、女娲、黄帝、大鲧、大羿、大舜、大禹等华夏众多神灵请进高密东北乡文学王国，虔诚地涂抹着一幅幅带有神秘宗教色彩的远古神话历史画卷，其追求之执着，其气魄之雄阔，其造诣之特出，令我惊异。

牧文让我为《华夏龙魂》题词，我略加思考，提笔写下：“华夏龙魂，源远流长；生生不息，维德维芳；诗书继世，千古馨香。牧文小民，其志大矣；牧文小友，长诗万行。”

是为序。

2013 年 9 月于北京

# 精彩点评

牧文巧妙地以华夏神话传说为蓝本，展开想象的翅膀，以整个国家和民族文明发展史、整个国家和民族著名的上古历史人物及整个国家和民族在历史上所创造的神学、神话进行综合，以神话叙事诗的形式记录下来，三十年后，三万行的长篇神话叙事诗《华夏龙魂》(七卷)结集出版，这在中国恐怕是史无前例的。认真阅读可知，书中凝结了牧文的点滴心血，也清晰看到他的目标——创作华夏长诗、构建华夏神系、弘扬华夏精神。

——谢玉堂

牧文呕心沥血，完成《华夏龙魂》，可喜可贺！这是他一个人的文学大工程，也是高密文坛的大工程。远古的史诗用神话的方式呈现，近代的史诗用传奇的方式呈现，当代的史诗用写实的方式呈现。愿牧文和高密的文友们发奋努力，共创高密文学的辉煌，力争在不久的将来，使高密成为中国文学版图上的重镇！

——莫言

牧文的这部诗稿，展现出恢弘的气势、博大的胸襟，以及顽强的追索能力。它不太像这个消费时代的一个青年人的所为，但它确实是发自底层的夺人心魄的长吟。

——张炜

牧文《华夏龙魂》是一个诗学的成果。这样一个篇幅浩大的作品，填补了中国当代新诗对中国古代神话这个重要宝库的发掘，给我们提供了一个可供大家了解中国古代文化、了解中国古代长诗创作的一个重要的具体的范本。

——叶延滨

文学为什么要有艺术，我们就是要探问：我是谁？我从哪里来？我要到哪里去？我觉得《华夏龙魂》追寻的就是这三个问题。我们从哪里来？我们从远古走来，我们华夏儿女有共同的根脉、共同的传统。我是谁？我们是几万、几千年来这块土地上的人们，生生不息，长途跋涉，就这么走过来的。我们要到哪里去？我们要去寻找幸福，要找到自己的自强和自信。我觉得《华夏龙魂》就探讨了这些问题，跟我们的历史文化联系起来，跟齐鲁大地的文化传统紧密联系起来的，跟我们中国人坚忍不拔、自强不息紧密联系起来的。

——梁鸿鹰

牧文能把神话和传说变成他心中的一种形象……带着这样一种敬畏来讴歌我们伟大的英雄。牧文带着我们从上古传说中来汲取一种力量，用这种正能量来灌输到我们的文学中来。

——张陵

牧文在为我国汉民族神话诗意的再现，做着不懈的努力。

——林莽

青年诗人牧文集三十年之功创作完成了《华夏龙魂》，以华夏民族上古时期的先祖们开辟蛮荒、繁衍生息、战天斗地的英雄故事为主线，以先祖们不屈不挠的精神为胫骨，以丰厚至诚的情感为血肉，塑造了一个个栩栩如生的神话英雄人物。这部作品用诗歌的形式，精致地建构了一座中华民族宏大的意识神器，构成了中国古代文明发展史的缩影，是一曲对中华族邦的亲情礼赞。

——李军

长篇叙事诗《华夏龙魂》是潍坊市精品创作工程中涌现出的优秀典型代表。作者牧文以华夏民族的神话传说为蓝本，以恢宏开阔的气势、流畅新颖的笔调，为读者显现出波澜壮阔的上古历史，堪称华夏民族神话英雄史诗。《华夏龙魂》里的史学、文化和美术价值受到广泛关注……必将为潍坊文化艺术创作产生直接的

带动作用，必将提升和扩大潍坊文化的影响。

——初宝杰

《华夏龙魂》是牧文同志二十年笔耕不辍的倾心之作，填补了我国长篇神话英雄史诗创作领域的一项空白……高密历届市委、市政府高度重视文化建设。今天，中国作协重点扶持作品《华夏龙魂》成功结集出版发行，既是高密深厚文化底蕴的一次闪亮展示，更是我们推进文化大发展大繁荣的新起点。

——范福生

# 目　录

# 献　诗

当古华夏的历史女神在清澈的月光下展现，
我惊叹高贵的英雄和华夏民族一脉相连。
这是多么地荣耀和幸福呵，
我荣幸地把祖先的神话高声颂赞！

颂赞绿色的星球是一颗伟大的灵魂，
他让众神游弋在自己神性的心田；
他指引我步入雄伟的昆仑山呵，
望见那云开峰立，金光闪闪！

昆仑山呵，巍然高耸气象万千，
八千丈的雄峰巍峨直达九天，
山顶矗立着九重黄金神殿，
神殿四周环绕着洁白莹润的白玉栏杆。

黄金铸就的神殿在山顶熠熠生辉，
金光普照海洋大地蔚为壮观；
神殿正门面向东方一马平川，
我呵，心怀虔敬要到里面去仔细看看。

呵，我看见创世之神盘古正开天辟地，
他太阳般智慧的头颅呵光辉灿烂；
我看见育人之神女娲正炼石补天，
她高贵圣洁的灵魂如栀子花芳香鲜艳。

我看到天梯建木昂然挺拔直达蓝天，
东望泰泽波涛汹涌浩淼无边；
我看到招摇山的迷谷在黑暗中闪耀光华，
吉祥之神九尾狐毛色金赤带给人类美好祝愿。

我看到千年的石荷花漂浮于流沙的波涛，
随风起舞，曼妙如诗般美轮美奂；
我看到观水中白头红嘴的文鳐鱼，
成群结队飞翔在夜晚的静谧九天。

我看到神农炎帝品尝百草，
他的玲珑玉体内跳跃着生命的火焰；
我看到众神之王黄帝雄才大略，
意气方遒指点如画的江山。

我看到华夏心胸辽阔的疆域广袤无边，
雷神在碧绿的稷泽畔流连忘返；
我看到华夏紫气腾腾光辉灿烂，
驳马、驺吾等诸多神兽在寰宇显现。

我看到气宇轩昂的战神夸父，
他头戴橄榄枝编织的和平花环；
我看到美神、诗神女娃呵，
她头戴贤惠、温柔、美丽的桂冠。

我看到北帝颛顼少年英俊，威武英明，
天地将治理得美丽如画静如家园；
我看到大力神阿黎、巨力神阿重绝天地通，
水神共工为冲破桎梏而勇触不周山。

我看到俊仪绝伦的帝喾，
他和儿子们在治理壮阔的河山；
我看到俭朴、贤明的人间之王帝尧，
与民同乐将十大吉兆降临人间。

当我再次仰望灿烂的古华夏星空，
有多少英雄足迹震撼着我们的心灵；
纯洁女神嫦娥如月华流泻般温柔，
射神大羿和嫦娥凄美的爱情让人感动。

俯看长满白玉碧石的沃野，
有多少大神气贯长虹；
坚强之神白马大鲧为人民献出了生命，
治水之神大禹堪称华夏亘古绝今的英雄。

当我如海啸般的激情汹涌澎湃之后，
我的心灵渐渐趋于清潭般的安静；
我站在泰山脚下仰望挺拔苍远的山巅，
山巅托起众神遨游紫气腾腾的苍穹。

呵，华夏龙魂将众神一一颂扬，
华夏精神在九州激荡起猎猎雄风。
为了民众为了理想为了荣光，
华夏众神为真理自由甘愿奉献鲜活的生命！

天地间的众神呵，我高贵的祖先，
我斗胆向你们奉献我浅薄的心声。
你们自强不息的精神是华夏的根脉，
天地间必将永驻你们的伟业及英名！

# 第一章　大鲧诞生

纯净澄明的八月仲秋之夜，
美丽的智慧女神嫦娥轻摇玉扇，
扶摇如钻石般星光点点，
月儿宛如泰泽里飘摇的玉盘。

我坐在月光的温柔里静静观赏，
宛如黛玉的夜空让我产生想象。
我沐浴着温柔女神流泻的月华，
对大羿、嫦娥绝美的爱万分景仰！

清晨，东方天空写意着玫瑰花的色泽，
无垠的沃野洒满钻石的露珠。
我揉了揉惺忪的睡眼，透过窗户，
看到月光碎银般洒满小路。

此刻，月桂宫里飘下月光写就的诗笺，
嫦娥秀美的诗句一一在我眼前闪现：
“诗人啊，
请将大鲧颂赞！

我和大羿如同水滴，
而大鲧的心胸却比大海还要辽阔。
他是自由的使者，
同时又将民众装在心间。”

呵！感谢你啊！我被您称为诗人，
贪图美梦的我冲涌出无数的羞惭。
请原谅我啊，尊崇的先祖，
我浮躁的心将奉献辞不达意的诗篇。

大鲧！千古美名光辉灿烂，
我浅薄的诗篇怎敢将你颂赞。
我在远古精神之花的典籍里流连，
禁不住引用先祖泣血的语言：

“云汹雾涌，冰风雷电，
猛士兮，大鲧，坚如磐石。
坦荡荡雄伟之大神兮，
炼狱酷刑固其志。

光芒四射，披荆斩棘兮，
集以万民心声。
壮阔之天地为其悲兮，低回之魂念其圣灵，
伟大的灵魂高高在上兮，人民与其同德同心。”

提起流芳千古的大鲧，
莫忘了将其祖父黄帝忆起。
当年黄帝、炎帝一统华夏，
天地、神国、人间洋溢着无穷的喜气。

洋溢喜气兮，黄帝在天庭分封诸神，
蚕神嫘祖娘娘有了大喜！
怀甲九月生下了大神骆明，
刹那间，天庭神歌缭绕着香气。

长大后的骆明帮助黄帝治理江山，
将江山治理得有条有理。
他婉拒了黄帝对他的分封，
飘游四海，神州游兮。

一日，骆明驾彩云光临泰泽，
泰泽时而波光粼粼时而洪波涌起。
波光中显现出一座神山，
神山上空缭绕着腾腾紫气。

骆明降落在神山的翠竹林中，
将心爱的琴瑟放于碧绿的草地。
宽厚的手在琴弦上灵巧撩拨，
歌声、琴声飞扬于林间天际：

“东临泰泽兮，我心逍遥，
静坐竹林兮，牧歌飘飘；
琴朋瑟友兮，一生何求，
心静如水兮，无需扶摇！”

鸾鸟、凤凰在骆明身边翩翩舞起，
它们歌声时不时发出金属般的鸣叫。
骆明的琴声、歌声稍稍一息，
只听身后一声温柔的叫好！

一位妙龄女子来到他的身边，
楚楚动人，身材窈窕。
明净的眸子如泰泽里的碧水，
纤纤的细手如修长的竹条。

她是钦山女神，
和骆明在出生前就有神交。
她久慕骆明高尚的品性，
早在此地等待骆明的来到。

此时，香草、瑶草散发清香，
五彩的神鸟将他俩紧紧围绕。
琴瑟声再度缓缓响起，
甜蜜的爱啊就是这样美妙！

晶莹的夜，星星在夜空闪耀，
伟大的时刻，就这样悄悄来到。
甘华铺砌的闺房他俩挨肩而坐，
阳刚和柔美交织的乐音在神山飘摇。

甜蜜的爱啊就这样美妙！
美妙的爱啊，就这样悄悄来到！
真正的爱哪怕只有一天，
也会抵达永恒的荣耀！

第二天，百灵鸟将他俩唤醒，
骆明与钦山女神依依不舍。
钦山女神将骆明紧紧拥抱，
激动的泪水充溢着快乐。

“你走吧！想你，每时每刻！
爱你，今世今生。
我的心呀，那么痛，
我对你的爱呵，无悔无怨。”

当晚，钦山女神做了一个神奇的梦，
骆明向她怀中送了一匹漂亮的小白马。
小小白马在女神身边蹦蹦跳跳，
欢快地喊着“妈妈！妈妈！”

怀胎两年，女神即将分娩，
她来到和骆明相亲相爱的竹林，
用芙蓉铺好了产床，
轻合双目，让宝宝静静降临。

在迷迷瞪瞪的阵痛中，
钦山女神又梦到了那匹白马。
朦朦胧胧中，“哇”的一声，
巨大的光环裹着一个娃娃。

这娃娃浑身散发着异彩，
像绿荫庇护下，开放的一朵生命之花。
他浑身释放出琥珀色的光泽，
一落地便迅速长大。

小小娃娃瞬间长成玉树临风挺拔俊秀的形体，
散发着圣洁的光华。
他生有一头蜷曲的青发，
那伟岸的英姿让厉鬼也产生惧怕。

娃娃在芙蓉床上打了一个滚儿，
迅速地扑到钦山女神的怀里，“妈妈！妈妈！”
钦山女神眼含热泪欣喜万分，
给孩子起名叫大鲧，乳名白马。

此时喧腾的森林归于沉寂，
突然，从柑橘林里奔出一匹白色小马。
白马配了一副缀满宝石的鞍辔，
弓箭和一把宝剑在鞍辔上悬挂！

“嘚啵嘚”，白马四蹄显出慌张，
原来一只恶兽要将他们袭击！
小小大鲧立刻从妈妈怀中挣脱，
刹那间，一片黑影伴着阴风刮进竹林。

小小大鲧敏捷地跨上了白马，
猛挥宝剑，将黑影拦腰斩断。
钦山女神和大鲧定睛一看：
是一只花豹，毛色五彩斑斓。

大鲧知道凶恶的野兽还有很多！
他骑着白马奔驰如猎猎长风。
他要将森林中的野兽全部肃清，
他要让这片森林重归温馨宁静。

大鲧是一位天生的射手，
他左弦射中一头野蛮的豪猪，
右弦又直指头顶的秃鹰，
再回首，一头雄狮从暗中跳出。

这头雄狮被大鲧惊动，正要仓皇逃跑，
被大鲧张弓射中后腿。
受伤的雄狮又向前跳了三跳，
大鲧用绳索将雄狮四腿绑牢。

这时，一只九头鹰号叫着扑来，
大鲧张弓搭箭对准了狂妄的九头鹰。
挟着声响的九枚金箭呵，
枝枝钉进，那狠恶的眼睛。

大鲧啊，片刻未歇，他的箭镞，
冲破了竹林的层层雾气，
一支穿过野牛的鼻翼，
一支又把驼鹿射倒在地。

随后，他又打死一头犀牛，
凶残暴躁的恶兽们四处奔逃。
小小大鲧动作敏捷，跟踪追捕，
白马为大鲧的举动欢腾跳跃！

小小大鲧将森林的恶兽肃清，
为妈妈赢来了静养的安宁。
他的心中腾起了一种信念，
他要去寻找幸福和光明的途径！

美丽的人间花开花落，
大鲧转眼长成一棵挺拔的松柏。
人间的流水弯弯又长长，
大鲧转眼间长成了一个英俊郎。

那白马呵，驮着这个英雄郎，
他那雄健英姿，散发着帝王之气。
看到他，热烈的太阳顿时失去光芒，
他俊朗的仪态使天下神女失去理智！

大鲧禀承了骆明的神力，
眼睛如晨星一样晶莹闪亮，
浑身洋溢着朝阳般的气息，
他心怀气吞寰宇的理想！

大鲧每天日出而歌日落而息，
在纯美的天地中游历体验。
他的内心坦荡无所挂碍，
他的生活轻盈而又舒缓。

早晨的微风轻轻吹过树梢，
树叶儿沙沙作响无比欢畅。
哗啦啦的流水与鸟儿合奏出天籁之乐，
一唱一和呵，人间一派繁荣景象。

长大成人的大鲧心事重重，
人间的现实却让他无法独享欢乐。
大鲧虽然除掉了不少人间的大害，
但痛苦、烦恼却仍将人们折磨。

当深夜的星光逐一跌落，
大鲧的思索融进了思想的长河。
鲧啊！他要用自己的智慧，
让天下人都永远快乐。

# 第二章　沃野天堂

柑桔一样的时光悄悄流逝，
大鲧的脚步踏遍了九州大地。
他与聪明、善良的舜结为至交，
决心共同将华夏大地治理。

那时小小大鲧刚刚来到历山，
大舜正在耕种山下的田地。
大片的稼禾绵远千里，
人们一边歌唱一边愉快地挥舞着农具。

负责拉犁的竟是两头大象，
大舜在后面掌握着这把巨大的犁。
黑色的土地被铧出深深的垄沟，
富饶肥沃的土地散发着诱人的香气。

小小大鲧觉得无比神奇，
当看到播下的种子瞬间长到天际，
大鲧高兴地跳起，
一把将大舜抱在怀里。

“呵，你一定是位大神，
你的德行让人尊敬不已。
我们要成为朋友，
让华夏大地都布满我们的足迹。”

大舜因大鲧的盛赞激动不已，
他看着神采奕奕的大鲧内心一片欢愉。
他端来高粱米酒，
祝福大鲧拥有神族的豪气。

大舜告诉大鲧一个秘密，
建功立业要得到幸运女神的帮助。
幸运女神住在缥缈的云天里，
找到她得依靠上天的恩赐与祝福。

听完此话，大鲧如茅塞顿开，
乘浩浩长风向天空飞去。
大鲧全身因速度变得鲜红、滚烫，
散发着伟大的智慧和恢宏的气息。

大舜本打算与鲧再饮一杯，
心急的鲧已展身飞向天际。
大舜乐呵呵地摇头叹息，
内心却生出英雄间惺惺相惜。

大鲧在空中四处打寻，
宛如得知了幸运女神的踪迹。
他大呼小叫，
一路呼喊着幸运女神的名字。

幸运女神正悠哉地坐着玫瑰花车，
浑浑然宇宙间，茫茫然天地间。
寂寂云海里，恢恢霞风中，
兀然生出刚健雄俊的大鲧。

脚踏怯尘风，头发如金条，
鲜红的血，滚烫的心，
血管在跳动，肌肉在膨胀，
如那颗赤热万里的太阳。

茫茫大地升起一片云海，
万里黄沙卷起一阵烟云，
大地因他的大踏步而欢呼，
玫瑰色的大海因此而壮阔无垠。

大鲧如一座高山向幸运女神走来，
只听幸运女神一声惊叫，
八只青鸟风驰电掣般载着女神飞窜，
前追后赶，瞬息间越过万水千山。

当火辣辣的太阳将云霞染成玫瑰，
大鲧终将羞涩的女神揽到胸前。
他向幸运女神诉说了心中迫切的愿望，
我怎样守护光明，让爱永驻人间？

但见幸运女神轻盈的金发随风飘散，
纤细的腰肢如柔软的藤蔓。
那是一对纯净的眸子呀，
闪耀着光耀华夏的慈悲信念。

幸运女神轻启朱唇：
无畏的坚强便是勇于承担，
看那东方巍巍泰山，
风吹不移，地动不颤。

泱泱万物同生于天地间，
善恶每日如浮云般变幻，
重任在前需要你鼎力承担，
大善大爱的世界要用你一生圆满。

命运女神的智慧为大鲧撑开一片澄碧的蓝天，
她在大鲧的沉思中悄然飞向云端。
让世人幸福美满原本就是大鲧不变的志愿，
哈哈，他的内心升起豪情一片。

大鲧按照幸运女神的指引，飞越泰泽、归墟，
又经沃野展翅来到稷泽徜徉。
之后，又在玉山、密山上空飞翔，
漫漫宇宙他要勉力遍览。

大鲧乘云飞越大海极目远眺心情欢愉，
壮阔的天宇展现一隅美丽花园。
园内，五彩缤纷使人赏心悦目，
那美好的感觉如鹅黄的蓓蕾初绽。

大鲧驾怯尘风游览美丽花园，
心中升腾起纯净崇高的心境。
花园内，玫瑰盛开百花争艳，
能骄傲绽放是多么荣幸。

大鲧驾彩云降落在花园内，
花园内奇花异草熠熠闪光。
圣地上迷谷、琅玕、扶桑遍地，
绽开的花瓣散发悠悠的清香。

大鲧感觉仿佛来到天堂，
他与鸾鸟们一起迎风翱翔。
那雄健俊朗的身姿，
宛如浴火重生的凤凰。

原来，大鲧来到了天庭花园——悬圃，
他的心中顿时发出无限的遐想：
我要按幸运女神的意愿，将它搬到人间，
让人间也成为美妙的天堂！

大鲧充满希望地对茫茫天地说：
我要创造一个美丽的世界！
而创造最需要的就是爱，
爱让世界拥有光明未来。

在这里将充满喜悦和幸福，
没有邪恶的种子生长作乱。
人类将通过正义、善良、勤奋的劳作，
创造一个和谐美好家园。

世界和着大鲧的嗓音发出回声，
创造新世界的情怀盛满。
只见阴暗无边波涛汹涌的乌云，
纷纷向天空的四极隐形。

大鲧以泰山为中点，
站立于辽阔万里的天衔。
他举目环望沃野，目之所及，
就是他创造新天地的地平线。

美丽世界的人类自强不息，
美丽世界的万物相亲相爱，
正义、自由、博爱是他们的魂灵呵，
让这美丽的界域充满“爱”。

在这个美丽的世界里，
太阳永远不会被乌云遮盖。
月亮是太阳的忠实替班，
太阳劳累了，月儿便款款而来。

嫩绿的青草从地底钻出头来，
还带着万紫千红的花蕾头盖。
大地上铺满了五颜六色的地毯，
还有让人们享用的新鲜蔬菜。

沃野上，灌木丛生，绿荫满怀，
晶莹的花果和地上的宝石闪耀光彩。
夜莺彻夜唱歌，众鸟无比欢快，
羽翎缀满眼睛的孔雀绚烂多彩。

狮子、老虎、豹子、小兔群居洞穴，
鱼群、海豚、海豹追逐快乐。
万千昆虫扇动轻盈的翅膀，
似梦还醒，自由开合。

夜晚，勤奋的人们唱着优美的歌曲，
清风伴着琴瑟合奏欢乐。
欢乐的气氛弥漫整个沃野，
将沃野天堂衷心祝贺！

大鲧又从悬圃采摘花草的种子，
装了满满的两大花筐。
此时，一阵怯尘风吹来，
大鲧身上灰尘散尽，万分清爽。

大鲧将一缕怯尘风掬在手中，
怀揣着洗涤人间的愿望。
他打了一个唿哨，悬圃的珍禽神鸟，
驮着花筐一同朝人间飞翔。

经过大鲧几年的精心建构，
人间沃野终于成了天堂。
人们在沃野天堂里愉快劳作，
共同享受着美妙充实的时光。

沃野天堂里有人取得荣誉，
大家会毫不妒忌，还同声赞美表扬；
如有人遭遇困难，身陷厄境，
大家就会相互帮助，相互原谅。

在沃野天堂，劳作之余都放声歌唱，
夜幕之下大家都将祖先圣灵颂扬。
沃野天堂，时刻在洗涤着心灵的忧伤，
沃野天堂，人人都满怀胜利和希望！

沃野天堂的光芒直逼天庭，
帝喾此时正向人间眺望。
他看到人间到处金灿灿的景象：
“几天不见，难道人间变了模样？”

只见文茎、沙棠排排成行，
如一片片神兵为家园站岗。
白槁和帝屋结满了金色的神果，
在纯净的阳光下闪闪发光。

微微的怯尘风轻轻吹过，
如少女的芊芊素手轻抚烂漫的想象。
帝喾好像闻到了美女的体香，
昏沉沉的他立刻感到神清气爽。

芳香鲜美的花朵藏于山谷，
琼浆玉液散发馥郁的芬芳；
金色的果实玲珑剔透，叮叮当当，
成群的神鸟在如玉的湖面欢唱。

沃野上遍布草棚和玉制的篷帐，
草地上的百兽悠然沐浴霞光。
帐篷里有人在拨动琴弦，
动人的旋律欢快悠扬。

随着美妙的琴音，
容貌娇美的女子在乐声里轻描淡妆，
伴着优美的琴音歌唱，
大爱大善的歌唱响彻四方。

美丽的沃野坐落在大地的中央，
宽厚的扶桑叶覆盖其上，
白玉、玛瑙将九曲小径砌筑，
芙蓉花、栀子花铺满沃野天堂。

长长建木作为天堂的栋梁，
珍珠、夜宝石点缀着宏大的厅堂，
编结百合作为飘香的帷幔，
用柔软的柳条织为朦胧的帘帐。

用泰山石来镇室内的香床，
采掘一抔香土让室内长久芬芳。
祝余花铺满民众行走的道路，
放眼望去皆是花的海洋。

奇花异草，绽放沃野，
麒麟迎门，凤凰翱翔。
美丽女神纷纷飘至，
万神云集沃野，齐聚一堂！

难道是天上的悬圃已搬到人间？
帝喾顿觉不安，龙颜慌张。
他急令大神后土前去察望，
要尽快向他禀明情况。

# 第三章　华夏女神

后土在人间摸清了情况，
然后如实向帝喾做了汇报。
帝喾气急败坏抬脚踢向神龛，
神龛咣当飞起，无辜地摔倒！

帝喾急令报信神寓鸟传令诸神，
让他们立即到天庭报到。
万千大神如彩羽飞临天庭，
心中幻化出一顿神餐上的奇异珍肴。

众神见帝喾忧心忡忡坐在神座上，
肃穆的气氛使他们感到事情有点不妙。
帝喾道："诸大神整日玩耍逍遥，
人间发生了大事都没有向我禀报！"

诸大神随帝喾所指望去，
人间有一处神境无比美好：
扶桑、建木挺拔耸立，
文茎、迷谷的香气随怯尘风飘摇。

迷谷、祝余的枝叶相互交错，
编织成蓊郁的屋顶；
黄灌草、茶草随风舞动，
微笑着将人们抚慰欢迎。

美丽的夜境悄悄来临了，
空气中弥漫着冈草、嘉荣草的清香。
鸾鸟、凤凰如摇篮曲般哼唱，
有情人甜甜蜜蜜进入了梦乡。

清晨，人间迎来七彩的曙光，
人们步出了他们玫瑰的新房。
男子荷锄，女子手提采果花篮，
边劳作，边祝福，边歌唱，像吃蜜糖。

中午时刻，大地上升起了缕缕炊烟，
烤地瓜，烤芋头散发清香，
人们欢声笑语快乐地品尝。
众神两眼发直，口流涎水，出尽洋相。

就在这个时候，一团金光在乐园闪耀：
一位雄赳赳大神在乐园走动，
他衣着鲜丽，铠甲光彩耀目！
他是谁啊？神界竟一时无人搞清。

帝喾心中十分惊讶，不禁万分纳闷，
这位大神银光灿烂，光彩照人，
他从何处而来？
他的荣光让他感到心情不畅！

智慧神白泽走出神列，向前禀报：
“这位大神强悍、豪放、坚定，很有名堂，
他是一位无所畏惧的坚强之神，
长得和大神骆明一个模样。”

帝喾离开宝座，慢慢望去，
目光反复仔细打量，
只见他腰佩长剑，手执长枪，雄姿英发，
天庭中还从未见如此的赫赫荣光。

白泽神禀告：“无论大神从何处而来，
他都将是一位光明的使者。
他的目光如炬，智慧似海，
无论他来自何方，都将是诸神的楷模！

虽然我们和他从未谋面，
但我可以郑重地断言：
他将是天地间亘古绝世的英雄，
他的光辉未来将如日中天。”

呵，这大神的出现引起天庭的注意，
他坚定的荣光让人内心敬仰，
无敌的创造力让人间异彩纷呈，
责任感使他的笑容里都饱含担当。

众神纷纷向前探问，
他则谦虚地将众神赞扬。
众神得知了他的名字，
正是大鲧，正是他在治理四方。

神勇的大鲧，
人们将他的事迹不断传说。
他创造了许多伟大的奇迹，
全凭自己博大的智慧和强健的体魄。

大鲧还赢得过许多赞美，
相传，他曾亲手杀死十头凶猛的黑熊，
黑熊的皮肤如铠甲一样坚硬，
大鲧的神剑让黑熊倒地毙命……

众神交头接耳，窃窃私语，
帝喾见此情形，一声怒吼震动天堂：
“看他们！何等猖狂！
该怎样惩罚这不受约束的沃野天堂？”

众大神面面相觑，
帝喾的嫉妒也正是众神们嫉妒的地方。
片刻后，众神窃窃私语：
“发一场洪水让人间变成汪洋。

派雷电之神放射闪电，
让人间天堂变成坟场……”
诸神的计谋层出不穷，
神廷内一片熙熙攘攘。

此时，智慧神白泽近前阻止：
“大帝，处理此事切不可鲁莽。
想人间天堂乃大鲧辛苦所造，
人间已将他的神迹四处颂扬！

用火攻及水淹乃为下策，
此举必令民生哀怨，影响大帝的威望。
请大帝派一神将前往，
劝大鲧将乐园搬到天堂。”

帝喾喜出望外，对诸神叫道：
“哪位爱神愿将此任担当？”
诸神面面相觑，过惯了闲散的日子，
没有人愿将重任担当。

“父皇，女儿愿将重任担当。”
一个女孩清脆的叫声在天庭荡漾。
众神惊愕之余，定睛一看，
一个如翠竹的少女站在神廷中央。

轻巧飘逸的云纱裹着她曼妙身姿，
怯尘风抚摸着她迷人的姣态，
长长的睫毛掩盖不住黑珍珠的光彩，
娇小丰满挺拔的酥胸充盈着真爱。

乌黑颀长的卷发半遮饱满的酥胸，
坚强忠诚的勇士才配在那里游赏。
宛若凝脂的玉体透明发亮，
她是坚忍英雄休憩的眠床。

郁郁迷谷林中绕有她的歌声，
波涛汹涌的大泽里有她诗的想象，
小鹿群里有她机灵的欢乐，
静静玉潭里有她的倩影和她青春的迷茫。

世间何物配得上她的眼睛？
世间何物配得上她玉体的光亮？
世间何物配得上她的高贵俊秀模样？
惟有她自己的心灵和追求真理的理想！

有歌赞之曰：暖花雪浴兮，玉泉沐发，
缥缈云衣兮，美如彩霞，
娇娃婀娜兮，飞翔云端，
亮丽灿烂兮，美冠天下。

心灵洁净兮，冰雪之上，
肤如凝脂兮，日月争光，
驾驭凤凰兮，天上荣光，
寰宇翱游兮，惠泽四方。

俯瞰华夏兮，黄河长江，
纵览四海兮，华夏永昌，
众灵环绕兮，堂堂皇皇，
玉女之风兮，浩浩荡荡。

自从美神女娃归隐人间后，
美神的封号一直没有封赏。
像一顶花冠在等待她的主人，
惟有坚贞纯洁的女性才能担当。

她就是帝喾的小女儿——姣女，
为帝喾分忧让帝喾大喜过望。
他将美神的封号赏给了姣女，
但又为姣女挺身而出显出彷徨。

帝喾为保住姣女而宣下圣旨：
人间乐园拥有无数的宝物，
哪位大神能劝大鲧将乐园搬到天庭，
我就将姣女嫁给他做终生伴侣。

此刻的姣女如一轮耀眼的月亮，
春光灿烂明慧艳丽。
众神见了她便魂不守舍失去理智，
只有豪放公正的男儿才能赢得她的心仪。

众大神听完帝喾的话后都万分欣喜，
好像美丽的姣女已经躺在他们的怀里。
成群结队的大神都去劝说大鲧，
坚强的大鲧却让他们纷纷碰壁！

# 第四章　姣女下凡

众神游说大鲧纷纷失利，
帝喾方清楚大鲧的内心是如此坚强。
这时姣女又款款而来，
她是多么渴望见见大鲧的模样。

纯美姣女心怀理想振臂滑翔，
向着人间那处金灿灿的地方。
一颗颗闪亮的星星与她擦身而过，
风拂动她的秀发散出少女的清香。

柔顺飘逸的秀发轻拨云纱，
她终于看清了这人间天堂。
风光如画的人间一望无际，
处处散发着和平祥和的光芒。

浩瀚的田野、森林清新纯净，
沃野开满了雪白的百合花。
青翠的琅轩、建木将人间环绕，
并且向四野伸展着嫩绿枝芽。

多情的怯尘风轻轻拂过，
带来一阵阵奇异的芳香。
姣女顿时神思飘飞，
心中产生无穷的遐想。

此天堂像一只玛瑙做的香船儿，
温馨地漂泊在宇宙的海洋。
自由的船儿散发着智慧和欢乐，
让古老疲惫的宇宙神清气爽。

姣女轻盈如一只蝴蝶降落在扶桑上，
透过枝缝她看到了更美的景象：
九条白色绸缎在沃野上飞翔，
原来是九条玉溪在人间静静流淌。

一群群小狗、小狼在草丛中嬉戏，
一群群孩童在山谷里牧羊。
原野上的人儿三三两两嬉戏，
有的则围坐一起痛饮柑桔琼浆。

采摘鲜果的是人间最纯洁的姑娘，
田间劳作的是人间最朴实的儿郎。
一对对相爱的少男少女多么纯洁善良，
边劳作边向对方倾诉自己的衷肠。

“这是一处比天庭还美的地方啊！
因为这里充满青春和梦想。
他们才是一群真正的神灵啊，
不知他们来自于何方？”

姣女边想边继续飞翔，
金黄色的余晖洒在原野一片辉煌。
此时，她看到两位青年在花廊下畅谈，
畅谈自己远大的理想。

姣女迎上去看到他俩如旭日朝阳，
将天宇照得亮亮堂堂。
他们伟岸的身躯仿佛那千年银杏，
又如泰山和黄山一样气宇轩昂。

他们紧握双手传递友谊的力量，
透过玫瑰的花瓣皓齿洁白闪烁友谊的光芒。
他们好像初次相识但显得并不陌生，
一见如故的友谊比星星织成的天空还要闪亮。

他们将宽厚的手掌叠在宽厚的手掌上，
口中的话语如黄河长江滚滚流淌。
他们在姣女的视野里灿烂辉煌，
他们友情的花朵比鲜花还要芳香。

他们对话道："看，天空中闪耀的彩云！"
"是啊！彩云里星星的智慧在闪光！"
"我们伟大先祖的圣灵在显现，
按照美好的理想我们要建立人间天堂！"

“我们要让人间的风儿八方吹拂，
让潺潺的溪水将先祖颂扬。
在清朗的晨曦中接受先神的祝福，
我们要怀揣先神生生不息的希望。

在人间天堂里没有黑暗，
人间惟有月儿洒下的皎洁月光；
在人间天堂里没有忌妒和猜测，
大家都将高洁无瑕的灵魂敬仰！”

高歌像雄风穿越姣女的心灵，
姣女的心灵宛若浴火再生的凤凰。
她快步如风走到两位俊男面前，
在两位俊男的惊愕中看清了他们的模样。

一位身材魁梧，肤色黄灿灿，
如狮子般的头颅散发光芒。
他的眼眸闪现出金石的禀性，
细腻的姣女能感受到他的刚毅坚强。

另一位身材细长，肤色黑黝黝，
黑色的眼睛里有两个瞳仁，闪着光亮。
身上散发着阳光般灿烂的气息，
让姣女感受到敦厚安详。

如狮子般头颅的人是大鲧，
他是我们华夏创世的坚强之神；
黑色的眼睛里有两个瞳仁的那位，
就是名扬天下的孝神虞舜。

原来，虞舜这天前来拜访大鲧，
顺便游览了沃野乐园。
沃野乐园里生生不息的精神，
让虞舜也受到了鼓舞和感染。

他向人间乐园传递了一条信息：
帝尧决定将人间帝位让于大鲧。
大鲧闷闷不乐，然后便坚决拒绝，
他说，这伟大的荣誉和责任应归于虞舜。

虞舜握着大鲧的手，
两位人神内心如大海般浩瀚，
勇于奉献，
敢于将华夏昌盛的重任承担。

大鲧和虞舜成了莫逆之交，
决心将人间变为天堂乐园。
这天清晨他俩高歌抒怀，
正遇见姣女走到他们面前。

虞舜见有神女拜访人间乐园，
挥手告别回归自己的家园。
大鲧歌道："最珍贵的客人呵！
愿我们实现自己的心愿。"

姣女亭亭如荷花站在大鲧面前，
她的美啊构成了一幅绝美的画面。
——微微的怯尘风吹起，
她的秀发如大海的细纹一样潋滟。

一缕秀发遮掩着她的娇小如玉的酥胸，
如茉莉的胴体在余晖下透明晶莹，
颀长的玉腿流泻大理石的光泽，
结实玉润的美腹期待被爱意充满。

她的美，让昏睡的星星睁开眼睛，
她的美啊，引来摇篮曲般歌唱的夜莺。
她羔羊般的崇高品性，
比她的美丽还要完整晶莹。

大鲧对姣女一见钟情，
爱啊总是来得这么匆匆。
请不要埋怨呵，这爱的匆匆，
这是坚强的品质亲吻如玉的心灵。

大鲧领着姣女参观了人间乐园，
皎洁的月光下人间乐园如幻如梦。
穿行在翠竹、扶桑林中，
姣女享受着自由快乐的幸福与澄净。

姣女看到一只小羊正把头枕在狮子的肚皮上，
小羊羔在睡梦中显得无比快活。
当姣女在一棵甜蕉树下凝望时，
姣女的手上就落满了饱满的甜蕉果。

姣女看到满天星斗向人间滑落，
月儿褪去身上的轻纱更显清澈。
弥漫着爱的人间乐园中，
婉转的夜莺歌唱爱恋情歌。

大鲧姣女来到亮灿灿的迷谷树下，
躺在柔嫩芳香的草地向上仰望。
透过闪闪亮亮的迷谷叶缝，
他们看到人间天堂映在闪闪的银河——

人间，天河纯洁静美，
银河里也流淌着快乐的歌。
银河里缀满了宇宙的星星，
人间天堂是最闪耀的一颗。

“多美啊！”姣女对大鲧说。

此时此刻她的心灵最为纯净和快乐。

姣女忘记了父皇帝喾给她的使命，

她想在人间乐园里愉快地生活。

# 第五章　大鲧姣女

大鲧骑着白马后面跟着蛟龙，
姣女乘坐凤凰鸾鸟上下飘舞。
怯尘风和彩云啊相互嬉戏，
天地万物啊共同送上祝福。

大鲧姣女同游美丽泰泽，
微风吹起苍茫浩波。
天上的荷叶为他们遮挡艳阳，
龙鱼拉着他俩一同遨游银河。

登上泰山四方眺望，
心情飞扬神思浩荡。
怯尘风吹拂，暖花雪纷纷扬扬，
寰宇呈现出玫瑰色霞光。

他们采来玉石修建珍珠兰堂，
在天街上筑起黄金城阙白金宝殿。
用夜明珠铺砌天街大道，
黑夜来临，如满天繁星呈现。

让美好思想在夜空中前行，
纯洁的爱情就是天下最耀眼的星星。
相爱的人儿在柔情里徜徉，
他们都有着爱的博大心灵。

他们回到人间乐园，繁花盛开在山坡，
层层的玉树长在幽静的山谷。
从琅玕、建木枝干中渗出琼浆玉液，
散发馥郁的芬芳和无尽的祝福！

攀爬在岩顶上的枝蔓盘根错节，
小羊、小牛吃着草儿，可爱有趣！
鸟儿在欢唱，兽儿在跳舞，
美丽的景致让牧神、时神驻足。

夕阳女神如羞涩的少女蒙着面纱，
缓缓向泰泽里悄悄停泊。
美丽的星星女神跃上绸缎天幕，
在夜晚的怀抱中无比快活。

在美丽温柔的夜色浸润下，
有两个挺拔俊秀的身体。
他们容颜散发圣洁的光辉，
眼睛洋溢喜悦的神气。

男人刚强的头发从额头往左右垂下，
又漫过坚强厚实的胸脯。
女人黑油油的长发在纤细的腰际飘荡，
宛如春风之神将嫩黄的柳枝吹拂。

男人机智、勇敢，富有爱心，
女人温柔、美丽，智慧善良。
她们心中纯洁无任何邪念，
这是完美的造化人类的理想。

噢！英俊、美丽的人儿我们看清了，
男人是大鲧，女人是姣女。
他们在人间乐园里轻轻地散步，
享受着大自然的恩惠和欢娱。

大鲧将姣女领进一座大理石的殿堂，
殿堂里洋溢着圣洁的光亮。
玉壁上雕刻着先祖奋斗不息的图案，
图案点缀着红宝石、绿玛瑙闪闪发光。

图案的内容在大鲧姣女面前展现：
盘古雄壮的身躯柱地擎天。
在盘古开天辟地因劳累倒下时，
他的心灵穿越了空间和时间。

盘古说：愿我的灵魂化为天堂，
让天下苍生充满美好希望；
愿我的眼睛散发光热，
让世界变得更加温暖明亮。

愿我的右眼化为明月，
清澈在美丽多情的夜晚。
我将放射出无数的星星，
照亮我心中的家园。

愿我的骨骼化为高山，
愿我的血脉化为河川，
愿我的汗毛化为飞禽走兽，
愿我的汗水化为甘露洒遍人间……

众先祖的事迹活灵活现，如在当前，
大鲧、姣女看后浮想联翩。
他们心中澎湃着理想的热血，
要将人间美化为天堂乐园。

此时在乐园的最东边，
蓝天、大地、海洋相互汇合。
玫瑰色的朝阳女神款款升起，
雄阔的宇宙充满着快乐。

温柔的朝晖洒在乐园里，
乐园紫色腾腾的光辉喷薄如射。
建木、扶桑高耸入云，
美丽的住房在神境自然坐落。

清晨，人间乐园里彻底沸腾起来，
因为美神姣女的莅临。
天空中降下鲜花和甘露，
为人间乐园带来美丽和欢快。

姣女秀美的胴体来到建木前，
建木如伞的叶子就唰唰舒展。
色彩鲜艳的花瓣看到姣女的到来，
便纷纷绽放她们甜美的笑靥。

白天，姣女就和大鲧一起劳作，
晚上，他们便在人间乐园上空飞翔。
是啊，人间乐园洋溢着善良，
共同将他们的爱情传唱。

他们静悄悄飞翔到建木的树梢，
坐在建木叶上向四周观望。
人间乐园，鲜花满园，笑声连天，
怯尘风吹拂着他们美好的畅想。

人间乐园里星火点点，
与天上的群星交相辉映。
姣女与大鲧在静静观赏，
人间乐园更秀美温情。

此时，夕阳西下，众鸟归巢，
大鲧、姣女在徐徐的凉风中散步。
他们沐浴着温柔的月华，
唱出了心中爱的归宿。

大鲧歌道："头一次和你相见，
你的完美无瑕，让我绝望。
你的脚步，你的嗓音，你的眼睛，
都散发着吸引我的幽香。

今天，我要向你吐露我的衷肠，
你是我唯一的爱和希望，
你的纯洁、高贵、优雅和智慧，
是我梦寐以求的理想。”

姣女听完对她的表白和赞美，
少女的脸颊迅速泛红。
宛如朝阳冉冉升起时，
天边飘出的一帘彩霞。

有谁能接受他如此浩荡的赞美呢？
赞美之辞如飓风和激流，
大海如泡沫翻腾浪花飞溅，
那情爱让姣女剧烈颤抖。

姣女娇美的身子坐在云端，
怯尘风拂动的秀发如一片马尾云海。
美神此时想用歌声来表达爱，
但她朱唇轻启我便听到了天籁：

“地上飞奔着神鹿一群群，
她们是在追逐爱的芳芬；
天上飞翔着悠悠白云，
那是情人的思念啊无穷无尽。

草木上的露珠晶莹发亮，
那是我爱你的水晶之心；
天上的星星纯净发光，
那是我们的爱啊，心心相印！

我宁愿违背父皇的心愿，
也要让人间乐园更美。
我要和你共同建造家园，
虽九死而无怨无悔！

我自愿接受父皇的旨命，
想让人间乐园搬到天堂。
来到这里我的心儿发生转变，
人间使我的心儿更加明亮。

天庭里的大神都恶劳好逸，
而人间的人们在奋发图强；
天庭里的大神都无所事事，
而人间里的人们心怀理想。

天庭里的花虽然芳香，
但缺少人间花儿的热情模样；
天庭里的银河虽然清澈，
但没有人间里的溪水欢畅。

我要回去禀报父皇，
让他前来仔细观赏；
我要让他收回成命，
让天庭充满人间的芳香。

哪怕父皇生气我也要把实情禀告，
我心中爱的火焰在燃烧。
违背父皇使我心触动天条，
但丢掉信仰便会将我的生命抛掉。”

大鲧歌道："我被你月亮般的纯洁包围，
我的心中怀有无穷的柔情和梦想。
你的高尚给了我坚强无比的力量，
你如玉的心灵是我永远的依傍。

你给人间乐园带来生机，
你赐予人间乐园亲爱的气息。
你的目光让我内心变得坚强无比，
遇到你，是我全部幸福和意义。

你是一束纯美的月光，
你是我心中最美的理想。
你拯救了我灵魂深处的欲望，
除了你，世界上谁也不能令我欢畅。"

大鲧的金杯和姣女的羊脂白玉杯斟满，
爱情的滋润让他们更加精神。
酒神的美意点燃他们的激情，
汹涌的爱情如大海般澎湃而率真。

纯洁的姣女充满圣洁的幻想，
她要用栀子花的酥胸将情人款待。
喜悦如朝阳照亮了漆黑的长夜，
他们啊，潮水般汹涌而来。

他们来到挂满缥缈云霞的花房，
看到一张镶满红蓝宝石的红木床榻。
床榻上铺展着千娇百媚的月亮，
星星看到了激情的海洋和摇曳飘扬的黑发。

# 第六章　拜访天庭

姣女派遣天使前去天庭送信，
说坚强的大鲧偕众人不久就要光临。
帝喾令众神摆起节日的盛宴，
并亲自率诸神前往迎接贵宾。

众大神率万千神兵一起出动，
迎接客人的场面异常隆重。
绵长的队伍从天庭排列到人间，
列队将英雄的大鲧欢迎！

坚强之神如火一样跃出东方，
大鲧站在扶桑，威武雄壮。
只见万千战车轰轰隆隆，
东方展现出瑰丽的曙光。

轰隆隆如天上响起惊雷，
七色龙幡高高飘扬。
赞美神的歌曲令人陶醉，
天上沃野喜气洋洋。

弹着琴瑟，扬起鼓槌，
大地云旗浩渺万里猎猎浩荡。
竽笙和彩笛婉转吹奏，
乐音如天籁在人间天庭回响。

神女着云衣霓裳，
坚强之神携民众畅饮桂花琼浆。
大鲧的驳马腾空飞翔，
众神赞歌缭绕故乡。

欢迎大军犹如滚滚的雷声此起彼伏，
更如滔滔的巨浪向前隆隆奔涌。
山林天空的野兽被惊得四处漫跑，
神军鼓号齐鸣，震耳欲聋。

万千神军整齐列于沃野中如一片汪洋，
鲜艳军旗浩瀚，铠甲耀眼鲜亮。
天空飞翔着万千翼龙和凤凰，
他们共同奏鸣帝喾的雄阔乐章。

诸神喜迎嘉宾，天地一片快乐融融，
就是迎接凯旋的将军也没有这般隆重。
从未见过大鲧丰姿的众神，
如今要亲睹他高贵的尊容。

这时，大鲧已渐渐走近，
高贵的英雄率领英姿飒爽的人群。
他们骑骏马在沃野上奔腾，
五彩的旗帜像天边的彤云。

当帝喾看到英俊的大鲧时，
他的神采，使帝喾无比的兴奋：
“我和天上诸神衷心地欢迎你们，
你的光临使天庭美轮美奂。

你在人间建立了伟绩功勋，
帮助大尧勇担造福人间的重任。
你的坚强像星星一样闪耀苍穹，
你的英雄已超过诸多大神！”

大鲧谦虚地说道：“尊敬的帝喾，
我的业绩与您相比如大海中一粟，
在您的面前我是单薄渺小，
您的光环如朝阳照耀寰宇。

不知是谁将我赞美成人间的银杏，
又不知是谁将姣女赞美成玫瑰。
在您面前，我们无法承担这些美名，
我造福民众的功绩太少而感到惭愧。”

帝喾举行隆重的仪式欢迎大鲧，
这位嘉宾人人爱戴，备受诸大神敬重。
帝喾对大鲧礼数有加，大声夸奖，
诸大神帮帝喾将欢迎仪式办得十分隆盛。

有司值大神驾云赶回天庭，
帝喾提醒诸大神要向客人们表明，
他们在天庭里将到处受到欢迎，
为大鲧举行精彩表演，一路不停。

舞神珲和乐神夔大显身手，
他们的演技确实更胜诸神一筹。
鸾鸟、凤凰在天宇翩舞飞翔，
虬龙、螭龙亮出了美妙的歌喉。

天庭前，美妙的乐音响成一片，
帝喾陪同大鲧在那里驻足观看。
观看一段时间之后，终于步入天庭，
这样欢乐的时光实在美妙短暂。

帝喾和大鲧席地坐在天庭中央，
诸神也陆续端坐在宴席桌前。
婀娜的神女端来琼浆玉液，
大鲧在诸神面前微笑着风度翩翩。

美丽多情的神女在大鲧旁边斟酒，
大鲧目不斜视，神态平静安然，
他的脸上透出了黄金的光泽。
诸神发现，帝喾的目光落在大鲧身上。

盛大的宴席在天庭内外拉开帷幕，
从未有哪位大神享受过这样殷勤周到的服务。
白玉桌上摆满美酒瑶果，
诸大神对这顿美味心满意足。

大鲧坚定地坐在万千众神之中，
唇如红宝石齿如白珍珠。
帝喾端坐于镶满宝石的宝座上，
听到诸神都窃窃私语称大鲧为英雄。

大神一万八千名在天庭就坐，
威严的帝喾不禁暗自诧异，
没有一个大神能与大鲧的仪态相比，
帝喾的心中又忧又喜。

美丽的女神在天庭内来回穿梭，
玉液溅满了诸大神的衣裳。
大鲧受到的款待格外隆重仔细，
珍馐美味一桌，身后神女两行。

大鲧再次向帝喾表示由衷的敬意，
大鲧如青铜的铿锵之音穿过天庭：
“您的光辉啊盖过天宇中所有的星星，
惟有心灵光照的太阳才能闪耀苍穹。”

天庭的欢宴美味佳肴让人心醉，
帝喾的眼神对大鲧充满赞美。
他们神采俱美如太阳和月亮，
众大神围坐令他俩更加灿烂生辉。

当黎明女神展现出她美妙的身姿，
天庭内迎来女神温柔的容光。
诸大神喝得醉眼朦胧难辨东西，
帝喾和大鲧喝得荡气回肠。

天上人间古往今来的筵席都是这样，
把客人陪醉了，主人的脸上才有荣光。
陪酒的诸大神喝得东歪西倒，
天上的酒鬼和地上的酒鬼一个熊样。

此时，箫瑟、玉器的奏鸣响成一片，
美妙的醒酒神曲在天庭回旋。
诸大神立即恢复了以前的神态，
对大鲧的巨大酒量纷纷赞叹。

风姿绰约的女神撤掉酒桌，
一群女神驾凤凰来到了天庭里面。
怯尘风吹拂着她们曼妙的身姿，
诸大神拔剑与诸神女共同表演。

啊！今日清晨美景吉祥，
肃穆虔诚拜奉天皇。
天上的怯尘风飞扬，
将天庭的玉器铿锵唱响。

辽阔的天庭四角摆放玉炉，
装满从沃野采摘来的荷花丁香。
玉炉里酿出琼汁玉浆，
天堂充盈着绝世的芳香。

爽朗的笑声在天庭飘扬，
天籁之音颂歌悠长。
暖花雪潇潇洒洒，
天庭随处可见鸾鸟、凤凰。

玲珑神女穿着如幻霓裳，
俊美秀丽无上荣光。
天籁之舞婀娜多姿，
祈祝华夏快乐安康。

天上人间一同敲响快乐的鼓槌，
天庭众神与地上的村姑共同起舞。
怯尘风吹走烦恼，暖花雪洗涤心灵，
众神民众共同唱起千秋的祝福。

此时，帝喾将大鲧领到一间神殿，
直言不讳地要求将乐园搬到天庭。
大鲧道：“威加四海的众神之王啊，
有许多事情请听我细细讲明。

对我而言，您的信任胜过美言，
但是违背民众的心愿我很痛苦。
请您以太阳般的胸怀给天下好运，
人间乐园向四极延伸是民众心中理想的归路。

人间乐园是人民共有的圣地，
民众的财产我不能把它献出。
为了它我宁愿失去自己卑微的生命，
为了它我宁愿下到十八层地狱。

苍茫无限的广大宇宙，
都在您冥冥掌握之中。
人间天堂里荣光四射，
更能彰显您浩浩尊容。

我还想请求尊敬的大王，
让我环游宇宙，周游神国，
将天下宝物聚于沃野天堂，
让众神和民众生活得更加从容。”

帝喾哑口无言和大鲧回到天庭，
一同和诸大神共进早餐。
早餐上，帝喾佯装笑容满面，
心里其实早已暗自盘算。

# 第七章　鲧游寰宇

大鲧与女姣依依惜别，
美丽的爱呀，绝不会如此短暂。
亘古英雄怎能儿女情长，
神性的责任啊指引大鲧征战。

女姣含泪送别，
她怎会将心爱的人儿阻拦。
为爱她已经触怒了父亲的龙颜，
为爱她不惜将自己的一生奉献。

大鲧对民众道："我将白玉宝剑交给虞舜，
他将是你们最坚强的庇护人。
他有着银杏般最挺拔的意志，
浩浩正气如建木向天宇展伸。"

说着，他轻拍马颈，马儿猛然腾飞，
犹如一只离弦的箭奔向苍穹，
又如彗星冲向恒星迎接灿烂，
更像苍穹里追求真理与幸福的雄鹰。

大鲧骑着驳马来到昆仑山，
昆仑山气势磅礴金光闪闪。
西王母住在昆仑山以北的玉山，
玉山散发着慈美的容颜。

大鲧驾神船在大海上航行，
他心中甜美的情绪在洋溢。
恶神牙生兴起飓风大海翻滚波涛云涌，
大鲧驾驭的神舟万分危急。

牙生阻止大鲧前行海浪铺天盖地，
大鲧的随从胆战心惊失去士气。
大鲧坚定地说："请大家不要害怕，
宽阔的大海将是埋葬他们的坟地。

真正的勇士不惧怕任何危险的袭击，
厄运来临我们也无需躲避。
正如我们不能用手遮掩太阳的光明，
用微笑迎接它才是这世上的真理。

谁都想生活平静没有战争，
敌人来了我们不仅仅要用盾牌阻击。
我们将手持宝剑坚定信念，
邪恶永远战胜不了正义。”

大鲧此时手提宝剑，满含刚毅，
他的坚定给随从们带来无穷的鼓励。
他沉静地站在船梢盯着来敌，
大鲧如一座神山在海面上矗立。

众鬼的喊杀声响彻大海连绵不断，
他们从四周猛烈地冲击神船。
大鲧屹立船头看他们如小丑杂耍，
宝剑一闪便斩断了众鬼的跳板。

敌军看到大鲧的神勇展现，
心中惊慌腿脚虚软抱头鼠窜。
骤起的飓风将他们轻易吹落大海，
如密密麻麻的树叶浮在海面。

牙生逃走了，随从欢呼将大鲧称赞，
赞美之辞堪称世界上最华贵的语言。
大鲧的正气将大海的性情熏染，
大海立时恢复了以前玫瑰的容颜。

随后，大鲧又驾大雁来到雁门山，
雁门山北边有方圆万里的大泽，
大鲧接受了大泽的洗礼，
他的身上有青铜的光在闪耀。

大鲧驾螭龙来到肃穆的雷泽，
雷泽是雷神的幽秘住所。
大鲧拜访威名显赫的雷神，
赞美天地万物都接受过他的恩泽。

大鲧驾凤凰来到天地的中心，
黑水流经的都广之野。
入云的天梯建木耸立在中央，
都广之野的青城山是神女的住所。

大鲧在青城中拜访了女神素女，
素女赠给他许多散发香味的神果，
让他带到人间乐园广加传播，
吃了神果能益寿延年，让人快活。

大鲧驾青鸟来到赤水岸边，
他发现蜿蜒岸边万里的三株树。
三株树高大挺拔，形似松柏，
树叶都是一颗颗璀璨的珍珠。

大鲧让青鸟驮着三株树，
让它在人间乐园安家落户。
大鲧又驾麒麟来到沃野，
沃野遍地珍珠玛瑙，物产富足。

在这里，鸾鸟自由舒展地唱鸣，
凤鸟自在欢快地舞蹈。
神鸟蛋是沃民的美食，
天降甘霖是沃民的饮料。

刚要离开物华天宝的沃野，
大鲧碰到了金光闪闪的龙鱼。
龙鱼是水陆两栖的吉兽，
惟有圣贤人才能骑它遨游九州。

大鲧驾龙鱼来到方圆万里的邓林，
在漫天遍野的桃林间流连驻足。
他在漫天飞舞的桃花中寻找什么呢?
他在寻找华夏伟大的战神夸父。

大鲧游览了太阳神的住所汤谷，
看到了那株高达千里的寻木。
那寻木挺拔，树冠如一把巨伞，
将方圆几千里的大地盖住。

大鲧又来到少昊建鸟国的地方，
——天下无底的深坑归墟。
附近有甘山，甘水从中流出，
宇宙洪洪荒荒的巨水向甘渊汇聚。

大鲧驾鸾鸟游览了东极，
神折丹在这里管理风的出入。
大鲧乘五彩鸟游览了凶黎土丘，
那是大神应龙的住处。

大鲧又乘三青鸟来到碧波万里的南海，
拜访了南海海神不廷胡余 。
大鲧驾双双来到寿华之野，
射神大羿在此将伟业建树。

大鲧驾驳马来到宋山，
他看到一片金灿灿的红色枫木。
想当年枫木为泰逢桎梏所生，
泰逢冲天血气让人铭心刻骨。

大鲧驾邹吾来到白渊，
在这片白洁的不死水里沐浴。
不死水里住着美丽的不死女神，
她对大鲧早已万分仰慕。

不死女神采下一段柳枝，
蘸着美妙而又潺潺动听的不死神水，
在宽厚的扶桑叶上迅捷地涂抹，
女神用一封情书向大鲧敞开心扉。

她动情地写道："坚强之神大鲧啊！
我向你奉献散发甜蜜的情书，
向你表白我暗恋伟岸男子的幸福，
更向你诉说我倍受煎熬的痛苦。

你是我的光明带来太阳般的意志，
我崇拜你的光辉想永生和你在一起。
你火焰的激情会将我的肉体燃烧，
任何一个美人都着迷于你的风姿。

你让所有的花朵为你开放散发清香，
温柔的夜空在睡梦中与你偎依。
你俊美形体的光泽盖过所有胴体的光亮，
我的花儿不经您的滋润也必将凋敝。

爱神听訴作证我将情书致寄，
但是，递给您竟鼓不起少女的勇气。
您高贵的冷漠让我心急如焚，
快来吧！您的激情会淹没我的理智。”

大鲧接到女神的情书心中忐忑不安，
他无法接受女神甜蜜的倾诉。
大鲧急匆匆来到天台山，
远古的海水从其南边滚滚流入。

大鲧又乘蛟龙来到栗广原野，
他看到女娲之肠变做的神在此居住。
大鲧来到方山，山上有棵青色大树，
太阳和月亮经常从此出入。

大鲧坐五彩羽毛的鸣鸟来到灵山，
这里出产各种人间难寻的药物。
大鲧请鸣鸟将药物驮回，
人世间的许多疾病将会消除。

大鲧又驾白马来到灰野山，
灰野山上有棵红色的大树，
青色的树叶，红色的花朵，
它就是随日月明暗变化的若木。

大鲧游览了浩渺浩荡的寰宇，
他博大的心灵受到振奋和鼓舞。
他收集好宇宙里多种奇珍异宝，
期待装点人间乐园为民众造福。

# 第八章　周游神国

周游寰宇归来后的大鲧精力充沛，
如石头般坚定的心充满激情。
他从姣女的眼睛里听到了娇美的歌声，
心与心的交融让他们的爱坚贞纯正。

红宝石绿宝石闪闪发光装满口袋，
请美丽的姑娘全部拿去佩戴。
而漂亮的人啊，挑选了最小的一颗，
她的心灵啊，崇高、纯净、质朴、可爱。

母亲河黄河滋润了姣女婀娜的身姿，
月儿的光华让她的明眸更加娴静。
天上飘荡的星星装饰着她乌黑的云髻，
如何赞美她？她的风姿顶得上万颗星星。

他们相互拥抱，充满激情，
别后的相聚充满了阳光般的幸福。
话语滚滚流淌如滔滔不绝的江水，
到达爱的彼岸需经受无数痛苦。

遥望星座密布辽远的苍穹，
星与星的距离就是那可贵的爱情。
你可曾看到两颗星星天天厮守，
真正的爱情在于心与心相通。

大鲧将收集来的珍奇异宝装点人间乐园。
然后，他和温柔的姣女依依话别，
和无畏神兽驳马启程前去周游神国，
去打开他心中的另一个心锁。

大鲧乘船向东心情无比欢畅，
海面突然呈现城郭如海市蜃楼。
金澄澄的光芒让人赏心悦目，
奇妙的情景啊真是美不胜收。

原来大鲧来到了美丽的幻想之国，
这里的人们穿着鲜艳，
个个都满怀喜悦的心情，
对大鲧表现出由衷的致意。

大鲧满怀好奇地向他们走近，
他们的气度啊，气度如松柏，彬彬有礼，
让所有的人们着迷。
大家窃窃私语想知道他是何方人士。

大鲧将自己的身世叙述详细，
听到大鲧的名字四面掌声响起。
大鲧的美名早已如雷贯耳，
他们对大鲧佩服得五体投地。

幻想之国的幻想女神一看到大鲧，
立刻迸发出炽热的爱情。
她的心中充盈着爱的幻想和憧憬，
她要将大鲧留在美妙的幻想之城：

“坚强之神啊，我心中爱的火焰将我燃烧！
我的酥胸埋藏着无边的激情，
平滑的小腹是圣灵之神给我的礼物，
在我的抚摸里任何俊男都将失去理性。”

突来的爱大鲧并没有为之感动，
因为美丽的姣女早已深藏在他的心中：
“幻想女神啊！我无法接受你的爱意，
真爱的玉石早已安睡在我的心灵。”

“你若离开，我的春天将变为寒冬，
你若离开，我的心从此便会雪藏冰封。
你是我今生唯一的爱情，
忘掉你将会用掉我幸福的一生。

你真想离开，请你刺穿我的酥胸，
鲜红的血最能代表我的真情。
爱上你我将一生备受情感的折磨，
失去你，很清楚我将失去美好的一生。

大鲧，请帮助我，复活我的生命，
你的宽阔胸膛将点燃我的热情。
我愿用我的玉体复苏你对我的意志，
我的皓齿红唇全部都是为你而生。”

大鲧此时感到情况有点不妙，
纠缠不清的爱情会难倒伟大的英雄。
趁幻想女神还没做出鲁莽行动，
大鲧跨上驳马立即逃离了幻想之城。

大鲧驾祥云来到海内南方的枭阳国，
枭阳国人满脸乌黑浑身长毛。
大鲧用白玉膏擦洗国民的身子，
黑身变为白身，长毛渐渐变为汗毛。

当婆娑扶桑托起芍药花的朝阳，
大鲧来到人脸鱼身没有脚的氐人国。
大鲧用荷花茎梗做成双腿，
氐人国民从此欢快奔跑在沃野上。

当黑压压的山托起玫瑰花的朝阳，
太鲧来到人脸上长一只眼的鬼国。
大鲧用闪闪的珍珠为他们另做了一只眼，
有了两只眼，鬼国人看到了更多的欢乐。

当灼灼的桃花托起宝石花的太阳，
大鲧来到结胸国，国人都是鸡胸。
大鲧用翠竹帮他们标直了身杆，
结胸国人走起路来神态自信从容。

当青澄的香蕉叶托起琉璃的太阳，
大鲧来到羽民国，国人都长满羽毛。
大鲧用玉水将他们的羽毛褪掉，
这样，羽民国人可以轻松洗澡。

当皑皑的香山托起大立花的朝阳，
大鲧来到胸前有一个洞的贯胸神国。
大鲧用柔软的玉叶将洞修补，
从此，该国神民便有无数智慧充盈。

当高大挺拔的白杨托起芙蓉花的朝阳，
大鲧来到交胫神国，神民的双腿交叉。
大鲧帮他们矫正了走路的习惯，
神民握着大鲧的手，感激得说不出话。

当波光粼粼的玉湖托起牡丹花的朝阳，
大鲧来到反舌神国，神民的舌头是反生的。
大鲧把神民的舌头正了过来，
从此以后，他们说话更加灵活。

当清香的红茶树托起月的朝阳，
大鲧来到胳膊都太长的长臂神国。
大鲧帮他们缩短了胳膊，
这样就利于神民的劳作和生活。

当青青翠竹掬起如血的朝阳，
大鲧来到白民神国，神民头发苍白。
大鲧用黑砂将神民的头发染黑，
大鲧受到白民神国的爱戴。

当漫山遍野的小羊喊起湿漉漉的朝阳，
大鲧来到无肠神国，神民肚中无肠。
大鲧用藤管做成了易于消化的肠子，
大鲧是他们的恩人，国民赞他为“朝阳”。

大鲧不辞劳苦周游神国一百多，
众神国将奇珍异宝献与大鲧。
大鲧将珍宝带回人间天堂，
天堂里更加紫气腾腾，金光灿烂。

大鲧重新回到了美丽的人间天堂，
民众们都兴高采烈，欢天喜地。
帝尧听到消息，驾麒麟朝他奔驰，
他说：“伟大的大鲧，我们将永不分离。”

虞舜老远跑来迎接亲爱的战友，
见到大鲧便说：“这是月儿对太阳的等候，
你策马奔来像吉祥的星。”
大鲧跃下白马紧紧和舜握手。

大鲧快出征前向帝尧躬身行礼，
帝尧热泪纵横仿佛挂满珍珠。
坚强的大鲧依然如朝阳般神采奕奕，
流溢的目光蕴含无数祝福。

帝尧、虞舜、大鲧的手又紧紧握到一起：
“一路辛苦，别来无恙，谢天谢地。”
万民景仰他胸藏冲天的豪气，
天空中虎啸龙吟的声音震天动地民众惊喜。

亿万民众涌向圣洁的人间乐园，
人间乐园闪烁着庄严的光辉。
在民众簇拥下大鲧戴着美丽的玫瑰花环，
盛大的欢庆场面啊，诗歌也不能尽情描绘。

请开始另一支歌曲为勇士高歌，
他曾给我们带来无穷的欢乐。
他心怀高贵理想建立无数功勋，
更明白彬彬有礼的谦逊才是高贵的本色。

好久没听到他高亢的放歌，
今天终于见到你飒爽归来的音容笑颜。
天下无穷的财富对我又有何用，
你矫健的身材和高贵理想才是我们的骄傲。

无论你的环游多么艰辛你都不会挨饿，
金光闪闪的宝剑会养活你。
无穷的苦难会增加你光荣的砝码，
你舍弃小我的勇气在历史上可歌可泣。

大鲧环望人间乐园的无数民众，
竟没看到姣女那令人心醉的倩影。
他向尧帝询问姣女到哪里去了，
听完此话，尧帝泪水纵横。

他说大鲧周游神国以后，
姣女在一个漆黑的夜晚神秘失踪。
大鲧的容颜立即失去朝阳般的光彩，
心灵陷入无限痛苦和担忧之中。

# 第九章　鲧寻姣女

归来的喜悦如绽放的玫瑰，
悲伤的泪水如波涛在眼中疯狂。
心中积有炽热而真诚的愿望，
心灵的感应能产生相爱的幻想。

那是谁的眼眸如秀月将我滋养，
红唇皓齿黛眉让我心荡漾。
我的心中不断出现美丽的过往，
心爱的人啊，到底在何方流浪。

大鲧问神女：姣女在哪儿？她带走我的心儿。
神女悲伤的泪水如江决堤，
她答道：美丽的姣女好像蒸汽般消失，
自你周游寰宇后再没听到她任何消息。

姣女失踪大鲧犹如万箭射穿心脏，
他的心被熊熊的烈焰灼伤。
美丽的姣女是他心中的月亮，
跨上驳马快去寻找他的唯一。

大鲧骑上驳马在天庭上空寻找，
穿越悬圃他看到悬圃愈加光亮。
思念姣女的泪水挂在红玉的脸颊上，
泪水越来越多变成一片汪洋。

众人劝道：“坚强的大神，眼泪帮不了你。
若愿意请听我一言：
我们应为这失踪的爱赴汤蹈火，
即使毁灭，也要让真爱溶于大海！”

大鲧保持着沉默，心灵被烈火烧灼：
“失去姣女的痛苦一直陪伴着我。
失去了爱，我心灵无法安宁，
全身已被思念狠狠折磨。

我要和灵魂一同去寻找爱的光明，
即使是死也要依偎在爱人怀中。
我相信爱的双眸不会在追寻中失明，
我们爱的心灵必将刻上爱的倩影。

爱和生命仿佛珍珠将阴暗的角落照明，
许多真爱因失去而获得永生，
因不放弃而散发永恒。
相信有爱的燃烧，灰烬里也有光明！”

大鲧因疲惫不堪便躺在迷谷树下休憩，
心儿在相思的煎熬中陷入朦胧。
游遍千山万水没有寻到姣女的消息，
相思的眼泪似小溪将脚下的沙棠洗涤。

大鲧所骑的驳马就是战神夸父以前的坐骑，
他盛怒如狂风暴雨顺山谷向前疾驰。
让人联想到那天宇的一颗流星，
在众人的惊讶中匆匆消失。

大鲧因四处寻找姣女无果脸颊变得黯淡，
他看到一个美丽的身影在山林中时隐时现。
一匹温顺的小白马贴伏在草地上，向他说：
“林中的倩影一定是姣女，你们终于要相见。”

美丽的小树林里显现瑰丽的彩霞，
像一条小溪滋润大鲧久已干旱的心田。
那美丽的倩影竟是隐神的化身，
见到大鲧，隐神立即现身与他亲切会面。

两位老朋友将对方拥抱在怀，
真诚的友谊无须任何语言表白。
内心的祈愿化作彼此的祝福，
生命中所有力量和爱都因你存在。

大鲧没想到能在小树林与隐神相见，
激动的泪水禁不住溢出双眼：
“隐神啊！你是我真正的朋友！”
他对隐神发出了无比圣美的赞叹。

隐神注意到大鲧那探询的目光，
那目光里隐藏着无限忧伤，
忧伤中透露着无限的迷茫。
隐神终于说出了真相：

“一天夜晚我骑乘黄在天宇驰骋，
没人能看到我的模样。
我静看天马飞翔云端，天鸭碧波嬉戏，
成群的鸢鹰在我身边翱翔。

此时，我在高处将目光投向美丽的悬圃，
隐隐约约发现有两个黑影在飘浮。
夜深了，他们鬼鬼祟祟地在干什么？
我睁开双眼要将事情看个清楚。

我终于看清了那两位大神的脸，
威风凛凛的大神后土和眩晕之神玄扈。
他们的双手托着一缕轻盈云纱包裹的玉体，
我定睛一看是一位美丽的少女。

被秀发盖住的玉体轻盈飘洒，
她容貌娇美，光彩夺目，美如鲜花。
长长的睫毛更显出她的娇美温柔，
睁开明眸感觉到她的美眸会说话。

我心生疑虑，胸如擂鼓，
巨大的困惑催促我前去看个清楚。
为什么两位大神抬着一位高贵的少女？
假如有不可告人的目的真让人心怵。

我催促乘黄立即赶到悬圃，
即使像风一样也没将他们赶上。
我站在高空试图发现他们的踪迹，
阵阵微风吹来让我失去希望！”

大鲧听到隐神的这番话情绪激动不已，
他猜出那少女肯定是姣女便悲痛难抑。
他匆匆驾驭马来到悬圃上空观望久久，
却未能见到姣女苗条的身姿。

隐神陪大鲧在悬圃上空寻找，
他看到大鲧的眼泪在眼中刷刷流转。
他安慰大鲧说将做他坚强的后盾，
大鲧泪如晶莹的露珠滑落花园。

那美妙晶莹的露珠在悬圃上空盘旋，
奇妙的是它们最终汇聚成一团。
然后变化成一颗硕大的夜明珠，
竟稳稳地悬挂在悬圃的玉井上面。

大鲧与隐神急匆匆降落到玉井，
那夜明珠化成的泪珠立即消融。
消融的泪珠化为一只长着双翅小精灵，
飞到井底将大鲧和隐神引领。

井底立即展现出一片光明，
原来井底下竟藏着一处行宫。
远远地看到一座白玉砌成的囚牢，
透过窗户大鲧看到姣女的玉容。

此时，从井底涌出众神和雄狮，
轰轰隆隆的脚步震得井底晃动不已。
大鲧抽出愤怒的宝剑向前迎去，
雄狮立即逃窜众神双腿颤栗。

听到姣女娇美的嗓音大鲧松了口气，
激动的眼泪簌簌在他的双眸中漫溢。
滴落的泪珠砸到地上涌起一片尘土，
久别重逢滚烫的话语却深埋在心里。

打开囚房我们再次看到了美神的形象，
姣女眼含珍珠扑到了大鲧的身上。
在囚房中姣女寂寞痛苦倍受煎熬，
思念大鲧又让她充满了不灭的希望。

看到大鲧，姣女的泪顺着睫毛泉涌，
玫瑰红唇贴着坚强的胸膛默默念诵 。
热烈的话语如海潮一样澎湃，
和着人间天堂的美妙天籁将坚贞赞颂。

大鲧转向隐神："感谢你的无私帮助，
像那美妙的朝阳帮助失去光泽的月亮。
今生今世我难以忘怀你无私的帮扶，
圣灵将激励我学习你那忠诚的玉石风骨。"

隐神道："你玉树临风的神采令我倾倒，
你宽阔的头颅如朝阳将天地照耀，
高贵坚强的心灵决不仅显于外表，
灵魂洋溢出的光泽将世间万物普照。"

大鲧、隐神跪拜在地结为金兰，
真正的朋友是在悲痛的绝境中相遇。
他们相互敬慕，友情无法用言语叙述，
隐神决意帮大鲧将伟业建树。

随后，大鲧从获救的姣女口中得知，
这是帝喾从中施展的阴谋。
他想借此来惩罚大鲧，
便令后土和玄扈囚禁了姣女。

望着姣女，大鲧心中冲涌无限痛苦，
他的心中碰撞出愤怒的雷电和烈焰。
他的双手紧紧抓住姣女沉默不语，
不知用何种语言将对她的伤害弥补。

借着纯洁的月亮散发的清光，
大鲧将一件月衣披在姣女身上。
月衣纯洁轻柔宛若娇女的忧伤，
姣女更显闭月羞花的惆怅。

猛的，姣女的眼神发出一种被激怒的光，
星星和月亮的光芒都无法与她比拟。
丹唇轻启露出珍珠般的牙齿，
生气的仪态就连月儿的姿容也遮掩云底。

“父皇为达到目的囚禁了我，
他蒙蔽良知违背誓言。
天地因我们追求美好遭受痛苦和灾难，
他的所做所为将是他未来沉重的负担。

为我们的正义你应向父皇提出忠谏，
你将很快被置于正义的光环里。
天地民众都将拥护支持，
我们追求的伟大事业将触手可及。

你要向帝喾显示出你的宏大意图，
我们追求的事业灿烂光辉。
假如人间乐园被他摧毁，
帝喾将成为天地间的千古罪人。”

大鲧听后心中迸发出希望的火星，
他紧紧搂抱着姣女心跳声比歌声动听。
姣女因悲伤过度酥胸在微微颤动，
泪水挂在睫毛上如星星一样晶莹。

大鲧姣女的举止让人心动，
其实，圣灵总是与坚贞的人同行。
大鲧的丰姿重新被姣女的温柔点燃，
伟大的爱情让他们水乳交融。

# 第十章　洪水滔天

姣女回归，人间乐园载歌载舞大联欢。
万千民众编写歌谣在天地间歌唱：
“人间乐园的女人聪明漂亮，
人间乐园的男人发奋图强。

人间乐园的花儿馥郁芬芳，
人间乐园的溪水弹奏欢畅，
人间乐园的树儿玉叶叮当，
人间乐园的鸟儿婉转歌唱。

人间乐园的人们没有忌妒，
每天都将微笑挂在脸上；
人间乐园的人们自强不息，
心中永藏生生不息的希望。

人间乐园对天庭无比敬仰，
每天都将先祖圣灵颂扬；
人间乐园的人们在安详的月夜，
默诵先祖的神谕进入梦乡。

人间乐园的万物有自己的运行轨迹，
又顺应宇宙的自然法则。
他们的生活如太阳、月亮般运行，
井井有条又有所超越。

人间乐园里流行奉献之歌，
优美和谐的琴弦伴随歌唱。
乐园正回荡着柔和圣洁的天籁，
需要将心洗净细细欣赏。”

诸大神在天上听到歌唱，
禁不住探头探脑向下观望。
他们看到人间乐园的美好景象，
三三两两瞒着帝喾前去游赏。

帝喾没想到苦苦经营的阴谋遭到破产，
脸上露出无奈和失望。
更没想到诸大神违背神规下凡，
他的怒气填满了自私的心房。

帝喾毕竟为神中魁首，
许多事他不得不仔细思量：
假如诸大神都留在人间乐园，
他的威仪和尊严将在何处安放！

帝喾的脑际闪过一丝阴云，
一条计谋悄然生在心上。
他假装不小心弄翻茶杯，
一股洪水顿时滚滚向大地流淌。

一下子不可收拾起来！
此杯乃天庭神奇之觞，
盛水无数，覆水不收，
此杯只要一倒，天下便洪水汪洋。

帝喾此时假装惊慌失措，
急令应龙调兵遣将。
应龙立即吹起治水的号角，
但洪水已在大地上肆虐浩荡。

幸福的大地上此时风声鹤唳，
一股浊水从天空汹涌而降。
洪水如草原上犀牛群狂奔，
水借风力，摧枯拉朽般漫卷疯狂。

尧帝、虞舜率民众纷纷涌进人间乐园，
大鲧帮他们爬上了建木、扶桑。
大鲧看到大祸从天而降，
坚定的他也难免心伤。

这时，人间乐园升腾起一片彩云，
彩云散发着紫气腾腾的光芒。
美丽的姣女站在彩云上面，
人们的心中不禁涌起了希望。

姣女向万千民众真诚道歉：

“是父皇弄倒茶杯造成汪洋！”

她决意和尧帝、虞舜、大鲧共同治水，

重新建立美好的人间天堂！

# 第十一章　大鲧治水

洪水过后，大地一片汪洋，
人们失去了乐园，心中恐慌万端。
帝尧、虞舜、大鲧和姣女却信心百倍，
坚信他们的力量胜于苍天。

大鲧向帝尧主动请缨治水，
为民众肝脑涂地也心甘情愿。
他决定采取填埋堵塞的方法，
将滔滔洪水阻挡在昆仑山的西面。

大鲧站立泰山向西眺望，
稷泽浩大辽阔无边。
大鲧满怀雄心壮志，
他找到了洪水回归的家园。

大鲧环顾苍茫的寰宇，
决意找到阻挡洪水的大山。
苍苍茫茫的群山历历在目，
四座雄伟大山进入大鲧的眼帘。

气势雄伟的泰器山，
浑浑洪洪的求如山，
高大挺拔的密山，
云蒸霞蔚的钟山。

大鲧拜访了泰器山神，
接着拜会了求如山神丹神，
又风尘仆仆地拜会了钟山山神烛龙，
最后拜访了密山山神文鳐鱼神。

他向四大神说明了来意，
四大神为大鲧为民请命的精神所感动。
他们对人间的处境表示同情，
决心将天降的苦难共同分担。

大鲧听后欣喜若狂，
他带领万民共同将四座大山搬迁。
亿万人民爆发出的力量天震地撼，
昆仑山以西顿时沧海变成桑田。

昆仑山以西从此矗立四座大山，
西方云蒸霞蔚，蔚为大观。
洪洪荒荒的洪水归于稷泽，
昆仑山以东一马平川。

此时天地间又发生了奇迹，
在众人眼前豁然出现两道奇观。
两条绸缎从四座大山缝中飞出，
像飞舞在华夏大地上的两条白练。

原来，在泰嚣山和求如山之间，
一条大河顺低谷流出，浪花肆意飞溅；
一条大河从密山和钟山缝中奔出，
像风一样高喊着前进的豪言。

两条大河顺低洼处向东奔流，
形成东方伟大的景观；
两条大河在沃野上南北唱和，
唱出了华夏大地最壮美的诗篇。

啊！大河！永不枯竭，
你是我们的乳汁，你是我们的摇篮；
啊！大河啊！你是我们的母亲，
你孕育着我们文明灿烂。

啊，一条大河化为了黄河，
她养育了北方侠义豪放，
呵，一条大河化为了长江，
她养育了南方温柔善良。

尧帝、虞舜、姣女及万千民众，
激动的心潮掀起阵阵波澜。
他们看到面前壮美的景象，
内心里对大鲧由衷的称赞：

“大鲧啊！你英俊潇洒如青松，
大鲧啊！你的精神高过泰山，
大鲧啊！你的智慧胜于白泽，
大鲧啊！你的伟业柱地擎天。”

尧帝因年事已高，暗暗拿定主意，
决定将帝位禅让于大鲧。
他通知召开民众大会，
将他的决定向民众明申。

尧帝郑重说道：“有一件事须和大家说清：
假如一颗星无力发出璀璨的光耀，
它就该离开天空让位给炽热的星星，
正如美丽的花朵在深秋离开枝条。

因为现在我步履蹒跚，已经年迈，
我已无力领导大家建设人间乐园。
未来大家的幸福是我最关心的事情，
我想找一位年富力强的青年人登基掌权。

大鲧是一位难得的人才，
你们看他面如日月雄姿英发坚强挺拔，
一双明眸如水晶般清澈，
连朝阳也阻挡不了他自信的光华。”

尧帝向全体民众发布了一条昭令：
“我决定将帝位让于大鲧，
他能像雨露恩泽所有的森林，
对待民众他亦如温馨的仲春。”

万千民众围聚在尧帝的身旁，
大鲧的眼睛中闪耀着犹豫的目光。
大鲧坐在了金光闪闪的宝座上，
他的身上散发出了无上荣光。

尧帝脸上露出祥和的容颜，
他亲手为大鲧戴上黄金桂冠，
授予他白玉宝剑和紫袍。
民众沉浸在幸福中欢呼震天。

他们的目光憧憬着伸向远方，
为大鲧祝福赞美歌声激越洪亮。
军号齐鸣，铙钹铿锵，锣鼓激昂，
大鲧的眼睛闪动着秋水的光芒。

尧帝说："只有你才值得我们高声赞扬，
只有你才能带领人类开来继往，
痛苦中坚定不移，
真挚大爱永远屹立于你的理想。"

但大鲧谦恭地站起身来，
说道："尊敬的尧帝，茫茫的天宇中，
荣誉将归于最光亮的星星，
而虞舜的光明已直达天庭。

虞舜的美名已在四海流传，
他将领导民众走向光明。
我认为虞舜更适合担当重任，
请尊敬的大帝收回成命。"

尧帝最终接受了大鲧的建议，

决定择吉日将帝位相传。

面色黝黑眼有双瞳的虞舜啊，

你的贤德在华夏大地上代代流传。

# 第十二章　鲧扶贤舜

舜的母亲很早就得病去世，
瞽叟又娶了一房后妻。
后妻处处偏袒自己的孩子，
虞舜从此处处受气。

虞舜处境艰难，心情难以快乐，
他却以德报怨，孝敬父母尽心尽力。
他的孝名在人间四处传扬，
心肠狠毒的后母却想将他置于死地。

虞舜只好远离父母独自生活，
在历山下用茅草简单地盖了一间小屋。
他在历山耕耘，因他的德行，
大家都围绕在他身边耕田筑屋。

舜又到泰泽去捕鱼，
不久，人们聚集起来争当渔夫；
舜又到河边去做陶器，
从此，河边的陶工多得没法数。

人人都知道虞舜是好人，
人人都愿和他做邻居。
三年后，虞舜所居之地，
方圆十几里都有人群集聚。

舜似乎忘了后母如何待他，
带着礼物看望家人，和好如初。
尧帝知道后大为感动，
便请虞舜帮他料理政务。

舜娶了尧帝的两个女儿娥皇女英，
舜的弟弟象却对两位嫂嫂的美貌垂涎三尺。
瞽叟的后妻和象经过几天的阴谋，
终于定下一系列杀害舜的毒计。

舜穿上彩衣来到瞽叟家，
象满带阴毒的笑容迎接舜来“送死”。
他把舜送上了高高的破谷仓，
然后，急不可待地抽去扶梯。

象又点燃了堆在谷仓下的柴火堆，
舜立即淹没在滚滚浓烟里。
烟火中的彩衣发出万道霞光，
舜变成一只凤凰冲天而起。

象大惊失色，却不甘心失败，
第二次恶毒阴谋接着开始。
象要求舜给他掏一眼井，
娥皇、女英又来向大鲧问计。

大鲧立刻取出一件鳞光闪闪的甲衣，
说此神衣可让舜化险为夷。
舜穿上甲衣来到瞽叟家，
象假情假意地来迎接舜来“送死”。

舜被象用长绳吊入深深的枯井，
井上便抛下了铺天盖地的土石。
只见甲衣发出万道银光，
舜化为蛟龙钻入井底。

舜沿井下的黄泉回到地面，
将正在狂笑的象吓了个半死。
舜回家后将两位娇妻搂在胸前，
他们劫后余生，心中充满惊喜。

象更加恼羞成怒，却执迷不悟，
第三天，恶毒的阴谋又开始继续：
他和家人请舜喝酒，
等舜酩酊大醉后就将他杀死。

娥皇女英立即向大鲧求助，
怎样才能让舜破了毒计。
大鲧拿出一块光洁的白玉，
让她们捎回给舜吞食。

吞食白玉的舜来到象家，
象心怀鬼胎地欢迎舜来“送死”。
舜大口喝酒，大块吃肉，
谈笑风生，毫无醉意。

喝完后，舜优雅地擦去嘴上的油腻，
彬彬有礼地致谢告辞。
门后的刀斧在无奈地发着寒光，
象两眼发黑，口眼歪斜仰面倒地。

话说大鲧婉拒帝位以后，
尧决定将帝位禅让给虞舜。
但为了让舜能更好的挑起重担，
他还要使劲地锻炼虞舜。

尧帝将虞舜放到一处大山林，
大山林里终年雷雨电闪。
舜内心坦荡地走在山林里，
猛禽恶兽竟不敢将他侵犯。

暴风雨来了，森林一片漆黑，
四周矗立着妖怪一样的大树。
勇敢智慧的舜在魔幻的森林里走着，
任何险象他都无所畏惧。

最后，他终于沿着来时的道路，
走出了这片紧锁的迷雾。
在森林外面等待着他的人们，
顿时发出雷鸣一般的欢呼！

帝尧最终将帝位让给了虞舜，
然后他想归隐山林，欢度晚年。
此时，远方又传来了喜讯，
大鲧、姣女相爱的故事动地感天。

尧帝知道后非常高兴，
决定将这一对有情人成全。
他乐呵呵地为大鲧姣女做月老，
嗬！尧帝当红娘，成为人间美谈。

这时，美丽的姣女双颊泛起红晕，
她动情地看着大鲧，愿做他的仆人。
大家把他们围在中间，
祝愿他们白头偕老，永不离分。

高贵的姣女羞涩却不失仪态，
坚强的大鲧腼腆，但神态坚定。
一个英俊潇洒，一个美如冠玉，
在爱情面前他们海誓山盟。

坚强的大鲧热烈地拥抱着姣女，
大鲧和姣女在民众面前订下终身。
他在众位英雄面前给美丽的少女一个又一个亲吻，
嗬，智慧的尧帝是他们的订婚证人。

尧帝赞道："非歌声所能赞美的两位神祇，
大鲧完美的品德如太阳照耀大地，
姣女纯洁的心灵如流泻的冰瀑，
怎样的星空都无法与你们的心灵相比。"

尧帝又率民众在沃野摆设餐桌，
在长长的红木餐桌两位情人相视而坐。
美丽的精灵们侍立在他们身后，
大家手掬琼浆玉液纷纷前来表示祝贺。

大鲧姣女愉快地接受了尧帝的祝福，
开始构筑着他们温馨的家园。
顺手摘下一片彩云做为帐篷，
她们的新房就安置在彩云下面。

紫罗兰的屋顶啊美树撑起的厅堂，
玛瑙的门楼啊白玉的殿房，
几十里外都闪闪发光，
大鲧、姣女的家啊住在人间天堂。

如绿翡翠的青藤绕成婚床，
蔷薇连缀锦衣五彩斑斓。
亿万颗宝石镶嵌帐篷顶端，
就好像晶莹的星星挂满蓝天。

清香养目的建木做成了圆桌，
芭蕉叶变成了新房的窗帘。
小溪为她们送来琼浆玉液，
甜蜜的爱啊荡漾在里面。

大鲧、姣女回到瑰丽的洞房，
怀着无穷的想象去疼爱对方。
他们想倾注爱情的力量，
他们度过了一夜颠鸾倒凤的时光。

温柔的姣女躺在坚强的大鲧身旁，
豆大的汗珠早已浸透了他们的爱床。
他们灵肉交融，神魂相拥，
一夜至爱胜过一生纵情的时光。

万千民众及众神参加了盛大的典礼，
宏大的场面无需让我再多言。
因为，幸运的你当时也在场啊，
你喝醉了呀，嘴上沾满纯美的糕点！

# 第十三章　鲧战丹朱

尧帝将帝位禅让贤舜之后，
丹朱心中的怒火燃起。
丹朱为帝尧和女皇所生，
是帝尧诸多孩子中的长子。

丹朱四处胡为，秉性顽劣，倒行逆施，
结交狐朋狗友，在酒色中沉迷。
他不时侵扰天下，民愤极大，
帝尧经常将其拘禁宫里。

但他常趁帝尧忙于政务，
溜出宫门，肆意妄为，
甚至强迫民众在陆地上拉船，
名曰“旱地行舟”，民众怨怨。

帝尧派人把丹朱抓回家中，
用制作的围棋教化逆子。
丹朱假装老实了几天，
又溜出去和狐党花天酒地。

帝尧无奈将其放逐到西南的丹水，
让威严的大神后稷严格管理。
丹朱日日诅咒帝尧，更加变本加厉，
以太子之位作威作福，骄奢淫逸。

丹朱闻知父亲将帝位禅让给了舜，
而没有考虑“名正言顺”的自己，
他羞愤交加，勾结三苗，
立即气势汹汹地扯起了反旗。

帝尧、帝舜闻听此讯亲自挂帅，
带领大军，浩浩荡荡讨伐叛逆。
怎奈，丹朱是有备而来，
丹水鏖战，帝舜一败涂地。

危难之中帝尧想起了大鲧，
请大鲧来制服反叛的孽子。
大鲧临危受命执掌帅印，
立即披挂银甲，鼓舞大军士气。

大鲧经过一夜深思熟虑，
劝说帝尧不要对丹朱进行争战，
他决意前去说服心高气傲的丹朱，
让他弃恶从善回心转意。

丹朱对大鲧早已心怀不满，
下令将大鲧的归路截断，
同时命令自己的精锐神兵猛攻，
他想用武力来斩断大鲧的意愿。

丹朱无耻的进攻让大鲧进退维谷，
大鲧陷入顾此失彼的境地。
大鲧刚刚奋勇击退层层神军的包围，
但密密麻麻如蝗虫的神军又将他阻击。

大鲧宝剑一挥如彗星划过天宇，
驳马怒吼让叛军的坐骑屁滚尿流。
看着丹水中漂浮着叛军的尸首，
大鲧心生悲悯而退出战斗。

他施展神力向坐在中军帐中的丹朱传话：
“我们本是一家，没有血海深仇。
你没有必要因此受到民众的诅咒。
只要你浪子回头帝尧决不会对你追究。”

丹朱道：“你站在我对面的阵地，
你哪能知道我心中含有的闷气。
帝位传给虞舜我内心忍无可忍，
即使打入十八层地狱我也要血战到底！”

大鲧无可奈何地面见帝尧，
将事情的经过一一向他做了汇报。
帝尧为自己的不肖之子唏嘘不已，
不得不吹响了战斗的号角。

大鲧手握宝剑头戴白金的头盔，
他双臂雄健力大无穷长于搏击。
宝石缀满的军旗散发闪闪光泽，
把丹朱的叛军压抑得垂头丧气。

丹朱的军队看到大鲧的神武暗暗称奇，
犹豫间，大鲧已拔剑向丹朱军队冲击。
大鲧的宝剑因用力过大呛啷折断，
幸亏还有青铜神刀与他形影不离。

大鲧冲入敌阵如巨象冲入狼群，
丹朱的军队开始惊慌失措。
势如破竹气概让敌军吓碎肝胆，
神军风卷落叶胜券在握。

最后大鲧和丹朱面对面决战，
丹朱心中的怒火已无法遏制。
大鲧见此情形又劝丹朱回头是岸，
丹朱鬼迷心窍偷偷向他袭击。

大鲧抽出宝剑挡住了丹朱的偷袭。
对失去理智的人无法表示敬意，
惟有失败和鲜血方能唤他清醒。
这种人的厄运我们无需流泪哭泣。

我站在高山上观看大鲧和丹朱的搏击，
他们斗争的惨烈让人感到无比的心伤。
如两头雄狮互相凶猛地撕咬，
像洪水和烈焰狭路相逢一样。

像泥石流从山顶滑落势不可挡，
惨烈的厮杀没有一丝犹疑与彷徨。
拼命地撞击着对方要将其置于死地，
夕阳和着腥红的鲜血在绿草地上流淌。

丹朱战败匆匆忙忙逃回岩洞，
巨大的压抑和悲痛让他心灵窒息。
他双手捶打胸前哇呀呀口吐鲜血，
大鲧看到此景禁不住叹了一口气。

他将坚定的目光投向精神崩溃的丹朱，
丹朱号啕大哭，泪水如剑刺穿岩石。
他的内心如冰瓶遇烈火一样迸裂，
唯有一死来祭奠自己的过错。

丹朱站立起来，目光散乱，
脸上呈现死灰的颜色。
已往的神采和愿望在他身上熄灭，
他纵身投入丹水，灵魂在漩涡中盘旋哭泣。

丹朱投水，他的灵魂化为小鸟在天空鸣叫，
在不断地叹息自己的经历。
帝尧听到丹朱自杀，悲恸不已，
遂于归途中染疾不起。

临终，嘱咐舜将其葬于狄山，
和华夏秀美的山川相伴。
风雨凄凄，万民痛苦之中，
一代贤君尧帝英魂渐行渐远。

# 第十四章　水淹天庭

帝喾闻知大鲧与姣女在人间成亲，
乌云如盖顿时布满了鬓颜。
他令水神扬下弥天大雨，
又急令祝融命姣女离开人间。

天上的大雨倾泻如注，
美丽的大河、大江开始泛滥。
肆虐的洪水撕破了母亲河的河床，
又迅疾地摧毁了美丽的田园。

帝舜、大鲧率众立即投入抗洪的战斗，
姣女也坚决拒绝离开人间，
她要帮助人间将洪水消灭，
与大鲧生死同依是她的心愿！

帝喾得知后勃然大怒，
令土神后土将姣女捉拿严办。
姣女被后土设计诱骗，
被软禁在悬圃，由开明兽看管。

失去姣女的大鲧悲痛欲绝，
他化悲痛全心扑在治水上。
经过他和万千民众的卓绝奋斗，
制服洪水渐渐有了希望。

帝喾见人间治水有了转机，
又令水神共工降下洪觞。
大地上顿时又洪水滚滚，
刚筑好的堤坝被冲到海洋。

大鲧看到治水功业毁于一旦，
巨大的怒火在心中到处冲撞。
大鲧忽然醒悟这是上天的阴谋，
如何治水还需和虞舜商量。

大鲧、虞舜率万民登上扶桑，
环顾四周哀鸿遍野一片汪洋。
万千民众陷入水深火热之中，
更增强他战天斗地的力量。

大鲧纵身一跃飞上高天，
一眼便看到了囚禁在悬圃的姣女。
两人再次相见禁不住泪水涟涟，
悬圃内飘起了相思的细雨。

恋人相见如阳光无比幸福，
但想到民众还不能摆脱洪水的囹圄，
眼泪涟涟像海水一样，
想象得到他们为民请命所遭受的辛苦。

分别的日子让他们异常痛苦，
他们的爱要经受这么多险阻。
没有恋人世界将是黑暗和沙漠，
爱情也会让大鲧成为腾龙和飞虎。

那串晶莹的眼泪珍珠大鲧将她佩戴，
戴上她大鲧便充满了无穷的力量。
眼泪珍珠映出姣女心灵纯美的光泽，
将大鲧心灵忧郁的角落瞬间照亮。

大鲧向姣女说明了意图，
并向她询问通往天庭的道路。
姣女说洪水是其父自私嫉妒所致，
心智蒙蔽，肯定无法将其劝服。

姣女说天庭内藏有息壤，
她愿帮助大鲧前去盗取。
息壤珍贵如黄灿灿的金砂，
滔天的洪水也能被彻底阻挡。

大鲧欣喜若狂，使劲亲吻姣女，
终于有望可将万千民生救助。
月黑风清，趁悬圃之神熟睡之际，
他俩驾怯尘风迅速飞离悬圃。

大鲧姣女悄悄展开双臂，
贴伏着云层忽上忽下飞翔。
一会儿向左，一会儿向右，
宛如两只轻捷的春燕掠过清潭一样。

借着星星女神纯洁的眼睛，
他俩飞越高耸的天门。
看到天门内的宫宇重重叠叠，
如无尽的海洋向四极延伸。

两人飞翔了五天来到天庭，
天庭里森林苍郁神山陡峭，
黑星星蓝星星密密麻麻不胜枚举，
还有白玉树高耸挺拔直冲云霄。

深锁息壤的白玉楼高达九千丈，
大鲧姣女倾尽神力都难以攀登。
变形神让他们站到他的肩膀上，
刹那间，变形神便长到九千丈高的楼顶。

在变形神的肩上，他俩来到息壤旁边，
几十里外依稀可辨似太阳闪金光。
息壤如玫瑰花飘散着香味，
让人醉熏的芬芳在天庭永远荡漾。

大鲧姣女看到天庭的白玉楼层层幢幢，
其中一座像月亮般闪闪发光，
从白玉楼里散发息壤独特的幽香，
喜悦之花在大鲧姣女的脸上开放。

他俩离开变形神的巨肩穿越天庭，
天庭薄雾蒙蒙白玉楼莹光冥冥。
大理石的楼层节节向上飞檐重重延伸，
层层叠叠的檐角像白天鹅展翅飞行。

大鲧随姣女如风一样飞翔，
不久便来到这座白玉楼门前。
白玉楼的正门此时訇然神秘打开，
大鲧姣女的面前一团金光灿灿。

金光灿灿的地方是一捧息壤，
它无比沉重，被放置在玉樽里。
玉樽里的息壤有八十八颗，
每一颗重达几千吨。

玉樽上的小字银光闪烁：
“息壤乃天地间的真气所炼，
每一颗重达八千吨，
能将天地众水包涵。

谁拿动一个就是天地大神，
谁端起玉樽寰宇大业由他构建！”
大鲧心情虔敬缓步上前，
轻轻地掬起这一栋玉樽。

此时，天庭里呈现吉祥的景象，
神廷四周被群狮和神鸟密密围住。
大鲧手捧息壤面似朝阳，
众神在惊诧中看到他炯炯有神的美目。

姣女的仪容将整个天庭映照，
神女在她身边如花团锦簇。
她的仪容充满天庭所有角落，
满天星星环绕，雄狮在她脚下匍匐。

大鲧与姣女振臂飞翔飞离天庭，
不久便轻飘飘回到人间。
人间大雨此时仍倾盆而下，
作恶多端的大水汪洋一片。

有如风儿刹那拂动森林，
民众的欢呼扫去了大鲧的疲劳。
大鲧将息壤举到头顶，
脸上露出无比的兴奋与骄傲。

大鲧轻轻将息壤挥洒，
一条雄阔的大堤顷刻矗立面前。
万里无垠汹涌澎湃的洪水，
顿时被挡在大堤外面。

人间还原出了万顷俊美沃野，
沃野之上人们把欢乐送上九天。
天上的大雨虽然倾盆而下，
但神奇的息壤把大雨挡在外面。

大鲧和姣女按民间习俗设宴欢庆，
平朴的场面胜似天庭美景。
芙蓉美酒在珍珠酒樽中轻轻荡漾，
天上的酒神啊被芙蓉美酒唤醒。

美酒满杯轻歌盈耳众人欢声雷动，
姣女的歌声令人心情激越热血沸腾。
睡梦之神睁开双眼夜幕开始消散，
众人脸色绯红和东方的朝阳一样深情。

天上的大雨愈下愈大，
息壤大堤的高度已逼近天穹。
滔滔的洪水汪洋恣肆，
天亮时，滔滔洪水已漫出天庭。

# 第十五章　大鲧斗喾

“水淹天庭！”接到神兵的急奏，
帝喾震惊地睁开惺忪的睡眼。
龙床、龙椅、龙桌在大水中左右摇晃，
像许多醉汉在大海中摇着小船。

众大神已齐涌进神廷中，
他们浑身都湿漉漉的狼狈不堪。
被惊醒的帝喾莫名其妙，
看到眼前的情景顿时傻了眼。

帝喾放眼向人间悄悄遥望，
只见人间喜气洋洋，锣鼓喧天。
眼皮底下竟矗立着一条大堤，
恣肆大雨，竟完全被挡在外面。

帝喾急令神兵去摧毁大堤，
众神将一拥而上凶猛乱砍。
大坝仍巍然屹立，纹丝不动，
哈哈！帝喾与众神傻了眼。

此时，天庭被洪水冲撞得摇摇晃晃，
富丽堂皇的神殿眼看就要散了架。
帝喾六神无主，无计可施，
只好和众神暂返人间神殿泰山。

帝喾与众神站在天街上，
被一幅壮观的场面震撼！
一条大堤俯罩着大地，
水位越高，大堤越向上伸展。

帝喾马上知道大堤为息壤所变，
“难道息壤已被盗入人间！”
帝喾此时不禁勃然大怒，
立即令众神向人间开战！

“慢！大帝！”白泽神大声叫道，
“大雨正在天庭咆哮，
请大帝下令共工应龙息雨，
免得将辉煌的天庭冲倒！”

帝喾依计急令共工应龙息雨，
应龙令旗一挥，大雨顿时消失。
奇迹出现了，洪水慢慢下降，
息壤变成的大坝也慢慢缩小。

可是，天空中富丽堂皇的神殿，
已被洪水浸泡得只留下一片残垣断壁。
养尊处优好逸恶劳的诸神们，
失去了自己尊贵的领地。

此时帝喾心中的怒火已越烧越高，
他的双眼射出了洪涛烈焰。
多可怕呀，犹如一名赌徒，
赌光了钱，输红了眼！

帝喾叫道：“天庭已被大鲧摧毁，
从此，我们只有委屈住在人间。
大鲧是破坏我们家园的罪魁祸首，
我们与他永远不共戴天！”

说完，帝喾率诸神振起羽翅，
纷纷飞向泰山的天庭行宫。
诸神之多，犹如遍布田野的蝗虫，
密密麻麻遮蔽了苍阔的天空！

多如细沙的亿万神兵，
在诸神的带领下整顿好军容。
诸神大军围成一圈圈，
层层叠叠将帝喾环绕在正中。

大鲧此刻早已将战事预料，
治水的大捷增加了他应战的勇气。
他的双眼射出耀眼的光辉，
决心和不可理喻的帝喾一斗到底。

“让我们为幸福家园而战吧！”
大鲧洪亮的声音在人间响起。
大鲧举起了风光灿烂的大旗，
闪烁的旗子宛如流星映亮天际。

一时间，大鲧的号召声震苍穹，
万千回声在沃野反复响起。
顿时，旗海飘扬，长矛森森，
人们身披盔甲，列队与大鲧站在一起。

大鲧取出他的黄金戎衣，
众人走上前去帮助他披挂整齐。
这位坚强之神发出一声长啸，
声如洪钟，震撼天空大地。

大鲧胸中英雄气概与生俱来，
他的精神为民众的斗志激励着。
大鲧手持宽大坚厚的金盾，
率万千民众列队迎战。

天地间许多正义之神，
也和大鲧站到一起，
他们佩服大鲧的坚强正直，
共同御敌才是真的兄弟。

大鲧站在天边鼓舞的人群中，
雄俊的仪表如朝阳初升。
在密密麻麻的民众甲兵护卫下，
正义的容光众志成城。

“善良的人民和英雄的大神啊！
我们因追求美好而惨遭不幸。
我们愿接受上苍公正的安排，
也愿在战斗中奉献自己的生命。

既然天上的至尊存心陷害我们，
我们对此决不能无动于衷！
假如我们的追求不能感动圣灵，
我们愿在战场上主动请缨！”

人民的拥护声再度响起，
并且发出阵阵高昂的怒吼。
怒吼如暴风掀起冲天巨浪，
战斗的号角声向天空涌动。

诸神听到大鲧及人们的怒吼，
心灵猛然被良知惊醒。
一时间他们全都感到万分羞惭，
深深陷入灵魂的痛苦之中。

帝喾看到此种情形，
变得更加气势汹汹，
大叫道："英勇的大神们，
不要被大鲧的花招迷蒙！

快快磨好刀枪振作起来，
重塑我们神的尊容。"
他令诸神赶紧杀向人间，
以解他心中针刺之痛。

天上的神兵如无边的大海，
顿时汹涌澎湃漫过人间。
大地立时升腾起一片乌云，
太阳失去血色，满目凄惨！

大鲧手中拿着明晃晃的长枪，
身披的犀甲银光灿烂。
天上人间的战车猛烈碰撞，
刀剑相磕战士相互厮杀杀声震天。

五彩的战旗遮天蔽日，
军士如群蚊争食血肉横飞。
十万箭矢如大雨倾注，
无畏的勇士们视死如归。

抡起雷兽硕大的骨头，
敲响雷兽皮制成的大鼓。
阵阵雷声惊天长吼震地悲动，
气浪冲霄涵盖寰宇。

日月的脸也似乎喷染了鲜血，
无数神灵怒气高扬，须发皆张。
鲜血成河血河漂杵，
勇士们的身躯横卧在沃野上。

可叹啊！早逝的勇士们，
心怀美好的愿望为家园争光。
碧血献沃野，丹心冲天堂，
忠心和灵魂散发耀眼的光芒。

伟大的战士意志坚强，
上天的威武也不能使他们屈从。
刚毅的品质柱地擎天，
昂首倒下成为一代鬼雄。

此时，大鲧将怒剑一挥神军便淹没在海洋，
帝喾见尸首漂流痛苦难当，
急匆匆率神军逃离蒙羞的战场。
民众围着大鲧胜利把歌唱。

帝喾又命众神军从东面向人间乐园反扑，
大鲧率民众又与神军展开殊死搏斗。
他怒吼如惊雷充满战斗激情，
他脸若朝阳身如扶桑精神抖擞。

大鲧率民众愈战愈勇斗志昂扬，
胜利的旗帜五彩缤纷猎猎飘荡。
神军溃败，帝喾气得鲜血喷溅，
失败将是邪恶的最终下场。

美丽的人间乐园到处是叫喊和欢腾，
所有民众都沉浸在巨大的快乐之中。
庆祝胜利的皮鼓一齐擂响，
伟大的胜利啊全靠大鲧的坚强支撑。

第二天，战场乌云密布，烟尘滚滚，
大地上燃起愤怒的火焰。
人群愤怒的目光好像要灼伤太阳，
更像无数座喷涌的火山。

决战时刻，嘹亮的号角吹响，
战鼓增强了必胜的信心。
千万大军迈出雄健的步伐，
阵容浩大如洪水向前方狂奔。

军队浩渺如一片茂盛的森林，
脚下行经无数的溪流、高山。
大鲧高高坐在威武的正义战车上，
披挂华美的犀甲，神情无比庄严。

大鲧突袭不给帝喾喘息之机，
帝喾匆匆忙忙难以防备。
这威力强大的愤怒一击，
把帝喾震得节节倒退。

但见帝喾膝盖半屈，用尽全力，
将宝剑深深插入大地，
仿佛来自泰泽的飓风，
把一棵大树推倒于大地。

双方大军见此情景短暂惊愕，
随即高举兵器，投入混战的行列。
两军交锋，兵戎相接，刀光剑影，
漫天烟尘中奔驰着万千战车。

帝喾、大鲧以仇视的目光相互对峙，
空气中弥漫着血淋淋的杀气。
帝喾缓了一口气，举剑往前刺去，
大鲧立刻拔剑予以还击。

两把宝剑在空中快速飞舞，
如两颗彗星发生绝世的撞击。
撞击出的火花四处飞溅，
变成无数颗行星奔向宇宙四极。

大鲧丢开帝喾，手持宝剑盘旋飞舞，
独自抵抗着众神万千。
众神见大鲧神勇异常，
纷纷逃跑竟不敢恋战。

天空中此时传来一阵凄厉的叫声，
刑神蓐收把姣女抓在手里。
蓐收叫道："大鲧，快放下宝剑，
否则我将姣女碎尸万段！"

帝喾趁机向人间放射雷电，
人间顿时肢体横飞，血肉乱溅。
被挟持的姣女看到此情此景，
心如刀绞，众神之灵在她心中显现。

她开始祈祷："众神之灵啊！天庭的主宰，
你令人间乐园时而幸福时而悲哀。
你如宇宙博大如高山让万民仰止，
祈请你以善良和正义减少对民众的伤害。

父皇啊，父皇！你是生命的靠山和主宰。
曾经你博大的心灵洒向人间无数的爱，
如今你又让我远离我的爱人。
圣灵的心决不会将纯洁的爱情毁坏。

民众的苦难，我已看不到希望的灵光，
我要求你给我力量让我充满希望。
大鲧坚强精神无法触及你灵魂深处，
我渴求我的诚心能换来灵光。”

帝喾见此恼羞成怒更加变本加厉，
荡平人间乐园的决心他决不改变。
他继续向人间放射着惨绝人寰的雷电，
大地焦石土砾飞扬。大鲧一声长叹：

“不分是非利令智昏的帝喾，
你枉乘威仪，枉坐高天！
只要你答应我的条件，
我愿用生命来和你交换！

一是你要爱惜天下子民，
不得心生妒忌荼毒人间；
二是你要放走姣女，
让她在人间幸福美满。

只要你答应这两条，
所有的责任由我一人承担！”
帝喾冷冷一笑表示同意，
大鲧长啸一声扔掉了血染的宝剑。

大鲧正直坚强的心哪里知道，
帝喾的承诺竟是一派谎言。
帝喾令应龙收回息壤，
大地上顿时洪水滔天。

他又下令囚禁姣女，
让她不得返回人间。
他决意要严惩大鲧，
以挽回他失去的尊严。

# 第十六章　大鲧之歌

自从大鲧水淹天庭之后，
帝喾忧郁压抑愁眉不展。
他决定严惩大鲧，警示众神，
从中挽回他天帝的尊严。

帝喾立刻想到羽山，
羽山在遥远的北极之阴。
在那里，只有烛龙身上的微光，
才能驱赶羽山的阴灰。

帝喾把大鲧押到羽山，
在他身上套上黄金锁链，
把大鲧牢牢钉在山巅上，
要给他点颜色看看。

愤怒，能让人彻底地丧失理智，
理智丧失就无法唤回良知。
帝喾明知惩罚大鲧会落下千古骂名，
但愤怒让他燃起复仇的心理。

帝喾叫道："叛逆的大鲧呀，
你唤起我心中痛苦的记忆！
你用大水冲刷逍遥的天庭，
差点让我丧失了至高权力。

但你还有忏悔的机会，
只要你向我服软认错，
你将依旧光芒四射，
重返人间沃野！"

大鲧道："虽然你是峰峦叠嶂、
云雾缭绕的泰山山顶，
因此遮挡了凡人的视线，
但我的心灵无比澄明。

我要为民众幸福寻找光明！
无论多么混乱，
坚持自己的信念！
就如月亮偎依在太阳身边！

民众利益我不能忽视，
为民谋福我甘愿肝脑涂地。
美好的愿望召唤着我，
献出生命我也在所不惜！

奉献的生命永远生生不息，
真理不会因压抑而消失。
我将步我先祖的后尘，
造福天下是我的自由意志。

你昔日的神采早已散尽，
请不要再自我欺骗沾沾自喜。
背叛人民将会和地狱一样黯淡，
必将人神共愤天打雷劈。

而我的灵魂将升入天堂，

伟大的精神境界就是天堂。
我将胜利，我将永恒，
民众会世代将我记在心中。

民众的祈祷会让我灵魂飞扬，
哪怕我死去美好的意愿依然在天地间。
我的心愿是让民众得以安康，
我的梦想将让人间变得温暖。

民众在黑暗中将我的灵魂举向高处，
在人性的花朵绽开时我的灵魂将复苏。
在那里我将脱离尘世繁华如花儿鲜艳，
我将插上翅膀飞往人间乐园的极乐之都。”

帝喾顿时气得哇哇大叫，
下令对大鲧动用酷刑。
刑神蓐收走上前去，
用金凿在大鲧的脑门上凿了一个洞。

寒森森的凿子刚一拔出，

大鲧的伤口早已愈合。
火神祝融又上前燃起真火，
要将大鲧的四肢烧成灰末。

可是，真火刚一熄灭，
大鲧的四肢依然如往常鲜活。
虫神骄虫的令旗一挥，
万千毒虫将大鲧咬成蜂窝。

它们疯狂地噬咬大鲧的身体，
可它们刚松口，伤口已愈合。
这样的酷刑日复一日，年复一年，
三年过去了，大鲧承受着残酷的折磨。

惨烈的酷刑让刑神也叹息，
大鲧坚定的脸庞却似太阳般豪气。
但他长年遭受酷刑也开始日渐疲惫，
所有美德都无法与他的坚忍相比。

囚禁在天牢里的姣女看到此景，
肝裂肠断，悲痛欲绝。

她暗地派神女给大鲧送去忘痛草，
大鲧却对此坚定地拒绝。

大鲧歌道：“酷刑酷刑！
能奈我何？
我心坚固，
苦中作乐！
凿凿凿，且凿且乐！
灼灼灼，且灼且歌！
蜇蜇蜇，且蜇且坚！
痛痛痛，且痛且倔！”

身受酷刑，坚强的躯体随创随合，
心怀民众，坚忍的灵魂感动苍穹，
意志坚强，精神如昆仑泰山高达万丈，
灵魂高贵，散播出无上光荣。

大鲧的精神气冲霄汉，
如日月的光辉向四极喷薄。
天地万物在压抑中一齐狂吼，
唱起了一曲惊天动地的怒歌：

"云汹雾涌，冰风雷电，凶猛无情兮，
华夏龙魂坚石意志永驻其心兮，
雄伟大神不惧淫威兮，
残酷之刑更令其志固兮。

其精神如烈日炎炎，光芒四射，披荆斩棘兮，
华夏战士兮，集以人民神圣的心声兮，
壮阔之天地为其悲兮，低回之云气念其德兮，
伟大的灵魂高高在上，人民与其同德同心兮。

伟大人民的爱如潮喷涌兮，一齐举天踏地兮，
神圣而纯净的天地兮，不许虐待伟大英雄兮，
敬爱大鲧我与你同在兮，我与你同在兮，
你之灵魂金石兮，你之灵魂冰玉兮。

华夏战旗为你高举兮，万民齐呼玉宇澄清兮，
伟大的华夏天地兮，日月同辉兮，
敬爱之灵魂，你博大兮，敬爱之灵魂，你雄伟兮，
华夏龙魂高且扬兮，华夏龙魂弥而坚兮。"

# 第十七章　鲧腹生禹

帝喾见不能制服大鲧，
便让滚滚洪水在人间继续肆虐。
大鲧看到民众倍受苦难，
善良的他啊，心如刀割！

大鲧对苍天大吼一声，
如一阵飓风从天空滚过。
吼声如巨雷滚过泰山天庭，
竟将帝喾的宝座震破。

“我愿自绝己命，以解万民痛苦！”
吼声吓得帝喾从宝座上跌落。
帝喾战战兢兢向大鲧望去，
但见大鲧已然闭神闭息，其身已绝。

大鲧自绝，万民号啕大哭充满悲切，
他们奔走相告，为坚强之神唱起哀歌。
他的炽热心胸和智慧是人间支柱，
他的逝去对民众的心灵是极大折磨。

祭祀的雷声轰鸣，电光闪闪，
魂幡狂奔着，大鲧的灵魂不败。
天流泪了，雪山流泪了，日月哭红了眼睛，
群山沉默，海水沉默，万物默哀。

飓风唰唰掠过华夏的脸庞，
高原耸立，大地一片痉挛。
那一束束祈祷的绵绵香火啊，
是世世代代众田园里升起的炊烟。

大鲧，你的理想如虹，让高原多彩，
大鲧，你的眼睛映照雪峰的圣洁。
雄伟、磅礴、悲壮是民众心中的形象，
因为你啊，苍茫宇宙回响着正义的长歌。

万山耸立，沃野无语，寰宇哀思激荡，
几多凝重，几度沧桑，华夏铭刻灵魂的创伤。
一朵花儿，美丽无比，在盛开时凋落，
一颗龙珠，在早晨的美妙时光里含着悲伤。

多少壮志，汇成千里江河，奔腾澎湃，
长江啊！黄河啊！两条巨龙在宇宙飞翔。
盛产英雄与高贵的华夏沃土啊，
龙魂散发着铁与血的万丈光芒。

大鲧啊！你胸膛容纳万里风云，
大鲧啊！你灵魂涵据万顷长天。
一缕浩气滋润华夏的草木，
一腔正气充盈天地苍茫的空间。

万千民众为大鲧的遭遇流泪，
抱头痛哭，哭泣声四处回响。
那悲声日日夜夜响彻云霄，
民众仿佛失去太阳两眼茫茫。

大鲧逝去，姣女内心充满悲切，
她在心中奋喊，要为坚强之神唱赞歌！
无限苦难将坚强之神反复折磨，
坚强之神的气概如朝阳热烈。

哦！亲爱的大鲧，你是我的生命，
你的理智和爱给我们带来安宁。
即使人间乐园在寒冷的冬天，
人们也不会忘记你坚强的心灵。

姣女因无比悲痛，哭倒在地，
天地万物陪着她一同哭泣。
囚禁在悬圃里哀伤的美神，
挣断锁链奔向大鲧安息之地。

大鲧的尸体被安放于白玉金棺，
坚强的美神再三请求看上一眼。
众神将华丽的棺盖打开，
大家看到了大鲧坚强的容颜。

悲痛欲绝的姣女由神女搀扶，
轻轻捧起大鲧英俊宽阔的额头，
她吻着这位勇于献身的斗士，
椎心泣血，眼里血泪涌流。

她的心中升起了一股信念，
她要紧随大鲧同生共死。
坚贞的理想顷刻间化为现实，
精美的魂魄飘出姣女的玉体。

天空中顿时升起彩虹，
姣女的魂魄乘上缥缈的怯尘风。
令凤凰在前方开路，
让暖花雪陪她踏上前程。

众灵如万羽纷纷随行，
他们跟随的是一颗伟大的心灵。
天地的命运将由她来决定，
她的磨难将普渡芸芸众生。

率众灵在玫瑰色的天空中翱翔，
心怀理想面对灿烂朝阳。
圣洁的光环笼罩天空、海洋，
九曲之歌为奉献的真爱歌唱。

乘龙车驾凤辇，浩浩荡荡，
云衣霓裳随风飘扬。
圣明的忍者在前方引路，
前方延伸着无限荣光。

姣女的魂魄飘飘在人间飞翔了一圈，
离开深爱的家园，她依依不舍。
然后，姣女的魂魄从大鲧口中进入，
在大鲧腹腔内与其魂魄拥抱相合。

拥抱相合的魂魄歌道：
“我们有虔诚和奉献的信仰，
我们愿意为民众接受死亡，
我们也必将迎来美妙的曙光。

我们的灵魂如风儿轻轻飘起，
飞向死亡也飞往永恒的生命。
我们的死亡是那样坚定和澄清，
我们的心变得和秋阳一样澄明。”

华夏神话中最为神奇的一幕出现了，
大鲧与姣女坚贞的爱紧紧结合。
在大鲧腹中将一个新的生命育成，
新生命将延续创造华夏的宏伟大业。

大鲧姣女怀着博大坚强的爱心，
用精血、心魂喂养了一条小生命。
三年中，小生命在腹中具备了种种神力，
相信他能将任何艰难困苦战胜！

小生命在大鲧的腹中生长变化，
一会儿变化成一头小牛在说话，
一会儿变化成一条小龙，
浑身金光凛凛意气风发。

小生命的金光闪烁涌动，
像星星在天宇散发灵光。
又像一颗黎明的小太阳，
即将喷薄出夺目的光芒。

小生命的光芒渐渐开始夺目，
如一颗即将独步苍穹的太阳。
大地四极发出和谐的灵光，
因为他将遥远的四极照亮。

小生命照亮了三界：神采比元气更充沛，
比罡气更猛烈，
比剑气更锐利，
比正气更刚硬。

帝喾看到大鲧腹中的光芒惊慌失措，
赶紧令祝融带吴刀前去除邪。
吴刀在刚一碰到大鲧的肚皮时，
但见一道金光倏然从腹中喷射。

那金光如汹涌澎湃的海潮，
亦如泰山日出翻滚的云雾。
金光中跃出一条金光灿烂的小龙，
闪闪的金甲将小金龙保护。

小金龙的头上长着一对坚利的角，
利角如宝剑散发金光，
恰如哈雷彗星亲吻过木星，
长长的尾巴散发灼目的光芒。

坚硬的利角闪着金光迎向吴刀，
吴刀顿时被撞击得粉碎。
金龙的利爪将捆绑大鲧的锁链斩断，
锁链的碎屑在天空中横飞。

然后，小金龙昂首飞上天空，
天空中出现了瑰丽的彩虹。
伟大的大鲧和姣女啊，
用生命换来了新的生命。

小金龙见风就长，愈长愈长，愈长愈大，
最后化为天地间一条首尾不见的巨龙。
巨龙在苍天上一阵龙吼，
吼声从此唤来天地新生。

有诗赞曰：鹿赠贵冠长双纫，
马头鱼鳞兔之睛，
明珠俐耳蟒蛇项，
披甲一身如神弓。

展翅飞翔雄姿远，
鱼尾飘然轻摆动，
鹰心猎猎有雄风，
力猛如狮赛雕鹏。

可化真气潜归墟，
又能隐神驾长风。
时洒甘露降沃野，
翱翔万里伴雷鸣。

神名威扬满神明，
炎黄后裔皆真龙。
自强不息高厚德，
华夏神龙寰宇腾。

巨龙的吼声将帝喾震惊，
他惊慌失措地逃离了天庭。
这巨龙就是未来的英雄大禹，
《华夏龙魂》第七部里将对他赞颂。

歌曰：华夏龙魂映星空，
自强不息出圣灵。
大鲧精神千秋照，
舍生取义长天映。

山海失色群峦惊，
茫茫神域众神醒。
姣女丹心如日月，
龙魂洗涤寰宇澄。

歌曰：坚强之神，
乃文乃武，
自强不息，
厚德载物。

沃野天堂，
刻心铭骨。
品金质石，
流芳千古。

又有歌曰：华夏龙魂兮自强不息兮，
华夏龙魂兮厚德载物兮，
华夏龙魂兮铁血飞扬兮，
华夏龙魂兮激扬天下兮。

此时，大鲧的身体化为了高密东北乡的大鲧山，
他的灵魂化为黄龙，入住羽渊。
大鲧山雄壮奇伟，紫气腾腾，
从山顶上长出一棵红高粱金光灿烂。

红高粱的穗中绽出一位少女，
那是美神姣女的化身。
那少女啊，身材窈窕，面色酥红，
她化为了高密东北乡沃野上的红高粱女神。

红高粱女神养育着数万亩红高粱，
秋天来临，她们摇曳着饱满的颗粒。
那饱满的颗粒啊，为大鲧姣女的壮举，
如满天泪雨洒向华夏大地！

大鲧是山，
姣女是河，
坚强的大鲧化为了大鲧山，
姣女的婀娜玉体化为了姣河。

深秋，在我们美丽的高密东北乡，
面色酥红的红高粱遍地。
想当年，它是美丽沃野的故乡，
承载着华夏民族的希望。

我背靠苍茫挺拔的大鲧山，
美丽的姣河在我的脚下静静流淌。
姣河里显现大鲧和姣女的容颜，
他们身上依旧散发着青春的荣光。

坚强的大鲧和美丽的姣女啊，
华夏儿女永远刻骨铭心，永不遗忘！
坚强之神大鲧和美神姣女啊，
你们身上散发永不熄灭的龙魂光芒！

# 第十八章　龙魂大鲧

上古华夏的历史画卷瑰丽曼妙，
堂堂皇皇的时光之神抚今揽昔微笑。
华夏众神将嵌满珍珠宝石的桂冠，
戴在大鲧头上永恒的荣光闪耀。

大鲧，凛凛嘶鸣的白马高亢地呼唤，
遥传上古粗犷悲怆的风涛。
白马精神唱响勇敢狂放的豪歌，
一代天骄大鲧是华夏万世英豪。

白马蹄疾，驰骋亘古浩瀚的沙漠，
白马蹄疾，驰骋万里关山悲风咆哮，
白马蹄疾，驰骋掠过如花似玉的沃野，
白马蹄疾，驰骋闪过泰泽万顷的光耀。

大鲧，华夏龙魂的伟大精神，
日月精华和金石之气锻铸了你。
如朝阳的头颅喷涌凛凛的豪情，
如血的夕阳那是对大鲧可歌可泣的赞礼。

大鲧，你是一匹华夏俊健奔腾的白马，
蹄声宛如惊雷震醒华夏洪荒的沉寂，
闪电般炽热的白鬃飞扬理想和信念，
昂首长嘶如斗志昂扬华夏天地。

白马四蹄坚硬奔腾在千仞峭壁，
筋骨强韧眼睛闪耀黄金的泽光，
每一根鬃毛被风霜雪雨梳理得油亮，
你鼓动起刚劲的鬃毛飞箭一样。

天宇传来振聋发聩的旷古洪音，
穿越历史的残垣断墙和滚滚烟尘，
透过风雪雨雾交织的历史帏幕，
用霹雳闪电的速度迎接壮丽的早晨。

圣洁的华夏土地是你安息的圣床，
美丽的姣河滋润孵化你远大的梦想。
头枕大鲧山连绵起伏刚劲的曲线，
眼睛凝视宇宙深处的神秘和灵光。

大鲧！你奔向那块种植你的沃野，
你精神抖擞，提炼丹心铁血。
辉煌的历史在神思里凝聚，
凝聚成一首历史长歌壮怀激烈。

凝聚成散发虎啸龙吟的神弓，
凝聚成珍珠杯中激荡的热情，
凝聚成千里奔驰的瀚海骑列，
凝聚成大漠长河落日为背景的飓风。

大鲧，你驭八龙挟八面雄风，
有着刚毅睿智的虎目龙睛。
浸血宝剑，白马驰骋便如闪电嘶鸣，
一支神箭，张弓未射便四海皆惊。

遍野血河漂杵让你铁骨弥坚，
遍体伤痕你巍然坐帐谈笑风生。
你不想将整个华夏征服，
但坚强和正义聚于你的阵营。

白马背上创造了华夏坚强的文明，
华夏民族将以“龙马”为膜拜的图腾。
东方坚强之神灿烂于历史长河，
让“龙魂”精神深深嵌进民族的丰胸。

大鲧，你盛满泱泱华夏的铁血气概，
胸膛里沸腾着龙之子孙的坦荡豪迈。
你胸膛里澎湃的是黄河的涛声，
你血脉里有长江的呼声传衍万代。

大鲧，因你，世界东方倔起了华夏的森林，
而今，十亿龙种猎猎挥舞龙魂的大旗。
你啊，是华夏民族里的一曲悲壮的歌，
也是至今涅槃华夏灵魂的圣礼。

天庭中传出轰轰隆隆的雷声，
坚强之神有惊天动地的魂魄。
昆仑高高耸立，泰山仰天长啸，
长江黄河滚滚流淌自强的血液。

高声地赞扬神州的威武雄壮，
虔诚地祝愿祖国繁荣昌盛。
让我们点燃胸中奔腾的热血，
华夏民族是一条永远腾飞的巨龙！

# 尾　诗

谁探视过奥妙无穷的宇宙，
谁就将拥有浩渺无垠的心灵；
谁的心灵饱含无限博大的智慧，
谁就会不断仰望布满星辰的天空。

呵，请放眼观望整个无际的苍穹，
华夏龙魂的神民们心胸如大海一样起伏不停。
渺小的我呀要将万千众神请入我诗歌的草棚，
顿时呵，上古文茎清香弥漫东方紫气腾腾。

我无意让自己的诗篇插上灵动的翅膀，
以我的诗行飞越汹涌澎湃的太平洋；
天照大光，普射华夏八荒，
我要以沙哑的歌喉将众神的颂歌传唱。

更无意横越昆仑山神圣的殿堂，
将美神女娃的诗歌嫁传到异国他乡；
我将华夏龙魂的精髓歌唱，
泰山的竖琴也定然为龙魂的精神奏响。

我将古老圣洁的神话缀成项链，
将她戴在我女儿牧歌的脖颈上。
我的诗篇如女儿咿呀学语的单纯，
那是我眼含喜悦之泪编织成敬意的诗章。

坚强的先祖如我们高贵的父亲，
美丽的女神如我们母亲般慈祥。
我眼含热泪激情澎湃，
抑止不住要为我们高贵的血统歌唱。

亲爱的朋友呵，自强不息坚忍不拔是我们的脊梁，
华夏诸神已点燃中华伟大复兴的太阳。
让我们携手把上古九州的英雄颂扬，
伟大的中华将永远屹立于世界东方。

亲爱的朋友，请你不要为我担忧，
担忧现世没有人会捧读这部诗章；
更不必对我辞不达意的诗歌进行表扬，
我的心呵，无怨无悔地为祖先歌唱。

也许，泱泱华夏天国的祖先圣灵，
无需赞美依然璀璨荣光。
在苍苍茫茫变幻莫测的宇宙里，
让我们沿着圣灵的足迹走向远方……

谱写华夏史诗

构建华夏神系

弘扬华夏精神

華夏民族系列神話英雄史詩

# 華夏龍魂

## 第五部

莫言

## 大羿之歌

牧文 著

作家出版社

《华夏龙魂》系列插图之《大羿嫦娥》 殷瑜 绘

作者牧文在『大禹封国 三贤故里 莫言家乡』前留影

# 《华夏龙魂》序

莫言

我的家乡有一条胶河，流量不大，在分省地图上只是细细一条线，但她是高密东北乡的母亲河。胶河大多时候是一条涓涓细流，近年来更是经常断流，但她发起威来，也有浩浩荡荡、奔腾咆哮的景观和声势。在我童年的记忆中，胶河是世界上最大、最壮观、最美丽、最神圣的一条河。

后来，我看到了黄河、长江、珠江、密西西比河、莱茵河、塞纳河等著名江河，但这些江河留给我的印象都不如胶河深刻。那些都是别人的河，唯有胶河，才是我的河。这条河已经成为我的高密东北乡文学地域的重要组成部分。

青年诗人牧文也是高密东北乡人，他的家距我童年时住过的小屋很近。牧文到北京出差，只要时间允许，总会到我家坐坐，聊一聊家乡发生的新鲜事，叙一叙家长里短。家乡能有这样一个后起之秀，我感到很高兴。

有一年，我回到老家过春节。除夕之夜，牧文携妻带子，驱车赶到高密东北乡看我。回去后，写了一首诗《致莫言》。那首诗把我神化了，我不敢当。我建议牧文把这首诗献给我们的

胶河。

后来，牧文将他创作的长篇神话史诗《华夏龙魂》送给了我，让我有时间看看。我虽然读过一些唐诗宋词，但对现代诗读得不多，对神话史诗更是知之甚少，印象里，古希腊有《荷马史诗》，古印度有《罗摩衍那》和《摩诃婆罗多》，我国的藏族有《格萨尔王传》，蒙古族有《江格尔传》等几部神话史诗，但作为中华民族最大主体的汉民族却没有一部神话英雄史诗，只是有一些呈散珠状的神话片段，保留在一些典籍，如《山海经》、《淮南子》、《搜神记》、《述异记》、《聊斋志异》等文本和父老乡亲的口述史中。这，确乎是中华民族的一个遗憾。

牧文倾心我国古代神话传说的搜集、整理和再创造，耐得住寂寞，沉得下身心，积20年之功，著成了长达两万余行的《华夏龙魂》七部曲——《女娲之歌》、《黄帝之歌》、《女娃之歌》、《大鲧之歌》、《大羿之歌》、《大舜之歌》、《大禹之歌》，填补了我国汉民族长篇神话英雄史诗的一项空白，被中国作协列入2013年重点扶持作品。作为牧文的老乡，我为他的追求而高兴，为他的业绩而欣慰。

德国著名哲学家康德说过："有两种东西，我对它们的思考越是深沉和持久，它们在我心灵中唤起的惊奇和敬畏就会日新月异，不断增长，这就是我头上的星空和心中的道德定律。"不知牧文有没有受到康德的影响，他却是在真诚地仰望星空，思考星空。在《华夏龙魂》的献诗里，牧文热情洋溢地写道：

"当我再次仰望灿烂的古华夏的星空，

有多少英雄事迹震撼着我们的心灵。
纯洁女神嫦娥如月华流泻的温柔，
射神大羿和嫦娥凄美的爱情让人感动。

俯看长满白玉碧石的沃野，
有多少大神气贯长虹。
坚强之神白马大鲧为人民献出了生命，
治水之神大禹是华夏亘古绝今的英雄。”

牧文仰望星空的目的，似乎在于寻找、讴歌、弘扬曾经使华夏民族光耀世界、笑傲千古的远古神话人物。英雄和爱情是神话史诗的两大主题，牧文在《华夏龙魂》中，以灵动飞扬、细腻流畅的想象和点化之笔，串联、补缀、创造、生发了那些存留在我国古籍典册中和传诵在村野乡夫口耳间的众多神话英雄，以及他们身上所洋溢的“力拔山兮气盖世”、“贫贱不移、威武不屈、富贵不淫”的英雄气概和普渡众生、舍身为民的济世情怀，他们对美好、纯真、炽烈爱情的呼唤和追求。如许情节和描写，在《华夏龙魂》这部长诗中可谓俯拾皆是。例如，在《大鲧之歌》中，牧文描述了英雄大鲧从天庭盗来息壤，为民治水，又带领万民向帝喾的暴政发起抗争，后被帝喾施以日复一日、年复一年的残酷的刑罚。但大鲧永不屈服，他慷慨作歌：

“酷刑酷刑！
能奈我何？

我心坚固，
苦中作乐！

“凿凿凿，且凿且乐！
灼灼灼，且灼且歌！
蜇蜇蜇，且蜇且坚！
痛痛痛，且痛且倔！”

大鲧的这种拯民于水火，不畏暴政，敢于抗争的精神，不禁让人想起了希腊神话中为人类盗来火种，得罪了众神之王宙斯，被关押在高加索山上天天受刑的普罗米修斯，想起了我国神话中与颛顼争帝不胜，怒而触不周之山，使天柱折、地维绝的英雄共工。

再如，在《大禹之歌》中，牧文将三过家门而不入，胫毛磨光，专注治河的大禹写得气韵飞升，态度坚定，干劲十足。治理长江时，面对鳄鱼、蛟鱼、黄色大鱼的恶意挑战，神船剧烈晃动，随时可致倾覆的风险，牧文这样描述：

“唯大禹镇定自若：
‘我竭力为万民忧劳，’大禹笑谈：
‘若生，是天性；若死，是命定。’
大鱼们无不被大禹神定如山的气概震撼。”

唯大英雄才有真气度大气魄。这寥寥几笔，即勾勒出了大禹“泰山崩于前而色不变”的英雄本色。

在《华夏龙魂》中，牧文对纯真爱情的歌咏和描画，是一以贯之的，而且成为长诗中神话英雄与恶势力抗争主线之外的又一条叙事线索。牧文运用袅娜、细腻、生动的诗笔，对黄帝和嫘祖的一见钟情，美神女娃和战神夸父的生死相依，射神大羿与纯洁女神嫦娥的相亲相爱，坚强之神大鲧和华夏女神姣女用爱和生命孕育大禹，等等，进行了不遗余力的刻画，是整部神话史诗不可分离的组成乐章，使阳刚、雄壮的主旋律有了阴柔、细嫩的和弦的衬托和滋润，可谓相得益彰，相濡以成。

牧文在神话史诗的艺术特色方面，也进行了积极的探索和大胆的尝试。如四行一节的排列方式，不落痕迹、琅琅上口的韵脚设计，似江河回曲、流转不断的气韵铺排，描摹刻画的通透、灵动、细腻，叙事与抒情的紧密结合，整体结构的和谐对应，等等，都有一定的追求所在和相当的表现力。

牧文在这部长篇神话史诗中，对大禹与高密的关系作了一个诗化的插叙：

“四方传来歌唱：鼻梁如泰山耸立乃为‘高’，
天庭饱满五官端正乃为‘密’。
高密啊，大禹！大禹啊，高密！
两个伟大的名字激荡天地。”

恰好，我读到一点史料，唐朝司马贞《史记索隐》称：“鲧娶有莘氏女，谓之女志，是生高密。宋忠云：‘高密，禹所封国。’（《世本》）”新编《中国通史》称：“禹，字高密。”可见，牧文将

大禹跟高密相连带，是有所本的。

可以说，牧文用他的诗人的灵性和多彩多姿的笔触构筑了一座神话人物大厦，异想天开地将盘古、女娲、黄帝、大鲧、大羿、大舜、大禹等华夏众多神灵请进高密东北乡文学王国，虔诚地涂抹着一幅幅带有神秘宗教色彩的远古神话历史画卷，其追求之执着，其气魄之雄阔，其造诣之特出，令我惊异。

牧文让我为《华夏龙魂》题词，我略加思考，提笔写下："华夏龙魂，源远流长；生生不息，维德维芳；诗书继世，千古馨香。牧文小民，其志大矣；牧文小友，长诗万行。"

是为序。

2013 年 9 月于北京

# 精彩点评

牧文巧妙地以华夏神话传说为蓝本，展开想象的翅膀，以整个国家和民族文明发展史、整个国家和民族著名的上古历史人物及整个国家和民族在历史上所创造的神学、神话进行综合，以神话叙事诗的形式记录下来，三十年后，三万行的长篇神话叙事诗《华夏龙魂》(七卷)结集出版，这在中国恐怕是史无前例的。认真阅读可知，书中凝结了牧文的点滴心血，也清晰看到他的目标——创作华夏长诗、构建华夏神系、弘扬华夏精神。

——谢玉堂

牧文呕心沥血，完成《华夏龙魂》，可喜可贺！这是他一个人的文学大工程，也是高密文坛的大工程。远古的史诗用神话的方式呈现，近代的史诗用传奇的方式呈现，当代的史诗用写实的方式呈现。愿牧文和高密的文友们发奋努力，共创高密文学的辉煌，力争在不久的将来，使高密成为中国文学版图上的重镇！

——莫言

牧文的这部诗稿，展现出恢弘的气势、博大的胸襟，以及顽强的追索能力。它不太像这个消费时代的一个青年人的所为，但它确实是发自底层的夺人心魄的长吟。

——张炜

牧文《华夏龙魂》是一个诗学的成果。这样一个篇幅浩大的作品，填补了中国当代新诗对中国古代神话这个重要宝库的发掘，给我们提供了一个可供大家了解中国古代文化、了解中国古代长诗创作的一个重要的具体的范本。

——叶延滨

文学为什么要有艺术，我们就是要探问：我是谁？我从哪里来？我要到哪里去？我觉得《华夏龙魂》追寻的就是这三个问题。我们从哪里来？我们从远古走来，我们华夏儿女有共同的根脉、共同的传统。我是谁？我们是几万、几千年来这块土地上的人们，生生不息，长途跋涉，就这么走过来的。我们要到哪里去？我们要去寻找幸福，要找到自己的自强和自信。我觉得《华夏龙魂》就探讨了这些问题，跟我们的历史文化联系起来，跟齐鲁大地的文化传统紧密联系起来的，跟我们中国人坚忍不拔、自强不息紧密联系起来的。

——梁鸿鹰

牧文能把神话和传说变成他心中的一种形象……带着这样一种敬畏来讴歌我们伟大的英雄。牧文带着我们从上古传说中来汲取一种力量，用这种正能量来灌输到我们的文学中来。

——张陵

牧文在为我国汉民族神话诗意的再现，做着不懈的努力。

——林莽

青年诗人牧文集三十年之功创作完成了《华夏龙魂》，以华夏民族上古时期的先祖们开辟蛮荒、繁衍生息、战天斗地的英雄故事为主线，以先祖们不屈不挠的精神为胫骨，以丰厚至诚的情感为血肉，塑造了一个个栩栩如生的神话英雄人物。这部作品用诗歌的形式，精致地建构了一座中华民族宏大的意识神器，构成了中国古代文明发展史的缩影，是一曲对中华族邦的亲情礼赞。

——李军

长篇叙事诗《华夏龙魂》是潍坊市精品创作工程中涌现出的优秀典型代表。作者牧文以华夏民族的神话传说为蓝本，以恢宏开阔的气势、流畅新颖的笔调，为读者显现出波澜壮阔的上古历史，堪称华夏民族神话英雄史诗。《华夏龙魂》里的史学、文化和美术价值受到广泛关注……必将为潍坊文化艺术创作产生直接的

带动作用，必将提升和扩大潍坊文化的影响。

——初宝杰

《华夏龙魂》是牧文同志二十年笔耕不辍的倾心之作，填补了我国长篇神话英雄史诗创作领域的一项空白……高密历届市委、市政府高度重视文化建设。今天，中国作协重点扶持作品《华夏龙魂》成功结集出版发行，既是高密深厚文化底蕴的一次闪亮展示，更是我们推进文化大发展大繁荣的新起点。

——范福生

# 目　录

附录

# 献　诗

当古华夏的历史女神在清澈的月光下展现，
我惊叹高贵的英雄和华夏民族一脉相连。
这是多么地荣耀和幸福呵，
我荣幸地把祖先的神话高声颂赞！

颂赞绿色的星球是一颗伟大的灵魂，
他让众神游弋在自己神性的心田；
他指引我步入雄伟的昆仑山呵，
望见那云开峰立，金光闪闪！

昆仑山呵，巍然高耸气象万千，
八千丈的雄峰巍峨直达九天，
山顶矗立着九重黄金神殿，
神殿四周环绕着洁白莹润的白玉栏杆。

黄金铸就的神殿在山顶熠熠生辉，
金光普照海洋大地蔚为壮观；
神殿正门面向东方一马平川，
我呵，心怀虔敬要到里面去仔细看看。

呵，我看见创世之神盘古正开天辟地，
他太阳般智慧的头颅呵光辉灿烂；
我看见育人之神女娲正炼石补天，
她高贵圣洁的灵魂如栀子花芳香鲜艳。

我看到天梯建木昂然挺拔直达蓝天，
东望泰泽波涛汹涌浩淼无边；
我看到招摇山的迷谷在黑暗中闪耀光华，
吉祥之神九尾狐毛色金赤带给人类美好祝愿。

我看到千年的石荷花漂浮于流沙的波涛，
随风起舞，曼妙如诗般美轮美奂；
我看到观水中白头红嘴的文鳐鱼，
成群结队飞翔在夜晚的静谧九天。

我看到神农炎帝品尝百草，
他的玲珑玉体内跳跃着生命的火焰；
我看到众神之王黄帝雄才大略，
意气方遒指点如画的江山。

我看到华夏心胸辽阔的疆域广袤无边，
雷神在碧绿的稷泽畔流连忘返；
我看到华夏紫气腾腾光辉灿烂，
驳马、驺吾等诸多神兽在寰宇显现。

我看到气宇轩昂的战神夸父，
他头戴橄榄枝编织的和平花环；
我看到美神、诗神女娃呵，
她头戴贤惠、温柔、美丽的桂冠。

我看到北帝颛顼少年英俊，威武英明，
天地将治理得美丽如画静如家园；
我看到大力神阿黎、巨力神阿重绝天地通，
水神共工为冲破桎梏而勇触不周山。

我看到俊仪绝伦的帝喾，
他和儿子们在治理壮阔的河山；
我看到俭朴、贤明的人间之王帝尧，
与民同乐将十大吉兆降临人间。

当我再次仰望灿烂的古华夏星空，
有多少英雄足迹震撼着我们的心灵；
纯洁女神嫦娥如月华流泻般温柔，
射神大羿和嫦娥凄美的爱情让人感动。

俯看长满白玉碧石的沃野，
有多少大神气贯长虹；
坚强之神白马大鲧为人民献出了生命，
治水之神大禹堪称华夏亘古绝今的英雄。

当我如海啸般的激情汹涌澎湃之后，
我的心灵渐渐趋于清潭般的安静；
我站在泰山脚下仰望挺拔苍远的山巅，
山巅托起众神遨游紫气腾腾的苍穹。

呵，华夏龙魂将众神一一颂扬，
华夏精神在九州激荡起猎猎雄风；
为了民众为了理想为了荣光，
华夏众神为真理自由甘愿奉献鲜活的生命！

天地间的众神呵，我高贵的祖先，
我斗胆向你们奉献我浅薄的诗篇。
你们自强不息的精神是华夏的根脉，
你们的伟业及英名必将永驻人间！

# 第一章　颛项继位

朋友们，离开你们很长时间了，
你是否对我还思念殷殷。
第一部的诗稿我已不知所云，
好像丢失了女娲赠我的竖琴。

忽然这一天啊，
我又听到诗神女娲的弹唱。
歌声时而如清风细雨缠缠绵绵，
时而如狂风骤雨慷慨激昂。

女娲正在弹唱黄帝的心事，
威严的黄帝坐在神庭的宝座上，
交叉着双手，愁眉苦脸，
伟大的黄帝也有一副忧郁的心肠？

亲爱的朋友们，让你猜对了，
黄帝日夜操劳已不再年富力强。
他考虑将帝位让于神勇的战神夸父，
可夸父和女娃已归隐于红高粱的家乡。

朋友们，我们多么佩服夸父女娃啊！
有功成身退的至纯至高的理想。
他们归隐人间与人民共同劳作，
与民患难与共，同样威名赫杨！

黄帝为帝位之事忧心忡忡愁眉不展，
突然，他听到泰泽上响起雄阔的琴瑟声。
那声音悠长深远响彻天宇，
黄帝闻之大悦，心情轻松。

歌曰：抚琴瑟兮，大海翻腾，
怀状志兮，天地动容。
得帝恩兮，我心继承，
揽宇宙兮，魂魄纵容。

黄帝听此歌音，知是曾孙颛顼的歌声，
雄阔的歌词充溢着颛顼的胸怀大志，
而且年少时，颛顼帮少昊
将国家治理得有条有理。

黄帝经过长时间对颛顼的考验，
决心实现传位的愿望。
他将中央天帝的御座让给颛顼，
携蚕神嫘祖娘娘回娱晚宫修养。

继位后的颛顼坐在宝座上散发光芒，
他仪表出众，像一棵梧桐沐浴着阳光。
众多的天神簇拥在他身旁，
宛如天际上闪烁的群星环绕月亮。

《九天》大曲澎湃激昂，
天地将他的仪容高声赞扬。
颛顼此时心潮奔涌异常激动，
他即一展歌喉纵情高唱；

“大风神橐围啊！你如一棵天际的青松，
请鼓奏万千悠扬的歌声；
春神啊！你头戴绚丽的花环，
请挽起春天将美好称颂。

水神共工啊！请扬起万千湖泊的渔音，
唱出万千潺潺的流水声；
吉神蚩尤啊！请散发你全身的光明，
将圣德背负于天庭……”

颛顼歌罢更意气风发神采飞扬，
众神高呼万岁，异口同声。
鸾鸟凤凰飞翔于天庭，
天庭紫气腾腾，一派歌舞升平。

# 第二章　小小射神

颛顼继承帝位以后，
将天地大神丰功伟绩传颂。
《六茎》大乐三百六十五篇，
歌颂大神一万八千名。

忽然东方天空紫气腾腾，
悬圃上空出现七道彩虹。
大神应昭前来急报，
有一异兽在悬圃内逍遥行走。

异兽身像鹿，脚像马，
尾巴长长的像牛，
全身黄色，散发光泽，
头上生一只角，角端有肉。

智慧神白泽向颛顼禀报，
兽为麒麟，叫声合于黄钟大吕。
走起路来，翩翩有礼仪态从容，
机敏聪灵，不喜群居。

颛顼匆匆忙忙前去观赏，
但见麒麟跪拜在地上，
摇着长长的牛尾，
把黄钟大曲歌唱。

颛顼得神兽欣喜异常，
决定举行射箭比赛以示颂扬。
一阵龙吟的号角吹过，
万千神军整齐排列在射场。

众大神将他们的射艺展现，
箭无虚发，箭箭穿透靶心，
每一箭穿过轻纱般的白云，
并发出美妙的天籁歌音。

此时，从大神缝中钻出一名小神，
只见他手拿银箭金弓。
年龄虽小，走起路来却异常从容，
神态轩昂傲视群雄。

这位小神就是未来的帝喾，
他是黄帝的曾孙，颛顼的爱侄。
他的父亲叫蟜极，母亲叫握裒，
握裒有天看到一个大人脚迹。

也和伏羲的母亲一样，
用脚踏它一下，心中感动，
怀孕生下了帝喾，
刚出生就称自己的名字叫“俊”。

只见阿俊站在射场中央，
齐刷刷掏出十只银箭，
只听得“嗖、嗖、嗖——”十声响，
十只银箭齐刷刷将靶心洞穿。

欢呼喝彩声响彻射场，
众神对阿俊的射艺高声赞扬！
阿俊神态安详自然，
高尚的心灵让他对赞美感觉平常。

突然，一个黑点飘来，
在广阔的射场上空纵横飞翔。
颛顼腰间的两把宝剑突然颤动出鞘，
化为白虹，射向黑点，闪着寒光。

小黑点毫不畏惧迎面而上，
两把宝剑惨叫着跌落在射场。
颛顼及众大神定睛一看，
小黑点竟化为一顽童站在射场中央。

那小顽童乖巧可爱，
黑灵灵的眼睛散发光芒。
他的双臂过膝，左臂尤长，
手里拿着银箭金弓气宇轩昂。

小顽童叫道："大帝，
听说这里举行射箭比赛，
我也想来学习一下，
不知是否鲁莽见外？"

颛顼道："小小顽童，有何本领？"
小顽童猿臂长伸，轻轻将弓拉满，
但见众大神的虎豹熊罴伏地不敢擅动，
飞禽纷纷逃窜：叫声凄惨。

颛顼惊道："战神夸父曾留下彤弓素曾，
拉开彤弓便山摇地动，
射出素曾便日月失明，
并说拉开者可将战神尊号继承。

你来得正是时候，
我要看看你的本领。
假如你能超过诸神的射艺，
我就将射神的称号与你相封。"

颛顼令十位大神将彤弓抬出，
看战神的称号将属于哪位英雄。
大神阿黎怒气冲冲，
用尽全力也没拉开彤弓。

大神阿重使出吃奶的力气，
可彤弓竟纹丝不动。
这时，小神阿俊走向彤弓，
走起路来神态安详步履从容。

他轻轻拿起彤弓拉起弓弦，
只因手臂太短，彤弓未被拉满。
众大神面面相觑，
竟没有谁敢再去触动彤弓。

此刻，小小顽童走上前来，
谦虚地向彤弓鞠了一躬。
彤弓微笑着竖立起来，
弓弦发出万千龙吟虎啸之声。

但见小顽童左手握弓，
右手食指将弓弦轻勾，
只听得一阵山呼海啸，
弓弦拉满，顿时山摇地动。

又听得“嘣”的一声，
颛顼的宝座也被震得晃晃悠悠。
等颛顼醒过神来，
小顽童已跑的无影无踪。

颛顼下令到处寻找，
万千众神好不容易将他找到。
原来小小顽童正在银河里玩水摸虾，
穿了一身脏兮兮的泥巴外套。

小小顽童再次来到天庭，
颛顼赶紧离开宝座起身相迎。
他将战神的桂冠给小顽童佩戴，
并且还将射神的封号赏封。

小顽童扔掉神冠说不需要赏封，
他展开双臂，双臂化为巨大的双翼。
小顽童像一颗流星，
霎那间从众神的眼前飞离。

亲爱的朋友们，你们可想知道小顽童的身世，
你们可想知道小顽童的姓名？
在以后的章节里，
我会慢慢地向你们述清。

# 第三章　绝天地通

颛顼日夜思念他分封的小小射神，
小小射神的神武深深的刻进他的脑海，
他苦思冥想，怎样寻到小小射神，
但天地间的两件大事搅乱他的心怀。

原来，他相继接到了青鸟的奏报，
大地上发生了两件惊天动地的大事情：
一是再北方王屋、太行两座神山的脚下，
住着一位九十多岁子孙满堂的愚公。

两座神山将愚公的家门挡的严严实实，
每次外出愚公便感到极不方便。
愚公召集子孙商讨解决办法，
决定挖掉两座挡路的大山。

挖掉大山！此举被报信神寓鸟看见，
他生怕愚公的理想会实现，
匆匆忙忙赶到天庭报告颛顼，
说愚公要搬走两座大山。

颛顼被老汉的坚执所感动，
让两位大神搬走挡路的大山。
一座放在朔东，一座放在雍南，
了却了愚公的心愿。

愚公移山这件事发生的同时，
神仙凡人的爱情在天庭流传。
天上的织女爱上了凡间的牛郎，
这件事，让颛顼思虑再三。

原来，天上住着七位神女，
每天都聚坐在碧波荡漾的银河边，
用神奇的云丝编织层层叠叠的彩霞，
五彩绚烂的彩霞装扮着蓝天。

闪闪的银河下面有一间碧绿的茅屋，
牛郎就和一头老牛住在里面。
牛郎躺在草床上自言自语，
并时而深情地仰望满天星斗的穹天。

突然老牛讲起了话：
“在我们附近草深林茂的大山，
有一泓碧绿的清潭，每天正午
有七个仙女常在那里沐浴容颜。

请您悄悄地躲在潭边，
屏住急躁的呼吸不能窥看。
等七仙女下水沐浴的时候，
你就拿取那件美丽的粉红锦衫。

没有衣服穿的那位神女，
就会留下来做你的妻子。”
牛郎听完老牛的话语，
心里感到万分震惊和欣喜。

正午时分，随着声声清脆的鹤鸣，
穿着七彩纱裙的神女飞入清潭，
潭上飘扬着缕缕爽甜的清香，
水面上绽开了七朵娇嫩的白莲。

牛郎迅捷地从草丛中跑出，
抱起粉红色的锦衣躲在巨石后面，
惊骇慌乱的神女穿上衣裳飞向青天，
把没穿衣裳的最漂亮的神女留在了岸边。

岸边牛郎怀抱织女的衣裙，
憨厚地走到碧绿的小潭。
他向用黑油油的头发遮身的神女求婚，
神女看牛郎英俊憨厚，羞涩地把头点了点。

两个年轻人手拉手走进碧绿的茅屋，
建立了一个恩爱和睦的家园。
他们相亲相爱男耕女织，
生下一对龙凤胎，幸福美满。

嫘祖娘娘一天向大地俯瞰，
突然发现织女已在人间，
嫘祖娘娘不禁勃然大怒，
令天兵天将立即将织女捉拿回天。

泪如雨下的织女被押往天庭，
悲痛的牛郎挑着两个幼子在后面追赶！
眼看追上织女，哪知道嫘祖娘娘拔下银簪，
在银河中一划，顿时巨浪滔天。

无情的银河将他们的爱情隔断，
从此，牛郎织女各住银河的一边。
他们每天都隔河遥遥相望，
泪眼望穿却无法倾诉深重的思念。

望眼欲穿！嫘祖娘娘终被真情感动，
决定在每年的七月七日让牛郎织女团圆。
那天，千万只花喜鹊在银河上搭成鹊桥，
牛郎织女在鹊桥上诉说无限眷恋。

愚公移山、牛郎织女之事广为流传，
颛顼禁不住惊出一身冷汗：
人间毛头小伙子竟向神女求爱，
凡夫俗子敢向大神居住的神山宣战。

他又联想起天神的几起反叛，
倘若蚩尤不能在天地间自由流窜，他怎敢叛变？
假如天地间不是离的那么近，
怎能有一个敢反抗天庭的刑天？

颛顼经过深思熟虑，终于决定
将泰山外的天地间的通道全部隔断。
当时的天梯有许多条：
包括巍峨高耸的昆仑山，

还有广阔的万里泰山，
神医、神巫的通道灵山、登葆山，
挺拔伟岸、紫气腾腾的扶桑、建木，
神女上天下地的登备山……

颛顼令孙子重和黎将天地隔断，
大神重粗壮的胳膊尽力向上托天，
大神黎宽阔的双手尽力向下压地，
除泰山之外，天地一切通路都被隔断。

颛顼让重和黎把守泰山，
并让阿重管理天上，阿黎管理人间。
天上的神和人不经重同意不能下地，
地上的神和人不经黎同意不能上天。

为了防止星辰运行错乱而影响天地安宁，
颛顼令神噎将日月星辰出行的顺序管理。
经过苦心经营，终于天地分明人神有序，
颛顼看到这种局面心中大喜。

于是，他封阿重为大力神，
封阿黎为巨力神，
封噎为时间之神，
天地一片喜洋洋的气氛。

朋友们，你们可曾知道？
想当年黄帝镇服了蚩尤之后，
将附在蚩尤身上的恶神收入白金魔匣，
然后将魔匣置于登葆山头。

可是，在重和黎绝天隔地后，
登葆山因震动白金魔匣跌入山沟。
白金魔匣被石头撞破，
恶神化为黑烟匆忙逃走！

他一路奔逃，慌慌张张，
化为猛禽恶兽、山精水怪。
他和褚帝的几个不肖之子，
在大地上横冲直撞、为非作歹。

恶神化为肥遗，当他翱翔天空时
大地便发生可怕的旱灾：
恶神化为冷冷，鸣声似人呻吟，
它一出现，天下就有大水汹涌而来……

恶神化为烨狼，形似狐狸白尾长耳，
他的出现会带来祸国殃民的兵灾；
恶神化为五色鸟，人脸长发，
栖息在哪里，哪里便会从此朽败。

黄帝的不肖子浑敦，炎帝的不肖子饕餮，
也趁火打劫，四处扰民害人。
地上的百姓生活在水深火热之中，
他们盼望天降圣人，盼望圣人斩妖布馨。

# 第四章　共工触山

颛顼施行绝天地隔的治理，
将天地搞的一片死气沉沉，
人与神从此只能隔空相望，
高贵的大神共工心中充满怨愤。

水神共工是炎帝玄孙祝融的儿子，
他驾驭两条黑龙，身材魁梧力大无比。
共工掌管着大地上十分之七的水城，
还控制着天底下全部的山石。

忠心耿耿的臣子相柳和浮游为他管理水军，
相柳长着九个脑袋，人脸蛇身，青色的身体。
浮游，身披红毛，长有几千公里长的双翅，
人脸兽身，常在水上兴风作浪。

共工性情暴躁随炎帝参加了炎黄大战，
他力战海神禺京，威战群雄扬名阪泉。
在泰山封神大会上，共工被封为水神，
对皇帝的封爵重用，共工戴德感恩。

在蚩尤鼓动反叛皇帝的时候，
他压根就没有倡和。
可是，颛顼实行专制的治理，
连上天下地的自由都给剥夺。

本来，共工承受黄帝的恩泽，
可以心安理得做个臣子。
但他高贵的心灵却不愿被黎和重所压抑，
他决心要和颛顼一决高低。

现在，高贵的颛顼在干什么呢?
他正坐在宝座上沾沾自喜。
他以为绝天地通是他伟大的功绩，
大神归位，天下洋溢一片瑞气。

这不，他在和儿子长琴研究音律，
他新制的《天韶》大乐铿锵有力。
他哪里知道，众神所归的大神共工，
率领万千大军已打到了泰山天梯。

打到天梯！急报传入香烟缭绕的天庭，
把聆听大乐的颛顼惊得呆若木鸡。
然而，颛顼毕竟是神中魁首，
他立即稳住了急促的呼吸。

他诏令天上众神速做战备，准备出征，
又趴在禺京耳边秘授玄机。
百万神兵虎啸龙吟，铁甲铮鸣，
像汹涌洪水顺着天梯冲涌大地。

颛顼高高地坐在光彩耀眼的战车上，
身披黄金盔甲更显天子威容。
手持憾山摇海的雷电宝剑，
率各路天兵神军向共工进攻。

水神共工率领着他的神军，
神军稠密，像泰泽里一望无际的文鳐鱼群，
又像归墟里层层叠叠的水纹，
密密麻麻铺满了天江天湖。

战云弥漫静穆的天空，
空中散发出一片血腥。
共工振臂高呼：“让我们引领着大雨和狂风，
手握利器，振翅飞翔，冲刷天庭！”

突然，一阵撼震人心的龙啸响起，
颛顼神军如秋风扫落叶般奔涌，
旗海飘扬，盔甲盾牌相互簇拥！
“龙！龙！龙！”的呼喊震动苍穹。

震动苍穹！共工的神军携巨浪像天庭冲涌，
白花花的洪天巨浪顿时淹没了天庭。
大水如高山上的瀑布像大地倾泻，
狂妄地肆虐着大地上的生灵。

嘹亮的龙啸再度响起，
颛顼的神军们更燃起战斗的激情，
呼声如暴风狂扫，激起冲天巨浪，
高亢的战斗情绪在天庭涌动。

“龙！龙！龙！”的啸吟轰轰隆隆，
天庭响起慷慨激昂的乐声。
万千神军漫过高山、森林、天空，
浩浩荡荡地奔向共工。

共工又抢占先机发动了新一轮的进攻，
他率先神为中军，相柳、浮游率水府大军为两翼，
两股大军相互冲涌着似狂风骤雨，
一阵狂杀之后，颛顼神军大败逃离。

共工引军穷追不舍，猛追了十里，
突然一声炮响，惊天动地；
禺京率五万天兵天将杀出，
战场上顿时血肉横飞，天地为之颤栗。

只听得虎啸龙吟，鬼哭神嚎，
只看见遍天横尸，血流如江河泛滥。
共工和禺京气势汹汹地斗成一团，
斗成一团！天地震颤，眼花缭乱。

没日没夜的昼夜厮杀，
地上众神和水兵渐渐无力，
酣战中的共工见此情形，
惊慌失措，决计退兵。

第二天对阵，共工的怒火如燃烧的彗星，
他与颛顼面对面地站着，两人怒目而睁，
两位大神象天上满载怒气的乌云，
即刻要发出轰轰隆隆的雷声。

共工挥舞起万吨金锤，
仿佛一阵飓风从天边吹至。
猎猎雄风将高山撼动，
万千琼草玉树被连根抛掷。

空中弥漫着阴森森的杀气，
共工抡锤向颛顼猛冲，
颛顼持雷电宝剑刺向共工，
两位大神战到一起，天地失容。

共工威武雄壮，愈战愈勇，
颛顼渐渐战得无力。
他突然看到小小射神雄鹰观战，
心中突然涌出了希冀。

颛顼大叫一声："小射神帮我！"
小小射神兜手把银箭射出，
银箭顿时将共工的两把金锤串成了糖球葫芦，
银箭带着两个糖球葫芦飞到小小射神手中。

颛顼趁机手举宝剑射出万束雷霆，
霎时间，电光闪闪雷声隆隆。
共工水军的武器被击成灰烬，
水军尸体横飞，残肢断臂遍布空中。

共工见此情景，知道败局已定，
他决定宁为玉碎，不为瓦全，
决意用其魂魄和生命
换来宇宙新秩序的诞生。

诞生！他怒吼一声，化为一条巨龙，
陡然间，巨龙盘紧身子，
化为一团坚硬晶莹浑圆的冰球，
冰球风驰电掣向不周山撞去。

只听得天崩地裂一声巨响，
不周山被撞得分崩离析。
朋友们，这是怎样的豪气啊！
共工触山的豪气无与伦比！

此刻，西北的天空因失去不周山的支撑而倾泻，
颛顼维系在北方天空的星星得以挣脱。
他们顺势向西天快乐地风驰电掣，
星辰飞翔在自由的天空是多么快活。

东南大地受到地裂山崩的震动，
凹陷成一片几千里深的大壑，
百川之水顺势向东南奔流，
奔向幸福自由快乐的生活。

宇宙的黄金交响乐激荡着浩气长风，
无数亿颗如宝石的星星闪烁在东方沃野上空。
人类居住的沃野上空多么美妙啊！多么晶莹！
星光点点，天空美丽，与大地的乐音和鸣！

万千条河流如脱缰的野马奔流，
清纯的河水象一层面纱，将沃野轻轻覆蒙。
美丽的田野、森林、平原被冲刷得清新纯净，
沃野上欢乐静谧的光芒反耀天庭。

宇宙新的黄金交响乐轻轻奏鸣，
太阳、星星都按新的规律运行。
天地万物跳跃着和谐的舞蹈，
共同欢呼温馨自由的新秩序的诞生。

# 第五章　帝喾与子

不周山被水神共工一头撞断，
天地间又呈现出无限生机。
日月西行，江河东流，
神鬼精怪逃离江湖或在山泽匿迹。

天地万物为感谢共工的这一勋功，
在北方海外建神台彰显共工的事迹；
这位虽败犹荣的伟大水神，
对宇宙新秩序的建立具有重大意义。

颛顼也深感绝天地通的许多弊端，
对天地间的治理宽松了许多。
经过这场惨烈且损失巨大的征战，
颛顼想起了自己年轻时游历四海的生活。

颛顼决意与众神西巡，
借此机会重振自己的神威。
他令禺京吹起西巡的号角，
将各路大神从属地召回。

各路神军如出巢的黄蜂，
铺天盖地地聚拢在辉煌的天庭。
瑞顼威风凛凛地坐在嵌满珠玉钻石的龙座上，
指挥各路神军列齐队伍西行。

颛顼安详地坐在龙舆上，
八条神龙拉着他穿过天庭。
他突然听到大风在天空穿过的声音，
只觉得慷慨激昂，节奏鲜明。

他立即在宝座上创作了《神风》，
并让乐神夔演奏，让众神倾听，
夔神的双手刚触动琴弦，
风声、雨声便响彻云霄，震撼天庭。

此刻，只见天地边飞翔着一只雄鹰，
雄鹰的背上站着一位高大的英雄。
他的双眼如朝阳般炯炯，
身材挺拔劲健，如玉树临风。

英雄的齐肩短发随风飞动，
背上背着银箭金弓。
两把利剑在腰间佩带，
手持白金长枪，显出王者仪容。

颛顼定睛一看，似觉眼生，
心中接着浮现出射场上的小小英雄，
没想到时光荏苒，十年不见，
小小的射神已宛如一株风姿伟仪的梧桐。

颛顼欣喜大叫：“小小的射神，快来见我！”
也许小小射神没有听到，
驾雄鹰顿时消失得无影无踪，
颛顼闷闷不乐，只好继续他的西行。

满腹抑郁的颛顼决定到务隅山行宫游玩，
到达务隅山却突染疾病卧床不起。
临终，他将天帝之位传给雄才大略的喾，
满怀深情地看着众位大神阖目而逝。

哀痛的帝喾率领从傀山赶来的老童，
从人间赶来的满脸烟尘的灶神穷蝉，
以及从天地诸神址赶来的众神，
跪倒在地，披麻戴孝，哭声震天。

帝喾将颛顼葬于务隅山的南面，
将其生前的遗物葬于山的北面。
派人熊、花斑虎、离猪悉心看护，
将一切布置得秩序井然。

此刻，务隅山的地泉随风而涨，溢出地面，
一条条青蛇化为金鱼。
死去的颛顼趁蛇化鱼的机会，
托身鱼体化为“鱼妇”。

帝喾立即将复活的颛顼送回天庭，
送到娱晚宫和黄帝、炎帝居住。
朋友，你知道复活的颛顼是什么样子吗？
他上半身是人，下半身像鱼。

朋友你记得射场上的阿俊吗？
想当年，他的射技艺压群神。
但因年龄太小没有拉开彤弓，
射神称号封给了神勇的小小顽童。

十年的光阴匆匆而过，
阿俊已长为一棵精神飒爽的银杏。
一天，在帝颛顼和众神面前，
终于拉开了他心仪已久的彤弓。

这阿俊就是后来的帝喾，
他生得臂大腰长，双目炯炯。
他的射技与武艺无人能比，
他的品质如星星闪耀苍穹。

帝喾是黄帝的玄孙，
他的祖父是黄帝的孙子玄嚣。
他的父亲是大神峤极，
峤极机智聪慧，才华出众，神荣光耀。

帝喾的帝后是女神常羲，
她为帝喾生了九个小太阳。
九个小太阳的故事以后还要讲，
这个故事让常羲心酸神伤。

帝喾和地上的三位神女喜结连理，
他先和有邰氏的女儿姜嫄生下了后稷，
又与有戎氏的女儿简狄生下了契，
后和陈锋氏的女儿庆都生下了尧帝。

后稷、契和尧是三位有名的大神，
他们的故事已融进了华夏民族的生活。
在这里，我要多费一些笔墨，
将他们诞生的故事一一叙说。

帝喾经常微服巡视天地，
他驾云经过北方的瑶台。
他看到了美丽动人的建疵和简狄，
他突然对美丽文雅的简狄产生了爱。

帝喾化作了一只黑色的春燕，
盘旋舞蹈着飞到了两姐妹面前。
两个女孩看到小燕欢喜异常，
用玉筐轻轻罩住了灵巧的小燕。

性急的建疵打开玉筐想捉住小燕，
小燕灵巧地绕过他的玉手飞向天壑。
建疵难过地轻歌道：
“燕子飞走了，燕子飞走了。”

这咏唱代代相传，
据说是北方最早的歌谣。
此时从蓝天上落下一颗小燕蛋，
落到文静的简狄的嘴里不倚不偏。

简狄突然感到一股幸福暖流流遍全身，
她的玉目炀炀，全身酥软。
不久，便生下一个漂亮聪明的小男孩，
起名叫契，他就是殷商民族的祖先。

比起契的诞生，周民族的先祖后稷的诞生，
包含着人世间的苍凉心酸。
西北有邰氏一个漂亮的姑娘，
她有一个温馨的名字叫姜嫄。

有一天，姜嫄兴致勃勃地来到原野，
在原野的花丛中愉快的游玩。
她突然发现花丛中有一个巨大的足印，
活泼好奇的她轻轻地将纤脚放进里面。

她突然感到一股沉醉的热流涌进丹田，
姜嫄顿时腿脚不稳，头晕目眩。
原来，她踏上了帝喾巡视天下留下的足迹，
不久以后她的肚子渐渐隆起。

怀胎十月，姜嫄生下一个圆圆的肉球，
未婚得子，她无限忧愁。
便将肉球抛在一条窄窄的山径，
来往牛羊却小心翼翼的护佑。

她把他扔到结冰的河面，
一只大鸟便在肉球上面盘旋。
很快大鸟落在肉球上面，
用厚密的羽绒将肉球温暖。

姜嫄忍不住走上前去，
大鸟向她点了点头，振翅飞向蓝天。
大鸟飞走的瞬间，肉球怦然裂开，
随着宏亮的叫声，一个小男孩站在里面。

姜嫄将孩子抱在怀中，
激动地放生哭泣。
她悲喜交加，暗暗祈祷，
并给小男孩起名叫“后稷”

后稷长大后潜心研究种植，
并向人们传播他掌握的知识。
后人们对他的贡献万分感激，
每年春分都将他隆重祭祀。

帝尧诞生的美丽时日，
天地一日之内呈现十种吉祥景象：
天庭喂马的草变成了稻禾，
金凤凰在天庭上空飞翔。

宫苑的池塘里出现了神龙，
历草生在台阶的石缝里闪着祥光。
鸟雀们化成了白衣仙女，
树枝上长出莲花象火一样。

厨房里的踕蒲开满鲜花，
日月星辰当空照耀；
甘露降沐在肥沃的土地上，
刚诞生的大尧神采如朝阳朗照。

帝喾欣喜万分无比兴奋，
赶紧跑到庆都卧室将大尧照料。
没想到刚出生的大尧坐在金光闪闪的床榻上，
笑呵呵地等待父王的来到。

大尧的全身散发细腻的光泽，
红润脸蛋上的双眼如星星闪烁。
帝喾暗暗高兴，
为有这样的儿子而喜乐。

# 第六章　十日并出

帝喾等大尧年龄长大，
便考虑将帝位传给大尧。
大尧却非常谦逊，
愿来到人间与百姓同道。

帝喾见大尧不愿继承天帝之位，
便令大尧代替大力神黎接管大地。
大尧虽为帝喾之子，却简朴和善，
住在用粗木和茅草盖的屋里。

屋内器皿尽是些石碗陶钵，
大尧一年四季穿着粗麻和一件旧鹿皮披衣。
老人皓首采来仙松果给大尧益寿延年，
大尧因忙于天下大事，至今没有闲暇服食。

假如天下有一人受饥，
“是我没让他吃饱喝足吗？”尧不禁叹息。
假如天下有一人受冻打哆嗦，
“是我让他忍受风寒吗？”尧不禁自责，

假如天下有一人犯了罪，尧痛惜说：
“是我没让他走正道，
是我没有对他进行良好的劝导……“
尧就这样关爱百姓，洁身自好。

天地万物都非常佩服尧的贤德，
都聚在他的周围，天下一片盛世景象。
一日，天空中却突然多出九个太阳，
九个太阳放射出火辣辣的光芒。

霎时，大地一片热腾腾的气浪，
许多大江大河顿时停止了滚滚流淌。
大地上的禾苗、小树顿时被烤焦，
悲惨的人们躲避着火灾四处流浪。

朋友，你们要问，这十个太阳是从哪里来的？
说来话长，请听我慢慢细讲。
帝喾的美丽娇娘到了分娩的日子，
突然，羲和的寝宫笼罩一片祥光。

不一会儿，哇哇的啼哭声传出，
羲和生了九个儿子，个个散发灿烂光芒。
嗬！真让人赞美和羡慕啊！
羲和一下生了九个太阳。

帝喾让羲和领着九个儿子住到甘渊，
甘渊中生长着一棵又高又粗的扶桑，
树冠像一柄方圆几千里的大伞，
树干高大挺拔，凌霄九千丈。

平常，羲和让一个小太阳随太阳神出游，
另外八个小太阳住在扶桑树下休息。
他们的作息由羲和、太阳神，
以及光神共同控制管理。

在扶桑树的最顶端站着一只玉鸡，
每当黑夜消逝黎明即来便“喔喔”地鸣啼。
玉鸡的鸣叫惊醒了度朔山上的金鸡，
金鸡便昂首鸣叫，叫醒了名山上的石鸡。

石鸡一声，天下凡鸡也相继叫起，
澎湃的云涛随鸡啼升起。
一个小太阳随太阳神跳出甘渊，
兴奋地在辽阔的天空中奔驰。

小太阳和太阳神在天空中走的不紧不慢，
他们温馨的金光洒向大地。
山川、河流、炊烟显得明明晃晃，
地上快乐的行人面目也异常清晰。

小太阳看到风儿从他身边飘过，
白云在他眼前流走，星星转瞬即逝。
他看到大地，河渠纵横、高山耸立，
大声喊道：“真美啊，让人心旷神怡！”

在时间神的监管下，
小太阳每天跟太阳神在大空规矩的徜徉。
十个小太阳每天轮流值班，
天地变的更加温暖明亮。

太阳神领着小太阳在天上飞奔，
天空横飞着彩霞，迸射着金光。
小太阳渐渐地长大了，
他们可以独自纵横于天上。

可是，这样的好日子没有延续多长，
小太阳们都烦腻了这单调的工作。
他们有时在明晃晃的天空中，心生嫉妒：
为什么不能像人类一样自由自在的生活。

一天早晨，他们一齐飞跑出甘渊，
登上扶桑树，轰然冲出日月门。
在羲和急切的呼唤声中，
他们蹦跳着，快乐万分。

从此，他们尝到了自由无羁的乐趣，
他们为自己订下一个新制度，
每天他们都要一同出来游玩，
不再听太阳神和时间之神的管束。

九个太阳同时照耀大地，
天空和大地立刻无比干旱。
小太阳还以为他们在做好事，
地上的人神万物都怨恨他们到了极点。

# 第七章　一代大羿

烈烈的十日疯狂地照耀着大地，
地面上找不到一片阴影。
炎热把土地烤干，把草木庄稼烤焦，
大地上传来一片悲惨的哭泣声。

各地的大神向帝尧发出求救的急报，
帝尧为此事愁眉苦脸，忧心忡忡。
他决定求助于北大荒中神通广大的女丑，
以解救倍受荼毒的天下百姓。

丑神女自黄帝时就大名鼎鼎，
她下达地府，上通天庭，
与天地众神交往非常密切，
与旱神女魃有深厚的交情。

一旦任性的女魃到各地游逛造成大旱，
便由女丑将女魃劝回都昆山。
天下的百姓感恩戴德，
把女丑作为解除旱情的救星。

女丑欣然接受了帝尧的邀请，
穿上青色的锦袍，装成女魃的模样。
登上高山，想借女魃的威名，
去镇伏天上的九个太阳。

高山上的女丑蹦着跳着，
九个小太阳好奇地看着女丑的怪摸样，
女丑汗如雨下，
不一会儿便干瘪命丧。

九个小太阳没想到女丑的戏这样短暂，
不禁在天空中发出一阵狂妄的大笑，
只见天地间传来惊天动地的吼声——
“狂妄的家伙们，不要高兴得太早！”

天地间徒然掀起一阵雄风，
蔚蓝的天空中飞翔着一只神鹰。
神鹰的背上站着一位如高山般的大神，
大神射出的目光如朝阳炯炯。

那一声大叫就是这位大神发出的吼声。
只见他搭上银箭拉满金弓，
只听的“嗖、嗖、嗖——”的九声，
九只银箭闪着银光射向苍穹。

那九个太阳看见射来的九只神箭，
顿时丧失了狂妄的“尊容”。
只见天空中鸡飞狗跳混乱一片，
天上的九个小太阳慌忙逃命。

朋友们！还是让我们丢开这九个胆小鬼吧！
你难道不想看看这位大神的面容？
只见他脸如白玉，高鼻阔嘴，
苍劲的眉毛似两道彗星扫过苍穹。

身上披着金光灿烂的银甲，
宽厚的大脚驾驭着雄健的神鹰。
无论怎么看，他都像一位盖世英雄。
朋友，你难道不想知道他尊姓大名？

这位驾驭雄鹰的英雄是谁呢？
他就是那个小小顽童。
就是他拉开了惊天动地的彤弓，
就是他帮助颛顼战胜了共工。

现在，小小顽童已经长成了参天梧桐，
并且练就了一身盖世奇功。
他看到九小个太阳为非作歹，
决定将人间的苦难肃清。

亘古绝今一英雄，
展臂扶摇为鲲鹏。
胸怀大志骋四海，
一世英名凌长空。

身披银甲目炯炯，
神采魁梧如梧桐。
狮臂猿腰力如象，
洪武语音如雷声。

上射九日留丰功，
诛杀凿齿畴华中。
凶水之上杀九婴，
青丘之泽缴大风。

掩杀猰貐于江水，
寸断修蛇是洞庭。
桑林深处擒封豨，
恶兽烟消谈笑中。

品如坚石质如松，
玉洁嫦娥情独钟。
生当人杰万目睹，
死为鬼雄长英明。

他就是华夏伟大的战士——大羿，
战神夸父和美神女娃的儿子。
要想知道大羿的真正底细，
还要从华夏一统处细细说起：

夸父、应龙力擒蚩尤之后，
华夏大地洋溢着一片喜气。
黄帝、炎帝感觉年事已高，精力不支，
决定将神国让给夸父治理。

夸父听到将帝位让给他的消息，
心中泛起一阵不安的涟漪。
无穷的权利和富贵是他的桎梏
他的心中早有了一片和平的圣地。

他和女娃急匆匆地飞离了神国，
在沃野的红高粱之野安憩。
他们心中抛弃了优裕和繁华，
伟大的灵魂升华为一片净地。

女娃怀胎十月，一朝分娩，
竟生下了一个圆滚滚的大蛋；
突然从天空中落下了一只神鹰，
向女娃点了点头，用嘴含住了大蛋。

神鹰扑棱着巨大的双翅飞向了高山，
那座高山如利剑直刺苍天。
高山的顶端是神鹰的家，
从此，神鹰每天守护孵化着这颗大蛋。

神鹰温暖了大蛋三百六十五年，
突然，蛋壳迸裂金光四溅，
从蛋壳里跃出一个虎头虎脑的小顽童，
他的双眼如朝霞般光辉灿烂。

他扑向神鹰搂着神鹰的脖颈，
吻着神鹰的长嘴巴充满爱意。
突然，他一纵身跃下高山，
神鹰顿觉雄风骤起。

只见天空中的小男孩展开双臂，
那双臂突然间变为巨大的羽翼。
那双巨翼伸展开来纵横千里，
几乎能覆盖住整片大地。

小顽童的手臂刚一翕合，
立刻天翻地旋风声鹤唳。
神鹰一见大惊失色，赶紧将他驮在背上，
并给这名威力无比的小男孩起名叫“大羿”。

喂养大羿的奶娘是十位母狮，
孩子渐渐长成，身躯如千年梧桐，
他的心胸如宽广的海洋，
他的右手能举起十头犀牛。

大羿长大了，太阳神用美丽的光线，
给他编织了金光灿灿的金冠，
美丽的金冠散发出淡淡的光晕，
他的齐肩黑发如金风里的波浪飞扬翻卷。

雄壮健美的大羿剑眉虎眼，
脸颊两旁的黑发在宽广的肩膀上悬荡，
浑身洋溢着青春逼人的勃勃生机，
展开双臂在湛蓝的天空中飞翔。

从此，大羿双臂展开巨大的双翼，
贴伏着秀美的大地忽上忽下飞行。
他采摘着大地的精华和风采，
秀丽的山川滋润他壮阔的心胸。

朋友，让我们回过头来看看那九个小太阳，
九只银箭逼的他们惊慌奔逃，
可是九个小太阳慢慢地停止了奔跑。
怎么了，原来射向太阳的银箭竟被融化掉。

惊魂未定的小太阳们又爆发出一阵阵狂笑，
强烈的光线射向大羿像是对他的嘲笑，
霎时，大羿感到汗流如雨，天旋地转，
怎么，大羿摇摇晃晃，难道要摔倒？

# 第八章　大羿嫦娥

就在大羿即将摔倒的危急时刻，
天际边飘来一位少女，她的神采婀娜窈窕。
她的美丽黑发如飘渺的巨伞散开，
挡住炙热阳光对大羿的照耀。

她掩护大羿架神鹰返回地面，
天空中传来小太阳们的狂笑。
大羿压抑住心中的怒火，
在阴湿的山洞里找到了帝尧。

朋友，你知道那位美丽的少女是谁吗？
她就是月神——美丽的嫦娥。
嫦娥清澈的眼神泛着黑夜月华的灵光，
她住在月桂宫，肌肤清纯得如高山白雪。

美丽的月桂宫由几十里的白玉组成，
白玉全身散发着洁白细腻的光泽。
大厅天花板上镶嵌着成千上万颗拳头大的夜宝石，
像永恒的星星在灿烂的夜空闪烁。

月桂宫的外面长着一棵几千丈高的白玉树，
白洁的树干，洁白的树叶。
月桂宫的月光如怯尘风般吹出，
月桂的白玉叶发出琮琮玉音并散发光泽。

月桂树下生活着成千上万只白玉兔，
雪一样的皮毛，玉一般的心灵。
小白兔的眼睛黑光闪闪，
仿佛正将无数美丽的故事传送。

嫦娥的美丽映照着整个月宫，
细腻而又温柔的光泽充盈天空。
她的美丽如圣洁的乳汁撒落人间，
洁白胴体的芳香将大地充盈。

有谁曾见过这样洁白的苍穹？
有谁曾见过嫦娥的娇容？
只要我们满怀纯洁仰望天空，
嫦娥定会显露出她的温柔。

在一个中秋节的夜晚，
静谧的天空安宁清凉。
嫦娥身着一件飘渺的月衣，
坐在软软的云上轻声歌唱。

在如碧海般辽阔的苍穹，
嫦娥起伏的手臂摇动月光。
美妙的歌声四处飘荡，
月光海澎湃起激情和想象。

嫦娥从月桂宫舞向天庭，
洁白的飘带抖落许多星星。
那些美妙的星星摇曳在空中，
像大地上的萤火虫一样飘忽轻盈。

看此情景，有谁不为之激动，
帝喾早已闻到奇异女子的清香，
清香，它来在何方？
原来，它散自于温柔女神身上。

此时，帝喾化为一名英俊的天使，
静悄悄地来到嫦娥身旁。
他弹奏起大乐《悦风》，
向纯洁的嫦娥表白爱慕和敬仰。

帝喾不停的向嫦娥歌唱，
嫦娥温婉的拒绝了他的向往。
因为，嫦娥的心中早已有了情人，
英雄大羿就是她心中的白马王子。

大羿此刻正在静谧的夜空下飞翔，
他突然发现一位天使在向嫦娥表达敬仰。
大羿偷偷取来爱神听珧的爱之箭，
轻轻射到化为天使的帝喾的身上。

爱之箭又轻轻落到一只玉兔的身上，
帝喾竟眼前一亮：
“这只玉兔长得好美啊！
我要娶回去作我快乐的新娘。”

小玉兔惊慌失措在月宫中奔跑，
帝喾满心欢喜，追的疯狂。
月桂宫中传来大羿、嫦娥欢快的笑声，
如快乐的精灵将他们的爱情欢唱。

嫦娥欣赏大羿梧桐般魁梧的躯干和臂膀，
欣赏他平原一样宽阔的胸膛；
欣赏他的双腿健硕、结实、跑起来像风一样，
欣赏他雄鹰一般的迅猛力量。

嫦娥的红唇如枫叶燃烧起大羿的感觉，
她的眼睛如冰泉清澈大羿处子的心性。
她的纯洁美丽没有点燃大羿的欲望，
但她的温柔激起他内心澎湃的激情。

嫦娥似彩蝶在花丛中奔跑，
大羿如雄鹰在天空中展翅飞翔。
天空中传来金童玉女清纯的语音，
像一串美妙的音符在歌唱。

追赶白玉兔的帝喾突然听到歌唱，
高贵的灵魂让他恢复了以前的神性，
联想到他的所作所为，不禁羞愧难当，
他将一箭之仇记在了大羿和嫦娥身上。

且说大羿、嫦娥在山洞里拜见了帝尧，
帝尧对两位英雄表示了感谢。
他们在共同商量着对策，
苦思冥想怎样才能将小太阳射落。

这时，嫦娥站起身来，
清纯的眸子如星光闪烁。
“我想到了，大羿，只有帝喾的
彤弓素矰才能将小太阳射落！”

帝尧和大羿恍然大悟，
转而却紧锁住了眉头。
那彤弓素曾是帝喾的宝物，
何况又放置在天庭的顶楼。

且不说有天兵天将守护，
就算没有天兵天将的守护，
登上天庭的极顶，
也有天大的难处。

可是，聪慧的嫦娥确有坚定的信心，
她对帝尧和大羿进行了一番耳语。
帝尧和大羿脸上露出了欣喜的笑容，
他们期待嫦娥将伟业建树。

# 第九章　嫦娥取弓

美丽的黑夜，一对恋人挥手告别，
射神大羿和温柔女神嫦娥不禁泪雨成河，
他们知道此去凶多吉少，
但为民众舍生赴死才是最美的嫦娥。

热烈的人民充满着希翼，
帝尧弹奏笙簧为女神唱一首赞歌。
歌声中传达出对嫦娥的无比敬意，
万千鲜花从天空为女神降落。

在一个皎洁的美丽的夜晚，
嫦娥面带微笑升上了天空。
她用秀发挡住了月亮的光泽，
雪袂飘飘的飞向了天庭。

天空顿时变得安详寂静，
因为嫦娥用黑发挡住了夜空发光的面容。
大神千里眼什么也看不清打起了瞌睡，
嫦娥身态轻盈，大神顺风耳也听不到半点声响。

嫦娥一路驾怯尘风轻盈上升，
不一会儿来到了天庭的第一重。
她看到宫门前金光闪闪，
定睛一看，宫门前锁着一条螭龙。

螭龙叫道："尊敬的神女，
我被帝喾锁在这里看守宫廷，
您能否为我端一杯水喝，
到时，有什么吩咐我一定服从。"

嫦娥不顾自己的口渴，
立即拿出自己仅剩的一壶玉液，
温柔的将玉液倒入螭龙嘴里，
她眼前顿时一片神奇。

螭龙全身立刻金光闪闪，
龙爪轻轻一扯便挣断了锁链。
只见一道金光闪过，
嫦娥眼前出现了一位红脸青年。

红脸青年向嫦娥深深鞠了一躬：
“谢谢女神！我是天上的隐神达潜。
我因私闯天庭得罪了帝喾，
帝喾罚我在此将宫门看管。

谢谢你对我的帮助，
我无论干什么，大神们都看不见！
只要你需要我的帮助，你就喊‘达潜！达潜！’
我就会立刻隐身在你的身边。”

隐身说完，便立即消失得无影无踪。
嫦娥又一路驾怯尘风轻盈上升，
不一会儿来到了天庭的第二重，
她看到宫门前有一铁牢，里面关着一只白熊。

白熊叫道："尊敬的女神，
我被帝喾锁在这里看守宫廷，
您能否为我弄点吃的，
到时，有什么吩咐我一定听从。"

嫦娥顾不上自己的饥肠咕噜，
立即拿出自己仅剩的一块玉饼，
温柔地将玉饼放入白熊嘴里，
她眼前顿时一片光明。

白熊全身立刻金光闪闪，
熊掌轻轻一推便推开牢门。
只见一道亮光闪过，
嫦娥眼前出现一位白脸人。

白脸人向嫦娥深深鞠了一躬：
"谢谢女神！我是天上的大神吴前。
我因私闯天庭得罪了帝喾，
帝喾罚我在此将宫门看管。

谢谢你对我的帮助！
不知你来到宫廷有何贵干？
只要你需要我的帮助，
为你赴汤蹈火死也心甘。”

嫦娥说明了事情的来龙去脉，
大神吴前被她的精神感动得泪水盈盈。
他说第三重门驻守着许多天兵，
他要帮助嫦娥将他们战胜。

她们驾怯尘风向上飞升，
很快便来到了第三重天宫。
众天兵团团围将过来，
像蜂巢上面聚满了群蜂。

天神吴前将身子一转，
把一棵水桶粗的玉树连根拔出，
并发出了一声惊天动地的巨吼：
“要不要你们的狗命？”

说罢，两手攥着玉树像拿扫把一样，
横扫过去，风起石落地动山摇，
天兵个个魂飞魄散屁滚尿流，
没命地疯狂窜逃。

她们继续驾怯尘风轻盈上升，
不一会儿来到了天庭的第四重。
嫦娥看到神宫门前金光闪闪，巍峨高耸，
宫门前锁着一只白马，毛色洁白晶莹。

白马叫道：“尊敬的神女，
我被帝喾锁在这里看守宫廷，
您能否为我采一棵神草吃，
到时，有什么吩咐我一定听从。”

嫦娥顾不上自己劳累，
立即采来神草，
温柔地将神草送到白马嘴里，
她眼前顿时被幸运之光照耀。

白马立刻焕发容颜，
马脖轻轻一伸便挣断了锁链。
白马向嫦娥深深鞠了一躬，
昂脖“咴咴”叫了数声：

“谢谢女神！我是天上的跳跃之神，
我因私闯天庭得罪了帝喾，
帝喾罚我在此将天宫门看管。
以后有何困难尽管吩咐！”

嫦娥立即说明了来意，
白马立刻驮上嫦娥和吴前。
载他们向后奔跑，整整跑了两天，
然后转过身来，全力奔向宫殿。

在接近宫门的一刹那，
他倾尽神力跃然纵身。
嗬，奇迹顿时出现了，
她们竟一下跃到第十重宫门。

此刻，第十重宫门訇然打开，金光普照，
金灿灿的彤弓素矰展现在面前。
嫦娥用尽全身力气拿走了彤弓素矰，
振臂滑翔，愉快的飞离了天庭。

# 第十章　大羿射日

嫦娥将偷来的彤弓素曾交给大羿，
帝尧、大羿为嫦娥的勇敢倍受感动。
第二天，九个小太阳更加放肆，
他们肆无忌惮地倾泻着烈火，气势汹汹。

大地在撕裂在呻吟，
森林大火又熊熊燃起。
九个小太阳哪里知道，
今天就是他们的末日。

大羿手拿彤弓素曾驾神鹰飞出山洞，
对着九个小太阳高喊：
“可恶的小太阳们，你们看着，
这就是制服你们的彤弓素曾。

你们最好老老实实地回归甘渊，
恪尽职守，各司其职。
如果你们不听我的劝导，
今天就让你们死无葬身之地！”

天空中传来阵阵放肆的狂笑，
小太阳们对大羿不肖一顾。
大羿压抑着心中无比的怒气，
突然他大吼一声，圆睁双目。

只见从平地上涌起一股雄风，
飞沙走石，天翻地覆，风声鹤唳。
转眼间天地倾翻——
地成了天，天成了地！

只见大羿“唰、唰、唰、——”地抽出九只箭，
搭在那拉开的红色弓弦上，
他傲然地屹立在雄鹰上，眯起一只眼，
瞄准了火红火红的太阳。

大吼一声 :“看你们还往哪里逃! ”
就只素曾拖着九条银光闪闪的亮光,
齐刷刷地射中了小太阳的心脏。
撕心裂肺的哭喊声如天崩地裂一样。

只见湛蓝的天上一个个大火球缓缓下坠,
原来是一个个被射中的太阳,
天空中传来“噗、噗、噗——”的响声,
金色的血水倾向大地一片汪洋。

天空中的九个火球破裂,
天空中燃烧着漫天的火焰。
一个个火球疾风般坠落大地,
将大地砸得不住的震颤。

大地上出现了九个巨坑,
巨坑里有大鸟的焦骸。
原来小太阳是三脚乌的化身,
数不清的金色羽毛在空中四处散开。

火星同着羽毛，火花飞迸四溅，
如铺天盖地的蝗灾向四极蔓延。
带火羽毛飞向天庭，
天庭中大火烧成一团。

帝喾被大火惊得跌落宝座，
众神好不容易将大火扑灭。
帝喾这才知道自己的儿子已被射死，
心中顿时充满了复仇的怒火。

他让后土点起一万神兵神将，
立即前去捉拿大羿嫦娥。
后土率神军刚来到地面，
便听欢呼声响彻原野。

只见人们将大羿嫦娥托在头顶，
大羿和嫦娥的头上戴着桂树花环。
大地上一片喜庆的海洋，
后土被这激奋的场面感染。

后土向帝尧和人民说明了来意，
激奋的人民竟振臂高喊：
“誓死保卫大羿和嫦娥！
誓死保卫我们的家园！”

人民的呼喊声传入天庭，
帝喾听到后也有些战栗。
他按捺住心中的怒气，自语道：
“收拾大羿需从长计议！”

# 第十一章　大羿除害

射落九日，大地上不再干裂和灼热，
人民和万物又在大地上平静的生活。
天下百姓家家焚香为大羿和嫦娥祝福，
他们感谢大羿和嫦娥的巨大功德。

九个太阳的危害总算除去，
可地上又滋生了种种毒虫恶兽。
帝尧又向大羿请求，
希望他消除大地上的恶瘤。

大羿接受了帝尧的安排，
告别了帝尧和美丽的嫦娥。
他背着散发红光的彤弓素曾，
决意将作恶四方的凶禽猛兽剿灭。

大羿高大挺拔的身躯站在泰山上，
宛如一株高耸入云的擎天建木。
他坚毅的眼睛射出两道霞光，
像两把宝剑出鞘一样冷酷。

他俯视苍苍茫茫的北方，
他看到北方灾难无数。
他看到南方的恶兽隐匿森林，
他决心将人民从水深火热中救出。

大羿歌道：“尊敬的人民，我是你们的奴仆，
今生注定我要为你们忙碌。
我要用彤弓素曾与敌人开战，
请以你们的魄力与胆量为我祝福。

我呼唤暴雨，我呼唤狂风，
我需要烈日，我需要寒冷。
我需要一切的阴险、艰难、困苦，
他们能唤醒我战胜困难的内在心灵。”

帝尧召集群神与万民，
跪倒在地共同祈祷。
愿上天的力量保佑大羿，
将凯旋的消息早日捎到。

大羿风尘仆仆地踏上了征途，
一只雄狮挡住了他的去路。
那雄狮威猛的坐在狭路的中间，
像一块巨石将大羿挡住。

大羿巨雷般大喊一声，
这着实让雄狮魂飞魄散，
大羿趁机挥拳直击狮面，
雄狮竟将钢拳敏捷的躲闪。

大羿抛出套索将雄狮套牢，
翻身一跃跳上它的脊背。
雄狮好像没驮人一样，
越过峻岭，越过林梢，健步如飞。

奔进黄昏，奔到黎明，
大羿终将雄狮治得低眉顺眼。
他的心中无比灿烂，
威猛的雄狮才配与他征战。

大羿骑雄狮来到江水，要先将猰貐剿灭，
这猰貐牛形红身人脸马脚坏事做绝。
想当年，他被两位天神所杀，
黄帝怜其不幸，命巫师在昆仑山将他救活。

没想到复活后的猰貐迷失本性，
跳入溺水，化为吃人怪物。
他趁天下九日大乱之际，
纠集了中原封豨和南方修蛇到处扬威耀武。

大羿和猰貐在江边上相遇，
猰貐看到丰润雄壮的大羿便自言自语：
“这些年净吃些瘦人，该换换口味了。”
他兴奋地咆哮着，向大羿扑去。

大羿看着不知死活的食人怪兽，
不禁怒火中烧，他弯弓搭箭，微微一笑，
只听猰貐一声惨叫，一股黑血冲天而起，
猰貐手捂被洞穿的胸口，轰然跌倒。

杀了猰貐，大羿又马不停蹄赶到畴华之野，
但见人身兽首的凿齿一手持盾，一手执戈，
他早在原野上将大羿等候，
一股冲天杀气弥漫在原野。

从凿齿的臭嘴里喷出火焰，
火借风威，大地尽成一片焦土。
原野上的野兽慌忙逃窜，
大地天空弥漫着恶臭的毒雾。

大羿的巨体陷入火湖，
他俊美的身体猛地跃出洪涛烈焰。
剑眉下大眼发出炯炯光芒，
想要把凿齿的兽体射穿。

凿齿杀气腾腾地向大羿冲来，
大羿拉满彤弓，毫无胆怯，
突然传来铮铮素曾破空的长啸，
接着就是几声惨叫，寂静又归畴华之野。

大羿又风尘仆仆地来到北方的凶水，
滔滔的凶水边，白骨堆满了河岸。
吃人的九头怪九婴“嘶嘶”地叫着，
向立在河边高崖上的大羿吐着火焰。

大羿的长枪刺向九婴的头，
九婴被刺得顿时鲜血直流，
在大羿的神勇面前失去了勇气，
因剧痛惊慌失措地钻进了水沟。

大羿张弓引矢追逐着九婴的踪迹，
经过一天的较量，
九婴终被洞穿胸膛，
于是凶水两岸阳光和畅。

吃人无数的大风闻知大羿来到青丘泽，
它惊恐万状，煽动着巨翅欲乘风而逃，
在狂风呼啸中它腾云驾雾升上天空，
用它的双翅搅起了漫天风暴。

大羿如一座高山立在狂风中，
素曾射向遮天蔽日的大风心脏，
只听两声惨叫，大风如幕訇然而落，
青丘泽恢复了以前的鼎盛模样。

大羿又匆匆赶到了修蛇横行的洞庭湖畔，
修蛇身长百丈，黑身青首正在湖中作浪兴风。
大羿驾小艇寻找修蛇在烟波中穿行，
突然间修蛇吐着火焰疯狂舞动。

熏人的暴风和翻天的浊浪冲向小艇，
大羿如朝阳的双眼炯炯，神态从容。
大羿挥舞着长剑，只见血雨弥天白浪排空，
修蛇的长躯一段段被削断，洞庭湖回归风平浪静。

大羿又风尘仆仆地返回中原的桑山之林，
去擒拿那头为非作歹的封豨。
在桑林里，大羿找到了封豨，
没想到封豨正在睡梦里。

大羿见封豨在草地上进入了梦乡，
竟为这样的对手而心中悲伤。
等封豨睁开惺忪的睡眼，
大羿便发出惊天动地的声响。

封豨倏然圆睁两盏阴森绿光的小灯笼，
他闻到大羿身上散发的人气。
看到雄劲健美的英雄，
他竟口流诞水想一口将大羿吞进腹里。

他兴冲冲朝大羿站立的地方跑去，
大羿心中不禁一阵窃喜。
他把素曾搭上张开的神弓，
只听得封豨一阵惨叫，桑林归于静寂。

众恶神见大羿消灭了九个太阳，
又擒杀了猰貐、九婴、凿齿、大风和封豨。
他们心惊胆颤，决定勾结起来，
共同对付雄健神勇的大羿。

恶神和恶兽化为天使等在大羿的必经之路上，
他们摆了一桌山珍海味应有尽有的酒席，
他们在白玉杯中倒满鸩酒，
等大羿喝干后他们便一拥而上将大羿杀死。

席间，大羿将高贵的品德称颂，
恶神恶兽一下露出他们的恶容。
恶神恶兽哪能与善相容，
顿时在大羿面前露出了凶恶的本性。

大羿手持明晃晃的白金长枪，
将恶神头目一枪刺于桌底。
他探出猿臂将恶神和恶兽一个个抓起，
像扔野兔一样统统扔进河里。

大羿的长枪闪着寒光，
大地被恶神恶兽的血染得如红玉一样。
大羿像刚从红染缸里出来，
微弱的月光照的他全身散发凛凛寒光。

殊死的搏斗中大羿终于取得了胜利，
靠的是他无比的智慧和勇气。
但在赞美和祝贺声中他表现极为平静，
伤口鲜血淋漓依然傲然屹立，神采奕奕。

大羿胜利完成了帝尧交给的任务，
帝尧率众神与百姓欢迎大羿凯旋归来。
大羿受到地上万物赞颂，
百姓们洒扫道路，焚香跪拜。

大羿从天空驾雄狮降临大地，
万民拥向他欢天喜地。
尧兴高采烈，骑骏马向他奔驰，
他说：“伟大的神啊，伟大的大羿！”

大羿和嫦娥回天庭向帝喾复命，
大羿本以为能得到帝喾的盛情款待。
不料帝喾犹记恨大羿和嫦娥，
一纸诏令让大羿嫦娥目瞪口呆：

“大羿、嫦娥，
私盗彤弓素矰，
射杀大神，
其罪当斩。

念平夷四方，
处罚从轻。
削夺神籍，
永不得返回天庭！”

# 第十二章　大羿雒嫔

大羿被剥夺神籍变得意志消沉，
他不知该怎样消除心中的怨气。
他与美酒结下了不解之缘，
时常醉倒在碧绿的草地。

我将如何描绘失去神籍的大羿，
他虽然有点疲惫但依旧如银杏神采奕奕。
脸色红润如早晨初升的朝霞，
如朝阳般的眼神坚定刚毅。

一天，大羿手拿白玉酒瓶在洛水边游玩，
他听到河湾林地上传来阵阵清脆女孩的笑声。
没想到英雄的他竟和绝代的雒嫔相遇，
演出了一幕动人的爱情悲喜剧。

雒嫔是伏羲的美丽小女，
被炎帝封于静谧的洛水，
后嫁给了黄河河神凭夷，
大羿看到雒嫔，为她的美丽惊奇。

雒嫔乌黑的秀发如轻盈的黑纱，
流过她的酥胸漫过她丰润结实的小腹。
秀发在玉肤的照耀下闪出细腻的光泽，
长长的发丝如春神手里的嫩芽柳枝。

男人粗壮的脚步声惊动了沉思的雒嫔，
她看到心仰已久的大羿正注视着自己。
雒嫔一看到大羿健劲挺拔的风姿，
不禁叹道：何方造出这等美男子！

美丽的雒嫔爱上了大羿，
她心潮澎湃把大羿当成了梦中情人。
她偷偷地看了看雄健的大羿，
大羿的眼中透出火一般的情意。

雒嫔用羞涩的玫瑰给大羿写了封信：
“你是我的阳光，我的生命，我的激情，
我干涸的心灵希望得到你的滋润，
希望你今天能步入我鲜花般的睡梦！

在您的身边，我的心灵如香木在燃烧，
你的风姿如风中的白杨将我迷倒。
在你的面前，我愿把我的花容玉貌，
象一阵风儿投入你宽广的怀抱！”

一男一女，风度俱佳，如青松与玫瑰，
他们身上散发着珍珠般的灿烂光辉。
于是，他们摆好白玉席，放好白玉杯，
浓醇的美酒洋溢着迷人邂逅的欢喜。

啊！温柔的好酒，妩媚的好酒，
馥郁如雒嫔的体香喷薄流溢。
大羿、雒嫔碰杯时酒花四溅，
美丽的酒神啊！让大羿对雒嫔顿生爱意！

雒嫔给大羿披上金色阳光织就的长袍，
大羿全身散发着太阳般的神气。
雒嫔戴上星星做成的宝石项链，
在她的洁白脖颈上，宝石散发惊喜。

雒嫔将大羿缓缓地领到花瓣床榻，
床榻镶嵌的珊瑚、翡翠闪闪发光。
雒嫔的寝室散发着温馨馥郁的气息，
他们四臂如金丝环绕，亲吻如细雨落地。

怎么？大羿却悄悄将雒嫔推开，
高贵的心灵让他将嫦娥想起。
是啊！请我们记住一句真理：
对爱情坚贞是最勇敢的斗士！

大羿坚定地披挂上银盔银甲，
雒嫔的泪珠如宝玉晶莹坠地。
妩媚的双眼望向大羿，
她要将大羿永远刻在心海里。

在外寻欢作乐的凭夷，
感知此事暴跳如雷，大发醋意，
他化为一条白龙，掀起弥天巨浪，
要把自己的面子留住，他必须要惩罚大羿，。

欲与大羿角逐，可他哪有这样的本事？
更何况大羿的美德盖过所有的豪气。
茫茫天宇，大羿使所有的星星黯然，
他身上散发着朝阳般的气息。

大羿看到一条白龙泛洪河洛，
将无数勤劳善良的人民淹毙
他步出花房怒发冲冠，
张弓引矢，气贯双臂——

只听到“嗖”的一声，
一箭正中白龙的右眼，
疼得白龙潜入河底，溜之大吉，
洛水恢复了平静的往日……

大羿一阵轻松，
狂喝一口烈酒后又一阵大笑：
“我大羿英雄盖世，居功卓然，
你们这些小鬼，竟敢和我嬉戏。”

在家里静候大羿的嫦娥脸色突然黯淡，
她看到大羿在山谷里的身影时隐时现。
她匆匆骑驺吾奔向山谷，
一幅画面让她惊呆、让她心酸。

大羿躺在草地上竟象一个死人，
全身沾满鲜血，鼻孔里酒气熏天。
身边的一头狗熊早已断气，
死去的一只老虎身上插着他的佩剑。

嫦娥的双眸里涌淌着冰凉的泪水，
爱在心中燃烧，如胸中点燃火焰。
她将大羿雄狮般的头颅放在腿上，
用她的纤纤玉手拭亮大羿迷蒙的双眼。

嫦娥歌道：“我心中的太阳——伟大的羿，
你的名字散发着光辉和勇气。
你是我的沃野，你是我的大地，
你能给我带来生命和爱情的生机。

请不要泯灭对生活的斗志，
颓废的人生就是将心灵置于死地。
请睁开你朝阳般的双眼看着我，
难道你忍心将我和你的青春抛弃！

男子汉应不惧怕任何困难，
有美德的男子，他的勇毅永不会被榨干。
大丈夫心地应坦坦荡荡，
为民众应把自己的身心奉献！

请去寻找那英勇无畏的驳马，
请拿起那把久违了的宝剑。
无论在美丽的天庭还是温暖的人间，
我坚信你的生命永远灿烂。”

嫦娥用理智和勇气激励着大羿，
大羿渐渐展开了他忧愁的笑脸。
他的脸色顿时恢复了以前的神采，
他的意志和勇气如火炬被嫦娥点燃。

# 第十三章　大羿求药

大羿嫦娥被剥夺神籍永不得返回天庭，
在人间却受到帝尧及人民的热烈欢迎，
大羿嫦娥头戴花冠、披绿带红，
虽然遭贬谪却是荣归故里的英雄。

大羿嫦娥回归民间，
是天下人民的一大荣幸。
人们看到大羿和嫦娥，
漆黑的夜晚也变成万里晴空。

他们为大羿盖好了华丽的宫殿，
大羿却坚决住进了碧绿的茅屋。
他们为嫦娥配置了五名仆奴，
嫦娥却愿和大家一同纺纱织布。

大羿又教青年男子射箭的技艺，
从此神箭手在华夏大地上遍布。
嫦娥教少女纺织丝纱，
纺出的丝纱如白云在风中飞舞。

大羿嫦娥为人民建立丰功伟绩，
理应得到人民的祝福。
天下人民希望大羿嫦娥喜结伉俪，
把美妙的天伦之乐欢度。

让我们一同参加大羿和嫦娥的婚礼吧！
他们的婚礼既简单又朴素，
他们的婚礼既高尚又典雅，
他们的婚礼让人们永远怀顾。

人们为嫦娥做了一件华贵婚装，
从天上摘下星星嵌在礼服上闪闪发光。
用白宝石、红玛瑙、黑珍珠结成桂冠，
晶莹剔透的钻石如早露散发光芒。

嫦娥以其美德谢绝了人们的好意，
她穿上用栀子花瓣缝制的结婚礼服。
披上了枫叶连缀的红色婚纱，
脸上洋溢着春天般的温暖和幸福。

就是现在、就是今天，
我们伟大的射神和温柔女神喜结连理。
婚礼上众神满座喜气洋洋，
他们举行了华夏传统的婚礼。

在广袤无垠、碧树参天的红高粱沃野上，
凤凰在飞翔、鸾鸟在歌唱。
嫦娥着一袭洁白栀子花缀结的礼服，
大羿着一身鲜艳的朝霞织就的婚装。

他俩坐一辆美丽的婚车，
车轮由青藤缠绕。
车身由潇湘绿叶编缀，
四十匹聪明的小鹿前来效劳。

普天之下放起吉祥太平的鞭炮，
成千上万的人齐声欢唱：
百年好合，祝福新郎新娘，
好合百年，恭喜新娘新郎。

婚车缓缓行驶如流水中的花瓣，
路上撒满厚厚的红色玫瑰和白色的康乃馨。
红红的玫瑰代表炽热和真正的爱情，
白色的康乃馨祝福新郎新娘健康吉祥。

婚礼上，大家齐声歌唱，
祝新郎新娘新婚永远和谐。
大羿嫦娥相互交换了白玉戒指，
象征他们共同分享幸福安康。

那天帝尧做了婚礼上的司仪。
他拖着和谐而又宽厚的长腔，
“新郎新娘一拜天地，
祝天地和风细雨，春风和畅万寿无疆。

新郎新娘二拜人民，

祝人民生生不息，子孙满堂。

新郎新娘对拜，

祝早得贵子，恩爱百年，地老天荒。”

大羿嫦娥的婚房建在阳光照耀的山坡上，

附近森林里的柑桔、琅干流出玉液琼浆。

草地上的牧神领着羊儿、牛儿砸吧砸吧啃着青草，

在这里射神和温柔女神万古流芳。

嫦娥用灵活的双手打造着她们的卧房，

建木、扶桑、梧桐的手臂相互交错织成屋顶。

灌木围成的墙壁上挂满了绢花飘幡，

地板则由牡丹、杜鹃、紫荆花拼装。

大羿、嫦娥紧紧的相互拥抱，

甜蜜地躺在栀子花铺就的婚床上，进入梦乡。

此刻，卧室里弥漫着淡淡的花瓣幽香，

神鸟夜莺如摇篮曲般唱爱情理想。

结婚后的嫦娥在爱的滋润下更加美丽异常，
她轻盈的体态像惊飞的鸿雁，又像乘云飘游的蛟龙。
远望嫦娥像白莲在碧绿的水波上绽放，
又像盛夏初升的朝阳。

纤柔的腰肢像迎风轻舞的光滑的绢带，
白腻的肌肤更显玉颈秀长。
嫦娥在闲暇时喜欢寄情山水，
走到哪里都会给人民带来幸福和欢唱。

嫦娥在清溪边照了一下自己的容颜，
突然发现眼角的鱼尾纹增添了时光。
她恍然大悟，她成了平凡的人，
这真是岁月的荣光！

她把忧思告诉了神勇的大羿，
大羿也感到自己正日月沧桑。
他早听说西北玉山上有不死神果，
决定到大神西王母那里求取长生秘方。

嫦娥说："充实的生活能给心灵带来欢乐，
愿你不畏艰险平安归乡。
我们的爱情永远属于勇敢和未来，
我们的爱情因付出将更加绚丽芬芳。"

大羿开始祈祷：无比的勇气是我的上苍，
我将带回不死果使你万古留芳。
愿我们的心坚毅刚强，
为了心里那份永远的梦想。

大羿辞别了美丽的嫦娥，
饥餐渴饮大踏步地向玉山奔跑。
他爬过了一座又一座高山，
趟过了一条又一条巨蟒。

大羿来到了千里炎山，
隔着老远，就看到茫茫烈焰，
稍稍走近，火焰炙人肌肤，
大羿没有惊慌，哪怕步履艰难。

大羿冲进炎山，白金盔甲被烤得闪闪发亮，
肉被烤的冒烟滋滋作响。
大羿仍旧高昂起高贵的头颅，
身体不倒下，他的心决不颓丧。

大羿坚如磐石的双脚向山顶攀援，
为永恒的爱情他把战歌高唱。
战歌嘹亮激越，穿过森林莽莽，
在炎山上空翻滚激荡。

无比的斗志是胜利的基石，
大羿拼命地冲过了炎山岗。
他历尽千辛万险，百般磨难，
终于看到了心仪已久的白玉山。

玉山的顶峰山雾缭绕，白雪忙忙，
像一顶白金桂冠散发圣洁的理想。
半山腰长满碧绿的琅干、玉树，
将大神西王母的神宫颂扬。

玉山脚下铺满白玉、玛瑙，
万丈弱水将玉山环绕。
弱水声如奔雷巨浪滔滔，
大羿看到弱水漩涡相连，不浮鹅毛。

大羿把古藤缠在箭头上射到对岸的岩石，
把另一端拴在古树上搭成一条桥梁。
大羿攀桥而过，
终于来到玉山顶上。

大羿在玉山上拜见了大神西王母，
西王母对大羿的神勇万分敬仰。
她知道大羿为民除过大害，
她决意将神勇的大羿相帮。

她在玉山上款待了大羿三天，
并赐给了大羿仅剩下的二粒不死药果浆，
告诉他吃上一粒便可长生不老，
吃上两粒便可神运永长。

西王母劝大羿吞食不死果，
以便让他永远留在玉山上。
大羿说明来意，婉言谢绝，
因为他思念嫦娥和人间天堂。

西王母万分佩服大羿的忠诚，
令大神将大羿送过弱水，
她又令陆吾将大羿送过炎山，
让大羿早日返归家园故乡。

大羿夜以继日回归家乡，
在路上历尽千辛万险。
大羿在路上历经一年奔忙，
终于回到翘首以待的故乡家园。

# 第十四章　嫦娥斗喾

英雄的大羿回到了美丽的家乡，
看到了一片凄凉的景象；
美丽的家园已经荒凉，
凄凄茅草覆盖了他和嫦娥合欢的新房。

大羿突然听到："那美丽的嫦娥呦，
她已被帝喾抢走；
纯洁的美丽和宝贵的生命呦，
唯有神勇的大羿将她解放！"
大羿眼前顿时一蒙，

大叫一声嫦娥，便昏迷不醒。
朋友，请我们暂时离开伤心欲绝的大羿，
让我们来看看绝美嫦娥的处境。

话说帝喾派迷梦之神将嫦娥掳于天宫，
嫦娥被掳之后一直昏迷不醒。
脸上红晕，身上散发清香，
正作着与大羿相亲相爱的梦。

相亲相爱的梦！多么美丽啊！
她梦见和大羿时而翱翔于天空。
时而漫步在鲜花烂漫的悬圃，
时而快乐地相拥滚入花丛。

呵！花丛，花丛！芳香的花丛！
呵！花丛，花丛！美丽的花丛！
嫦娥正躺在大羿宽阔的胸膛上，
享受着爱的滋润，享受着美妙的憧憬。

突然，乌云布满了天空，
花丛里窜出一只呲着獠牙的狗熊，
狗熊的獠牙恶狠狠地刺进大羿的胸膛，
大羿惨叫一声，嫦娥被惊醒——

怎么？嫦娥被恶梦惊醒！
怎么？嫦娥听到了歌声：
“美丽的嫦娥，我多么的爱你，
我抚爱你，你让我心疼！

我要让你睡在星星铺就的床上，
让你在上面做甜美的梦！
让夔神每天为你弹奏大乐，
让你每天听到不同的歌声。”

嫦娥定睛一看，原来是俊逸的帝喾，
她心中从朦胧顿时转为清醒。
她唱道：我的意志如石头一样坚硬，
为爱，任何享受改变不了我的初衷！”

帝喾歌道：“美丽的嫦娥啊！
我把你作为我心中的恒星。
从我看到你的第一眼起，
你的形象在我心中已长成鲜活的生命！”

嫦娥唱道："我的意志如玉一样纯净，
因为，我的爱情中已有了鲜活的生命。
他在我心中如天上闪耀的彩虹，
为他，我要珍爱自己的一生！"

帝喾又立即幻化成一位美男，
但此举也没骗过嫦娥的慧眼。
她说道："你虽为天下第一美男，
但你的行为却让天下人汗颜！

大羿是天下的英雄好汉，
虽然你的英俊胜过他，
但大羿顶天立地的气概，
胜过任何外表的英俊和优雅。"

帝喾顿时气得怒火中烧，
让神兵将嫦娥囚于掩月宫。
他决定先饿上嫦娥三十天，
他已对嫦娥失去耐性。

三十天过去了，嫦娥更加安详从容，
因为，天降琼浆玉液维持着她的生命。
帝喾又放出了千万条毒蛇，
想威吓嫦娥俯首听命。

嫦娥歌道：“饥饿不能泯灭我的意志，
毒蛇不能改变我的衷情，
我的意志如我的玉心一样晶莹，
为爱，任何恐吓危险我都赴之从容。”

帝喾气得丧失理智，
他令天兵在嫦娥头顶上栓上一块巨石。
帝喾说：“巨石上拴着一百根绳子，
每一秒钟我弄断一根绳子，

如果一百秒后，你还不屈服，
石头就会压碎你的头颅。”
帝喾说完，就将绳子一根根弄断，
九十九秒过去了，只一根绳子将大石栓住。

帝喾叫道："我最后一次问你，
屈服不屈服！"嫦娥道："不屈服！"
帝喾疯狂地挥舞着宝剑，
将石头上的最后一根绳子砍断。

巨石像风一样砸向了嫦娥的头颅，
怎么？温柔女神就要消香殒玉。
可是，石头竟突然有了灵性，
他九十度转弯要砸向帝喾。

帝喾顿时惊慌失措，顾不上帝王的尊严，
丢下嫦娥慌忙逃走！
哈！哈！大神及天兵们都笑了，
堂堂帝王在小女子面前丢了大丑。

各位朋友，你会问这是怎么回事呢？
原来，当巨石砸向嫦娥的头时，
嫦娥心里默念道："隐神！隐神！"
隐神推动石头帮嫦娥出了这口气。

美丽嫦娥的心地如玉般坚贞，
她对大羿的爱坚定不移。
现在，请我们暂时离开勇斗帝喾的嫦娥，
再回过头来看看思念嫦娥的大羿。

# 第十五章　羿战帝喾

且说大羿听说嫦娥被抢走，顿时晕倒在树下，
昏迷中，他看到父亲夸父向他走来。
对他说：孩子，请不要悲伤，
现在，你最重要的是学会忍耐！

你需在扶桑树下静养九十九天，
便会恢复你的神力和风采；
然后，你到中曲山找我的无畏神兽驳马，
他会和你一同抗御帝喾的迫害。

大羿从梦中惊醒，
他决定按夸父的话去做。
第二天，他来到紫色的扶桑树下，
盘腿静坐耐心等待着。

九十九天匆匆而过，
扶桑树下的大羿忍受了百般寂寞。
突然，大羿额前的天目阖然睁开，
他看到自己的脑海有一条金龙光彩。

灼灼金龙在大羿的脑颅内龙腾虎跃，
一会儿，又在他的脊柱内来回游动；
顷刻间，大羿的七十二条经脉全被打通，
剥夺神籍的大羿恢复了以前的神彩。

大羿又风尘仆仆的奔向中曲山
他走过了九十九座高山，
泗过了九十九条激流，
打死了八只豹子吃了八颗豹子胆。

他终于来到祥气笼罩的中曲山脉，
无畏神驳马闻讯来到他面前。
“咚咚”的叫着，透着欢快，
亲热的如几十年的老朋友互相参拜。

大羿迅捷地跨上驳马，
驳马奔向天庭像一只利箭。
全身洁白的皮毛散发光辉，
黑色尾巴如流星在天空展现。

众大神见有人闯入天庭，
骑虎豹熊罴将大羿阻拦。
但见驳马昂头“咚、咚”大叫，
虎豹熊罴在大羿面前跪倒一片。

帝喾也差一点跌落宝座，
看到此景竟有点胆战心寒。
但转而想到大羿已成凡人，
制服他应该不难。

帝喾冷笑道：“大羿私闯宫廷，你可知罪？”
大羿厉声道：“你囚禁嫦娥，罪恶滔天！”
帝喾道：“嫦娥私闯天庭，
盗取彤弓素矰，本应处斩。

念她思想单一，受人蒙骗，
朕已将他的处罚减免。
现将其囚于掩月宫，
让牢狱之神严加看管。

听说，你在人间除却大害，
想必你的神功肯定不凡。
我们到射场操练一下，
你若赢我，定让嫦娥返回人间。”

帝喾和大羿决定进行一场比武，
他们来到昔日的射场。
众大神前呼后拥，
五彩的旗帜在射场飞舞。

射场的中央有一玉磨，
光泽鲜艳，重达几千吨。
但见帝喾轻轻的将其抱起，
将玉磨扔到半空几千米。

只见大羿微微一笑，
趁玉磨落地时轻轻将玉磨接住。
又趁势大吼一声，将玉磨扔到空中，
玉磨顿时消失得无迹无踪。

帝喾与众大神面面相觑，
生怕玉磨掉下来砸着自己的头颅。
帝喾与众大神在犹豫间，
大羿将飞落下来的玉磨轻轻接住。

帝喾又与大羿进行赛跑，
看从射场到宫廷谁先跑到，
等帝喾来到宫廷气喘吁吁，
大羿已在天庭中央睡起了大觉。

帝喾怒火中烧，但又自愧弗如，
只好答应大羿去将嫦娥救助。
大羿威风凛凛的跨上驳马，
像一阵怯尘风飞驰而去。

帝喾气急败坏，叫嚷道：
“来呀，把大羿给我压在大山石底！”
几位大神立刻遵照帝喾的旨意，
抬起一座大山向大羿头顶盖去。

大羿将头一偏，把大山扛在右肩继续奔驰，
帝喾一见大发雷霆，喝令将第二座大山压去，
大羿大叫一声：“来得好！”
头一偏将大山担在左肩上依然凛然大气。

当帝喾喝令第三座大山盖下时，
大羿骑驳马早已离去，
帝喾见此情形，气得
暴跳如雷，嗷嗷狂呼。

大羿越过茫茫天空戈滩，
他全身被蒸发的热气一片；
大羿神态自若地对天空戈壁说：
“我要在这里开凿一泓甘泉。”

说罢，大羿用尽全身的力气，
向脚下的天空猛击几拳，
清凉的天水滚滚涌了出来，
嗬，天空荒漠中喷涌着甘冽的清泉。

大羿的面前突然蹦出一头天牛，
那天牛毛色乌黑油腻。
硕大的鼻孔喷出白雾团团，
屹立天谷瞪着碗大的双眼。

犀牛从天谷向大羿扑来，
只见它那犄角坚硬如金刚石般，
划得天岩直冒火星，
天岩上出现一道深深地裂斑。

大羿见到这样雄猛的天牛，心中大喜，
在逼近他的一瞬间，抓住牛角一跃而上。
天牛左腾右跃也没将他颠下，
愤怒地尥着橛子到处狂癫。

犀牛跑向白云山，
白云山石纷纷滚乱；
犀牛跑向沃野，
地皮被踏三丈深渊。

犀牛跑向天道，
天道上扬起了灰尘漫天。
这样不知跑了多长时间，
天牛累倒在地，浑身瘫软。

大羿拍着天牛的脑门说：
“乖乖，你跑累了，这会让我扛着你吧！”
说完，他将犀牛搭上双肩，
和驳马继续一路潇洒风驰电掣一般。

突然，天空中出现一头怪兽，
长着一颗比身子大的头颅。
它恶狠狠地看着大羿，
发出一声撕心裂肺的巨吼。

大羿命令天牛：

“天牛，天牛别忘记！

前面是我们的仇敌，

你要顶破它的肚皮！”

天牛“吽吽”直叫冲了过去，

一下子将它的肚皮顶破。

怪兽仍然拖着肚肠向大羿扑来，

大羿一箭便洞穿它的脑壳。

大羿终于来到了囚禁嫦娥的掩月宫，

牢狱之神窜出，出语傲慢：

“奉帝喾之命囚禁嫦娥，

再跨前半步便碎尸万段。”

大羿停住脚步，定睛一看，

原来是臭名昭著的兀寿，

那兀寿浑身长满黑毛，

长有九根豹尾九颗虎头。

它爬行起来滚滚烟尘挡住日光，
它在地上打个滚，草丛碾平，人树压断。
它打个喷嚏，暴雨哗哗，山洪暴发，
它一头扎进河里喝水，河水立刻就干。

美丽的天山，不青了，
清纯的天水，不甜了。
葱茏的天树，不绿了，
温馨的神花，不香了。

大羿拉开彤弓素曾，说道：
“素曾素曾，听我吩咐，
前面这是凶恶的敌人，
你一定要击中他的头颅！

话音刚落，素曾倏然而出，
眨眼间便射穿了九个头颅。
九个喷泉奔涌着腥血，
兀寿顿时烟消魂去。

透过掩月宫大羿看到爱妻像月亮一样皎洁，
在凄清的宫中如昙花一样开放。
大羿轻轻地呼唤着嫦娥的名字，
久别重逢，让他激情冲荡。

他跳下驳马，推开宫门，快步流星，
用微笑来迎接嫦娥明眸的眼泪和深情。
樱桃小嘴与宽阔的唇如鲜花绽放，
爱的臂膀如青藤紧紧的缠住对方的脖颈。

有谁在囚宫里碰见过这种伟大的爱情，
伟大的爱情啊！让天地万物为之激情汹涌。
生命的爱何时才能真正表露，
唯有困境！才能显现真爱和真情。

大羿歌道："迢迢万里路将我阻挡，
但挡不住我对你的挚爱。
无论是过去还是未来，
你是我心中永远的爱。

白玉星星闪烁着热烈和激情，
我想从天上把它采摘。
打磨一下，在你酥白的胸前佩戴，
可是，温柔的星星怎能比上我对你的爱。

美丽的蔷薇代表着真情和坚贞，
我想把它从山谷采摘。
编织一下，在你洁白的脖颈上佩戴，
可是坚贞的蔷薇，怎能表达我对你的爱。

不死果代表着伟大的生命和爱，
为了你，我历经千险将它采来，
愿它将你的美貌留住，让你永远代表青春未来，
可是，小小的不死果，怎能比得上我对你的爱。”

# 第十六章 嫦娥奔月

大羿历尽艰辛取回不死神果，救回嫦娥，
他俩沉浸于甜蜜欢乐的海洋。
从此以后他们可以永远相爱，
在美好的人间将爱情鲜果品尝。

可是，他俩突然又陷入沉思，
在人间，只有他俩不死有何意义？
伟大的人民才是世界的主人，
所有的生灵都有权利长生不死。

大羿为此激动异常，
因为他们心中有了崇高的理想。
他们将和人民一同延年益寿，
选良辰吉日与人民将不死果分享。

大羿嫦娥沉浸于美好的理想，
没想到一场大祸竟降临在他们的身上。
大羿所教的徒弟中，
唯有逢蒙能百步穿杨。

逢蒙长的身材高大，五官端正，伶牙俐齿，
大羿待他像对亲兄弟一样。
随着箭法娴熟，逢蒙的野心越来越大，
他就想取代大羿当“天下的射王”。

嫦娥时常将大羿提醒，
让他将心怀蛇蝎之心的逢蒙提放。
但心如山谷，胸如大海的大羿，
根本没有把逢蒙向坏的地方想。

一天，大羿在竹林边骑马射箭，
嫦娥趴在窗前幸福地观望。
突然从竹林的深处，
“嗖”地飞出一支冷芒。

大羿敏捷地把脑袋一歪，
这是他防备暗算的习惯。
那箭射向一颗巨大的桂竹，
竹茎竟被一下射断。

大羿的骏马“咴咴”地叫着，扬起前蹄，
大羿把眼睛转向石山。
“铮”地一声又有一只冷箭，
疾速地飞驰着射向大羿的脸面。

大羿立刻抽箭对射，
只见他迅捷地搭弓拈箭，
随着一声响亮，两箭顶成了“人字，
闪着火星，在大羿面前相碰折断。

“好箭”！“好箭”！大羿大叫，
竟没感到他身处的危险。
忽然从同一个地方射出第三只箭，
直射大羿的咽喉，箭法凶狠刁钻。

大羿这次来不及张弓，

只听他一声大喊，

佯装倒在马背上，

口中却叼住了射来的雄猛的箭。

“哈哈哈，老子是射王”

“老子是射王！”

随着一声紧一声的狂叫，

竹林的巨石后面露出逢蒙凶恶的嘴脸。

大羿倏地从马背上翻身坐起，

睁开那炯炯有神的双眼。

逢蒙被大羿差一点吓死，

两眼发痴地跪倒在大羿的面前。

“我……我不过跟您开个玩笑，饶恕我……”

逢蒙跪在大羿的面前涕泣悔罪。

大羿虽然神勇无比但却善良宽厚，

他竟饶恕了不义小人的恶行。

他要逢蒙弃恶从善，
然后在竹林中继续苦练射箭。
逢蒙趁大羿在全神贯注地射箭，
突然操起他身边的大棍桃木，

大棍桃木恶狠狠地砸向大羿的脑后，
大羿感到眼前一片猩红的血光，
他像一座雄伟的高山，轰然倒下，
心中充满无数的爱和想象。

倒下！就在大羿倒下的一刹那！
东方！
日潮！
太阳的泪血滚滚流淌！

倒下！就在大羿倒下的一刹那！
西方！
火山！
黄金的血泪嘶嘶作响！

倒下！就在大羿倒下的一刹那！
鲜花顿时凋谢！
天空，大地！
狂舞、奔泻着万千桃色！

倒下！倒下的瞬间！他看到了美丽的家园，
看到娇美的嫦娥坐在窗前。
前世的经历如图画一样展现，
他感到他的英雄事迹已壮写在蓝天。

大羿壮志长叹："美丽的华夏啊！
我的身体与灵魂已无法呵护您的容颜！
华夏啊！华夏！伟大的华夏！
我的灵魂愿为您祈祷国泰民安！"

滔滔的黄河长江在悲惨的诉说：
"英雄的大羿啊！你永远在华夏的身边，
华夏的生命，华夏的力量，
寄托在您的庇护下啊！直到未来的每一个今天！

您可歌可泣的英雄史诗，
在华夏大地上争诵传扬。
历史将永远记载你勇敢奋斗的日子，
你的精神永远屹立着华夏的脊梁！”

倒下！这位造福天下的旷世英雄，
竟惨死于徒弟的棍棒。
嫦娥窗前看到丈夫遭到毒手，
滚滚的栀子泪汹涌而降。

此时的逢蒙已变得神志不清，
丧失理智，如一头恶兽冲撞。
他急匆匆想冲进嫦娥的闺房，
霸占嫦娥是他千年的妄想！

嫦娥冷静地关死了门栓，
把收藏的不死神果放在手心上。
她看了看神果，热泪潸然而下，
脸上透出无限的忧伤和悲凉。

眼看大门就要被逄蒙砸破，
嫦娥果断地把神果吞了下去。
顿时，嫦娥的全身轻飘飘，
修长的双臂变成一对翅膀在飞翔。

她从窗口轻盈地飞了出去，
不知不觉已在蓝天上徜徉。
一只白兔也跟着嫦娥飞了起来，
身上的白毛被清风吹得簌簌作响。

月亮此时也来到了天空，
从月桂宫中飘出一道白光。
原来，成千上万只玉兔依次飞奔而来，
他们来恭迎嫦娥兴奋异常。

嫦娥踩着软绵绵的小玉兔们来到月桂宫，
她抑制不住心中的悲沧。
“是逄蒙杀死了大羿，大家报仇啊！”
她的喊声在天空大地震荡。

愤怒的人群从四面八方涌来，
将胆战心惊的逢蒙立刻砸成肉酱。
人们崇敬地抬头仰望高空，此刻
美丽的嫦娥从月桂宫飞回大地上。

嫦娥眼含热泪将大羿的身体抱起来，
放在镶有万千宝石的金棺上。
然后焚烧起千年的麝香，
用玉针轻轻缝合大羿头上的棒伤。

大羿如山的身体用栀子花瓣层层包裹，
上面撒满玫瑰和迷人的丁香，
将他心爱的彤弓素曾放在他的身旁，
嫦娥想将他安置在一处清幽的地方。

嫦娥来到美丽的泰山，
她不禁泪水涟涟：
“泰山啊，您虚若怀谷，
泰山啊，您心胸宽广。

请展开你的臂膀，

把伟大英雄的尸骨收藏！”

泰山的胸膛豁然开朗，

将大羿的尸骨紧紧地裹住，无限哀伤。

# 第十七章　神鬼同依

大羿逝去的消息不胫而走，人们痛哭流涕，
人们聚集在沃野上，一同沉痛哭泣。
电闪雷鸣，在浩浩的高空轰响，
把大羿作为战胜苦难的旗帜。

大羿啊！大羿离开了他深爱的民众和大地，
他不散的灵魂是美丽的沃野上飘荡的旗帜。
帝尧哭了，夸父哭了，万物众生都哭了，
他们不知大羿伟大的灵魂要飘向哪里。

大羿被剥夺神籍不能升往天上，
更何况天堂不是他向往的地方。
他的灵魂不愿意被人们供奉，
他义无反顾地飞往度朔山上。

大羿的灵魂光灿灿的来到冥府，
后土率神荼，郁垒及万千鬼神恭迎。
大羿的灵魂散发着灿灿光芒，
如朝阳将冥府照亮。

冥府的光亮把英雄的灵魂托向天庭，
天庭众神向大羿的灵魂垂泪鞠躬。
高贵的帝喾也落下了负疚的热泪，
一纸诏令将大羿的灵魂赏封。

他封大羿光灿灿的灵魂为宗布，
将冥府及天下的万鬼统领。
万鬼从此都规规矩矩，
因为他们对大羿的神勇万分尊崇。

嫦娥住在美丽的月宫里，
每天都将大羿怀念歌颂。
她看到大羿之灵得到归宿，
美好的幸福在心中冲涌。

嫦娥有一颗冰清玉洁的心灵，
她的爱情对大羿永远忠诚。
美好的心灵要陪大羿逝去，
到度朔山里去永远陪伴鬼雄。

她轻飘飘地飞到天庭，
向帝喾吐露她的心声：
“我愿死去变成一名女鬼，
将死去的大羿陪同！”

嫦娥恳请帝喾赐她一粒死果，
让她的灵魂在冥府得到永生。
她愿意和大羿永远厮守，
哪怕成鬼她也幸福光荣。

成鬼！帝喾凄然地拒绝了嫦娥的要求，
希望她珍惜自己美丽的生命。
嫦娥失望地飞回月桂宫，躺在月桂床上，
不吃不饮，她要陪大羿走向永恒。

嫦娥的清泪象两条玉带从月宫飘出，
又像流星雨飘飘渺渺滑落人间，
露珠满含深情将嫦娥的清泪陪伴，
清泪化为温柔的月光将华夏铺满。

嫦娥的玉泪流落在大地，
大地上铺满了嫦娥的深情。、
清泪将月儿洗的更加清澈晶莹，
天空显得一片肃穆、宁静。

嫦娥的玉泪溅到绿叶上，
绿叶的光泽愈发清清。
嫦娥的玉泪溅到河水里，
河水变得更加清澈晶莹。

嫦娥的玉泪溅到少女身上，
少女变得愈加可爱、机灵。
嫦娥的玉泪溅到少男身上，
少男就会变得愈加俊逸、聪明。

白驹过隙，一百天逝去匆匆，
月桂床上的玉体亦像怯尘风那样轻盈。
美丽嫦娥的灵魂飞离了肉体，
绝美的嫦娥闭上了黑灵灵的眼睛。

嫦娥的灵魂轻飘飘飞向度朔山，
两颗相爱的灵魂终于相遇相拥。
朋友们！真正的爱情，真正的爱情！
无论在天堂！无论在地狱！都幸福而光荣。

多么伟大啊，温柔女神愿化为女鬼，
将死去的射神大羿陪同。
月桂宫的玉兔们手拉手连缀成绒车，
将嫦娥、大羿之灵迎进了安详的月桂宫。

月桂宫啊！月桂宫！当我们仰望蓝色苍穹里
摇曳的月桂宫，惟有两件事震撼着我们的心灵：
一是大羿嫦娥如玉如石的高贵品质，
一是他们神鬼同依的绝美爱情……

# 尾　诗

谁探视过奥妙无穷的宇宙，
谁就将拥有浩渺无垠的心灵；
谁的心灵饱含无限博大的智慧，
谁就会不断仰望布满星辰的天空。

呵，请放眼观望整个无际的苍穹，
华夏龙魂的神民们心胸如大海一样起伏不停。
渺小的我呀要将万千众神请入我诗歌的草棚，
顿时呵，上古文茎清香弥漫东方紫气腾腾。

我无意让自己的诗篇插上灵动的翅膀，
以我的诗行飞越汹涌澎湃的太平洋；
天照大光，普射华夏八荒，
我要以沙哑的歌喉将众神的颂歌传唱。

更无意横越昆仑山神圣的殿堂，
将美神女娃的诗歌嫁传到异国他乡；
我将华夏龙魂的精髓歌唱，
泰山的竖琴也定然为龙魂的精神奏响。

我将古老圣洁的神话缀成项链，
将她戴在我女儿牧歌的脖颈上。
我的诗篇如女儿咿呀学语的单纯，
那是我眼含喜悦之泪编织成敬意的诗章。

坚强的先祖如我们高贵的父亲，
美丽的女神如我们母亲般慈祥。
我眼含热泪激情澎湃，
抑止不住要为我们高贵的血统歌唱。

亲爱的朋友呵，自强不息坚忍不拔是我们的脊梁，
华夏诸神已点燃中华伟大复兴的太阳。
让我们携手把上古九州的英雄颂扬，
伟大的中华将永远屹立于世界东方。

亲爱的朋友，请你不要为我担忧，
担忧现世没有人会捧读这部诗章；
更不必对我辞不达意的诗歌进行表扬，
我的心呵，无怨无悔地为祖先歌唱。

也许，泱泱华夏天国的祖先圣灵，
无需赞美依然璀璨荣光。
在苍苍茫茫变幻莫测的宇宙里，
让我们沿着圣灵的足迹走向远方……

# 附录

在中国作协重点扶持作品牧文长诗《华夏龙魂》首发式上的
贺词与致辞

## 谢玉堂贺词

各位来宾、各位朋友：

大家好！

悉闻牧文长诗《华夏龙魂》（七卷）首发式今日举行，未能亲临表示遗憾。借此机会，我谨代表山东省大舜文化研究会全体人员向牧文表示热烈祝贺，向在百忙之中莅临首发式的各级领导、各位嘉宾表示亲切的问候，向长期以来关心、支持文化发展的各位朋友表示衷心的感谢！

翻看上古神话，不难发现，华夏民族的血统相当珍贵——“盘古用身体开辟世界，女娲用身体补天等都是在用生命创造历史。”然而闻名世界的《伊利亚特》、《奥德赛》和《罗摩衍那》、《摩诃婆罗多》等都是外国的神话史诗。为什么有着五千年文明史的华夏民族在史诗方面一片空白呢？

牧文是个有心人也是个勤奋的人，带着这个疑问他广泛搜集典籍，走访专家，自费到济南、北京、杭州等地大学图书馆查阅资料，考据和查证，将上古神话传说梳理得相当清晰。他巧妙地以华夏神话传说为蓝本，展开想象的翅膀，以整个国家和民族文明发展史、整个国家和民族著名的上古历史人物及整个国家和民族在历史上所创造的神学、神话进行综合，以神话叙事诗的形式记录下来，三十年后，两万七千行的长篇神话叙事诗《华夏龙魂》（七卷）结集出版，这在中国恐怕是史无前例的。认真阅读可知，书中凝结了牧文的点滴心血，也清晰看到他的目标——创作华夏长诗、构建华夏神系、弘扬华夏精神。

《华夏龙魂》（七卷）是以中国神话为主题的长诗，从盘古一直说到了尧舜禹。相关专家学者一致认为，该长诗填补了我国文学史上的一项空白，被诗歌界、评论界誉为华夏民族第一部神话英雄史诗。中国首位诺贝尔文学奖获得者莫言曾这样评价："华夏龙魂 / 源远流长 / 生生不息 / 维德维芳 / 诗书继世 / 千古馨香 / 牧文小民 / 其志大矣 / 牧文小友 / 长诗万行。"2012 年，该书被中国作协列为重点扶持作品。

今天，长篇叙事诗《华夏龙魂》（七卷）举行首发式，是作者牧文多年坚持不懈创作的结果，希望牧文继续努力，也希望大家继续支持、帮助牧文。

最后，预祝牧文长诗《华夏龙魂》（七卷）首发式圆满成功！祝各位领导、嘉宾身体健康、工作顺利、万事如意！

（谢玉堂：山东省人民政府原副省长、山东省大舜文化研究会会长、山东省慈善总会会长。）

在中国作协重点扶持作品牧文长诗《华夏龙魂》首发式上的贺词与致辞

# 叶延滨致辞

各位领导、各位嘉宾：

非常高兴能参加这样一个首发式！

《华夏龙魂》的出版发行是中国作家协会重点扶持工程，高密红高粱文化项目和中国作家协会中的作家出版社共同完成的一个文化创举。我到这来首先祝贺这个成果的完成，这个成果摆在大家面前，同时也向我们推出一个优秀的青年诗人，他叫牧文！牧文三十多年来的中国古代神话和古代英雄的史诗创作，是一项非常艰难的工作。这让我们看到两个非常优良的诗人的素质：一个就是他十分重视在创作中间发掘、整理、发现、勘掘中国文化那些以我们自豪，以我们能够建立我们民族自信心的古代的英雄史诗的断片和碎片，这是一项非常艰巨的工作。他在这个过程中间不断的向传统学习，不断地向我们的历史学习，不断地增强诗人的自豪感；第二，他的创作，是一个非常艰难的长诗创作，而且这长诗创作中间，他的第一部诗曾经在我们的2003年的《诗刊》中，就刊发了第一部的片段，从这些不断的努力中间，终于今天摆在我们桌上的七部长诗组成的中国古代的神话和英雄的传说，让我们看到了一个优秀青年诗人给我们提供的他的心血成果，在这里我向他表示祝贺。

《华夏龙魂》的出版，我认为是值得大家欢欣的，同时我看到今天在潍坊在这样隆重的一个场面上，为一部诗集的出版，也感到了潍坊各级领导对文化建设的重视。这部诗集我觉得，首先它是文化建设上的一个成果，在世界上不乏这种英雄传说和历史史诗。在中国的历史上，在中国各民族的文化保护中间，也有许多优秀的古代英雄的长诗，而恰恰是华夏民族的汉民族，其古代英雄的历史和传说像珍珠一样散在各个不同的诗集典籍中间，牧文用他的长诗把散落在各个典籍中的珍珠串成一个项链，我觉得这是文化的一个非常重要的成果；第二，牧文《华夏龙魂》是一个诗学的成果，这样一个篇幅浩大的作品，它填补了中国当代新诗对中国古代神话这个重要宝库的发掘，给我们提供了一个可供大家了解中国古代文化、了解中国古代长诗创作的一个重要的具体的范本；第三，我觉得今天，我们振兴中华，实现中国梦的共同实践，这是一个非常形象的教材。谢谢山东、潍坊和高密的各级领导，你们为中国诗坛提供了一个非常优秀的诗人！同时，你们也为中国的诗界提供了一部可供大家研究、可供大家思考的长诗。

谢谢大家！

（叶延滨：著名诗人、《诗刊》原主编）

在中国作协重点扶持作品牧文长诗《华夏龙魂》首发式上的
贺词与致辞

# 梁鸿鹰致辞

各位领导、各位嘉宾：

大家上午好！非常高兴参加这个齐鲁大地的发布式。大家都知道我们现在迎来了一个文化大发展、大繁荣的美好时代，我们一踏进山东的大地，就感受到强烈的文化气息。首先我们了解到山东文化潍坊风筝的历史悠远，今天早晨我被叫进一个展馆里面看了，是全国的一个山水文化展览，接着我们又回到这个会场，为牧文的这个煌煌巨著举办一个发布性的研讨。我觉得一个好的时代，一个文化发展的时代，它毕竟是一个文化多样化、多元化、丰富多样的时代。山东以及潍坊呈现这样一个文化多样、富有影响力的生态。在整个文化发展当中，我觉得，文学是带有基础性的、源泉性的这样一个载体。好多地方把文化发展定位为要搞一个大的电视剧，要举办几场大晚会，比较的是长短，但是更多有远见的地方在文化的这种涉及发展当中是把文学放在一个突出的地位上，山东在这方面是树立了一个很好的榜样。山东省历来注重文学的发展，齐鲁大地这块土地上也确实是走出了一辈一辈的思想家、文学家，从孔子到2012年获得诺贝尔文学奖的莫言，就说明了这一点。在文学发展的生态当中，我觉得诗歌具有一个不可替代的地位，诗歌是我们民族精神的眼，是我们民族的精神生活的重量。诗歌的创作，直接关系到我们民族精神生活的深度。能够孕育出伟大诗歌的这种土地，她毕竟是一片神奇的土地，她是经得住我们去探访、经得住我们反复去欣赏的这样一块土地。

我觉得《华夏龙魂》的诞生跟我们齐鲁大地有关，跟我们这个传统国家这个诗的国度有密切的关系。我们讲文化艺术的创作有三个重要的主题，我是谁？我从哪里来？我要到哪里去？这是创作过程中三个重要的议题，多少年来，实际上我们是在追问这三个问题。

文学为什么要有艺术，我们就是要探问：我是谁？我从哪里来？我要到哪里去？我觉得《华夏龙魂》追寻的就是这三个问题。我们从哪里来？我们从远古走来，我们华夏儿女有共同的根脉、共同的传统。我是谁？我们是几万、几千年来这块土地上的人们，生生不息，长途跋涉，就这么走过来的。我们要到哪里去？我们要去寻找幸福，要找到自己的自强和自信。我觉得《华夏龙魂》就探讨了这些问题，跟我们的历史文化联系起来，跟齐鲁大地的文化传统紧密联系起来的，跟我们中国人坚忍不拔、自强不息紧密联系起来的。所以写这个诗的时候，牧文是自信的，他认为自己做的是一个高贵的事业，他传承的是一个不灭的话题。他在诗里面是这样说的："坚强的先祖如我们高贵的父亲 / 美丽的女神如我们母亲般慈祥 / 我眼含热泪激情澎湃 / 抑制不住要为我们高贵的血统歌唱。"他为中华民族高贵的血统歌唱。他写了三十年，三万多行，呕心沥血，他觉得这样的作品一定会传扬，一定会被大家所接受。最后他这样说："亲爱的朋友，请你不要为我担忧 / 担忧现世没有人会捧读这部诗章 / 更不必对我辞不达意的诗歌进行表扬 / 我的心呵，无怨无悔地为祖先歌唱。”他最后说：“也许，泱泱华夏天国的祖先圣灵 / 无需赞美依然璀璨荣光 / 在苍苍茫茫变幻莫测的宇宙里 / 让我们沿着圣灵的足迹走向远方。”确实是，这部诗就是激励我们寻找我们的来路，探寻我们未来的方向，然后让我们沿着圣灵的足迹走向远方。因此，我衷心祝贺这部诗集的诞生，也祝愿我们山东的文学也一如既往地进入澎湃、崇高、自强而发展得更好。

谢谢大家！

（梁鸿鹰：《文艺报》总编）

在中国作协重点扶持作品牧文长诗《华夏龙魂》首发式上的
贺词与致辞

# 张陵致辞

女士们、先生们：

上午好。非常高兴能参加牧文的这个《华夏龙魂》的这本书的首发式，诺贝尔奖得主伟人的莫言先生的这种文气应该得到传承。这种文化影响带动了地方文化的发展，凝聚了一种力量。在这样一种历史进程中，出现了这样一部大作品《华夏龙魂》，我认为是必然的。

因为有了作家的努力，在伟大作家莫言的外力下，牧文作为一名青年诗人，除了能学习传统文学的精神外，更重要的是能建立一种个性。在跟牧文交流的时候，这个青年作家能把神话和传说变成他心中的一种形象。我国古代的一种神话传说，就是先人对生活的一种表现，作为我们青年作家表现的一种对象，在创作的基础上再创作，很有气魄。我跟牧文交流的时候，他说对古代神话和传说有一种敬畏，带着这样一种敬畏来讴歌我们伟大的英雄，牧文带着我们从上古传说中来汲取一种力量，用这种正能量来灌输到我们的文学中来。

说实话我们今天文学正能量已经比较弱了，都是因为资本的运作在文学里纵横，我今天讲的文学衰弱，讲的就是牧文带来的正能量来充实我们的今天。牧文就是提供这样一个大的空间，从里面汲取文学的正能量。所以这本书我们决定要好好出版，我们出版社的编辑做了非常大的努力。最主要的还是我们这片土地，文学生态很重要。也就是说当地的领导、政府的支持，所以我在这不仅要感谢牧文创作了这么好的作品，也要感谢当地人民的力量孕育出这么好的作品来。

希望今后他能以这部作品为起点，创作出更好的作品来。虽然他经过艰苦的努力取得这样一个成果，到底这部作品的艺术造诣怎么样，我们还需要阅读者的检验。不管怎么说，先把作品搬出来让大家来看一看。我也希望能有更多的像牧文这样的诗人创作出与我们这个伟大的时代相称的作品。

谢谢大家！

（张陵：作家出版社总编辑）

在中国作协重点扶持作品牧文长诗《华夏龙魂》首发式上的贺词与致辞

# 李军致辞

尊敬的各位领导、各位嘉宾、同志们、朋友们：

大家上午好！非常荣幸参加长诗《华夏龙魂》首发式。

首先，我代表山东省作家协会对青年作家牧文的长诗《华夏龙魂》的出版表示热烈的祝贺。借此机会向长期以来关心支持山东文学事业和省作协工作的各位领导、专家和新闻媒体的朋友们表示衷心的感谢！诗歌是重要的文学题材，在文学宝库中闪耀着独特的艺术风采。山东是一个诗歌大省，一代又一代的诗人创作出了大量的具有广泛影响、脍炙人口的诗作，在我国文学史上占有重要的地位。新世纪以来，山东诗人以其独特风格的创作，形成了富有齐鲁风格的诗人群体，在全国诗坛产生了重要影响。有人说，中国诗歌看山东，这从一个侧面说明了山东诗人的影响和地位。去年 6 月，中国作协创研部、中国作协诗歌委员会和山东省作家协会，联合在北京召开了山东青年诗群研讨会，今天，中国作协重点作品扶持办公室和作家出版社又参与主办《华夏龙魂》首发式，充分体现了中国作协领导和有关单位对山东文学事业的关注、支持，对山东青年诗群的肯定和厚爱。

青年诗人牧文集三十年之功创作完成了《华夏龙魂》，以华夏民族上古时期的先祖们开辟蛮荒、繁衍生息、战天斗地的英雄故事为主线，以先祖们不屈不挠的精神为胫骨，以丰厚至诚的情感为血肉，塑造了一个个栩栩如生的神话英雄人物。这部作品用诗歌的形式，精致地建构了一座中华民族宏大的意识神器，构成了中国古代文明发展史的缩影，是一曲对中华族邦的亲情礼赞。

整部诗作提高了发自肺腑的对中华民族灿烂历史和灵秀山川的自豪感。品读这部优秀作品对我们提升文化自觉、增强文化自信、实现文化自强是非常有益的。

最后，预祝牧文以这次发布会为契机，创作出更加优秀的新作品。

谢谢大家！

（李军：山东省作家协会纪委书记）

在中国作协重点扶持作品牧文长诗《华夏龙魂》首发式上的贺词与致辞

# 初宝杰致辞

尊敬的中国作协创作联系部主任、中国作协重点作品扶持办公室主任梁鸿鹰先生，尊敬的山东省人大常委财经委主任马金忠先生，各位领导、各位嘉宾、女士们、先生们，大家上午好：

今天我们大家欢聚一堂隆重举行长篇叙事诗《华夏龙魂》七卷首发式，在此我代表潍坊市委、潍坊市人民政府对首发式的举办表示热烈的祝贺，对出席首发式的各位领导各位嘉宾表示诚挚的欢迎和衷心的感谢。潍坊历史悠久，文化底蕴深厚，是知名的世界风筝之都，也是中国著名作家莫言的故乡。近年来我们认真贯彻中央和省委省政府关于推动文化大发展大繁荣的部署要求，把文化建设摆在重要位置，提出建设文化的创意，履行积极的建设步伐，文化发展呈现出旺盛生机和巨大活力。特别是我们牢牢抓住精品生产这个核心，大力实施文艺精品工程，加大优秀文化人才和文化精品著作扶持力度，打造一批重量级文艺作品。自去年就先后有 12 件作品荣获泰山文艺奖，并有多部作品荣获中国广播影视大奖、文化奖。

长篇叙事诗《华夏龙魂》是潍坊市精品创作工程中涌现出的

优秀典型代表。作者牧文以华夏民族的神话传说为蓝本，以恢宏开阔的气势。流畅新颖的笔调，为读者显现出波澜壮阔的上古历史，堪称华夏民族神话英雄史诗。《华夏龙魂》里的史学、文化和美术价值受到广泛关注，成为中国作协重点扶持作品，必将为潍坊文化艺术创作产生直接的带动作用，必将提升和扩大潍坊文化的影响。

潍坊文化的发展离不开在座的各位领导、嘉宾的关怀和帮助，希望大家为潍坊的文化艺术创作给予更多的关注和支持，同时我们热情欢迎各位领导、各位嘉宾和各位朋友多来潍坊考察指导工作，多提宝贵意见，最后预祝长篇叙事诗《华夏龙魂》七卷首发式圆满成功，祝各位领导、各位嘉宾、各位朋友身体健康、工作顺利，谢谢大家！

（初宝杰：中共潍坊市委常委、宣传部部长）

在中国作协重点扶持作品牧文长诗《华夏龙魂》首发式上的
贺词与致辞

# 范福生致辞

尊敬的各位领导、各位嘉宾，女士们、先生们、朋友们：

在这繁花似锦，诗意盎然的季节，我们欢聚一堂，隆重举行中国作协重点扶持作品《华夏龙魂》（七卷）首发式，这不仅是牧文同志个人的荣耀，也是高密文化艺术界的一件喜事。在此，我谨代表中共高密市委、高密市人民政府，向莅临首发式的各级领导、各位嘉宾及新闻界的朋友们表示热烈的欢迎和衷心感谢！

高密位于潍坊市东端，东与青岛接壤，版图面积1526平方公里，辖7个镇、3个街道、1个省级经济技术开发区、960个行政村（居），人口87.6万，是全国科技进步先进市、全国义务教育发展基本均衡县、中国金融生态示范城市、全国集约节约用地模范县、中国家纺名城、首届山东省文化强省建设先进市。一季度，全市实现地方财政收入9.66亿元，增长18.5%；完成固定资产投资58.3亿元，增长16.8%。全市经济繁荣、政治稳定、社会和谐、生态优化，呈现出转型跨越、科学发展的良好态势。

高密历史悠久，文化底蕴深厚，是龙山文化、海岱文化、齐鲁文化的发祥地之一。据考证，大禹字高密，封国高密。春秋时期齐国名相晏婴、汉代经学大师郑玄、清代大学士刘墉诞生在这里，被誉为“高密三贤”；当代著名作家、2012年诺贝尔文学奖获得者莫言先生，著名书画家张建忠、单应桂等一批文化名流也是高密人。勤劳智慧的高密人民，在长期的劳动生活中，创造了种类繁多、富有地域特色的民间艺术，其中茂腔、扑灰年画、剪纸、泥塑被称为民艺“四宝”，已列入国家非物质文化遗产保护名录，我市先后被命名为“中国民间艺术之乡”、“中国扑灰年画之乡”和“中国扑灰年画保护基地”，“大禹封国、三贤故里、莫言家乡”已成为高密最靓丽的文化名片。

诗歌，是中华民族成长的精神家园，诗人词家灿若群星，名篇佳作传之久远。《华夏龙魂》是牧文同志三十年笔耕不辍的倾心之作，填补了我国长篇神话英雄史诗创作领域的一项空白。作为土生土长的高密东北乡人，牧文同志自幼酷爱文学，先后在全国各级各类报刊发表诗歌、散文300余篇，作品曾荣获山东省“五一文化奖”一等奖。

高密历届市委、市政府高度重视文化建设。今天，中国作协重点扶持作品《华夏龙魂》成功结集出版发行，既是高密深厚文化底蕴的一次闪亮展示，更是我们推进文化大发展大繁荣的新起点。我们将以此为契机，大力发展文化事业，加快推进东北乡文化旅游区、潍河东岸生态农业观光区、红高粱民意民俗村、胶河湿地公园、青檀植物园、文化会展中心、三贤园等一批重点项目，全面提升先进文化引领能力、服务能力、竞争能力和创新能力，着力实现经济、文化和社会互动发展，为建设富裕文明新潍坊做出更大贡献。

最后，祝牧文长诗《华夏龙魂》首发式圆满成功！祝各位领导、各位嘉宾身体健康、工作顺利、万事如意！

谢谢大家！

（范福生：中共高密市委书记）

# 评牧文《华夏龙魂》

林　莽

诗人牧文带来了他厚厚的诗稿，他说他努力用诗体再现中国神话，他的这种探索精神让我佩服。虽是第一次见面，我们谈了许多相关的话题，并坦诚地提出了我的一些不成熟的思考与建议。以后为出版这部作品，又见过几次面，在我的印象中，牧文是一位在文学上有着远大目标的青年诗人。

神话传说，是一个民族精神的产房。从神话传说中，可以触摸到一个民族幼年时期的精神状态，可以了解这个民族在上古岁月走过的曲折的道路。正如马克思所说——神话是“在人民幻想中经过不自觉的艺术方式所加工过的自然界和社会形态”。

我国汉民族的神话传说内容极其丰富，可惜，完整流传下来的不多，后人只能从《山海经》、《庄子》、《楚辞》、《淮南子》、《搜神记》等史籍中寻找到支离破碎的有时又极具奇情异彩的片断。这一特点，与享誉世界的荷马史诗《伊利亚特》和《奥德赛》，印度的《罗摩衍那》和《摩诃婆罗多》等，以及我国某些少数民族保存下来的规模宏伟、气势磅礴、篇幅浩瀚，具有鸿篇巨制和史诗性质的神话传说，如藏族的《格萨尔》，蒙古族的《江格尔》，柯尔克孜族的《玛纳斯》，明显不同。这不能不说是一个遗憾。

青年诗人牧文广泛搜集典籍，又从屈原、普希金、郭沫若等诗人的著作中汲取营养，倾十年之功，以华夏民族的神话传说为蓝本,展开想象的翅膀,进行了再创造,写成了这部两万余行的《华夏龙魂》五部曲。他在为我国汉民族神话诗意的再现，作着不懈的努力。

当然，任何文学作品都期待着读者的指认，面对这样一部宏大的作品，我们会有更高的期望值，作者给我们带来的也许还不能完全满足我们的所求，但这部作品探索与追寻的精神向度是十分鲜明的，它值得我们认真地阅读。在此，衷心地向作者表示我的感谢与敬重。

2003 年于北京

（林莽：著名诗人，《诗刊》编委）

# 史诗精神写龙魂

## ——读牧文万行长诗《华夏龙魂》的片段随想

蓝　野

快餐时代使一切变得小巧了，连本该具大气象、抒大情怀的诗歌也鸡零狗碎地去表现小爱情、小痛苦、小猥琐，诗歌被雕琢成了小工艺品。青年诗人牧文积十年之功，孜孜以求，整理创作的长篇神话叙事诗《华夏龙魂》得以出版，为我们提供了一种摆脱小情绪和由此带来的平庸的可能。

著名诗人林莽在《华夏龙魂》的序言里说，“神话传说，是一个民族精神的产房。”是的，汉民族就是靠着上古神话蕴含的华夏精神，一步步走来，历经的大苦难在民族精神面前失去了它可怕的力量。《华夏龙魂》所做的正是要重塑民族精神。

其实，《华夏龙魂》是完全可以题为史诗的，而作者牧文无论在文字或口头中提及自己的这部呕心沥血之作时，总谦逊地说它是“长篇神话叙事诗”。美国诗人庞德给史诗下的定义非常简单：“史诗是一首包含历史的诗”，而在我们的印象里史诗就是荷马的《伊利亚特》、《奥德赛》。汉语文学有强大的抒情诗传统，神话、历史一般由诗歌之外的其他文体完成，这种包含了英雄叙事的诗歌形式在汉语诗歌里较为少见。《华夏龙魂》的写作，凝结了作者牧文的胆识、智慧和心血，应该说《华夏龙魂》的创作成功，具有文本建设的意义，打破了汉语文学无神话和英雄史诗的说法。

中国神话有独特、奇异、零乱的形态，怎样用诗歌来表现这种特定的情景，这对于身处基层的诗人牧文来说，他踏上的是一条遍布荆棘的险途。十多年来，牧文走访专家，到各地大学图书馆查阅资料，细致地考据和查证，梳理出上古神话传说的头绪，以自己的诗性和气度，用波澜壮阔、舒卷自如的笔法，历尽艰辛，几易其稿，《华夏龙魂》终于得以出版。

由于远古时代文字没有形成，口口相传的神话故事难以系统完整地保留下来。虽然华夏大地的上古神话五彩缤纷，但得以流传下来的仅仅是些碎片。因而，牧文的贡献就在于他糅合贯通了这些碎片，使它们具有了史诗的规模和质地。

在对上古神话人物的把握和诗意的再创造中，牧文所用的诗歌形式可以说是独特而成熟的。全诗每章开头都以极富诗性的一或二节对全章所叙进行归纳、提升；在诗歌正文中，四行一节的分段方式和不落痕迹的韵脚安排极具匠心。例如在长诗的第五章《女娲补天》中，作者这样写到：

有了美好的理想就会有升华的心灵，
女娲洁白如栀子花的玉体升上苍穹；
温馨修长的秀发在清风中蜿蜒飘展，
仿佛一阵怯尘风飞翔在纯洁的天空。

大理石般完美的玉体堵住了天洞，
银河的水从此更加清澈晶莹；
女娲每天晚上放出千万个祝福，
祝福的话语就是满天的星星。

诗人的笔触朴实中有精致，由衷地抒发了作者对神话人物的理解，对华夏先祖的尊崇和赞美。全诗基本上从始至终贯穿保持了这种沉实、舒缓和从容的语调，使《华夏龙魂》具有了传统意义上浪漫主义的抒情美。

抛开民族精魂的重塑、神性的张扬书写这些大的诗歌理念，长诗《华夏龙魂》还站在人性的歌咏台上做着丝绸般柔软的歌唱。这部长诗是对人性的探究和赞美，在神性与人性的交错书写当中，深入地对日常的凡俗的情感、欲望、真、善、恶等进行感悟与挖掘，具有较为厚实的人性深度，既保持了传统文学艺术中的诗性，也有现代观念的渗透。比如多次写到的上古神话人物的爱恋，细致、朴实而又满含深情，人性美的光芒生动地闪现在其中。如作者在长诗的第八章“战神夸父”中写道：“女娃依在了夸父的胸膛／柔嫩的手臂像青藤缠住了夸父的脖颈／她鲜嫩的嘴唇吻着夸父的胸膛／抬起头来便看到了夸父火辣辣的眼睛。”

在《华夏龙魂》第七章里，作者对女娃的刻画中有一节是这样写的：“女娃有一双水葡萄似的眼睛／只要她望月亮一眼月亮便停止转动／她有一个白茶花似的又白又嫩的脸庞／只要太阳看到她便满脸通红。”这是作者既口语又诗化的语言创造出的意象魅力，非常贴切动人，深刻传神地刻画出神话人物的精神气质。

最能引起读者、评论者注意的其实应该是这部作品的形式美，在长诗的整体构架下，色彩、线条、声音在整齐的有规律的组合中美得极为和谐；再是叙事与抒情的结合自然、完美，依靠叙事，我们看到了有血有肉的丰满的神话人物，诗人将神话人物当作他的抒情载体，使读者深切的感受到中华上古神话人物流传下来的巨大的精神财富。

《诗刊》2003年9月下半月刊在“诗选读”栏日里刊登了《华夏龙魂》选章、长诗和作者简介。对《诗刊》来说，能拿出专门版面，特辟栏目，面向基层作者，面向这种具有积极探索意义的独特文本敞开大门，这还是第一次。《华夏龙魂》能在出版过程中，就被号称国刊的《诗刊》选登，这正是因了《华夏龙魂》所具有的史诗精神！

《华夏龙魂》给我们的诗坛带来了许多有益的启示：我们的文学对民族精神熟视无睹，对传统文化进行简单的批判与粗暴的疏远，都是一种短视行为；当个人的思考与情感同人类经验合拍时，文学作品的高度就具有了史诗的意义。

牧文创作勤奋，正处于创作上升期，相信诗人不会辜负了诗歌的期待。

2003年于北京

（蓝野：著名诗人、诗刊编辑）

# 精心打造中国的史诗

## ——长篇叙事诗《华夏龙魂》读后

王存玉

中国没有史诗。尽管有藏族的《格藏尔王传》、蒙古族的《格斯尔传》、柯尔克孜族的《玛纳斯》等英雄史诗流传于这些少数民族地区，但我在这里还是要说，中国没有史诗。我说的中国没有史诗主要是指有着十亿多人口的汉民族没有严格意义上的史诗。同为文明古国，古希腊有荷马史诗《伊里亚特》和《奥德赛》，古印度有《罗摩衍那》和《摩诃波罗多》，而有着同样悠久文明史的中国却没有一部可与之比肩的作品流传于世。这不能不说是我们民族文化的一大缺憾。

中国不缺少神话传说，中国的神话传说中不缺少古希腊特洛亚战争那样的壮阔场面和古印度王子罗摩那样的动人故事。我们有开天辟地的盘古，有人类的始祖伏羲，有追赶太阳的夸父，有奔向月球的嫦娥，有头触不周山的共工，有炼石补天的女娲，有衔石填海的精卫，有神通广大的八仙，有驱邪斩祟的钟馗，有刑天反抗天帝，有黄帝大战蚩尤，有……不乏构筑一部甚至多部雄伟史诗的素材，但惟独缺少的是雄伟的史诗。

我们每一个人都曾经生活在神话里，都是在神话中长大的。我敢说，古今中外没有哪一个身心健全的正常人从未接触过神话。神话是幻想的结晶。神话是在人类还不能科学地认识世界时的愚昧产物，神话同时又是帮助人类认识世界的力量源泉。回过头来想一想，我们哪个人的少年没有幻想像孙悟空那样奋起千钧棒澄清万里埃？没有像大羿那样射掉九个太阳造福天下老百姓？没有在秋夕卧看牵牛织女星向往美好的爱情？……神话传说给了我们美好的精神享受，给了我们心灵的熏陶净化，给了我们战胜艰难困苦的无比勇气，给了我们追求理想世界的无穷力量……神话集中代表着民族精神。每一个民族都有自己的神话，每一个人都在自己的神话中长大。

牧文就是在汉民族神话中成长起来的青年诗人。当我接过他的新作《华夏龙魂》时，我眼前的他又和十二年前的那个小青年叠印在一起了。那时，他送来的是一个十八岁的中学生的处女作《女孩，请听我说》。按说他那时正属充满幻想的年龄段，不过他说的并不是神话，而是当时少男少女们共有的话语，共同的话题。十二年过去了，这个本应走向现实的青年却又回到充满幻想的神话里，用诗的语言讲起了古老的神话。他要用自己的作品来填补几千年来历史留下的空白，精心打造属于中国的史诗。

牧文就是抱有这样一种宏伟的志向怀有这样一个远大的目标来进行长篇叙事诗《华夏龙魂》创作的。摈除涌动的经济大潮卷来的金元世界的喧嚣市声，平息社会性的一个时代共有的急功近利的浮躁情绪，这个当年的中学生义无反顾，心无旁骛，一头钻进华夏古老神话的王国里，寻寻觅觅，多方搜求；孜孜矻矻，细心研读；反反复复，精心建构；认认真真，埋头创作。功夫不负有心人。废寝忘食，披星戴月，数易寒暑，历时十载，牧文终于完成了他的长篇叙事诗《华夏龙魂》五部曲的创作，写出了洋洋洒洒一万余行的鸿篇巨制。此诗一出，几可与《荷马史诗》比肩，使得我国《诗经》中被认为是周民族史诗的只有六七十行的《生民》、《公刘》等似乎减轻了分量。翻开现已出版的第一部，我们便跟诗人进入上古神话时代。诸神的社会，诸神的谱系，诸神的家族，诸神在华夏大地上演的一幕幕波澜壮阔的英雄活剧，又通过诗人生花妙笔展现在读者面前。于是，盘古开天，女娲造人，夸父逐日，精卫填海，炎黄之战……一一饱蘸激情奔涌而来，为炎黄子孙留下了生生不息，追求理想，勇敢顽强，坚忍不拔，勤劳善良的民族精神。

值得一提的是，当许多诗作者争学西洋诗恨不能抛掉母语写新诗且又远离了现实生活时，牧文创作的神话诗却继承中华民族的优良传统让作品贴近了现实生活。如他写盘古的牙齿撞击大地出现裂缝形成台湾海峡从而诞生了台湾岛时，诗人这样唱道："女娲的一颗悲伤眼泪化为了日月潭，从盘古的牙齿里长出了雄壮的阿里山。"还用多说么，宝岛台湾自古就是与祖国大陆血肉相连的神圣领土啊！任何将台湾从祖国版图上分裂出去的企图都是不能得逞的。"总会有那美满的一天，和平的旗帜在阿里山顶招展。"

自然，牧文还年轻，我们有理由期待他的后几部作品锤炼得更加生动，更加气象万千，语言更加凝重，更加大气磅礴，精心打造出代表中国水平的史诗来。

2003 年于风筝都

（王存玉：著名诗人、高级编辑、潍坊作协顾问）

# 中国神话的诗意构想

## ——读牧文的英雄史诗《华夏龙魂》

张　毅

中国历史的神话传说如同星辰一样布满东方的天空。青年诗人牧文的神话史诗《华夏龙魂》系列，以其庞大的诗歌序列填补了中国汉民族神话史诗的空白，也让我们看到一个“精卫填海”的诗人形象。功莫大焉。

在历史上，神话传说本身有它的诗歌元素，无论古今中外。史诗是一种文学体裁，多以口头流传的形式世代相传，随着时间而增添情节，最后被整理、加工，以文字记载成为一部统一的作品。这类叙述英雄传说或重大历史事件的叙事长诗，多以古代英雄歌谣为基础，经集体编创而成，反映人类童年时期的具有重大意义的历史事件或者神话传说。

“大禹治水”是中国古老的神话传说之一。

水是人类生存的自然因素，“水”又代表了中国古老的哲学思维，是中国阴阳五行中与“火”“土”相生相克的一种元素。在中国古老璀灿的文化河流中，“水”的意象反复出现。中国文人历来对“水”充满敬畏。《山海经》中的许多神话传说里就提出了人与水的关系。水滋润着人的生命，水也给人带来灾难。因此，人在水的相依与相克之中，磨砺了自己的智慧，成熟了审美所必备的主观条件。在古代，人们择水而居，水成了古代人可亲可依的生活环境，成了古人最主要的自然对象之一。纵观中国古典诗歌可见：“水”是中国诗歌艺术中运用频率最高的一个客观物象，它不仅滋养了中国诗人的生命，也滋润了中国诗歌的艺术生命。“水”的意境蕴含的中国传统文化，“智者乐水，仁者乐山”；万物处于水，而融于水。中国古典诗歌中“水”的形象无处不在：春水、秋水，江水、河水，波平如镜的水、怒涛拍岸的水，一泻千里的水、曲似柔肠的水，汩汩作响的水、脉脉无声的水……水在诗文中形态万千，在诗人心目中引起的联想也是复杂多样的。水难以跨越，水是阻隔，宋代词人晏殊“欲寄彩笺兼尺素，山长水阔知何处”（《蝶恋花》），就是对这种阻隔的感叹。远在晏殊一千多年之前，一位不知名的诗人发出更为深沉的慨叹，他的慨叹穿越时空，感动着无数后人：

蒹葭苍苍，白露为霜。所为伊人，在水一方。
溯洄从之，道阻且长；溯游从之，宛在水中央。

——《诗经·秦风·蒹葭》

远古时期，天地茫茫，宇宙洪荒，人民饱受海浸水淹之苦。“大禹治水”的传说既记载了我们的先人与自然的抗争，也呈现了中国古老哲学的思辩。牧文的神话史诗《华夏龙魂》第五部之《大禹之歌》以诗歌的形式讲述了“大禹治水”的神话传说。

禹是传说中夏代的始祖。他的主要业绩是治水。古籍载，帝尧之时发生洪水，帝命鲧去治理。鲧治水失败，被杀于羽郊，其子禹继承父业，经 13 年终于平复水患。后舜禅位于禹，夏王朝由此建立。此外，传说中还有他逐共工，杀相繇，以及应龙助其治水等情节。禹的传说，原含有较多的神话因素，在长期流传中，有关他的神话传说被“历史化”，出现了更多政治性活动的情节，如他派人度量大地、召集臣民开会议事、赏功罚罪、求贤任能等，并为他制造了显赫的家谱世系。这就使禹这个传说人物逐渐脱离了本来面目，成为符合儒家观念的帝王典范。然而在民间，大禹仍然主要是一位具有神异色彩的治水英雄。有关禹治水的传说，常与地方景物相附合。如传说他从泰山担了 99 担石头筑堰挡水，这些石头后来变成山东的九节长白山。中国的许多地区都有大禹治水的传说。牧文的《大禹之歌》着重表现他不畏艰险、为民造福的伟大精神。

他在第十一章“禹治黄河”这样写道：

“看，北方的土地一片汪洋
黄河之水被恶神侵占；
你我怎能坐视等闲？
让华夏神民的生命如蝼蚁被大水任意践踏？”

我的故乡高密史称夷莱，地名也与大禹有关。故乡有一条河，我曾在《怀念一条河》里写过：胶河是条季节河，上游源于一个水库，下游出高密境汇入胶莱河。我羡慕奔流到海的大河，比如长江、黄河，但每条河都应该有自己的生命历程，即是没有名字，就像那些逐渐远离森林的树木。我不希望胶河流到海里，即是没有河，海还是海，而河一旦入海就不称其为河了。很早的时候，河里有座木桥，是村民用当地的灌木搭建而成。走上去晃晃悠悠、“吱吱咯咯”地响。人们细碎的身影在水里迅速聚合又分离，然后随水声流远了。后来，那座久年失修的木桥塌掉了，厚重的木板落到水中，被沙土覆盖，这是我在北方唯一见过的一座木桥……。也许在更早的年代，大禹也曾经站在这条河边，发出过他自己的感慨。

牧文在《大禹之歌》第三章“高密之歌”这样写道：

“繁茂秀美的梧桐啊，
你根植于古老高密的大地上；
婆娑的树叶随风飘荡，
引来吉祥神鸟万千凤凰……。

《大禹之歌》运用艺术虚构手法，塑造了大禹这一著名的英雄形象，结构宏大，充满着幻想和神奇的色彩。这让我想起阿来和他的《格萨尔王传》。阿来说他要写的《格萨尔王传》不是一部文人作品，而是一部在民间流传很广很久的口传文学作品。故事的主人公格萨尔本来生活在天界，看到人间的纷乱与痛苦，发大愿来到人间——不是电视剧中那样直接地驾着祥云下来，而是投生到人间来，像凡人一样成长，历经人间各种艰难苦厄而后大功告成，最后又回归天界。这部作品不是一部正经的历史书，但研究这部史诗的专家们得出了一致结论，相信这个故事还是曲折反映了西藏一些历史事实。但在民间，老百姓的兴趣往往不是真实的历史，而是艺术化的历史。

《大禹之歌》是牧文用他的理想和热情，以至于整个生命所熔铸而成的宏伟诗篇，其中闪耀着诗人鲜明的个性光辉，这在中国文学史上也许还是第一次出现。《大禹之歌》的创作，既植根于现实，又富于幻想色彩。诗人通过极其丰富的想象和联想，并采取铺张描叙的写法，把历史、人物、神话交织在一起，把地上和天国、人间和幻境交织在一起，构成了瑰丽奇特、绚烂多彩的幻想世界，从而产生了强烈的艺术魅力。

庚寅年之春于青岛

# 华夏情怀——读牧文

子　敬

"当古华夏的历史女神在清澈的月光下展现，
我惊叹英雄、高贵和华夏民族一脉相连。
我是多么地荣耀和幸福啊！
我荣幸地把祖先的神话高声颂赞。"……

是在读一种激情还是在读静默于心灵深处却高唱于苍穹的诗，我含糊于这个概念的清晰，而在春日深掩的午间，与太阳相连的情绪里却揣满了欢腾。

年轻却深沉，清澈却豪放，生长在土地与远空之间的那抹绿色，微微笑着不动声色地徘徊在广薄的气流中，涌动，飞翔。诗的魅力站在云端游动，反反复复，而年轻诗人的心就此跳动着，击响厚重的神话鼓韵，一声声，震于耳际。

我初识了这个名字——牧文，也初识了这底蕴深厚，闪耀着龙魂的诗体与内心的激跃。于是著名作家张炜说："牧文的这部诗稿／表现出恢宏的气势／博大的胸襟以及／顽强的追索能力／它不太像这个消费时代的／一个青年人的所为／但它的确是发自底层的／夺人心魄的长吟。"神话，一个民族血脉隐性的情感，开放了几千年文化之前的精神之花，带着久远的芬芳与迷彩，带着钻石的亮泽与光辉，依如鲜活地开放在今日，而诗人将其夺目的精神又润色生情，他执着着信仰，也执着着文化的生命。马克思说，神话是在人民幻想中经过不自觉的艺术方式所加工过的自然界和社会形态。

于是诗人感受着“从盘古开天到盘古化生，女娲造人，炎黄之战到华夏统一”的宏伟传奇，谱写着神话之外的美丽神话，生动刻意地描述着神话清晰的轮廓，书写下华夏文明的亘古吟唱。“大神盘古掀开了宇宙神秘的眼睛／宇宙终因他的壮举而苏醒／所有的神话／所有的生灵／都挤到宇宙的窗口变化成精灵。”神秘的眼睛，于宇宙之上的探寻，挤到宇宙的窗口，以诗人灵魂的透析，将神话的面具揭开，无论是在白云之上还是蓝空之下，动荡的情绪扬起神的腾跃。訇然而来的洪流就此落下银川。

“美丽的花绳蘸多彩的泥浆抡动／抡出的泥土变成了一个个小人／男男女女在女娲身边又跳又唱／人类的海洋向四疆拓伸。”诗人将女娲造人挥写成人类的欢歌，有了人类的土地就有了生机与力量。“从神秘的浮玉山到雄伟的密山／那儿是母亲尊贵的产床。”他于是这样挥洒生命的情愫，写就母亲哺育的情怀。“女娲，宇宙的又一位先祖／像一朵出水荷花／慢慢从盘古的耳朵里走出。”秀美而慈爱的女娲在诗人的笔下就是一块剔透的美玉，一抹挺秀的森林，不是么，那感受至爱的低唱一直在沃野、河流、山川回荡，玉树花、金银花、白玉兰花，世上一切唯美的花儿围卷着女娲，这不仅仅是诗人心底的吟唱，这是全人类共同的吟唱，女娲的陶醉是人类与之相随的陶醉、祝福，所有的自由、幸福洋溢着欢快的足音。

诗人醉于其中，而读者又融入其中，生机、仁爱、欢腾。

那是怎样一种博大的感怀，把思想的高潮汇入世界与全人类的和平共处，欣欣向荣。他不是年轻的，那年轻仅是在说他的年纪而却不能定位他的内心，那是一片老道的土地长出的厚实的苗木，且坚硬而固实。诗中，他感怀着人之生境的动人场面，年轻的广义已无由地扩展成一种大气的思维，且将其轮回为与宇宙相吸的磁性。他于是说，“我们共同生活在纯洁的蓝天之下 / 请让我们以真诚的心拥抱和平的心 / 请让我们白色的手紧握黑色的手 / 请让我们黄色的胳膊搂紧褐色的臂膀。”你决不必怀疑这正义纯洁的神话就是幻想，这幻想却是真切的希望，人类的感性会是真理的延伸，而诗人的情怀正是龙之传人的伟大与深隧的统一。牧文用活跃的笔触触摸着人类灵魂的微妙与神秘，用充满深爱的情感写就人类和平的谐音，“我们是中华的子孙 / 也是世界的孩子。”多么温和的想法，多么清脆的回应，至纯与至爱的龙之音在东方上空形成一股不可排斥的温暖的细风，轻袭而至，就在那诗的韵调上生根且生长且长出嫩绿的泪滴，滴在河流奔腾的土地上。收获着青色与美景，诗人的愿望是可及的也是温柔的。面对苦难，欢快的传递与握紧的双手是力量产生的根源，于是他这样写道：“我们将消除那些没必要的争斗 / 共同分享着同一片阳光 / 我们也将共同分享着苦难 / 也将分享着温柔的月亮。”

诗人的博爱在诗的稻草地里飘香，成熟的谷颗颗落入温厚的土壤，他吟唱着生命，吟唱着和平，吟唱着爱情。夸父、信念、太阳，女娃。“博大而漫长的爱啊 / 来源于真情 / 我们享受着至爱的欢娱／也同样对生活庄严和珍重。”他诠释着爱的内涵同样为爱而心动，伟大而深重的爱情在骨质里挥化成银色的梦，而诗人由此而更豪情。诗人在高高的山岗上，在渊远的河谷里，对着空旷的沃土如此高吼：“我怀着无比崇敬的心情／来高歌战神夸父与美神女娃的重生／他们的光辉事业是多么的崇高啊／崇高的灵魂放射着华夏的尊荣。”

牧文，一个不同时代相混于浅流的，不甘与物质相随应的诗人，他将一种精神传唱给华夏儿女，将龙的血脉重新谱成时代之曲，他边走边唱，边走边传，将文化流里的神话编写成定格的感动，于是在诗的最后，他以一个华夏儿女的热情与热泪写下这样的诗句：

扬起快乐的鼓槌山河热烈回响，
弹奏白云为琴弦的乐器天地悠扬；
山谷回声森林浩渺浩荡，
群山群峦高声欢唱。

玉女花裙随风飞扬，
芳香人语溢满华夏天堂；
炎黄携手，华夏一统，
国泰民安，幸福安康。

# 浩荡长歌谱神曲

高培丽

翻开牧文的《华夏龙魂》，便不由自主地由着一股浩荡之气引之导之，沿着远古混沌的足迹，时而云空大开，天光灼目，时而渊堑幽昧，恒无际涯。哪里是天，哪里是地？风雷雨电在哪里？山河湖海在哪里？生灵在哪里？你我在哪里？哪里又在哪里？世界是什么样的？是方是园？方圆又如何界定？哪是黑，哪是白，黑白又是如何区分的？一切都在等待，等待一个叫盘古的大神劈开天地，创造一个有你有我的世界。

其实知道牧文这个名字是在他上高中的时候，不久，便听说牧文出书的消息，但那时无缘一睹为快。因没读过他的作品，声名便只是声名，没有具体印象。大概是九八年的一天，与我对桌的一位师傅递给我一本诗集，说，很难相信这是一个孩子写的。感佩之意溢于言表。我一看竟是牧文的《女孩，请听我说》，便有些吃惊。因为那位师傅的读书品位一向是颇高的。能得他如此评价的多是大家大成之作。果然，翻开诗集，立时便被文中绮丽惊艳的语言与飞扬无羁的思绪所吸引。尤其是文中处处高扬着的纯情的丽质，圣情的尊贵与绝情的凄美，无不呈示着泣血而后的超脱与沉实。与其说是少年情怀的张扬，不如说是一席情感的圣宴，一曲爱情的绝唱，更是一场奢侈的恋爱！那是凡人梦里泪里千呼万唤而终难企及的奢侈。而牧文用自己的诗文实现了这种至真至美的奢侈，可谓幸运！

今天，又读到牧文倾十年之功写成的华夏民族神话英雄史诗系列《华夏龙魂》，自然如得了大家新书般净手而读。说实话，我本是不懂诗的。但被牧文笔下挥洒的天地浩荡之气与华夏古神们创造的磅礴绮丽的大好山河导引着，一路吸纳着善神恶神们“绝天通地”的酣畅大战，亘古大爱，百变通灵，千种磨砺，心中有温暖，有感慨，更有感谢。感谢作者给我们贯通了一条去往上古的时光隧道，让我们在那片混沌初开的世界里，感受人类最古老的光明与黑暗，正义与邪恶，男人与女人，大爱与大恨。于是感慨，有大胸怀才有大关照，关照人类，关照人性，关照人类与人性的渊源；关照华夏文明，关照历史纵深，关照华夏文明与历史纵深的创造与背景。于是，在这样的关照里，我看到作者笔下华夏民族的历史与文明仿佛一位联通天地的巨人，面如神龙，声如响雷，脚步轰鸣，他一路顶着天，趟着地，搬着山，抱着海，牵着河，开着路，怀着爱，抛着恨，流着血，流着泪，敬着大神，也敬着众生；这位充满神性的巨人引领着与他一样神奇的男人和女人，也深情回首，也阔步向前，一路轰轰隆隆趟着历史长河向我们走来。于是，华夏民族的历史深厚而鲜活着了，华夏古国的文明繁茂而生动着了。

还有温暖，有人说，你是有趣的人，世界就是有趣的；同理，一个心中有温暖的作者，才能写出温暖的文字。在牧文的《华夏龙魂》里，处处洋溢着温暖的爱情，亲情，友情，热情，这温暖贯穿古今，拥抱天庭的神仙，也辉映你我的心灵。

七部长诗凝聚而成的史诗《华夏龙魂》，可谓壮观。翻开书页，相信你也一定看到了，那些神性的巨人整齐地屹立在华夏文明史的璀璨里，在这弘大的光芒里，每一位大神都闪烁其独有的锋芒，风采熠熠，卓尔不群。盘古来了，开天辟地，混沌洞开；女娲来了，以身补天，感天动地；皇帝，炎帝，娥皇、女英、帝喾，蚩尤，大舜，大羿，大鲧，大禹，夸父，女娃……该来的圣神圣贤都来了，纵横在他们的时光里，开疆拓土，匡扶正义，传承文明。如今虽然这些万能的男神与女神们都圆满了尘世担当，修成正神去了天堂，但我们却在牧文的《华夏龙魂》中看到远古的神族恩怨，金戈铁马历历再现，恍若昨天。

循着巨人的脚步，循着诗人的韵律，随风云变幻，随山河流转，快意之处不禁朗朗有声，亮出几分龙族的豪气与血性。在计算机高速运转的二十一世纪，在飞机划过长空的寂静深夜，有你，有我，有秉持着华夏民族刚正坚定，自强不息精神的龙的传人们，伴着盘古开天辟地的轰鸣，情愿让身心沉入暖暖的远古隧道，让思绪腾跃在女娲曼妙的秀发里，驰骋于夸父凛凛的“日月剑”锋……探寻华夏历史渊源，寻觅你我古老的秘密——

当这些古老的秘密从历史深处走来，像一幕幕舞台情景剧展现在人们面前时，人们突然发现，原来我们的祖先为我们留下了一个庞大的神话世界，中国神话根系深远，其神话人物和派别众多，可谓枝繁叶茂，百花争艳，单就一部《山海经》，其山水风物，神灵鬼怪，美丑善恶，便足以让人目不暇接。神话世界是一个令人向往的世界，那些上古的大神们神通广大，力大无比，绝天通地，搬山移海，他们统治着整个宇宙，能撼天地，唤风雷，却心底纯良，各司其责。男神刚正勇猛，女神温良美丽，所有的正义必将战胜邪恶，所有的美好必将驱散阴霾，结出善果。这样的世界让现实中倾尽人力而不能及的所有事物成为可能，是一片能够支撑精神的净地，它能够给人以精神的抚慰，正义的力量。作为人类创造美好世界的梦想摹本，既是历史的参照，又是文化的传承。但不知从什么时候开始，人们发现，很多年轻人知道普罗米修斯、宙斯、维纳斯、丘比特、甚至雅典娜、阿波罗，却不知道伏羲，颛顼，帝喾，甚至炎帝，皇帝和尧、舜、禹，就像很多人知道西方的情人节，而不知道我们有个七夕鹊桥会一样。中国神话以及那些创世纪的大神们，如华夏历史长河里一条源头丰沛的支流，正在现代化的文化大潮里慢慢枯竭，干涸了文化，同时也干涸了心灵。那些没有幻想与神话的童年与少年，那些没有梦想与创造的青春岁月，不仅使人扼腕，更让人心痛。多少年来，无数文人墨客来去匆匆，你走过，他走过，是否有人看见这样的演变越来越突显，越来越普遍？是否有人感知并忧虑这样的现状甚至这样的未来，有一种历史痕迹与纵深文化的缺失？是否有人因心痛而呼唤过，呐喊过？也或许有过吧，但却没有人有勇气担当起为华夏历史与文化拾遗补漏的重任。如今有人看见了，有人感知并忧虑着了，更有人鼓足勇气鼎立担当了。这个人就是牧文。

由此，我也就仿佛理解了诗人牧文写作的初衷，那是一种担当历史，支撑时代，耸立精神，濯洗灵魂的责任感与使命感，甚至——紧迫感。

付之行动，向前一步走的担当，何其艰难：没有气吞万里山河的胸怀，责任可能变成纸上谈兵；没有贯通历史与未来的学养，使命可能半途而废；没有流韵舒畅的笔力，浩荡情怀将无以支撑；没有十年磨一剑的坚持，七部神话史诗自然也就无缘与世人见面了。幸运的是，这一切都是假设，诗人牧文用自己的脚踏实地颠覆了这样的假设，他有胸怀，有学养，有笔力，有坚持，于是，他成功了！

当终于缓缓走出大气磅礴的诗境时，禁不住就要为眼前喧嚣浮华世界里这位笃实"求索"的歌者叫一声"好"了。且不说诗歌中升腾而起的恢宏气势与华夏图腾的阳刚之气自成一格又浑然一体的契合；且不说作者想象空间的辽阔与上下几万年搏击寰宇的爱恨情仇，訇然撞击而成的一副副夺人魂魄永恒画卷，将怎样于那些浮光掠影成就的泛泛文海中临风而立；单就牧文肯沉心潜学，广集博纳，蓄十年之功力，磨此擎天利剑的沉实精神，就足以令我们仰视了。由此而想，多半的好文章其实是与坚持不懈的求实求学精神同生同栖的；而所谓灵性自是衍生于真才实学中的。于是窃以为或许牧文正是早早地悟到此理，才有了《华夏龙魂》这样的大成之作吧！

谱写华夏史诗

构建华夏神系

弘扬华夏精神

華夏民族系列神話英雄史詩

# 華夏龍魂

莫言

## 第六部

## 大舜之歌

牧文 著

作家出版社

图书在版编目（CIP）数据

华夏龙魂 / 牧文 著. -- 北京：作家出版社，
2014.4
ISBN 978-7-5063-7370-8

Ⅰ. ①华… Ⅱ. ①牧… Ⅲ. ①诗集－中国－当代
Ⅳ. ①I227

中国版本图书馆CIP数据核字（2014）第071583号

华夏龙魂

作　　者：牧　文
总 策 划：徐忠志
责任编辑：罗静文
装帧设计：许世杰
出版发行：作家出版社
社　　址：北京农展馆南里10号　　　邮　　编：100125
电话传真：86-10-65930756（出版发行部）
86-10-65004079（总编室）
86-10-65015116（邮购部）
E-mail:zuojia@zuojia.net.cn
http://www.haozuojia.com（作家在线）
印　　刷：青岛星球印刷有限公司
成品尺寸：152×230
字　　数：1100千
印　　张：96
印　　数：001-100000
版　　次：2014年4月第1版
印　　次：2014年4月第1次印刷
ISBN 978-7-5063-7370-8
总 定 价：189.00元（全七册）

癸巳宜蘭

《华夏龙魂》系列插图之《女娲》 殷瑜 绘

作者牧文在『大禹封国 三贤故里 莫言家乡』前留影

# 《华夏龙魂》序

莫言

我的家乡有一条胶河，流量不大，在分省地图上只是细细一条线，但她是高密东北乡的母亲河。胶河大多时候是一条涓涓细流，近年来更是经常断流，但她发起威来，也有浩浩荡荡、奔腾咆哮的景观和声势。在我童年的记忆中，胶河是世界上最大、最壮观、最美丽、最神圣的一条河。

后来，我看到了黄河、长江、珠江、密西西比河、莱茵河、塞纳河等著名江河，但这些江河留给我的印象都不如胶河深刻。那些都是别人的河，唯有胶河，才是我的河。这条河已经成为我的高密东北乡文学地域的重要组成部分。

青年诗人牧文也是高密东北乡人，他的家距我童年时住过的小屋很近。牧文到北京出差，只要时间允许，总会到我家坐坐，聊一聊家乡发生的新鲜事，叙一叙家长里短。家乡能有这样一个后起之秀，我感到很高兴。

有一年，我回到老家过春节。除夕之夜，牧文携妻带子，驱车赶到高密东北乡看我。回去后，写了一首诗《致莫言》。那首诗把我神化了，我不敢当。我建议牧文把这首诗献给我们的

胶河。

后来，牧文将他创作的长篇神话史诗《华夏龙魂》送给了我，让我有时间看看。我虽然读过一些唐诗宋词，但对现代诗读得不多，对神话史诗更是知之甚少，印象里，古希腊有《荷马史诗》，古印度有《罗摩衍那》和《摩诃婆罗多》，我国的藏族有《格萨尔王传》，蒙古族有《江格尔传》等几部神话史诗，但作为中华民族最大主体的汉民族却没有一部神话英雄史诗，只是有一些呈散珠状的神话片段，保留在一些典籍，如《山海经》、《淮南子》、《搜神记》、《述异记》、《聊斋志异》等文本和父老乡亲的口述史中。这，确乎是中华民族的一个遗憾。

牧文倾心我国古代神话传说的搜集、整理和再创造，耐得住寂寞，沉得下身心，积20年之功，著成了长达两万余行的《华夏龙魂》七部曲——《女娲之歌》、《黄帝之歌》、《女娃之歌》、《大鲧之歌》、《大羿之歌》、《大舜之歌》、《大禹之歌》，填补了我国汉民族长篇神话英雄史诗的一项空白，被中国作协列入2013年重点扶持作品。作为牧文的老乡，我为他的追求而高兴，为他的业绩而欣慰。

德国著名哲学家康德说过：“有两种东西，我对它们的思考越是深沉和持久，它们在我心灵中唤起的惊奇和敬畏就会日新月异，不断增长，这就是我头上的星空和心中的道德定律。”不知牧文有没有受到康德的影响，他却是在真诚地仰望星空，思考星空。在《华夏龙魂》的献诗里，牧文热情洋溢地写道：

“当我再次仰望灿烂的古华夏的星空，

有多少英雄事迹震撼着我们的心灵。
纯洁女神嫦娥如月华流泻的温柔，
射神大羿和嫦娥凄美的爱情让人感动。

俯看长满白玉碧石的沃野，
有多少大神气贯长虹。
坚强之神白马大鲧为人民献出了生命，
治水之神大禹是华夏亘古绝今的英雄。”

牧文仰望星空的目的，似乎在于寻找、讴歌、弘扬曾经使华夏民族光耀世界、笑傲千古的远古神话人物。英雄和爱情是神话史诗的两大主题，牧文在《华夏龙魂》中，以灵动飞扬、细腻流畅的想象和点化之笔，串联、补缀、创造、生发了那些存留在我国古籍典册中和传诵在村野乡夫口耳间的众多神话英雄，以及他们身上所洋溢的“力拔山兮气盖世”、“贫贱不移、威武不屈、富贵不淫”的英雄气概和普渡众生、舍身为民的济世情怀，他们对美好、纯真、炽烈爱情的呼唤和追求。如许情节和描写，在《华夏龙魂》这部长诗中可谓俯拾皆是。例如，在《大鲧之歌》中，牧文描述了英雄大鲧从天庭盗来息壤，为民治水，又带领万民向帝喾的暴政发起抗争，后被帝喾施以日复一日、年复一年的残酷的刑罚。但大鲧永不屈服，他慷慨作歌：

“酷刑酷刑！
能奈我何？

我心坚固，
苦中作乐！

“凿凿凿，且凿且乐！
灼灼灼，且灼且歌！
蜇蜇蜇，且蜇且坚！
痛痛痛，且痛且倔！”

大鲧的这种拯民于水火，不畏暴政，敢于抗争的精神，不禁让人想起了希腊神话中为人类盗来火种，得罪了众神之王宙斯，被关押在高加索山上天天受刑的普罗米修斯，想起了我国神话中与颛顼争帝不胜，怒而触不周之山，使天柱折、地维绝的英雄共工。

再如，在《大禹之歌》中，牧文将三过家门而不入，胫毛磨光，专注治河的大禹写得气韵飞升，态度坚定，干劲十足。治理长江时，面对鳄鱼、蛟鱼、黄色大鱼的恶意挑战，神船剧烈晃动，随时可致倾覆的风险，牧文这样描述：

“唯大禹镇定自若：
‘我竭力为万民忧劳，’大禹笑谈：
‘若生，是天性；若死，是命定。’
大鱼们无不被大禹神定如山的气概震撼。”

唯大英雄才有真气度大气魄。这寥寥几笔，即勾勒出了大禹“泰山崩于前而色不变”的英雄本色。

在《华夏龙魂》中，牧文对纯真爱情的歌咏和描画，是一以贯之的，而且成为长诗中神话英雄与恶势力抗争主线之外的又一条叙事线索。牧文运用袅娜、细腻、生动的诗笔，对黄帝和嫘祖的一见钟情，美神女娃和战神夸父的生死相依，射神大羿与纯洁女神嫦娥的相亲相爱，坚强之神大鲧和华夏女神姣女用爱和生命孕育大禹，等等，进行了不遗余力的刻画，是整部神话史诗不可分离的组成乐章，使阳刚、雄壮的主旋律有了阴柔、细嫩的和弦的衬托和滋润，可谓相得益彰，相濡以成。

牧文在神话史诗的艺术特色方面，也进行了积极的探索和大胆的尝试。如四行一节的排列方式，不落痕迹、琅琅上口的韵脚设计，似江河回曲、流转不断的气韵铺排，描摹刻画的通透、灵动、细腻，叙事与抒情的紧密结合，整体结构的和谐对应，等等，都有一定的追求所在和相当的表现力。

牧文在这部长篇神话史诗中，对大禹与高密的关系作了一个诗化的插叙：

“四方传来歌唱：鼻梁如泰山耸立乃为‘高’，
天庭饱满五官端正乃为‘密’。
高密啊，大禹！大禹啊，高密！
两个伟大的名字激荡天地。”

恰好，我读到一点史料，唐朝司马贞《史记索隐》称：“鲧娶有莘氏女，谓之女志，是生高密。宋忠云：‘高密，禹所封国。’（《世本》）”新编《中国通史》称：“禹，字高密。”可见，牧文将

大禹跟高密相连带，是有所本的。

可以说，牧文用他的诗人的灵性和多彩多姿的笔触构筑了一座神话人物大厦，异想天开地将盘古、女娲、黄帝、大鲧、大羿、大舜、大禹等华夏众多神灵请进高密东北乡文学王国，虔诚地涂抹着一幅幅带有神秘宗教色彩的远古神话历史画卷，其追求之执着，其气魄之雄阔，其造诣之特出，令我惊异。

牧文让我为《华夏龙魂》题词，我略加思考，提笔写下：“华夏龙魂，源远流长；生生不息，维德维芳；诗书继世，千古馨香。牧文小民，其志大矣；牧文小友，长诗万行。”

是为序。

2013 年 9 月于北京

# 精彩点评

牧文巧妙地以华夏神话传说为蓝本，展开想象的翅膀，以整个国家和民族文明发展史、整个国家和民族著名的上古历史人物及整个国家和民族在历史上所创造的神学、神话进行综合，以神话叙事诗的形式记录下来，三十年后，三万行的长篇神话叙事诗《华夏龙魂》（七卷）结集出版，这在中国恐怕是史无前例的。认真阅读可知，书中凝结了牧文的点滴心血，也清晰看到他的目标——创作华夏长诗、构建华夏神系、弘扬华夏精神。

——谢玉堂

牧文呕心沥血，完成《华夏龙魂》，可喜可贺！这是他一个人的文学大工程，也是高密文坛的大工程。远古的史诗用神话的方式呈现，近代的史诗用传奇的方式呈现，当代的史诗用写实的方式呈现。愿牧文和高密的文友们发奋努力，共创高密文学的辉煌，力争在不久的将来，使高密成为中国文学版图上的重镇！

——莫言

牧文的这部诗稿，展现出恢弘的气势、博大的胸襟，以及顽强的追索能力。它不太像这个消费时代的一个青年人的所为，但它确实是发自底层的夺人心魄的长吟。

——张炜

牧文《华夏龙魂》是一个诗学的成果。这样一个篇幅浩大的作品，填补了中国当代新诗对中国古代神话这个重要宝库的发掘，给我们提供了一个可供大家了解中国古代文化、了解中国古代长诗创作的一个重要的具体的范本。

——叶延滨

文学为什么要有艺术，我们就是要探问：我是谁？我从哪里来？我要到哪里去？我觉得《华夏龙魂》追寻的就是这三个问题。我们从哪里来？我们从远古走来，我们华夏儿女有共同的根脉、共同的传统。我是谁？我们是几万、几千年来这块土地上的人们，生生不息，长途跋涉，就这么走过来的。我们要到哪里去？我们要去寻找幸福，要找到自己的自强和自信。我觉得《华夏龙魂》就探讨了这些问题，跟我们的历史文化联系起来，跟齐鲁大地的文化传统紧密联系起来的，跟我们中国人坚忍不拔、自强不息紧密联系起来的。

——梁鸿鹰

牧文能把神话和传说变成他心中的一种形象……带着这样一种敬畏来讴歌我们伟大的英雄。牧文带着我们从上古传说中来汲取一种力量，用这种正能量来灌输到我们的文学中来。

——张陵

牧文在为我国汉民族神话诗意的再现，做着不懈的努力。

——林莽

青年诗人牧文集三十年之功创作完成了《华夏龙魂》，以华夏民族上古时期的先祖们开辟蛮荒、繁衍生息、战天斗地的英雄故事为主线，以先祖们不屈不挠的精神为胫骨，以丰厚至诚的情感为血肉，塑造了一个个栩栩如生的神话英雄人物。这部作品用诗歌的形式，精致地建构了一座中华民族宏大的意识神器，构成了中国古代文明发展史的缩影，是一曲对中华族邦的亲情礼赞。

——李军

长篇叙事诗《华夏龙魂》是潍坊市精品创作工程中涌现出的优秀典型代表。作者牧文以华夏民族的神话传说为蓝本，以恢宏开阔的气势、流畅新颖的笔调，为读者显现出波澜壮阔的上古历史，堪称华夏民族神话英雄史诗。《华夏龙魂》里的史学、文化和美术价值受到广泛关注……必将为潍坊文化艺术创作产生直接的

带动作用，必将提升和扩大潍坊文化的影响。

——初宝杰

《华夏龙魂》是牧文同志二十年笔耕不辍的倾心之作，填补了我国长篇神话英雄史诗创作领域的一项空白……高密历届市委、市政府高度重视文化建设。今天，中国作协重点扶持作品《华夏龙魂》成功结集出版发行，既是高密深厚文化底蕴的一次闪亮展示，更是我们推进文化大发展大繁荣的新起点。

——范福生

# 目　录

# 献　诗

当古华夏的历史女神在清澈的月光下展现，
我惊叹高贵的英雄和华夏民族一脉相连。
这是多么地荣耀和幸福呵，
我荣幸地把祖先的神话高声颂赞！

颂赞绿色的星球是一颗伟大的灵魂，
他让众神游弋在自己神性的心田；
他指引我步入雄伟的昆仑山呵，
望见那云开峰立，金光闪闪！

昆仑山呵，巍然高耸气象万千，
八千丈的雄峰巍峨直达九天，
山顶矗立着九重黄金神殿，
神殿四周环绕着洁白莹润的白玉栏杆。

黄金铸就的神殿在山顶熠熠生辉，
金光普照海洋大地蔚为壮观；
神殿正门面向东方一马平川，
我呵，心怀虔敬要到里面去仔细看看。

呵，我看见创世之神盘古正开天辟地，
他太阳般智慧的头颅呵光辉灿烂；
我看见育人之神女娲正炼石补天，
她高贵圣洁的灵魂如栀子花芳香鲜艳。

我看到天梯建木昂然挺拔直达蓝天，
东望泰泽波涛汹涌浩淼无边；
我看到招摇山的迷谷在黑暗中闪耀光华，
吉祥之神九尾狐毛色金赤带给人类美好祝愿。

我看到千年的石荷花漂浮于流沙的波涛，
随风起舞，曼妙如诗般美轮美奂；
我看到观水中白头红嘴的文鳐鱼，
成群结队飞翔在夜晚的静谧九天。

我看到神农炎帝品尝百草，
他的玲珑玉体内跳跃着生命的火焰；
我看到众神之王黄帝雄才大略，
意气方遒指点如画的江山。

我看到华夏心胸辽阔的疆域广袤无边，
雷神在碧绿的稷泽畔流连忘返；
我看到华夏紫气腾腾光辉灿烂，
驳马、驺吾等诸多神兽在寰宇显现。

我看到气宇轩昂的战神夸父，
他头戴橄榄枝编织的和平花环；
我看到美神、诗神女娃呵，
她头戴贤惠、温柔、美丽的桂冠。

我看到北帝颛顼少年英俊，威武英明，
天地将治理得美丽如画静如家园；
我看到大力神阿黎、巨力神阿重绝天地通，
水神共工为冲破桎梏而勇触不周山。

我看到俊仪绝伦的帝喾，
他和儿子们在治理壮阔的河山；
我看到俭朴、贤明的人间之王帝尧，
与民同乐将十大吉兆降临人间。

当我再次仰望灿烂的古华夏星空，
有多少英雄足迹震撼着我们的心灵；
纯洁女神嫦娥如月华流泻般温柔，
射神大羿和嫦娥凄美的爱情让人感动。

俯看长满白玉碧石的沃野，
有多少大神气贯长虹；
坚强之神白马大鲧为人民献出了生命，
治水之神大禹堪称华夏亘古绝今的英雄。

当我如海啸般的激情汹涌澎湃之后，
我的心灵渐渐趋于清潭般的安静；
我站在泰山脚下仰望挺拔苍远的山巅，
山巅托起众神遨游紫气腾腾的苍穹。

呵，华夏龙魂将众神一一颂扬，
华夏精神在九州激荡起猎猎雄风；
为了民众为了理想为了荣光，
华夏众神为真理自由甘愿奉献鲜活的生命！

天地间的众神呵，我高贵的祖先，
我斗胆向你们奉献我浅薄的诗篇。
你们自强不息的精神是华夏的根脉，
你们的伟业及英名必将永驻人间！

# 第一章　重华出世

今夜让我们仰望紫色的夜空，
那一颗颗明亮的大星自亘古洗涤了多少圣洁的心灵；
当温柔女神掀开薄雾般的轻纱将澄碧的黎明之神唤醒，
上古的大神们正以洪武的喉音唱响华夏龙魂的文明。

上古的大地像片片方舟漂浮在沸腾的海洋，
片片陆地啊卑微地夹在大水中央；
人类整日在这恶劣的环境中东奔西迁，
疾病恶神还要肆虐地侵蚀人们躯体的健康。

日出于斯，华夏神民们劳于斯，
日落于斯，华夏神民们还要同猛兽彻夜争战；
遭受洪涝的稼禾转瞬又被炽热的太阳烤焦，
即将收获的果实一夜之间又被冰雪冻烂。

上古的华夏神民们腰裹兽皮，足踏草履，
手执青铜之器，开垦四野征战八荒；
他们艰苦劳作却难果饥肠，
深寒的海水和魔咒之灾还要不断将他们中伤。

自炎黄开始大地得到有序的治理，
华夏神民开始日出而作日落而息；
虽洪涝仍泛滥于万里大地，
虽疾病仍在四处蛰伏没有止息。

但是，古老东方已经初露魅人的神奇，
上空中时时传来感人的神旨；
大神们如众羽飘落，
把吉祥的信息带给华夏大地。

但见，太阳升起于橙红的东方，
晨露在文茎的叶尖垂滴；
迷谷树黑色的闪耀着光芒，
夜龙腾空而起吐纳万里于云端若现若离。

呵，上古东夷之地这一年正是瑞鸟幽鸣，
吉树茂盛稼禾满眼一片郁郁葱葱；
看那雷岭之下雷泽之湖一碧万顷，
东方历山的上空亦紫气腾腾。

雷泽之畔、历山脚下，
潍水湟湟流过东夷诸冯之地；
此时，一名小小大神正在母体内舒展手臂，
但见如烛火般游动的婴孩卷云吸日。

握登这位孕育大神的伟大母亲，
她站立在东夷之地诸冯墟高大的建木之下；
正是东天云霞满天繁华流锦，
上古的天空一片祥和，大地上开满紫色的舜华。

握登抚摸着自己高高隆起的腹部，
似乎看到婴孩在透明的子宫内不断膨胀；
即将分娩的阵痛使她的心头涌出阵阵暖流，
孩子啊孩子，你将要出世，你将是什么模样？

此时小小大神的父亲有弦却在经历着眼疾的苦痛，
擅长弦乐的瞽叟因其常奏于山野而得有弦其名；
他在潍水之滨救得握登而与她结为百年，
娇妻在怀，豪歌不断，却不想自己的眼睛正在一点一点地失明。

只能看清方寸之远的有弦禁不住将琴儿弹奏，
叹苍天啊，人类的命运多舛不公；
我有弦啊满怀壮志纵有豪情万丈也要落空，
伟大的神啊，为何要早早地夺去我的光明。

我所弹奏的瑶琴再也无法调试，
我所热爱的土地再也不会看清；
我所爱恋的握登再也看不到她的颜容，
我所痴情的夜空啊，璀璨的星啊，再也不会走进我的眼睛。

黑暗将要吞噬了我呀，
美丽的光影将弃我于阴冥地府之中；
我所寻求的东西啊，大地母亲啊！
苍天万能的父，我在质问你们为何要如此残酷无情！

弹完竖琴的有弦卧床休息渐入梦乡，
梦中一把白玉琴翩翩而落；
有弦操琴而歌，
一片片祥云自天宇飘过。

只见东北方向紫气腾腾，
一只五彩的凤凰在凤城宝地嘶鸣；
只见他展翅向龙城飞来，
两翼鼓起浩荡的怯尘风。

五彩凤凰飞到有弦身前翩翩起舞，
雄阔的琴音伴随凤凰铿锵的歌声；
我为龙城子兮，我为您之子兮，
愿我的心伴随龙城终生。

歌声刚毕，突然响起一片雷鸣，
一块巨石崩裂，一条小石龙从石中诞生腾空；
滔滔大水自天而降，隆……隆……
有弦被神奇的梦惊醒。

忽闻西天传来阵阵雷鸣，
大风起兮响彻四空；
闪电携着蓝色的火焰扯开天幔，
大雨倾盆而至，哗，哗，哗！如地裂天崩。

有弦仰天立于暴雨之中，
雨水鞭子一样抽打着他青铜般的面容；
握登从建木下惊呼着跑来：
“有弦啊有弦，莫要伤心苦痛。”

“我们的孩子马上就要诞生，
我们的希望就在我的腹中；
他日夜在我的体内跳动不停，
将来一定会成为旷世英雄。”

有弦抚摸着妻子光滑的脸庞，
干涩的泪水与雨水混合在一起；
天空中传来阵阵惊雷的炸响，
大雨中的一切都随之颤抖不已。

贤妻啊握登，
我不是在为我的慢慢失明而大鸣不平；
我不是在为我个人的苦痛而哭号不停，
我是在为我们人类的痛苦而苦痛。

我是在为我们人类的疾苦发出心声，
我是在为我们后代叹息宇宙的混沌不清；
我是在为我们华夏自强不息的精神而呼应，
我也希望我们的孩子成为济世的大英雄。

孩子，我在选定主宰你命运的星座，
我在以我神性的呼声告知她听命于我；
将来的世界要由你来修缮，
将来的华夏神民会为你燃起热烈的希望之火。

咔！天宇传来一声巨响，
紫色的闪电射出刺目的弧影；
这电光使仅看出寸余的有弦双眼一阵刺痛，
他大喊一声，仰天倒入狂倾的暴雨之中。

闪电携带着巨大的火光冲向西南，
藏龙涧三杈古槐上的一方巨石被紫色的电光击中；
至中而裂的巨石中竟现出一个圆形龙蛋，
龙蛋随之破壳而出，一条黄龙扶摇而起直上苍穹……

见有弦仰天倒地，
握登忙上前搀扶；
不想腹内传来阵阵巨痛，
将要临盆的握登手捧腹部大声惊呼。

大雨仍在叫嚣，
狂风仍在肆虐；
潍河之水湟湟然漫过河堤，
大水向有弦与握登涌来，眼看就要把他们淹没。

冰冷的河水击醒了有弦，
他举起双手，眼前一片黑洞洞；
完全失明的有弦忽然听到妻子虚弱的呼声：
“有弦啊，快，扶我进入卓棚……”

“水！”有弦一阵惊呼，
大水已经漫过他们的双腿；
失明的有弦预感到大水将至的险情，
他摸索着抱起握登，蹒跚前行逃离河水。

疼痛的握登为有弦指引方向，
弃了村墟的草棚，前方即是历山下的高岭；
众多逃难神民们已经聚集在那里，
都为怀抱握登跌跌撞撞登上高岭的有弦，而深感庆幸。

大水马上就要漫过他们，
冲歪的大树斜悬在他们的头顶；
这时，握登发出一声撕心裂肺的尖叫，
一个婴孩随即诞生于湟湟水中。

但见这刚刚诞生落入水中的孩童，
“扑通”一声就不见踪影；
大水边上的神民们大惊失色，
有人已经跳入水中，岸上传来一片喊声。

无奈相隔甚远，
纵有回天法术已难将婴儿救起；
不想此时大水中竟泛起层层巨浪，
湟湟大水从中裂开一条缝隙。

刚刚诞生的孩童立于浊浪之巅，
力劈一掌便把河水击翻；
孩童伸出另一只手，
向有弦的后背轻拍，有弦抱着握登飞一样到了河岸。

孩童并不迟疑，对着滔滔洪水双手一甩，
如拽住了巨龙的尾巴；
“嗨”地一声，
河水后退，大水一路东流，哗，哗，哗……

岸边目瞪口呆的人们爆发一阵高呼，
小小大神的诞生使人们一阵欢腾；
大水退却，大雨止息，
人们把个小小大神围了个水泄不通。

历山高岗上一片郁郁葱葱，
自南方迎面袭来阵阵旌山之风；
大家把这小小大神抬过头顶，
孩子被欢呼着一次次抛向天空。

有弦怀抱孱弱的握登，
低声耳语儿子是多么的英雄，
可惜握登因失血过多已悄然辞世，
再也听不到有弦自豪的赞叹声。

抱着握登的有弦流出干涩的泪水，
握登啊握登，你快醒醒；
快看看我们的儿子多么英勇，
握登啊握登！有弦号哭着无比悲痛。

握登啊握登，
握登啊握登，任有弦喊哑了嗓子也不再回应；
一朵紫色的舜华从握登的怀中坠落，
啊，握登啊握登，我们就以舜华为孩子命名！

早在握登刚刚怀孕，
有弦便与她商量给孩童取名；
名字起了一个又一个，
最终两人也没确定。

今天，孩童终于降生，
握登啊却因此而失去了生命；
生前就极爱舜华木槿的握登啊，
为了她有弦决定以灿烂舜华为孩子命名。

# 第二章　舜救娥英

被不断抛向空中的舜华，
禁不住向哭号的父亲张望；
这时，人们才发现舜啊每个眼睛竟生有两个瞳孔，
重华出现，福兮祸兮？双瞳是否夺去了父亲的光芒？

天上传歌：重华丽之，
化成天下；
舜以继明，
照于四方。

尊敬的子民们！
重华将如朝阳光耀；
他的名字便是顺应华夏民意，
他的一生将为华夏效劳。

小舜华被大家轻轻放下，
人们所有的目光都在注视他；
舜华嬉笑走近大家，
把东翁西婆的手儿牵拉。

他在人群中左顾右盼，
好似在焦急地把父母求见；
终于有人悄悄走上前，
拉着他的手轻轻呼唤。

舜华啊，你父亲有弦双目失明换来了你的出世，
你母亲握登又因你的诞生而殪毙；
快去为你父亲擦干泪水，
快去掩埋你母亲未寒的尸体。

有弦抱着握登坐在泥水中饮泣，
那悲声让天上报警神寓鸟也敛翅唏嘘；
它缓缓地降落在历山脚下，
引颈长鸣为有弦及神民们把福祉祷祈。

舜华望着报警神寓鸟沉思，
此神生于虢山，身形似鼠，鸣如羊叫；
能把千里之外的兵情禀报，
此时它的来到，是否正在把舜华寻找？

舜华抚摩着寓鸟华丽的羽毛：
“寓鸟啊寓鸟请载我去远方。”
寓鸟轻轻地点头“咩咩”地鸣叫，
舜华毅然跨上鸟背向着高天飞翔。

有弦摸索着来不及走向舜华，
寓鸟已经载着舜华扶摇九霄云上；
只听苍穹中传来阵阵飓风之响，
霎时太阳光芒万丈把小小大神照亮。

舜华顾不上安慰父亲掩埋母亲，
舜华的出世是华夏神明人间呈祥；
他不能留恋双亲，
他要为华夏神民们寻找希望。

舜华诞生的那一刻，
紫色的闪电劈开藏龙涧巨石的核心；
那条小小黄龙与舜华一起诞生，
此时等待舜的黄龙正在高天长吟。

黄色小龙围绕着小小大神舜华游离不停，
不时还要把它赤红的龙须向舜华嘘吐；
舜华手扶黄龙，用他粉红的小手抚摸龙鳞，
黄龙扭动身躯，在澄碧的天空顿显威武。

尊敬的神民们，
舜华将为华夏终生效劳；
舜华，顺华！他的名字便是顺应华夏伟大意志，
舜华将如初升的朝阳将华夏光耀。

寓鸟载着舜华飞过昆仑墟，
飞过轩辕之山；
飞过西海，飞过祝祷山，
他们在帝尧的宫殿上空徘徊不前。

此时的帝尧因华夏大水奔忙四方，
他越过泰泽，东去万里到夷地亲访；
在田间与劳者促膝，
在山野与牧者把治国大事相商。

早在帝尧出访时元妃女皇已身怀六甲，
美丽贤惠的女皇从送走帝尧的那一天起即开始思念他；
帝尧啊帝尧，你奔走八方，为的是华夏神民的安居兴旺，
你整日里披风沥雨我怎能把心放下？

帝尧啊帝尧，我多想化为一只数斯，
飞在你的身旁为你遮风挡雨；
帝尧啊帝尧，我多想化为一片五彩灵羽，
为你寻求真理的灵魂插上双翼。

这一日女皇手执祝余小花站在草棚之外，
西天五彩之云流霞万里；
思念帝尧的她呀，禁不住潸然泪滴，
忽然天空乌云翻滚大风四起。

电闪雷鸣大雨将至，
女皇不觉腹痛阵阵；
将要分娩的大痛传遍周身，
女皇啊跌倒在草棚之门。

咔，咔，咔，天地被雷电袭击，
巨大的青色火焰滚动着漫过萧萧四野；
旷野之滨的黑水顿生滔天大浪，
眼看女皇即要被大水淹没。

这时，一条黑色的火焰自西天而至，
翩翩然落下一位俊美男子在女皇面前站立；
但见，这男子如月华初照，体态欣长，
那俊秀的面容啊，让人不敢直视。

这俊美男子将自己黑色的斗篷一甩，
哗，扑天盖地的大水纷纷退却；
他面含深情，将女皇抱入草棚，
分娩的痛苦让尊贵的女皇也忘了羞怯。

我的丈夫是伟大的帝尧，
他定将知道你曾把我救过；
现在，我就要分娩，
尊敬的英雄请你退出草帐,来日我将同帝尧一起向你致意感谢……”

俊美的青年微微一笑，躬身退出草帐，
草帐外此时已是晴空万里，夕阳西照；
金色的夕阳展开巨大的羽翼将大地辉映，
美丽的荀草在微风中轻轻慢摇。

这青年站在帝尧的草棚外禁不住露出一丝冷笑，
草棚内传来女皇撕心裂肺的呼叫；
青年听着她痛苦的喊叫思忖着邪恶的目的就要达到，
他兴奋地搓着手掌，两只瓷白的手竟被摩擦出黑光道道。

月华初上，紫色的夜空在月神的光耀下神采奕奕，
草帐内终于传来两声婴孩的哭啼；
俊秀的男子顿感事不宜迟，
他嘿嘿一声冷笑，弯身进入帐内想把婴儿抱离。

帐内放置的琼枝将黑暗点亮，
虚弱的女皇搂着一对女婴面露喜悦；
男子面露狞笑道："女皇啊女皇，
我就是牙生，此次前来，就是为了把这对女婴掳夺。"

女皇一听此人的姓名，
禁不住大吃一惊；
原来，此俊秀男子竟是万恶之神，
他就是传说中外表秀美内心狠毒的孽子牙生！

这牙生原本为盘古的一颗牙齿，
因不服盘古的约束而脱落；
来到世上的他立刻积万恶之源，
恍恍千年，他成为恶神，整日做恶为乐。

毕竟曾为盘古的一颗牙齿，
这牙生长得娇美无比；
但见他鼻梁高耸，浓眉秀目，
五官端正且显一脸英气。

这牙生比帝尧还要俊秀三分，
并素以伶牙俐齿蛊惑人心而著称；
投机取巧是他的拿手好戏，
施恶纵淫是他成为恶神的“本能”。

身在地府的牙生得知帝尧要生下一双小女，
这两名小女将来会成为贤贞女性；
牙生启用了千年喻镜，
早早地将这两名女子的前程看清。

看着两名女子为善的圣举，牙生心生妒意，
生为恶神的他在地府内禁不住怒喊声声：
好啊好，我不将你们掳回地府，
我就枉为恶神，我就不配为牙生。

如果帝尧之女将来成为恶神的后继，
这将是件多么美妙的匪夷之事；
一条毒计就这样在牙生胸中诞生，
他兴风作浪，假惺惺地将女皇救起。

现在牙生伸出他修长的手臂，
就要从女皇的怀中把两名女婴夺去；
女皇赶紧护住自己的婴孩，
她紧咬银牙，凤眼向恶神射出愤怒。

牙生轻轻一挥手，
女皇即从榻上滚落在地；
她马上从地上爬起，
伸出双手扯住牙生黑色的披衣。

这时，草帐外传来阵阵龙啸，
随之而至的是寓鸟“咩咩”的长啼；
从千里之外赶来的正是驾黄龙骑寓鸟的舜华，
小小大神倏地一声从鸟背飞起。

轻飘飘地，他降落在牙生的身后，
“嘻嘻，嘻嘻，我说有打仗的呀？
你这男人，怎么跟个女人拉拉扯扯，
要打，就和我比个高低吧。”

牙生回转头来，但见，一个生得双瞳的小小顽童
双手叉腰，小小的头颅昂起，在自己的身后站立；
牙生呵呵冷笑：“呵呵，别逞能胡闹……”
他一挥手，要将小孩儿打跌在地。

没成想，这孩儿将自己的手臂一举，
“嗨！”牙生顿觉一股排山倒海之力；
牙生惊恐得脚步连连后移，
“咦？”这是哪里来的小孩竟这般神奇？

“哈哈，来来来，也接我一下！”
舜华“啪”地把腿一伸把脚一抬；
一条黄龙顺势呼呼地窜出来，
那金龙以狂风暴雨之势，“嘭”地一声把牙生击坏。

牙生携着一路黑光被舜一腿踢出草棚，
他试着站立起来，无奈已经毫无力气；
舜乘着黄龙一路追来，
“嘭嘭”又是连发几掌，把牙生打败。

紫色的夜空燃起了一团黑色的火焰，
牙生凄厉惨叫着逃向天边；
小小大神已把恶神牙生打入了万丈深渊，
女皇母女啊获得了平安。

# 第三章　舜与帝尧

现在，我们已经知道，
女皇生下的一双女儿就是娥皇与女英；
两个新生的女儿已经从女皇的怀里爬到地上玩耍，
帝尧后代早早地显出一副女神的光灵。

她们的头发是一片沉静的黑夜，
她们的眼睛明亮如天穹闪亮的星星；
睫毛乌黑，像丝绒般弯下，
她们的眼睛展现华夏无限的风情。

舜华赶走恶神牙生，
天降的暴雨已经止息；
天空中显出无数颗明亮的大星，
朵朵彩云儿伴着澄碧的月华游移。

这正是一天逐渐凉爽惬意的时刻，
一轮红日早已沉没入蔚蓝的峦峰；
大自然鸦雀无声，只听到水滴叮咚，
好像整个世界都沉浸在幽静的共鸣中。

舜华踩着贝壳和五色光灿的碎石，
走过平坦而坚硬的沙地；
小小大神舜华啊和草棚外的娥皇与女英一起玩耍，
呵，舜华与美丽的两位小小女神在尽情嬉戏。

“让我舜华和你们一起来畅游天地！”
言罢，舜华挥手向天宇飞去；
两位贤贞的小小女神亦紧随舜华的踪迹，
唰，天空中顿时流星如雨。

夜空被三位小神涂刷得格外绚丽，
三个小小孩童手拉着手在天空中游戏；
月华光洁地洒在他们无忧无虑的脸上，
玉一样的光泽在他们脸上游动不离。

呵，他们是多么自在，
他们俯视着大海，大海即汹涌澎湃；
他们想抚摸天上的月亮，
圆圆的月华女神羞涩地躲进云层藏了起来。

忽然东天划过一条紫色的虹影，
但见一位目光炯炯的大汉驾苍龙来到他们身际；
呵，这大汉浑身显露着英武之气，
天庭饱满，鼻梁高高耸立。

他严肃的表情好似严冬的冰雪，
坚毅的面容扬起一身正气；
舜华顽皮地向大汉道：
“喂，你的苍龙比我的黄龙还要大出几许神力。”

“是不是你的神力也将比我的神力更具威力？”
大汉并不言语，细眯龙睛只将手儿一劈；
三个小小大神顿时失去神力，
如流星陨落跌向苍茫的大地。

向下的重力跌疼了三个小小大神，
也气得舜华啊大叫不已：
“好你个坏蛋，不言不语即下手袭击，
看我舜华，绝不饶你。”

一语言毕舜华轻晃身形，
但见小小黄龙飞出舜的身体；
随着舜华的拳头举起，
黄龙怒吼着向大汉撞击。

大汉亦不敢怠慢，
他举起手中之剑向黄龙斩去；
小黄龙旋首躲避，
龙尾却顺势向大汉猛扑。

双方激烈厮杀直战得昏天暗地，
一时间鏖战不已；
两位小小女神亦想伸手相援，
她们要助小小大神舜华一臂之力。

这时虚弱的女皇从草棚内跑出，
她大声呼喊着气喘吁吁；
“莫要再战，莫要再战，
两名女童是你的女儿，那小神刚才救了我们母女。”

原来驾苍龙而来的大汉正是帝尧，
身在千里之遥的帝尧忽然得到神谕；
帝尧的心头禁不住想起有孕在身的女皇，
帝尧忙驾起苍龙向招摇山飞驰而去。

但，他还是来迟了一步，
幸亏舜华的到来，才将牙生赶回地狱；
得知此大汉是两位新朋友的父亲，
舜华撅着嘴儿不言不语。

夜色中微风轻轻吹拂，
花儿在月光下窃窃私语；
娥皇和女英依偎在女皇身边甜蜜地睡去，
静谧的夜啊，只有帝尧思绪不已。

帝尧抚摸着舜华的头发，
想我大尧一度是华夏大地的战神；
可惜啊，我的神力并未使华夏的洪泽止息，
眼前大业啊正是需要有人任继。

治理万疆也正到了关键时期，
观这小小孩童目生双瞳竟有如此神力；
日后如稍加引导，
定会为华夏神民创造无数奇迹。

哎，他是这么年轻，
这一时刻他的精力最为充沛；
天生神力需要他勉加约束，
扶扬正义终会成就治国大器。

想到这里帝尧把面容一板，
他向舜华道："孩子，你拥有盖世无双的神力；
但你要将前程看个仔细，
没有华夏龙魂的指引，你的神性将永无施展之地。"

舜华嘻嘻一笑：
"亲爱的我朋友的父亲；
我有无神力与你何干？
我有无施展之地又有什么要紧？

华夏龙魂的大道又是什么道理？
我感觉这样活着就非常欢喜；
你这一番理论在我舜华这儿不值一提，
快快收起你那所谓的逆理。”

帝尧听得此言并未生气，
他摇头叹道：“小小大神岂能没有大度？
英雄的大志应心怀天地，
只有草木鸡犬才追求片刻的欢愉。”

舜华又把小嘴高高撅起：
“你这人怎能把我比喻成小小狗鸡？
不是看在你是我朋友的父亲的面上，
今天，我一定会和你比个高低。”

帝尧禁不住哈哈大笑，
他抬起神剑向身后一指；
“唰”地一声，他身后的一棵百年老树被拦腰斩断，
树上的鸟巢亦摔落在地。

帝尧道：“舜华啊舜华，
人的一生不加以磨练与充实；
就会活得如同这离了根茎的老树，
你不强大自己就会被比自己强大的力吞噬。

你不顺应自然，不顺应天地，
那么自然万物就会将你的命运搁置；
到时受损的不只是你自己，
就像依枝而建的鸟巢也会受到连累一样可惜。

所以，命运好比这鸟巢，
要保护好家园保护好自己；
聪明的鸟儿也会寻找大树为栖，
若不思进取，不用几日你的神力就会消失。”

“你应该把大爱建立，
把华夏神民的命运放在你的心里；
如果你只是贪图短暂的欢愉，
那无疑是在慢慢向深渊走去……”

帝尧一番推心置腹的话语，
令小小舜华自愧无比；
他知道自己刚刚降临人世，
大千世界的神奇还未一一经历。

想到这舜对尧拱手作揖：
谢谢你对我讲了这么多道理；
今后无论我走到哪里，
都会深记你的良言善意。

东方欲晓，百鸟欢唱，
小小大神不再留恋儿女情长；
他胸怀大志要远走他乡，
他要把华夏大地独闯。

# 第四章　舜华逢凶

小舜华向东海飞去，
东方的太阳慢慢在大海里脱去睡衣；
美丽的温柔女神将天空用霞光点缀，
怯尘风啊飘飘摇摇，南禺山上有鹓雏飞起。

呵，夫有鹓雏发于南海，
而止于北海兮；
夫有鹓雏非炼食不食，
非梧桐不栖非醴泉不饮兮。

可是小小大神舜华啊，
刚刚诞生的他，哪里知道这就是凤凰的秘密；
他向这些神鸟飞去，
但见那些高贵的吉祥之鸟啊，轻抖七彩神衣。

舜华问道：“呵，美丽的鸟啊，
你们要飞向哪里；
你们又叫什么名字，
你们是否愿意和我一起嬉戏？”

鹓雏呼地大展其翼，
但见金光四射风生云起；
空中传来美妙的大乐，叮叮咚咚响过，
金光顿失，那美丽的鸟啊，已经毫无踪迹。

舜华孤零零地立于天地之间，
眼下万物混混沌沌苍莽无序；
洪泽泛起的银光向舜的双瞳反刺，
舜啊忽然感到巨大的空虚。

这时，一阵奇香在舜的鼻翼间飘过，
但见西天悠悠兮飞来一奇艳女童；
女童嬉笑着向舜华靠近，
“我生亚已在此候了多时，我亲爱的小英雄。”

生亚生亚多么奇妙的名字，
但见她双眉如黛；
双目含情小小的鼻子直挺俊俏，
呵呵，美丽的女童啊多么可爱。

舜啊飞上前去，轻轻拉起女童柔软的小手，
一股无名的柔情啊，顿时侵占了舜的心里；
你怎知我会走到这里，
你怎知我们会在此相遇？

生亚温柔地含羞而笑，
我的小小大神啊我是多么喜欢你，
你一出世就注定要与我相遇，
我的到来证明了神谕的灵异。

舜华啊禁不住欢呼不已，
你的来到正是美好时机；
让我们畅游广阔的天地，
让我们一起把神奇的万物亲身经历。

生亚挽起舜华的胳臂，
轻轻挥手，但见前方风景无比秀丽；
他们踏上寂寞的沙滩，
把小小脚丫踩向金黄的沙地。

热情的心所表达的一切热烈词藻，
怎及得一声无忧无虑的笑语；
天性的奥秘让男女啊互相引吸，这一启示
正是女娲对后代儿女的护庇。

他们时而彼此望着，他们的眼睛
在月光下闪亮；她以雪白的臂；
搂着舜华的颈，他也搂着她，
让他的手半埋在生亚长长的秀发里。

生亚为舜啊烧饭蒸米，
舜啊为生亚采来山谷中的鲜花与粟粒；
清晨他们在树下嬉戏，
夜晚他们依偎在清辉如梦的月光里。

小舜华啊吹响山谷中的叶笛，
两个小小神人在天地间举起水晶之杯；
那杯中是生亚自酿的宝石红酒浆，
醉心的话语与醉人的酒啊让他们沉醉。

心情舒畅的小舜华啊，
禁不住想放歌一曲；
可是他不通音律，叶笛儿呀
在小舜华的口中只有简单的音域。

有一天，他们吃下了一种鲜嫩的蘑菇，
不一会儿，舜与生亚肚子疼痛不已；
生亚从昏迷中醒来羞愧万分，
由于我不会烧饭，而让你患此恶疾。

舜华心里知道，
其实是自己采来的蘑菇害苦了彼此；
由于自己对这个世界的陌生，
中了蘑菇的毒汁实在是恶果自食。

他们遇见一条五彩之蛇，
好奇的舜华问这是什么东西；
单纯的女童生亚也不知蛇是什么虫子，
女童轻轻地用手去探试，蛇咬伤了她的手指。

生亚疼痛得汗水直流，
舜啊却急得上天入地无计可施；
最后，还是生亚的福报战胜了蛇毒，
舜啊从此遇见蛇就要将它砍死。

生亚总是上前制止，
我们不认得它的威力；
因为我们没有知识，
所以，要怪只能怪我们自己。

舜华羞愧得无言无语，
帝尧的忠言啊在舜的耳畔响起；
倔强的舜华啊，
开始从心里对帝尧的忠告重视。

快乐的小神舜啊，
有一日烦闷无比；
生亚轻抚他乌黑的头发，
快乐英雄舜华啊你有什么心事？

舜华道："我什么都想知道，
可是，我们能知道什么呢？
看朝阳起落，星辰变幻，
它们是以什么为轴围着我们旋转不已？

看叶儿枯了又荣，
鸟儿飞来又飞去；
是谁告知了它们冬去春来，
寒雪融尽花红叶绿？"

小小生亚啊，
被舜问得目瞪口呆：
"我的爱呀，我的舜，
这些问题我一个也答不出来。

小小大神啊，
你来到这里虽有几日；
只要你有恒心学习，
这陌生的世界你还能有什么不识？"

一席话儿让舜啊倍加羞愧，
他想起自己的伙伴娥皇与女英；
有那样出色的父亲，
她们啊一定已经通晓了很多事情。

舜与生亚啊快快乐乐地生活在一起，
冬去夏至，这样过了三百六十五日；
他们纯洁的爱啊忠贞不渝，
如日月同辉相互依偎。

这一日舜与生亚来到大荒大言山狩猎，
此山乃日月所栖之地；
可偌大之山不见飞禽走兽，
松涛阵阵乌云遮日。

生亚紧紧地靠在舜的身边，
紧握着舜的衣襟亦步亦趋；
手儿颤抖脚步沉沉，
她轻轻地向舜啊低声耳语：

“舜啊舜，今日我忽然感到恐惧万分，
心儿啊，似乎要跳出胸口双眼啊也跳动不止。”
小小大神舜华啊轻松一笑，
生亚啊生亚，只要有我在，谁也别想伤害你。

他握着生亚冰凉的小手，
搂着生亚柔嫩的肩膀，
穿过一片文茎之滨，
忽听空中传来异样的声响。

一枝阴冷的箭羽划破深红的长空，
带着如雨的哨音疾驰；
噗！这万恶的箭啊，
深深地刺入生亚的身体。

鲜血喷涌而出溅在绿油油的文茎叶上，
顿时盛开出一朵朵紫色奇葩；
那枚毒箭贯胸而过，深深的伤口啊让生亚娇目紧闭，
舜紧按生亚那喷血的胸口声泪俱下：

“生亚啊生亚，
我和你在这陌生的世界里相依；
你是我生命中的唯一，
你死了，我舜华活着还有什么意义？”

生亚啊生亚……
英雄哭喊着她的名字；
嚎啕的泪水啊，
让大言山的日月不再升起。

四野归于沉寂，
天空万里一片澄碧；
可是生亚的灵魂啊，
永远永远地离开了她娇柔的身体……

舜华把生亚埋葬在琅琊的巨石之下，
失去了生亚的他呀，一刻也不想离去；
他日夜在山顶吹奏他单调的叶笛，
直把满天的星星吹得坠落如雨。

悲痛的舜华啊，
他誓要惩罚这罪恶的仇敌；
他要将这万恶的罪人打入地狱，
哪怕他有回天神力，我舜华啊也与他誓不两立。

# 第五章　舜寻明师

小舜华在生亚的坟前守候了整整一个冬季，
雪花儿飘在紫色的大海之上；
晶莹的水滴儿挂在舜浓密的眉毛尖梢，
一个大音自天空传到舜华耳旁：

“我可怜的孩子舜华，
你正在经历生离死别的心伤；
初入人世，你就要把悲伤的苦水饱尝，
世事本无常，你应该学会坚强。”

舜擦干脸上的泪水，
遥望飘雪的上苍；
天苍苍，野茫茫，
混沌的万物啊，被大雪涵盖八荒。

小小大神舜啊，
紧咬牙关暗暗思量；
生亚啊，你被来自于天庭的毒箭所伤，
那天空的深处我的仇人呀，现在肯定在得意洋洋。

可是，我没有办法察明凶手的真相，
我的神力啊无法揭开世物的迷障；
从此我要擦亮蒙昧的眼睛，
让洞察世事的心灵充满力量。

舜华告别了生亚，
在她的坟前摆满了春来怒放的舜华；
为她倒下最后一杯深红的美酒，
把她最喜欢听的叶笛儿留下。

舜华怒吼一声，
体内的小小黄龙摇首离开他；
经过几个春去冬来，
小小黄龙呀，也随着舜的身体一起长大。

舜骑于龙背，
向华夏的大地飘忽而去；
他越过昆仑墟，越过泽沂的清碧，
这一日，来到了潍水之西。

当年，母亲握登啊就在潍水之畔生下自己，
年少的自己，没有感到一丝失去亲人的痛惜；
母亲啊，我从未听您慈惠的话语，
甚至没有允吸过您甘美的乳汁。

如今经过失去爱人的伤痛，
让我懂得了人世之爱的珍惜；
我盲眼的父啊，原谅我吧，
原谅你不孝的儿子当初把你丢弃。

如今我要把所有的悔意，
化作苦学本领的坚毅；
可我该拜谁为师呢?
虽然此刻已把帝尧想起。

清清的潍河水，潺潺流淌，
如今长大的舜华生性更加倔强；
他不想再去寻找尧帝为师，
犹豫中落于诸冯寻找希望。

“吾采荷于清水之滨兮，
水皆飘碧；
秀水迢迢兮，
歌我陶陶。”

但见歌者白发飘须，
散发气定神闲的智者气息；
小舜华赶紧走上前去：
“老人家啊，你的歌声啊让我心胸开阔万分欢喜。

这歌的音律让人听了，
会想起许多经历；
请你收下我做你的学生吧。”
说完小舜华向老人家深深地鞠一礼。

歌者听罢呵呵一笑：
“你就是天生拥有神力的舜华？
你就是那个一生下来就撇下父母远去的孩子？
看你生有双瞳，而你的父亲却瞎掉双目整日里沉于黑寂。

要想学习歌唱，
我可教不了你，
你父亲的歌唱感动天地，
我的技艺无法与他比拟。

要想了解世界的奥秘，
你要寻名师莫要在此迟疑。”
说完，老人向远方走去，
对舜华置之不理。

被冷落的舜华啊，
禁不住心生怒气；
你个小小老儿，
竟如此无礼！

舜华刚刚要发怒大吼，
这时，生亚柔美的声音啊响在耳际：
“舜啊舜，没有坚毅的恒心与耐心，
你怎能学到万般技艺？”

羞愧难当的舜啊顿开茅塞，
他赶紧撵上前去：
“老人家莫要生气，
我离开父母非无情无义而是神明的旨意。

老人家呀，莫要推辞，
哪怕你教我认一个字；
哪怕你教我一句做人的道理，
我舜华啊，也会终生把你的恩德牢记。”

白须老人发出一声长长的叹息：
“好孩子，你能有如此诚意，
说明你并非欲令智昏，
我愿将我所学的教给你。”

言罢，老者带着舜来到了他的草舍，
但见草舍内陈列着一卷一卷的高粱叶书；
上古的人们啊，那时还没有发明纸笔，
要记载万物常常使用处理过的植物叶片。

老者耐心地解开叶纸，
一个字一个字地向舜传授字迹；
舜啊，老者只说一遍，
聪明的他就能深深地刻入脑里。

只用了短短的几日，
舜就把老者一屋的卷书默记；
并可以出口成章引经据典，
这让老人家真是惊叹不已。

一日，舜自河滨采荷归来，
老者对舜发出了一声叹息：
“舜啊，我的好孩子，
你现在的学识已胜过我千里。

从今以后，我将不再教你，
西北巴山下，有一高士名曰许由；
他的知识比我高出许多，
你带上我修的书信，找到他你定会受益。”

一听采荷翁说出自己的心思，
舜华啊，忙收拾了自己的行李向老者告辞；
他怀揣着老人的信件，
心中啊生出阵阵得意。

望着兴冲冲一路北上的舜华，
采荷翁啊，禁不住露出一丝会心的微笑；
却说舜华向巴山行进，
一日来到潍水之滨的巴山下村墟一角。

只见此处好鸟幽鸣于树，
好花盛开于清澈河水之堤；
一清瘦的男子正在河边钓鱼，
舜啊向他恭恭敬敬作揖：

“尊敬的长者，
请问许由你是否认识？”
男子静静地连看他一眼都不看，
垂于河中的丝线啊也静静倒立。

舜向前走了几步再次向男子鞠身相问，
谁知这男子还是不动声色不言不语；
舜好生奇怪，
正要起身告辞而去。

这时男子才问舜找许由有何要事，
舜将拜师之事向男子细说；
男子听到是采荷翁引荐的此人，
忙收起鱼线心情大悦。

原来，此人正是许由，
看过来信后他哈哈大笑；
“舜啊，你果真是奇人神人降世，
你已经精通很多，可为什么又到这里把我寻找？

舜华得知此人就是许由，
忙再次深深鞠体；
他将生亚之死向许由道个明细，
并咬牙切齿地言说，一定要将隐藏于暗处的恶人处死。

许由听罢他的一番言语，
忙跑到河边把自己的耳朵清洗；
一放牛之男子见状，
忙问许由这又是何必？

许由细道：
“采荷翁举荐来了个恶人舜；
要向我学习却满腔仇恨，
我对这种人必须小心为慎。”

放牛翁一听，
忙把饮水的牛呀牵开：
“哎哟，哎哟，好你个许由，
你把一河之水都洗污，你这不是让我的牛儿受害？”

# 第六章　学艺树德

原来这放牛人正是许由的朋友巢父，
放牛翁的一席话让许由不禁拱手道歉；
两人相视摇头苦笑，
对满头雾水的舜华啊，他们看也不看一眼。

舜不解其意地向两位高人走去，
师父啊师父，请您教我学问；
许由一听舜喊他师父，
忙掩耳疾走，巢父亦弃牛而奔。

呵呵，他们的跑动，怎么会把舜落下，
不一会儿，舜已经站在他们面前；
舜啊舜，有你这样的学生，我可受用不起，
许由禁不住拍头而喊：

还望你啊另请高明，
许由转向舜华；
舜忙向不知所措的许由鞠躬而拜，
师父啊师父，请你尊听采荷翁的话。

还是请您将我收下！
如果我做错了什么事情；
如果我说错了什么话语，
师父啊，请您向我道明。

许由啊连连摆手，
舜啊舜，我许由乃草民一介；
避于荒野但求苟全，
你呀天生神相，想真心学艺不要把师父找错。

我许由哪里能教得你技艺？
诚心的舜啊忽然感到一阵怒气；
小小黄龙忽然自舜的体内腾空而出；
愤怒之火焰呀在小黄龙的周身烧起。

舜华忙挥动手臂将黄龙的喉咙握紧，
小黄龙啊小黄龙，你怎么能对我的师父如此无礼；
舜华将小黄龙抛向天空，
天空中飘来朵朵白云，将小小黄龙轻轻托起。

忽闻天空中传来雷声滚滚，
一碧万里的晴空啊，顿时乌云密集；
许由惊得张大了嘴巴，
想想这舜啊，实乃是神人降世。

机缘纷乱纠扰到我许由啊，
可怎样的见识才能为华夏神民排忧答疑；
观小舜华兮，虎目双重，一脸英气，
即便是个千古孽障，凭我也难以止息。

许由长叹一声：
“舜啊，我真是无能为力！”
舜啊，感到从未有过的气馁，
生亚的声音似乎又在耳边响起。

舜，咬紧牙关把许由紧跟，
许由去山野耕地，
他就为许由扛铲扶犁；
许由推开不得，只得坐在地头叹息。

但是一会儿的功夫，
整整一大片土地就已被舜犁耕；
许由回到草屋午睡，
舜又为许由摇扇驱蝇。

这样过了整整三十日，
许由禁不住叹息着把舜叫到自己面前；
许由啊，终被舜的至诚感动：
“舜啊，看来没什么能把你的诚心改变。

如果你要拜我许由为师，
我想我首先要告诉你；
世俗仇事不是不报，
但先要在心底把对华夏神民的大爱建立。

大爱之人没有苟且与私利，
最大的快乐是奉献自己创造人间的奇迹；
千古历来是华夏一体，
这样才能使这个神圣的民族得以维系。

而你，满含仇恨，
这种愤怒的气息很难使你成为真正的英雄；
这些怒火不息，
你将与大恶的恶神沆瀣一气而无益于华夏的繁荣。

现在，我先把一个任务交给你，
但要先把你的神力收起；
在我们北面有一片神奇的土地，
这片土地名曰高密。

在高密的大地上生有一种神鸟名曰凤凰，
其鸟只会降落于圣人的臂膀；
拜我为师，我只给你三日，
你必须让凤凰降于你的身上。”

许由的一席话语让舜华啊好不心虚，
伟大的理想啊要在这里重新思量；
要让一只神鸟降落倒也容易，
只是，我没有了神力，那鸟儿如何下降。

舜华把小小黄龙留在了许由那里；
轻装上阵踏上了北上之路；
不出一日，舜华就来到了高密的土地，
但见，梧桐遍野，茂盛的高粱一片翠绿。

奇怪的是，舜华所到之处，
村墟一片，茅屋离离，竟显得一片衰败之意；
家家户户柴扉紧闭，
人们在棚内窃窃私语。

舜华站在门前喊了半天，
竟无人出门应和；
天地间显出一片死寂，
舜华只好向前而行，直至姣河。

蜿蜒的姣河啊，水流湍急，
游鱼细石直视无碍清碧见底；
河边竟有一名渔者正倚桨而歌，
呵，这才像有神鸟来栖的高密。

舜华正要上前问个分明，
为何千家万户都紧紧关闭柴门；
为何对我这个过客不理不问，
为什么神奇的高密如此沉闷？

忽然阴风四起，
河水荡起波澜；
但见这渔者摇摇晃晃，扑通一声掉进河里，
刹那间巨大的怪物自水中显现。

这怪物在水中挺立身形，
面若人脸，身如羊体，
眼睛却长在腋下，
吼声似婴儿哭啼。

原来此怪物名曰狍鸮，
生于勾吾山，专门吃人，异常凶狠；
这怪物飞快地游向渔者，
眼看就要将渔夫生吞。

舜华惊呼一声跳下河去，
但是，他神力已失，救不了渔夫；
那狍鸮见一小小孩童跳入水中，
并不以为意，依然向渔夫袭去。

但见那渔夫轻摆手臂，
哗，大水飞起；
巨大的浪花儿将那袭来的怪物猛击，
那狍鸮被击得翻了个跟头，竟转身向舜华游移。

不识水性的舜华啊，
喝了河水一口又一口；
见这怪物游向自己他一阵心急，
他紧咬牙关，伸手捉住怪物的毛发在水中游走。

那怪物被舜华揪得生疼，
伸出虎爪向舜华猛踢；
舜华竟被踢回岸上，
巨大的疼痛啊，使舜华一阵眩迷。

那怪物竟也跃出水面，
怪叫着向舜华猛扑；
舜华机灵地翻身闪过，
把脚狠狠地向怪物腋下的眼睛踢去。

狍鸮哇哇一阵哭叫，
在草地上翻滚哀嚎；
它的爪子还在死死按住舜华，
龇牙向舜华的胸口撕咬。

舜华的皮肉被狍鸮撕下一片，
鲜血啊，喷了怪物一脸；
趁这机会，那舜华啊，
死死地抠住了狍鸮的双眼。

小小手指力道不减，噫！一声大喊，
那狍鸮的眼睛呀竟被他生生抠下；
舜华顺势骑于怪物身上，
将狍鸮的脖子死勒紧拃。

怪物的啼鸣一声轻似一声，
直至于舜华跨下死僵；
舜华啊，也因失血过多劳累过度，
一头载倒在草地之上。

微风起兮，花香四袭，
天空中传来叮咚的大乐；
但见高密上空飞来一群七彩的凤凰，
她们在舜华的身旁飞舞起落。

那渔者轻轻地将舜华扶起，
恍惚中舜华睁开眼睛；
但见渔者呵呵一笑，
竟顿时化为一只七彩之凤。

原来，自从姣河出现狍鸮，
高密的神民啊被这怪物连连伤残；
神奇的凤凰们便举荐出自己的英雄，
这英雄化为渔者，单等狍鸮的出现。

不想，这狍鸮一出，
却正被舜华遇见；
真是冤家路窄，
这狍鸮啊，也该它命短。

凤凰们在高密的东北乡宴请了舜华，
美妙的音乐啊为他奏了一曲又一曲，
红高粱美酒向他献了一杯又一杯；
美丽的七彩之凤站立在他的肩头翩翩起舞。

一时间高密的上空响起神民们的歌唱，
紫色的梧桐花倏倏而落，银杏的叶儿沙沙作响；
雄壮的歌声啊如青铜之音穿透九霄，
万千凤凰在澄碧的天空将舜华的功劳颂扬。

# 第七章　舜赴蛮荒

舜华啊被凤凰们留宿了两天两夜，
几天下来，为民除害的舜华，心内升起幸福无比；
他想起老师许由讲的人生的意义，
经过此次行动，小舜华啊，开始明白了许由的用意。

回到巴山的舜立即向许由处赶去，
远远的许由已经在高大的建树下站立；
舜啊跑上前去刚要把三天的际遇向许由道明，
许由的表情啊，让舜华欲言又止。

许由怔怔地向西南张望，
西天的流彩出现一片赤红的大光；
许由啊，禁不住一声长叹：
“舜啊，你刚刚回来，我们就又要天各一方。”

原来西南蛮荒突发大水，许由想让舜去治理，
舜忙道：师父啊不是说好了只要凤凰落于我的身际；
只要我三日归来，就可以拜你为师吗？
怎么又让我去治理蛮荒之地？

许由微微一笑，
舜华啊舜华，现在你一口一个地叫我师父，
难道我不想教你，
还容你在我面前这样多语？

舜一听，拍着手连声叫好，
乐得眼睛啊笑眯眯；
治理洪水原是区区小事，
舜啊一抬双手，小小黄龙自草棚内轰然升起。

他向许由拱手道别，
一道金光直向西南而奔；
许由见自己的弟子如此心急，
风风火火撞向蛮夷，心内不禁一紧。

且说舜华乘黄龙一路西去，
越向西行越感到无尽的寒意；
他紧锁眉头，把寒气抵御，
转瞬之间，他来到了西天大河之地。

但闻河水轰隆隆自天而降，
大水漫过山坡，冲向华夏大地；
舜华挥动双手把块块大石推出，
轰轰轰，一声声巨响传出千里。

被堵塞的河道瞬间又涨满，
漫出的大水啊，比来时更具威力；
舜华啊，一阵心急，
他正在无计可施之际，忽见天空朵朵祥云飘起。

云端伫立着一位慈眉善目的老人，
这老人生得好不神奇，竟是人面蛇身；
周身闪耀着柔和的金光，
眉目闪现大神的和气。

老人向舜华招手而道：
“舜啊舜，我可爱的孩子，
治水并非倾尽个人蛮力，
顺应天道才能将天下洪泽治理。”

原来，这位大神正是大神伏羲，
他得到上苍的大星的神谕；
为小舜华拨开云雾，
此刻他对生有双瞳的舜华啊，充满赞许。

这位大神伏羲啊，说起来正是因其母华胥氏，
一日到诸冯的雷泽岸边玩耍；
偶尔在河边看到过一只巨大的脚印，
心生好奇的华胥氏姑娘就用自己的脚去踏了一踏。

不想，她竟由此受孕，
原来那脚印啊，正是雷神所赐；
所以，华胥啊生下了大神伏羲，
同样生于雷泽的舜啊，一降世就被大神伏羲注意。

大神伏羲仰观天文俯察地象，
悟出了天下五行相生之理；
他把自己一生所悟啊，
向舜华一一告知。

天生聪慧的舜华啊只听一遍，
就把这些深深记进心底；
伏羲将河图细细画出，小舜华啊，
立即就从五行相生悟出五行相克之理。

这使伏羲啊好不诧异，他们细细地
把相克的河图与相生之图合二为一；
呵，河图啊，闪闪发光，
现出一片和谐之气。

这幅河图就是“洛书”，
就是先天易经的祖始之画；
故生：画卦者伏羲，
以河图成先天八卦。

演卦者文王，
后天六十四卦应洛书；
传述者孔子，
作传解经始成儒理之著。

此洛书蕴含天地玄机正是戴九履一，
左三右七,二四为肩，
六八做足，五居中间。
小舜华得出了奇偶数相合之见：

一与六相合为水，
二与七相合为火，
三与八相合为木，
四与九相合为金。

从洛书中悟出万物相生相克的关系，
舜啊心灵顿时空阔起来，他理清思路：
他沿万水之源的西方大山追寻河源，
在积石山找到河首，只见河水一直向东狂奔而去。

他挥出小小黄龙，
以龙尾横扫，将堵塞的河道拓宽；
河水一下子找到了去路，
漫涨的洪泽啊，立刻得以止湍。

伏羲见状心内不禁一阵赞许，
舜华啊，你的前途将一望无际；
你将为华夏神民奉献你的神力，
你要誓将华夏大爱揣于怀里。

言罢，伏羲大神啊向云端隐去，
舜啊立于山上，心情愉悦不已；
他正要转身向巴山而归，
不想天空忽然乌云四起。

但见一黑袍大神现于舜华面前，
此人正是被舜打回地狱的恶神牙生；
“我的朋友，你还好吧？”
牙生阴森的话语让人心里发冷。

见得此人，舜啊心内顿觉厌恶无比，
牙生继续道：“舜啊，你想知道生亚是谁杀死的吗？”
这一句话让舜华啊，立刻引起了注意，
“哈哈，生亚生亚，她的名字，正是我牙生名字的反写呀。

你的那个情妹妹呀，正是我牙生意念的化羽，
当你爱上她的时刻，我牙生就一定让她死去；
巨大的爱同样生出巨大的恨，
舜华啊，恶已经把你圣洁的灵魂占据。

一想到这里呀，我牙生心里如同吃了蜜，
比掳回娥皇女英还要惬意；
舜啊舜，此次洪水也是我牙生所为，
要让你看到恶的力量是多么浩渺无际。

你呀你，纵有天大的神力，
与我作对不过是沧海一粟好比一滴泪水差不离；
来吧，加入到我中间来吧，
那时美丽的生亚会和你永远相伴相依。”

# 第八章　师从苍颉

听到此言，小小大神舜华啊禁不住怒火中烧，
生亚啊生亚，你给我留下了多少美丽的回忆；
可是你呀你，怎么会是牙生恶念所生的幻虚？
我对你纯洁的爱啊光映天地。

舜华啊顿时恨由心起，
古圣先贤心有理想品德崇高，
骄傲的勇士，将拥有雄狮般的胸襟，
他们自重自尊并且洁身自好。

他们的心从不为俗念所累，
爱情之酒永远不能使他们沉醉；
他们有时会把一百头鹿生擒，
但，他们拥有豪情从不颓废。

纵然妙龄少女千娇百媚，
真正的英雄也不为之陶醉；
他小舜华啊经过不断的磨难，
连宇宙的太阳也对他俯首敬畏。

他本就是雄狮勇士降魔的将军，
岂能因牙生的短短几句恶语而如此丧魂失魄；
想我舜华啊刚刚降世即被恶神以一女子相挟，
华夏万千众神民的大任啊，我将怎样把握？

思及此，舜华啊心中顿时云开雾散：
“牙生啊牙生，
我舜啊，早晚一日要将你降服，
你呀，早晚会被我大善的心感动。

你这万恶之神要把我天地舜华的话语听清，
有一日，我会征讨你牙生！你若不悔改，
我就是纵身跳入鲜血滚滚的波涛，
也要将你坠入万劫不复之境！”

一席话语让牙生冷不丁打了一个寒噤，
他暗暗咬牙恨自己的恶计未能如愿；
他本想以生亚的死激怒舜华，
没想到天地英雄的舜华啊竟把他的诡计戳穿。

牙生向舜华拱手笑道：
“好个天地舜华，今日我们就此别过；
来日还后会有期，
到时当不是你死就是我活。”

言罢，四面顿生起黑气，
那牙生一路狂笑向西天地府奔去；
看着自己的仇人消失于黑寂，
舜华啊，怔怔地长嘘。

对生亚的思念啊让他不能自制，
难道生亚的出现就是对我的考验；
岁月悠悠，苍天日夜回转，
生亚啊，但愿你这幻虚的影子再次出现。

舜华闷闷不乐地向东而行，
行至巴山脚下，忽闻大乐从村墟内响起；
师父许由与巢父啊鼓之瑟之，
两人孩童一样欢迎舜华的胜利。

舜华将自伏羲处得来的洛书向许由展示，
巢父在两人身后一阵着急：
许由啊许由，这徒弟也有我的一份，
别只管着你们两人把神书传来传去当作秘密。

三人相视大笑，笑声啊响彻宙宇，
悟出大胸怀的舜华啊，此时已非当年的年少顽皮；
他现在的胸怀当可感动天地，
许由与巢父目睹着他的成长啊，心内无比惊喜。

时间不断更迭，岁月如河水般流逝，
转眼舜华在许由处已经学师三年；
许由与巢父把两人所有的知识都传给舜华，
舜学会了万物之理，并得到了音乐的大全。

舜华啊所编琴曲可谓天籁之音，
那乐声让胆怯的人顿生无比豪气，
让悲伤的人忘记所有的忧愁，
让欲死之人忽然得到生的神力。

舜华还学会了很多农事，
他耕过的土地松软无比；
他种下的秧禾生得茁壮翠绿，
他收获的庄稼呀，在粮仓里高高堆起。

这一日，舜华和许由正耕于历山脚下，
远远的有一老人背负着柴草走来；
舜华赶紧扔下手中之锄，
他跑上前去接过老人背上的干柴。

他背着干柴向老人家里走去，
老人在身后暗暗把个舜华夸赞；
当来到村墟的建树之下，
老人大喊累死也累死也。

舜华忙放下柴担把老汉察看，
但见老汉轻薄的草履已经磨穿百孔；
他忙脱下自己的新鞋套在老人的脚上，
柔软的蒲草鞋散发出清香让老人感动。

老汉抚摸着舜华少年的头颅，
脸上显出无比欣喜；
老人从地上捡起枯杈一枝，
就地划字，笔笔都金光四溢。

舜立刻就感到自己的周身凝聚着神气，
啊，忽然华光四起；
这老汉白须飘然眉发却浓黑如漆，
竟和自己一样生有双瞳令人惊奇。

虎目双瞳的老汉就是文字神仓颉，
自从舜华出世；
他和宇宙的大神一样，
就把这小小大神注视。

经过几年的观察，看那舜华啊，
其志进取不言后退，
天天长进与日月同辉，
这小小大神担负起华夏文明的重任是众望所归。

文字神仓颉啊心里无比喜悦，
他今日出现，正是把舜华探试；
没成想短短几年过去，
这舜华的德行能修到如此高的境地。

好！仓颉禁不住在心里为舜华叫好，
他捡起枯杈为舜华亲传文字的神奇；
那舜华啊，已经知道面前的这位大神是谁，
他倒身便拜，大神苍颉啊感谢你把文明树立。

华夏万代神民因你而摆脱了愚顽蒙昧，
是你呀，让我们通晓了万物大理；
仓颉哈哈一笑，
舜啊舜，真正的英雄当如你这般胸怀如天如地。

你我都生有双瞳，
注定将要把华夏圣德的丰碑树起；
今日，我亲传你天下汉字的秘密，
来日，你要更好地把它传授万世。

# 第九章　受命西南

同样生有双瞳的仓颉向舜华传授完毕，
他连忙呀向天宇飞行；
此时的天宇啊现出煌煌大光，
竟浮现出万千苍龙向西南飞腾。

舜华禁不住一怔，不祥的预感让他意乱心慌，
是什么东西又在为祸西南方；
是什么让我澄碧的心灵啊一阵颤栗？
这时，许由和巢父已经站在他的身旁。

许由向舜华问道：
“我的孩子，你看到了什么？”
舜华啊回答道：“尊敬的师父，
我看到许多人在受着种种怪异折磨。

这些影像使我泪珠盈眶，视线迷茫，
眼见这般光景，我不禁想哭泣一场。”
但是，巢父又对舜说：“你还在看什么？
为什么你的视线一直停留其上。”

你为何停留在那些被切割得残缺不全的场面？
你在其他恶的面前并没有这种表现；
你若以为能把你的未来一一观看，
就该明白华夏神民们需要有一个大神出现。”

“是的，师父。”舜华答道，
“我看见了大神帝尧的出现；
他身处险境，恶的邪气在他的周身缠绕，
他为何还不把神力施展？”

许由道：“在我看到的恶气之中，
有一个鬼魂把灾难向大地放送；
而帝尧啊正失去神力以肉体代华夏神民痛苦受刑，
这些罪孽使他付出的代价太过惨重。”

口渴正在把他折腾，
使他的舌头干裂；还有那腹水腐臭已坏，
使他的肚皮胀成一道篱笆，遮住他的眼睛！”
舜华听到这里，忙起身而拜。

“师父啊师父，你不要再说了，
华夏神民到了危难时机；
伟大的帝尧正需要我的帮助，
我要马上前去，将大灾抑止。”

一语言毕，舜华啊腾空而起，
他挥挥手，用坚毅的面容与两位导师辞别；
怯尘风飘摇摇，小小大神舜华啊，
飞过泰山飞过长江，一路直奔西南大地。

但见，西南大地山崩地裂其状惨矣，
参天大树倒兮，河水倒灌；
万千华夏神民游离失所，
疾病之神四处肆虐，狠心的万千恶鬼把整个大地疯狂侵占。

大地散发的气味臭不可闻，
那臭气都来自腐烂的肢体；
空气中充满了毒邪瘴气，
所有的动物，甚至一只小小的蠕虫也全都中毒倒地。

只见一群大神正在人群中救助伤者，
刚毅大神帝尧啊，正要从大树下把伤民救起；
舜华马上降落到了他的身际，
他一手抓住树干，那千斤重的大树就轻轻地站立。

帝尧看到来到自己面前的舜华啊，
禁不住一阵赞许："但是，舜啊，我可爱的孩子，
请把你伟大的神力收起，
我们正与一群万恶之鬼势不两立。

没有同我们一样具有神力的华夏人民，
正在遭受着我们想像不到的艰辛；
一切神秘的力量，与救助万民呀，同样不利，
　　我们的神力在他们面前同样是恶的化身。

今天，我们就要同平常的人民一样，
以我们的血肉之躯把所有恶鬼驱离！”
一席话语让舜华心内的疑团统统释开，
原来英明的帝尧啊，要以自身的意志将恶鬼吞噬。

他们向那黑暗幽谷行进，
在那里他们所见的惨状同样触目惊心；
那里的鬼魂奇形怪异，
三五成群，纷纷在有气无力地呻吟。

恶鬼们一个躺在另一个的身上，
有的压着他人的肚皮，有的趴在他人的肩膀；
有的顺着那凄凉的路径匍匐而行，
有的把那凄厉的鬼哭之声向人间传放。

帝尧和舜啊都沉默不语，
一步步地向前行进，无所惧怕；
那些肆虐的恶鬼呀，
无不被他们两人刚毅的面容惊吓。

帝尧和舜华啊，义无反顾，
终于找到了那把天地搅翻的阴森的地穴；
在这洞穴之上还有大片岩石嶙峋错落，
人们呀，我该用怎样的诗句来描绘这个凶恶的地穴。

我原本应该恰如其分地来向你们述说，
但是，世间所有的文字都难以描绘这地穴的万恶；
我只好惴惴不安地勉强述说，
这里是所有黑暗的结合是整个宇宙最阴冷的处所。

帝尧与舜华啊走在那黑暗的通道，
他们手拉着手，浑身燃烧着怒火；
不一会儿，这阴冷的恶穴啊，
把他们周身的血液快要冻结。

帝尧与舜华将迷谷的草茎结成绳索，
他们将那所遇见的恶鬼用这草茎紧锁；
被锁的恶鬼呀，在他们的大爱面前，
无不大惊失色，一个个纷纷向地府回缩。

忽然地穴深处，传来一声炸雷般的吆喝，
这一声吼叫能把所有巨蟒的耳膜震破；
随之地穴弥漫起浓密的黑烟，
但见一巨鬼如磐石一座。

此人正是嚣张的恶神牙生，
小小大神舜华再次与牙生相遇；
真是怒从心生，“不识时务的牙生，
恶有恶报，我现在就要拼尽全力把你打回地狱。”

舜华禁不住又要将小小黄龙施展，
耳边忽然听帝尧说道：
“雄狮般的勇士啊舜华，
你虽然能把凶猛的恶兽击倒。

但，你还未真正意识到恶神牙生阴狠的毒招，
今天，你更应该把他的险恶之心仔细观瞧。”
一语言毕，帝尧将黑色的迷谷绳索向恶神牙生轻抛，
那散发出黑色光芒的迷谷绳索呀，“哧哧”在叫。

牙生本能地向后退却，
大爱的火焰让牙生周身如冰融化般滋滋直响；
他咬牙切齿地想激怒两位大神，
嘴内将所有的恶语向两位大神倾倒。

但是两位心灵相通的大神啊，
哪会中了牙生的邪计；
他们把手中之索向空中不断抛掷，
炽热难耐的恶鬼们一片哀嚎凄厉。

牙生将黑色的千年寒冰之刃砍向绳索，
刀刃还未碰到那迷谷绳索就顷刻融化掉；
他又把毒蛇之鞭抽向帝尧与舜华，
那因大爱之热烘烤的毒蛇反头把牙生的嘴唇狠咬。

受伤的恶神牙生一阵狂叫，
他抖落出一片黑色的火光，向深深的地穴溃逃；
霎时间黑暗的幽谷变得通明，
舜华刚要挥绳追向牙生，帝尧赶紧将他拉回。

他们从通明的幽谷中走出，
黑暗的地穴骤然合拢；
倒流的河水开始归于河道，
肆虐的恶鬼也不再横行。

塌陷的大山慢慢隆起，
歪倒的大树根须归于地底；
太阳升起于大言山，
生息着千万华夏神民的西南大地再现生机。

# 第十章　戈壁赴险

舜华与帝尧高兴地站在一起，
这天地、这大气对他们两人来说实属得来不易；
胜利的时光呀让人无比珍惜，
他们相互审视，在彼此的眼睛里看到了自己。

每个人都是对方的镜子，
英雄眼里亮晶晶地闪着欢喜；
朝霞升起的那一刻，
在他们欢乐的心间突然袭来一阵战栗。

这不祥的预感好似冷风拂过火焰或琴弦，
让舜华与帝尧禁不住同时自言自语；
他们同时想到了娥皇与女英，
舜华的两个伙伴，帝尧的一双小女。

两位大神几乎在同一时刻腾空而起，
他们如两颗疾速的流星向东方一路飞行；
正是金秋九月，深蓝的天空留下了，
他们两人滑过天宇的踪影。

他们飞过轩辕之山，
飞过西海，飞过祝祷山；
顷刻间来到了尧帝的草厦，但见
帝尧的草屋啊一片杂乱。

女皇晕倒在门前，
舜华赶紧上前把她搀扶；
醒来的女皇啊，向空中伸出求助的手臂，
娥皇女英啊，刚刚被牙生掳去。

原来帝尧与舜华在征讨牙生之时，
万恶的牙生已经预料到了失败的结局；
他以千年之冰化为替身一尊，
自己却偷偷向帝尧的家里奔去。

因为大战恶鬼之时尧与舜皆没有操纵神力，
所以，对他们所驱影像的真假难以分辨；
奸诈的牙生利用了两位大神的弱点，
趁着夜色的黑光潜入草帐将娥英掳远。

伤痛欲绝的女皇用手指着西去的方向，
她呼唤着娥皇女英的名字再次昏倒在帝尧的面前；
舜华气得紧咬银牙，
恶神牙生啊牙生，我定将你碎尸万段。

帝尧摇头叹息，我的舜华啊，
要时刻记住把自己的愤怒平息；
这是上苍安排给我们的劫难，
惩恶扬善是我们为华夏树立大爱的意志。

牙生把我的女儿掳去西方，
那我们就接受他的挑战，挺起我们的胸膛；
帝尧将妻子女皇抱进草棚，
为她轻轻地盖上栀子花制成的罗帐。

他拉起舜华如钢硬雄狮一样有力的手掌，
他们彼此向对方点头示意；
英雄啊，永远奔波于前进的路上；
他们一路向西，鼓足了勇气。

舜华被帝尧坚定的信念折服，
历来千古英雄都有大胆魄，遂歌曰：
“颂我大帝兮坚如泰山，
歌我帝尧兮如大星闪烁……”

两人手拉着手儿在空中飞跃，不一会儿，
他们就西行至流沙之地，漫天飞沙走石迷住了英雄的双眼；
他们只好缓缓下降于千里戈壁，
这牙生故意将他们引向这天边的沙畔。

帝尧与舜华在风沙中艰难前行，
在浩渺的沙漠他们一点也觉察不到牙生的踪迹；
让万能的大神指引我们追上他们吧！
舜华祈求的声音响在帝尧的耳际。

帝尧凭着自己对神的崇敬而一直前行，
舜华啊亦坚定地跟在帝尧的身后默不作声；
这一日他们来了奢比尸国，
但见这里的人们生有人面兽身，两耳垂蛇颜色铁青。

帝尧向奢比尸国的人们举手致意，
询问他们在沙丘深处稼禾的生长情况；
奢比尸国的人们早就知道帝尧的英明，
纷纷把好吃的甘华拱手相让。

他们在落日前继续向前赶路，
奢比尸国的人们把他们的水囊灌满；
还把最好的生有双峰的大马送给他们。
并一直把他们送出很远很远。

帝尧与舜华又行了七天，
七天里，太阳落下又升起；
流动的沙丘在他们的脚下如大海的波浪，
他们路过泛林时才在林间吃些杂物充饥。

那是夸父留下的汗水让他们得以生息，
这日他们来到朝阳之谷；
这朝阳之谷有神曰天昊，是为水伯。
他们顺着水伯所指方向匆忙前去。

忽然发现了一大两小三行脚印，
舜华以洛书之理观得沙丘上的足迹；
正是牙生所掳娥皇和女英所留，
看来牙生就在此地不远处隐蔽。

所有先知的眼睛都睁得很大，
异于常人的智慧能把心底照亮；
他们都在追随和眺望消逝的太阳，
要随着这灿烂的光轮寻找方向。

他们顺着脚印终于在一方绿洲下发现了牙生，
那牙生正躺在沙滩上呼呼沉睡；
帝尧和舜华看见了娥皇与女英呀，
正揉着自己走疼了的双腿。

两人一路给恶神牙生制造了种种麻烦，
气得牙生一会儿哇哇怪叫一会儿又甜言相向；
可是聪明的两位女神，
怎么会轻易上了牙生的恶当。

她们一会儿不是口渴了就是走不动了，
牙生被两人捉弄得呀直想大骂自己；
他一会背起这个，一会儿扶着那个，
欣喜地幻想着帝尧失去爱女而哭泣。

这牙生啊，忍着苦恼将两人拉起，
两位可怜的女神就这样被牙生挟持着走进戈壁；
她们本该住在森林中，像夜莺似的歌唱，但是万恶的
牙生啊让她们和“憎恨”、“罪恶”、“忧患”呼吸在一起。

心灵无比自由的人啊现在开始落落寡欢，
那些唱得最甜的鸟儿在林间成双而栖，
孤独的雄鹰高飞于蓝蓝的天，而现在
她们正如伴着一只乌鸦虽黑光亮丽却浑身充满恶气。

现在，娥皇和女英本应脸偎着脸，
可以暂时忘记危险可以享受午眠；
那将是一阵小睡，尽管不会睡得太沉，
但是她们都没有睡，仿佛对帝尧与舜华的到来有了预感。

想起自己的父亲与伙伴舜华，
明亮的泪涌上她们深黑色的眼；
两位美丽的姑娘忽然滴下泪水，
正如一朵紫罗兰上欲垂还掩的晨露。

舜华慢慢地向他们靠拢，
当沙丘轻轻滑动，当阳光正向西偏转；
舜华已经来到了两位女伴的身后，
他轻轻地拉起她们的手，悄悄地回到了沙丘顶端。

四个喜悦的人啊，静静地微笑着向回疾走，
只把那昏睡的牙生抛在河边；
舜让小小黄龙布下沙丘之阵，
把万恶的牙生圈在兵阵里面。

帝尧喜悦地看着舜华的所作所为，
赞许地把他高贵的头颅轻轻点下；
牙生势必被困千里荒漠，
让来源于内心的点滴善意使其忏悔吧。

# 第十一章　舜与娥英

将牙生独自困于沙漠中，
帝尧舜华与娥皇女英共享欢乐；
两位小小女神已经与舜啊多年未见，
如今他们正是风华正茂，相见却禁不住一阵羞涩。

当他们在夜里独对灯火，
呵，此时林间的鸟儿不叫风儿轻吹穿林而过；
苍茫万物站立在这纯粹的静里，
而少女的心啊，由于自己的脚镯越走越响而羞怯。

呵，让我们去倾听那美妙的足音，
树叶轻轻摇曳河水不再流淌；
呵，少年的心啊开始真正狂跳，
爱情来了而她们现在就坐在英雄的身旁。

英雄的身躯禁不住震颤，
他忽然间想起生亚娇美的容颜；
可是，生亚啊生亚，仅仅是牙生意念所生的幻虚，
而两位小小女神却实实在在地在帝尧的身旁撒欢。

那娇柔的声音让英雄听了陶醉，
夜啊静悄悄，风儿吹灭灯，云片儿轻轻滑过繁星；
英雄啊为自己能救出两位女神而自豪，
这荣誉好比大星在胸前如珍宝放出光明。

啊，原来英雄救美是如此的快乐，
原来，仓颉所言的大爱正如明珠在此闪现；
舜华的内心充盈了无比喜悦，
这让他坚定了为华夏神民奉献的信念。

帝尧带着他们回到了家园，
在那里，女皇为他们摆下了庆功的盛宴；
人们把大乐敲击，
豪放的汉子把羊头舞跳得如同燃烧的火焰。

两位小小女神亦轻摇长发，
把绝非来自于人间的柔舞来跳；
舜华深情地吹起笛箫，
那悠长的乐音引来鸾鸟凤凰在英雄身边萦绕。

女皇再次为舜华斟满深红的美酒，
舜华虔诚地将玫瑰酒杯掬在胸前；
人们在大乐之中载歌载舞，
华夏神民们战胜恶神的欢乐妙不可言。

朋友，让我再次把你的酒杯斟满，
来吧，让我们再次举杯为了美好的明天；
豪放的声音洋溢于天地之间，
那来自于上古的豪言啊让整个宇宙震撼。

第二天，舜与娥皇女英坐于草帐不远的湖边，
那轻柔的风儿吹过绸缎一样的水面；
草坡碧绿野花烂漫，
他们的欢声笑语像鸟儿一样飞向蓝天。

倦意还逗留在黎明的眼上，
露珠儿尚在叶尖上轻曳；
湿草的懒味悬垂在地面的薄雾，
女皇在榕树下用乳油般柔嫩的手挤着牛奶。

刚毅的大神帝尧正在把宝剑轻拭，
飘飞的柳絮被宝剑的寒气割断；
满天的流霞亦被那避水神剑的光芒所伤，
呵，好一位顶天立地的英雄好汉。

英雄舜华的内心充满无比爱意，
但是对此他却闭口不提；
宛如鸟儿藏在密叶中停止歌唱，
丹树在村径上撒着繁花香气四溢。

他们漫步湖边，
飘渺的影子荡漾起河水涟漪；
布谷鸟都唱倦了，
他们还在走着，走着，乐此不疲。

低垂的树荫盖住水边的茅屋，
有人在茅屋后忙着种谷；
而两位女神的钏镯在一角叮咚放出音乐，
舜华哇地一声把她们从藏匿的林间捉出。

人们哈哈大笑，为三位天神的顽皮而开怀，
他们在林荫中奔走，就像麝鹿的样子；
空气中弥漫着大神的香气，
他们迷了路就呼唤着彼此的名字。

他们以神性的形象翩翩起舞，
绽放的光辉就如同冉冉升起的朝阳；
他们在林间捉着迷藏，
无边的喜悦如采蜜的蜂儿飞向远方。

在林间，三个少年在寻求那寻不到的东西，
互相手握着手眼恋着眼；
他的横笛抛在地上，
她的花串也没有编完。

他们的友谊像蓝天上的白云一样纯洁，
如那月亮橙黄色的面纱令人们的眼睛扑朔迷离；
娥皇为他编的茉莉花环使他心灵震颤，
女英为他制作的马鞭让他面红耳赤。

少年间的情愫让他们彼此意会，
他们有些娇羞也有些话儿口无遮拦；
如月华般圣洁的娥皇与女英呀，
被小舜华的窘态逗乐，无邪的少女呀，天真烂漫。

他们在林间嬉戏如初世伊甸园内的样子，
他们没有走出一切语言之外进入永远的沉默；
他们不会把喜乐压成微尘来榨取痛苦之酒，
因为他们像青梅竹马一样天真无邪。

不一会儿，女英为了一枝舜华做的竹箫和娥皇怄气，
毫无经验的舜华啊一时不知如何安慰；
他用繁花密叶给她铺设了一个座位，
被任性的女英啊一脚踢碎。

三位小神似乎要由此而产生裂痕，
可是，此时林间忽然奏起仙乐；
有来源于迷谷树的芳香自天空而来，
但见巍巍大神如山兮飘然降落。

伏羲的到来让三位小神禁不住欢呼雀跃，
小神女英啊急步走向伏羲身旁；
她撅着小嘴把姐姐占有礼物的行端告状，
慈祥的大神伏羲啊告诫姐妹们应该礼貌相让。

伏羲啊接着爽朗地哈哈大笑，
林间的好鸟儿亦随着他的笑声齐鸣歌唱；
“孩子们，你们今后与舜在一起的道路啊还十分漫长，
你们要始终辅佐他使他成为千古大神伟大的儿郎。

小小的竹箫算得了什么？
真正的爱呀岂在星星点点的小物之上？”
一席话语让两位纯真的少女羞红了脸庞，
她们嬉戏打闹着向大神伏羲身后躲藏。

林间顿时洋溢着春天的温馨，
扯落了的花瓣在和风中飘扬；
大神伏羲浑身散发着紫色的神光，
他向一旁的舜华招手道：“孩子呀，我有话儿要向你讲。”

# 第十二章　舜回诸冯

再次见到睿智的大神伏羲，
舜华内心充满了欣喜；
他们紧紧地握着对方的手，
那份喜悦在对方的眼睛里得以生辉熠熠。

睿智大神伏羲握着舜华宽厚的手掌：
“孩子啊孩子，看到你成长得如此迅速，
看到你把一条条奇功建立，
我的心内充满了对华夏神民美好明天的祝祈。

但是我的孩子啊，
单凭你一个人的神力，
你能救助几方苦难?
只有大爱与自强的华夏精神，才是华夏万民不朽的神奇。

我的孩子啊，如果没有华夏精神的支撑，
早晚一天这个民族会走向淖泥；
那时我们这些为民的大神和从大星之轴旋转的宫殿，
都会遭受毁灭的打击。

伏羲的一番话语引发了舜华的神性之思：
是呀，单凭我一人的力气，
我能走出多远，
我又能抗衡多少邪恶的势力？

整个天空，我能住在哪里？
哪里才是我舜华不息的精神之星？
我们同时分享万物，生和死、时间、
永恒、天和地，以及那些深邃莫测的天穹。

“舜啊舜，我的孩子，你明白，
你曾多么地渴求过知识的累积；
各方大神满足了你的愿望，
你应该把你之所得回赠给这片神奇的土地。

灵魂，敢于利用它们的不朽，
灵魂，敢于直面无尽无边的苦难；
正视灵魂的面孔，勇敢地告诉自己，
其志可以创造天地，让宇宙旋转。”

一席肺腑之言让舜华顿时心胸辽阔，
他握着大神伏羲的双手久久不能言语；
呵，两位身旁的女神亦激动得热泪盈眶，
小小大神们心相知手相握，共同想把华夏的伟业建树。

心胸开阔的舜华前去向帝尧辞行，
他要把家乡潍水之畔的诸冯治理；
在那里，他要把他的知识奉献给生他养他的土地，
弥补他从未回报家乡的缺失。

帝尧赞许地向舜华点头称是：
“孩子呀，华夏万民之福要你们去创立；
去吧，华夏大地的明天需要你们，
不要忘记你身上拥有的远见卓识。

最好，不要轻易地施展你得天独厚的神力，
华夏神民们终要依靠自己自强不息的气势；
把华夏龙魂的脊梁高高挺起，
这是我们的重担，千秋继世功在于此。”

这时，躲在树后的娥皇与女英羞怯地闪身而出：
“父亲啊我万能的神，我们已经长大；
而舜华建立的伟业啊正是我们的向往，
为了华夏神民我们不惜远走天涯。

我们要和舜华一起回到诸冯，
要和他一起把那大地治理；
圣明的父啊，
请准许我们姐妹布施大爱的心意。”

帝尧听到这里禁不住哈哈大笑：
“我漂亮的女儿呀真的已经长大；
父亲的身边再也留不下会飞的鸟儿，
奔腾的马驹儿再也不肯缠绕在母马膝下。

好，舜华啊舜华，虽然你拥有神气，
胸内积累了旷世难求的无数知识；
但是，单凭你一人的能量尚不能把诸多的阻力抵挡，
也好，就让她们两个助你一臂之力。”

三个好伙伴一听内心的喜悦无言以喻，
他们拉着手儿向帝尧致以崇高的敬礼；
他们向女皇告别，
女皇禁不住把别离的泪水轻滴。

呵，爱情不是时光的奴隶，
母爱亦没有时间的限制；
所有的爱就像夜明珠的光辉，照亮天穹，
孩子们拥抱明天的梦想伟大的母亲绝不会阻止。

三位大神踏上了东去的征程，
一路上，他们斗志昂扬友谊倍长；
他们穿过森林走过旷野，
翻过大山越过奔腾不息的大江。

一日，他们来到东夷之地的泰岱脚下，
但见大河之滨草木萧条四野之地一片狼藉；
三位大神都已经嗅到来源于河中的妖气，
在那里藏匿着为害于民的祸害一只。

舜华解开包裹，将黑色的迷谷枝向河中抛去，
但见河水滔滔大浪涌起；沸腾的河水
翻滚着白色的泡沫现出一只毛绒绒的怪物，
只见此怪生有虎爪、九首、九尾。

其怪本生于东夷西南凫丽之山，
其凫丽之山多产金玉，其下多箴石；
而此怪名曰蠪侄，
不知为何它从凫山跑至泰山的大河里。

三位小神顿时明白了此处萧条的原因，
这食人怪物定已为害一方多时；
他们三人不将它铲除，
此地的苍生肯定还是难以生息。

那蠪侄啼若婴孩，
身形轻晃扑向岸边；
舜华轻轻将迷谷枝蔓的套索抛向它的颈处，
没想到那怪物虎牙交错轻轻一咬即将索套咬断。

娥皇将玉石之剑划向饕侄之尾，
那美丽的如狐九尾被齐根斩断；
女英随即把黑石之剑向饕侄之爪砍去，
那虎爪也被齐根砍下。

舜华业已骑到饕侄的身上，
他揽住怪物的九头；
嗨！一声大喝，
但见那生有虎牙的九头被舜华死死生扭。

怪物扑通一声倒入河水之中，
殷红的兽血啊直把大河染红；
娥皇捡起地上的九尾，
女英把那沉重的虎爪拿于手中。

女英把虎爪配制成了一味奇药，
娥皇用这九尾缝制了一件神衣；
九颗头颅被娥皇与女英制成了舜的一件盔甲，
后来舜呀就是穿着这件甲胄征战四方增强了斗志。

怪兽已除，藏于密林深处的民众从山上跑下，
他们向三位小小大神齐声欢呼拱手作揖，
为他们的圣举而载歌载舞。
但闻一鼓磬之音传于天地：

“大河波流水
其流粼粼矣
潜中多有鱼
无继以民矣

鱼为水怪啖
民则无粟兮
今神舜来兮
斩妖于波矣

淇波流水兮
其流皓皓矣
祭之以醪兮
颂舜以报矣

淇波流水兮
其流汤汤矣
著定尔功兮
序思不忘矣”

此歌者乃泰岱之神，
三颂乃民意之所使，
三叩为舜而拜。
舜啊哪里肯接受这样的大礼。

他赶紧一手拖着娥皇一手拉起女英，
向东夷之东挥手而去；
那泰岱之下的万民们尚在九拜，
万民同歌的场面啊好不壮观。

在泰山大河之畔大战鼍侄的三位小神一路欢歌，
可是当他们越过泰山之巅时娥皇却把泪滴：
“哎，我伟大的朋友舜华，
此次我和女英前来另有心事。

你曾把友谊赐给我们姐妹，
从此我们的世界将处处充满你真情的赠礼；
你的真情像甘霖洒在我们身上，
我们的心儿已经陶醉于你。

伟大的英雄，你的爱将在我们的睡梦中，
现在我们真的就要分手而去；
离别的痛苦无人分担，
我们只有在未来的日夜里将你祝福。

伟大的英雄舜啊，
助你除妖斩怪只是我们的任务之一；
更重要的是要把你的性情考验，
这些安排全是父亲帝尧的旨意。

现在我们姐妹越来越把你伟大的心胸看清，
回去禀报父亲是我们姐妹的荣幸；
今天我们离开，但我们的心儿永远跟在你的左右，
愿你在诸冯建立起你更加锦秀的前程。

即使我们很久见不到你，
我们的眼睛也将不眠地守望着你；
而那凝望时刻仍是那么的甜蜜。我们的英雄，再见……”
一语言罢两位小小女神挥着手儿升上大空。

# 第十三章　孝行天下

看着依依不舍升上天宇的女神的身影，
舜华啊心中不禁生出别离的苦痛；
唉，我可爱的姑娘，大业未成，
我舜华啊不敢过多地纠缠于儿女私情。保重，保重……

他向两位女神拱手而别，
但见天苍苍野茫茫，大风起兮；
亘古而来的大情怀使他坚定，
他挥挥手，毅然走向诸冯之地。

不几日终于回到了诸冯的土地，
但见那潍水显露出无尽精气；
橙红的太阳从云堆里钻出，
如海洋般宽广的蓝天凝视着大地。

英雄舜华啊内心禁不住一阵叹息，
想起自己初生于历山脚下的一幕；
舜华啊，禁不住泪眼迷离，
母亲握登啊，我不想再离你远去……

话说舜华离开的这几年当中，
百姓已将其母握登葬于历山南面；
而父亲有弦由于双目完全失明，
迫于生计他只好另续他弦。

他另娶的妻子名曰壬女，
壬女家住雷泽东滨下水泊子；
由于双目失明，瞽叟啊
常常受到壬女的打骂呵斥。

后来这壬女生下一男曰象，
生下一女曰颗首；
两个孩子的诞生并未使瞽叟的地位提高，
他不得不把壬女的冷落忍受。

舜啊，正是这时踏上回家的路，
他舜华呀正是雨和闪电的使者；
他生于雷泽水中经受了震荡激流，
他如闪电击中的橡树上飘落的枯叶。

可是握登啊，他伟大的母亲，
却似那飘忽的蒲公英被风儿吹落；
宛若有个暴烈的酒神女祭司，
把她的生命从幽暗的地平线上掠夺。

母爱啊，你是我的挽歌，
现在我归来正如合拢的夜要点亮黎明天穹的圣火；
母亲，让我把对您一样的所有的爱洒于大地，
什么雷电、雨火和冰雹都将无法阻挡我爱的传播。

舜啊轻轻推开父亲茅屋的柴门，
他听见了屋内壬女的啰里啰嗦；
借着微弱的月华波光，舜华啊看见微微颤动着的
父亲瞽叟啊正在铁锅前做饭烧火。

那草墙上由于柴火的映照，
显现着父亲艰辛身影的佝偻；
舜啊赶紧走向前去，
一把握住了眼看就要被火烧到的父的硬手。

瞽叟一愣，他摸索着向舜刚毅的脸上摸去，
刹那间他的泪水滂沱；
舜啊痛哭失声，他为自己年少顽皮而脸红，
为自己撇下死别的母亲失明的父亲而忏悔难过。

这时，怀里抱着颗首的壬女从屋内走出，
看到一个陌生的青年满眼泪水她惊诧不悦：
谁家的野孩子跑来我家要饭，
看看我们一家老弱你还好意思言说？

舜看到颗首嘴里叨着的猪肉，
壬女身后象的手里捏着的肥嫩鸡腿；
那壬女嘴角上亦油光闪现，
再来看看父亲的锅内！

一片干黄白菜的帮叶，
饭食是两截枯藤样的番薯；
猪食一样的食物让七旬老叟，
佝偻的身体似冬日残喘不停地颤抖。

舜啊，看在眼里记在心上，
他知道壬女就是自己的后母；
所以他赶紧向壬女下拜三叩：
母亲呀，感谢你照顾我失明的老父。

已知此人就是那个一生下来就有神力的舜，
一听舜大呼自己母亲，
就赶紧放下手中的孩子，
伸手去搀扶跪下的舜。

可是，她的手啊，
却有意无意地伸入舜的怀里；
她没有摸到硬邦邦沉重的金子，
而是探寻到一手长途跋涉的汗泥。

她哎呀一声抖起手来，
呵呵，什么狗屁神力的奇孩子；
一副比瞽叟还要穷酸的落魄鬼样，
哎呀呀，来到我的家里难不成是要饭吃？

壬女呀大呼小叫，
不住地用脚踢打瞽叟；
舜啊强装笑脸道：“莫打了，莫打了。”
瞽叟啊无处可躲，只好藏到舜高大的身后。

“母亲呀母亲，我尊敬的如神般伟大的母亲，
你和父亲真挚的爱情啊我已经看见；
我今日回来就是为了把咱们的家园重建，
你们打情骂俏怎么好当着孩儿的面。”

舜啊内心十分苦痛，
他要保持沉默把这些酸楚接受；
成熟的舜啊没有寻求神力的帮助，
他要靠肉身的力量挽救自己的老父瞽叟,只要父亲生活得好也就足够。

舜啊在把痛苦压成微尘来获取快乐之酒，
为了大爱，他必须忍辱负重；
壬女见舜虽然穿得破破烂烂可身体结实强健，
就让他老老实实做个苦力也许能行。

于是这可憎的女人灵机一转：
就让这个傻孩子给我们到田里劳作；
每天让他和那瞎眼吃一样的猪食，
这傻孩子好像没什么脾气，谅他也不敢胡说。

想到这里，壬女懒散地叹了一口气，
孩子呀，不是我们不收留你；
不是我们对你这个早早失去母亲的孩儿不怜惜，
想想我们这一大家子，吃饱都成问题。

今日你总算回到家中，
别管我这后母的日子怎么难过；
哎，谁让我心肠不错，
但收留你必须到田里把作物收割。

还要照顾弟弟与妹妹，
还要备好家里的柴草，
还要把缸里的水来挑，
还要把我们一家人的饭食做好……

这壬女掰着指头数落，
舜啊连连点头毫无迟疑；
好好好，我圣明的母亲，
您的话儿我将条条让您如意。

舜啊，内心里充满着悲伤，
握登啊母亲，上天为什么让我们过早地别离；
可怜的父亲呀整日里与这个恶毒的女人生活在一起，
现在，就让我代父受过，把生活的担子挑起。

重新回到诸冯的舜啊，
早已经收起了自己的神力；
他早已把小黄龙放入藏龙涧中，
让其吸取着更多来源于天地的神气。

现在，壬女交给他无尽的劳作，
他必须以他平常人的肉体来担挑；
太阳还未出来他就要到地里锄禾，
黑夜还要到山上砍柴割草。

由自己亲手做出美味的饭食，
是壬女、象与颗首桌上的东西；
而舜呀只能和瞽叟在一起把糠菜咽食，不过，舜啊
总是把在山上打来的猎物悄悄做给瞽叟吃。

伟大的英雄无不拥有一颗伟大的心，
那心灵无不将明天赋予春天般的温馨；
他们不会被一霎间的撩乱扫拂，
更不会一味地怨天尤人无奈地呻吟。

舜华啊下定决心要将所有的恶感化，
不动用武力亦不召唤潜藏于自身的神力；
我的朋友，不要把你心的秘密藏起来！
对世人讲清吧，这种大爱缺失的意义。

# 第十四章　以象代耕

呵，这是大智慧，
这是心潮澎湃的前夕；
我们伟大的先祖无不经过漫长的求索，
无不经过漫长的努力。

经过磨练的舜华啊不会为琐事叹息，
人间的苦痛正需要他来治理；
他每天天未亮即起，
扛起铧犁整日劳作于苍莽的大地。

舜啊以为可以通过个人的力气改变一切，
后来他瘦得骨骼高高隆起，
生有双瞳的眼睛啊深深陷进眼窝里，
他强壮的身体不再强健有力。

他伟岸的身躯开始佝偻下去，
但他的热情啊依然澎湃，
心房依然跳动得非常有力，
过人的智慧让他在困难面前永不言败。

一日他正在一片生有顽石的土地上奋力刨土，
小小的铁刨碰到石头顿时火花四溢；
不一会儿那铁刨就刃卷铁崩，
为了收拾工具啊他花了不少力气。

这时，雷泽岸边传来大象的几声鸣叫，
象群经过时大地也随之颤抖不已；
上古时的华夏大地大象还随处可见，
参天的大树与肥硕的浆果为象群提供了丰富的美食。

有时这些大象也要发怒，
它们四处猛窜如万吨巨石滚落于民众的田里；
茁壮的秧禾顿时一片狼藉，
再牢固的茅屋也经不起象的野蛮撞击。

人们拿这种巨大的动物毫无办法，
看到大象的到来人们总是逃之不及；
为此，舜华早就看到眼里，
如果这大力动物能为民所用应是人间美事。

他坐在高高的山坡上看到象群向他这边移动，
一条妙计顿时诞生于英雄的心里；
通过几天的观察，
舜啊已经把为首的大象看得仔细。

要想制服象群必须先制服象的首领，
制服了头象就能把握整个大象群体；
舜华迅速将手里的铁刨磨尖，
那磨尖的农具顷刻之间便化为一件利器。

舜华大声呼喊着冲下山去，
他把手里的长矛高高举起；
为首的大象尖厉地鸣叫，
高高扬起巨大的前蹄。

舜华赶紧滚动身体，
他轻巧地滚到大象的前面去；
接着他又顺势一滚，滚到大象的后头去，
趁大象转身之际舜华把长矛戳向大象的屁股。

那头雄象被他的攻击激怒，
他摇晃着大耳把象鼻甩动得呼呼风响；
舜华来回地游斗着，
最后一跃，他拽着大象的鼻子骑到了大象的背上。

那愤怒的大象忽然失去了脾气；
它挥舞着长鼻，低沉地鸣叫；
骚乱的象群立即恢复了平静，
骑在象背上的舜华哈哈大笑。

舜华手里的长矛粘满了象的鲜血，
他顾不得把满头大汗擦去；
他用蒲草绳结成套索，
又用长杆挑着紫红色的浆果将大象驯服。

从此，诸冯的大地上，
人们就看到了以象拉犁的舜华；
他为耕地制做了一副大犁，
弯曲的犁臂只有舜华才能驭驾。

从此舜华开垦的荒地越来越多，
打下的粮食用好几个茅屋粮仓也都装不下；
他常常为邻居们耕田收割献计献策，
人们兴高采烈纷纷把舜华来夸。

这使嫉妒的后母壬女十分反感，
她打骂瞽叟，开始动了蛮气；
贪婪的她想要更多的粮食更多的土地，
但是，舜华啊对她的建议总是笑而不理。

壬女连一粒粮食都不分给瞽叟与舜华父子，
可怜的两人只有不时接受邻居们的舍施；
瞽叟啊拉着儿子的手一阵叹息：
“孩子啊你受苦了，娶壬女，我后悔一辈子。

谁让命运注定了你该受此委屈，
你那后母啊嫁给我也不易；
象与颗首也是我的亲骨肉，
等他们长到象你这般大就明白了事理。

为了这个家，为了我的生命还能苟延残喘，
你呀，要努力再努力；
你呀，千万不要和壬女作对，
千万不要伤了一家人的和气。”

舜华拉着父亲的手默默点头。
父亲以前是有名的歌者，
他的弦曲让人禁不住浮想离离，
但是，壬女嫁过来后，就把他的弦撕扯。

他爱唱歌的嗓子呀马上就要锈死，
舜华就拉着父亲的手将他带到雷泽之池；
他早就为父亲做好了竖琴一支，
父子两人坐于水边，舜华吹笛瞽叟奏琴，大乐啊顿时响起。

舜华常常对父亲说自己生有双瞳，
是自己夺去了父亲眼睛的光明；
我高贵的父，从此我和你寸步不离，
从此，我就是你的眼睛。

舜华说得到做得到，
他呀，无论走向哪里都要手牵着父亲的手；
并不停地把所见所闻讲给父亲听，
舜耕地，就把父亲放在地头。

舜去赶墟，就领着父亲的手一路同行，
看前面的舜华又开了，这可是我母亲最爱的花；
看李家的小猪又生了十个有余，
看姚家大哥娶回了媳妇啊一笑露出两颗虎牙……

就这样年复一年日复一日，舜华啊始终如一，
舜华的心胸从此更像天空，是天庭的一部分；
它也有日夜交替，和天空一样，
有时它也会遮上了乌云，闪过雷电。

无论多么伟大的英雄都是这样的心灵，
他们面对困难有时不能自己；
可是一旦圣灵的神光被点燃，照亮，
他们啊马上就会把自己所有的大爱建立。

舜华对父亲的重视也引起了壬女的妒嫉，
尽管英雄舜华将家庭的重担挑起；
但是，她壬女呀，还是觉得这个舜华是块绊脚石，
看着舜华老实巴交不言不语的样子壬女就来气。

她骂他，甚至打他的嘴巴，
她在他喝的水里洒上泔水；
把他已经很破的衣服扯烂，还烧掉了他的草履，
又在他的床上浇上凉水让他无法入睡。

象与颗首也一天一天长大，
他们对待哥哥啊也同母亲一样蛮不讲理；
象每天游手好闲不思进取，
那颗首则整日里擦脂抹粉只会对男子们媚眼儿迷离。

左邻右舍实在看不下去，
苦心相劝甚至扬言要把壬女处死；
要把象和颗首赶到深山里，
壬女却破口大骂，对谁都横行霸气蛮不讲理。

她的一副泼妇模样显得比赖皮狗还赖皮，
曾征战八荒气盖如天的战神舜华，
不言不语，他私下里向诸冯的民众阐述了宽容的大理，
恶占据了一个人，并不代表我们就要放弃她。

时间最能说明一切，
文明的时代会远离野蛮的风气；
想想我们密林中生活的先祖，
我们今天的盛世模样是从废墟中崛起。

诸冯的乡亲们呀，时间已经把过去埋葬，
只有今天才死死地把握在我们自己的手上；
要坚强要宽容要把未来的美好憧憬，
生活的苦从来都是磨炼意志的土壤。

人心的恶念从来都不会源于平静的内心，
以众善灌溉干涸之河，
还是以众恶，
这是摆在我们面前不争的选择。

身体力行的舜华一席话语让大家齐声叫好，
自从他回到家乡诸冯，乡亲们都愿和他在一处；
他愿意帮助别人而不求回报，
他愿意给予别人而从不索取。

他宁愿自己忍受饥寒，
也要把自己种植的食物送给大家；
他不骄淫不欺诈，
他不专横亦不自夸。

人们看到这品行端正的青年，
都想着将女儿嫁给他；
有好吃食物的人家离他再远也要送给他，
但是，舜华从来对所有馈赠都笑而拒绝。

他的伟大理想还未实现，
他的善举还远远未普行全面；
等到大爱大善之花在四野开遍，
他自己的生活也会芬芳烂漫。

草坡碧绿野花繁多，
又是一年春来到，美丽的舜华呀开遍四野；
每到这个季节舜华的思绪就如同鸟儿飞出窝巢，
想起离去的生亚他就不能快乐。

心中的生亚竟会如此美丽，
她的形象啊，可比万千现实中的女子好过千倍；
想起心中的生亚，
舜华明白发现并弘扬大爱大善才是人间至美。

# 第十五章　受困历山

雷泽湖的沙滩上涌起雨云的阴影，
迷于云雾后的月亮在树梢上低垂；
空气中弥漫着如鬼魅不断膨胀的巨大潮气，
通体火红的夜之莹虫被透亮的水珠儿紧紧地包围。

舜华仰躺在沙滩之上头顶的星光不见，
一切都笼罩于这巨大的让人担心的阴郁里；
果然经过一个难眠之夜倦意还逗留在黎明的眼上，
湿草在地面沉沉的冷风之中颤栗。

天空骤降倾河而泻的暴雨，
喧嚣的水声如瀑布坠落山崖般轰鸣；
如万吨巨石滚落山体，
汹涌的大水漫过河堤淹没农田奔向村墟。

人们在雨中奔跑不断传报水情，
舜华手执铁铲骑在巨象的背上立于潍水之畔；
他把父亲还有其他乡亲都早早地转移至历山顶上，
身强力壮的小伙子都跟着舜华听他调遣。

但见潍水之上现出一片白光，
巨大的波浪拥挤在一起；
巨大的漩涡在河中不断旋离，
舜华用树干垒成坝堤，把巨石不断填入河里。

但不断上涨的河水毫无止息的痕迹，
大浪拍打着舜华与人们的身体；
舜华指导着大象向前推动粗大的树木，
大雨一次一次把他们击倒在泥里。

可是大树滚入河中如枯草一样，
他们根本来不及钉固，大树就漂向下游；
这已是五月的早晨，
提前到达的雨季使人们收割小麦的希冀化为乌有。

湟湟大雨不分昼夜，
潍河终于在黎明之际决堤；
咆哮的大水毁了农田万顷，
无尽茅屋也只剩下残垣断壁。

河水中漂浮着人畜的尸体，
还有从屋内涌出的衣物顺流而下；
一片片干瘪的稻谷浮在水面上，
还有家养的牲畜在水中挣扎。

这样的大雨下了七天七宿，
舜华率领众人登上历山最后一片高地；
高地之上挤满了绝望的难民，
耳边回荡着滔滔水声与压抑的低泣。

舜华把最后抢出的粮食按人均分配，
那壬女仗着自己是舜华的母亲就想多要几分；
壬女被舜华的手下伯益抽了一鞭子，
壬女哭喊着去找舜华出气解恨。

身担重任的舜华已经七天七夜未睡眠，
来到山上他又不断把每一个灾民探询；
把每一个灾民的要求都一一记下，
后稷手里的高粱叶书写了一捆又是一捆。

这时壬女披头散发哭喊着跑到舜的面前，
她二话不说给了舜华一个大嘴巴：
“你个忘恩负义的野杂种舜小子，
不是我收留了你，你现在还不知死在哪里呀。

哎呀呀，如今你有了好身体，
又有这么一群人听你的派使；
呵呵，我的儿，你真是神气，
呸！老娘被人打了鞭子，老娘眼看就要饿死。

还有你那个瞎了狗眼的爹爹，
他的粮食被大水冲跑；
象是我的儿，颗首是我的女，
他们没有吃的，难道让他们去乞讨？

但是咱们丑话说在前面，
那个瞽叟饿死了你可别怨我没告诉你！”
呸！壬女又把一口浓痰吐向舜华，
后稷气得捡起鞭子就想抽她个半死。

舜华啊赶紧制止，
他把自己身上的一块兽皮披给了弟弟，
又把自己的那份粮食分给了壬女，
那得了便宜的壬女呀这才露出了喜气。

舜啊召集后稷与伯益等人把大事商议，
人们手中的粮食以颗粒为计，
眼前大水却毫无止息。
如此被困洪泽，独守孤山难免一死。

人们开始七嘴八舌参谋献计，
有人说可以游到远方的土地，
有人说可以到水中打鱼，
有人说过不了几天大水就会退息。

每人说的计策舜华都不住地点头示意，
但是，有很多人的想法不能成为现实；
打鱼得有工具，
可现在人们身陷大水寻找鱼具确是不切实际。

游泳倒是个好办法，
可是能游那么远的人毕竟少数；
多数人只能苦等着大水退去。
舜华立即组织了几名水手，把他们分了小组。

舜华见象已经长成了大小伙子，
便挑他加入到年青的队伍当中站立；
没成想被壬女劈头骂了半天，
那象啊看在眼上喜在心里：

想让我也跟着你发疯，
舜啊舜，你个没娘养的野孩子；
嘻嘻，娘把你骂得真是痛快，
你这头只会干活的蠢驴不要自以为是。

后稷把笑嘻嘻的象推到一边，
让他滚回到那恶女的身边；
他们把年青的水手精点，
只要那些厚道的好手参战。

水手的使命是到洪水中打捞工具寻找出路，
他们齐心合力制成一只大船；
因为不知洪水流向哪里，
舜华亲自乘船向北小心试探。

湟湟大水兮远比想像中大得多，
苍茫百里无不陷于洪泽；
这大水向北直流本应进入渤海，
而今毫不止息的原因只有一个。

那就是下游潍水肯定遇到了大的堵塞，
河水回流必定造成滔天大祸；
他们纵船向北直行，至两岸高山形成峡山之地，
终于找到了一条线索。

但见远古时期的峡山巍然耸立，
两山之间只留有一线之地；
大水冲刷浸泡使得峡山倒塌，
巨大的山石正倒于天堑里。

结果奔腾的潍水被截流于此，
倒流的河水只能把南面诸冯的大地侵袭；
找到症结所在大家一片欢天喜地，
伯益忙命大家打通水道，好让大水一泻千里。

可是舜华忙制止了大家，
他们登上峡山极目远望：
呵，峡山以北潍水之畔正是稼禾丰收农忙之际，
华夏神民们歌于沃野，丰收的麦粒在阳光下闪着金光。

舜华叹道：看吧，如果我们打通河道，
我们的大水止掉，可他们就遭祸；
没有找到万全之策之前，
河道开拓还需与山北众人慎重交涉。

舜华带领着伯益与后稷下到山北的田里，
他向村墟的首领弯身鞠礼：
尊敬的首领，我们是来自诸冯的灾民，
因为峡山的坍塌我们那里遭受了大水的侵袭。

山后的首领一听即明白了舜华的来意，
呵，大山倒了难道让我们扶起不成？
首领把手一挥，立刻出来几个手执长矛的族人，
“想扒开大石陷我们于洪泽境地那是做梦。”

他们面露愠色要将他们三人擒获，
舜华举手将拔剑的伯益制止；
他再次向山后的首领鞠躬：
“伟大的首领，我们受了灾难与你们毫无干系。

我们也不敢扒开土石让大水淹没了你们的土地，
但是，伟大的首领，我们有一事相求不知你答不答应；
我们诸冯的民众已经近一个月没有粮食，
看到你们丰收的景象让我们更加饥肠辘辘难以安宁。

我们同是华夏大地的子民，
我们脚踏同一块肥沃的土地，
我们同时看着太阳从东方升起，
无论谁遭受了饥荒，也于对方不利。

如果我们诸冯的千万民众实在忍受不了饥荒，
如果他们非得要从上游北上；
那么，到时你们再富足的国家也容纳不了那么多灾民，
你们再肥沃的土地也承担不了那么多灾民的给养。

这样看来，我们受灾对你们实在不利。”
听舜说到这里山后的首领禁不住点头称是：
“英雄的话语很有道理，你需要我们做什么？”
舜华再次鞠躬而道，请馈赠予我们些粮食。

我们有了粮吃，必然就有时间思考退水的办法，
我们有了粮吃，就会有战胜灾荒的力气；
到时我们共同商定一个万全之计，
那样我们既消除了水患，你们也不必担心大水的突袭。

首领默默点头，麦田里的小麦刚刚收割，
诸冯的灾民就来讨吃，哎，真是一时不知如何；
首领咬牙问他们需要多少粮食，
舜华伸出三个指头：只需三天够吃即可。

首领一听惊讶地问道，
难道你们想好了治水的方案？
舜华摇摇头说，没有，
但是我们一定保证不开挖你们的大山。

首领半信半疑要和舜华击掌为誓，
舜华痛快地和首领拍击双掌；
首领才把粮食命人装进大船里，
虽然只是三天的粮食，但也装了满满的一船。

有了粮，他们赶紧溯流而上，
一路上后稷禁不住要问舜华把这大水如何处理；
舜华微笑着说，哪儿来的再让这水哪儿回去，
让河倒流？后稷一脸诧异。

舜华言毕欣赏地看了看后稷，
呵，此人果然聪明睿智；
日后，他一定会帮我共成大业，
于是他点了点头说正是。

后稷拍着脑袋说，哎呀，我的舜华，
难道天地还有让水向高处流的道理?
我后稷可从来都没有听说过，
除非是神人再世，除非你把你的小小黄龙重启。

舜华摇着头说不，小黄龙我已经放逐，
我就不能违背神圣的誓言重新把神力召启；
但是，我们伟大的思想将比神力更加神奇，
到时，你就能明白我的万全之计。

# 第十六章　治水一方

有了粮食的诸冯灾民们得以片刻安宁，
人们喜悦地捧着麦子齐声向舜华致谢；
可是那壬女觉得是自己儿子的功劳，
所以自己更应该多得一些。

舜华只好再次把自己的那份口粮交到她的手里，
他自己在水里捞了些菜叶填肚；
伯益与后稷看在眼里疼在心上，
他们不明白舜华何以如此委屈纵容这劣子恶女。

宽厚的舜华啊只有笑而不语，
他画出河图，将雷泽之水分析；
通过生生相息、相克之理，
让水倒流的可能的确可以成立。

接下来的三天里舜华啊哪里敢片刻休息，
他带领着一帮民众，从历山南上常山；
从常山至姣河、五龙河，
他把诸冯的大地勘察一遍。

最后，他们连夜奋战不止，
首先南山上拓宽常山的水道；
再东去把姣河的水流引导，
然后再北去将五龙河的河堤加高。

这样，一雷泽之水就有了几方去处，
可以南至黄海北至渤海，使水流倒转迂回；
雷泽之水不到三天便一日比一日清浅，
人们开始从历山顶上撤退。

虽然水患已消除，但饥荒仍在，
大片被水冲毁的良田需要治理，
大片所剩无几的茅屋需要建立，
人们吃饭的问题更是当务之急。

舜华组织人们制造了几只大船，
然后开始研究结绳织网的技巧；
聪明的舜华，不一会儿就织成一张大网，
他们用船拖着大网将雷泽湖内的鱼儿捕捞。

远古时期的人们啊，
不懂捕鱼的技巧也没有学会用网捕鱼，
所以湖内的鱼儿啊又大又肥，
每天他们都能捕到很多大鱼。

由此可见人们的希望啊从来都是在美好的想像中诞生，
没有依靠任何神力的人们，
通过自己勤劳的双手照样可以丰衣足食，
而那些只懂巧取豪夺的恶人，永远都是四体不勤、五谷不分。

人们开始过起富裕的日子，
被毁的良田又在逐渐变成绿地；
瞽叟又奏起他的瑶琴，
舜华又开始牵着父的手啊追逐着亲情的真谛。

这时的舜华早早地把威望建立，
人们开始什么事儿都同他商议；
村墟高大的建树下，
成了舜华与人们的议事之地。

可是，后母壬女总是前来滋事，
今天象生病了要请巫女医治，
明天颗首生水痘了需要有人照看，
后天家里没有米了你舜华怎么光知道和人谈天说地。

就这样她一天一天找茬生事，
让舜华开始毫无应付之力；
其实那时的壬女家境已经相当富足，
家里收到各方的礼物已经堆满茅屋。

虽然经过大水，
可是由于舜华曾把粮仓高高建起。
家里的粮食却未损颗粒，
连邻居们都替舜华感到委屈，

这一天瞽叟竟哭着向舜华道：
“我的孩子，你的母亲实在对你不起；
你整日与村人们在一起她心生恨意，
她说如果你再不搬走，她就要把我赶出去。

哎，孩子呀孩子，你没回来之前，
我过得好好的，可是你一回家来住，
哎，这个家也不像个家，
那壬女再也不是以前的壬女。

哎，孩子呀……
你，你快离开家吧；
虽然你给家里帮了这么多忙，
虽然你为我受了不少委屈。

舜华啊，我的孩子，
你再不出走我就得把家来离；
象和颗首已经长大，
你再眷恋这个家还有什么意义。”

老父言罢捶胸顿足悲伤不已，
舜华啊，陪着父亲把泪轻滴；
最后他擦干脸上的泪水，
将父亲送回家中，他向父亲跪倒在地：

父亲啊父亲，家乡是我的血地，
我不会撇下您不管不理；
要走我也会住在不远的历山北面，
到时好方便照顾您与母亲还有妹妹弟弟。

这个家什么时候需要我，
我就会什么时候出现；
父亲呀，我可怜的父亲，
无论我去往哪里，我们父子的亲情也不会扯断。

舜华回到家中与壬女道别，
壬女把冷脸扭到一边；
舜华向象来告别，
象挥挥手说滚吧，我正忙着哩难道你没看见？

舜华啊就这样离开了家，
他空空两手直向历山以北的荒墟；
那里是虎豹豺狼出没之地，
白天尚无人敢独自过去。

更不要说舜华想在这儿安家落户，
邻居们啊一再挽留不止；
可是舜华啊志如磐石，
他要将那里的土地开垦治理。

舜啊刚刚要离开村墟就有大船开向雷泽，
原来峡山山后的首领载着粮食前来将舜华探视；
人们拿出最好的酒来招待远方的族人，
欢天喜地从船上卸下粮食。

山后的首领将伟大的舜华赞扬，
英雄啊与日同辉可比天地；
我们击掌为盟的誓言至今我也没有忘记，
但是，英雄啊，我还有一事相求不知你愿不愿意。

舜华赶紧放下手中的酒杯：
高贵的首领请你明示，
只要我舜华能办到的事情就不分彼此，
请伟大的首领讲清事由，我们一同商议。

原来自峡山被大水浸泡而塌，
山后的族人们就失去了潍河的维系；
他们有的是人手，可是考虑到大水的威力，
还是不敢冒然将堵塞的山石开启。

他们此次载粮前来，
一是为了打探舜华治水的虚实；
二是为了借鉴如何打通水道，
今日方见雷泽之水被舜华治理得如此服顺。

首领啊真是对舜华佩服得五体投地，
快快帮我们想个万全之策，
让我们的庄稼有水可喝，
又不要让我们的家园遭受绝口之祸。

舜华禁不住心内暗喜，
想当初舜华啊早早就发现了山后族人不远之虑；
今日他们前来其实舜华早就明白了来意，
正好雷泽之水尚未全部排去。

正好倒流的水流还达不到排涝的功力，
如果再来大雨几日，
呵，雷泽之水啊，
还会再次为祸千里。

北上的河道如果开通，
这些弊病都会化解消失；
那时的诸冯民众啊，
真可谓永享千世。

他握着首领的手说道：
我呀正有前去山后的意思；
前几个月我在峡山顶已经把河图明晰，
如何开挖河口我已有决议。

闲话少语，大家兴致勃勃地赶向峡山，
但见山道之水被生生阻拦；
山后的苍生守着若大之水却稼禾枯干，
苍生们用木桶挑水，但是怎能缓解千里之旱。

舜华在山西开挖深沟十里，
环山而建的河道又归于古老的潍水河畔；
再将两岸的高堤筑牢，
以防涌来之水冲出河川。

他们奋战了三月有余，
终于打开缺口让大水绕山而行；
环绕山体的大水得以缓冲，
那决口的湖水缓缓地冲回原来的河道。

山后的神民们见清亮的河水重新涌来，
万民齐呼无不欢欣跳跃；
人们在峡山之顶修筑了舜华庙宇，
至今那里尚有舜华治水的美丽传说。

# 第十七章　耕于历山

经过几年的努力舜华得到了大众的尊敬与爱戴，
峡山山后的神民们邀请他去他们那里居住；
而诸冯墟中的乡亲们一再要他回到村里，
有的人还开始张罗为舜华娶妻筑屋。

心怀大志的舜华啊毅然拒绝了大伙的邀请，
他独自一人来到历山；
在那里他早就选好了一块好地，
依山建起茅屋一间，还有可以开采的无数良田。

来到历山后的舜华啊，
从家里出来两手空空；
他望着洪荒过后的苍茫大地，内心豪情四溢，
只有离不开他的大象又从原野跑到他的草棚。

在山后种上了成片的彬树，
在山左种上大片的文茎；
在山的半坡开采了铁矿，
在草棚的后方支起了高大的炼钢炉。

有了铁，他便制作了很多得手的农具，
加上大象的巨大无边的力气；
没有几日那历山下便被舜华开采出了大片良田，
诸冯墟的乡亲无不赞叹舜华创造的奇迹。

他们纷纷向舜华居住的草棚靠拢，
把以前村墟内的茅屋抛弃；
人们开始在舜华的周围重新建起屋厦，
生性多嫉的后母壬女暗暗生气。

看着人们整日里从田野里归来，
每个人身上无不焕发着洋洋喜气；
那生性孤傲的壬女还要生气，可是
舜已经不在家里居住，她的恶气已经无处可施。

时光流逝转眼即进入收获之际，
舜华打下的粮食在山坡上高高垒起；
他用大象把一个粮囤运回壬女那里，
不光有粮，还有风干的腊肉、美味的鱼鸡。

还有，纺织的丝麻几批，
还有，生活起居使用的容器；
瞽叟抚摸着这些东西一个劲地欢喜，
那壬女歪着眼把个笑脸的舜华盯得不明就里。

看到后母的不悦，聪明的舜华赶紧退避，
他骑上大象如雄狮一样端坐；
每一个遇见他的人们都向他鞠以尊敬的大礼，
每每这时，舜华都要从象背跳下来深深地弯身感谢。

呵，我们智慧的先民们，
头上的光环已经高高燃起；
在历山脚下，舜华试验成功的稻米有了丰收喜悦，
在雷泽湖边，他还学会了烧陶的手艺。

他每天都要把新得来的技艺教给大家，
人们农作的工具越来越多，越来越方便；
舜华在雷泽湖里捕鱼，
他每到一处总有成片的鱼群出现。

看到别人捕不到大鱼，
舜啊就把自己的鱼慷慨赠让；
人们把聪明和善良的舜高高举起，
在结网的沙滩上齐声歌唱。

北在巴山的许由与巢父得知了舜的功绩，
他们乐呵呵地来把这个弟子探视；
大神伏羲亦从昆仑降于诸冯大地，
仓颉亦为舜华的成长而面露欢喜。

一时间历山上空有美妙的大乐响起，
呵，万里浩渺的红高梁啊，他托起初升的太阳；
夜宴的酒神啊，你赐予华夏神民甘洌的琼浆，
欢乐的神民们在诸冯的大地上激情如大海一样。

人们端起古朴的盛满嫣红琼浆的酒杯，
齐声把舜华的功德颂扬；
大家欢欣鼓舞把明天的美好祝福，
祝愿华夏万世永昌。

呵，这酒杯里溢满的是神民的希望，
是来自于沃野的歌唱，
是上古神民们丰收的食粮，
是源于空旷草原牧歌的悠扬。

呵，这赞歌多么嘹亮，
那所有大神们的智慧闪烁在他们神圣的脸庞；
舜华的功德之名传彻九霄，在那里，
正有一位大神在深情地倾听宇宙的欢唱。

帝尧开始越来越多地听到了舜华英名，
他内心的喜悦啊无法自禁；
他驾苍龙自荒野之都而来，
在高高的穹宇，即传来他洪武的声音。

# 第十八章　大战肥遗

帝尧来到历山脚下时舜华正在耕种，
帝尧向舜华发起问候的大声；
舜华擦了一把脸上的汗水，
伟大的帝尧，请容我懈怠一刻钟。

我很快就会干完手边的活计，
我很享受这无边无尽如大海般浩大的劳役；
不在您的面前，
我的心就不必知道什么是安逸和休息。

而今，炎暑早已来到我的窗前，正式锄禾劳作的时候，
群蜂在花丛中嗡嗡采蜜正忙；
我不应该在花前树下静坐，
我自己动手丰衣足食这是我生命的豪放。

帝尧赞许地向舜华轻轻点头，
他刚毅的面容之上显现出大神愉悦的容光；
当舜坐在他的身旁，
他们如老朋友一样深情地打量对方。

呵，舜啊，现在已经是一个强壮的小伙子，
他柔嫩的面容上留下了劳作的印证，
奋斗的热情在他生有双瞳的眼中大放光芒。
“呵，我亲爱的孩子，你终于成长为旷世英雄。

孩子你的生命受到了万神的祝福，
在你治理过的诸冯我看到了华夏万民的福祉，
我从上苍而来；
我的眼睛看到了后世景象的美丽。

现在，你将诸冯大墟建立得如此富足如此美丽，
可是华夏大地呀，有的地方甚至还不知耕种的意义；
舜华啊，我们应该把你奋斗的经验推广，
让华夏神民们都过上同样安稳富裕的好日子。

你要把你的胸怀大志传播，
你要把你的孝德向华夏种植；
做为华夏大帝，
我正式恳请舜华跟我站在一起，来把整个华夏治理。”

舜华听后不禁长叹一声：
“我尊敬的帝尧啊，我何尝不想为华夏奉献我毕生之力，
我何尝不想让更多的人过上安稳富裕的日子，
可是，我失明的父亲生活还不能自理。

继母的心境又如此凶狠毒辣，
哎，照顾他们是我的天责，
我怎能撇开他们独自远去？”
帝尧指指正慢慢沉落的夕阳，轻轻地把头摇着：

“孩子啊，看，伟大的太阳正落于西山，
她把一日的光芒毫无偏倚洒向四方；
她不因爱而过多施予，
亦不因恨而减少光热的传递。

她明天照样还会升起，
千古不渝乃大爱的真在；
我们要同万物一样，
从来都不以自我的小爱而失去大爱。

华夏所有的男人都是你的父，
华夏所有的女人都是你的母；
而你只见小父而失去大父，
可见你的心胸不似太阳普照天地虚怀若谷。

近来炎热恶神的统治十分凶猛，
大地的容颜暗淡、惨凄；
树叶枯萎、河水干涸，一切似乎丧失了生的希望，
华夏万民在干涸的大地上颠沛流离。

有多少人失去了尊敬的父亲，
有多少人亲手埋藏了自己的亲人；
我们再不以我们的力量来阻止，
来把险恶的环境改善，我们还配谈什么慈爱与感恩。”

一番话语让小舜华羞愧不已：
“哎，我圣明的帝尧啊，我心中的太阳，
现在，我不该坚持自己的固执，
我也不该如儿时那样任性莽撞。

现在，我们马上动身，
去往华夏灾区把炎热的恶神驱离！”
帝尧点头将舜华的悟性赞誉，
后稷与伯益也与舜华一起前去。

帝尧驾苍龙向大家挥手而别，
华夏万疆尚有许多地方需要他的治理；
他与舜华已经商量妥当，
一切按计行事兵分两路各自实施。

暂不说帝尧北上治恶之事，
单说舜华要降服的炎热恶神；
此神名曰：肥遗，生于北八百里的浑夕之山，
这蛇恶毒凶狠一首两身。

舜华已经从洛书当中察明此地，
他与后稷伯益共同商议了出征的事宜；
诸冯的年轻民众纷纷请战，
以防大旱漫延至历山大地。

舜看人群中没有象的身影，
真为这个同父异母的兄弟难为情；
可是，前往浑夕山实在是太凶险，
舜华先带着后稷与伯益踏上了征程。

走出潍水流域眼前的景象让人大惊失色，
只见河道里乱石嶙峋，赤裸裸一片干涸；
龟裂的土地如爆开的石榴，
田野一片死寂连草都不生一棵。

水都到哪里去了？
舜华与两个伙伴干渴得嘴里冒出白烟，
头发仿佛也烧成了一团黑炭。
他们艰难地向前行进，一路上白骨累累，好不凄惨。

呵，大神请放下你们的琵琶，
华夏大地的子民们在经受怎样的炽烤；
请你们触摸这些受难的亡灵，
请你们收起这烈日的咆哮。

请您给人们一片恩泽，
来一阵如淬向赤红钢铁一样的冷雨；
如冰冷的水流冲过烧熟的石头，
让大地接受来源于您生命之水的沐浴。

舜华虔诚地祈祷，
他刚毅的大神之气引领了上天的神秘；
忽闻天空传来雷声滚滚，
呵，瓢泼大雨顷刻而至。

但是，为什么？下了如此暴雨，
地面却一点也接不到雨滴；
人们仰望着大雨倾盆而下，
大地却依然是干涸如始。

舜华站在高高的山顶把这奇怪的现象勘察，
但见，浑夕山上高高升腾着一团妖气；
这气团如一个巨大的漏斗，
将天下所有的水都吸入肚里。

舜华恨得咬牙切齿，
好个孽障竟然把所有的水都吞吸！
他们赶上前去，
来到山上，风声顿起，雷声大震。

雷声过后，山上传来隐约的歌声，
那是充满灵性的竖琴的轻弹；
那又是伤心至极的少女的泪泉，
忽然让人嫉妒得心儿直颤。

那歌声让人想起那明澈的情思之美，
还有那荣耀的光辉、流放的黑暗，
还有那复仇的念头和痛苦欲绝时
在心头翻起的汹涌的梦幻。

伯益首先大哭起来，
泪水淌过他刚毅的大脸，
他坐在地上把干涸的沙土狠狠抓起；
后稷也已经难以自制，他颤抖着朝歌声的方向一步步向前。

舜华亦心头烦躁恨不得毁灭自己，
这时一个清晰的大音从灵魂深处传来；
他顿时清醒自己正在受着魔力的诱惑，
他赶紧用丝线将伯益与后稷的耳朵堵塞。

这样，他们慢慢向前行进，
扯开团团白雾前面竟是万丈深渊；
他们禁不住吸了一口凉气，
这怪物的用心真是阴险。

如果他们不是及时地堵住耳朵，
如果他们被那歌声蛊惑而失足；
那么他们的功德将会前功尽弃，
他们只会掉入深渊摔个粉身碎骨。

他们从山石上稳健地接近气团，
舜华从腰间抽出青铜之剑；
越接近那巨大的白雾，
他们越感到浑身冷不可言。

舜华感觉到了从身旁涌来的灵魂，
从四面八方聚集而来的沉冤；
那是华夏神民们受难的哀呼，
他们以其飘渺的力气要把气团戳穿。

舜华将铜剑狠狠劈向那里，
只听得嘭地一声大响，
那漏斗形的气团骤然消失，
大雨哗的一声自天而降。

呵，大地开始咕咕地畅饮，
万物终于得到了雨水的滋润；
英雄们进入到洞穴上方，
只见一位正在高大的水炉旁烧火的少女风韵犹存。

她以死人的尸骨做柴，
以万物生灵的血脉为水；
又有不断地自天而来的大水倾泻而入，
那熊熊的烈焰将大锅里的液体烧沸。

那少女一边烧着烈火一边唱歌，
她的歌声将所有人的脚步留住，
无知的人们自己走向滚开的热水。
听到声响，那少女忽然转身向他们望去。

这时英雄们也看清了，
这少女生有两个身子像是尾巴，
而这身子竟是两条缠绕在一起的蛇。
舜华大喝一声：怪物快快把烈火停下！

那怪物回过头来轻轻一笑：
呵呵，你们来这里干什么？
你们还不快快跳进我的锅里，
我的肚内正空空如也，你们来得正是时刻。

怪物刚刚言罢，那蛇身突然扫来，
巨蛇的身子叭的一声击打在山石上像钢鞭；
竟将山石抽开一条缝隙，
英雄们赶紧举剑而斩。

两条斩断的蛇身竟忽然长出了几许，
它摆动更长的蛇尾马上又从英雄们的身后袭击；
英雄们赶紧躲避，舜华一手扯住了蛇的尾巴，
他使出全身之力将它奋力丢弃。

那怪物发出少女般的惊呼，
它携着闪电升上高空还想反扑；
舜华举起剑来再斩向她的腰际，
那怪物竟忽然回头来将火焰猛吐。

舜华的长发被大火烧焦，
后稷的脖子被烈火灼伤；
舜华凝神定气，将铜剑交给伯益，
他一跃，定定地骑于怪物的身上。

这怪猛叫一声，那少女的头颅竟化为恶蛇之首，
正是旱鬼肥遗，它那蛇头向舜华猛地撞击；
鲜红的蛇信嘘嘘直吐，
带着一股难闻的腥气。

舜赶紧抓住蛇的脖颈，
那蛇将舜狠狠死缠；
后稷大呼不好，仗剑扑来，
那肥遗只把尾巴一扫，后稷就被抛出好远。

舜被蛇缠绕住了躯体，
他只好用嘴去啃咬它，
用手去抠蛇的眼睛，
勇敢的舜与恶蛇展开生死搏杀。

当伯益也挺剑而上时，
舜华喘着粗气从蛇的纠缠里脱身而出；
那肥遗竟扑通一声跌落在地，
只见舜华嘴里沾着蛇的鲜血,两手各握一颗蛇的眼珠,那就是夜明珠。

疼痛的肥遗在哀嚎中死去，
那滚动的身体滑入浑夕山的万丈深渊；
浑夕山的神民们纷纷把英雄夸赞，
从此浑夕山下风调雨顺人们重返家园。

# 第十九章　渡于鱼林

炎热之神肥遗被舜华击落于万丈寒渊，
大雨倾盆而至万物得以浇灌；
干涸的河床开始漫出清澈的河水，
久旱的大地开始长出新绿片片。

舜华拉着后稷与伯益的手，
三人内心充满了祥和安宁；
呵，神奇的华夏龙魂之力量啊，
你这磅礴无际的宇宙精灵。

你遨游于苍茫无际的宇宙，
你出没于不可攀援的群山之巅，
你栖息在微妙玄幽的万物核心，
你翱翔于大地和海洋的上空无处不见。

天地之间传来千里之外帝尧的祝福之音，
主宰命运的万物之神你的功绩天地昭然；
在大地形成之前你的神性就已树建，
华夏一统万民和谐乃是上天的预见。

现在考验英雄的时刻已经到来，
牙生啊化做一团漂泊游荡杂乱无章的火焰；
一颗无轨道的流星和一个诅咒将是他的心愿，
每时每刻他都在威胁着所有神民的安全。

他凭着内在的邪恶力量，气势汹汹。
他再没有固定的疆域，再没有固定的行程；
苍穹里他是一个灿烂夺目的畸形儿，
九天外他始终是一般兴风作浪的飓风。

舜华啊，你刚刚把他打败，他就逃向东夷山脉。
可怜虫！他对我们既傲慢又惧怕；
在他身上所有的力量都是邪恶的源泉，
我们不能纵容他作歹为非又不能把他扼杀。

我们只能将他感化使华夏神民安稳发展，
英雄们，我们为华夏的大业力排艰险和万难；
从来不要忘却我们的精神永恒存在，
如同未来总会出现在眼前。

舜华啊不要被恶所愚弄，
现在，你带领着你的英雄；
你们马上奔赴牙生藏匿的沂山以东，
不要愤怒不要仇恨快快前行。

不要让一丝一毫的恶念占据你们英雄的心胸。
舜华默默点头，这牙生啊，自戈壁逃脱已经有些时日，
直至今天他才现身一定是阴恶的预谋已经成熟，
来吧，我以大业为重要用世间大爱感召你。

三位英雄马上踏上归途的征程，
行至徂徕山时前方一片葱郁的森林幽深黑暗；
但见林内密不透风，
一切生机都被缠绕着无数黑色的枝蔓。

他们踏着林间的黑草，
耳畔忽然响起无数厉鬼的哭声；
此处名曰鱼林，
是为万鬼沉浸的地府门庭。

舜华拉着后稷与伯益的双手，
走进林间，英雄们的面容异常坚定；
林间的厉鬼纷纷扑向他们，
以创世之初的黑暗之光袭扰着英雄。

英雄们用镇定笼着哀愁，
在含着银色烟雨的林中把脚步迈动；
那些鬼魂始终飘浮在英雄的周围；
英雄的脚步却踏出华夏灵魂的坚定。

那些凄然谢世的幽灵，
从昼伏的洞穴中苏醒；
它们鬼魅乱舞令树林暗上加暗，
它们想把英雄前进的道路阻断。

舜华将肥遗的眼睛掏出来，
四周顿时一片光明；
这夜明珠啊散发出宁静的大光，
其光亮止如暗夜黑色的眼睛。

他们这些勇闯天涯的英雄，
看到了光明的道路；
他们不畏艰难险阻，
他们勇往直前义无反顾。

他们经过黑寂的鱼林边缘，
当走入林子深处，黑色的枝蔓更加旺盛；
忽然自林间窜出一只黑色的豹虎，
猛地扑向三位英雄。

伯益终见势不妙，
他转身向林外惊呼疾跑；
后稷自后背取下箭羽，
张臂弯弓搭箭想把豹虎射倒。

可箭羽射在黑虎身上如射在了黑钢之上，
只听得“叮”的一声脆响；
那箭杆拦腰而断，
黑虎却更加疾速地凌空而上。

舜华似乎并没有看见这些险情，
他循着原定的方向前行；
那黑虎扑倒了后稷，张开血盆大口，
后稷无奈地闭上眼睛。

正在此时，舜华回头目光射向黑虎，
黑虎嚎叫一声随之飘散；
后稷摸摸自己凉飕飕的脖颈，
虽觉察毫发未伤却依然双腿打颤：

“舜啊舜，你真乃旷世英雄，
你的双瞳就能使黑虎遁形；
而我的箭簇百发百中，
对它竟毫无作用。”

舜华扶起倒地的后稷，
为他捡起地上的强弓；
唤回跑掉的伯益，
他们呀要继续前行。

伯益战战兢兢地藏在树后，
刚才的一切他都已看见；
面对无畏的舜华，
他羞愧难当，以手遮面。

他们披荆斩棘，
战过野兽与妖魔鬼怪；
穿越漫长的黑暗，
终于走出了凶多吉少的鱼林地带。

他们走进了夏季美丽的夜晚，
凉意呀使英雄们多么舒爽宁静；
英雄们居安思危，
顿时悟出舜华邻危不乱的豪情。

呵，外貌的坚定只能坚守一时，
内心的宁静方能经久不衰；
大英雄的散步就是天国的跳舞，
只有雄狮般的胆魄才有气壮山河的襟怀。

人啊，我们是以肉体在宇宙旅行，
大英雄是以内心占据着整个天地的豪情；
我们不得不歌颂，
我们不得不为之动容。

伟大的神人眼睛充满光芒，
神性的光辉铺天盖地无以遮挡；
这正是帝尧的乐见，
鱼林的险恶正是帝尧对舜华智慧的考验。

# 第二十章　以德治恶

当明白此次鱼林之渡是帝尧的考验时，
伯益啊禁不住心生气馁；
他为自己的懦弱脸红，
为自己撇下朋友逃命而自卑：

“唉，完了，从此，我的心再也不能晶莹剔透，
像早晨的露珠；
我再也不能使人们像从前一样，
对我所做的一切油然生出高尚的情愫。

唉，完了，我的英雄之名将随波而流，
而越来越响的是舜华战胜豹虎的伟大之名。
我明白了，英明原来不是外来的，
而是凭着对爱的信念的坚定。

唉，完了，我的心灵呵，
我不再是英勇的我，我的宇宙；
过去气概万千，而今搁置一边，
你已不再是我的祸福的根由。

如今那幻觉已永远消失，我要走了，
因为面对恐惧我表现无能；
我的朋友，真丢脸，让我独自回到诸冯，
唉，我将会不断受到人们的讥讽。”

舜华听到伯益的一番话语，
不禁拉起兄弟的手：
“唉，我可爱可敬的弟兄，
千万不要离开我们独自出走。

声名究竟算得了什么？那不过是一场虚空，
在生命中声名只占有一小角篇幅；
有的人把生命比作登一座山峰，
它的顶端同样弥漫着腾腾云雾。

当四周逐渐阴沉暗淡，
我们应该扪心自问哪里是理性的光线；
华夏龙魂希望的火烛摇曳欲熄，
而我们却依然徘徊茫然。

在没有星月的午夜时分，
我们的心灵在展开激烈的博弈；
弱者绝望，冷漠者离去，
只有我们应该把华夏大爱的圣火高高举起。

此时的乌云飞临你的头顶，
牙生统领的恶念试图笼罩你闪亮的光芒；
而你，我圣明的朋友，要让神性的光辉愈加纯净，
要把袭来的晦色逐一驱光。”

当那一天逐渐凉爽的时刻，
一轮红日正没入蔚蓝的峰峦；
大自然鸦雀无声，幽暗而静止，
好像整个世界已融化在其间。

舜华拉着伯益和后稷的手，
兄弟呀兄弟，这些日子我们朝夕相处；
我们彼此信任，
让我们并驾齐驱，在心中把华夏大爱永驻。

三个兄弟紧紧地把手握在一起，
华夏之爱让他们的心灵相通相互谦让；
马上向沂山行进，他们马不停蹄，
牙生啊，正在沂山把嫉妒向人间释放。

一时东夷之地的人们不再相互信任，
嫉妒之火如同瘟疫；
人人开始不断猜忌，
各个部族之间开始战火四起。

这牙生好不得意，
我只是释放了一点点魔力；
呵，看看这人间吧，
看这人间马上就要毁灭自己。

帝尧啊舜华啊，你们快看看吧，
我的杰作无与伦比；
你们的所谓大爱，所谓的奉献，
所谓的自强不息，哈哈，在这里多么无能为力。

这时，舜华与后稷、伯益已经来到了沂山，
他们刚刚进入一个村墟即被一个少年阻拦：
喂，三个不知好歹的外乡人，
看看你们一副不知天高地厚的样子让人心烦。

你们来到沂水之地是不是要破坏我的家园，
快快细说你们这些蛮人的来历！
后稷对少年的无礼好不生气，
他抽出一只箭簇倒提着就要抡向少年的胳臂。

舜华赶紧抓住后稷的手，
他从怀里掏出夜明珠请少年抚摸；
少年见到这珠子莹光不断，
据为己有的妒意已无法阻拦。

可是，当他刚刚伸出手去，
冰凉的夜明珠啊，顷刻化解了少年心胸的嫉妒；
那少年忽然一阵害羞，
他忙将身体弯曲而鞠：

远方的客人我不知道为什么刚刚说出那些话语，
近来村墟里的人们不知为何失去了和气；
人们好像一夜之间相互有了深仇大恨，
往日的团结不知跑到了哪里。

刚才我一触摸着你的珠子，
呵，我的内心啊一片澄碧；
近来堵在心中的恶气啊，
忽然荡然无存，我立刻后悔不已。

舜华把夜明珠递给了少年，
快快让村墟里的所有人都来触摸一遍；
少年欣然接过珠子转身跑向村里，
后稷一阵着急，他拿了珠子能否归还？

舜华笑着向后稷摇头，
后稷呀后稷，要记住诚实；
要记住信任，要记住谦让，
要记住付出，要记住不要猜疑。

要知道，牙生正在暗暗得意，
要知道，所有的恶都由心生起；
要知道，没有天地胸怀，
永远也不可能拥有与天地共存的豪气。

我们对所有的善良赞扬，
同时对所有的恶用感化的手段处理；
这就是德化的意义，
这就是我们称为英雄的所以。

英雄们并未等待少年将珠子归还，
便继续踏上了东去的山路；
路上,他们又把另一颗夜明珠分留给同样被嫉妒占据灵魂的人们，
人们手捧珠子新生和睦。

当他们还没有赶回诸冯之时，
两个得了珠子的人已经赶上他们；
他们手捧珠子一脸风尘，
为了归还舜华的物品，他们一路狂奔。

满世界散布魔咒的牙生啊，
他浸于黑暗把舜华的善言善举都已看清；
在天地正气的大德面前，
牙生感到从心底而来的清醒。

他开始惧怕、天始反思，
他狂躁不安心生恶梦；
他摔碎了千年喻镜，
邪恶使他的心灵发疯。

他的这条毒计啊又没有得到成功，
这舜华啊生来就是牙生的克星；
天将破晓，黎明即将来到，
牙生恶言的种子，还想再次植于人们心中！

由于送还珠子的两人一路上让很多人都摸过这两颗珠子，
那些中了嫉妒之魔的人们纷纷被吉祥的夜明珠感动；
恶毒的牙生啊自感大势已去，唉，
他一路叹气闷闷不乐地遁回地狱之中。

得到拯救的灵魂啊，步履亦显得轻盈，
当大爱涤净了人们心中的污浊，太阳会把光彩添增；
生命的蓓蕾会在美中开放，造物主的心中也会充满欢喜，
只要揭去心灵的暗幕，就会赢来生命的笑声。

# 第二十一章 舜娶娥英

把牙生散布的魔咒解除的英雄回到诸冯大地，
英勇的大神帝尧已经早早地等在那里；
他同英雄们握手，把美丽的舜华挂于他们的颈际，
他让随同们奏起凯乐，又向民众招手示意。

这时，娥皇与女英从树后羞怯地闪出，
呵，诸冯的大地顿时光彩夺目；
他们已经多年未见，爱人啊，
激动得彼此握住手儿，话儿说不出一句。

帝尧哈哈大笑，我的孩子们，
今天就要为你们举行婚礼；
庆祝的美酒早已开启，
期待的酒杯也盛满了欢喜。

来来，让我们举起爱情的醇露，
让我们祝福天地之间的爱啊成双而至；
娥皇白皙的脸上飞出片片流霞，
女英啊吐着舌头向舜显出一副顽皮。

华夏神民们早早地得到了消息，
他们从四面八方赶到这里；
呵，三个爱人呀正相聚欢喜，
忽闻空中又传来大神们祝福的气息。

大神伏羲在云端站立，
他满脸喜气把来自上天的甘露挥向恋人们的身体；
文字神创颉亦把厚厚的圣书递到新人们的面前，
奔跑之神夸父把芳桃在新房门前种植。

许由与巢父抬着酒坛一路豪歌而至，
采荷翁亦从湖中挑选了最好的莲藕；
诸冯大地上的神民们载歌载舞显出一片盛大景象，
父亲瞽叟被人们高高抬起，鲜花数枝插在母亲壬女头上。

颗首与象被让坐上宾，
他们和尊敬的帝尧坐在一起显得好不得意；
众神按照婚姻之神的约定，
婚礼既要节俭又要热闹大气。

两位贤惠女神嫁给了英雄舜华，
亿万民众喜笑颜开奔走相告；
九曲之歌在天空响起，
万神欢快祝福舞蹈在天庭。

愿如月的美人吉祥如意，
愿阳光永远照在英雄的身上；
高兴的舜华领着两个爱人来到他的草棚，
大片的好地全是他舜华亲手开创。

我的爱人，请到我的花园里漫步吧，
欢庆的日子花儿也竞相开放；
满园繁花似锦花香芬芳，
新人们手挽手心花怒放。

我的爱人且暂停一下脚步，
女英不要东躲西藏地与我们捉迷藏；
爱的赠礼就是羞怯的，
现在我把这座花园与你们相让。

他们轻快地掠过幽静的花廊，
他们悠然地信步在高大的舜华树下；
追上爱情吧并紧紧抓住她，
我伟大英勇如高贵太阳一样的神人舜华。

你要紧握着手中的爱的赠礼，
那虽然只不过是一朵娇弱的小花，
或是一线光焰摇曳不定的灯光，
爱人们的给予就是这么简单而又伟大。

舜华又带着爱人走向果园中，
呵，果实累累正挤满枝头；
它们闪烁在灿烂的阳光下，
向垂涎欲滴的新人们频频招手。

呵，我的两位女王，
请快快地走进我的果园；
就坐在树荫下，从枝头摘下熟透的果子，
让我们共同分享果实的甘甜。

看吧娥皇，在我的果园中，
蝴蝶在阳光下飞舞，树叶在轻轻摇曳；
果实喧闹着，它成熟的快乐，
女英呀，快快从树上下来，小心蛇。

呵，三位恋人心贴着心，
就像花草贴紧大地；
她们对舜说出的话语是那么甜蜜，
新人们年轻肢体互相依偎在一起。

舜华啊对她们的爱就像是整个生命的灿烂，
又似秋日上涨的青蓝河水；
大河无声地纵情奔流，
爱情啊，令人陶醉。

如果让我拥有了天空和满天的繁星，
如果让我拥有了世界和它无量的财富；
我舜啊也会觉得无足轻重，
我只要她们，只要和她们永远在一起。

即使在这个世界上我只有一点立锥之地，
即使每天都让我面对清贫；
即使把我的一切都奉献给大地，
爱人啊，我也毫不怨天尤人。

我的爱人啊，娥皇啊女英，
我的小船虽然简陋而又陈旧；
但是它能胜任在暴风雨中迎着惊涛骇浪前行，
我愿缓缓划动双桨载你们把幸福追求。

我愿意载着你们沿着雷泽之水航行，
那里，深蓝的水面上微波荡漾；
如同祥和的雷泽水在歌唱，
那里，鸽子在咕咕鸣唤着希望。

在那里，我总是能够捕到好鱼，
而我，总要把好鱼分到大家手里；
还要用那些好鱼举行盛大的祭祀，
我还把雷泽最好的鱼儿让给那些老人。

两位女神被舜华的圣德深深倾倒，
我的爱人，你如太阳一样伟大如月亮一样光华；
如灿烂的星空一样璀璨，如大海一样宽广，
我们感谢伟大的父亲帝尧把我们嫁到你的家。

# 第二十二章 九男相处

娶了娥皇与女英的舜华啊内心充满了无比幸福，
他和平民百姓同住一起；
他教娥皇与女英学会了织布纺衣，
他教会了她们用心来孝敬公婆的道理。

伟大的帝尧看在眼里喜在眉梢。
帝尧同时还生有九个儿子，
英明的帝尧想把舜华考验。
儿子们虽然都是帝尧所生但性格各异。

无论圣德贤明还是文韬武略，
儿子们与舜华比较起来皆差之三分；
让舜华同时与自己的九个儿子相处倒是个妙计，
今日舜华已经同娥皇女英结婚。

帝尧将监明渊明少康等儿子留在历山，
这九个儿子在他身边看他舜华如何处理；
帝尧嘱咐他们帮舜好好治理家园，
千古大德之人同样胸怀大志。

接下来的工作漫长而艰难，
舜华首先为帝尧的九个儿子把家园创建；
监明的茅屋建在历山之东，
渊明的建在雷泽之畔。

少康的建在潍水之滨，
九个儿子各划有一片土地；
他们先后从舜华那里学会了制陶，
学会了打渔还能轻易地收获谷米。

他们共同帮助他人，
共同把华夏大爱的伟志实施；
人们都愿意和他们交谈，愿意和他们住在一起。
诸冯村墟一时显出繁荣的景象令人欣喜。

每天舜华都在历山的脚下与他们议事，
大家所议之事无不关乎百姓的起居；
后稷与伯益，还有娥皇女英和他们同站在一起，
这使生性嫉妒的后母壬女啊好不生气。

如今你舜有了地位，
家产富足人心归一；
再看看我的儿子象和女儿颗首，
他们哪能比得上你。

哎，他们也是你的异母同胞的弟姊，
虽然现在他们同你生活在一起；
虽然看似你们对我们充满敬意，
可是，你的这些财富还不是归你自己？

壬女纵容着象去历山下的议事地闹事，
要求把象也加入到诸冯的领导成员；
帝尧的儿子少康是个血性少年，
他首先站起来扯着象的脖子扔到一边。

监明默默地把大眼瞪向象，
吓得象啊赶紧跑回壬女的身边；
见儿子哭哭啼啼地向自己述苦，
壬女啊，气得两眼直翻。

舜华知道此事以后赶紧把象叫到身边，
每天忙将大地治理，差点把你忘记；
要加入到我们的队伍，
我们当然欢迎你。

少康对舜华的做法非常不满意，
他找到舜要和他论理；
这个狗屁不如的象，
他算个什么东西？

整日里无所事事，
还要把身边的人们相欺；
干活只想着轻快自己，
吃饭又总要先把好的多吃。

他这个孽障，
虽然是你的兄弟；
但不能影响了我们华夏千古伟业的建立，
他加入到我们身边，他能干出什么事迹？

舜华啊长长地叹气，
我可爱的兄弟；
我们同样亲同手足不可分离，我们与华夏
万民一样，每一个人都需要我们把大爱布施。

我们的灵性之风要在天地周遭回旋，
虽然，时而如罡风般急剧时而又徐徐缓缓；
我们就是要在静秘之处，
如接触属于天帝的幽宫一样把爱的殿堂共建。

爱像天地包容一切，
爱不是排斥，爱不是仇恨与嫉妒，
爱像太阳一样，不会因为谁的好坏
而增加或减少光热的给予。

那些微薄的赠物，含有哄蒙，
鄙夷的意味，那是怜悯而不是爱的真谛；
而我们要把每一个华夏神民的信心建立，
要让所有的华夏神民相信自己。

现在，牙生虽然逃回幽冥地狱，
散布于人间的邪恶啊仍在天地间弥漫；
这些恶念的存在正是我们毕生心存大爱的原因，
以消灭恶为事业是我们共同的卓识远见。

如果我们都不能宽容恶，
心胸也不能如大海一样宽阔；
那我们华夏的千秋啊，
谈何昌盛兴旺谈何安居乐业？

一番话语让少康啊一阵羞愧，
我的兄长啊舜华你的话语，
如阳光照亮阴霾，
如干枯的冬季过后的第一场春雨。

现在我终于明白我们的爱应该怎样施予，
不求回报亦不求千古美誉；
真正的爱需要真正的奉献，
不求索取如上苍的赋予。

呵，尊敬的兄长正是因为你，
正是因为你的这番话；
我感觉到颜色染绿了翡翠染红了红宝石，
我朝晴空睁开眼睛，东边，西边，阳光灿烂彩虹如画。

两位伟人的神人激动如星儿无语，
他们手握着手，把彼此的尊敬化为注视；
他们是华夏龙魂的苦修者、探索者，
他们相互扶持走出混沌的往昔。

正是他们从洪荒时代的午门出来，
用倾坍的语言、未知的字母，
极淡地划了几道重门的痕迹，
呵，他们是旅人，是征夫，他们的征途尽是崎岖。

世事鏖战的鼓声尚未停息，
千万个时代的脚步踏动大地；
他们把一切都置之度外，
什么死亡啊什么艰辛啊都已经抛离。

抛离了一切只为华夏神民的康宁富裕，
他们不再讲求什么荣誉与财产；
他们骨髓里涌溢着上古华夏的豪气，
踏上征途，跨越死亡，奋勇向前。

而那些沉迷灯红酒绿的人如同行尸走肉，
他们的住所在死海的沙滩里；
在他们鬼域世界的腥风淫雨中，
谁建筑房屋？谁惊愕地瞪大眼珠？谁清除垃圾？

上古的神民们通过自己的双手，
开垦了原始的土地；
竭尽自己的血，挥洒自己的汗滴，
他们在荒芜中把家园建立。

他们在日月之车疾驰的路上，
一次次举起胜利的旗帜平息恶乱；
尽管人们的功勋湮灭于凡世一次次化为尘埃，
他们仍不断加固战斗中夺取的梦想桂冠。

呵，正是他们从远古的年代，
冲破阻遏，冲破愚昧的人群；
越过崇山峻岭飞奔而至，
天空回荡着他们恒久的鼓声："奋进！奋进！"

伟大的帝尧啊，把一切看在眼里，
他为儿女们共享太平发出会心的微笑；
他为舜出色的担当而骄傲，
他为华夏大业后继有人而自豪。

# 第二十三章　后母施计

我素不爱伸手，结果丧失得更多，
我不曾获得生活中许多难得的财富；
在这熟悉的人世间，木槿树开的花，
像蒙着面纱从不打扮的秀丽的村姑。

高傲的人们鄙视着对待高傲的鄙视，
壬女开始对舜华的成就及家财窥伺；
自认为高傲的恶毒女人啊，
开始暗暗地对成功的舜华设下毒计。

这一夜忽降滂沱大雨，
早晨阴空的颜色，跟疯子的眼珠一样；
迷失方向的飓风横冲直撞，
宇宙无形的笼子里，一只巨鸟振翼扑击着四野把天空遮挡。

低垂的云天压迫而下，
街上积满雨水，庭院在水中游；
上古的街道两旁惊惶的房屋不敢抗争，
而风声却发出叛逆的呐喊和毫无顾忌的诅咒。

邻居们的茅屋都开始漏雨，
舜华组织大家分头把茅屋治理；
少康与后稷等人分头带人为村墟的人们修屋，
而娥皇与女英却禁不住开始为舜华的安危着急。

娥皇与女英共同为舜华编了一顶斗笠，
那斗笠的材料来源于蠱侄；
正是当年他们一起诛于泰山的怪物，
娥皇与女英嘱咐舜华要将这顶斗笠时刻戴着。

这一天壬女让象去找正在帮助别人修屋的舜华：
舜啊，娘亲的屋顶正在滴下雨水，
父亲的床上已经满是水渍，
而你却在别人的屋上假慈假悲。

舜华听到这里禁不住一阵羞愧，
他赶紧从高处下来向家里赶去；
象和颗首站在屋下把茅草递给舜华，
而娥皇与女英却神情忧戚。

踩着梯子爬上茅屋的舜华一时不知何意，
忽然冲天大火自屋内燃起；
舜华赶紧寻找梯子要下去救火，
可是上来时的木梯呀，早已不见踪迹。

站在院子里的娥皇女英一阵着急，
熊熊大火冲天而起；
顷刻间就包围了舜的身影，
娥皇与女英啊大声惊呼而泣。

夫君啊夫君。她们惊呼着扑向大火，
却见到自火中冲出一只七彩金凤；
凤凰鸣叫着扇起片片火红的云，
细看竟是舜华羽化的身形。

舜华化为火凤凰直冲九霄，
但见那凤凰引颈长鸣；
直引得北方飞来万只七彩之凤，
那是北方高密飞来的援助之声。

想当年舜华单凭一人之力大战狍鸮，
早早地与那凤凰之王结下了千年之谊；
而今舜华遇险化为神凤翔天，
北地高密的凤凰们一起前来探视。

他们在高空扇动绚丽的翅膀，
风就来了，云就起了，大雨顷刻而至；
狂倾的大雨冲向着火的茅屋，
一会儿的功夫便烟消火逝。

这时，从鸟背上竟跳下一个高大的神人，
此人乐呵呵地向舜华躬身而鞠；
我伟大的神人舜华，
你的功德万世传喻。

你的大爱让华夏龙魂的脊梁高高挺起。
我是来自高密的大禹，
我的父亲是白马大鲧，
今天我被你炽热的爱所折服。

今天我愿意把你的伟志紧紧跟随，
让我们手拉着手站在一起把大恶治理。
舜华深情地拉起禹的双手，
但见此人虎目龙睛呈现帝王之气。

两位大神相视大笑，
那爽朗的笑声啊，响彻天宇；
这是历史性的握手，
这是两位华夏大神最初的相遇。

舜华赶紧在茅屋前摆上美食，
女英端来她酿的翡翠琼浆；
娥皇端来亲手酿制的宝石美酒，
大家欢乐地坐在一起饮酒欢唱。

干杯，干杯！
香醇的美酒喝了一杯又一杯；
美妙的琴弦弹了一曲又一曲，
两位大神啊英雄相惜把酒言醉。

诸冯的民众听说了大禹的来访，
纷纷从自家带来酒肉鸡鱼；
人们坐在草地上欢声笑语，
强壮的汉子跳起了羊头美舞。

大禹站起身来禁不住高歌一曲，
尊敬的舜兮，伟大的功德之神兮；
你像湍急奔腾的大河波涛汹涌，
蕴藏了无穷的智慧令人称奇。

你又像崎岖而陡峻的堤岸，
常常缄口无语，沉默如山；
你又像巨大而刚强的风暴，
蓦然间隆隆而来，把激情散向万里河川。

舜兮舜兮，伟大的神，
你又像气贯长虹的闪电；
划破惴惴不安的黑暗，
让他们在胜利的欢歌中消失至远。

禹的一阵豪歌惊坏了心怀鬼胎的人们，
壬女与象还有颗首开始不安坐立；
清楚原由的瞽叟亦开始面红耳赤，
但是，舜啊还是拉着父亲的手高兴地把酒杯举起。

原来此次险境正是壬女设计的一条毒计，
她让象把舜华约来修檩；
却早早把干枯的柴草堆起，
当舜爬上屋顶，她便叫象下了歹心。

抽掉梯子后壬女便在屋内燃起熊熊大火，
一心想着烧死舜华的壬女要把舜的财产吞占；
母女三人为了此计准备了三夜三天，
真可谓心如蛇蝎恶可滔天。

多亏了聪明的娥皇与女英，
她们早早觉察到了婆婆险恶的用意；
她们编织了斗笠，
大火一起，舜便凭借斗笠飞向天际。

聪明的舜华当然明白事情的原委，
但是胸怀宽广如大海一样的他毫不介意；
他拉起父亲的双手，
父亲啊请把我送你那心爱的竖琴弹起。

母亲啊，在琴声中请用你的柔臂把我拥抱，
让你的母爱，把我洋溢的心氤氲；
请不要把头儿低垂，也不要把脸儿转开，
请你给我一个如露滴儿对花蕾般的亲吻。

后母工女拉起舜华布满老茧的大手，
那邪恶的内心啊不禁一阵羞愧；
她将舜那被大火烤了的头发轻轻梳理，
坐在身旁的象啊却早已喝得酩酊大醉。

在那神秘而遥远的上古世界里，
当我们漫步在阳光下与这些大神不期而遇；
神性的光辉会让我们阵阵沉思，
我想我们会无限惊讶地停下步履。

我们将看见那双乌黑的眸子，
那双犹如明星般生有双瞳的眸子；
正是这双大德深邃的眼睛，
在邪恶黑暗无际的夜空把火光和希望高高燃起。

可是，当舜华送走了大禹，
当人们又开始把大地重新治理；
天性嫉妒的后母壬女啊，
邪恶力量的驱使又让她不能自已。

她好几个夜晚不能安然入睡，
她的心中诞生了一条更加毒辣的诡计；
聪明的两个儿媳自把这些看在眼里，
她们早已经亲手为舜华缝制了一件外衣。

这件外衣呀舜整天衣不离身。
一日壬女让舜去淘井，
舜华便顺着象放下的绳子下到了井底，
他的双脚刚刚落地，绳索掉了下来象也了无踪迹。

接着从井口便有大石落下，
就在这危急之际，
就在这千钧一发的时刻，
衣着神衣的舜啊顺井底暗河逃离。

当年被舜华放逐的小小黄龙，
早已被娥皇女英缝制的神衣召唤；
他就覆在龙衣之上关注舜的平安，
小小黄龙载着舜华飞离井底避开灾难。

站在井口的壬女与象心想此次舜将必死无疑，
忽然听高高的空中传来隆隆龙吟；
只见端坐于龙背的舜华啊神采奕奕，
吓坏了的象趴在地上紧捂着砰砰的心。

一计不成另生一计，
狠毒的壬女誓要将舜华置于死地；
她将剧毒之草放于酒中浸泡，
又让象去约在外奔忙的舜华回到家里。

象啊一副老实巴交的样子道：
我的兄长啊兄长，前几次事故真是抱歉；
为了陪罪啊我请兄长回家赴宴，
母亲为我们准备了美食，你一定要赏脸。

那舜华被象啊生拉硬拖着回到家里，
壬女啊亲手为他端来丰盛的美味；
瞽叟为自己的儿子亲自满了酒杯，
而娥皇女英早已悄悄把一粒药丸塞到舜的手内。

舜华和着酒将药丸吞下，
腹内顿生出股股暖气；
这丸药乃解万毒的脱蔻之草所制，
人吃下它就再也不怕伤毒。

酒啊喝了一杯又一杯，
壬女啊见舜华高高兴兴；
不光未中毒尚越喝越清醒，
这舜啊真真乃天界的神人下境。

# 第二十四章　德化后母

我忽然看见那迷谷树枝萌发了沾露的新叶，
这是源于上古大德生机盎然的奇迹；
这如同大神们站在雷泽之畔，
吟诵我的第一行诗句让我感到惊喜。

这几片新叶终于打败了无声的鄙薄，
把隐匿坦荡的音讯向所有的世人传送；
壬女啊计计都未得逞让她豁然明了，
舜华啊正是上天造就的千古英雄。

消溶吧，我对嫉妒的迷恋！
让我在“明晰”之中，苏醒吧；
让大神的光辉擦亮我浑浊的眼睛！
舜啊舜我忏悔于你圣明的脚下。

壬女扑通一声跪倒在地，
她拽着舜的裤腿啊泣不成声：
我的孩子，我多么恶毒，
我沉湎于罪恶而生的怒海当中。

我的鬼梦整日狰狞地加害于你，
而你呀始终不和我这个恶老婆子一般见识；
如今呀，我的心好痛，
悔恨的泪水啊让我自容无地。

我的孩子，我伟大的高山一样雄壮的舜，
让我从阴影锁闭的日子里出来吧；
从今往后，我要跟随着你，
让我的心走在灿烂的阳光之下！

舜华赶紧扶起跪在地上的后母：
母亲呀母亲，恨的本意来源于爱；
可是爱的博大在于宽容，
您的悔恨让孩儿把心中的结打开。

母亲呀母亲，您的忏悔对我是一种挑战，
您秀美的脸上闪现圣母般的甜笑；
这让我倏地穿过大恶的缝隙，
有一种力量不可思议地把我昏眠的青春动摇。

这种力量是亿万事件的海滩上，
游玩的大潮与波涛汹涌的不息；
是从海底翻卷上一颗罕见的珍珠，
这颗珠子让我的心灵啊更加澄碧。

一瞬之间，陌生的时刻片片消解，
那从迢遥的林莽步入诸冯的爱之歌悠扬而起；
而高兴的瞽叟啊正弹起心爱的竖琴，
象啊揉着睡眼不明所以地看着大家。

娥皇与女英被一家的情谊感动，
两位女神啊禁不住泪水轻滴；
瞽叟的手指在奇妙无形的心弦上弹奏，
人间和谐的大爱之歌啊响彻天际。

人们于是想起一天无端惊疑的瞬间，
想起远望着草枯的牧场消度冬日的黄昏；
想起凄迷的暮色中落日的彼岸，
这一切和着此时弦琴弹奏的乐声共享天伦。

呵，在永流的岁月之河中，
翻腾着忘情活泼的生命之波浪；
英雄的心在那波浪起伏中放射出光彩，
它像火焰树的叶片又如同燃烧的阳光。

呵，让我们手掬着此刻的赐予，
这真实中没有矛盾，没有疑虑；
正如天地创作歌曲的时候，
心里充溢秀林的绿涛，清风的激动，霞光的延续。

壬女的转变可气坏了施恶的牙生，
牙生焦虑地在炼狱踱步咆哮；
炼狱内一股黑气将他伴随，
呵，你这呆子舜华我的恶都被你化解掉。

世上的好事让你做尽，
本来我恶的感染可使壬女得手；
要你的命就是我作恶的目的，
没想到如此周密的计划却遭遇你所谓善的魔咒。

一日牙生显身于壬女身际，
他乐呵呵地向壬女抱拳拱手：
我可敬的英明女神壬女呀，
你真是被舜华骗昏了头。

你是他的后娘他也不是你的骨肉，
他整日里呼风唤雨而象却一无所有；
颗首也不如舜华过得舒服，
作为母亲你竟向他点头哈腰难道你就别无所求？

壬女见这美貌少年出口竟句句是真，
心里已经不再平静；
但她还是强装镇定斜眼把牙生耻笑：
你这搬弄是非的小人哪里知道舜华的英明。

他如阳光一样普照大地，
他如伏羲大神为民众谋利；
你这人每时每刻总想着自己，
迟早一日会被自私害死。

哎，我可爱的壬女呀，
你真真是傻得可以；
所有的野心家无不是以无私标榜自己，
所有的恶棍无不是伪善的假君子。

再说，你如果听从了我的计谋，
保管你此次不会有失；
说完牙生递给壬女两根黑线，这线要
一根扎在娥皇的手指上，一根扎在女英的发际。

狡猾的壬女嘴上并未应允，
可是早早地把两根黑线揣在怀里；
第二天早上，她叫来娥皇，
她沉着脸说：娥皇啊，我已经这么大年纪，

而你还不让我抱上孙子，
把这根黑线扎在手上，
保管不出几日你就会有孕在身。
羞得娥皇流霞满面，她收下好礼感激婆婆的好心肠。

壬女又找到了女英，
孩子啊孩子，看看你整日里披头散发，
看看你野成什么样子，
来来来，婆婆用这黑线为你扎起来吧。

女英被扎上了头绳，
高高兴兴跑到舜华劳作的田里；
娥皇亦扎起黑线在纺车前纺织，
她们呀，都因婆婆的回心转意而高兴不已。

不想夜里她们所扎的小绳化为一条小蛇，
它们偷偷咬开舜华的皮肤要把他的血吸净；
沉浸于梦乡的舜华啊毫无知觉，
两条小蛇越吸越多，竟渐渐变成两条黑龙。

两条吸了血的黑龙把舜华紧紧缠绕，
要把英勇的舜华直至勒死；
忽然天空中传来凤凰的鸣语，
接着天空中又传来了阵阵霹雳。

有凤来兮在舜华的草棚前高鸣不已，
骑于凤凰身上的大禹洪武的大音响起：
恶龙啊恶龙，要知道你们正在把英雄吞噬，
而大善总是战胜大恶这是千古不变的道理。

现在回头还不算太晚，
快快把舜华的鲜血放回；
我大禹呀，还可保你们两条性命，
如若不然，哼哼，你们悔之晚矣。

两条黑龙并不言语呼啸着冲向天际，
它们昂首向大禹所骑的凤凰撞击；
那大禹扬起手中的神铲，
只轻轻一挥，两条黑龙立即化为两条黑线落地。

响声惊动了屋内的人们，
醒来的娥皇与女英点起灯火大吃一惊；
但见舜华白如纸灰，
任她们怎么呼唤舜就是不应。

两位姐妹放声痛哭，
哭声响彻天地惊动四邻；
人们见舜华已经毫无气息，
失去血色的他呀让人痛心。

诸冯的民众万分悲痛，
年青的大禹也止不住泪流满面，
那哭声使天空落下了倾盆大雨。
大禹抚摸着舜华的面颊轻声把他的魂魄召唤。

壬女被悲声感动得灵魂开窍，
想起舜华生前的点点滴滴壬女呀好不后悔；
她用头撞着泥墙，
要用自己的死把舜的生命挽回。

人们捶胸顿足质问苍天，
那生在地底下的牙生也非常难过；
他禁不住一阵心如绞痛，
华夏神民们共同的大善之心让他浑身着火。

那剜肉般的钻心之痛让牙生忽然感到无所适从，
毕竟曾为盘古的一颗牙齿，
毕竟曾为万神之王肉体的一部分，
这牙生在舜华的大德面前忽然生出了悔意：

这一刻我牙生啊忽然记得那美妙的一瞬，
在我的面前出现了你雄狮般的面容；
而恶的诞生注定让一切有如昙花一现的幻影，
而你的善良却始终有如纯洁之美的精灵。

天知道我的心为什么如此绝望，
从未有过的悲伤在喧闹虚幻的困扰中；
我的耳边长久地响着你洪武的声音，
我还在睡梦中见到你英勇的面容。

许多年代过去了。狂暴的激情
终于驱散了被恶扭曲了的梦想；
现在我多想再听听你的大德之音，
多想和你拥抱和你畅谈和你比比力量。

而我这个在地狱中囚禁着的恶臭的心，
如果有一天我也死去谁会像哭你一样哭我；
没有神性没有灵感，
没有眼泪没有生命也没有爱情。

呵，牙生我如今灵魂已开始觉醒：
可是这个代价是多么的可悲；
我的朋友啊我第一次感到了悲伤的美，
这感觉多么奇妙有如看到夕阳正在垂泪。

呵，我的心在狂喜地跳跃，
原来美是如此感动，就让一切重新苏醒；
有了神性，有了灵感，
有了生命，有了眼泪，也有了爱情。

这时，一直紧闭双目的舜华长叹一声，
他的灵魂竟回到他肺腑当中；
人们一阵欢呼向上苍跪地而谢，
舜华摇晃着身体站立起来走动。

他举起手向黑暗中的牙生召唤，
牙生啊牙生，我尊敬的弟兄；
你的灵魂之音我已听清，
你忏悔的心灵如七彩之虹一样纯净。

我们的名字对于华夏千古能意味什么？
我们都必将向死亡走近；
就像溅在遥远的岸上
那海浪凄凉的声音。

就像是夜晚森林的回响，
而生即是留作纪念的册页；
就仿佛墓碑上的一些花纹，
记载着人们所向往的天堂般的世界。

牙生啊，把你以前的恶遗忘！
在新的骚扰和激动里，
对你的心灵，它不能显示
一种邪恶主宰世界的能力。

然而，在孤独而凄凉之日，
人们会抑郁地念出我们的姓名；
还有人在怀念我们，
我们永远活在华夏一统的大爱当中。

# 第二十五章　尧天舜日

舜华洪武的大音传出千万里，
牙生悔恨地滴下泪滴；
他抛去自己黑色的斗篷，
扯下由恶而缝制的胸衣。

他把黑冰之剑折断，
又把千年喻镜摔个稀烂；
他在临走之前把自己，
曾经自豪的宫殿彻底拆穿。

洗新革面的牙生啊，
从此和舜华站在一起；
他同大禹和伯益一样为洪泽之地出力献计，
又为平定三苗之地的反叛立下卓越功绩。

亲爱的华夏人民，
为了一个可以昂首站立在东方的姿势；
你可知道，
我们的先人曾作出过多少努力。

当我们坐在树下凝思，
把英雄们的韵律铭刻在甜柔的回忆里；
把自己的忧伤抱紧，
让我们回到先民们上古的土地。

昆仑山上飞雪止息，
天空高远只有雄鹰在盘旋回迂；
红日初升之光让蓝天不再孤寂，
呵，抬起我追忆的眸光啊，把英雄赞誉。

看，这碧蓝的天宇，
风儿掠过水面风生水起的样子；
红日于东方喷薄而出，
绚丽的霞光铺满大地。

我把这天宇看成我们伟大的祖先大尧，
高高的泰山之巅我倾听你的低语；
我把这天宇看成我们伟大的祖先大尧，
在黄海之畔你的低语在波涛中起伏。

我把这天宇看成我们伟大的祖先大尧，
在乌苏里江船桨搅碎的月光里；
我把这天宇看成我们伟大的祖先大尧，
在青藏高原闪着星星般光泽的雪域中伫立。

我把这天宇看成我们伟大的祖先大尧，
当我来到闪烁着玫瑰色光泽的南沙诸岛；
我把这天宇看成我们伟大的祖先大尧，
当我乘着风在祖国大地的上空呼啸。

呵，我把这天宇看成我们伟大的祖先大尧，
是你的庙宇庇护着华夏神民生生世世；
呵，我把这天宇看成我们伟大的祖先大尧，
在你的天空下华夏神民多像鲲鹏展翅。

在大尧的天空下，
初升的红日拥有万丈光辉；
那无私无倚的太阳犹如舜华的神明，
我把伟大的舜啊比作太阳当之无愧。

当盘古开天辟地，
当上古的大神们在海洋游弋，
当时间走向尧与舜的时际，
我把他们与初生红日的相会看成是亘古的世纪之约。

此时一轮红日正升起于蔚蓝的峰峦，
大自然在华夏众神面前敛声止息；
好像整个世界都融化在这里，
好像一切都是这红日与天空包容的静谧。

现在我在为他们写诗，
写长长的诗；
一边的海风吹来，
一边的纸笔沙沙响起。

玫瑰色的大空中只有一颗星，
它闪烁着，很像是一只眼睛；
我看到尧与舜在天地间巡视，
他们刚毅的面容把大地上的火把高擎！

我看到尧与舜在一起，
他们的手紧紧握着彼此；
面向着万古后世，
面向着悠悠的盘古神族的历史。

# 第二十六章　尧帝禅位

这时的帝尧也已听到舜的德音，
而且，少康与渊明九兄弟无不把舜华夸得神奇无比；
世人在舜的大德面前一片和气，
华夏的神民在舜的带领下生活十分安逸。

帝尧啊内心更是喜不胜喜，
他握着舜华的手，高兴得难以抑制：
舜啊，我英勇的孩子，我得承认，
治理国家你比我更合适。

无数次的试探，让我已经放心，
所有的人都把你的美德传说；
你心怀华夏神民，
所有罪人恶的势力也无法把你的意志消磨。

珍贵的朋友啊，我愿意，
把我的帝位禅让给你；
我的年事已经太高，
而华夏正是缺少神力相佑之际。

舜啊，我的孩子你要展开幻想的羽翼，
快把搁置的竖琴拿起；
和你的朋友们一同把华夏治理，
把你的大德啊播种在华夏大地。

时间啊在不断流逝，
历史的车轮滚滚向前；
英俊的马儿就要挣脱羁绊，
越过山峰，跨过山谷，勇敢地奔向天堑。

在这美妙的一刻，舜啊请接受，
请接受来自于万民呼声的心意；
从今天开始，华夏大业由你来继任，
我帝尧啊，也真该好好休息休息。

舜华听到这里忙制止了帝尧的话语：
我尊敬的父，如泰山般刚毅的帝尧；
您统治的大地如此和谐如此安定富裕，
您怎能轻易把帝位相交?

我愿意跟随在您的身后，
接受您太阳一样光辉的普照；
而让我来承接帝位，
我怕自己的德行少了您的光耀。

帝尧指向东方微微笑道，
我的孩子不要把帝位看得如此重要；
一个伟大的英雄，绝不在乎地位的高低，
看，东方升起的团团紫气正虚无缥缈。

让你承担帝位是对你的考验，
同时也是挑起了华夏万民的重担；
孩子，要让所有人过上富足的生活，
要不断实现华夏神民的美好夙愿。

这些远景可不是简简单单就能实现，
这个工作可不是一朝一夕；
要坚定，路漫漫其修远兮，
孩子，今后的道路只有靠你自己。

说完这些，帝尧将自己迷谷树制成
的万神之神的权杖交到舜的手中；
万民啊无不欢呼雀跃，
天堂传来大乐的铿锵之声。

天上飘起五彩之云，
刹那间风起云涌。
但见，每一朵云上都伫立着一位大神，
万千众神与禅让、接位的两位大神同庆。

大神们站立云端将颂歌吟唱：
“龙族之后诸冯之墟的舜华兮；
生生不息，不辞劳苦，
华夏得彰，龙魂得彰兮。”

舜华擎起乌亮的权杖向万神致敬，
万神们啊，赶紧收起祥云下降；
大家纷纷向舜华下拜，
纷纷将他的大德颂扬。

但见来自各地的神族各不一样，
来自四面八方的万国神族，
东西南北扬起不同的图腾，
不同的图腾展示他们不同的风俗。

有的胴体纹身以坦荡为雄健，
有的皮帽皮靴毛裤裘服，
有的冠冕崔嵬，
有的蓬头乱发从未洗梳。

有的峨冠博带宽衣广袖，
有的紧衣窄袖形体展露，
有的五色杂陈争艳斗丽，
有的白衣綦巾浑身缟素。

有的黥面雕题，有的高颈穿鼻，
有的面身涂了赤赭石白云土，
有的顶牛角，有的曳虎尾，
俱是表明自己神秘的家族。

服饰体现神族的信仰与审美，
有的至今还保留如故；
四周廊庑下肃立着神士，
赤裸上身持干戚戈如狼似虎。

广阔的诸冯沃野排开百里乐队，
陶埙竹笙石磬鼍鼓；
万千巨龙自诸冯的上空托起满天朝霞，
五音纷奏乐队起舞。

众神簇拥着舜华自草棚走出，
万神跪倒在地齐声欢呼；
这舜华啊佩戴玉瑛身穿吉日礼服，
步履坚定迈着高贵的脚步。

舜华再次将手中的权杖指向天宇，
他任命大禹主管水利，
伯益主管森林，
后稷主管民事。

少康主管山峦，
渊明主管百兽，
监明主管畜牧，
象封地为有鼻。

听到自己的儿了象也得到了封地，
壬女啊禁不住痛哭不止：
我可敬的大帝舜啊，
从此为了你的英明，我万死不惜。

这时舜华将自己失明的老父搀扶而来，
父啊，现在孩子不能在你身边将你关照；
而我的母亲啊肯定会和你生活得愉快而和气，
你只管弹奏你的琴弦，娥皇与女英当把二老来孝。

最后，舜华拉起牙生的双手，
牙生啊，我把西沙之域封于你；
那里的植物太少，经年流沙漫天，
条件艰苦你也要把那里好好治理。

牙生紧紧地握着舜的手，
好，我尊敬的帝舜谢谢你；
从此我将是你的左膀右臂，
只要你指向哪里，我就奔赴哪里。

舜华啊不光重用了这些人，
他还启用了八恺八元两个才德世家的后人；
以德治国乃舜华开启盛世的钥匙，
一时国泰民安舜华声名天下可闻。

一旁始终微笑着的帝尧啊，
把一切都看在眼里；
这舜华啊真是心怀乾坤，
气定神闲真乃大神降世。

真乃大贤大德之神矣，正是：
大哉舜华兮！绩如南风！
大哉舜华兮！与民齐乐，
大哉舜华兮！其乐融融！

# 第二十七章　舜与丹朱

知道舜华接受了帝位后，
帝尧的儿子丹朱开始郁闷不已；
现在人们都已经知道，
那丹朱的封地就在现在的昌乐大地。

如今丹朱的冢前，
好树合抱芳草依依；
千秋万代历历已过，
那丹朱冢依然立在那里。

诗人把他的花放在丹朱的冢前，
还有他胸中的无限敬意；
细雨呼喊着大地，
微风扫过湖面轻轻荡起涟漪。

当年的丹朱啊，
他善良的心底被权利的乌烟遮蔽；
怒火冲天的他要将父亲的王位抢夺，
他手中镶嵌蓝宝石的宝剑向天宇直指。

战争就要再次降临到东夷大地，
天空中传来阵阵沉闷的雷语；
天庭骤然划出闪电，
神鹰展开双翅向天边飞去。

丹朱亲点了三百神将，
他们在马后放飞飞蝗并栓拖巨石；
滚滚而来的尘埃遮天蔽日，
刚刚接受了帝位的舜华胸中溢满心事。

那丹朱是伟大帝尧的儿子，
如今他向自己开战自己怎能应敌；
亲人啊，我愿将手中的权杖送还，
只要停止，停止这无谓的战事！

后稷与伯益一齐出来制止，
我伟大的舜啊你不能放弃；
因为，人们都知道你为什么接受帝位，
为了天下苍生你就没有权利逃避。

舜华默默地看了他们一眼，
我亲爱的伙伴我亲爱的兄弟；
你们怎么能明白我的心意，
为了苍生我的位置永远是最低。

舜华看着滚滚而来的大军沉默无语，
他慢慢走出城邸；
神民们惊讶得一时屏住呼吸，
只看到舜华的权杖在日下生辉熠熠。

看到舜华来到阵前，
丹朱的神将们将巨石高高举起；
他们要在瞬间砸向大舜，
要让他的身体在巨石下血肉淋漓。

舜华将权杖双手捧上，
丹朱和神将们对他的举动面面相觑；
我们都知道你拥有神力，
你为何肯在此放下到手的荣誉？

舜华微笑着向丹朱解答：
我亲爱的兄弟你我都是父亲的儿子；
我的帝位来源于伟大的尧，
现在我怎么不可以把权力相让与你？

丹朱从马上跳将下来，
他一下子拥抱住舜帝：
我亲爱的兄长，
现在我才明白我的父亲为什么禅位于你。

是一时的欲望迷惑了我的双眸，
是一已的私利让我忘记了华夏大礼；
你应该接受父亲的帝位，
我们应该永远拥护你。

丹朱回转身来，
他身后的勇士们纷纷跪倒在地；
巨石在他们身后堆起一座高山，
黑色的飞蝗在高山上挂成一面铁色的旗帜。

丹朱将手中的蓝宝石之剑摘下，
他双手捧到舜华面前；
这是我权利的象征，
这是我封国昌乐最宝贵的礼献。

舜华赶紧搀起丹朱，
兄弟啊兄弟，我们要把天下的万民保护；
如果我们相战将毫无意义，
现在，让我们团结一致，为了华夏的荣誉。

# 第二十八章　象以典刑

舜站在高高的山岗之上，
他面向东方高高举起手中的权杖；
华夏万里兮一片大乐，
万民同享兮龙魂高唱。

华夏万民们，我无法驯服我的天性，
因为我的意愿呵，让万民快乐；
统治万民的人，必须要为万民服务，
只有卑微的私欲才将独裁的权杖紧紧把握。

我将在痛苦的激情中获得享受，
我乐于让为民劳作的汗水流淌，
我乐于把华夏的兴旺之火点燃，
我乐于把万民的笑声看做是对我最大的赞扬。

舜华洪武的声音响彻八荒，
他刚毅的面容在阳光下闪亮；
他如星星一样自我发光，
他如大海一样自我荡漾。

千百年来的华夏英雄，
他们无不挺起自我的脊梁；
无不把华夏的大爱，
种植于自己宽阔的胸膛。

大禹走上前去向尊敬的舜华鞠躬而礼，
两位千古英雄把双手紧紧握在一起；
舜遇险时是禹从北地赶来，
他们两人啊，真正是心心相惜。

舜华将北地叫作高密，
从此那里便是大禹的土地；
万里浩渺的红高粱啊，
在高密东北乡的大地上茁壮长起。

舜华拉起大禹的手：
我亲爱的兄弟，
华夏正是需要我们的时机，
尚有许多困难需要我们一起治理。

我愿你站在我的身边，
我们一起把文明建树；
把我们的先进经验推广，
把华夏的大爱与大德培育。

英勇的大禹默默点头，
站在英明的舜华身边正是禹的心意；
自古英雄无不心心相依，
伟大的理想让他们紧紧地团结在一起。

接受帝位的舜华与大禹一起把华夏巡访，
他们发现各地的法度都不尽相同；
他们便开始重新修订历法，
把各地的法律一统制定。

这一日，舜华与大禹来到白沙山，
但见此地正在举行祭祀；
一大汉被缚于木案之上，
身边摆放着钢针、刀斧与锤剪等刑器。

这是古时用来诫犯人的仪式，
那时的刑罚有墨、劓、刖、宫、大辟；
此时正在举行的，正是墨刑，
行刑者动刑时祭祀必须完毕。

大禹刚要上前喝住，
舜华却悄悄拉住了禹的衣襟制止；
心领神会的禹立即通晓了舜的用意，
他们静静地站在一边要将这肉刑查看仔细。

但见行刑者手执钢针刺入犯人的脸上，
一针下去，受刑者便惨叫挣扎；
鲜血顺着面颊虫子一样爬下，
钢针频频再次扎下。

受刑的大汉在木案上扭动不停，
旁观的人们痛苦无语满脸惊惧；
行刑的祭祀者口里哼着咒语，
灰白的手指紧紧捏着钢针连连刺入。

行刑手的白衣被鲜血染红，
绿草上滴落的鲜血犹如哗哗的雨滴；
舜华将脸扭向一边，
大禹忙将行刑者制止。

行刑者听说舜已来到面前，
忙在陶罐中洗净双手将舜华拜见；
大禹找来白沙的诸侯，
诸侯们却摆出道理与大禹争辩。

我尊敬的帝舜，
我们遵守的都是您制定的统一法律；
此人偷了邻家的奶羊，
如不警示他以后就会偷牛。

以后人们看到他脸上的墨迹，
就会把他唾弃；
就会把自家的羊圈牛栏看紧，
就会远远地把他躲避。

舜华扶起跪地的行刑者，
他长长地叹了一口气；
和诸侯一起来到了犯人的草棚，
犯人的母亲正躲在棚内哭泣。

见到诸侯领人来到自己的住处，
那可怜的母亲一声也不敢再出；
舜华和蔼地拉着她的手，
老人家呀，你为什么如此哭泣？

不，不，不，我没有……
害怕的老人家不敢说出自己内心之话；
舜华拍了拍老人的双手默默地走出，
身后的大禹悄悄地把随身的玉送给了老人家。

看吧，我的诸侯，
这就是酷刑的可怕；
一个人犯了错误并不可怕，可是，受了
墨刑的小偷一辈子都抹消不了脸上的黑疤。

他偷本也为了生活？
只是应选合适的方式孝敬自己的老娘啊；
所有的肉刑都太残酷，
我们都要废除它！

于是，舜华与大禹同在河滨烧陶，
将五刑刻于陶器；
舜刻墨、劓、刖，
禹刻宫与辟。

他们推广了怎样烧陶的同时，
又教会了掌管行刑的人们用刻陶的方式警示；
从此行刑手的陶器上刻满了刑罚，
而真正的行刑将通过流放来代替。

在这荒凉的白沙之地，
他们正如两颗纯洁的星星自天宇而降；
大德之光普照所有的神民，
从此不再因错误而得到残忍的惩罚。

那大德正是唯美的感受，
是道义和仁慈无处不在的扩散；
它纯属于精神，博大而神奇，
自星空降落，洋溢于天地间。

没有大德和大爱，人生会变得残忍，
每个人都应睁开仁慈的双眼；
让圣明的光辉闪现，
肉体啊不可随意侵犯，那是每个人所拥有神性殿堂的尊严。

# 第二十九章　虞国高密

深邃的夜空星光灿烂，
千古大神静静地雄居苍穹；
时间推动着日月的指针，
圣明的大神们把人间的伟业看清。

大神盘古传来圣德的大音，
女娲从七彩的云端送来宝石刻作的瑶琴；
伏羲于四方收集祥土一抔，
仓颉将宝书撒向人间的神民。

巡途八方归来的舜与禹正在休息，
忽闻大乐从天空响起；
他们从草棚内走出，
呵，天空澄碧万神在云端伫立。

大神们站立云端将颂歌轻唱：
“龙族之后舜啊禹，
生生不息，不辞劳忙，
华夏得彰，龙魂得彰。”

舜与禹啊微笑着向大神们致意：
“我尊敬的大神啊你们是多么的圣明；
你们的到来让我们多么荣幸，
是你们的大德指引了我们的前程。

是你们的光辉将黑暗照亮，
我们得到你们的感召；
我们步履轻盈地走进你们的殿堂，
是你们的大爱把我们的心灵照耀。

是你们的光辉为太阳增添光华，
我们的生命蓓蕾如不在美好中绽放，
造物主的心中就会布满忧伤，
而华夏龙魂多么需要我们来颂扬。

是圣明的大神把我们心灵之窗打开，
让天地间和煦的风吹进我们的胸怀；
我们将继续着你们的道路，
让华夏万里处处充满大爱。”

“我的孩子，我为你们骄傲，
是你们的光辉照亮四空；
是你们的大德之言让我们激动。”
天空中传来盘古吉祥的歌颂。

“你们把爱赐给人们，
人世间便处处充满你们爱的馈赠；
你们的爱像甘霖洒在世人身上，
让华夏神民在黑暗里亦看清了前程。

现在，我们要将你们伟大的功绩赞扬，
我们要将华夏大地分封给你们；
你们要将你们的所有奉献给华夏大地，
舜啊禹啊你们要肩并肩地一起支撑起华夏的精神。”

盘古将诸冯大墟向南向西的万里之地封为虞国，
又将诸冯向北向东的大地封为高密；
高密从此后即由禹的家族居住，
而虞国已是舜家族的领地。

诸冯啊龙的故乡，
由小小黄龙引领的万龙同时腾舞于天空之上；
万千巨龙在大神们的周边徜徉，
一时间高高的天空呈现一片盛大景象。

翘首南望浩瀚的海洋敞开着博大的胸膛，
西面的沂山甩出龙一样的脊梁；
东岳泰山在云端巍峨耸立，
而华夏神民对盛世正在高声颂唱。

但见历山脚下茅屋片片，
村墟里的居民富足康健；
雷泽湖上传来美妙的渔歌，
潍水之畔制陶的先民们热闹非凡。

在山谷、河流、绿色的平原，
传来上古民众激扬的乐声；
华夏龙魂牵动万千民众的歌喉，
正义、公平、博爱充斥我们的心胸。

当然不止这些，
在寒冷的山地、荒漠和草原；
当所有的恶化为东风耳语着树叶，
舜华啊，你是子民们智慧的源泉。

神性的种子在生根发芽，
智慧之树在上古文明的初始开花；
马上结出的那香甜的果实呀，
正是华夏龙魂的精华。

当一片红彤彤的光芒在东方闪耀，
大禹也向那里飞翔；
那里是怎样的地方？
它的光芒何以照亮八荒？

大禹一边飞翔一边遥望，
怯尘风轻轻吹来阵阵奇香；
飞在空中的大禹，终于看到——
呀！一片万里浩荡的红高粱。

铺满红高粱的沃野上长着两棵参天大树，
它们以挺拔的姿态指向天宇；
那是一棵梧桐，一棵建木，
两棵奇树都如玄妙的少女在轻歌曼舞。

高大挺拔的建木啊，
我们知道你生在何方；
在华夏你是国树银杏，你呀早已千古流芳，
在中国的大地上呀，到处耸立起你亘古的吉祥。

英俊的大禹在树下乘凉，
周身无比通畅；
红高粱沙沙地歌唱，
一切都宛如浸在梦里的故乡。

南有虞国兮北依高密，
南有熏风兮其志在民；
北有大禹兮初露其芒，
北有高密兮血脉相连。

虞国与高密紧密地联系在一起，
在上古无数诸侯封地的初世；
虞国与高密逐渐把文明建立，
盛大的景象啊，让千里之外的人们也向往不已。

在时间的河流里，
众神点燃起永远的明灯；
透过时空，我们仍然听到诗人的歌颂，
那是浸过蛮荒的圣水与大神吉光的歌声。

呵，大德之光点亮了我们的眼睛，
智慧的光芒在幽静的天空下彻夜通明；
舜华引导了多少游牧的民族，让人们从
高原到海岸，从死到生，感受着人生的真情。

现在，不再刮起黑色的风，
人世间的恶因牙生的归顺而消失；
就连暴躁的波涛也藏进大海的深渊里，
那些翻滚着毒恶的大灾也在地狱之下不敢窥视。

蟒蛇，刀叉，冰山的化身
狡诈的，凶狠的，饥渴的死灵……
所有的所有都被舜的大德感召，
上古的华夏大地顿显从未有过的祥和与安宁。

# 第三十章　大战饕餮

夜晚的风儿吹起上古的木槿花，
乌云在草棚的顶上低低垂压；
娥皇与女英都进入了梦乡，
她们美丽的脸上洋溢着幸福的光华。

舜华在草垫上辗转反侧，来源于
神性内心的狂涛巨澜让他合不上双眼；
他不知将要发生什么事情，
死者的灵魂与生者的气息也在令他心烦。

他披起羽衣，走出草棚，
星儿不见，夜鸟的啼声不闻；
此处的风儿带来了不详的信息，
为什么漆黑的夜要遮住闪烁的星辰？

舜将宝剑轻轻抽出，
铮铮作响的剑锋将大战告明；
这时举着火把的大禹与后稷等人赶来，
他们似乎也预感到了什么事情。

舜华和他们来到议事草帐，
少康与丹朱已经在那里静候；
人们传唤千里寓鸟，
可是，久久不见寓鸟其踪。

大禹开始呼唤驳马，
自马耳山而来不过几十里的路程，
可是那驳马也未显露行踪，
大家忽然感到事态的严重。

众人赶紧收拾行装，
在黑夜中举着火把向南前行；
向南即可抵达虞国的海岸，
可是，一切宛如消失在海水尽头无影无踪。

人们只听得到汹涛狂啸，
晚风悲叹，海鸥惊鸣；
一切都看不见，
巨大的黑夜吞噬了所有的光明。

所有人瞬间明白现在的处境，
这巨大的黑暗来自于天地合盖的混沌；
而这混沌的根源皆来源于巨大恶的始祖，
那可怕的传说引得人们议论纷纷。

这黑暗像传说中比天还要大的忧郁，
这一刻的来临是注定的命运，谁也无法脱离；
他的巨大甚至吞噬了黑暗的地狱，
而且，即使死者的灵魂也不会在黑暗中得到安息。

这一刻，人们即使绝望地逃离，
亦无法逃离黑暗的追击；
传说中的饕餮来到人间，
就没有什么能把它挣脱躲避。

即使漂流到越来越遥远的地方，
也不能摆脱这狂妄的妖孽；
不论逃到哪里，它还是缠身，
这毒害着生命的恶魔饕餮。

它呀，有首无身，
其口巨大无比；
它的使命即是吞噬一切，
它无时无刻不在显示着无穷的魔力。

饕餮现在正在吞噬着大海，
连同正在升起的太阳；
驾太阳车的大神帝喾，
也不知不觉已在饕餮的口中徜徉。

后稷搭上神箭，
光耀四射的箭簇刮破一线黑暗；
那带着响声的光射向虚无，
过了很久很久的时间，大家才把一丝水声听见。

那是箭簇落水的声音，
面对虚无的饕餮大家一时无计可展；
大禹将手中的神铲挥动，
琅琊山随手而起升上九天。

黑暗中传来滚滚雷鸣，
闪电劈中琅琊山；
人们看见血盆大口在空中浮现，
那琅琊山竟如一块鸡骨，被饕餮咯吱一声咬烂。

漫天巨型的陨石，
呼啸着砸向大地；
刹那间巨石的冲击，
令黑暗的大地不停地颤栗。

冥冥中的饕餮坐在那里，
目光幽黯，它幽暗的大嘴冒着浓烟；
镇定的大神们并未惊慌失措，
他们在思考着如何与这饕餮作战。

神性的光环围绕着这些威严的大神，
天地间弥漫着一片寂静；
舜华将手中的权杖举过头顶，
吞噬所有的怪兽请你听清。

一切选择都在你自己的掌握当中，
现在，请你马上收起巨口；
将你有首无身的头颅旋转，
在浩渺的天边，在地球之外的星球。

那里才是你的宫殿，
所有的一切都将听命于你的指唤；
你将吞噬光吞噬星球，
吞噬真空吞噬时间。

只有在那里你独自坐在宏大的殿里，
才能比较自如地呼吸；
你那发出幽光的前额，
也才能清楚地表现内心的孤寂。

可是，地球绝不是你的天地，
而是我们华夏神民主宰的家园；
一切只能听命于大神们的派遣，
你吞噬地球的野心必然遭到我们的阻拦。

饕餮呀，任你多么庞大无边，
任你厚颜无耻的欲念有多么贪婪；
我们大神们也要誓将与你奋战，
直至我们所有的大神最后一滴鲜血滴干。

饕餮听得此言在天空中露出它恐怖的嘴脸，
那阴森的长牙比昆仑山的高度还长；
那带着钩子的舌头如火山喷发的火焰，
它青色的眼睛闪着月亮一般的光芒。

饕餮轰轰吼叫着卷动舌头，
大地被舌头拱起；
山峰被巨大的力推向两边，
舜举起手中的宝剑瞅准机会猛然砍击。

大禹把神铲钉子一样插下，
少康将手中的巨棒高举过头；
一时间只听得嘣、扑、扑几声，
那饕餮的舌头被应声击中。

那舌头却如钢石般坚硬如河水般柔软，
人们的武器击在上面所有的力丝毫不见；
舜的剑被舌头卷走，
少康的巨棒被饕餮的牙齿咬断。

大禹的神铲在巨大的力反击下，
唰地一声飞上九天；
顷刻之间众位大神已经手无寸铁，
眼看着饕餮的舌头再次伸来吸舔。

舜华和大家一起跳向一边，
可是，那饕餮的舌头只是轻轻一转，
几位大神立刻被卷入它的口中，
巨大锋利的牙齿就要把众神的头颅咬穿。

舜与众神赶紧举起攥紧的双手，
锋利的牙齿把他们的掌心刺穿；
鲜血如盛开的花朵在黑暗中绽放，
鲜血所到之处立即盛开出光明一片。

大神们的鲜血将饕餮的吸力拦阻，
鲜血所流之处；
饕餮的血肉随之融化，
它嚎叫着将众神吐出。

舜赶紧把尚未落到地上的鲜血抛洒，
一道道深红的长虹挂上高天；
那自亘古而来的长虹将天空映红，
赤热的血烫瞎了饕餮的双眼。

它甩动快要被融化了的舌头，惨叫着，
如一团熄灭的浓烟向西逃窜；
少康忙追击上前，
可是被舜一把拽住衣衫。

太阳出现了，
帝喾驾太阳车缓缓滑向高空；
他刚刚睡了一觉，
尚不知自己刚从饕餮的腹中出来。

众神人赶紧将舜的伤势察看，
但见乌黑的伤口中毒不浅；
丹朱赶紧将文茎的果实捣碎，
将神药敷于舜的掌心之间。

舜的鲜血染红了海岸，
每当夕阳西垂；
南面的金色沙滩，
就会泛出如燃烧的烈焰一样的金辉。

# 第三十一章　教化万民

话说那饕餮一路西窜，
带着如流星般不熄的火焰；
终于在三危之地滑落，
怦然坠落的它砸向大地如巨石一般。

死去的饕餮化为一片黄沙，
今天的甘肃敦煌还在掩埋着它；
如今的敦煌尚保留着饕餮留下的神话，
在他倒地之处仍然开放着一片片美丽的舜华。

上古的神民们把胜利的花环挂在英雄们的颈上，
人们欢呼着迎接归来的英雄；
受了饕餮之毒的舜啊一阵虚弱，
娥皇与女英赶紧将他扶进帐中。

呵，英雄的生命像一朵蓓蕾，
他所有的芬芳都储藏在花心中；
现在是时候了要将更大的德怀喷溢四散，
躺着的舜慢慢睁开眼睛。

我的心不能只容我一个人，
而是应该把更多人储藏；
我亲爱的妻子，现在我身中饕餮之毒，
我并不知道我能否活着看到明天的太阳。

伟大的英雄应该把万民装在心中；
请不要哭泣；
如果我死去，请将大禹作为我的接班人，
他能将文明继续建立在华夏大地。

请不要哭泣，
如果我还能活；
那么，我将每五年出巡一次，
要教会万民畜牧、书写和制造以及春种夏播。

我还要教万民学会艺术，
让每一个人都能将诗歌的碎片播洒在脚边；
我还将制止各类战争，
让万民懂得公平、公正，和谐万年。

请不要哭泣，
我们将不为个人的损失伤心；
我们的使命即是万民的心愿，
我们如所有的大神一样应该自信。

神以他自己的形象制造了人，
而知善知恶的人们天生即拥有伟大的神性；
我们同神一样自强不息，
我们就更应该拥有神一样宽广的心胸。

说到这里，舜虚弱地闭上眼睛，
他中的毒气已经开始发作；
冷汗涔涔浸透了英雄的全身，
娥皇与女英哭着把他抚摸。

英雄啊我们的爱人，
请你快快醒来呀；
如果你死去，那么我们将活得没有意义，
爱人啊，请你快快醒来吧！

当舜回到诸冯的时候，
大禹已经悄悄去了大鲧之山谷；
山上长满黑色的迷谷之树，
还有冰凉的紫玉。

大禹将所有解毒的草药采集，
千里跋涉大禹也没有半刻休息；
他驾着驳马赶紧向诸冯赶去，
当他回到舜华的身边，舜已经开始昏迷。

他将草药碾碎，
女英用陶罐将草药熬制；
娥皇扶起舜华，
那灵异的药香顿时让人一阵心旷神怡。

喝下解药的舜长长地嘘了一口气，
他的双瞳再次放出光明；
大禹高兴地紧紧握住他的双手，
站在一旁的娥皇和女英也激动得泪水盈盈。

让我们记得那神奇的瞬间，
英雄复活在上古的世人面前；
就像昙花一现的梦境，
又像纯洁之美的精灵再现。

在绝望忧愁的折磨中，
在喧闹生活的纷扰里；
温柔的声音久久回响，
尊敬的勇士之脸庞浮现盛世。

岁月飞逝，英雄的坚强，
终于感动上苍；
教化万民的使命，
终于让舜再次露出大神的脸庞。

万民一阵欢呼，
发了誓言的舜马上将自己的德行播种；
他拉起大禹的手，要将四方巡行，
走，去看看我们的德行在人间起了什么作用。

帝舜与禹扮成两位老农，
他们一人骑着一匹瘦马向西而去；
他们每走到一个村墟就下马来走入农户家中，
将各地的风土人情一一记录。

他们每走到哪里，
人们都会把好吃的食物拿给他们；
并且给他们的马饮干净的水吃肥美的草料，
还为他们拂去一路的灰尘。

人们把两位老农送出很远，
并不知道他们是化装的两位大神；
他们经过了许多地方，
遇见的都是好心的人。

一天他们来到青丘之地，
帝舜与禹牵着马艰难地前行；
这时一个青年从他们身边走过，
他斜视着他们无动于衷。

看他们风尘仆仆的样子，
青年人笑出了声；
帝舜与禹说这个地方的德行是不好的，
当他们走进一户人家时果然遭到了冷遇。

他们去的一家有两个老人及路上遇见的青年，
青年人在家里并不做活计；
而两个老人一边劳作一边还要遭到青年的唾骂，
大禹看了怒火顿起，他刚要出手却被舜制止。

帝舜揭开老人家的铁锅，
见锅内空空没有一粒米；
青年人手叉着腰瞪着眼赶他们快走：
别在我家想三想四了老东西，我家自己也没的吃。

帝舜装成毫无办法的样子，
他叹了一口气说讨口水喝也可；
老人将水端到他的面前，
那青年却独自躺在炕上很不快乐。

两个老人是好的，
而这个青年人怎么如此恶劣；
帝舜对大禹使了个眼色，
他拉着两位老人的手，要对老人感谢。

他命大禹将自己的老马杀死给老人吃，
老马的腹内已怀上了小马驹；
大禹绑起老马来正要杀死时，
流着泪的老马却把小马驹生出。

帝舜忙装成十分高兴的样子，
他拍着手说：噢，老马不必杀；
现成的小马杀了吃肉正好！
这可把两位老人疼煞。

老人忙制止帝舜的刀子，
哎呀，我的客人请不要动刀；
你们的心意我们领了，
这马还是不杀为好。

小马刚刚来到世上，
它还没有真正看清这个世道；
而老马劳累了一生，
刚刚作了母亲又要目睹孩子被杀掉。

这多么悲惨多么可怜，
两位客人，如果你们非得吃肉；
不如从我老汉的腿上割下一刀，
让我的老伴作汤给你们喝够。

那青年听着热闹，
他建议将两只马儿都杀；
这样不是可以多吃几天的肉，
青年人说完就把帝舜手中的刀子夺下。

青年人先去杀小马，
结果刀子刚刚捅进小马的身体，
青年人的胸口竟忽然流出血来，
青年人大声喊叫捂着伤口哭泣。

老人们已经知道站在他们面前的是谁，
老人赶紧跪在地上代青年求饶：
尊敬的大神呀，我没有管教好自己的孩子，
我的错比孩子的错更大，请您指教。

帝舜扶起地上的两位老人，
青年人胸口的血暂时不再流出；
可是留下了一个大大的洞，
舜让这个洞暂时留住。

如果青年人不思悔过，
那么这洞将永远在他身上不会消掉；
如果他改过了，
那么这洞自然就会长好。

后来在大地上出现了一大批胸口有洞的人，
他们成立了自己的国家拥有了自己的土地；
他们就是贯胸国的人们，
那是他们为了纪念自己的德行而留下的印记。

# 第三十二章　驾崩苍梧

帝舜已经一百一十岁了，
他想把自己的帝位禅让给大禹；
因为人间出现了肆虐的水害，
必须有人率领大家把水害制服。

帝舜拉起大禹的双手：
禹啊，看，太阳又于东方升起；
年轻的力量正如初升的太阳，
我年事已高，不再拥有雄狮般的活力。

我本想把帝位传给帝尧的儿子丹朱，
可是，他的心思并不在天下万民；
他如一只闲散的野鹤，
又如一朵飘忽不定的白云。

他只属于他自己宁静的内心，
让他担当帝位无异于害了一个人的圣洁；
我们没有权利剥夺他的喜好，
而万民正是需要我们引导的时刻。

我的儿子也不行，
他们的智慧并不比平常的人高明；
只有你禹啊，才是我的再世化身，
帝位只有你接受才更加适应。

大禹赶紧跪在地上：
我尊敬的大神舜帝，
你的身体还如少年时一样强壮，
你的伟志还需要你继续实施。

而我，只是你身边的小树，
是你这颗大星旁边的一颗小星；
跟随着你让我心内无比自豪，
环绕着你呀是我的荣幸。

帝位我不能接受，
天下的大水我理应首当其冲去治理！
帝舜微笑着把他拉起，
眼前的一幕啊让他想起先前帝尧的话题。

他什么也没有说，
他轻轻地把禹的手拉起；
眼前的草原升起一片紫气，
伏羲与帝喾还有大神颛顼正站在草地上。

天堂响起黄钟大吕般的问声：
什么样的灵魂可以在宇宙间永恒?
问声刚落，宇宙奏响美妙的歌声：
为民众而生的灵魂在宇宙间永生。

他的头颅像太阳一样灿烂，
在天地间散发炽热的思想光明；
他的身心像月亮一样与天地平凡相融，
在漆黑的夜与寂寞的眼睛相通。

他的理想像大海一样广阔，
浩瀚中孕育自强不息的心声；
包容一切却又那样谦逊，
拥有大爱和热血澎湃的心胸。

请仰望星空中这颗飘游的尊贵的心灵，
这颗高贵的心灵绝不因乌云遮挡而失却光明；
为了人类的幸福他宁愿经受种种磨难，
这种永恒的灵魂民众含泪铭记终生。

心胸坦荡的大禹赶紧跪倒在地，
他将黑色迷谷的权杖高高在头顶举起；
呵，一代大帝在万神吉祥的祝福中站立，
他把代表正义与公平的权杖向天空直指。

娥皇与女英把编好的花环戴在禹的脖颈，
伯益与后稷将大禹的神铲轻轻扶起；
北地高密的大禹啊，
人间的水害正在肆虐，万斤重担正在等着你挑起。

大禹向帝舜辞行，
又向远处的大神们挥手致意；
天空中呈现出一片吉祥的神气，
万神共祝出师北上的大禹治水顺利。

领命而去的禹踏上了征途，
帝舜还要巡访四处；
他将先进的经验传播万里，
又将各地的民情考察清楚。

他甚至到象的领地暗访了一番，
结果发现象把一方治理得非常完善；
牙生的西沙之地他也去了，
他看见牙生带领神民们植树一片。

牙生瘦了，白晰的面容更显刚毅，
他把最重的活计担挑；
让老人及妇女们干最轻的活，
孩子们也得到了很好的照料。

帝舜踏着治理过的黄沙，
走过青草正在长起的土地；
他笑呵呵地站在老朋友的面前，
牙生与他对面却不相识。

牙生赶紧端来清凉的水：
老人家请喝，
看您风尘仆仆也一定饿了吧？
请您吃饱喝足再继续往前走。

他显然并没有认出眼前的老友，
帝舜笑呵呵地将水喝掉；
他又吃下了牙生给他的干粮，
这一切都是那么的美好。

帝舜终于爽朗地大笑起来，
这时牙生才认出正是帝舜来到面前；
他拥抱了老朋友，
把最好的酒端出来与帝舜一起尽欢。

两位大神夜里睡在一起，
心里的话啊说也说不尽；
当第二天太阳升起，
帝舜将起身告辞继续巡访万民。

牙生流下泪水，
他紧紧握着帝舜的双手情意拳拳；
我尊敬的帝舜啊，
我的内心有一种不好的预感。

您这一走我们将暂难见面，
我们都老了，可是我们的使命却没有终结；
路途遥远您应该歇一歇，
我希望奔波的路上您不会失跌。

帝舜早已经感到自己的气力流尽，
他知道自己在人间的时日已在旦夕；
但是，他不能停下自己的脚步，
正如所有的大神们总是生命不止，战斗不息。

他拍拍老朋友的手，
用力地和牙生拥抱；
太阳还未完全升起的那一刻，
帝舜又踏上了南巡之道。

当他来到苍梧之野，
但见满山遍野盛开着无数木槿花朵；
呵，紫色的舜华啊，
你们多么美丽，你们的再现让我的灵魂有了着落。

舜华从马上慢慢下来，
木槿的芳香沁入心怀；
他慢慢躺在草地上，
喧嚣的山谷忽然静了下来。

所有的风儿不再吹动，
所有的鸟儿不再悠鸣；
所有的流水都止了声息，
所有的叶儿都不再摇动。

帝舜闭上了眼睛，
他刚毅的面容宁静地面向苍穹；
蔚蓝的天空划过一道流星般的长虹，
一颗明亮的大星冉冉升向天空。

# 第三十三章　潇湘悲歌

一代英豪帝舜气止而死，
他的灵魂入住到高高的九天；
每当澄碧的夜空显现，
我们抬头总能看见无数颗星围绕在他的身边。

帝舜的老马见主人无了声息，
它焦急地用嘴扯动主人的衣衫；
主人再也没有站起来，
空着马鞍的马儿咴咴地叫着向天空呐喊。

它向诸冯跑去，直跑了三天三夜才得以停息，
娥皇与女英夜里忽然同时梦见舜；
她们的丈夫手捧舜华向她们微笑，
当她们伸手去接，花儿却已散尽。

老马带回帝舜的死讯，
娥皇与女英啊万分悲恸；
她们来不及收拾包裹，
一路跟在老马的背后前行。

她们一共走了七天七夜，
一路上娥皇与女英的眼泪毫未停歇；
当她们来到湘江之畔，
她们的泪水已经流干，干涩的眼睛竟流出了鲜血。

血泪染红了江边的翠竹，
那碧绿的叶脉生出血痕的斑点；
娥皇与女英终因悲伤过度，
两位贤惠女神倒在湘江之畔。

她们的灵魂升上九天，
那耀眼的星子紧紧地把帝舜的大星追逐；
现在，我们来到湘江，
仍能看到那些美丽的湘妃竹。

湘妃竹啊血泪点点，
那是娥皇与女英的千行泪滴；
千百年来她们一直站在江边诉说，
娓娓低语着悠悠的绵绵情丝。

那正是舜与娥英忠贞爱情的见证，
呵，一代英雄已逝兮；
九州同泣，
华夏龙魂永驻兮，一片悲歌矣！

人们纷纷建起方坛无数，
将伟大的神与娥皇女英祭祀；
得到开化的神民们奏起帝舜留下的弦曲，
德馨的大乐啊，萦绕大地。

创世之初，在茫茫太空，
是谁以光划定苍茫的天地；
是谁在亿万年的圈子里，
飞出星辰的翅膀将蛮荒的文明托起。

噢，华夏大神们迎着第一抹晨光，
挺立自己如泰山般的脊梁；
他们高傲地展翅飞翔，
无私地把人类文明神圣的火炬高举点亮。

呵，是他们让我们走出浑沌，
走进文明。即使死亡——
也不过是一次神性的飞行，
他们的大星在时空的帷幕上绽放光芒。

为了爱建立更大的爱，
为了明天华夏大业更加繁荣的再现；
正是上古的他们，
划亮了长夜无际的黑暗。

在星系远伸的视线之外，
在地球蓝色织就的版图上，
大神们的光影以极小的时间单位，
确定了人类美德的创造和罪恶的灭亡。

# 第三十四章　大舜之歌

“南望九仙山，
北望空飞埃，
相将叫舜华，
遂欲归蓬莱。”

## 一

时空赠给华夏一朵花，
叶子是草绿色，紫花似精巧的萤光杯；
馥郁的花啊清新了多少泥淖里的灵魂，
明亮的花瓣璀璨迷离把夜空点缀。

她是容涵无数星星和大神家族的成员，
她在我幽秘的私人知识库内储存深沉；
感召我的德思为它起名为“舜华”，
这朵将天空照亮的木槿花呀，正是舜的化身。

这朵花啊享有永远被考证，
却总是围观自由；
又未戴上停滞不前的枷锁，
是脱离万恶的乐土的花之语。

美丽的舜华在华夏的殿堂永不凋谢，
大德的风儿不曾把凋谢的声音送进花的耳朵；
就在这分子般密集的瞬息，
用爱组成她的星相，她的蓓蕾蕴含了千古大爱的传说。

上古短暂的时光里有她完整的旅程，
她单一的意象中现映太阳舒张火焰花瓣的历史；
司节令的神明用极细的笔触，
在纤小的叶片一角记述了舜华的身世。

与此同时昭示了华夏神民宏伟的历程，
历史的目光从一页移向另一页；
多少个世纪的流水，像一个拖长的音节之波，
她的名字永远活在华夏人民的心窝。

汪洋中沉浮一座座山岗，
世间万象发生沧桑巨变；
岁月的长河中，
创造的冲突锤炼出木槿花的初始信念.

她亿万年来走在盛开的路上，
“舜华”古朴的信念，变得新颖；
她最终鲜活的形象显现出，
她那无形的信念和不用线条勾画肖像的生动！

噢，你存在于哪种不可名状的冥想之中？
看不见的情景赋予了无穷想象。
融合了我也记录了一切人的过去和将来，
噢，你舒展出无数茂盛的绿叶，千秋万代茁壮成长。

呵，如今我依附于滚滚尘世，
是他们让我宁静如处子一样执着向前；
他们是渴饮阳光的执着求索者，
每日都要从青天舀来光的甘甜。

是他们把贮存的看不见的爱之火焰，
注入生命最深的骨髓；
从繁花开放，从百鸟歌唱，从情人的摩挲，
从真挚的承诺，从噙泪献身的急切，提炼出淳香的精美。

他们从被遗忘或被铭记的美之形态里，
提取了我条条血管里“不朽”的真味；
时间将各种冲突促发的苦乐风暴，
用他们的风骨将所有击碎。

噢，舜华，摇撼激发我情愫的叶片，
添加密集的喜悦的颤栗；
退去羞辱的喝斥，忐忑不安的窘迫，
用全部的力量承受生活的压抑。

大德之花在对抗邪恶，
正如澎湃了灵魂的波澜；
激情把一切贪婪的意念，
送还给奉献的祭典。

呵，舜和上古大神们不屈不挠的精神，
使华夏神民巍峨屹立于东方大地；
在苍鹰盘旋的天地之间，
在雄狮初吼的群山之脊。

舜华啊，你的大音时刻萦绕回旋在华夏大地，
正如千古舜华花香四溢；
这圣洁的德怀让多少小情小我的人们羞愧，看看吧，
这旷世胸怀的舜华啊正在历史书页中生辉熠熠。

呵，今天让我们驾驳马前去游览藏龙涧，
但见诸城之地的藏龙涧中紫气腾腾；
幽幽的花香顿时使人开阔了心胸，
那涧水清碧洗濯了世人的眼睛。

那幽谷的宁静可以净化人们的心灵。
听，朝露坠落花茎的脆声；
看，七彩的流霞在涧水上显露芳容，
啊，藏龙涧啊，你让万千民众颐养衍生。

再让我们乘风北上，
让我们来到了舜华的出生地——诸冯；
只见诸冯在怯尘风中抖落出一幅幅美景，
看，诸冯的南方是雷岭。

东方又传来雷泽的水声，
历山呀你在诸冯的北端挺立如松；
诸冯啊，你因舜华的诞生被千古传颂，
你用七彩的画笔，绘制出最古老的华夏图腾。

我们来到雄伟的马耳山，
所到之处无不郁郁葱葱；
我们又来到吴村，
正听到一位老农在讲述舜华的光辉历程：

幼年的舜华有许多苦难历经，
但坚忍的性格让舜华去普渡众生；
他那圣洁的灵魂，
寸寸洋溢着华夏龙魂的神性。

伟大的舜在历山耕种，
在浩渺的雷泽中泛舟前行；
他不只教会了人们捕鱼播种，
还把黄河之滨制作的陶碗送到人们的手中。

他每日思考的皆是民众，
为了民众苍生他整日难享安宁；
他制定了公证与和平，
而每一项行动都由神民们共同商定。

他听取来自于各地的呼声，
还要四处察看各地的灾情；
他披星戴月，
为华夏的富足不断出征。

万千神众皆慕名而来，
为的是效仿舜华的英明；
有人为了一睹舜华的风采，
专程从遥远的海外来到诸冯。

吴村上空响起民歌：南风之薰兮，
可以解吾民之愠兮！
南风之时兮，
可以阜吾民之财兮！

呜呼舜华兮，天地英雄，
呜呼舜华兮，龙魂伟志；
呜呼舜华兮，德馨四溢，
呜呼舜华兮，铭刻青史。

# 尾　诗

谁探视过奥妙无穷的宇宙，
谁就将拥有浩渺无垠的心灵；
谁的心灵饱含无限博大的智慧，
谁就会不断仰望布满星辰的天空。

呵，请放眼观望整个无际的苍穹，
华夏龙魂的神民们心胸如大海一样起伏不停。
渺小的我呀要将万千众神请入我诗歌的草棚，
顿时呵，上古文茎清香弥漫东方紫气腾腾。

我无意让自己的诗篇插上灵动的翅膀，
以我的诗行飞越汹涌澎湃的太平洋；
天照大光，普射华夏八荒，
我要以沙哑的歌喉将众神的颂歌传唱。

更无意横越昆仑山神圣的殿堂，
将美神女娃的诗歌嫁传到异国他乡；
我将华夏龙魂的精髓歌唱，
泰山的竖琴也定然为龙魂的精神奏响。

我将古老圣洁的神话缀成项链，
将她戴在我女儿牧歌的脖颈上。
我的诗篇如女儿咿呀学语的单纯，
那是我眼含喜悦之泪编织成敬意的诗章。

坚强的先祖如我们高贵的父亲，
美丽的女神如我们母亲般慈祥。
我眼含热泪激情澎湃，
抑止不住要为我们高贵的血统歌唱。

亲爱的朋友呵，自强不息坚忍不拔是我们的脊梁，
华夏诸神已点燃中华伟大复兴的太阳。
让我们携手把上古九州的英雄颂扬，
伟大的中华将永远屹立于世界东方。

亲爱的朋友，请你不要为我担忧，
担忧现世没有人会捧读这部诗章；
更不必对我辞不达意的诗歌进行表扬，
我的心呵，无怨无悔地为祖先歌唱。

也许，泱泱华夏天国的祖先圣灵，
无需赞美依然璀璨荣光。
在苍苍茫茫变幻莫测的宇宙里，
让我们沿着圣灵的足迹走向远方……

谱写华夏史诗

构建华夏神系

弘扬华夏精神

華夏民族系列神話英雄史詩

# 華夏龍魂

莫言

第七部

## 大禹之歌

牧文 著

作家出版社

图书在版编目（CIP）数据

华夏龙魂 / 牧文 著. -- 北京 ：作家出版社，2014.4

ISBN 978-7-5063-7370-8

Ⅰ. ①华… Ⅱ. ①牧… Ⅲ. ①诗集－中国－当代 Ⅳ. ①I227

中国版本图书馆CIP数据核字（2014）第071583号

华夏龙魂

作　　者：牧　文
总 策 划：徐忠志
责任编辑：罗静文
装帧设计：许世杰
出版发行：作家出版社
社　　址：北京农展馆南里10号　　邮　　编：100125
电话传真：86-10-65930756（出版发行部）
86-10-65004079（总编室）
86-10-65015116（邮购部）
**E-mail:zuojia@zuojia.net.cn**
**http://www.haozuojia.com**（作家在线）
印　　刷：青岛星球印刷有限公司
成品尺寸：152×230
字　　数：1100千
印　　张：96
印　　数：001-100000
版　　次：2014年4月第1版
印　　次：2014年4月第1次印刷
ISBN 978-7-5063-7370-8
总 定 价：189.00元（全七册）

《华夏龙魂》系列插图之《大禹治水》 殷瑜 绘

史载：大禹，字高密。高密，大禹封国。四千六百年前，大禹曾在高密治水并封国于高密。

作者牧文在『大禹封国 三贤故里 莫言家乡』前留影

# 《华夏龙魂》序

莫言

我的家乡有一条胶河，流量不大，在分省地图上只是细细一条线，但她是高密东北乡的母亲河。胶河大多时候是一条涓涓细流，近年来更是经常断流，但她发起威来，也有浩浩荡荡、奔腾咆哮的景观和声势。在我童年的记忆中，胶河是世界上最大、最壮观、最美丽、最神圣的一条河。

后来，我看到了黄河、长江、珠江、密西西比河、莱茵河、塞纳河等著名江河，但这些江河留给我的印象都不如胶河深刻。那些都是别人的河，唯有胶河，才是我的河。这条河已经成为我的高密东北乡文学地域的重要组成部分。

青年诗人牧文也是高密东北乡人，他的家距我童年时住过的小屋很近。牧文到北京出差，只要时间允许，总会到我家坐坐，聊一聊家乡发生的新鲜事，叙一叙家长里短。家乡能有这样一个后起之秀，我感到很高兴。

有一年，我回到老家过春节。除夕之夜，牧文携妻带子，驱车赶到高密东北乡看我。回去后，写了一首诗《致莫言》。那首诗把我神化了，我不敢当。我建议牧文把这首诗献给我们的

胶河。

后来，牧文将他创作的长篇神话史诗《华夏龙魂》送给了我，让我有时间看看。我虽然读过一些唐诗宋词，但对现代诗读得不多，对神话史诗更是知之甚少，印象里，古希腊有《荷马史诗》，古印度有《罗摩衍那》和《摩诃婆罗多》，我国的藏族有《格萨尔王传》，蒙古族有《江格尔传》等几部神话史诗，但作为中华民族最大主体的汉民族却没有一部神话英雄史诗，只是有一些呈散珠状的神话片段，保留在一些典籍，如《山海经》、《淮南子》、《搜神记》、《述异记》、《聊斋志异》等文本和父老乡亲的口述史中。这，确乎是中华民族的一个遗憾。

牧文倾心我国古代神话传说的搜集、整理和再创造，耐得住寂寞，沉得下身心，积 20 年之功，著成了长达两万余行的《华夏龙魂》七部曲——《女娲之歌》、《黄帝之歌》、《女娃之歌》、《大鲧之歌》、《大羿之歌》、《大舜之歌》、《大禹之歌》，填补了我国汉民族长篇神话英雄史诗的一项空白，被中国作协列入 2013 年重点扶持作品。作为牧文的老乡，我为他的追求而高兴，为他的业绩而欣慰。

德国著名哲学家康德说过："有两种东西，我对它们的思考越是深沉和持久，它们在我心灵中唤起的惊奇和敬畏就会日新月异，不断增长，这就是我头上的星空和心中的道德定律。"不知牧文有没有受到康德的影响，他却是在真诚地仰望星空，思考星空。在《华夏龙魂》的献诗里，牧文热情洋溢地写道：

"当我再次仰望灿烂的古华夏的星空，

有多少英雄事迹震撼着我们的心灵。
纯洁女神嫦娥如月华流泻的温柔，
射神大羿和嫦娥凄美的爱情让人感动。

俯看长满白玉碧石的沃野，
有多少大神气贯长虹。
坚强之神白马大鲧为人民献出了生命，
治水之神大禹是华夏亘古绝今的英雄。”

牧文仰望星空的目的，似乎在于寻找、讴歌、弘扬曾经使华夏民族光耀世界、笑傲千古的远古神话人物。英雄和爱情是神话史诗的两大主题，牧文在《华夏龙魂》中，以灵动飞扬、细腻流畅的想象和点化之笔，串联、补缀、创造、生发了那些存留在我国古籍典册中和传诵在村野乡夫口耳间的众多神话英雄，以及他们身上所洋溢的“力拔山兮气盖世”、“贫贱不移、威武不屈、富贵不淫”的英雄气概和普渡众生、舍身为民的济世情怀，他们对美好、纯真、炽烈爱情的呼唤和追求。如许情节和描写，在《华夏龙魂》这部长诗中可谓俯拾皆是。例如，在《大鲧之歌》中，牧文描述了英雄大鲧从天庭盗来息壤，为民治水，又带领万民向帝喾的暴政发起抗争，后被帝喾施以日复一日、年复一年的残酷的刑罚。但大鲧永不屈服，他慷慨作歌：

“酷刑酷刑！
能奈我何？

我心坚固，
苦中作乐！

“凿凿凿，且凿且乐！
灼灼灼，且灼且歌！
錾錾錾，且錾且坚！
痛痛痛，且痛且倔！”

大鲧的这种拯民于水火，不畏暴政，敢于抗争的精神，不禁让人想起了希腊神话中为人类盗来火种，得罪了众神之王宙斯，被关押在高加索山上天天受刑的普罗米修斯，想起了我国神话中与颛顼争帝不胜，怒而触不周之山，使天柱折、地维绝的英雄共工。

再如，在《大禹之歌》中，牧文将三过家门而不入，胫毛磨光，专注治河的大禹写得气韵飞升，态度坚定，干劲十足。治理长江时，面对鳄鱼、蛟鱼、黄色大鱼的恶意挑战，神船剧烈晃动，随时可致倾覆的风险，牧文这样描述：

“唯大禹镇定自若：
‘我竭力为万民忧劳，’大禹笑谈：
‘若生，是天性；若死，是命定。’
大鱼们无不被大禹神定如山的气概震撼。”

唯大英雄才有真气度大气魄。这寥寥几笔，即勾勒出了大禹“泰山崩于前而色不变”的英雄本色。

在《华夏龙魂》中，牧文对纯真爱情的歌咏和描画，是一以贯之的，而且成为长诗中神话英雄与恶势力抗争主线之外的又一条叙事线索。牧文运用袅娜、细腻、生动的诗笔，对黄帝和嫘祖的一见钟情，美神女娃和战神夸父的生死相依，射神大羿与纯洁女神嫦娥的相亲相爱，坚强之神大鲧和华夏女神姣女用爱和生命孕育大禹，等等，进行了不遗余力的刻画，是整部神话史诗不可分离的组成乐章，使阳刚、雄壮的主旋律有了阴柔、细嫩的和弦的衬托和滋润，可谓相得益彰，相濡以成。

牧文在神话史诗的艺术特色方面，也进行了积极的探索和大胆的尝试。如四行一节的排列方式，不落痕迹、琅琅上口的韵脚设计，似江河回曲、流转不断的气韵铺排，描摹刻画的通透、灵动、细腻，叙事与抒情的紧密结合，整体结构的和谐对应，等等，都有一定的追求所在和相当的表现力。

牧文在这部长篇神话史诗中，对大禹与高密的关系作了一个诗化的插叙：

> “四方传来歌唱：鼻梁如泰山耸立乃为‘高’，
> 天庭饱满五官端正乃为‘密’。
> 高密啊，大禹！大禹啊，高密！
> 两个伟大的名字激荡天地。”

恰好，我读到一点史料，唐朝司马贞《史记索隐》称：“鲧娶有莘氏女，谓之女志，是生高密。宋忠云：‘高密，禹所封国。’（《世本》）”新编《中国通史》称：“禹，字高密。”可见，牧文将

大禹跟高密相连带，是有所本的。

可以说，牧文用他的诗人的灵性和多彩多姿的笔触构筑了一座神话人物大厦，异想天开地将盘古、女娲、黄帝、大鲧、大羿、大舜、大禹等华夏众多神灵请进高密东北乡文学王国，虔诚地涂抹着一幅幅带有神秘宗教色彩的远古神话历史画卷，其追求之执着，其气魄之雄阔，其造诣之特出，令我惊异。

牧文让我为《华夏龙魂》题词，我略加思考，提笔写下：“华夏龙魂，源远流长；生生不息，维德维芳；诗书继世，千古馨香。牧文小民，其志大矣；牧文小友，长诗万行。”

是为序。

2013 年 9 月于北京

# 精彩点评

牧文巧妙地以华夏神话传说为蓝本，展开想象的翅膀，以整个国家和民族文明发展史、整个国家和民族著名的上古历史人物及整个国家和民族在历史上所创造的神学、神话进行综合，以神话叙事诗的形式记录下来,三十年后,三万行的长篇神话叙事诗《华夏龙魂》(七卷)结集出版，这在中国恐怕是史无前例的。认真阅读可知，书中凝结了牧文的点滴心血，也清晰看到他的目标——创作华夏长诗、构建华夏神系、弘扬华夏精神。

——谢玉堂

牧文呕心沥血，完成《华夏龙魂》，可喜可贺！这是他一个人的文学大工程，也是高密文坛的大工程。远古的史诗用神话的方式呈现，近代的史诗用传奇的方式呈现，当代的史诗用写实的方式呈现。愿牧文和高密的文友们发奋努力,共创高密文学的辉煌,力争在不久的将来，使高密成为中国文学版图上的重镇！

——莫言

牧文的这部诗稿，展现出恢弘的气势、博大的胸襟，以及顽强的追索能力。它不太像这个消费时代的一个青年人的所为，但它确实是发自底层的夺人心魄的长吟。

——张炜

牧文《华夏龙魂》是一个诗学的成果。这样一个篇幅浩大的作品，填补了中国当代新诗对中国古代神话这个重要宝库的发掘，给我们提供了一个可供大家了解中国古代文化、了解中国古代长诗创作的一个重要的具体的范本。

——叶延滨

文学为什么要有艺术，我们就是要探问：我是谁？我从哪里来？我要到哪里去？我觉得《华夏龙魂》追寻的就是这三个问题。我们从哪里来？我们从远古走来，我们华夏儿女有共同的根脉、共同的传统。我是谁？我们是几万、几千年来这块土地上的人们，生生不息，长途跋涉，就这么走过来的。我们要到哪里去？我们要去寻找幸福，要找到自己的自强和自信。我觉得《华夏龙魂》就探讨了这些问题，跟我们的历史文化联系起来，跟齐鲁大地的文化传统紧密联系起来的，跟我们中国人坚忍不拔、自强不息紧密联系起来的。

——梁鸿鹰

牧文能把神话和传说变成他心中的一种形象……带着这样一种敬畏来讴歌我们伟大的英雄。牧文带着我们从上古传说中来汲取一种力量，用这种正能量来灌输到我们的文学中来。

——张陵

牧文在为我国汉民族神话诗意的再现，做着不懈的努力。

——林莽

青年诗人牧文集三十年之功创作完成了《华夏龙魂》，以华夏民族上古时期的先祖们开辟蛮荒、繁衍生息、战天斗地的英雄故事为主线，以先祖们不屈不挠的精神为胫骨，以丰厚至诚的情感为血肉，塑造了一个个栩栩如生的神话英雄人物。这部作品用诗歌的形式，精致地建构了一座中华民族宏大的意识神器，构成了中国古代文明发展史的缩影，是一曲对中华族邦的亲情礼赞。

——李军

长篇叙事诗《华夏龙魂》是潍坊市精品创作工程中涌现出的优秀典型代表。作者牧文以华夏民族的神话传说为蓝本，以恢宏开阔的气势、流畅新颖的笔调，为读者显现出波澜壮阔的上古历史，堪称华夏民族神话英雄史诗。《华夏龙魂》里的史学、文化和美术价值受到广泛关注……必将为潍坊文化艺术创作产生直接的

带动作用，必将提升和扩大潍坊文化的影响。

——初宝杰

《华夏龙魂》是牧文同志二十年笔耕不辍的倾心之作，填补了我国长篇神话英雄史诗创作领域的一项空白……高密历届市委、市政府高度重视文化建设。今天，中国作协重点扶持作品《华夏龙魂》成功结集出版发行，既是高密深厚文化底蕴的一次闪亮展示，更是我们推进文化大发展大繁荣的新起点。

——范福生

# 目　录

# 献　诗

当古华夏的历史女神在清澈的月光下展现，
我惊叹高贵的英雄和华夏民族一脉相连。
这是多么地荣耀和幸福呵，
我荣幸地把祖先的神话高声颂赞！

颂赞绿色的星球是一颗伟大的灵魂，
他让众神游弋在自己神性的心田；
他指引我步入雄伟的昆仑山呵，
望见那云开峰立，金光闪闪！

昆仑山呵，巍然高耸气象万千，
八千丈的雄峰巍峨直达九天，
山顶矗立着九重黄金神殿，
神殿四周环绕着洁白莹润的白玉栏杆。

黄金铸就的神殿在山顶熠熠生辉，
金光普照海洋大地蔚为壮观；
神殿正门面向东方一马平川，
我呵，心怀虔敬要到里面去仔细看看。

呵，我看见创世之神盘古正开天辟地，
他太阳般智慧的头颅呵光辉灿烂；
我看见育人之神女娲正炼石补天，
她高贵圣洁的灵魂如栀子花芳香鲜艳。

我看到天梯建木昂然挺拔直达蓝天，
东望泰泽波涛汹涌浩淼无边；
我看到招摇山的迷谷在黑暗中闪耀光华，
吉祥之神九尾狐毛色金赤带给人类美好祝愿。

我看到千年的石荷花漂浮于流沙的波涛，
随风起舞，曼妙如诗般美轮美奂；
我看到观水中白头红嘴的文鳐鱼，
成群结队飞翔在夜晚的静谧九天。

我看到神农炎帝品尝百草，
他的玲珑玉体内跳跃着生命的火焰；
我看到众神之王黄帝雄才大略，
意气方遒指点如画的江山。

我看到华夏心胸辽阔的疆域广袤无边，
雷神在碧绿的稷泽畔流连忘返；
我看到华夏紫气腾腾光辉灿烂，
驳马、驺吾等诸多神兽在寰宇显现。

我看到气宇轩昂的战神夸父，
他头戴橄榄枝编织的和平花环；
我看到美神、诗神女娃呵，
她头戴贤惠、温柔、美丽的桂冠。

我看到北帝颛顼少年英俊，威武英明，
天地将治理得美丽如画静如家园；
我看到大力神阿黎、巨力神阿重绝天地通，
水神共工为冲破桎梏而勇触不周山。

我看到俊仪绝伦的帝喾，
他和儿子们在治理壮阔的河山；
我看到俭朴、贤明的人间之王帝尧，
与民同乐将十大吉兆降临人间。

当我再次仰望灿烂的古华夏星空，
有多少英雄足迹震撼着我们的心灵；
纯洁女神嫦娥如月华流泻般温柔，
射神大羿和嫦娥凄美的爱情让人感动。

俯看长满白玉碧石的沃野，
有多少大神气贯长虹；
坚强之神白马大鲧为人民献出了生命，
治水之神大禹堪称华夏亘古绝今的英雄。

当我如海啸般的激情汹涌澎湃之后，
我的心灵渐渐趋于清潭般的安静；
我站在泰山脚下仰望挺拔苍远的山巅，
山巅托起众神遨游紫气腾腾的苍穹。

呵，华夏龙魂将众神一一颂扬，
华夏精神在九州激荡起猎猎雄风；
为了民众为了理想为了荣光，
华夏众神为真理自由甘愿奉献鲜活的生命！

天地间的众神呵，我高贵的祖先，
我斗胆向你们奉献我浅薄的诗篇。
你们自强不息的精神是华夏的根脉，
你们的伟业及英名必将永驻人间！

# 第一章　鲧腹生禹

万里浩瀚的红高粱呀，你托着初升的太阳，
夜宴的酒神啊，你赐予我甘洌的琼浆，
你给我插上想像的翅膀，让我披荆斩棘自由翱翔，
我心翱翔啊，理想自由如大海一样荡漾。

而今，豪气冲天狂放无羁的酒神啊，
让我们在乳白色的灯光下放飞梦想，
让我们端起那白玉雕琢的高脚杯，
清洌的甘露啊，像银河散发光芒。

高脚杯里晃着嫣红与金黄，
飘弥出秋的硕果和夏的麦香。
是来自沃野的天边的希望，
是源于上古的牧歌畅想。听啊，多么悠扬！

多么嘹亮！祝福吧，酒浆中闪烁着
智慧光芒，那豪情正如孩童圣洁的脸庞。
那脸庞啊，正是仙子降世的模样，
那模样正如八月的桂花万古飘香。

呵！我们处子般圣洁的心灵啊，像天空的
云朵儿一样，像高密东北乡的湖泊一样。
我们把金色的种子撒在这片神奇的大地，
来日我们会收获来自于酒神圣殿的琼浆。

黎明女神睁开睡眼，我们啊！彻夜豪饮，
忘情欢唱，竟忘记了诗神女娃馈赠的诗行。
我们高呼：原谅！原谅！
我们沉醉于盛世的夜宴，将颂歌传唱。

在混沌的初世，神民们无拘无束，
快乐无比，我们以红高粱秸秆为笔，
以红高粱叶儿为纸，饱醮墨水河飘香的河水，
大笔一挥，挥就华夏龙魂壮美的诗行。

啊！我们，这些东北乡的流浪歌手，
怀揣梦想，孜孜不倦地把高密歌唱！
我们那红高粱般流淌的永不枯竭的
青春啊，在华夏的大地上隆隆作响。

酒神啊，你夜夜托于我沉甸甸的梦，
将我带到上古，在古华夏自由徜徉。
华夏龙魂的精神啊，
生生不息，千秋和谐，万古流芳。

这时，一位大神即将降临东方，
但见东方祥云朵朵，红霞万丈。
忽听，一声震破洪荒的巨响——
坚强之神大鲧腹中忽然射出一道金光。

天庭里沉睡的大神帝喾被金光惊醒，
一时显得手足无措慌里慌张。
他速令火神祝融携吴刀前往下界，
快去，快去，天下到底发生什么情况？

这时，鲧腹中那金光却如汹涌的海浪，
那海浪滚滚势如破竹，浩渺苍茫，
当火神的吴刀刚碰到大鲧的肚皮，
一条小金龙脱颖而出，浑身散发着火光。

如火的金龙雄赳赳昂首迎向吴刀，
吴刀的寒光立刻如融化的冰，嗞嗞作声。
霎时，金龙头顶竟幻生一双利角，
铛啷啷，吴刀竟被拦腰截断，脆响一声。

紧接着，那金龙晃动身形扶摇而上，
天空中顿时出现玫瑰般的彩虹。
伟大的大鲧和女志啊，
用灵魂和鲜血换来了生命的重生。

金龙在空中自由舒展升腾，
吞云吸日瞬间化为人形，
一位英俊的少年跪在大鲧的面前，
这少年啊，面如满月，虎目龙睛。

观他天庭饱满现出王者之相，
又见他鼻梁高耸如泰岳般坚强。
大鲧见状心内不禁欢畅，
于是，为他取名高密。高密！多么响亮。

从此“高密“即是大禹吉祥的名字，
他将为了梦想从这里启航。
他的事迹将注定被天下苍生
镌刻于心，千古复颂扬。

四方传来歌唱：鼻梁如泰山耸立乃为“高”，
天庭饱满五官端正乃为“密”。
大禹啊，高密！高密啊，大禹！
两个伟大的名字激荡天地。

此刻，万里浩渺的红高粱托起流霞满天，
鲧腹中诞生的大禹豪情万丈。
他搭上金箭拉满金弓射向捆绑大鲧的锁链，轰隆！
羽山夷为平地，断裂的锁链发出惊天巨响！

# 第二章　禹拜天堂

壮丽的晚霞为大鲧披上金色的霓裳，
初生的大禹跪拜在大地上，
他庄严地向父亲致词：“鲧啊，我高贵的父亲，
您是我的源泉，我是您的水珠儿在九州流淌。

我将继续喷涌您的愿望，
我将如您那样终生为民众奔忙，
我将拥有您一样的胸怀与胆量，
我发誓要把每一寸黑暗点亮。”

大鲧抚摸着大禹那宽阔的额头，
拉起了他闪着神光的手掌：
“亲爱的孩子，我们如此相像，
我们都要把为民造福的信念烙在心上。

孩子呀，你的身体刚刚成型，
那随风增长的灵魂啊刚刚诞生，
你尚需不断磨炼自己的本领，
那样你的前途才会充满光明。

苍天在日夜轮回，岁月在时刻更迭，
时间将赋予你排山倒海般的潜能，
但你要经得起刀山火海般的锤炼，
才会成为继往开来的英雄。

孩子呀，只要你心怀坦荡正大光明，
只要你始终心怀天下黎民苍生，
只要你为了正义不断磨炼心灵，
你就会像太阳般活在民众的心中。

我期待那美妙的时刻快快到来，
让爱与勇气同时充盈你的心胸，
让你用圣洁的灵魂拯救苍穹，
让伟大的华夏更加繁荣。

华夏之魂无处不在，
伟大的爱孕育伟大的生命，
我和女志的生命孕育了你，
你要把所有的爱献给华夏苍生。

我的生命将会是一阵怯尘风，
让我带领你前去天堂拜访；
我的肉身将潜入羽渊化为黄龙，
并将在天堂里祈祝你的功德万世无双。”

大鲧同大禹来到了天堂的大门口，
但见天堂紫色升腾，富丽堂皇。
灿烂如宝石般的星子们，
争先恐后纷纷围绕在他们身旁。

大鲧和大禹扶摇飘飘而上，
星子们孩童般齐声歌唱：
鲧兮禹兮，你们的功德将被永远颂扬！
鲧兮禹兮，我们祝你们永远安康！

大鲧向混沌的大地俯望：
“孩子呀，再过 6000 万年，这颗蓝色的星球将消亡。”
大禹问道：那我们的神民将何以往？大鲧道：
“在天上，人类灵魂栖居在宇宙永恒的华夏殿堂！

孩子啊，神圣地栖居在这天上，
这是我们共同的梦想，
你看，发出紫气的那颗大星，
是伟大的先神盘古的荣光。

在他下面有三颗橙色的星，
那都是华夏龙魂把他们点亮：
左边是女娲，中间是华胥女神，伏羲在右边，
他们在无际的宇宙散发着温暖的光。

还有再下面的那几颗，
他们同样散发着神性的辉煌；
那是黄帝、炎帝、颛顼和大羿的殿堂，
听，他们的旗帜在殿堂上猎猎生响。

再往下看再往下看吧，孩子，
那散发着粉色光芒的——
是女娃、姣女和女志的脸庞，
那些光芒啊让人产生圣洁的遐想。”

啊，层层高悬的大星们，
整日整夜向人间挥洒希望的灵光。
那灵光即是梦想，让爱的泰泽
如激情的大海，一浪高过一浪。

大禹的心中顿时变得清澈爽朗，
他向父亲问道：“怎样才能做得同他们一样？”
大鲧神色凝重，缓缓指向远方，
他让大禹看到更加神奇的景象。

只见无数星星拥抱在一起，
他们共同散发出真理、正义和爱的光芒。
那是汇积成河的灵魂之光，
那是所有民族共同构筑的脊梁。

大鲧继续说："孩子，
你看那不断膨胀的大光，
他无所不在，无所不能，
那是我们华夏之神不熄的信仰。"

大禹问："什么是华夏之神？"
大鲧道："心怀苍生，充满高贵的理想；
自强不息，为民众奉献终生，
华夏之神力自然会来到你的身上。"

大禹又问："假如因谎言而误入歧途，
假如因欲望而迷失方向，
假如因杀戮而丧心病狂，
是否会升入华夏之神的殿堂？"

大鲧说："孩子，天生万物，有容乃大，
他不因恶而消亡，
只要内心真诚地醒悟忏悔，
华夏之神会接受任何灵魂升入天堂。"

当东方展现玫瑰花般鲜嫩的曙光，
大鲧的灵魂终于离开大禹，缓缓升入天堂。
大禹深情地目送父亲远去，
伟大的信念早已植入了他的胸膛。

大禹祥云般缓缓向大地飞翔，
天空中弥漫着澄明的花香。
大禹的脸上散发着坚定的光芒，
天空传来祝福和颂歌在神州荡漾……

# 第三章　高密赞歌

当一片红彤彤的光芒在东方闪亮，
大禹便向着那里飞翔。
那里是怎样的地方？
它的光芒何以照亮八荒？

大禹一边飞翔一边遥望，
怯尘风轻轻吹来阵阵奇香。
飞在空中的大禹，终于看到——
呀！一片万里浩荡的红高粱。

铺满红高粱的沃野有两棵参天大树，
它们以挺拔的姿态直插天宇。
一棵是梧桐，一棵是建木，
两棵奇树如玄妙的神女在轻摇曼舞。

高大挺拔的建木啊，
现在我终于知道你生在何方。
在华夏你是国树银杏，早已千古流芳，
在辽阔的大地上，到处都有你的模样。

繁茂秀美高洁的梧桐啊，
你根植于古老的高密大地上。
硕大婆娑的枝叶随风摆荡，
引来吉祥神鸟开屏凤凰。

英俊的大禹在树下乘凉，
每一条汗孔都无比通畅，
还有无边的红高粱沙沙歌唱，
一切都宛如浸在梦里的故乡。

大禹道：啊，神奇的土地，富饶的地方，
从此这里就叫高密吧！大禹高唱：
“沃土兮听我歌唱，高密兮我的国邦，
建功兮使你富强！

梧桐兮引来凤凰，
凤凰兮祈祝吉祥！”
歌毕，无数七彩的凤凰纷纷起舞，
抖动着彩虹般的羽衣引颈鸣唱。

“吉祥，吉祥。凤兮永栖贵乡，
龙兮瑞呈安康。”
大禹刚刚唱完，忽闻“隆隆”龙吟，
但见有万龙腾跃于西南方。

那里是万龙的故乡诸城，
诸城龙城，物华天宝，人杰地灵，
是孝神大舜诞生的地方，与高密相呼相应，
大舜的灵魂如宝石般焕发光明。

大禹的出世孝神早有预料，
他率万龙为大禹的降世欢唱，
他愿大禹为天下苍生造福，
愿大禹为华夏谱写新的华章。

大舜率万龙自西南隆隆而来，
神奇的高密让他感到亲切舒畅。
万龙在凤城上空仰天长啸，
轰隆隆传来齐奏欢迎大禹的音响。

这时高密上空展现盛大景象，
凤凰翩翩曼舞于天上，万龙齐吟隆隆欢唱。
大禹不禁歌道：万神祈祷，龙凤呈祥，
圣哉伟哉，天下大昌！

和着大禹苍劲、果敢的歌声，
紫色梧桐花竞相开放，银杏叶儿沙沙作响，
凤凰和万龙在澄碧的天空呈祥，
雄壮的《高密之歌》如青铜之音在九霄激荡：

黄哉高密，
受命天道，
洪水汤汤，
思焦身劳。

三过家门，
弗顾女娇，
胼手胝足，
且疏且导。

江淮纳流，
河汉归道，
华夏禹步，
神州称道。

伟哉高密，
有夏始肇，
九州同风，
宏漠孔昭。

华夏五音，
人间德绕，
圣灵澄静，
天地荣耀。

德哉高密，
日月昭昭，
乃文乃武，
抚定三苗。

九序惟歌，
日月光耀，
业峻鸿绩，
昆仑同高。

悠哉高密，
万世承祧，
龙飞凤舞，
地平天高。

# 第四章　大舜之歌

当婀娜美丽的常山紫气腾腾，
大舜邀禹来到龙的故乡——诸城。
龙城诸城啊，万龙伴随着他们舞动阳刚的身形，
齐奏的大乐呀久久萦绕在诸城上空。

禹向大舜作揖后就住进了清香飘逸的草棚，
大舜要禹稍事歇息再去游览龙城。
兴奋的大禹呀，哪有心思睡觉，
他早想尽快一睹龙城的姿容。

他先驾驳马前去游览藏龙涧，
但见涧中深不可测，紫气腾腾，
幽幽的花香使人开阔了心胸，
那涧水清碧可以洗亮混浊的眼睛。

那幽谷宁静可以净化人们的心灵，
听，朝露坠落花茎的轻声，
看，七彩的流霞在涧水上显露芳容，
啊，藏龙涧啊，你让万千民众颐养衍生。

大禹又乘风北上，
他们来到了大舜的出生地——诸冯，
诸冯在怯尘风中呈现出一幅幅美景，
看，诸冯的北方是雷岭。

北方又传来雷泽的滔滔水声，
历山在诸冯的北端挺立如松。
诸冯啊，你因大舜的诞生被千古传颂，
你用七彩画笔，绘制出古老的华夏图腾。

大禹来到雄伟的马耳山，
所到之处花朵盛开，林木郁葱；
他又来到风景秀丽的吴村，
听一位老农讲述大舜的光辉历程：

“幼年的大舜把许多苦难历经，
但坚忍的性格让大舜如虎似龙；
他肩负使命，普渡众生，
圣洁的灵魂，洋溢着华夏龙魂的神性。

伟大的舜最初在历山耕种，
在浩渺的雷泽中泛舟前行，
他不光教会了人们捕鱼耕种，
还把黄河之滨制作的陶碗送到百姓的手中。

他听取来自各地的呼声，
还要四处察看各地的灾情，
他披星戴月蹑霜前行……
为了华夏的富足安泰竭虑殚精。

万千神众皆慕名而来，
大舜所到之处人们报以热烈掌声。
每一项行动都由神民们共同商定，
让大舜揪心的总是天下民众。”

此刻，吴村上空响起民歌：“南风之薰兮，
可以解吾民之愠兮！
南风之时兮，
可以阜吾民之财兮！

尔乐乐，
我乐乐！
尔同我乐乐，
与民齐乐乐！”

大禹听后不禁歌道：
“大哉大舜兮！绩如南风！
大哉大舜兮！其乐融融！
大哉大舜兮！与民齐乐乐！”

《乐乐歌》在诸城上空奏响，
《高密之歌》也在高密上空和鸣，
这宇宙间伟大的交响乐，
让天地万物也为之欢快动容。

# 第五章　禹说帝喾

当《高密之歌》和《乐乐歌》如青铜之音穿透九霄，
沃野大地上人神同乐，一片逍遥。
忽然天地传来轰隆隆的声响，
刹那间，滔滔洪水在大地上狂奔撕咬。

天上传音，万千众神汇集，
滔滔洪水在大地上肆虐咆哮，
它们冲毁良田，吞噬生命疯狂叫嚣，
谁能担起治水重任，谁就会得到万民的拥抱！

顿时万千红高粱沙沙鸣响，
他们手足相连根脉紧紧缠绕，
洪水铺天盖地声如巨兽咆哮，
红高粱们齐挺胸膛誓将巨兽打倒！

大禹见状心急如焦，
洪水啊洪水，休要得意狂躁，
我发誓要把你驯成跪乳的羊羔。
他向大舜述说了自己的烦恼。

大舜当然知道，
华夏众神都希望大禹把洪水除掉；
但大舜默默不语，有苦难言。
大禹紧锁眉头，去将帝喾寻找——

他要说服帝喾治理天下洪涛。
怯尘风啊轻轻飘飘，扶扶摇摇，
来到天庭的大禹，
被眼前的景象吓了一跳。

但见水神共工正把幡旗猛摇，
那浩瀚的银河幻作瓢泼大雨向人间倾倒。
哗哗！哗哗！银河的大水呀，
瞬间便使人间化为一片洪沼。

大禹暗叫：“不好！不好！”
他赤手空拳扑向共工，把他的幡旗打掉。
他愤怒地质问共工，
你竟敢不顾生灵让银河改道！

共工被大禹一拳打得分外狂躁，
他挥舞巨大的黑铁神矛向大禹喊叫：
大禹小儿，看看今天谁把谁灭掉！
看看谁会跪在对方的脚下苦苦求饶！

哈哈，看招！
共工的神矛向大禹猛挑，
大禹不敢轻敌，他向旁边轻轻一跳，
那大矛喷吐着烈焰，巨蟒般狂啸。

大禹挺立身形，故意面带微笑，
左刺向右跳，右刺向左跳。
一会儿共工就气喘不已，
但那大矛却仍然一招狠似一招。

大禹瞅准机会一把抓住共工的发梢，
挥动铁拳，一阵急捣。
大禹一使劲，共工被抛进九天云霄，
如流星般怪叫着倏地在天空消失掉。

大禹赶紧下手修补银河的河道，
这时，听到叫声的帝喾驾麒麟赶到；
但见帝喾手执金色的大刀身披火红的战袍，
他紧皱眉头，怒声问道：

“哪来的毛头小子，竟敢在天庭胡闹？”
大禹向帝喾拱手：“尊敬的大神帝喾，
我是人间的大禹，我父大鲧与你同是天骄，
为了天下苍生，我谨奉父命，誓将洪水改造。”

帝喾发出一声冷笑："人类乃泥丸之物，
万恶之源在他们身上永远别想洗掉；
就凭你一人绵薄之力，
就能把天河的洪水治好？"

人禹道："只要心坚志刚，没有什么做不到，
华夏苍生自强不息，不是谁想灭掉就能灭掉。
还望尊敬的帝喾快快把银河之水改道，
莫再让天下苍生徒生烦恼。"

帝喾听后哈哈大笑："真是不知地厚天高，
天界有天界的圣条，
人间有人间的大道，
就凭你的力量，能将滔天的洪水治好？"

大禹道："治理洪水怎能仅凭我一人之力，
我的身后有华夏民族的生命千千万万条，
那是胸怀龙魂的民族，
他们的信念不会轻易被洪水冲倒！"

大禹洪武的声音响彻云霄，
见多识广的帝喾吃惊不小。
他的心禁不住被大禹感动得开始动摇，
但，他还是强装微笑："好，咱们走着瞧！"

# 第六章　禹逐共工

帝喾向大禹点头道：“咱们走着瞧！”
说完却滋生出复杂的心情。
此时满天的流霞染红了天庭，
银河之水还在向人间滚滚泼倾。

大禹一边向帝喾拱手辞行，
一边手执神铲把天山一角端向天穹。
天山顺势压向银河的缺口，轰隆隆……
但见天空现出了七彩的桥虹。

银河之水一片哗然，
唰……哗……大水向天庭反冲。
浪花儿碎玉般化为满天星，
那星啊，眨呀眨地向世间闪烁着明亮的眼睛。

帝喾被大禹的举动所惊，
一时不知如何反应。
哼！他猛甩龙袍拂袖而去回到天庭，
他越想越气，大呼共工，而共工早已被抛出天空。

哈哈，身在九霄云外的共工哪里还听得清帝喾的叫声。
大禹身乘怯尘风啊，逍遥地降落回凤城。
大舜正在翘首期盼，忽闻天空传来滚滚雷声，
那是银河之水溅起的浪花儿发出的响声。

大禹紧握大舜的双手长叹道：
虽治理了银河，但世间的江河仍听命共工，
洪水仍在四处游荡，片刻不停。
那共工不逐，我们就难得天晴！

此时的共工已返回天庭，
他的头发被大禹扯得生疼。
他咬牙切齿：不报此仇决不罢休，
就绝不再妄称自己拥有大神之灵。

“大禹呀大禹，我倒要看看你行还是我行！”
共工咬牙切齿欲罢不能，
他上窜下跳大呼：“出征，出征！”
他气得口歪眼斜快要发疯。

他霍霍磨亮巨矛，
又哧哧擦拭神镜，
然后率洪水猛兽挥师凤城。
顿时，白浪滔天，地裂山崩。

此时的大禹早已整备停当，
他要将共工拦截在半空。
但见他面若桃李，神闲气定，
坦坦荡荡，处乱不惊。

这场战争呀，多么的不公平！共工啊，
整日歌舞升平，却为何不能赐众生富泰安宁？
手执神铲的大禹义愤填膺：
“你这恶神共工，我誓要和你拼死抗衡！”

共工仰天狂笑：“哈哈，大禹呀，大禹，
你就是我的肉中刺、眼中钉！
这次一定取尔的小命，
你以为此次还能打赢？”

言罢，他挥矛直指：“洪水们，冲！”
只见滔天巨浪一层压过一层，
如一堵堵巨墙向前可怕地涌动，
层层都要将大禹吞入口中。

唰，唰，唰！大禹猛挥神铲，
神铲化为一道道白练，
顷刻在洪水面前筑起一座座大山，
惊涛骇浪撞击大山反击出千丛雨箭。

箭箭直射共工的心尖，
共工手起矛落，烈焰啊把雨箭烘干。
而此时的神铲却闪电般来到共工眼前，
早已定定地指在共工的喉咙间。

“共工啊，取你的性命当在我挥手之间，
但是万能的神啊，让我把宽容永驻心田，
尽管你把万民的性命草菅，
尽管你毁坏了万亩良田。

共工啊，我今天还是打算放过你，
回头是岸，愿你莫再为害人间。”
言罢，大禹仰天长叹，
共工啊，垂头丧气好不丢脸。

# 第七章　禹战相柳

垂头丧气的共工离开凤城，
他一路西行恍惚如梦。
这时他忽然听到一声高呼：
“尊敬的共工，你的神力无边为何却郁悒独行？”

原来是部下相柳，
这九头怪神一直是他的好弟兄。
共工长叹一声，赶紧把原由说明：
“那大禹呀，小小年纪却无人可与争锋！

天定，天定，实乃是旷世英雄。”
一番话直说得相柳冷笑不停：
“一个小小的大禹竟敢大闹天庭，
哼！也不问问我相柳答不答应？”

相柳为共工的失败大鸣不平，
“来来来，让我们稍事休整，
让我们饮足午后的美酒，
我们兄弟并肩携手与他一决雄雌。

“让我去把大禹尸斩首。
莫忧莫忧，我定将他们杀得片甲不留！”
共工一听顿消烦忧，
好！好！九头怪神可不轻易大夸海口。

那九颗头如九条性命，
条条生命都功力一流。
哈哈，这回大禹一定跪地乞求，
立刻服拜我的朋友相柳。

饮酒之间共工说起大禹的神铲，
那真是快如闪电，让人胆寒。
相柳你既生九头，要记住：
上来就要把他的神铲衔入口间。

相柳低首讥笑，堂堂的共工
被一个凡间的小子吓破了胆。
现在我就去试探试探，
这相柳啊，真是诡计多端。

相柳顷刻间化为一头牡牛，
慢慢来到大禹的面前，
哞，哞，哞他把大禹的手儿轻舔。
大禹正在为洪水而心如油煎。

但见一头美丽的牡牛来到面前，
那乖驯的模样啊，真让人喜欢：
牛啊牛，你是我的弟兄，
我奔波河前，你操劳田间。

这相柳化作的牡牛又哞哞欢叫，
趁大禹不备忽然叼住神铲。
他摇身一变，哈哈大笑，
倒提着神铲回到席间。

原来那神铲是建木的手杆，
上古青铜镶嵌铲面。
周身无不精光闪现，
时时隐现一条龙状的白练。

相柳倒吸一口凉气，
暗道，好险，好险。
现在神铲既已被骗而来，
想必他大禹再没什么本领施展。

哈哈，没想到这一战如此简单，
两人开怀大笑，又壮肝胆，
走走走，马上开战，
相柳手执九曲神鞭，再次降到大禹面前：

"凡人啊，睁开你的肉眼，
看看，我相柳何似你的牲牛劳作田间？"
相柳沾沾自喜哈哈大笑：
"小小的凡人竟敢和神人开战！大胆！"

言毕，他已向大禹猛挥神鞭，
叭的一声，神鞭抽在顽石上火花四溅。
由于用力过猛，这神鞭竟嵌进大禹的身体，
细看，这哪里是大禹呀，分明是一尊石像立在河间。

这时大禹从石像后面轻轻闪现，
他对相柳道：你就是共工的朋友，
是你偷走了我治河的神铲？
呵呵，九头怪神啊九头怪神，见我你有何脸面？

相柳羞得面红耳赤，
无奈神鞭尚嵌在石头里面，
他手脚忙乱，怪叫连连，
九只巨头出现在双肩。

但见，那九头一只喷吐烈焰，
一只狂舞沙岩，
一只把万物生啖，
一只能疾射毒箭。

一只怒含冰水，
一只舌如刀剑，
一只把钢刺布满，
一只又喷发毒烟。

最阴冷当属最后一只，
那头会散布蜜语甜言，
当你稍一松怠，顷刻就会把你吞入腹间，
真是心怀鬼胎，阴险扑面！

可怜那大禹，一会儿周身燃起滚滚火焰，
一会儿又身裹万丈冰寒，
一会儿飞沙走石击中头脸，
一会儿又钢针四射浑身扎满。

但是，每当大禹倒向大地，
顷刻间就又站回到相柳的眼前。
相柳怪叫不断，法术连连，
九只头颅变幻如电。

英勇的大禹，坚定的大禹，
对九头怪宛若视而不见，
但见他那敏捷而又干练的双手，
一颗一颗地将八头分别扭断。

咔，咔，咔！直扭到第九颗的时候，
方听相柳大叫大喊：大禹啊，大禹，请饶我性命！
我呀，再也不敢，再也不敢！
喊完竟是泪流满面。

大禹禁不住动了恻隐之念，
没成想，正中了九头怪神的奸计，
相柳第九颗头忽然向大禹猛咬，
马上就要把大禹活活生啖！

大禹怒不可遏，
他伸出巨手，一下就把那恶头扯断。
他手中握着相柳的最后一颗头颅，
要把它摔烂到天边。

此时，手中的头颅又开始哀号：
“英明的大禹请你手下留情，
如果你把这颗头颅掷抛，
我会迅速死掉！

请留我性命，我会始终为你效劳。”
大禹说道：“谁知道你的话是真是假？
你不为害人间，就是对我最大的功劳。
我本想不让你的性命在我手中送掉。”

罢了，罢了！悲悯充盈心间，
大禹把九头怪相柳的八颗头颅都抛向九霄，
只留下那会散布蜜语甜言的一颗，
也许大禹认为这颗最不重要。

但是，正是这颗头颅，为后世的奸雄所仿效，
而被大禹抛向天边的那些头颅，
有的化为沙漠，有的化为泥淖，
有的化为火山，有的化为冰窟。

那头颅滴落的污血，有的化为蛇蝎，
有的化为毒草。
当然，这些事情的发生，大禹并没有料到，
虽然战胜了共工与相柳，但是洪水仍在滔滔。

水患未治大禹难以欢笑，
放眼望去大水所到处，万物萧条，
民不聊生，恶鬼趁机大闹。
大禹呀，长吁短叹，心焚如焦……

# 第八章　禹治银河

当千丈扶桑托起红彤彤的朝阳，
战胜相柳的大禹心中充满降伏洪水的希望，
治理洪水应先从天上的银河开始，
大禹的心中生出了恢复银河美丽的理想。

想当初，伟大的先神们驾驭着月亮神船，
在悠远而漫长的银河里流连。
银河水在夜空中碧蓝澄澈，
那是蓝宝石般的星儿的眼神在此沉淀。

在那遥远神秘的地方，
天与地紧紧相连。
那里是天上洪流与大地河水汇合的天堑，
而此时的银河啊，却把整个宇宙泛滥。

洪流乃为天下冤屈的灵魂，
那滔滔的雨滴缘于他们苦痛的眼；
惟有一颗普度众生的高贵之心，
才能为天下万物鸣屈洗冤。

大禹唤来无畏神兽驳马，
驳马如一颗黑色的流星穿越天空，
“刷”地一声来到他的面前，
驳马啊驳马，我们又要踏上战斗的征程。

威武的大禹驾上驳马，
拉起金色的战车，
大禹道：“走，让我们溯河而上！
让我们找到河源的罪恶！”

驳马“咚咚咚”一声长吼，
扬起青色轻飘的马蹄，
一跃而起，疾行如电！
它那乌黑闪亮的毛鬃正如流动的锦缎。

顷刻间大禹来到了河源，
但见银河之水呀，从缺口四处漫延，
飞溅的水珠儿如磐石般隆隆涌向人间。
大禹要找到泉眼，他要把原来的河道挖深拓宽。

那银河的泉眼可谓神龙之眼，
万千束圣洁的天水喷涌而现。
大禹站在河源处左右勘探，
要想彻底引流必须心比钢坚！

大禹驱车把河外散落的星星装满，
他用光练锁住星座的轴眼。
用磁石将它们的内心充填，
然后，大禹驱神车纵身向前！

霎时，宇宙中划出一条青色的虹，
那虹即是后来燕子们聚集的燕桥。
它年年都会在八月的银河上空出现，
在人间八月正是秋阳高照，酷热绵延。

而这银河水啊，比最纯正的冰水还寒，
大禹和驳马紧咬牙关。
他们向泉眼吃力潜游，
湍急的水流一次次把他们冲散。

他们拖着沉重的战车，
忍受着水流的冰寒，
一次次冲锋，斗志不减，
大禹在水中催促驳马声声不断。

冰寒大水割着大禹赤裸的皮肤，
浸淫着他铮铮的铁骨。
击打着他饱经沧桑的容颜，
痛苦之神趁机侵扰他淳朴的心田。

大禹在无声地忍受前人从未忍受过的苦难，
经历着前人从未经历的凶险！
当他靠近银河中无情喷发的神龙之眼时，
大禹大喝一声，将战车掀翻。

哗，哗，哗！战车上的星星们一下子松散，
那水势顿时有所减缓。
大禹抓住时机，毫不迟疑，
立刻挥动起他手中翻飞的神铲。

只见银河古老的河道火花四溅，
河床底的卵石拖着长长的尾巴升上九天。
呵，今夜的天空是多么璀璨，
浩瀚的银河绚烂无边。

大禹又用这些七彩的星星砌成长堤，
远远望去，就如紫色的项链。
这时的银河水哗哗流淌，
像一位温柔的少女迈着缓缓的步子漫步云天。

啊，任性的银河终于治理成功，
温情的光在一闪一闪，
宛如一条神龙在天空蜿蜒。
啊，银河水啊，从此多么美丽灿烂！

如今，我们仰望钻石满天的星空，
看见那烟波浩渺的迢迢河汉——
我们呀，怎能不由衷感叹：
大禹啊大禹，这都是你对华夏神民的伟大奉献！

# 第九章　大鲧之山

立于霄汉的大禹长发招展，
他在把治理过的银河最后一次察看，
但见温柔的河水缓缓滑过九天，
大星们围着自己的枢轴静静旋转。

银河之水已经彻底治理完善，
大鲧又把大禹召唤，
看啊，人间的江河还在四处泛滥，
华夏神民整日身困泥浆，苦不堪言。

“孩子，你正是任重而道远，
前面的道路上藏着很多凶险；
你要勇挑重担，在刀锋上多加磨炼，
孩子，马上赶到大鲧山。”

大禹挥动神铲，在天空中划出
一道白练，怯尘风啊飘飘摇摇，
载着他向大鲧山缓缓降落。
鼻翼边有阵阵奇香隐隐萦绕。

但见那大鲧山高耸巍峨薄雾飘渺，
鹤鸣幽谷，青鸟啼叫，
山体如宝塔般层层叠嶂，
放眼望去，分外妖娆。

这时从山体间飘忽出一缕金丝，
如初生的小龙在大禹身边缠绕，
大禹毫不迟疑地接受了金丝的引导，
大步流星地向前奔跑。

他涉过叮咚作响的小溪，
踏过遍地葱葱郁郁的青草，
最后，攀着藤蔓来到第一层，
那香甜的气息差点把大禹扑倒。

大鲧山的第一层长满郁葱的文茎，
那文茎的果实如一颗颗紫水晶。
那金丝在果实间指引他：吃掉，吃掉，
大禹轻轻摘下一颗，文茎果圆润玲珑。

文茎树发出“叮咛”的一声，
整棵树如上了发条般舞蹈。
大禹刚把果子放入口中——
眼光忽然清澈，眼前一切都清晰明了。

大禹紧接着又吃下第二颗，
双耳竟能把浮云变幻的声响听到。
大禹毫不迟疑地吃了很多文茎果，
顷刻间变得耳聪目明灵通七窍。

大禹继续攀登来到山的第二层，
看到开着黄花的沙棠树在薄雾中逍遥。
大禹这次没等到金丝鸣叫，
先摘下一粒沙棠果尝了尝味道。

哎呀呀，他周身通畅充满了力道，
他舒展手臂，青蛙般向前猛地一跳。
噢，吃了这果子人们从此就不怕洪涛吞淹，
并且拥有了游泳的各种技巧。

大鲧山的第三层长满白果树，
这树的果实让他对未来充满了荣耀。
顷刻间所有的烦恼统统清扫，
无论什么困难都别想把他吓倒。

当黄昏渐渐穿上它绚丽的霞裳，
黑色的迷谷树如天空的繁星闪耀。
第四层中的迷谷树展露出光芒，
这些光芒教会了大禹怎么来把神民引导。

黎明之神刚刚睁开圣洁的眼睛，
大鲧山的第五层让大禹倍感神妙。
漫山盛开的是青色的祝余小花，
躺在上面使人的思维不断灵光跳跃。

当一片红花红叶的嘉叶草伸到眼前，
大鲧山的第六层欢迎大禹的来到。
吃了嘉叶草后大禹从此不仅不怕电闪雷劈，
还明白了水与火怎样才能被利用得好。

当大禹来到大鲧山的第七层，
红茎白花的芮草正在向他微笑。
大禹吃了山葡萄般的芮果，忽然醒悟，
华夏神民的命运必须由他们自己来主导。

当方圆三百里的泛林气势如排排海潮，
大禹来到大鲧山的第八层。
香草在泛林里天真烂漫，
香草的芳香让大禹明了治水的重要。

一棵高达千里的巨木直插云霄，
大禹来到大鲧山的第九层。
原来是长着青叶紫茎，枝杻九曲的建木，
直指苍穹，预示着人类最终要揭开宇宙的奥妙。

在气势雄伟的大鲧山中，

大禹的灵魂得到了一次彻底的洗淘。

他在人间不断言传身教，

后世的华夏神民学会了将自然不断改造。

# 第十章　大禹降龙

怯尘风载大禹从大鲧山上
扶摇而下，大禹再次回到残破的人间。
凶煞恶神使大地塌陷，
肆虐的大水正在吞淹神民的家园。

在大鲧山上大禹已得到父亲的言传：
“一个人的力量治水万难，
必须得到其他力量的辅佐，
禹啊，得到神龙的帮助你将宏图大展。

那龙啊，何时出现全靠你的机缘。”
龙啊！华夏神民亿万年来将这神圣的图腾相传。
龙生神秘的蛇身，预示着能脱胎换骨，
不断把生命再生，生生不息正是人民的夙愿。

龙之颊如天马秀面，
俊俏沉稳且铁石刚健。
站立如松疾驰如满弓离箭，
动若雷霆，静若泰山。

龙之眼虎目龙睛，
不怒自威如两股闪电；
龙之肤如鱼鳞神现，
正可上穷九天下及潭渊。

龙之翼如大鹏翼展，
双翅生风一瞬不知几万里远；
龙之手赛翱鹰利爪，
当可抓云扯日，力挽狂澜。

呵，神龙啊！重要的是其灵魂圣洁，
生生不息的精神将整个华夏感染。
藏于天，隐于地，永驻于
华夏神民的感恩的心胸之间。

忽然，风起云变，但见，
龙城上空翔出神龙万千！
哈哈，真是天助我大禹，
大禹禁不住抚须挺胸面露欢颜。

神谕这么快就再次闪现，
大鲧啊父亲，我将继承您高贵的意愿，
待我在众龙之间寻得那万龙之龙，
待我们为战胜洪水而并驾齐肩！

大禹看到空中腾祥的万千神龙，
纵身一跳便跃上云端，
大禹如风般追逐着翩翩蛟龙，
骑在龙背上一一把龙力测验。

但所骑之龙全被他的神力压弯，
此时他蓦然看到有一条神龙把五彩呈现，
莲花牡丹的云霞在他的周围色彩斑斓，
大禹风驰电掣般将他追赶。

但那神龙却将体形不断变换，
一会儿化为蛟龙金鳞闪闪，
一会儿化为虬龙两角锋利无边，
一会儿化为螭龙盘旋云端。

大禹与他追逐嬉闹，意气风发，
最后，纵身一跳，跳到变幻的神龙面前。
只见他长着金鳞的龙身蜿蜒千里，
鹿茸般壮硕的金角寒光闪闪。

如牛的双耳宛若淬火的尖刀，
如驼的头颅是那样的英俊干练，
龙颈如灵蛇般叵测变幻，
双目如虎睛让人心惊胆颤。

他轻盈的身躯不伤草木且蜿蜒不断，
探出的利爪时时射出团团闪电。
大禹来到他的面前，神龙倏地一转，
他似乎马上就要隐遁云间。

大禹哈哈大笑，迅速跨在龙背上面，
只听见天空中传来隆隆雷声一串，
一道闪电扯开紫色的天幔，
大风携着沙石袭来顿时天昏地暗。

神龙一会儿直上九天，
一会儿潜入万丈深潭，
一会儿尾卷青山，
一会儿口喷化铁裂石的火焰。

他要把大禹抛下自己的脊背，
一时宛若地覆天翻，星移斗转。
但要使大禹的双手分开，
如挣脱千吨锁链。神龙与禹大战霄汉。

激战多日，神龙终于倏然缩小了身体，
飘忽忽，他现出人形出现在大禹面前。
原来神龙乃众龙之神应龙所化，
他为了辅佐大禹治水，专程来把禹的神力测验。

# 第十一章 禹治黄河

大禹和应龙手挽着手，肩并着肩，
两人相视大笑，大禹道：
“应龙啊应龙，我的好弟兄，
你我都在把华夏神民的苦难分担。

看，北方的土地汪洋一片，
黄河之水被恶神侵占，
你我怎能坐视等闲？
让神民的生命如蝼蚁被任意踏践？”

应龙道：“禹啊禹，我尊敬的英雄，
华夏神民的生命无论谁都没有权利草菅！
咱不管他是多厉害的恶神作乱，
一定要把他们的恶行清算！

禹啊禹，我从今天开始就是你的铜臂铁肩，
无论海深的苦难无论天大的风险，
禹啊禹，治不好大水，你我都没脸面，
为了华夏苍生你我马上挑起重担！”

"好，我的弟兄。"大禹握起应龙的双手，
激动得一时无言。
两人顷刻间便来到黄河之滨，
但见黄水在大地肆虐咆哮，滚滚向前。

烈烈阳光下大禹和应龙听到，
黄河狂妄，大唱其歌：
河兮，河兮，
越过高山，越过戈壁。

河兮，河兮，
淹没村庄，淹没土地；
河兮，河兮，
一泻千里，所向披靡……

这时，大禹看到一只巨大的
五彩神龟出没于洛水间，
龟背隐约出现文字一样的形状，
细观后令他不禁大为惊叹。

一时间他陷入长久的沉思。
思索啊，人类这最大的特权，
谁也没有力量将它阻拦。
大禹放任思索的马匹，越过无数栅栏。

经过思索大禹终于明白，
五彩龟背上蕴含的玄机妙不可言。
此乃蕴含天地变幻的洛书，
理解洛书的内涵，治水将更加简便。

但见洛书戴九履一，
左三右七，二四为肩在上方，
六八做足，五代表土居中央。
于是，大禹思索出奇偶数的相合与变幻：

一与六相合为水，
二与七相合为火，
三与八相合为木，
四与九相合为金。

大禹从洛书中悟出万物相生相克的关系，
心胸顿时空阔无边。
他沿万水之源的西方大山追寻河源，
在积石山上寻找河首，河首之水滚滚东流一去不返。

河首的大地七零八乱，
满目萧然天崩地陷，
宛如与陨石相撞，无比悲惨，
大禹把各处险情一一勘探。

然后命应龙以尾画地在前面指引河道，
大禹则率万千神民奋力把大河拓宽。
只听九州上下呼声雷动，日月震撼，
人人都争先恐后，奋力参战。

大禹的圣举感动苍生，
竟有一只黑色大龟主动请缨勇挑重担。
他背起大禹的治水工具，
日夜跟随着治水队伍南征北战。

一日，大禹正在思忖治水方案，
突然间黄河河底惊现——
一块刻有图案的青石板，
上面显现出清晰的水线。

这正是天下众水神图，
它清清楚楚地将河水的流向标明在大禹眼前。
大禹和应龙看后拍手称赞：
妙哉妙哉！以后治水将更加方便。

大禹依照众水神图，带队来到了龙门山，
龙门山横亘在河道将奔腾的河水截断，
河水不能前行，便逆流倒灌，
导致水量巨大，惊涛裂岸，洪水泛滥。

大禹立即命应龙在山后打凿，
他则在山前用火烧山，
冰冷的山体被大火连烧了三天，渐渐酥软，
应龙在山后也几乎把山体凿穿。

应龙奉大禹命令摇身一变，
但见苍龙翔天，风起云散，
应龙俯首摇尾，直吸入河水两万七千斤，
然后，他把水向那被火烧了三天的大山喷灌。

哗，哗，哗！咔，咔，咔！
顺应物理热胀冷缩，
那龙门山便应声而开，
生生地从大山之间崩裂。

巨大的洪流忽然有了去路，
它们奔流、拥挤、推搡、哭喊，
一路冲过龙门山裂缝，
湟湟大水，气势磅礴奔腾向前。

这时，天空中飘来七彩流霞，
无数条摇尾锦鲤在龙门处的浊浪间出现，
它们欢呼着、高叫着、舞动着，
一齐跳跃龙门山。

七十二条跳上龙门的鲤鱼
最终化为七十二条金龙在天空隐现。
千百年来，黄河鲤鱼仍在龙门跳跃不断，
它们始终在为大禹举行着神奇的盛典。

大禹与应龙将滚滚的黄河水引出龙门，
咆哮的巨水饿虎般直冲潼关。
南面的少华山和中条山如兄弟相连，
又将汪洋恣肆的大水阻拦。

应龙气得咬牙切齿，大呼大喊：
再干，再干，再用大火烧山！
大禹放眼看去，但见那少华山
如刀削斧劈一般屹立在天地之间。

再用火攻，显然难比登天，
众神民不禁跪地哀怨，苍天啊！
你为何要给人类增添这么多磨难，
为何任意将生灵的性命草菅？

大禹面色冷峻，仰天长叹：
众神民，我们的命运由我们自己主管！
万能的神也休想任意将我们的意志吞淹，
我们不需要可怜，我们要向所有的邪恶宣战！

宣战！宣战！华夏神民的呼喊响彻九天。
这时，大禹忽然看到西边一片金光灿烂，
巨灵大神降落在大禹的身旁，
他竖起拇指，对大禹连连称赞：

“禹兮，明兮，万民之福所依。
禹兮，善兮，待我助你渡过难关。”
一语言毕，但见他成竹在胸，气沉丹田，
巨灵的两只大手紧抓少华山。

他将大山轻轻地举起，
又顺势用脚将中条山拦腰蹬断，
直看得大禹及众神民目瞪口呆，
轰隆一声，天地为之震颤。

那河水哗哗然，轰隆隆，一泻千里，
黄河之水一路向东汹涌澎湃，
穿过山涧，越过平坦如砥的沃野，
洪波滚滚，万千猛狮般涌向广阔的大海。

# 第十二章　禹历万国

当雄伟的大鲧山托起鸡蛋黄般的月亮，
华夏万民将大禹的伟功称赞。
治理完黄河的大禹此时胸中怀有伟大心愿，
他要再接再厉考察寰宇的万水千山。

当雄伟的大言山升起朵朵白云，
大禹率伯益和诸神民来到波谷山。
大人国就坐落在这雄伟的大山上，
大禹看到大人们正在大人之堂举行盛宴。

他们邀请大禹和神民们共进晚餐。
大人们需要在母腹中孕育三十六年，
还没学走路就会腾云驾雾，
蓝色的东海是他们生命的摇篮。

当蜿蜒万里的群山托起澄碧的苍天，
大禹拜访了天上的大人。
天上大人长着九个极其狰狞的脑袋，
在天上的森林里吐雾吞云。

天上的大人常常会心烦意恼，
盛怒之下拔大树像拔草，
森林天空的棵棵大树，
会被他们一口气统统拔掉。

大禹取出自西昆仑采到的千年温草，
和着天上的玉水请大人服药，
服完药的大人顿时神清气爽，
瞬间又将拔出的大树栽好。

当层层翻滚着的乌云压向大地，
大禹前来拜访冥府的守神土伯。
土伯头上长着一对锋利的牛角，
张着血盆大嘴逐赶冥府里黑色的魂魄。

黑色的魂魄不听从土伯的使唤，
东一簇西一簇在地狱里嗷嗷乱窜。
大禹让土伯擒住冥府鬼魂的首领，
众多鬼魂不得不软下来乖乖就范。

当玫瑰色的大海托起漫天的海鹄，
大禹来到西方海前的鹄国，
只见鹄国的国民走起路来风般轻快，
一天能走一千余里，却并不快乐。

国民说："我们什么都不怕，只怕海鹄。
海鹄能日行千里成为我们的天敌，
海鹄会一口将我们吞进肚里，
我们在海鹄肚里照样活着，暗无天日。"

说话间，漫天的海鹄飞来，
如乌云遮住太阳灿烂的光芒。
大禹率众神向海鹄万箭齐发，
从此，鹄国生活一片欢乐和祥。

当红紫色的木槿花点燃红霞万里，
大禹率众神来到了君子国。
那君子国的神民脸庞英俊，
红润的脸色好像盛开的木槿花。

但君子国神民的肤色朝露般青春易逝，
大禹就请他们吃延年益寿的银杏。
吃了银杏的他们人人健康长寿，
大禹仁爱的胸怀在君子国代代传颂。

当巍峨穷山托起浩瀚如云的扶木，
大禹拜访了轩辕国的神民。
他率神民们拜访了轩辕之丘，
因为黄帝的威灵在此归隐。

当员邱山托起高耸的不死树甘木，
大禹拜访了不死民神国。
不死树甘木环绕着甘洌的赤泉，
甘果落入甘泉，人便永享生之快乐。

当寻木挺立如矛刺穿繁星似锦的天宇，
大禹率众神民来到拘缨国。
大禹为拘缨国民治好长在颈部的肉瘤，
从此他们在参天的寻木下灵动快活。

当遮天蔽日的五彩鸟落满蛇山，
大禹拜访了蛇山之国。
当大禹看到黑鸟、黑蛇、黑豹、黑狐，
大禹前去拜访了幽都之国。

当漫延万里的乌云笼罩北海，
等级森严的无肠神国如同地狱。
在这里，低一等的人吃高一等人的剩饭，
大禹的到来改变了这种制度。

当如柳絮飞舞的雪花覆盖了西方大地，
大禹又率神民们来到了长脚国。
大禹看到长脚神民走路轻盈灵巧，
随后发明了增高的办法——高跷。

当南方升腾起紫气的火焰，
裸国又呈现于大禹面前。
大禹尊重他们的风俗习惯，
脱去衣裳与他们促膝坦诚交谈。

当威武挺拔的杉树耸立大禹面前，
大禹来到了人们一辈子都单身的丈夫国。
丈夫们从身体里生出孩子时，
大人就会悲壮地倒下永远安息。

当皑皑白雪托起光芒万丈的朝阳，
肃慎国在大禹面前显得肃穆异常。
雄常树因大禹的到来长出柔软坚韧的树皮，
从此，肃慎国便有了抵御风寒的衣裳。

当西方的绵延群山渐渐消失在云幕里，
大禹来到孟舒国，凤凰也紧紧跟随而至。
孟舒国的山上雄竹高达千丈，
凤凰站在高高竹枝上将大禹的伟绩颂扬。

# 第十三章　禹定九州

当方圆三百里的泛林展现在大禹面前，
大禹左手拿着准绳，右手拿着规矩，
还带着测量四时的仪器，
他游历了万国奔波了千万里。

他一边考察水情，一边绘制地理，
那绘制的图册啊，在草棚里高高堆起。
他把山水图一张一张相连，
然后制成大图，又在大图上写上标志。

呵，神州万里崭新的地理大图，
出现在众神民的面前。
但见，东起苍莽浩渺的泰泽，
西至巍巍青色高原。

北自浩渺无边的草原，
南边是湛蓝的海洋无边无际。
纵横千里皆为华夏之地，
处处都留下了大禹的足迹。

当他来到大理石般白腻的大地，
梁山、岐山等大山坐落在这里。
从太原地区一直到达太岳山南面，
大禹将这里定为冀州之地。

当黑珍珠的大地在夕照下宁静，
雍水、沮水静静流淌在这里，
树木高大挺拔，水草茂盛肥美，
大禹将这里定为兖州之地。

当青色如碧玉的大地托起朝阳，
泰泽、泰山之间矗立着奇山异石；
潍水、淄水缓缓，像翻晒的布匹，
大禹将此地定为青州之地。

当土质红色如鸡心的大地舒展着神奇，
淮水、沂水滋润的桐木在这里种植，
神圣的五色粘土斑斓无比，
大禹将此定为徐州之地。

当密密的箭竹刺破早晨的红霞万里，
大禹看到了淮河与大海之间的广袤大地，
漫天的大雁展开双翼如扬起大雪，
大禹将此地定为扬州之地。

当云泽、梦泽与太阳之泽连成一片，
长江、汉水入海口处云雾腾起，
这肥沃的荆山到衡山以南的地区，
大禹称此地为荆州之地。

当土质黑如泼墨的大地滚涌着展向天际，
伊水、洛水、涧水已平静地流入黄河，
这里盛产的丝、苎麻柔软细腻，
大禹将这里称为豫州之地。

当土色如青铜的大地喷吐着厚重的气息，
被平治的蔡山、蒙山已有了收益，
人民在这里载歌载舞，
大禹将这里称为梁州之地。

当土色如黄金的大地四射着金光的魅力，
佟南山、敦物山、鸟鼠山尽收眼底，
这里盛产美玉珠宝，
大禹将此地称为雍州之地。

至此，东临大海，西至流沙，
北展洁源，南至炎土，
九州同一，百姓安居乐业，健康幸福，
大禹的美名啊流芳万古。

# 第十四章　禹铸九鼎

当巍峨的泰山托起万里云海，
九州之地祥和欢畅，
万民耕作，五谷飘香。
大禹啊，俯瞰万里河山，禁不住由衷高唱：

“日月大光兮，照我四疆，
银汉迢迢兮，歌我华夏，
熏风微微兮，拂我禾秧，
华夏神民兮，遍布八荒。”

这时，万神纷纷降临到大禹面前，
他们手持美润的宝玉前来敬献；
体态曼妙的神女穿着云纱霓裳，
手舞足蹈，衣袂翩翩。

大禹登上大鲧山顶，
万千大神共奏华夏宏乐四野萦绕，
万千神军表演气势宏伟、刚劲有力的舞蹈，
西方众神也来赞美华夏江山如此多娇。

大禹得到天下神民的空前敬重，
决定收集九州之铜。
大禹令众神在荆山脚下燃起熊熊烈火，
铸造了九尊金光闪闪的宝鼎。

禹在鼎上刻绘九州的鬼神精怪，
每刻上一笔便有九千斤重，
刹那间金光闪闪，栩栩如生，
每尊宝鼎需要九万个人才能将它抬动。

一生注定为民众征战奔波的大禹，
心胸如天地开阔是真正的英雄，
他将神怪的名字也深深地刻于灿灿的宝鼎上，
然后把九尊大鼎分别放在九州的正中。

九尊金鼎如九座巍峨的大山，
四平八稳，坐北朝南，方方正正；
九尊千钧之鼎如九颗明亮的大星，
熠熠生辉昭示华夏万古富足安定。

太阳神驾驭着光芒万丈的火轮，
将神性照亮九州九尊庄严肃穆的大鼎，
它标志天下九州万神归于一统，
它是华夏顶天立地万众归心的象征。

此刻，九霄响起大夏之乐慷慨激昂，

大乐啊，歌颂华夏之魂威武雄壮，

大乐啊，歌颂大禹的治水之功，

大乐啊，更将大禹坚如磐石的品格颂扬。

# 第十五章　万神之约

铸成九鼎后的第九十九天是大禹的生日，
万神纷纷汇聚在高密这块福地。
当朝阳刚刚升起，鹊鸟增添喜气，
大禹由于劳累过度仍沉睡在草棚里。

忽闻棚外吱啦啦一片大乐，
万千神民在高密东北乡筑起高台千丈；
又在高密的正中央树起旌旗万展，
和熙的阳光流布，映红的龙旗飘荡。

但闻棚外和着大乐响起歌声洪亮：
“颂我大禹兮，万寿无疆；
歌我大禹兮，日日安康。”
大禹笑着来到大家身旁。

翘首等待的神民立刻把他围起，
把五谷用最高礼仪向他献上。
大禹啊，手捧丰实喷香的稻谷，
刚毅的脸上禁不住热泪盈眶。

忽见天上升起了五彩祥云，
且伴有仙乐浩浩荡荡，
但见每一朵云上都伫立着一位大神，
他们共同约定，为大禹的生日颂祝大昌。

大神们站立云端将颂歌轻唱：
“龙族之后大禹高密，
生生不息，不辞劳忙，
华夏得彰，龙魂得彰。”

大禹神情庄重地向万神致敬，
万神啊，赶紧收起祥云下降。
大家也纷纷向大禹跪拜，
祝福大禹幸福安康。

但见，万神们不约而同地捧出仙器，
高密再次共奏盛世的乐章：
“天苍苍——地黄黄——
天地共颂我大禹兮，万寿无疆。”

他们姿态各异，面容安详，
皆是来自远远近近的万国神族，
他们宣扬起不同的图腾，
不同的图腾展示他们不同的风俗。

有的胴体纹身，坦荡雄健，
有的皮帽皮靴，毛裤裘服，
有的冠冕崔嵬，流苏飘扬，
有的却蓬头乱发，从未洗梳。

有的峨冠博带，宽衣广袖，
有的紧衣窄袖，形体展露，
有的五色杂陈，争艳斗丽，
有的白衣綦巾，浑身缟素。

有的黥面雕体，有的高颈穿鼻，
有的面身涂了赤赭石白云土，
有的顶牛角，有的曳虎尾，
表明自己族群的无限神秘。

服饰体现各神族的信仰与审美，
有的至今还保留如故，
四周廊庑下肃立着神士，
赤裸上身，手持干戈，如狼似虎。

广阔的红高粱沃野排列乐队，
陶埙竹笙石磬鼍鼓；
万亩红高粱映照着满天瑰丽的朝霞，
五音纷奏，乐队起舞。

众神簇拥大禹走向广阔的祭坛，
万神跪倒在地齐声欢呼。
大禹佩戴玉瑛身穿吉日礼服，
气宇轩昂正式接受众神的祝福。

大禹高高地昂起头颅，
凝望蓝天广阔无限的深雾；
他虔诚地跪拜在大地上，
缓缓捧起黄土向先神祈祝。

万神顿时欢欣跳跃，
祭拜先神，他们倍感鼓舞。
大禹又举起纯洁的白玉宝剑，
万神霎时安静，无比肃穆。

万神又山呼向大禹倒地匍匐，
衷心拥戴大禹为万神之主，
他们鱼贯走上高高的神台，
献上图腾以示心悦诚服。

# 第十六章　禹诛防风

当不死树托起万里祥云，
禹在会稽山举行万神大会。
众神们举行了隆重的祭祀仪式，
燃起的篝火照亮穹宇点燃霞蔚。

心高气傲的防风心生不满，
但又怕犯众怒不敢公开发言，
便采取推迟到会的行动，
以显示他傲慢的势力和尊严。

防风神是一位大神，
他身高三丈，力大无边。
他早有作威作福独霸一方的野心，
只因忌惮万神之力才有所收敛。

禹早防备防风的野心和叛变，
当看到防风磨磨蹭蹭故意来迟，
看到他满脸傲慢，阴阳怪气，不可一世，
大禹决定杀一儆百，把巨手轻轻扬起。

他向众神郑重下达旨意：
防风故意来迟却毫无悔意，
天有天条，地有地规，
速速推出去，斩首祭礼。

防风被众神按住，仍不停抗争破口大骂，
为了华夏一统，为了天下苍生，
大禹默默地背转身去，
此时，平地竟生起一阵诡异的大风。

顿时天昏地暗，日月失色，
防风临死也要作浪兴风，
直把山岳吹得摇摇晃晃，
让狮子老虎也抖个不停。

行刑手眯着眼睛高高举锃亮的大刀，
轻轻一挥，生出一道白练，
防风人头轱辘辘滚落在地，
从此，治水工作进行得更加顺利全面。

趁着防风把大地吹得天昏地暗，
防风的两位从神偷偷地溜掉，
他们跑进苍莽的徂徕山，
咬牙切齿要伺机将大禹除铲。

他们心怀鬼胎，心怀仇恨，暗暗密谋，
准备在大禹出巡时施行报复以泄私愤。
当大禹端坐虬车行来，
罪恶的金箭向大禹狠射一顿。

突然风云色变，大雨遮天，
两条拉车神龙猛然转身，
仿佛一股急转的旋风，
拉着辇车直窜儿霄云天。

防风的两位神将见大势已去，
绝望的烟霭飘出眼中，
他们拔出宝剑刺向心脏，
想从此随主而去，结束生命。

大禹深深佩服他们的忠诚，
用不死神草让他们起死回生，
但穿透的胸口却再也不能愈合，
留下了永远合不拢的胸洞。

此后两位神将建立贯匈之国，
地处三苗之东。
他们日日感念大禹之德，
虽胸有窍洞，但仍为治水立下奇功。

# 第十七章　封禅泰山

当苍茫的黄土地托起九曲八转静静的黄河，
黄土高原呵，霎时一片郁郁葱葱。
胜利的大禹决定在泰山封赏治水的神民大众，
万千民众啊欢呼雀跃愉悦升腾。

神民们舞动柳枝，挥舞旗帜，
竹筒鼓咚咚敲起，腾腾紫气升起，
岱宗云山雾海显出恢弘气势，
神州大地顿时现出融融暖意。

在泰山之巅放眼遥望，
薄薄的旭日啊，正大放光芒，
呵，天戴其苍，地履其黄，
大河之水，浩浩汤汤。

天赐兮，颂我炎黄，
天贺兮，华夏众神万古流芳，
——华夏神民一路歌唱，
歌声啊从上古开始，源远流长。

大禹用七彩土壤在天街上筑起高台，
天街上支起巨大的虹门，
虹门上镶以银汉的星星，
呵，色彩炫丽气势恢宏。

雄伟的高台耸立云天，
它以其独特的姿态向九天低语。
华夏的神民啊，正如这高台一样，
在太阳升起的东方巍然屹立。

大禹又在泰山脚下筑起方坛千里，
方坛在大地上倏然增厚了自己。
这是对大地厚德载物的献礼，
也是华夏神民对浩渺宇宙的敬意。

忽一日，但见九天乌云翻滚，电闪雷鸣，
众神民以为银汉又要狂倾暴雨，
众人匍匐在地又仰天遥祈：
“苍天啊苍天，请你顺应民意。

请你莫再把大灾掀起。”
但见飘飘摇摇，原来是共工一神落地。
他向大禹行跪拜大礼，此次前来送上
西天的紫玉，贺大禹壮举千秋彪炳。

空中传来悠然的钟声，
铛，铛，铛！如露水般响亮，
接着，岱宗上空响起悠然的歌唱，
被大禹感动的大神帝喾传来神谕：

巍巍岱宗，
有禹大昌；
吞云吸日，
与日同长。

山河亘亘，
浩浩汤汤；
日月同辉，
泽被无疆。

华夏神民，
翘首仰望；
泰山大禹，
永放光芒。

泰山封禅，
源远流长；
福哉福哉，
万民同享。

# 第十八章　拔天地通

泰山封禅进行了七七四十九日，
大禹站在泰山之巅，日日将山河巡视。
他看到黄河之水像血脉一样湟湟流淌，
看见西天的雪山巍巍耸立。

大禹知道神民们能自我强大，
可是，怎样才能使天地更加和谐？
使众神民任意上天入地？
大禹在苦苦思索这一难题。

他仰望云雾缭绕的泰山，
再次陷入长久的沉思。
先帝颛顼采取绝天地通方式治理天下，
却将上古神民内心的神性遮蔽。

最后，他看到气势恢弘的泰山，
压抑在心中的阴郁，霎时豁然开启：
哈哈，何不在泰山上修建天梯，
让天上人间的神民可以自由联系？

他与大舜共同商计：此事如果
不通过颛顼的儿子帝喾，恐拂他意。
我们应联名上书，一则请来神谕，
二则，或许他还会助我们一臂之力。

大禹越来越成熟让大舜暗喜，
他对上天赐来大禹心存感激。
他们取来高粱神笔，
共述修建天梯利弊。

他们向伟大的帝喾上书，
阐明建立天梯功在千古。
当帝喾接过他们的上书，
仔细阅看之后笑而不语。

大禹按捺不住赶紧上前：
“大神帝喾呀，您到底同意不同意？
神民们要强大，一切都得凭自己，
揭示上苍的奥秘，可以更好把大地治理。

神民们道路才刚刚开始，
天梯是对他们心灵的最大助力。”
听完此话，帝喾接受了大禹的建议，
从此，大禹率众神民奋力建造天梯。

远大的理想是成功的前提，
在泰山建造天梯万民都来出力献计。
但见巍巍岱宗，众民忙碌如蚁，
他们一块块把石块打磨，从泰山脚下一寸寸干起。

时间一天一天过去，
岁月一年一年不断更替，
伟大的天梯啊，通过华夏神民
勤劳的双手，渐渐到达了天际。

奇迹，奇迹！从此之后，
天、地、人、神消除隔离，
民众把坚强、勇敢、聪慧、勤奋的大神一一请到心里。
华夏龙魂的精神啊，生生不息。

# 第十九章　初会女娇

如今我们神游泰岳，就会看见，
中天门隐在山间，十八盘啊，蜿蜒崎岖，
拾阶而上，玉皇顶的云山雾海啊，好不壮丽。
先民们的圣举啊，可歌可泣！

有一天，大禹卧在南天门的青石上午睡，
恍惚中，听到吉神之语响在耳边：
“禹啊，你已至壮年，当迎娶自己的妻子。
待长有九条尾巴的白狐出现，

你与她应当会面。
那时，你千万不要向她多看一眼，
否则你的姻缘将只是昙花一现，
而孤独将与你终生为伴。”

大禹呵呵笑道：
“吉神啊，谢谢你给我的预言，
但是，我大禹只把华夏神民装在心间，
哪里还顾得上自己的姻缘。”

话语刚落，忽地一阵闪电，
大禹蓦然从梦里惊醒，
但见西天婀娜的云朵一片一片，
红彤彤的夕阳悬于九天。

这时，伯益和后稷前来禀报，
江南种植水稻需要推广水渠。
水渠之举一改大鲧只堵不导，
应和旱时蓄水、涝时导疏。

大禹听后非常高兴，伯益啊，后稷，
你们两人真是我的左膀右臂。
当下大禹便组织神民行进江南，
不知几十日许，他们来到瑰丽的涂山。

那涂山层峦叠嶂，泉水叮呤，
山顶聚汇着如梦如幻的光环。
一阵阵微微的怯尘风吹来，
将远处的一幅图画送到大禹眼前。

在涂山的半山腰上隐约浮现少女的倩影，
秀美如白莲花，让大禹浮想联翩。
成年的大禹忽然发觉自己的胸中充满爱意，
那少女的倩影啊，让他顿生爱恋。

正在大禹爱意潺潺的时候，
一只洁白的九尾狐在竹林间倏然出现。
它转过身体，向大禹的方向轻轻点头，
这让大禹忽然想起吉神在梦里的预言。

而从竹林的另一端，
那少女似乎已经渐渐飘在眼前。
大禹听到她的笑声犹如清脆的风铃，
鼻翼嗅到她如花般散发的迷离香艳。

大禹忙向前疾行几步，
他刚要把那少女的容颜看清，
却忽然听到空中响起雷声，
顷刻间暴雨如瓢泼般向大地倒倾。

大禹在暴雨中努力睁大眼睛，
却见那少女在雨幕中渐行渐远，
她美丽的身影啊一会儿便隐进林间。
大禹手拨枝蔓疾步向她追赶。

但见那少女脚踏石莲，
洁白的衣衫被大雨淋湿一片，
湿淋淋的衣衫紧裹她丰盈的玉体，
更显得她玲珑的身体仪态万千。

但见她眉似翠黛，目如秋水，唇若朱点，
呵！好一副人世罕见的清秀容颜。
但是，这少女为何伫立不动？大禹细看，
啊？少女竟与石莲一起化为石像。

大禹惊得一时木然，
吉神的预言果然应验，
这么美丽的少女从此不会再与我相见，
唉！从此啊天上人间……

大禹顿时如魂飞九天，
从此，只见他日渐消瘦，衣带渐宽，
爱情中伤了这位伟大的英雄，
他整日里郁郁寡欢，不时长吁短叹。

吉神的预言竟化为凶神的谶言，
他把石像搬回自己的草棚，
每日都要为石像擦拭一遍，
在梦中生出无限爱怜。

凶神啊凶神，大禹咬牙切齿道：
我要与你们坚决开战！
他传来应龙，命应龙呼来共工与相柳，
众神得知大禹的遭遇后都气得怒叫连连。

相柳道："禹啊，我尊敬的朋友，
哪怕我把仅剩的一颗头颅失掉，
也要为你的姻缘为你的荣誉而战，
把那为恶的凶神揪出，将他碎尸万段。"

他们四人径直来到地府阴间，
凡是凶神恶煞他们一个也不放过，
就连他们行宫大殿也一把火点燃，
整个地府被他们搅得地覆天翻。

爱情的失意使大禹变成比恶神还恶的凶煞，
他甚至扬言：
少女的石像不活，他就一天不停地打杀，
直至把整个地球打翻，再把整个天堂戳穿。

大鲧在天空终于发出警言：
禹啊，现在恶早已填满了你圣洁的心田，
你发誓要把终生向华夏奉献的诺言啊，
早已抛出九天，非常危险。

伟大的爱需要伟大的心胸，
真正的爱情需要真正的宽容；
而现在愤怒成了你恶的帮凶，
失意成了你宣泄的凭证。

以恶还恶是最大的恶。
人类是宇宙造化的精灵，
他们无不怀揣着伟大的神性，
怎能失去人类高贵的理性？

大鲧的话顿时让大禹无地自容，
他发现自己在爱情面前变得是非不清。
爱情啊，你是多么奇怪的东西，
让一位大地英雄，顷刻间恶贯满盈。

大禹回到自己的草棚，
把羞愧啊向美丽的石像忏悔诉倾。
忽听，叮咚之声宛若风摇银铃，
那石像啊，重新拥有了鲜活的生命。

# 第二十章　禹与女娇

当月儿悠然飞翔在苍穹，
大禹听到了比翼鸟缱绻恩爱的歌声；
女娇的石像被大禹的痴情感动，
嘤咛一声她化为款款的人形。

女娇的面容散发出圣洁和安详，
双眉顺畅细密弯弯如弓，
面颊红润温润如玉，
体态轻盈袅袅婷婷。

她的小口如樱桃鲜艳欲滴，
双唇轻抿欲吐露芳菲心声；
两个耳垂饱满可爱温柔滑腻，
光泽啊，胜过深山宝石的晶莹。

口中两排美玉赛过珍珠，
秀鼻挺直宛若秀美的山峰，
长发如黑色瀑布涵盖胴体，
她的美啊正如天上的晶莹星星。

英雄对女娇的美无限惊异，
独特的美沁人心脾刻入心灵，
造物之神让她心慧性灵，丽质天生。
怎能不动情，怎能不动情？

大禹道：“女娇啊，
你将成为我的妻子，我的生命。
我对你的爱情啊，
将同天地一样永恒。”

女娇露出羞涩的姿容，
她轻轻地低下了头，
散发的清香弥漫着整个草棚。
收获爱情的女娇啊，更显无边风情。

大禹女娇面对面相视而笑，
像太阳赐予月亮的光芒，
又像湛蓝的天宇，
日月同辉将爱的美乐共同奏响。

大禹和女娇的目光真诚善良，
时不时把对方细细打量，
两个人啊相互凝视，
两脉泉水在夜空下交融闪亮。

那女娇啊，柳丝般的秀发随怯尘风飞扬，
处女的脸颊泛出洁静的光芒，
齿如珍珠如玉石清脆发响，
红玉双唇未启便散发异香。

大禹天天陪伴在女娇身旁，
向她诉说自己的爱恋衷肠。
起先，女娇还坐在花床上静静地倾听，
时间一久，女娇开始面露忧伤。

她说道：真正的英雄应该有博大的心灵，
他绝不会因情欲抛弃前程，
他的运行如天上的星辰，
他心中伟志应似日月永恒。

棚外鼓声仓促淮水突发险情，
英雄应身系华夏民众苍生。
等您平定淮水高歌凯旋，
我愿作您的奴仆伴您终生。

# 第二十一章　女神之爱

大禹辞别女娇率众神踏上征程，
大家精神抖擞进入巫山之东。
但见，清澈的山泉在山间流淌不停。
轻风一过响起阵阵松涛之声。

散淡的云雾缠绕林间，
隐身的百鸟空谷幽鸣。
呵，正是层峦叠嶂，山抹花红，
好一幅绚烂的醉人美景。

他们在山谷内暂且安营扎寨。
趁众神民进入梦乡，大禹出来察看地形。
但见竹林中亮光不断闪现，
大禹走上前去看个究竟。

只见，一个晶莹剔透的大理石圆桌摆在眼前，
上面两盏珍珠酒杯，杯中美酒鲜艳，
白果如珍珠一样清新明润，
又有奇草清香不断弥漫。

是谁在竹林里摆了这么一桌精美夜宴？
还有一把竖琴侧躺在草丛，
那琴儿好似有万语千言的柔情倾诉，
风儿轻轻摇动着它暗藏的心声。

大禹端坐在洁白的大理石凳上，
将珍珠杯中的馨香美酒一饮而空。
珍珠杯中的美酒又自动溢满，
大禹笑着，飘飘然仿佛进入仙幻之境。

英雄乘兴将竖琴搂入前胸，
万千情怀一一付诸琴声：
“人生兮，逝水兮，
日月兮，昭我心兮。

“万民之福乃我福兮，
苍生之祸乃我祸兮，
福兮祸兮，人生叵测，
奏我琴瑟兮，遥祈万民富康。

上天遣吾兮，历经无数风浪，
披荆斩棘兮，跋涉八荒。
造福神民兮，华夏千古，
大风飞扬兮，诉我衷肠。”

大禹每高歌一句，
便饮尽杯中琼浆。
转瞬间，甘琼喝了千万杯，
英雄愈喝愈觉豪迈舒畅。

他的歌声早已传入竹林女神的耳际，
温馨的风在轻轻吹拂着她的玉体，
满天的星星飘浮在大地和云彩间，
她从星星上悄悄地降落大地。

她在英雄面前展现出姣容，
她的笑声犹如清脆的银铃，
她肌肤如雪，散发迷香，
她与大禹对饮并倾诉衷肠：

“看你生得虎背熊腰、相貌堂堂，
像大海上喷薄而出的朝阳。
你为民造福的功绩让朝阳也惭愧，
你的坚强配得上我为你歌唱。

前途坎坷遥远，洪水肆虐放浪，
即使劳你毕生之力也难以制服汪洋。
让众神按照你的旨意前去治理吧，
及时行乐才不枉来人间一趟。

瞧，我为你盖好了迷醉的花房，
为你精心铺好了栀子香床。
今晚，床上将有一颗等待很久的月亮，
等待和您这位英雄在爱河徜徉。”

大禹抚须笑道：“尊敬的女神呀，
你好比天上的圣洁的云朵，
似人间出浴的红荷，
你或许是天上人间所有的欢乐。

感谢您对我的信任和赞扬，
但我前方尚有祸害人间的千万洪涛，
贪图私乐将会前功尽弃，
何况我心里已经有了美丽的女娇。”

言毕，大禹便起身告辞：
“女神啊，感谢你的美酒与祝福，
天下的众神民都会把你记在心上，
也祝你早日寻得自己的真爱和幸福。”

此时，身在涂山的女娇啊，
正日夜思念着出征的大禹，
她天天站在山巅将心上人眺望，
他的忠贞啊，感动了山石草木。

女娇夜夜浅吟低唱：“候人兮猗，

候人兮猗。

祝禹兮长命无绝衰，

祝禹兮永铸华夏伟业。”

# 第二十二章　禹战女神

当黎明黄金之手掀开夜的眼帘，
大禹告别了痴情的竹林女神，
率众神民继续向前行进，
一路上啊战歌嘹亮，旌旗飞扬。

这一日，他们来到黄山脚下，
但见青山拥翠竹，烟岚绕松柏，
夕阳西下，激情无限的流霞啊，
直把山谷渲染得千姿百态。

“观我华夏兮，壮阔万里，
朝晖夕阴兮，气象大千，
颂我华夏兮，好不壮观。”
大禹禁不住生出感叹。

不想这时从林间忽跃出一蒙面神将，
但见他来势如风，快似闪电，
并不言语，举刀向大禹猛砍，
众神民惊呼，为大禹捏了把汗。

但见大禹不急不慌，举止淡定，
只轻晃一下神铲便将敌刀斩断。
那神将见状不妙，转头向后逃窜，
大禹策驳马乘胜追赶。

神将暗地里“嗖”地回射一箭，
大禹将头一低轻轻躲闪，
没想到他又急似骤雨连发数箭，
箭箭不离大禹的面颊与耳畔。

大禹急忙舞动神铲，
哗啦啦直舞出白光一片。
那些箭簇还没落地，
大禹已经飞身近前。

那神将看到对手向他冲来，
像一头沉稳的雪豹并不惧险，
他便抽出金光闪闪的宝剑，
猛地偷刺向大禹腰间。

大禹见此招毒辣快如闪电，
他已无法躲闪，就四两拨千斤，
借对方之力握住他的手腕，
顺势一拽将对方掠下马鞍。

对方的头盔骨碌碌摔下，
扬出一头秀发在大禹面前展现。
竟是那位向他求爱的女神，
可惊住了大禹这位英雄好汉。

原来，女神自从被大禹谢绝之后，
心中忧伤，欲断肝肠，
因爱生恨，怒火中烧，
她决定用武力来夺取爱的荣光。

此时天上飘过朵朵白云，
悠远的天空湛蓝无际。
大禹啊仰天叹息，若有所思：
“女神啊女神，爱是相互的，你又何必——

真正的英雄他的心灵博大崇高，
从不为世俗杂念所困，
请看那黑夜中永恒闪耀的颗颗星辰，
它具有洞明一切和包容一切的胸襟。

名利蒙蔽不了他的双眼，
美酒不能使他沉醉。
即使醉酒时艳遇一位迷香样的少女，
那风情也不能迷惑他的心扉。

“总有一天，爱神会敞开心扉，
心爱之人当会绽开千娇百媚，
英雄不会因儿女情长失却伟大的信念，
因我心中早有了女娇这朵唯一的玫瑰！”

大禹的真诚如黄钟大吕，
女神黑宝石般的眼睛里流出眼泪。
她满怀深情地望着大禹远去，
祝福他早日制服淮河之水。

# 第二十三章　禹治淮河

大禹风尘仆仆来到桐柏山，
只见天空阴云密布雷鸣电闪，
瞬间石破天惊，树木哀号，
众神民视之无不心惊胆颤。

大禹观此地升起冤魂之气，
心内暗忖此行必凶险无疑，
他大喝道：“众鬼魂听清，我乃天地大禹，
你们的冤屈我已洞悉，雪恨当在指日。”

一语言毕，四下一片静寂，
少顷，竟烟消云散，风和日丽；
众神民见状惊叹不已：
大禹兮，万世英豪！大禹兮，浑身浩气！

大禹率众神民来到淮河岸边，
恰恰迎来突袭的大风暴。
但见雷电交加，飞沙走石，
从山上不断滚下沙石拥塞了河道。

大禹知是妖物从中作怪，
命应龙速去查出个来龙去脉。
应龙召集桐柏山中的山精水怪，
查明在淮水和涡水之间藏着无支祁这个祸害。

应龙立即率神军搅浑淮水，
淮水中倏地冒出个咳嗽的大水鬼。
这怪物善于言语应对，
形状如猿猴，额高鼻低，张着大嘴。

白脑袋、青身子、牙齿雪亮，
眼睛闪耀出邪恶的凶光，
它力量胜过九头大象，
脖子伸出来有百尺多长。

天神童律大吼一声执刀上前：
“水怪啊水怪，接招！”
童律将寒刀舞成一个巨大的车轮，
但见浊浪排空，阴风怒号。

水怪竟视而不见，傲慢地把身体轻摇，
等大刀快砍到眉毛，
倏地一声伸长了脖颈，
蛇般的长首一转，向童律的后背猛扫。

童律反手执刀，刀光向后猛扫，
那无支祁把脖颈一绕，
竟将童律从腰间紧紧缠住，
猛地一挑，童律竟被抛向九霄。

乌由木忙挥棒而上，
水怪左躲右闪，发出阵阵狂笑，
乌由木挥舞三千六百斤的神铁棒，
因打不到水怪气得大喊大叫！

他向无支祁猛抡了三百棒有余，
竟近身不得，气力不济，一下跌倒。
他大汗淋漓，气喘吁吁。
这时，应龙忽地一声咆哮。

他摇身一变，瞬间化为神龙翔天，
轻盈的龙身将无支祁缠绕，
奋力把它的身子向大山狠抛，
轰隆隆，石破天惊，金星四冒。

无支祁被应龙摔得直翻怪目，
匍匐向前大声求饶：
“禹啊禹，饶我性命，饶我性命，
从此后我将把淮水保佑，永世将为您效劳。”

大禹刚上前要把他扶起，
却哪里想到恶心难料，
无支祁竟双手紧紧抱住大禹，
他要孤注一掷，向大禹连撕带咬。

众神民无不大惊失色，
默默跪地为大禹祈祷。
那无支祁狠命地勒紧大禹，
嘴里哈哈发出连连怪叫！

却见大禹稳住心神，
浑身的肌肉绷紧成一道道，
任凭无支祁使劲摇摆，
大禹的身子像泰山巍然不倒。

只听得“嘣”地一声巨响，
大禹昂首挺胸哈哈一笑，
无支祁的双手竟生生挣断，
疼得无支祁想转身逃跑！

众神民赶紧将他擒了个正着，
“斩了他。”大家愤怒地喊道。
众神也纷纷围上前，
应龙挥起金龙神刀。

“无支祁呀，无支祁。
哎，我无心伤你性命。”大禹道：
“谁知你竟如此冥顽不化，
我要对你惩罚让你归于正道。”

禹把无支祁的鼻子穿上金链，
把金链在他的脖颈上缠绕，
然后，大禹用神铲将龟山轻轻抬起，
嗨！无支祁被轻轻甩进山脚。

从此无支祁被镇压在大山之底，
如今那龟山呀，苍翠欲滴，一片葱茂，
山风阵阵，传来无支祁忏悔的絮语，
那沉甸甸的金链呀，让淮水千古安定富饶！

# 第二十四章　禹著山海

淮河水患治理完毕，
大禹啊却没有时间休息。
大禹已经铸成了九鼎，划定了九州，
而手头尚有许多所闻所见需要整理。

多年奔波游历万国的大禹，
看见过无数匪夷所思的古怪神奇，
次次都经历了化险为夷风险刺激，
他要将这些梳理成书以便后世把自然揭秘。

那将是一部包罗万象的奇书，
天下神民也会通过它通晓许多事理，
历史会在这本书中再现痕迹，
而文明呀，正是通过基础一点点建立。

大禹在治理洪水时，
他就与伯益共同谋划，分别定计，
每到一处名山大泽，
便询问金玉矿藏，山川道里。

大禹依靠原始而又简单的工具，
走过高山，走过泥沼，走过大河，走过大地。
每经一处就以木牌为标，定下山川的名字，
标注在他治水的地图上，以便查阅整理。

记载那里的鸟兽昆虫，奇国异民，
奇闻轶事，人面龙身，鸣蛇飞兽，
名山大川，土木矿产珍果香茎，
英雄谱系，风土人情，博物杂流……

大禹带领神民们把这些统统纳入其中，
无数次割皮制革分类整理。
经过无数个日夜的艰苦努力，
终于著成《山海经》这部伟大的神籍。

《山海经》无比博大，藏山纳海，
飞禽走兽，日月星辰，无不涉及，
神书共分十八篇，
篇篇都是那么神奇，可谓字字珠玑。

《山海经》用三万一千个金字铸成，
记载了约四十个国家、三百条水道、五百五十座山岳，
一百多个人物、四百多种神怪异兽，
绘有一千一百一十幅生动精彩金光闪烁的图画。

啊！好一部地大物博的地理志，
一部洋洋洒洒的方物志，
一部异彩纷呈的民族志，
一部百花齐放的民俗志。

她，记载了古华夏的生产发展，
记载了古华夏文化交流，
记载了古华夏思想走向，
记载了古华夏久远的伟大历史。

# 第二十五章　禹娶女娇

当草茎如鸡蛋粗的芮草散出芳香，
治理淮河成功的大禹想起与女娇的约定。
他驾驳马重返他爱情的涂山，
美丽的企盼催得他片刻不停。

驳马啊驳马一路生风，
风伯在应龙耳边嘀咕，
应龙在旁笑个不停，
两人啊被大禹的痴情逗得大笑连声。

平时威武庄严的大禹竟也羞得耳赤面红，
不明就里的童律左看看，右看看，
大家故意不向他道明，
气得童律啊咬牙切齿欲罢不能。

此时，睡在星星宫里的女娇醒来，
睁开秀眼，东方展现曙光。
她轻展玉臂推开星星的眼睛，
纯洁的双眸俯看宇宙四方。

女娇歌道："大禹吾爱，您如太阳将我们光照，
神斧劈破山，木耒开水道，
滚滚的洪水向东奔流，
这里已不是泽国水潦。

我们如快乐的鱼儿自由生活，
您的恩德我们无以回报。
假如您的荣光不将我们照耀，
鲜活的生命将在洪水中消耗。"

众神民按照婚姻之神的约定，
婚礼既要节俭又要宏大热闹。
贤惠女娇嫁给了英雄大禹，
亿万民众喜笑颜开奔走相告。

九曲之歌在天空曼妙响起，
万神欢悦，手舞足蹈，
愿如月的美人吉祥如意，
愿阳光永远把英雄普照。

英雄和美人双双进入玫瑰花房，
像粘糕见到蜜糖一样紧紧相拥。
扶桑和扶桑缠绵并茎，
美人的香舌要滋润英雄一生。

纯洁的月亮要绽开深情的花蕾，
圣洁的光辉伴随着处女的深情。
火热的玉液汹涌澎湃向花蕾灌注，
鲜红的花蕾开始将爱的圣果孕成。

这一夜，美人受用无穷，
清晨的阳光照着她的脸蛋绯红；
光辉的大禹依然精神抖擞，
爱的滋润让他赛虎赛龙。

第二天，万神为祝贺大禹婚礼齐聚华夏上空，
一排排的大神威武雄壮，
他们的脸上散发着喜庆的荣光，
像华夏上空一万颗星星闪亮。

女娇的姣容如灿烂鲜花，
像沃野上升起一轮饱满的月亮。
众神相聚的场面何等宏大，
他们将整个天空照得亮亮堂堂。

雷神驾驶一百条神龙，
澎湃浩荡如长江滚滚流淌。
云神驾驶着万千凤凰，
翻滚而来如黄河的波浪。

雾神率一万只羽翼的神鸟，
一下子盖住了大鲧山的脊梁。
雪神率万千白色精灵，
给琼林玉树披上了银装。

万千神女佩戴红色郁金香，
彩带似练在天空飞飞扬扬；
怯尘风轻轻吹来，
如梦如幻的歌声在四极飘荡。

又见七色旌旗飞卷，
片片赤橙黄绿青蓝紫飞扬，
又见万千驳马自西奔来，
天空云雾翻卷一片壮观景象。

玫瑰色的太阳照耀着紫葡萄般的大海，
照耀着遍野镀金的群山，
阳光射向巨大苍阔而又光明的山谷，
万千众神都在宴会中狂欢。

众神有的站在扶桑树旁边，
有的围坐在珍肴满桌的红木桌前。
桌上摆满琳琅满目的紫水晶和金水泉，
琥珀酒杯盛满琼浆玉涎。

英俊的男神们有的全身盔甲，
有的目光炯炯似火如电；
漂亮女神身着缥缈的云纱，
樱桃般的玲珑乳头时隐时现。

白白胖胖吉祥如意的小天神们，
长着可爱的精灵翅膀，
有的拿着竖琴，有的拿着鲜花，
在碧蓝色的天空下为婚礼集体歌唱。

万神正沉浸在盛大婚礼的无比欢乐中，
报信神寓鸟忽然带来一个重要军情：
三苗不服管教斩杀信使。
大禹听后心里不禁咯噔一惊。

三苗的国土乃南方重地，
如若失去，不光华夏势难统一，
天下苍生还会被战祸牵连，
万不可因私情而失去大局。

大禹柔情藏在心底，豪情起于胸中。
太阳神鸟照彻寰宇，南方风起云涌。
他急命传信神召集众神民，
他又要挂帅亲自出征。

# 第二十六章　大禹出征

当摇曳的扶桑将大地撼动，
大禹的队伍已经浩浩出征。
女娇站在山巅将飘渺的云纱轻摇，
心上人儿啊，一路保重。

大禹挥旗大呼：出征！队伍啊，浩浩荡荡，
但见，应龙手执金龙神斩为大禹开道，
后面由风伯压住阵角，
雨师跟在队后洒水除去尘嚣。

虎狼排成方队组成车前的仪仗，
黑熊紧跟在车辇的后面旌旗随风飘扬。
车队一望无际浩浩荡荡，
腾龙跃虎，势震九天，三苗惊慌。

大象给大禹的车辇驾辕，
六条蛟龙拉车分列辇车的两旁，
毕方腾空在天上巡视，
真是布阵八方，天罗地网。

众龙之神率万龙飞翔在白云之上，
小鸟吓得不敢在他们周围飞翔。
神军过处民众欢呼震动天地，
就如同到了交战的战场一样。

龙吟虎啸伴着华夏战鼓声声，
众神排着整齐的方队，一路军歌不停。
三苗的部民听说大禹前来不禁有些心虚，
三苗的主帅一时间心神不定。

此时正是春暖花开的阳春时光，
出征神军杀声震天，士气高昂。
转眼他们到达三苗领域，
大禹下令，在林谷中建立广阔的操练场。

大禹将众神召到中军大帐：
“众神神通广大见多识广，
爱惜三苗的子民如同爱自己一样，
如何能兵不血刃让他们前来投降？”

众神道：他看到我们旌旗浩荡神兵强壮，
您的到来必定使三苗慌张，
我们应擂鼓操练一展神军军威，
然后再劝化三苗投降。

# 第二十七章　禹劝三苗

当白花黑实的迷谷长满南方的沃野，
神军操练的呐喊威武雄壮，
大家齐刷刷挥舞手中的青铜兵器，
大地立刻升起一片茫茫的寒光。

一封劝降书写在宽大的扶桑叶上，
翠绿的叶子上写满大禹的拳拳苦心，
无不展示着大禹对三苗子民的怜惜，
但信的语句又透出义正辞严慷慨激昂。

信的开头先将三苗神民赞扬，
他们勤劳勇敢创造民族荣光，
用汗水耕耘肥沃的土地，
用智慧编织幸福和希望。

何去何从需要民众看清，
正义与邪恶面前绝对要头脑清醒，
默默看着天地日月运行，
苍茫宇宙它们走得多么公正。

心中存有自私、偏执和恶意，
遭到惩罚那是上天必然和注定。，
神国之主更应宽容无私贤明公正，
心怀神民，神民才能拥护你的决定。

顺应天地大势才能公平公正，
每个民众心中都有一杆准秤，
只有顺应民意，才能华夏一统，
博大的心胸将会映照苍穹。

放下心中的任何不合实际幻想，
赶快加入历史进步的队伍。
除此之外没有别的出路，
负隅顽抗将让三苗的苍生遭诛！

三苗的主帅看后惊慌万状，
自私使他利令智昏，不惜一拼，
他慌忙调兵遣将把兵力集中，
赌徒般等待大禹的神兵压境。

三苗的国土顿时扬起漫天尘土，
万千部队如连绵起伏的山峦。
大禹的神兵从这座山排列到那座山，
像黑压压的密云布满蓝天。

万千神兵气势如虹操练了三日，
三苗阵中竟没有一点反应。
劝降的信使终于带回消息，
三苗扬言生擒大禹，拒绝投诚。

# 第二十八章　禹战三苗

当挺拔的桂竹疯长到云霄，
三苗聚居地的太阳在晚上出来骚扰。
炎热的夏天神民被冰冻危害，
连下三天血雨，一片混乱，鸡鸣狗叫。

大地开裂涌出泉水，
田野里的五谷变成杂草，
神民们不明就里，惊恐万状。
大禹判定攻伐三苗的时刻来到。

禹为攻伐三苗做了许多工作，
他决不允许三苗为非作恶。
他在山谷间举行隆重的祭祀典礼，
先祭祀祖先之灵，再祭祀天神先烈。

“讨伐三苗乃滔滔民意，
华夏一统乃大势所趋。
任何私念都将成为华夏的罪恶。
祝我大禹啊，将胜利果实夺取。”

祭祀完毕，又举行誓师大会，
大禹手握白玉宝剑向众神发布命令：
“尊敬的众神民们，请听我的号令，
真正的勇士冲锋在前不怕牺牲！

愚顽不灵的三苗神族，
心志昏迷，不听教化，
发动叛乱，为非作恶，
我们要奉天伐罪，把他们彻底打垮。”

万千神军如洪流向三苗滚涌，
三苗驱车前来抗争。
两军在山谷摆开阵势，
旌旗猎猎，人嘶马叫，战鼓隆隆。

三苗的军队赤臂而立散漫不整，
有的竟手执木棒和农具，
有的头发花白战战兢兢，
甚至还有柔弱的少女不安和惊恐。

他们脸上无不露出哀怨之色，
只有三苗的主帅端坐马上，
举着大刀，满脸一副狂妄自得，
大禹不禁替三苗的苍生感到心伤。

大禹策马跑到两军阵前，
他把神铲一举，两军顿时鸦雀无言。
大禹用神铲向三苗主帅一晃：
“叛贼！有胆和我单独一战！”

那主帅竟放浪轻蔑哈哈大笑：
“禹呀禹，别看你治水是把好手，
论用兵打仗，你还乳臭未干，
你自己来送死，我愿把你命来收。”

大禹气定神闲点头说道：
“好，你我来个生死约定，
如我战死，我的神民们将任你的差遣，
如你战死，三苗的苍生立马投诚。”

三苗的主帅听后暗道：
有这般好事儿！那大禹虽虎背熊腰，
也不见得有什么高明，
待我一刀斩去，哈哈，他的队伍任我遣调。

“好，一言为定，不许抵赖。”
大禹知他心生骄傲，
将计就计，他立马示弱松松垮垮，
驳马啊，明白了主人的心意，也显得毛毛躁躁。

三苗主帅一路狂笑挥刀斩来，
大禹啊慌忙躲避，哎哟！哎哟！
差一点就被那厮砍个正着，
大禹闪身而过，连呼不好，落荒而逃。

那三苗主帅兴奋的地怪叫，
在身后猛追，银亮的大刀高高举起。
两军阵前一片如铁的肃静。
但见大禹把神铲插入马鞍里。

大禹意志坚定弯腰搭箭拉满神弓，
正是犀牛望月，欲吞山河，
神弓“吱悠悠”发出一阵颤响，
“啪”！迅疾如电，惊心动魄。

神箭直奔主帅的眉宇而去，
那主帅哪里躲得过，
贯脑穿过，应声而落，
四野一片空寥寂寞。

大梦初觉的三苗苍生们俯身拜倒，
但闻天地间响起一片大乐，
三苗的民众们欢呼雀跃，
四野之滨祥云四起，凤舞九天，神龙腾跃。

正是，一箭定三苗，

苍生从此可以同享安居乐业。

西戎、北狄、东夷的许多神族，听到消息后，

忙派信使送来重礼表示祝贺。

# 第二十九章　牙生掳娇

当黑色的迷谷聚集起漫天乌云，
恶神牙生，召集群鬼聚会。
那幽暗的炼狱布满层层怪异，
阴暗的角落躲着万千魑魅。

那牙生原本为盘古的一颗牙齿，
因不服盘古的约束而脱落，
来到世上的他积累万恶之源，
恍恍千年，牙生成为恶神，以恶为乐。

毕竟曾为盘古的一颗牙齿，
这牙生长得风流倜傥，俊美无比。
但见他鼻梁高耸，浓眉秀目，
五官端正显出一脸帅气。

这牙生比当年的大禹还要俊秀三分，
善于以伶牙利齿蛊惑人心，
投机取巧是他的拿手好戏，
整日都想着施恶纵淫。

这天俊美的牙生感叹：我们是多么不幸，
大禹功在千秋，我们却在炼狱受罪。
我们多需要一个能干的精灵，
凭他的智慧去人间拨弄是非。

最好是和女娇交上朋友，
这需要此人无比聪明机敏，
要以真才实干慢慢取得她的信任，
这样才能显示我们的尊贵。

大禹啊大禹，恶的力量将让你有来无回，
任聪明盖世也难逃厄运。
这些话众鬼虽记在心中，
但又因惧怕大禹变得都像缩头乌龟。

牙生焦虑地在炼狱踱步，
炼狱内一股黑气将他伴随。
这可气坏了炼狱的众鬼，
大声地骂着，唾沫星子乱飞。

这时，牙生霍地站了出来，
他的威严逼得众鬼纷纷隐退。
“大家都不愿当这副重任，我只好亲自出马，
我的功绩将树立我的绝对权威。

我将先擒住女娇，然后制服大禹。
有我这个智慧的头脑，万事犹如吹灰。
今后，我不仅仅要统治炼狱，
大地、天空都将覆盖我的黑色光辉。”

恶神牙生悄悄地来到女娇的住所，
女娇正在和众神女安详地宴饮。
但见女娇仪态万方，清秀高贵，
如冰清玉洁的雪莲神态安稳。

女娇的容颜使恶神也不禁一阵心颤，
呵，我定要将这个女子掠回我的府邸。
他假装谦逊地来到女娇面前，
表现出对女娇的万分敬畏。

牙生对女娇和众神说：
拼命饮酒会变成酒神，
酒神会变成战神。让我们珍惜缘分。
迷迷糊糊中，大神们都将牙生听信。

恶神牙生道：“请痛饮我用晨露和百花酿制的
灵感蜜酒，这是有心人酿制的甘醇。
请来喝这杯酒吧！醇香绵软，
谁喝了都会拥有伟大而高贵的灵魂。”

酒啊！你会将我们变成酒神，
给我们一种立竿见影的神秘感，
给我们一种举世无双的洞察力，
呵，请给众神情欲和潜在的狂乱。

众神女看见俊秀的牙生内心一阵慌乱，
但见这牙生两目生情又满脸刚毅，
巧舌能言却又礼仪得体，
身材颀长而不失阳刚之气。

好一个俊美的神人男子，
神女们禁不住端起酒杯来把酒轻啜，
顿觉肺腑升起丝丝柔情蜜意，
整个人儿啊，轻飘飘似入神境故里。

喝完蜜酒的女娇此刻也变得朦朦胧胧，
眼前的景象出现一片混乱。
恶神牙生趁机放出一阵黑烟，
将女娇挟持到炼狱里面。

牙生骗女娇道："此地乃是天堂，
住久了人会不思苦恼。
众神艳羡尊重的女娇啊，
我对你如此款待，全是因大禹的功劳。"

女娇羞涩地不知如何应对，
她看到牙生忠心耿耿，模样老实厚道，
想想丈夫大禹尚在征战三苗，
禁不住幽幽长叹道：

“牙生啊牙生，
你的好意我心里知道。
我自己住进天堂实在不好，
大禹尚在足踏凶险征战三苗。

天堂再好，也不如我的草棚，
在家等候大禹才最重要。”
“正是大禹让我先把你接到天堂。”
牙生忙恭敬地上前说道。

“待三苗平定，大禹自己会来到，
那时的你们夫妻恩爱，
两情相悦，朝夕厮守，
岂不是先苦后甜，其乐陶陶？”

一席话语让女娇放下心来，
想想自己的丈夫自完婚后，
总是心忧天下，没有一天歇劳，
女娇啊，禁不住泪水哗哗往下掉。

牙生骗过女娇将她安排在炼狱里，
心里呀，像喝了蜜一样甜。
他将女娇囚禁在黄金宫里，
让黑夜之鬼将黄金宫遮严。

而，在这漆黑的弥天大谎的夜晚，
他的罪过难以逃过温情女神的双眼。
温情女神展开她轻灵的双翼，
决定前去将女娇救援。

# 第三十章　女娇遇难

当第一颗星星刚刚揭去云纱，
牙生在设谋下一步如何施恶的刹那，
温情女神唤醒沉睡在黄金宫里的女娇，
黑夜中她俩像两朵绽放的雪莲花。

女神道：“可怜的女娇，
你中了牙生的毒招。
你命中注定，该有此劫，
谁也无法从命运里逃掉。”

蒙在鼓里的女娇忙站起身来应道：
“牙生把我接来天堂，
因为我的丈夫马上就会来到，
我怎么没看见他对我施什么毒招？”

女神啊轻轻地把头摇了摇，
她以玉琼之液洒向黄金宫外的黑夜，
晶亮的神水擦拭了夜的黑暗，
顿时窗外现出一片鬼哭狼号。

但见，黑色厉鬼披头散发，
口水涎涎直把腐肉向大嘴里填。
它吃的，正是一具早已腐烂的尸体，
那场面，直让女娇呕吐连连。

她们悄悄来到牙生的大殿，
但见那牙生正在殿内向手下施令，
今夜就要设计侵占女娇，
他誓要将圣洁的女娇玩于股掌之中。

他内心疯狂，要迎娶女娇？
“要娶到女娇也不是什么难事，”
牙生笑道，“你们先向女娇施恶，
我出来制止，取得她的芳心和情意。

然后，我们再将那干瘦的大禹除掉，
呵呵，那时女娇就紧紧捏在我的手心里。”
牙生俊美的笑脸露出无比邪恶的表情，
这表情让女娇怒不可抑。

女娇禁不住要冲上前去，
被女神制止，她自怀中掏出定神丸，
轻轻放入女娇口中，
这才把女娇的一腔怒火制止。

女神带领着女娇在雪白的上空急速飞行。
那凛冽的冰冻之神流出逼人的寒光。
温情女神为保护女娇将她覆盖，
当快要飞离冰原时，女神却被冻僵。

呵！这英勇而又无畏的女神，
呵！这美丽而又纯洁的女神，
那女神坠落的冰原，
现在被叫做女神陨落之原。

醒来的恶神牙生发现女娇已经不见，
他咬牙切齿将看守她的黑夜之鬼处斩，
他把斩落的头颅狠狠地踢向一边，
骨碌碌一阵的巨响，那头颅跌入无底深渊。

牙生气得牙根痒痒，长吁短叹，
他取来地狱之眼，
一点一点地搜索女娇的容颜，
但见，女神啊飘飘然坠落冰原。

悲伤的女娇正飞向冰原的边缘。
牙生哈哈大笑，摇身一变，
他变成了一个美丽的姑娘，
来到刚逃离冰原的女娇身边：

“美神女娇啊！
我愿终生陪伴你左右，
为你高尚的品德啊我甘愿牺牲自己，
你将是我终生最美好的守候。

你是天下的慈悲女神，
每天勤勤恳恳纺纱织布，
就连小虫受伤也捧在掌心，
连花瓣落下也会泪滴如雨。

大禹已多年没回家了，
你高贵的心灵并没显出悲伤，
你默默地祝福耐心地等候，
天下众神将你的贤惠颂扬。”

牙生又对女娇说：
“吃了这颗忘忧枣吧！它能让你忘记爱人。”
女娇说：“忘记我心中的爱人，
犹如大地失去太阳，人失去灵魂。”

恶神牙生和女娇谈论着大禹，
女娇眼泪禁不住滚滚流淌，
有谁能不思念自己的丈夫啊？
天天和丈夫厮守是女娇最大的奢望。

此时女娇的身体发沉似背负千斤，
体如文茎的神女怀胎六十个月，
明媚耀眼的鲜花似乎已缺少神露的滋润，
思念心上人让她内心消磨。

腹内胎儿过重使她十分忧愁，
思念大禹的泪水又滚滚涌流，
娇嫩的面庞随日月流逝如同黄土，
心爱的人啊，能见上你一面呀，我还有何求？

牙生变成的少女继续讲道：
“大禹在外为民奔波；
你在家里为他思恋断肠，
你在家里为他眉锁忧伤。”

女娇抑制住自己的思念对恶神说：
“我不想去拖大禹的后腿。
大禹在为民解忧，我只能为他祝愿，
不想让他增添更多的负累。”

少女狡黠地笑道：“别骗我了，
贤惠之神，我看你每天都在思念。
那么，你敢发誓吗？为避免大禹的分心，
永不思念大禹，假如思念就会立刻变为石山。”

听到此，女娇立即跪下来，
双手合十，默默祈念：
“伟大的大禹啊，
假如我不再思念你，

你将会更多地为了华夏的大爱奔忙，
而我呀，明知你身担重任，
却总不断儿女情长。
我亲爱的大禹呀，

现在让我最后思念你一次，
祝你呀早早完成使命，
早日回到我的身旁。”
说到这里，女娇啊禁不住泪流成行。

她轻轻地举起左手，
指尖儿因纺布而磨得透亮，
她指天发誓道：“亲爱的丈夫，从此，
我不再思念你，若违背誓言，我当化为石山！”

此时，牙生用女娇的头发制成了一根银针，
趁女娇祝福大禹时插入她的身体。
神对自己给自己的创伤无能为力，
这样，恶神可以用咒语来控制女娇的意志。

# 第三十一章　女娇之石

当女娇指天为誓话音刚落，
牙生的谶语使她顷刻间化为玉石。
以银针控制女娇的牙生化回原形，
他施礼笑道：“尊敬的女神女娇，

我牙生日夜为你的容颜倾倒。
你我皆为天地俊美神人，
正可谓女貌如花郎才似海，
你我结合乃千年之缘、万古之爱。

现在你虽化为石形，
但我尚握着你唯一的命脉。
只要你答应我的要求，
我立刻就会把你的原形召来。”

化为玉石的女娇用她灵魂冷笑：
“牙生啊牙生，你真可谓机关算尽！
苍天厚土万神可证，
我和大禹的爱呀，怎会因小人的伎俩而消亡。

要想得到我的人，你呀作梦也别想，
要我有负大禹，除非冬雷阵阵，
夏雨雪，天地合，乃敢与君绝。”
牙生听后恼羞成怒，声嘶力竭：

“得不到你，那大禹也休想得到，
从此，你就永远是石头一块！
你的灵魂啊，永远在炼狱里熬煎，
你呀，永远别想再与那个大禹相见。”

当温馨的黄昏款款而来，
女娇的眼中含着思念的泪花。
她被恶神牙生诅咒成一块玉石，
这块石头时时发出晶莹的光华。

女娇的灵魂附在了玉石上，
被善良的人尊称为女娇之石。
当万千红高粱托起艳红的太阳，
得到消息的善良之神将她移到高密。

亲爱的朋友们，今天假如您有幸来到高密，
假如您就在高密东北乡浩瀚的高粱地里，
在东方群山层峦蜿蜒的背景中，
您会看到散发圣洁光环的女娇之石。

女娇之石常会发出叮呤的歌唱，
歌声传达出生命的美丽，
歌声传达出爱情的甜蜜，
甜美清澈的歌声啊，感天撼地。

歌声如史诗激发华夏的雄心，
通过女娇之石来传达先神的旨意。
在通往天堂的路上，女娇之石
把欢乐带给天空，把富足洒向大地。

此时，牙生通过咒语摄走了女娇的灵魂，
女娇身着缥缈的云衣，
她在地府内四处漫游、歌唱，
给地府内许多孤独的灵魂带来勇气。

一天，女娇在地府内得到诗神女娃的竖琴，
琴音和歌声是那样凄迷，
竟让千年树木流出眼泪，
竟让石头用头颅撞击大地。

撞击声通过声音之树的根系，
又通过声音之树的鲜花传向天宇，
那凄美而又哀怨的琴声啊！
无不让群神和神民痛哭流涕。

大禹在梦里听到遥远的情人的歌唱，
金玉之心顿时化作绕指柔情。
他决意独自深入地府内的炼狱，
手托女娇的灵魂荣光步入华夏龙魂的天堂。

# 第三十二章　石破生启

因失去女娇，坚强的大禹痛哭失声，
他的哭声使所有花儿凋零，
使所有的鸟儿都停止了飞翔，
使所有的鱼儿都停止了游动。

女娇歌道：我亲爱的丈夫，请不要悲伤，
我的体内已孕育着我们的爱情结晶，
你不要因思念而失去对信念和恒心，
我们的孩子一定会成为统一华夏的英雄！

听完此话，大禹一声高喊：“女娇啊！女娇！
伟大的爱成就伟大的事业，
没有你，我的使命将黯淡无光，
没有你，我的生命亦将消亡在无尽的黑夜。”

“女娇啊女娇，你让我怎能不悲伤？”
坚强的大禹啊，禁不住泪雨滂沱，
泪雨啊冲过东北乡的山岗，
冲向山岗下沃土里的红高粱。

他的泪水化为一条清澈的河水，
华夏神民们最初给这条河起名为“娇河”，
意在为了纪念贤惠之神女娇，
和大禹的伟大爱情好事多磨。

每当夜晚人们仰望穹苍，
那皎洁的月亮啊，把整个娇河映亮。
她现在，依然玉带一样柔美，
在神圣的红高粱沃野上静静流淌。

泪流满面的大禹高呼：我的儿子！
咔嚓！一声巨响。在轰隆隆的雷声中，
洁白光滑的女娇之石猛然开裂，
从中蹦出一个可爱的男童。

只见他浑身上下散发奇异的光彩，
远看犹如笼罩着一团明亮的光芒，
即使在黑夜中，也能看得清清楚楚，
原来吉祥光神蚩尤来到孩童的身旁。

大禹擦干脸上的泪痕道：“儿啊！
你的名字就叫做启，
从此华夏大一统的格局由你开启，
而你的国号将叫大夏。”

“大夏”，多么洪亮的国号！
而那时华夏大地尚未真正统一，
整个华夏民族有时还战争四起，
而启的任务啊，就要将神州一统万里。

石破生启的女娇之石，
在娇河边熠熠生出银河之光。
大禹抚摸着启小小的头颅，
头颅散发着光亮如初升的小太阳。

思念女娇的情感啊，填满内心里，
女娇啊，为爱而生，为大禹而生，
为爱而死，为大禹而死，
直至生命与爱情融而为一。

# 第三十三章　禹入炼狱

当地府内传出女娇灵魂的凄绝歌声，
大禹焦虑不安，心如油煎。
他将儿子小启送往大鲧山，
在那里启会得到神力的训练。

大禹告别了小启，
他要前去将女娇的灵魂救出炼狱。
这一刻，大禹感到从未有过的劳累，
他的草棚啊，和着他的思索，腾起烟雾。

大禹已非当年意气风发的少年，
整日奔波劳累，长年征战的大禹，
如今干瘦黝黑，胡须乱生，
已是满面沧桑，一脸憔悴凄楚。

悲悯的智慧女神闪现在他的面前，
她轻轻地把事情的来龙去脉向禹讲清：
“禹啊禹，我要告诉你女娇关押在哪里，
每一个机关我都讲给你听。

但是，禹啊，你和女娇人间的情缘已尽，
就算是你把她救出炼狱，
她也再不会回到你的怀中。”
大禹的泪水又哗哗不住。

他轻叹道：“就算不能朝夕相处，
就算不能身在人世长守相依，
也决不能让女娇的灵魂啊，
在邪恶的炼狱里暗无天日。

尊敬的智慧女神啊，
请你将每一个细节都向我讲清，
我决定深入敌穴擒获牙生。”
大禹向女神深深地鞠躬。

智慧女神被他们圣洁的爱情感动：
“大禹啊大禹，伟大的神人必有伟大的爱意，
我如若不成全你们，
在这个宇宙中还配拥有什么神力？

从这里到达女娇灵魂的拘押之地，
共有九万九千九百里，
路途坎坷请您多加仔细，
难倒英雄的绝不是遥远的距离。

还有九条大河将英雄阻挡，
鹅毛在水中都难以浮起；
有九座大山巍峨耸立，
飞鸟从上面飞过都要窒息。

在您前进的道路上，
恶神牙生布满了无数暗器，
尊敬的英雄啊！
说千道万，请您珍重才是。”

言毕，智慧女神倏然消失。
大禹恍然惊呼，
哪里还有女神的踪迹？
大禹只好躬身鞠向蓝蓝的天宇。

是夜，大禹竟作了一梦，
那梦境犹在眼前历历分明。
他梦到在昏暗的炼狱上空，
展开双臂在狂风暴雨中飞行。

路经金碧辉煌的地府，
拜见大羿，大羿依旧英俊年轻。
大羿手拿地府内的金冠，
将它郑重戴在大禹的头顶。

这时大禹忽然惊醒，
他不知这梦境到底有何寓意。
为救女娇，大禹啊考虑不了太多，
管他刀山火海，救出女娇才是最大的意义。

他走出草棚，将自己的行程向民众讲清，
他辞别众神民，说走就立即出行。
众神民眼含热泪，心藏祝福：
我们的大禹啊，是炼狱里的钢铁雄鹰。

马耳山上的驳马立即飞来，
它已经和大禹心心相通。
勇敢的驳马形如白狗，头是黑色，
一日万里展翅飞腾。

虽有英勇的驳马帮助，
但肉体之身仍难以将地府的寒气抵御，
大禹决定驾驳马飞越东海，
在大海上寻找通往炼狱的门路。

大禹来到碧波荡漾的东海，
东海的波浪托起一枚碧色的珪玉，
它长约二尺二寸，晶莹剔透，
用眼睛凝视它灵魂就会自达幽冥地府。

美丽的珪玉啊！
通向隐秘势力的入口，
这珪玉啊蕴藏着秘密、预言、宝藏，
也是恐怖的源头。

珪玉啊！你是灵魂的生命之所，
你是苦行者和先知者的大厅，
也是智慧的神使，
指引英雄进入幽冥。

大禹和驳马凝神静气，
虔诚地盯着这枚东海珪玉，
只感到身边旋起一股轻盈的风，
将他们的灵魂带到了幽冥地府。

大羿得知大禹来到地府，
将心爱的彤弓素矰馈赠大禹：
“虽然我是地府的宗布，
但恶神居住的炼狱却是难以管辖的区域。”

大禹从地府踏上炼狱的征程，
女娇的灵魂好像在他面前朦朦胧胧。
恶神牙生在路途布下万千厉鬼，
又在半路中布下无数陷阱。

可这陷阱怎能逃过驳马的眼睛，
腾空一跃，越过陷阱轻轻松松，
万千厉鬼顿时围将上来，
将大禹和驳马围得水泄不通。

大禹一催胯下驳马，
踩着厉鬼们的头顶，
踩着他们如踩着个个圆滚的西瓜，
一路奔驰如履平地疾速风行。

一个大鬼一阵狂风向他扑来，
手拿獠牙大棒气势汹汹。
大禹轻捷地将大棒抓在手中，
这一优雅姿态竟把大鬼吓疯。

又一个大鬼不知好歹扑到大禹身后，
大禹早已将它的阴谋看清。
只听得一声吼叫撼山震地，
大鬼吓得仆地而死，小鬼们个个看得分明。

小鬼们见此情形纷纷四散溃逃，
可双腿如灌铅竟纹丝不动。
驳马趁机一阵踢蹋猛蹬，
万千小鬼们顿时纷纷毙命。

# 第三十四章　女娇斗恶

当大禹在大战众鬼时，
女娇的灵魂在侍女之神的帮助下已经逃出炼狱。
她们用月桂树叶制成羽毛，
用羽毛制成翅膀用来在天宇飞行。

趁着月色，她们躲过恶神牙生的眼睛，
乘风破雾，直向大禹的方向飞去。
正是午夜时分，月光如水，
壮丽河山是那样清新馥郁。

在广阔的天地间，
她们手挽着手儿小心飞翔。
月光遮掩着她们的身体，月桂叶做成的
羽翅一翕一合散发出乐声悠扬。

飞行一夜，前方显现鱼肚白，
然而，灼烈光焰散发在地狱上空。
为防止女娇羽翅不被烤焦，
侍女之神就在女娇的灵魂上空飞行。

看到美丽人间和地狱的交界，
女娇由衷地表露出喜悦之情。
突然，侍女之神的羽翅因曝烤发出火星，
紧接着，一弧美丽的火光坠入地狱中。

女娇的两行热泪滚滚汹涌，
侍女之神为保护她献出了生命。
这是多么崇高的境界啊，
大爱使悲伤和奉献并驾齐行。

此刻，牙生被忽然惊醒，
他通过地狱之眼看到女娇的身影一抹。
他冷笑着关闭地狱之门，
天地之间的通道骤然收缩。

眼看女娇就要坠入深渊，
一朵荷花接住了她，像一个大碗。
那荷花仿佛有无穷的神性，
伸展荷茎将女娇托离水面。

看到此种情形，恶神恼羞成怒，
他把女娇的灵魂发配至不毛之地任其流浪。
但是，即使在如此的险境中，
女娇的心中仍怀揣着美好的愿望。

女娇用发丝与玉石作了一把竖琴，
没成想那竖琴却无比悠扬，
烘托得她的歌声呀更加嘹亮，
她的歌声让顽石也会产生美好遐想。

她的歌声让猛狮驯服，
她的歌声让人战胜悲伤，
她的歌声如万千野花的微笑，
她的歌声如酒神亲临身旁。

# 第三十五章　禹战树神

当女娇高唱《涂山氏歌》，大禹已经来到炼狱大门，
他见到一棵阴森如乌云的大树，
大树在炼狱门前啸啸号叫，
那巨大的树冠似乎随时要将一切吞掉。

此时干瘦黝黑的大禹凝神定气，
驱策驳马前往，
大树中突然伸出巨臂将他拦住。
“止步！”树身间传来一声厉响。

只听得：“何人狗胆包天，
闯入死地没有经过我的允许，
须知我是这里强大的守护神，
亿万年来将这巨门守护。

看你长得黑干焦瘦手无缚鸡之力，
最好不要反抗免得皮肉之疼，
这方圆万里谁不知我的威名，
快快滚蛋，以免丢掉性命。”

大禹听后也不禁大怒，
自进炼狱以来还没遇到这种狂徒！
他策驳马飞驰而来，
要赤手空拳将这狂徒制服。

大禹攥紧他布满青筋的铁拳，
像闪电一样猛然击出。
树神竟伸出一根树枝，
将大禹重如千钧的拳头挡住。

大禹如神猿一样腾空一跃，
抽出宝剑砍斩大树，
剑与树顿时迸出一串逼人的火光，
大树却皮毛无损，大禹难以对付。

大禹在暗暗思索战胜树神的计谋，
树神趁机猛然扑向大禹，
他抓起大禹的双手，
将大禹扔下高高的大树。

英雄趁势飞落到驳马上，
然后心中暗暗沉思：
硬攻不得，只好智取！
此时，树神对大禹已经不屑一顾：

“你这点雕虫小技，
也配到我面前舞枪弄剑？”
大禹点头称是，装出一副谦逊模样，
树神更是趾高气昂，浑身抖动出嚣张气焰。

大禹偷偷解开随身包裹，
把百宝囊中的珍珠抛出。
那珍珠落地便生根发芽，
蓦然间便长成一棵光彩夺目的珍珠大树。

珍珠树比树神还高出百丈，
树的周身散发着晶莹的翠光。
树上结满了珍珠果子，
颗颗如同炫目的月亮。

大禹道：“力大无比的树神，
你的大树和这棵相比相形见绌。
以你的神力和威望，
住在这棵树上才能令我们信服。”

树神笨拙地眨了眨眼睛：
我和它相比真是小巫见大巫！
珍珠树更漂亮舒服，
我要到那棵树上享享清福。

树神巨大的身躯晃悠悠蹦过去，
只听得“扑通”一声，眼前腾起尘土，
怎么啦？树神痛叫了一声，
大树早没了，树神被狠狠跌碎了屁股。

大禹和驳马看到此景不禁哈哈大笑，
原来这是大禹的一条计谋，
大禹知树神的力量来自于大树，
只有让树神脱离大树才能将他制服。

树神知道中了大禹的计谋，
赖在地上表情傻傻乎乎。
驳马用蹄子踩住他的头颅，
他只好起身为英雄让路。

# 第三十六章　禹战恶神

只听得炼狱之门“咯吱吱”一阵闷响，
七层八丈厚的黑铁之门应声开启。
驳马载着大禹绕过坐在地上的树神，
他们一路如风向前疾驰。

九层的炼狱内阴风怒号，
更有白骨森然，号哭不断，
青蓝的烈焰炙烤着大禹，
浊黄的迷香浸淫着他圣洁的心田。

大禹忽然感到顷刻就要昏睡，
驳马赶紧“咴溜溜”一阵嘶鸣，
大禹忙从百宝囊内取出定神草，
他口含神草向恶神的大殿急行。

他们顺利来到一座宫殿，
见一青年正在昏昏午睡，
英雄大禹并未乘机下手，
他默默地注视着这个青年人。

但见他生得一脸俊秀，
通体无不显露出飒爽的英气。
他虽是天下所有恶人死后的集结，
却如此俊美让人一时无从恨起。

大禹禁不住被他鲜亮的外表迷惑，
内心里竟生出一丝惺惺相惜：
哎，好一副英雄盖世的王者之相，
好一腔雄姿英发的豪迈之气。

大禹坚定的内心不禁产生动摇，
慢慢将愤怒的宝剑收起。
此情此景让驳马一阵气恼，
一声喷嚏，熟睡的青年被惊起。

“你是谁？”青年惊讶地问道，
“怎么闯入我牙生的大殿？”
牙生故作镇定，装出一副厚道模样，
可内心正寻思万千诡计。

大禹一听此人正是牙生，
怒火在心中立即熊熊烧起。
大禹咬牙切齿冷笑一声：
“你就是牙生？好，好，好！

看你生得一脸英俊，却满腹蛇蝎。
恶贼啊，恶贼，我妻已命丧黄泉，
而你尚在此悠然自得，
心无悔意，酣声连连。

今日，我不取你罪恶的狗命，
就对不起这公正天理朗朗人间。
在临死之前，睁大你的双眼看看，
大禹就在你的面前！”

牙生不禁倒吸一口冷气，原来此人就是大禹！
但见他如一只干瘦的长臂猿，瘦得可怜，
更可笑的是，
手里还捏着把似乎随时都会掉下的破剑。

牙生禁不住一阵狂笑：
“哈哈，可爱的大禹，你就是大禹？
瞧瞧你这副容颜，哈哈，
简直是猴儿的老祖。

快滚快滚——
我恶神从不和你们这些恶鬼纠缠，
别让真的大禹听见，
笑话我有眼不识泰山。”

牙生虽然这样说着，
却突然将巨石棒悄悄拿到手中，
但见他两眼放出恶狠狠的闪电，
他向英雄狠命砸下，大禹机敏地跳到一边。

“轰隆隆”炼狱一阵惊颤，
恶神咬牙切齿地叫道：
“今天我们要试试谁的本领高！”
说罢，这恶神竟一跃，闪出黑光一条。

恶神知道在炼狱难以施展自己的诡计，
他倏地一声，跃过了阴曹，
大禹紧跟其后穷追不舍，
他们一同跃出大地，脚踏奈何之桥。

恶神想在这阴阳交界之处和大禹大战，
让他暗暗吃惊的是，
大禹的速度与他相比不差分毫，
牙生嘿嘿一笑，想着鬼招。

“大禹啊大禹，我们不忙过招。
要比，也得先比比谁的本领高。”
这时，恶神听到空中小鸟在叫，
心中不禁暗暗叫好！

恶神道："秋去冬来鸟儿早知道，
蓝天下一行白鹭飞得高又高。
只要你能射只白鹭来，
就算你的本领好。

不过，你要射中白鹭的左眼，
射不中左眼就算你输掉。"
牙生看着大禹暗自窃喜，
这一条妙计肯定将他难倒。

精瘦干练的大禹自鹿皮袋中抽出箭簇，
弯弓向天不经意地瞄了瞄。
弓弦响处，箭如闪电，
挟起利风在箭的周围呼啸。

金箭挟风带雨射中白鹭，
箭与白鹭直直冲上云霄，
倏然竟消失得无影无踪，
过了很久才从云间往下掉。

大禹将白鹭举起给恶神瞧，
箭中左眼不差分毫。
牙生顿时垂头丧气，
怒火填胸心中充满气恼！

他如饿狼般上窜下跳，
咆哮着举起黑石巨棒向大禹横扫。
大禹早已是身经百战，
哪里会惧怕他的黑棒一条。

但见大禹左蹦右跳，上下腾挪，
他并不急着接招。
那恶神似乎越战越勇，
力道越来越大，直击得地动山摇。

大禹边躲闪边暗自捉摸，
把牙生活捉把他的恶念洗掉，
不知这恶神会不会把女娇的灵魂回召，
想到娇妻，大禹禁不住内心烦躁。

不想那恶鬼的黑棒正横扫在腰，
大禹“哎哟”一声向前扑倒，
巨大的疼痛传遍身体，
那黑棒又紧跟着来到。

大禹扑棱棱向前一滚，
手中的神剑直指牙生的后背。
那恶神被这突变吓了一跳，
他猛地向后一躲，神剑擦着他的乱发飘飞。

此时恶神正如一头发疯大象，
一招狠似一招。
大禹心系女娇，无心恋战，
他悄悄地掏出神铲，顿时金光朗照。

那神铲倏然增大了数倍，
那神力将牙生顷刻压倒。
大禹顺势骑在他的肩膀上，
一下就将他的脑袋猛地铲掉。

无比俊美的牙生訇然摔倒，
滚落在地的头颅发出一阵怪叫。
大禹手提牙生的头颅，
手拿神铲威严地说道：

“恶神啊恶神，
还我妻子女娇，
快快将她的魂魄起召，
不然，我会让你马上死掉！”

牙生的头颅道：“呵！我就是妖魔鬼怪，
死又有什么可怕？
女娇是自己发誓愿化为石，与我何干？”
恶神的头颅连连狂笑哈哈。

“莫要忘掉，你杀死我，
恶同时就会占据了你的心田。
万神之主的大禹，
恶活在你圣洁的心间，是我最大的心愿！”

大禹禁不住冷笑：
“你的心思我早就明了，
让你得逞，我也不会成为大禹，
记住，恶以恶报不算大报。

但，恶以善报，对你显然太软，
从今以后，你要一心为善，
总有一天，你会明白善并不会因为恶而消亡，
而恶，从来都是搬起石头砸自己的脚。

虽然你的本质是恶，
但只要真心向善，
你将由恶之本源，
成为管理恶的总管。”

一席话让恶神哑口无言，
大禹将恶神的身体托付给大羿严加教管。
而恶神的头颅被大禹狠狠铲碎，
从此，恶神只留下行走的躯体，颜面没有。

大禹在阴府的不毛之地找到了流浪受苦的女娇，
他们紧紧拥抱在一起。
泪水啊，流个不断，
他们的泪水，流入娇河里。

那娇河水啊，顿时开始咆哮，
大禹和女娇紧紧地依偎在河之畔，
把思念的话啊说了万千。如今，每逢月明之夜，
娇河边仍能听到大禹与女娇的蜜语甜言。

大禹和女娇久久不能分开，
但，圣洁贤惠的女娇啊，
怎能占用日理万机的大禹的时间，
她轻轻地推开夫君，眼里露出期盼。

大禹仰首长叹一声：
“唉！待天下治理完善，我们当在天庭相见。”
他用一束阳光做成一艘飞船，
阳光船载着女娇的灵魂升上九天。

# 第三十七章　禹访瑶姬

大禹目送太阳船升入天堂，
心中产生无比悲伤。
他骑驳马腾云驾雾，一路郁郁寡行，
驳马啊，当然知道大禹的心声。

大禹制服了恶神牙生，
从此天下神民一片祥和。
从中土到大荒，
到处传颂着对大禹的赞歌。

此刻，大禹脚步略显蹒跚，
地狱里他已经把最后的精力熬煎。
但他却不能停止向前，
他要趁着自己未倒下的那一刻将长江治理完善。

他率众神民穿过流沙，穿过都广之野，
经历了无数磨难艰险。
和众神民细密地勘探，
巫山水域为主要的江水之患。

横断为数截的几百里巫山，
苍茫横亘如巨龙蜿蜒。
浩荡的江水猛兽般咆哮如雷，
因巫山的阻挡不能向前。

大禹亲自来到巫山脚下，
恰逢大风突起吹得天昏地暗。
但见山崖震动，木石横飞，
江水裂岸，卷起巨浪滔天。

大禹此时想起了媚神瑶姬，
瑶姬因思念和祝福蚩尤化为了神女峰。
神峰目视八千里江水，
保护着过往船只行驶向前永保安平。

大禹敬仰瑶姬的爱情功德，
决定到神女峰前向她祈求保佑。
远远地看见神女峰在笑，
走近一看，她又变成了一块兀立的石头。

大禹奋力登上巫山之颠，寻访瑶姬，
仿佛看到飘飘瑶姬身化为石，
再转身一看：倏然飞腾，散为轻云，
忽而又油然而生，聚为雨气。

她，时而为凤凰升天，
时而为翔鹤翼展，
时而幻做飞鸿点点无数，
真是仪态万千、变化多端。

那祥云在天空中盘旋，
身形婀娜，凝聚着紫气腾腾的浓云。
大禹不禁赞道："奇哉！媚神瑶姬，
你是在告诉我天地瞬息万变的学问！"

大禹的洪武话语刚落，
紫雾中忽然显现琼台云楼，
瑶宫玉阁重重叠叠狮子把关。
大禹来到台前静静等候。

瑶姬和蔼地微露出笑靥，
她四周簇拥着朵朵祥云。
大禹鞠躬拜谢再拜谢：
"感谢你啊，向我传授天地大理以护神民。"

大禹忠恳的话语刚刚说完，
只见云海汹涌，紫气腾腾，
瑶姬飘飘摇摇消失在云端，
她的大神们却已跪拜在大禹面前。

大禹定睛一看：大神狂章、虞余，
还有大翳、庚辰威武忠勇威武，
个个都是神通广大治水之力无人能敌，
大禹跪拜在地，感谢媚神的慷慨相助。

# 第三十八章　禹战恶鳄

大禹辞别瑶姬来到岳麓山，
他伫立山巅，将江河俯看。
北面的黄河九曲十八弯，
一路咆哮流过万里河山。

南面的珠江啊，
正如一串明珠璀璨耀眼。
而连接长江的湘江之水，
竟也开始泛滥。

大禹定睛仔细一看：
但见江水汹涌，白浪滔天，
一条独角鳄正在湘江中时隐时现，
一股股冲天水柱从它口中射向江岸。

岸边的房屋纷纷倒塌，
百姓惊慌失措四处奔逃，哭声震天。
大禹看到这种情况火冒三丈，
决心制服独角鳄这条凶顽。

大禹吼道："各族神龙都在疏通水道，
你这可恶的独角鳄却在江中作乐寻欢。"
说罢，他纵身跳入冰冷的江中，
手举寒光闪闪的除鳄利剑。

独角鳄正在眯着眼睛得意洋洋，
悠闲的生活早已让它无法无天，
忽见一人举剑砍来，不禁大怒，
掀起数十丈的恶浪扑到大禹跟前。

大禹纵身一跃，跳上鳄背。
那独角鳄见大禹竟骑在自己的背部，
更是恼羞成怒，将身一摆调过头来，
张开血盆大口向大禹猛地咬去。

这一口，正咬在大禹的胸间，
鲜血啊，顺流而下，直把江水渲染。
阵阵巨痛阵阵传入心田，
大禹的脸上禁不住迸出冷汗。

他强忍疼痛高举神剑刺向鳄头，
剑锋竟被那鳄皮所挡，无法向前。
在江边助战的众神民们倒吸冷气，
不断鸣锣击鼓，摇旗呐喊。

天空乌云翻滚，浓黑如墨，
众神民燃起不熄的真火，
将浩荡的湘江照得如同白昼，
大禹与独角鳄苦战三天三夜。

独角鳄渐渐招架不住，
趁大禹疏忽，身子一摆跃上云端。
大禹不敢怠慢，手提利剑追赶，
就这样又战了三天三晚。

只听得“扑哧”一声，
独角鳄软处被刺中一剑，
它嚎叫一声负伤逃向岳麓山，
像一阵乌烟，转眼不见。

大禹见独角鳄逃之夭夭，
若有所思，没有急着去追赶，
众神见此情欢呼雷动，
簇拥着受伤的大禹回到岸边。

独角鳄像恶狼急匆匆逃窜，
看看身后，那大禹竟没有追赶。
他心中窃喜，摇身一变：
化作了一个文质彬彬的白面少年。

白面少年躺在绿草地上大口喘气，
腹中饥饿如火烧一般，
突然，一股奇异的香味飘来，
独角鳄眼中透出希望的闪电。

他看到两间孤零零的茅草屋，
一位白发苍苍的老人慈眉善眼，
缭缭香味从小屋里飞出，
原来老人正在热气腾腾的锅旁煮面。

独角鳄如闪电冲进小屋，
抢过面条便狼吞虎咽。
只听得如雷般一声大喝，
独角鳄惊得满嘴面条还没有咬断。

狡猾的独角鳄吓出一身冷汗，正想逃走，
谁知碗中的面条都变成锁链，
一半在独角鳄的嘴中，一半留在外面，
独角鳄左一扭右一扭，怎么也扭不断。

独角鳄无奈抬头一看，老人变成了大禹，
大禹威严地拿着留在外面的半条锁链，
“起！”大禹将岳麓山托到半空，
再搬一座大山将它压在下面！

# 第三十九章　禹治长江

治服独角鳄，大禹久久立在江边，
他胸前的鲜血将玉树浸染。
每年金秋九月，岳麓山的红叶连天，
那就是当年大禹的鲜血将它们点燃。

应龙扶着大禹向北行进，
长江之水，湟湟然，巨浪滔天。
大禹忽然在路上高烧不止，
他的身体啊还从未有过疾病纠缠。

众神民好不担心，暗暗祈祷，
大家共同出力献策把草药熬煎。
苦口良药喝了一碗又一碗，
大禹的身体就是不见好转。

这日，忽然一只神鸽降在大禹的草棚前，
那是女娲的灵魂从千里外的天堂捎来信笺。
信笺里只装着一枚红色的药丸，
众神民面面相觑不知药丸是否灵验。

这时童律跳起来道：
“管他灵验不灵验，
女娇和大禹的爱天地为鉴，
但吃无妨，保管大禹愈痊。”

大家将药丸轻轻送入大禹口中，
只听得大禹长吸一口气，
竟慢慢睁开了沉重的睡眼，
呵，女娇啊，她的爱和大禹寸步不离。

大禹缓缓下得床来，
慢慢将手臂伸展：
“呵，这一觉睡了九天，
刚才，我好像看见女娇陪在床前。”

众人忙将女娇飞鸽传药的事向大禹细说，
大禹啊，心中升起对娇妻的无限爱恋，
无奈大水尚未治克，
身上还有千斤重担。

大禹大病初愈却并不停留，
他下令，马上向长江开船。
想想万千民众仍生活在洪泽之中，
大禹的心啊，赛过油煎。

在长江中行驶可畏凶险，
神民伐巨木造就许多大船，
乘风破浪，旌旗猎猎招展，
不想竟惊动了江中的各种水族。

鳄鱼、鲨鱼紧紧跟在船尾，
它们以鱼首碰撞船舷，
眼看就要把一条条大船撞翻，
众神民大惊失色，慌不能言。

唯大禹站在船头镇定自若，
笑谈道：“我竭力为万民忧劳，
若生，是天性；若死，是命定。”
水怪们无不被大禹如山的气概震撼。

它们纷纷沉入水底，
远远地离开神民们的大船，
大禹赞许它们迷途知返。
弹指一挥间，他们到了巫峡前。

巫峡那时尚只是一线之宽，
滚滚长江奔涌到这里，
忽然遇到了阻拦，
浪花儿用暴力拍击大山。

哗，哗，哗！涛声不断，
直扑向如锁的万千重山，
万千重山被浪花儿浸染，
浊浪排空兮，众神民无不胆寒。

大禹下令，凿开巫峡，
把一线天拓宽！
众神民齐心协力，排除万难，
不知几年许，巫峡得以通船。

但见，长江之水自天而来，
滚滚东去，甩过座座青山。
洪水湟湟老虎般隐去，
露出万分秀美的江南。

几年的奋战众神民并没有气馁，
他们又来到层峦叠障的西陵峡。
只见座座大山险峰林立，
阴风掠过重山，浊浪巨声喧哗。

大禹见状万分焦急，头上冒烟，
小小的巫峡治理起来已是万难，
如今再看，呵呵，这西陵峡啊，
长江之水，势要把银汉击穿。

众神民正踌躇间，
忽然听到耳畔响起滚滚雷声，
那雷声响彻寰宇一时地动山撼，
众人忙仰首观望，脊背发冷。

但见九天朵朵乌云翻滚，
乌云降于大山之巅，
摇身一变，竟化为一条巨大的黄牛，
呵，这黄牛，蹄踏大山，身扛苍天。

牛首巍然其大不知几千里，
其身高耸其肩不知高几千丈余，
牛尾横扫，只闻风啸鹤唳，
见首不见尾，其大不可窥睹。

但听到这头巨大的黄牛，
“哞”的一声喊叫，
轰隆隆，山崩地裂，天摇地颤，
一对锐角竟生生把个西陵峡拓开一倍宽。

亲爱的朋友们，今天请到西陵峡来转转，
人们为把这头伟大的黄牛纪念，
把西陵峡中最凶险的峡叫“黄牛峡”，
后世的众民还在黄牛庙中筑起了禹王殿。

今天已是无比幸福的我们呀，
遍游祖国大好河山。
而经历了千辛万险的大禹啊，
你永远活在华夏神民的心间。

治理完毕的长江，
一泻千里万里，一路欢歌激荡，
大禹率众神民顺流而下，
驶进大海，走向远方。

汹涌澎湃的大海掀起如山的狂澜，
将大禹的船只摧坏。
为了大禹的平安，
慈悲女神甘做祭品跳入大海。

海水中，倏然扬起一道翠绿的光波，
一只红色的海鸟悲鸣着飞出海面。
令众神民不禁热泪阑珊，
大禹啊，为女神的忠贞泪流满面仰天长叹！

# 第四十章　华夏禹步

当朝阳的光辉映照万里的红高粱，
大禹从大海上回到封国故乡。
但见华夏万里河山，
民众安居乐业，生活蒸蒸日上。

大禹胸中充满了豪情万丈，
回首沧桑，自己治理完银河、黄河、淮河，
如今又终于理顺了长江。
唉！三过家门而不入，何等心肠：

一过家门，透过窗帘，
听到女娇正唱着思念他的歌。
因治水之事前去求救诸大神，
他咬咬牙根没跨进家门。

二过家门，透过草棚的缝隙，
他看到女娇在他的旧衣衫上亲吻。
因南方灾情严重，
大禹心中发酸但又未进家门。

三过家门，
大禹看到女娇已经怀孕，
他们已有了爱的结晶，
为天下民众大禹狠狠心未进家门。

想想那女娇啊，禁不住雄心化为柔肠。
大禹啊，此刻是多么想尽快去往天堂，
天天厮守在女娇身旁，
而此时的大禹啊，吃睡潦草，劳累过量。

他伟岸的身躯变成衰朽的模样，
怯尘风啊飘飘扬扬，
大禹宛如走进梦里一样，
他似乎又回到了高密东北乡。

其实大禹的灵魂正在赶往天堂的路上，
思念女娇的心啊，使他一路趺趺撞撞，
当年虎背熊腰的大禹啊，
如今，已经完全换了模样，

但见大禹头戴斗笠拄杖前行，
足不过步，后脚掌碰前脚掌，
曾经坚强粗壮的腿长年浸泡水中，
竟变得双腿干瘦汗毛褪光。

大禹啊，身体变得如竹竿枯瘦，
头颈变得又细又长，
嘴巴变得如同鸟喙，
眼睛深陷像枯井一样。

女娇的灵魂放声大哭，
号啕的泪水啊止也止不住，
她捂着哽咽的嘴，
把大禹搀进棚屋。

女娇流着泪，把大禹的草鞋脱下，
看见那一双布满颗颗血泡的脚掌。
更让人难以置信的是，
大禹行路一跛一瘸，腿好似折了一样……

女娇道：“禹啊禹，为了治水，
你舍弃了小我的个人爱欲，
奉献了自己的青春和年华，
你是天地间最伟岸的大丈夫。”

大禹因殚精竭虑，劳累过度，
三年以前就已是这般模样，
他行走的方式被人们尊称“禹步”，
华夏将他坚忍不拔的精神千古颂扬。

大禹和女娇紧紧地依偎在一起，
他们手拉着手啊互诉衷肠。
大禹道：“女娇啊，我亲爱的妻，
如今天上人间的洪水我已经治理疏朗。

而且，我们如今又有了小启，
我的使命业已完成，
今后，我们永远也不再分离。”
女娇听后泣不成声泪流成行。

他们两人的身体紧紧地依偎着，
当我们仰望星空，在银汉的东面，
那两颗最亮的星子，就是女娇与大禹，
他们以统一的枢轴旋转，把华夏时时照看。

大禹女娇正沉浸在忘我的境地，
忽听得九州东南风声四起，
但见，狼烟一片，哀号不断，
那里似乎又有第二个牙生出现。

大禹抚须长叹一声，
刚刚与妻子劫后重逢，
马上又要出征，女娇呀女娇，
没有你的爱，我也难以成为英雄。

但天下战事又起，
我的使命不允许我眷恋儿女私情，
待我把东南平定，女娇啊，
你我相守将成为永恒。

女娇含泪的眼睛，
默默看着迈着禹步的丈夫消失在黑暗中。
她在心里将大禹祝愿，
祈祝大禹早早地结束征程。

# 第四十一章　大禹与启

怯尘风载大禹来到东南，
眼前忽然出现一片狼藉的情景：
但见台湾岛上空阴云密布，
魑魅魍魉在大地上横行。

鬼阵之中升起滚滚狼烟，
一小神在敌阵中右突左冲，
所到之处无不鬼哭狼号，混乱一片，
小神将杀得天昏地暗，欲罢不能。

呵，真是少年出英雄，
大禹禁不住由衷感叹，
却见那少年，倏然来到自己的面前，
竟连叫“父亲”数声。

大禹细眯龙睛，侧耳细听，
正是儿子启稚嫩的童声。
启啊，何时从大鲧之山来到这里，
难道这么早就已经把神力学成？

原来，台湾鬼神趁大禹前去拜会女娇，
便向大陆偷袭进攻。
他们推举敞伏为首领，
一路杀来，气势汹汹。

幸亏小启从大鲧山赶来替父出征，
小小年纪冲锋陷阵如入无人之境。
父子两人紧紧拥抱在一起，
小启搂着父亲，如抱枯柴般干硬。

但见治水四方的父亲啊，
步履蹒跚，如蚁爬行。
小启禁不住跪身向父，
“父亲啊父亲，我高贵的精神象征。

为了华夏万民的福祉，
你不辞辛劳把苦难怀揣心中，
你的光芒将永远照耀着我的人生，
我将把你的信念继续推行。”

大禹轻轻地抚摸着小启秀美的头发，
想起了当年自己与大鲧相见的情景。
现在自已已经后继有人，
他的伟大志愿有人继承。

大禹感到从未有过的轻松：
女娇啊，我们的儿子小启，
为了九州华夏神民大众，
从此他将开始自己的征程。

“亲爱的父亲，”启请示大禹，
“我要找到对方首领一决雌雄！
他是华夏的罪人，
他趁您不在人间而跳出来逞恶行凶。

您看敌方驻扎的军营，
敌阵里一片乱哄哄。
我要单枪匹马擒来敌方首领，
以继承展扬您的伟大雄风。”

大禹对小启说：“孩子，有句话要听清，
对方是一个桀傲不驯的枭雄，
他身着一袭如黑夜的长衣，
仇恨已填满了他的心胸。

“你看他擎黑色军旗穿黑色征衣，
生铁护肘青铜头盔很显威容，
手举白金宝剑催大军前进，
他的心中定怀万千铁军神兵。”

小启说："尊敬的父亲，请将心放松！"
说完后如一头狮子大吼一声，
手中的宝剑指向苍穹，
启呀，如一阵雄风冲入敌方阵中。

敝伏看到小神将在战场出现，
早已感到了他的威武神猛，
又看到他身边杀气腾腾，不觉大惊，
急问众将来神是何姓名？

众鬼面面相觑，没有回声，
敝伏暗道此子真乃少年英雄。
他驱神马缓缓前进，
像一座冰山在海洋中缓缓移动。

敌方阵中立即响起一片厮杀声，
阵前飚起一阵狂风，
敌阵人喊马嘶响成一片，
亮闪闪、寒碜碜的刀剑相碰。

小启策小龙疾驰如风，
一眨眼功夫便冲到敌营，
小启猿臂长伸将敝伏挟在腋下，
在敌方目瞪口呆中擒得首领。

# 第四十二　飘羽九州

眨眼功夫，小启擒得对方首领，
此时，一个宏伟计划在大禹心中诞生，
何不率众神填海造田，
让大陆和台湾紧紧相连？

于是，雄壮的声音响彻神州，
变成了进军大海的美妙誓言，
宇宙弹奏壮阔的音乐，
感谢大禹向大海夺取良田。

奔腾不息的长江黄河，
挟带泥沙奔向大海中间，
大禹那撼动九州的灵魂啊，
引导着神民来到大禹的身边。

诗神女娲在《华夏龙魂》里引领我们唱道：
“台湾啊！台湾！美丽玲珑的台湾，
女娲的一颗悲伤眼泪化为了日月潭，
从盘古的牙齿里长出了雄壮的阿里山。

啊！台湾！美丽的台湾！
你自古便与大陆一脉相连，
一颗牙齿撞击母体让你和母亲分离，
你纯洁的心灵化为橄榄枝向我们招展。”

而今迈着“禹步”的大禹，
握着橄榄枝竟眼泪涟涟，
他高大而疲惫的身躯悲壮地倒下，
要化为与美丽的台湾紧紧相连的海滩。

他倒身之地位于神州东南，
他的头颅卧向西北面，
形成浙江绍兴的会稽山，
由此绍兴的神民们在山上把大禹陵修建。

大禹啊，千秋万代的神民们，
每年的这一天都从各地赶来将你祭奠。
你的灵魂啊永远活在华夏神民的心中，
华夏龙魂的大殿，将你的神话代代颂传。

日月轮回，星河穿梭，
大禹的伟岸身躯倒下化为海边良田，
他与台湾遥相呼应，并向台湾伸展，
未来啊！大陆与台湾必将连成一片。

是啊！为公正牺牲永向前，
为民众奉献损容颜，
排万难因势利导顺自然，
如日月大禹精神万代传。

此刻，一朵五彩祥云缓缓降落，
万千神龙环绕护卫，
祥云托起大禹高贵的灵魂，
向着高贵的天堂飘飞。

威严的太阳神披着七彩霞，
天空迸射着灿烂的光辉，
宇宙奏响美妙的华夏天籁，
共同高歌大禹灵魂的高贵。

当万丈光辉共同捧起大禹灵魂的一刹那，
暖花雪在飘飘飞，怯尘风在扬扬吹。
大禹的灵魂如宇宙最闪耀的恒星，
在华夏天堂的正中熠熠生辉。

大禹在天堂里得到永恒的年轻漂亮的女娇，
他们的爱在天堂里至纯至真。
高贵的灵魂如华丽羽毛飘扬九州，
华夏天堂永远歌唱为民献身的大禹的赤胆忠心。

此刻，天堂响起黄钟大吕般的问声：
什么样的灵魂可以在宇宙间永恒？
问声刚落，宇宙奏响美妙的歌声，
大禹的灵魂在宇宙间永生。

他的头颅像太阳一样灿烂，
在天地间散发炽热的思想光明。
他的身心像月亮一样纯净，
在漆黑的夜与寂寞的眼睛相通。

他的理想像大海一样广阔，
浩瀚中孕育自强不息的心声；
他的品质那样谦逊淡泊，
澎湃热烈却又像高大的青松。

请仰望尊贵的星空中光彩奕奕的这颗心灵，
这颗高贵的心灵绝不因乌云遮拦而失却光明，
为了人类的幸福他宁愿饱受磨难，
永恒的灵魂，民众将含泪铭记终生。

# 尾　诗

谁探视过奥妙无穷的宇宙，
谁就将拥有浩渺无垠的心灵；
谁的心灵饱含无限博大的智慧，
谁就会不断仰望布满星辰的天空。

呵，请放眼观望整个无际的苍穹，
华夏龙魂的神民们心胸如大海一样起伏不停。
渺小的我呀要将万千众神请入我诗歌的草棚，
顿时呵，上古文茎清香弥漫东方紫气腾腾。

我无意让自己的诗篇插上灵动的翅膀，
以我的诗行飞越汹涌澎湃的太平洋；
天照大光，普射华夏八荒，
我要以沙哑的歌喉将众神的颂歌传唱。

更无意横越昆仑山神圣的殿堂，
将美神女娃的诗歌嫁传到异国他乡；
我将华夏龙魂的精髓歌唱，
泰山的竖琴也定然为龙魂的精神奏响。

我将古老圣洁的神话缀成项链，
将她戴在我女儿牧歌的脖颈上。
我的诗篇如女儿咿呀学语的单纯，
那是我眼含喜悦之泪编织成敬意的诗章。

坚强的先祖如我们高贵的父亲，
美丽的女神如我们母亲般慈祥。
我眼含热泪激情澎湃，
抑止不住要为我们高贵的血统歌唱。

亲爱的朋友呵，自强不息坚忍不拔是我们的脊梁，
华夏诸神已点燃中华伟大复兴的太阳。
让我们携手把上古九州的英雄颂扬，
伟大的中华将永远屹立于世界东方。

亲爱的朋友，请你不要为我担忧，
担忧现世没有人会捧读这部诗章；
更不必对我辞不达意的诗歌进行表扬，
我的心呵，无怨无悔地为祖先歌唱。

也许，泱泱华夏天国的祖先圣灵，
无需赞美依然璀璨荣光。
在苍苍茫茫变幻莫测的宇宙里，
让我们沿着圣灵的足迹走向远方……